Anthony Burgess
Belsazars Gastmahl

Roman

Aus dem Englischen übersetzt
von Joachim Kalka

Klett-Cotta

Zum Andenken an
Richard Ellmann
1918–1987

Ejsn, Lumpn, Papier!
Arabischer Kaufruf in den Straßen von Tel Aviv

Es überkam uns dieser Wahn ob unserer Schuld.
Tennyson, The Idylls of the King

Ein Herr auf der Straße: »Sie sind doch, glaube ich, Mr. Jones?«
Der Herzog von Wellington: »Wenn Sie das glauben, dann glauben Sie aber auch alles.«

Un

Stahl, das muß ich Ihnen wohl nicht lange erklären, ist eine Eisenlegierung, die 0,1 bis 1,7 Prozent Kohlenstoff sowie Spuren von Schwefel, Phosphor, Mangan, Nickel und Chrom enthält. Stahl ist hart und doch formbar, deshalb kann man Schwerter daraus herstellen. Er ist die Legierung des Mars. Das einzige Problem ist es, daß er an der Luft nach und nach verfällt. Der Laie glaubt, daß das irgend etwas mit Säuren zu tun hat. Doch rührt der Verfall von elektrolytischen Prozessen her, und dazu braucht es keine Säure. Natürliche Salze wie Natriumchlorid und Ammoniak fressen sich in den Stahl hinein und verwüsten ihn. Ich bin ja kein Metallurge, nur ein ehemaliger Terrorist und Lehrer der Philosophie, aber ich begreife, daß die Metallurgie die Behauptung ablehnen muß, das Schwert Excalibur habe bis ins zwanzigste Jahrhundert überdauert. All diese Salze in Luft und Erde und Wasser, die stetig an dem herumfressen, was selbst einmal »Der Fresser« genannt wurde – denn der Name Excalibur kommt vom walisischen Caledvwlch, was mit dem irischen Caladbolg zusammenhängt, und Caladbolg bedeutet »Hartbauch« – fähig, alles und jedes zu verzehren.

Irgendwelche Ignoranten in Cardiff und anderswo haben nach Radiokarbontests geschrien und wollten so nachweisen, daß das recht ausgefranste Schwert, das sie voll staunender Ehrfurcht von Hand zu Hand gehen ließen, dem Zeitalter König Arthurs entstammte. Aber eine Radiokarbondatierung geht bei einer anorganischen Substanz wie Stahl gar nicht. Man kann so zwar das Alter eines Stücks Holz bestimmen, weil das Radioisotop ^{14}C aus der Atmosphäre ins Holz wandert, während dieses noch zu einer lebenden Pflanze gehört, und später in das Stickstoffisotop ^{14}N zerfällt, das eine Halbwertzeit von 5730 Jahren hat. Die hölzerne Scheide des angeblichen Caledvwlch, angeblich zusammen mit dem echten Stück Metall in den Kellern von Monte Cassino eingelagert, ist, soweit ich weiß, mit dieser Technik auf das sechste Jahrhundert nach Christi Tod datiert worden, aber es gibt kein Verfahren, mit dem man das Alter eines Stücks Metall feststellen kann.

Ich habe die Waffe nie gesehen, aber soweit ich höre, gehörte sie in die Kategorie des Breitschwerts, mit einer scharfen Spitze und zwei Schneiden: eine Angriffswaffe also, nicht nur ein symbolisches Ornament. Griff und Parierstange waren schon lange verschwunden, und Spitze und Schneiden waren stumpf, aber die Klinge glänzte von der Erinnerung an alte Kämpfe, und auf ihr war mit eng nebeneinandergefügten Punkten ein großes A oder Alpha eingezeichnet, eine flache, wohl mit einem Nagel eingehämmerte Punktierung. Dies war offensichtlich eine Initiale, die den Besitzer markierte. Das A zeigte anscheinend Serifen aus stilisierten Buchenblättern, und ein Laubsproß wuchs anderthalb Zoll aus dem Scheitelpunkt des Buchstabens heraus, zur Linken. Dieses A bezeichnete als Besitzer zunächst nicht König Arthur, der vielleicht existiert hat und vielleicht auch nicht, sondern eine imposante Persönlichkeit, die durchaus historisch ist: Ich meine den Hunnenkönig Attila. Die Legende, wie Attilas General Scotta das Schwert in der ungarischen Tiefebene fand, ist, glaube ich, weit verbreitet. Scotta, der merkte, daß sein Knöchel blutete, schaute hinunter und sah die Spitze eines Schwertes aus dem Erdreich ragen. Er grub die Waffe vollständig aus und war sich nicht im Zweifel, daß dies das legendäre Schwert des Mars war, das allen seinen Besitzern den Sieg bringen mußte. Er übergab es Attila, der befahl, es mit seiner Initiale zu versehen (A oder Alpha: Er konnte Latein wie Griechisch). Das Schwert des Mars verlieh Attila auf seinem norditalienischen Feldzug keinen Sieg, und ehe er sich mit seinem angeschlagenen Heer zur Donau zurückschleppte, vermachte er die Waffe Aetius, dem römischen General, der sein Freund und sein Gegner gewesen war. Nach der Ermordung des Aetius auf kaiserlichen Befehl aus Ravenna kam das Schwert an Ambrosius Aurelianus, König von Britannien.

Diese Geschichte können Sie bei Giraldus Cambrensis finden, der sie von Christianus Piger hat, welcher sie wiederum einem Dokument namens *Notitia Dignitatum* entnommen hatte. So heißt es jedenfalls, ich selbst finde wenig Geschmack an unernster Lektüre. Die kontinuierliche Abfolge alphaischer Schwerteigentümer ist wohl reiner Zufall, dächte ich. Ich lehne die Vorstellung ab, daß das Schwert der Geißel Gottes auf dem Wege der göttlichen Vorsehung an den britischen Verteidiger des Glaubens gelangt sein soll – auf dem Wege einer buchstäblichen Ironie, insofern Gott selbst sich als Alpha (allerdings auch als Omega) bezeichnet hat, A und O, Zerstörer und Erhalter wie in der Theologie des Hinduismus. All das ist Aberglaube und eine höchst unwahrscheinliche Geschichte dazu.

Um darauf zurückzukommen, wie sich das Schwert erhalten haben soll – einer der frühen Biographen Attilas, Achthophoros von Konstantinopel, gibt an, der große Eroberer habe versucht, die östlichen Grenzen seines Eroberungsplanes für den eurasischen Kontinent durch einen Besuch beim Kaiser von China festzulegen, mit dem er einen Nichtangriffspakt schließen wollte. Auf seiner Reise durch das, was heute die russischen Steppen wären, beobachtete er, was Jahrhunderte später Marco Polo ebenfalls auffallen sollte: das Hervortreten von Erdöl aus dem Boden. Die chinesischen Weisen – deren Aufzeichnungen belegten, daß in China schon um 330 v. Chr. (wie wir sagen würden) Tiefbohrungen nach Erdöl vorgenommen worden waren – lehrten Attila, daß dieses Öl ein unübertreffliches Konservierungsmittel für alle Metallegierungen war. Weiterhin wäre es dann möglich gewesen, daß Attila in Zeiten des Waffenstillstandes, da man die Kindheitsfreundschaft erneuerte, Aetius das Geheimnis anvertraute, wie man das Leben von Blankwaffen verlängert. Das Schwert des Mars beziehungsweise der Excalibur wurde vielleicht in einem Ölbad versiegelt, das reich an russischem Naphthen war. Ich glaube nun nicht, daß Ambrosius Aurelianus ein Quantum dieses Geheimmittels aus Rom oder Ravenna mit nach Hause brachte, aber ich halte es für möglich, daß in England dann Oliven- oder Walnußöl zur Aufbewahrung des Excalibur verwendet wurde, da ja jegliches Öl die elektrolytischen Attakken abwehren kann. Aber ich kann nicht akzeptieren, daß das Schwert, welches die sogenannten Artussöhne schwenkten, überhaupt der Excalibur war. Bestenfalls stammte es aus dem Spätmittelalter und war wahrscheinlich ein irischer *claidheamh mor* ohne sonderlich adlige Provenienz. Zum Teufel mit ihnen, so oder so, ich habe genug vom Terrorismus.

Die Unwahrscheinlichkeit dieser Excalibur-Saga hängt osmotisch mit dem Mann zusammen, der nach eigenen Angaben das Schwert unter gewissen persönlichen Risiken aus Sowjetrußland herausgeholt hat. Dies war Reginald Morrow Jones, ein unwahrscheinlicher Name für einen Waliser, doch war sein Vater auch ein unwahrscheinlicher Mann. Ich kenne Reg Jones sehr gut und kannte auch seinen Vater sowie seine russische Mutter. Über beide muß ich etwas sagen.

David oder genauer: Dafydd Jones wurde nach calvinistisch-methodistischem Ritus in einer Kirche in Tredegar auf diesen Namen getauft, in der Grafschaft, die damals Monmouthshire hieß. Sein Vater Elis Wyn Jones war nicht besonders religiös, obwohl die Variante des Sozialismus, die er sich während der Essenspausen unter Tage angeeignet hatte, stark von Calvins deterministischem Denken beeinflußt war. Er hatte viele Jahre im Anthrazitbergwerk gearbeitet und war, nach zwei Grubenexplosionen charakterlich angeschlagen, von einer dritten charakterlich ruiniert worden. Seine Frau Florence Mary geb. Evans litt an einer Herzschwäche, die sich durch die Schwangerschaft mit ihrem einzigen Kind verschlimmert hatte. Sie kam aus Caernarvon in Nordwales und galt im Süden als Ausländerin. Ein boshaftes Gerücht, ihr Mann sei bei dem dritten Grubenunglück von einem stürzenden Stempel erschlagen worden, führte bei ihr zu einem letalen Herzinfarkt. Elis Wyn Jones weinte bitterlich und fluchte Gott.

Von da an ergab er sich jeden Abend der Trunkenheit mittels schwachem, dunklem walisischem Bier. Eines Nachts versetzte er dem jungen David einen brutalen Schlag auf den Schädel, als er ihn beim Onanieren vor einem Stahlstich von Belsazars Gastmahl in der Familienbibel ertappte. David Jones lief von zuhause weg und ging zur See, indem er auf einem Küstendampfer in Cardiff anheuerte. Er wurde als Kartoffelschäler, Gemüseschnippler und Teeaufbrüher in die Kombüse gesteckt. Doch als der Koch, ein gewaltiges rhetorisches Talent voll schöner Bekehrungspredigten, vor Newcastle dem Delirium tremens verfiel, übernahm der Fünfzehnjährige sein schlichtes Handwerk ohne erkennbares Murren der Mannschaft. Er war mit einem unerschütterlich stabilen Magen gesegnet, und auch bei rauhester See wurde ihm nie übel, auch nicht beim Braten von Fisch und Zwiebeln.

Kurz nach dem Auszug des Sohns daheim hatte der Vater einen Traum, in dem er den eigenen Vater wie ein Känguruh hüpfen sah bei dem Versuch, ein Kerzenstümpfchen in einem goldenen Wandleuchter anzuzünden. Er hatte von seinem Alten längere Zeit nichts gehört, aber dem war es eigentlich immer ganz gut gegangen in Australien, wenn es auch, so sprach der Traum, jetzt nicht mehr so gut gehen mochte. Nichts hielt Elis Wyn Jones mehr im alten South Wales, und er trug seine schmalen Ersparnisse zu einem Schiffahrtsbüro in Cardiff und kaufte sich ein Ticket nach dem neuen. Es überraschte ihn nicht, bei der Ankunft in Sydney den alten Herrn sterbenskrank vorzufinden. Der alte Haydn Mozart Jones (ohne jegliches musikalische Gehör, im Gegensatz zu dem Chorleiter, der ihn mit einer seiner Altistinnen gezeugt hatte) war seiner Gattin in Bangor auf und davon und in Ballarat, Victoria, auf Goldsuche gegangen. Im Alter sah er, so hieß es, Karl Marx sehr ähnlich, doch galt das für viele viktorianische Zeitgenossen. Er hatte nach Maßgabe dessen, was die Kolonie bieten konnte, ein erfülltes Leben genossen und starb in bescheidenem Wohlstand. Elis Wyn Jones kehrte mit seinem Erbe nach Monmouthshire zurück und lebte in Sünde mit einer jungen Frau aus Ebbw Vale, in einer Reihenhaushälfte der Sunnybank Road, Blackwood. In diesen koketten Namen erkennt man das englische Erbe, das Wales zugefallen ist. South Wales galt nie als richtig walisisch, bis es wieder den mittelalterlichen Namen Gwent bekam.

David, der Sohn, sollte später Geschichten vom Seemannsleben erzählen, die man nicht unbedingt glauben mußte, es gibt in Wales eine natürliche Affinität zum romantischen Fabulieren. Zum Beispiel schwor er, er sei als Koch auf einem Frachter namens *Bluebell* gefahren, dessen Erster Steuermann ein Pole mit gutturalem Akzent war, ein gewisser Korzeniowski. Dieser Ausländer war ein rabiat intoleranter Seebär, geboren, wie er aus irgendeinem Grund immer betonte, im fünfundachtzigsten Jahr der moskowitischen Unterdrückung seines Vaterlandes. Eben dieser Korzeniowski schrieb unter dem Namen Conrad über den Untergang des Schiffes mit Namen *Titanic* törichterweise:

> Man baut ein 45 000 Tonnen schweres Hotel aus dünnen Stahlplatten, um sich die Kundschaft von ein-, zweitausend reichen Leuten zu sichern, dekoriert es im Stil der Pharaonen oder im Style Louis XV – ich weiß nicht, in welchem –, und um der besagten albernen Handvoll von Individuen eine Freude zu machen, die nicht wissen, was sie mit ihrem Geld anstellen sollen, setzt man diese Masse unter dem Beifall zweier Kontinente mit zweitausend Menschen an Bord und mit einundzwanzig Knoten Geschwindigkeit über die Meere hinweg in Bewegung – ein herrliches Beispiel für das blinde Vertrauen unserer Moderne in das bloße Material und in die Oberfläche.

David Jones bewahrte diesen Zeitungsausschnitt auf, bis er zerfiel. »Sechsundvierzigtausend Tonnen, um genau zu sein«, pflegte er zu sagen. Wenn es nach Korzeniowski gegangen wäre, sagte er, hätte es keine *Titanic* gegeben, oder aber der Kapitän hätte Korzeniowski geheißen: ein Seemann, dessen Erfahrungen in den südlichen Meeren ihn gelehrt hatten, Eismassen aus dem Weg zu gehen. Er sah die Katastrophe als eine Gottesstrafe für die Reichen, wobei die elenden Menschenmassen tief im Schiffsbauch, die eine neue Existenz suchten, ebenso außer Betracht blieben wie der unerschrockene Kapitän, die Offiziere und all die, die in Ausübung ihrer Pflicht untergingen. David Jones, der einst in frühester Jugend eine Aufführung von Vaughan Williams'

Sea Symphony in Newport gehört hatte, sang – wenn auch ungenau – gerne die entsprechende Passage.

David Jones fuhr auf der S.S. *Titanic* mittags am 10. April 1912 aus Southampton ab. Der Termin stimmt, aber die Nachwelt hat dafür, daß er an Bord war, lediglich sein eigenes Wort. »Hast du aber Schwein gehabt, Junge, hieß es«, erzählte er mir über dreißig Jahre später, »daß du da angeheuert worden bist, wo ich doch eigentlich vorher bloß auf Bananendampfern gefahren bin mit einem Dutzend Passagieren, wenn's hochkam, sonst nur einmal über den Pazifik mit der P & O-Linie, sehr bescheiden, Hilfsgemüsekoch. Aber die verdammte *Titanic* hatte ihren schlechten Ruf schon fast weg, ehe sie auf Kiel gelegt worden ist – bei denen, die Bescheid wußten, soll heißen bei gewöhnlichen Seeleuten, die ihre verdammte Bibel gelesen hatten. Nicht einmal der Allmächtige kann dieses Schiff zum Sinken bringen, so hieß der lästerliche Slogan, mit dem Bruce Ismay von der White Star Line angefangen hat. Da holt man sich doch das verdammte Unglück aufs Schiff, Mann du. Größter Liniendampfer auf der See, elf Stockwerke hoch und eine Sechstelmeile lang, und so unmöglich war es, daß der sank, daß er zum Beweis auch gleich nicht genug Rettungsboote dabei hatte.

Also, ich an Bord, immer am Kohlzusammenkochen für die Billigpassagiere, meistens irische Torfköppe, die mögen ihren Kohl schön zerkocht, und manchmal seh ich aus der Ferne was von den feinen Pinkels, Astors und Morgans und von mir aus auch, ich hab nie nachgesehen, gottverdammte Rothschilds, und da war so eine schrille, gewöhnliche Yankeezicke dabei, die ließ sich dann die unversenkbare Molly Brown nennen, alle aufgedonnert in Federn und Fummel, während ich und drei andere in einem verdammten Rattenloch zusammengepfercht waren, wo's nach Öl und Kotze stank, Mann du. Es war sozusagen ein Mikrokosmos der kapitalistischen Gesellschaft, das waren die Worte von Ianto Pritchard, der war gebildet.

Dann mitten in der Nacht, fünf Tage auf See, da kommt ein Geruch nach grünem Eis durchs offene Bullauge, klatscht einem wie eine Faust gegen's Gesicht, und wir wußten, da stimmt was nicht, und Ianto, aus Newport war er, der sagt zu mir: Das ist der Geruch des Gottesgerichts, das über uns kommt, min Jung. Wir ziehen uns an, rauf auf Deck, und was sehen wir als erstes, diese irischen Landeier mit ihren flachen Mützen, aber ohne Mantel, haben sie gar keinen, die spielen Fußball mit dicken Brocken von dem grünen Eis, das vom großen Berg abgebrochen war. Und das war etwas, was keiner glauben konnte, glaub's mir nur, und der kleine Ianto rief immer zum Großen Weißen Jesus, es war wie in einem Märchen, dieser gottverdammt große Turm von einem grünen Eisberg, blinkte und glitzerte in dem bißchen Mondlicht, was schien, länger als ne ganze Straße, verdammt schön, herrlich, der Eisblock sang sozusagen ein Riesenhalleluja auf den Herrn, den Zerstörer aller eitlen Werke der gottverdammten Menschheit, und er schleicht sich irgendwie leise an, ohne groß zu fragen, und schneidet zweihundert verdammte Fuß aus der Seite von dem armen Schiff unter der Wasserlinie raus. Alle lachen zuerst, es war so geschickt und sauber gemacht. Und die, wo in der ersten Klasse um viel Geld Poker gespielt haben, lachten auch, hahaha, da kommen wir wohl paar Stunden zu spät in New York an, was? was? nach Adam Riese hahaha, wir waren noch sechsunddreißig Stunden laut sogenannter geschätzter Fahrzeit vom Hafen entfernt.

Dann hat der Kapitalismus langsam seine grünen Zähne gezeigt, als sich rausstellte, daß wir sinken und nicht genug Rettungsboote da sind. Frauen und Kinder zuerst, und das hat niemand in Frage gestellt und gesagt: Warum denn ausgerechnet Frauen und Kinder? Und wenn ich zurückdenke, meine ich, das hätte man mal verdammt in Frage ziehen sollen. Ob ich das geträumt hab oder nicht, weiß ich nicht mehr genau, aber in meiner Phantasie oder meiner Erinnerung war da ein Mann, der mit dem Schiff untergegangen ist, ein sehr armer Mann in der untersten Klasse, sah irgendwie indisch aus, ich hab zuerst gedacht, der ist aus Wales, wegen seiner Stimme, und der hatte alle Weisheitsschriften gelesen und hatte die Gabe der Heilkraft, weil er hat Kopfschmerzen und Zahnweh mit der Berührung seiner langen schmutzigen braunen Finger geheilt, und der ist mit großer

Würde damals untergegangen und nichtsnutzige High-Society-Frauen sind gerettet worden und haben im späteren Leben schnieke Abendessen gegeben und von ihren entsetzlichen Erfahrungen erzählt, Mann du.

Und ich hab immer noch manchmal einen Alptraum und ich sehe ein Rettungsboot, das abgelassen wird, voller vulgär kreischender gewöhnlicher Flittchen, ein schwebender Puff ohne Kundschaft sozusagen, die potentiellen Kunden stehen alle an der Reling und schauen ernst ins feuchte Grab hinunter, das man nicht erst schaufeln muß. Aber Kunden würden die nie mehr sein, alles ernsthafte Gewerkschafter und große Musiker und Denker und Ingenieure und Erweckungsprediger, und allen flattern die Bärte in dem Spottlied, das Meer und Wind singen, und eine Stimme ruft durch das Lied des Windes und die Orgel des Sturmes und die Explosionen der Kessel und das Jammergeschrei der Verbrühten *Wo bleibt die verdammte Gerechtigkeit?*

Aber wo war da auch die Gerechtigkeit, als die reichen Kapitalisten und ihre schamlosen Damen die Offiziere des Schiffs und die Matrosen an den Booten bestochen haben, lassen Sie uns doch allesamt wie eine glückliche große Familie gehen, Rothschild mit allen Nebenlinien, hier ist ein Scheck über zwei Pfund oder sagen wir gleich zwei Guineen hier auf der Rückseite der Speisekarte von gestern abend und eine Zweipennystempelmarke daß es auch legal ist Boot ablassen bitte zurück da ihr Abschaum noch eine letzte Ladung feine Herrschaften! Boot ablassen! Und der irische Abschaum drunten, aufgebläht von meinem zerkochten Kohl, muß sich von diesem Bastard von einem Offizier, diesem Murdoch, beschießen lassen. Ein Schotte natürlich, lädt Steuerbord seine Schäfchen ein, hört sich das »Näher mein Gott zu Dir« an, diesen Song der anglikanischen Kirche und der herrschenden Klasse, gespielt vom Schiffsorchester, während der Abschaum mit Father Byles, hieß der wohl, zusammen »Glaube der Väter« singen durfte und darauf wartete, in die Tiefe zu fahren, ohne gottverdammtes Orchester.

Ich bin in Boot C noch mitgekommen, einem von den Engelhardt-Faltbooten, mit drei Feuerwehrleuten und dem Friseur aus der dritten Klasse und siebenundzwanzig Frauen und Kindern und vier Chineser aus Limehouse, die kauerten sich unter den Sitzen zusammen, weil sie glaubten, Murdoch würde sie sehen und als Chinesen sofort erschießen, aber Murdoch konnte nix sehen, der Mörder, der schottische Hund. Dann ließ er Ismay ins Boot steigen, und Ismay stand zitternd da unter all den armen Weibern aus der letzten Klasse, ein feiner Pinkel und im übrigen der Chef der ganzen Chose, der eigentlich mit dem Kapitän zusammen bis zum bitteren Ende auf dem Schiff bleiben müßte. Dann hieß es: Runterlassen! und ein paar Yards entfernt sahen wir die *Titanic* schon langsam sinken, und dann ein gutes Stück weiter, ne halbe Meile etwa, haben wir gesehen, wie sie runtergeschluckt wird, Menschen wie Läuse an Reling und Gangspill geklammert, und die letzten hundertfünfzig Fuß von ihr standen hochaufgerichtet wie ein gottverdammtes Denkmal gegen die ewigen Sterne, und dann war alles vorbei. Alles weinte und schrie, sogar ein paar von den Chinesern. Sie ging um exakt 2 Uhr 20 Minuten runter nach der Uhr von einem von den Chinesern, einer Ingersoll, auf die er sehr stolz war, Triumph westlicher Wissenschaft, keine drei Stunden nach der Kollision, und die *Carpathia* sichtete Faltboot C gegen vier und wir jammerten die Strickleiter hoch und waren reif für einen Becher heißen Tee mit fast nur Rum.«

Als David Jones in New York landete – seiner Erzählung zufolge –, da äußerte er sich der Presse gegenüber sehr wortreich, und dann fragte man ihn, wie er sich denn fühle, in Sicherheit und an Land, während soviele andere in der See versunken waren. Da verstummte er und mußte wie ein Jakob mit dem Gott seiner selbst ringen, wobei dieser Gott ihn fragte, was denn eigentlich die speziellen Qualifikationen waren, die ihn berechtigten, mit seinem Leben fortzufahren – was er denn an besonders Wertvollem zur Welt beizutragen habe. David Jones war später überzeugt, er habe im *New York Universal Record* – einer Zeitung, die niemals existiert zu haben scheint – eine Karikatur gesehen, welche die Gefahren der modernen technischen Vertrauensseligkeit zum Thema nahm: Ein Schiff mit dem Namen S.S. *Colossus* sah man da untergehen, mit König Georg V. und Königin Mary, Shaw, Kipling, Arnold Bennett, Wells, Korzeniowski, Asquith, Lloyd George, Sir Edward Elgar und Sir Hubert Parry an Bord. Dem Wrack eine lange Nase drehte ein unscheinbar-vulgärer kleiner Mann auf einem Floß. In seinen schuldbewußten Alpträumen identifizierte David Jones dieses Figürchen mit sich selbst, dem mittelmäßigen walisischen Schiffskoch.

Er wurde nun Landkoch und bekam einen Job in einem Schnellrestaurant in der West 35th Street, wo er als Überlebender der *Titanic* einen gewissen Unterhaltungswert hatte. Was, die Rühreier passen Ihnen nicht, wissen Sie nicht, daß der Küchenchef auf der *Titanic* war? Die zu erwartende Antwort lautete: Na, der hätte von mir aus auch mit untergehen können und sein Rührei dazu.

Er wohnte in einer abgetakelten Pension in der Zwölften Straße. Die wurde ihm von einem anderen Exilwaliser empfohlen, ebenfalls ein David oder Dafydd oder Dai, allerdings ein Williams, mit einem Schränkchen angeschimmelter Bücher zur Geschichte der Herrschaft Wales. Dai Williams huldigte einer Art walisischem Nationalismus, damals keine besonders volks tümliche Bewegung und in den USA buchstäblich unbekannt – in diesem Land neuer Anfänge, wo im Gegensatz zum Fenianismus der entschiedenen Iren ein solches Projekt ganz bedeutungslos schien. Es war andererseits in Argentinien, obwohl ebenso irrelevant, nicht völlig unbekannt geblieben – dort hatten einige der stumpfnasigen Eingeborenenfrauen von den ihnen nicht angetrauten Gatten das Walisische beigebracht bekommen und auf diese Weise sogar die eigenen grobschlächtigen Dialekte vergessen. Später sollten stetig tröpfelnde Unterstützungsgelder aus Lateinamerika die Sache der walisischen Unabhängigkeit unterstützen. Es war Dai Williams, der Dai Jones die Grundzüge der langen, geplagten Geschichte von Cymru beibrachte, das die Engländer (oder Saeson) als Wales, das »Land des Fremden« bezeichneten.

»Die Kelten, Mann«, sagte er dann, »waren schon zweihundert Jahre nach dem Tod des Großen Weißen Jesus gottverdammte Christen, Gott laß seine Knochen in Frieden ruhen, und sie haben mit ihrem heißen Atem den Glauben am Leben gehalten, als die ganze Insel Britannien, die ihnen von Rechts wegen gehörte, falsche Götter angebetet hat, Odin und Thor und andere verdammt stocktaube Holzgötzen. Römisches Christentum war das, mit heißen Bädern und weißwollenen Togas und Marmortempeln, die dem einen wahren Gott geweiht waren, bis diese verdammten Schlächter, die Sachsen, kamen und uns nach Cornwall und Cumberland trieben und in die Festung der Gebirge, die wir mittlerweile unsere heimatlichen Berge nennen, und die haben das römisch-christliche Britannien zusammengehauen wie sie's mit dem großen Mutterimperium auch gemacht haben, sie oder ihre stinkenden haarigen Brüder, Onkel und Vettern. Aber die Fürsten erhoben sich wie eine Flamme in Cymru – Cadwallon mit der langen Hand und sein Sohn Maelgwyn Gwynedd und jener andere Cadwallon, der Urenkel des ersten. Und sie fochten gegen die brutalen Bastarde, die angeführt wurden von dem Schwein mit dem unschönen Namen Ethelfrith, König der Angeln in Northumbrien, bis wir durch Brutalität und Verrat Strathclyde und den ganzen Norden Britanniens verloren und in der schändlichen Schlacht von Chester zerschmettert und dahingemetzelt wurden. Und Cadwallon starb bei seinem letzten edelen und vergeblichen Versuch, die böse Macht zu brechen und die britische Krone zurückzugewinnen, und hinterließ seinem Sohn Cadwaladr ein gebrochenes und geschlagenes und geknechtetes Land, Gottes Fluch über die Bastarde von Ausländern, die frech genug waren, die Waliser auf ihrem eigenen Grund und Boden Ausländerbastarde zu nennen! Jawohl, Cadwaladr, König von Gwynedd und gestorben in Zorn und Elend sechshundertundfünfunddreißig blutbeschmierte Jahre nach dem blutigen Tod des großen weißen Erlösers der Menschenseelen.«

Dieser Dai Williams war ein Mann aus Pembroke. Er war sechzig Jahre alt und arbeitete als Schneider im Textildistrikt von

New York, traditionellerweise (wenn auch die Tradition nicht sehr weit zurückreichte) eine Domäne der Juden, die von mörderischen russischen Christen (brutalen Bastarden) in eine neue Diaspora getrieben worden waren. Dai Williams konnte weder Hebräisch noch Walisisch, hatte sich aber von einem besoffenen Pseudogelehrten erzählen lassen, die beiden Sprachen seien eng verwandt, und die Waliser seien einer der verlorenen Stämme Israels, dessen Angehörige auf wundersame Weise beziehungsweise durch klimatische Einwirkungen nun blaßhäutig, hochgewachsen und hellhaarig waren. So sah er in den Aschkenasim Vettern und Geschwister, wenn er versuchte, die intensiv ausgebeuteten Schneider und Näherinnen zum Kampf für ihre Rechte zu ermuntern, doch diese Verwandtschaftsbeteuerungen stießen auf keine Gegenliebe. Er selbst war klein, in sich zusammengekrümmt, schwarzäugig und graubärtig, mit einem – wie man in Wales sagt – biblischen Gesicht, und hatte jüdische Gesten und besorgte Tonfälle übernommen. Er war unverheiratet und lebte zumeist von einem Topf Hammelbrühe, der ihn mit sporadischen Zusätzen und unter konstantem Köcheln (sagte er) die fast dreißig Jahre seines Exils hindurch ernährt hatte. Er würde nie nach Wales zurückgehen, schwor er, in dieses vor Korruption und Heuchelei und Geilheit stinkende Land, aber er würde auf immer im Herzen die Erinnerung an das niederträchtige Unrecht bewahren, das man der Heimat seiner Väter angetan hatte, und versuchen, die Botschaft zu verbreiten, auf daß vielleicht eines Tages sich eine neue Generation erhebe, um gnadenlos dieses Unrecht zu tilgen.

»Und mit seinem bitteren Tod, mein Junge, war die Hoffnung, den Norden Britanniens wiederzugewinnen, für immer dahin. Sechshundert Jahre Kampf zwischen den Stammesfürsten und jenen Königen, die behaupteten, sie trügen die von den Cäsaren Konstantinopels verliehene Krone. Und Rhodri der Große, der gegen die einfallenden heidnischen Dänen focht, aber brutal von den verdammten viehischen Einwohnern von Mercia erschlagen ward! Und Howel Dda, der sich zum Herrn des Landes machte, aber sich in Verehrung neigte und die dreckigen Zehennägel des blutigen Usurpators Athelstan küßte!«

Dai Williams machte Dai Jones am Abend des Sankt-Davids-Tages betrunken, mit schottischem wie irischem Whisky, und beklagte sich während des langen Gelages einmal bitterlich, daß die verlogenen besoffenen Sachsen, die aus ihren Metbierhallen herausgetorkelt kamen, die Röhren und die Kessel und die ganze Tradition des einheimischen kymrischen Feuer- beziehungsweise Lebenswassers zerschlagen hätten. Doch dann pries er die brythonischen Kelten ihrer Nüchternheit und Lüsternheit wegen, Qualitäten, die unter den schottischen und irischen Vettern unbekannt waren.

»Owen Rotbart, Mann, und sein Sohn Dafydd, der mit unserem verdammten Namen, die alle Häuptlinge von Gwynned von oben herunter angeschaut haben, nie hat ein Tropfen Wein ihre Kehlen bemakelt, nur das reine Wasser der Berge zum Löschen des Durstes nach der Hitze der Schlacht, und die Augen hell vor Gesundheit, wenn sie die Lagerstatt ihrer Konkubinen aufsuchten. Und dann versuchte Heinrich der Zweite von England, Feind aller Kelten, die walisischen Fürsten auf ewig zu vernichten wie auch ebenso die Fürsten von Irland, aber da hatte er es mit Rhys ap Griffith zu tun, dem Herrn des Tales von Towy. Also, es ist zwar beschämend, das zu erwähnen, aber auch ehrlich, es frei heraus zu sagen – es gibt da im keltischen Blut eine gewisse Schwäche, manche sagen auch: ein Gefühl eben für die gottverdammte Realität, man weiß halt, auf welcher Seite das Brot gebuttert ist, und Rhys ap Griffith gab an Llewelyn ap Iorwerth, den Großen, das geheime Wissen weiter, daß die Engländer in einem fairen Kampf nicht zu besiegen waren. So ging es nun darum, in die feindliche Herrscherfamilie einzudringen, was Llewelyn auch tat, denn er heiratete die häßliche Tochter von König Johann Ohneland mit ihrem Buckel auf dem Rücken und den Warzen am Kinn, und die dreckige Fäulnis der Bündnisse und feudalen Lehensloyalitäten begann. Es endete alles mit dem Unionsvertrag, als walisische Könige den englischen Thron erbten, aber jetzt nannten sie sich Engländer, und die Vertragsauslegung kontrollierte der verräterische Bastard Thomas Cromwell und sah zu, daß die walisische Sprache aus den Gerichten vertrieben wurde und die Herrschaften in der Mark englische Grafschaften wurden, Brecknock und Denbigh und Monmouth und Montgomery und Radnor, Fluch den üblen Taten der Bösewichte und Gott steh denen bei, die jetzt nur noch die unendliche Scham und Schande schultern müssen.«

An diesem Punkt sagte David Jones, der sieben doppelte Whiskys intus hatte: »Ach, halt's Maul.« Dai Williams schwankte an der Theke der Bar in der Fulton Street vor Verblüffung, als er dies von einem grünen Jungen hören mußte, der kaum den Schnuller weggeworfen hatte, undankbarer kleiner Bastard, den er ein wenig über die Leidensgeschichte seines Heimatlandes hatte aufklären wollen und über die Gefahren, die diese große Stadt mit den hohen Türmen für einen Milchbart bereithielt, der immer noch unter dem Schock eines furchtbaren Abenteuers auf dem schäumenden und schwappenden Atlantik stand.

»Du bist ja gottverdammt betrunken, Mann du.«

»Ach was, noch nicht. Ich hab's jetzt bloß dick, immer das ganze Unrecht und Elend in den alten Zeiten. Das ist jetzt alles den Bach runter, und wir müssen irgendwie neu anfangen.«

Dai Williams nickte mit einer gewissen – gespielten – Nachsicht. »Je nun, da spricht halt die Jugend. Die Zukunft liegt noch vor dir, das ist nicht wie bei mir, und du hast ein Schweineglück gehabt und bist noch am Leben. Aber so rasch wird man das Unrecht der Geschichte nicht los, Mann. Wenn du in die Zukunft marschierst, hast du immer den Dreck und Schlamm von der Vergangenheit an den Schuhen, und der geht an keinem Fußabstreifer ganz runter.«

»Ich bin saubergewaschen. Und ich geh nicht wieder auf See.« Er wußte aus den Zeitungen von der Veröffentlichung des Mersey-Gutachtens und der Strenge der neuen Seefahrtsordnung, und er hatte einen Artikel von einem gewissen W. P. Doomster gelesen, in dem es hieß, der Meerwurm solle niemals mehr über den Spiegel kriechen, der Opulenz nur zu reflektieren habe, was immer *das* auch am Ende heißen sollte. Aber er glaubte, ehrlich zu meinen, was er jetzt gesagt hatte.

»Bleibst also hier, was?«

Das war die Frage, und die Antwort kannte er nicht. Er war ein Überlebender des Untergangs der *Titanic*, ein Seemann, der – einleuchtenderweise – seinen Beruf aufgegeben hatte, und die Einwanderungsbehörde war noch nicht hinter ihm her, aber er mußte sich entscheiden, ob er einen formellen Antrag auf Aufenthaltserlaubnis stellen wollte oder nach Norden gehen und sich wieder ins britische Empire einklinken – oder der See noch ein einziges Mal Vertrauen schenken und ins Land der Väter zurückreisen. Das Meer wurde wie das Land von Kapitalisten und Angelsachsen regiert, und ihm langte es. Aber er rief sich ins Gedächtnis zurück, daß immerhin eine Menge Angelsachsen und Kapitalisten abgesoffen waren, während er, ein Kelte mit radikalen politischen Neigungen, gerettet worden war.

Der Barkeeper hieß Art, und Dai Williams, der einen Trinker »Noch mal fünf, Art« rufen hörte, stimmte erneut seinen Sang von der Ungerechtigkeit an. »Da haben wir doch wieder gottverdammten Hohn und Spott und eine Verdrehung des nobelsten Namens von allen, Arthur, Arcturus der Bär, der rote Riese, das ist sein allbekannter und heiliger und königlicher Name, aber sein walisischer ein großes Geheimnis bis an das Ende der Zeiten. Er wartet dort mit seinem Schwert Caledvwlch, in der Scheide, doch bereit, gezückt zu werden zum Kampf. Einem Kampf, für den ich zu alt bin, Mann, du aber nicht. Mach los mit deiner Jugend und deiner Kraft, und übrigens – noch zwei – ist das jetzt wieder deine Runde.«

Stellen wir nun die Verbindung mit Rußland her. David Jones hatte fünf Tage lang in einer deutschen Hackfleischdiele namens »Steiner's« gearbeitet, sein vierter Job, und nach der Davidstagsorgie konnte er erst spät am Nachmittag an seinem Arbeitsplatz antreten. In der Küche fand er einen schieläugigen Sizilianer vor, offensichtlich seinen Nachfolger, der dort in läulichem Fett Frikadellen briet, und nach herbem Wortwechsel mit dem Besitzer mußte er sich nun den fünften Festlandsjob suchen.

Er fuhr nach Brooklyn und fand schließlich in der Gegend von Flatbush Arbeit. Dort gab es ein Restaurant namens »Newskijprospekt«, das einem gewissen Pete oder Pjotr Lichutin gehörte. Dieser Mann war ein russischer Atheist, einst ein berufsmäßiger Dieb, nun aber gesetzestreu. Er war 1907 aus Sankt Petersburg geflohen, nicht aus Gründen politischer Verfolgung oder der Armut wegen, sondern weil er sich gezwungen gesehen hatte, in Selbstverteidigung eine Pfandleiherin fast totzuschlagen, deren Laden er spätabends noch betreten hatte. Er war von jemandem bemerkt worden, der wie ein Polizeispitzel aussah, insofern mußte er fliehen. Er ging mit Frau und Tochter hastig an Bord eines finnischen Holzfrachters und kam über Tilbury nach London.

In London erwarb er einen Anteil an einem Restaurant, das sein Vetter zweiten Grades Gregor Petrowitsch Prischwin betrieb, dem Sutki (das so hieß, weil es Tag und Nacht geöffnet hatte) nicht weit vom St. Giles Circus. Im möblierten Zimmer der Lichutins in der Clipstone Street war es, daß Pjotrs Gattin Sonja – eine auf ihr weißes, großzähniges Gebiß stolze Frau – bei dem Versuch, eine Paranuß mit den Backenzähnen zu knacken, an einem Nußschalensplitter erstickte, da sie allein im Hause war und niemanden hatte, der ihr den Rücken hätte klopfen können. Sie wurde unter echten Tränen auf dem Highgate-Friedhof begraben, unweit des bekannten Schürzenjägers und Exzentrikers Dr. Marx. Der Witwer, der sich mit all dem bei den Hehlern verscheuerten Diebsgut und den legitimen Einnahmen gar nicht schlecht stand, schleppte eines Tages einen klirrenden Sack Sovereigns an Bord der S.S. *Empress*, wobei ihm seine Tochter half, ein Mädchen so golden wie die Sovereignmünzen, und nach einer ruhigen Überfahrt legten sie in Brooklyn an.

In diesem großen Stadtbezirk hatte er Verbindungen zu russischen Anarchisten, die über den zweiten Ehemann der Mutter des Vetters zweiten Grades seiner Frau liefen, obwohl er selbst unpolitisch war und sich kulturell und gesellschaftlich gesehen nur beiläufig für eine allgemeine Verbesserung der Umgangsformen und die Verbreitung des Atheismus interessierte. Er war bei der Kriminalität nie mit dem Herzen dabeigewesen: den Beruf des Diebes hatte er aus einer ihm wesentlichen Trägheit heraus ergriffen. 1910 eröffnete er das Restaurant, das von anderen osteuropäischen Exilanten besucht wurde, wobei er die meiste Arbeit seiner Tochter und seinen Angestellten überließ. Die Küche war zwar nicht koscher, aber die Aschkenasim der Nachbarschaft vergaßen ihre ritualistische Pedanterie oder setzten in der chauvinistischen Überzeugung, die russische und polnische Küche seien ohnehin eine jüdische Erfindung, den orthodoxen Charakter des Essens einfach in dem Maße voraus, in dem sie Borschtsch und Blini und Lachskaviar liebten. Pete Lichutin ging es gut, und im Jahre 1913 benötigte er einen zweiten Koch. Um diesen Posten bewarb sich David Jones.

Die Lichutins stammten von Warägern ab, starkknochig und blond. David Jones sah den Besitzer hinter der Bar stehen und Brooklyn-Wodka trinken (Scholochow, der echte Stoff) und kam sich klein und dunkelhäutig und silurisch vor in Gegenwart dieses ergrauend goldenen Bergs von einem Mann. Denn obwohl die großen blonden Kelten in prähistorischer Zeit den dunklen, zwerghaft kleinen Vorbewohnern ihr Acker- und Weideland geraubt hatten, so daß sich diese beim Schürfen nach Metallen und dem Schmieden von Schwertern und Sicheln mit mürrischen Racheplänen trösten mußten, blonde Säuglinge stahlen, um dunkle Wechselbälger in den Wiegen zurückzulassen, als Leprechauns nach Irland reisten und schließlich die Belegschaften für die Fahrradfabriken der englischen Midlands stellten, wurde doch bei der Kreuzung beider Rassen klar, daß die Ureinwohner zäher waren als die Kelten, einem langen Überleben bestimmt. David Jones war im Grunde einer von jenen. Er war klein, dunkelhaarig und drahtig, der Wikinger vor ihm aber hatte eine ungesund hektische Gesichtsfarbe, sein Bauch war enorm, er mußte den lieben langen Tag auf einem Hocker sitzen, um die monströsen Schmerzen in seinen Waden zu besänftigen. Er rauchte importierte Papirossy, vier Päckchen pro Tag. Ein einziger massiver Wutausbruch würde ihn erledigen.

Die Tochter Ludmilla Petrowna kam herein, um die Tische

für das Mittagessen fertig zu decken. David Jones erwischte es schwer. Brüste rund und hoch – könnte der Dichter Ubitij es vielleicht formulieren – wie Doppelkuppeln der Sankt-Isaaks-Kathedrale, weizengelbes Haar wie eine üppige ukrainische Ernte, grüne Augen wie die Ostsee im Winter. »Kommst aus England?« fragte Pete Lichutin. Aus Wales. »Soll komisch sein, *tschelowjek*? Hab schon *whales* gesehen. Große Fisch.« Ich zeige Ihnen Wales auf der Karte. »Ich will nicht Karte, ich gehe nirgendwo. Hier bleibe, hier sterbe. Amerika ist ein großartiges Land«, gemeint war Brooklyn. »Ich sehe schaust große Augen zu meiner Tochter. Nein, nicht schauen. Ich werf raus Männer die wie du schauen, aber vorher schlage hart auf Kopf nauf. Du schau nur Arbeit an. Hast den Job.« Er hatte zuviel zu tun gehabt, um richtig Englisch zu lernen.

Und so eignete sich David Jones die russische Cuisine unter einem mürrischen Koch namens Iwan an (ein Name, der sich ohne weiteres als Ifan ins Walisische übertragen ließ); der hatte selbst auf Handelsschiffen die Ostsee befahren, darauf in einer üblen Pariser Brasserie Steaks gesengt und dabei einmal in trunkener Depression die Küche in Brand gesteckt, hatte sich nach einer ärztlichen Diagnose des Zustands seiner Leber zusammengerissen und war in Brooklyn nüchtern und kompetent angekommen, wenn auch in einem depressiven Zustand, dem nicht länger manische Zwischenspiele Erleichterung schufen. Er brachte David Jones klassische russische Gerichte in französischer Transliteration bei – *bortsch is riba*, *stschi-greschenevaikache*, *Smolenski kache*, *rossolnick ç'agourtzami*, *filet po Neapolitanski ç'izoume*.

David Jones erglühte hin und wieder für die Tochter Ludmilla, aber sie blieb unbewegt von seinem walisischen Schafsgeschau und blieb hochmütig und unberührbar. Ihr Englisch war besser als das ihres Vaters, aber es beschränkte sich auf Befehle und Vorwürfe. Iwan blieb mürrisch und sein Gehilfe frustriert, doch da das Leben stets voller Überraschungen steckt, war es Iwan, der versuchte, in die Kasematten ihrer geschäftigen Kühle einzubrechen, indem er sie in die Arme nahm. Es war

Mittagessenszeit, und das Restaurant war vollbesetzt mit Gästen, die Hüte und Bärte trugen; Pete Lichutin ließ an der Theke Scholochow in die Gläser pladdern. Es war ein Sommertag, Anfang Juli 1914, und ohne ein Knurren der Lust und ohne daß sein mürrisches Gebaren zu offener Begierde zerschmolzen wäre, schnappte Iwan sie in der Küche, als sie wunderschön und gebieterisch dastand und bellte, sie sollten sich jetzt mit dem *Smolenski kache* beeilen – und Iwan versuchte, ihr das dünne Musselinkleid von den Schultern zu reißen. David Jones intervenierte mit dem Esperanto eines tönenden Schlages und ließ ein eisernes Töpfchen auf den Männerschädel niedersausen, während sie auf russisch zürnte. Iwan ließ ab; sie sah wundervoll aus mit ihrer Zornesröte und den wütenden grünen Augen und dem Aufblinken rosigen Fleisches durch den Riß im Kleid. Iwan, massiv getroffen und wankend, stöhnte laut. Der Vater an der Bar erfuhr nichts, noch nicht. Das Mittagessen wurde weiter serviert, David Jones machte die ganze Arbeit. Iwan saß auf einem Küchenhocker und stöhnte, schien seinem Helfer aber nichts nachzutragen. Der Helfer machte ihm heißen starken Karawanentee mit einem Löffelchen Aprikosengelee drin.

Aber später erfuhr es der alte Herr und geriet an den Rand der Apoplexie. Er schmiß Iwan raus und versuchte dabei weit ausholend, aus der Ferne nach ihm zu schlagen, rang anschließend tief und gefährlich nach Atem, soff Scholochow direkt aus dem Gußröhrchen und krachte dann zu Boden wie ein einstürzendes Haus, daß der ganze Bestand an Geschirr und Gläsern klirrte und klapperte wie ein Gamelan. *»Wratsch! Wratsch!«* rief Ludmilla, also rannte David los um die Ecke, um den *wratsch* zu holen. Dieser jüdische Doktor, der noch die Mittagessensserviette um den Hals geknotet hatte, bestellte einen Krankenwagen, und Pete Lichutin wurde Richtung Flatbush-Hospital hinweggerissen, aus tiefsten Tiefen schnarchend, doch noch lebendig. Dann, da das Leben immer noch voller Überraschungen steckte, sagte Ludmilla zu David Jones: »Du kommst jetzt mit mir nach Haus.« Nach Hause? Mit dir? Weshalb? Aber sein Herz pochte. »Das siehst du, wenn dort. Jetzt das Schild, das sagt GESCHLOSSEN. Das hierhin, dann schließen wir zu. Wir machen nicht auf heute abend.«

Zuhause, das waren die beiden obersten Stockwerke eines vierstöckigen Backsteinhauses in Brooklyn Heights mit Blick auf die Freiheitsstatue in der Ferne. Das ganze Haus gehörte Pete Lichutin, die beiden unteren Stockwerke bewohnten anständige, regelmäßig zahlende Mieter, Juden natürlich. Ludmilla öffnete mit ihrem *kljutsch* und enthüllte ein bourgeoises russisches Wohnzimmer, üppig gepolsterte karmesinrote Sessel, verblaßte Vergoldungen, den Duft von Anis und diskretem Kohl, den unausrottbaren Geruch von Pete Lichutins Papyrossi. Sie führte ihn eine einzige kurze Treppenstiege mit ausgebleichtem violettorangenem Läufer hinauf und in ihr Schlafzimmer. »Jetzt«, sagte sie in ihrem brüsken Küchentonfall, »du ziehst alle Kleider aus.«

David Jones war zwar klein, hatte aber von seinem Vater eine ordentliche Muskulatur und einen flachen Bauch geerbt, er war braun und salzgebeizt. Er hatte nie im Bergwerk gearbeitet und war nicht von subkutanem Kohlenstaub entstellt. Er schämte sich lediglich deswegen, sich vor diesen ostseegrünen Augen auszuziehen, weil er eine über seinen Nabel hinaufragende Erektion hatte. Als er nackt war, versuchte er sogleich, diese Erektion zu verbergen, indem er sich der (bis auf den Riß an der Schulter) noch vollständig bekleideten Ludmilla näherte und sie in die Arme nahm. Doch sie stieß ihn zurück, befahl ihm, sich umzudrehen, und musterte ihn mit einem wie kommerziellen Interesse, den Hintern, den Nacken, die Schlüsselbeine, um schließlich befriedigt zu sagen: »Choroschtscho.« Dann kickte sie die Schuhe von den Füßen und legte sich mit den Kleidern ins Bett. Sie zog sich unter der Bettdecke aus wie eine Nonne oder ein Dienstmädchen: Nacktheit, die nicht dem alles sehenden Gott gezeigt werden darf, der sie erschaffen hat. Es gab keine Ikonen oder frommen Bilder im Zimmer, aber an der Wand hing eine sehr schlechte, gerahmte Reproduktion eines Tiergemäldes jener amerikanischen Schule in der Landseer-Nachfolge, die Tisch begründet hat – ein Rudel Rotwild, das mit feuchtglänzenden, unschuldigen Augen den Betrachter betrachtete. »Jetzt kommst du herein«, befahl sie, »und wir lieben uns.« Das schien David Jones eine überflüssige Bemerkung, der nun unter dem Blick der gemalten Rehe und Hirsche ins Bett kam und tat, wie man ihn geheißen hatte.

Es war eine lange, vollkommen animalische Begegnung, unterbrochen nur zweimal, als Ludmilla aufstand, um starken Tee zu kochen, der in Gläsern mit angelaufenen *sarfim* serviert wurde, in jedem ein Löffel eingelegter Pfirsich, und später kalte Blini mit Räucherlachs und rotem Kaviar. Noch später, als sei es etwas, was ihr nachträglich eingefallen war (und wahrscheinlich war es das auch), rief sie im Hospital an, um zu hören, wie es ihrem Vater ginge. Sie sagte auf die ihr zuteil werdende Information *da*, *da*, und umklammerte David Jones in einer kraftvollen Umarmung. Wie geht es ihm? Es geht nicht gut. Es ist Herz. Er stirbt vor Frühstück. Sie meinte eigentlich *sawtra*, morgen, nicht *sawtrak*. Wie kannst du so, wie können wir, wie kannst du jetzt daran, ich meine, es ist doch nicht anständig. Aber in gewisser Weise war es das doch. Das Leben widersprach dem Tod. Mehr noch, die Bewegungen, die Leben erzeugten, legten ihren Widerspruch ein. Denn dies war der vorweggenommene Vollzug einer Ehe, der kein Antrag in Worten vorausgegangen war. Keine Kondome, kein Coitus interruptus. David Jones hatte wenig Erfahrung mit Frauen, aber er erkannte eine Jungfrau, wenn ihm eine begegnete, und diese Ludmilla, deren Vater soeben um ihrer Keuschheit willen starb, war keine. Auch gut. Das Restaurant würde noch vor dem Frühstück ihr gehören, und sie würde einen Ehemann brauchen, der es mit ihr zusammen führte. Ludmilla Jones. Was auf Russisch Iwanowitsch heißen würde, kein richtiger Nachname.

So heirateten David Jones und sie standesamtlich, ohne kirchliche Trauung, zu Beginn des August 1914. Er schlug vor, die Speisekarte des Restaurants zu erweitern: walisische Hammelkeule, Brandybouillon, Rübchen und Kartoffeln (zerstampft zu dem *potch* genannten Brei), Welsh Rabbit. Nein, sagte sie, keinen ausländischen Dreck auf den Küchenzettel. David Jones arbeitete zwar hart genug in der Küche – wo ihm ein Pole half, der das begehrliche Lebensalter schon lange hinter sich hatte –, und trotzdem kam er sich ein wenig wie ein ausgehaltener Mann vor. Ihr gehörte das ganze Betriebskapital, sie gab zu viele Befehle, wenn auch mittlerweile weniger im Bett. Wie viele Waliser verstand es David Jones, eine Frau zu befriedigen. Der größte Vorwurf, den Waliserinnen gegen die Männer nicht-kymrischer Herkunft vorbringen (Schwarze aus dem East End von London ausgenommen), lautet, die seien *nicht liebreich*.

Am vierten August brach der große Krieg aus wie ein am kranken Europa aufplatzender Furunkel, und die New Yorker Zeitungen berichteten die patriotischen Schlagzeilen der englischen. David Jones hatte Schuldgefühle, weil er nicht sogleich über den Atlantik eilte, um sich einzureihen. Er war ein Bürger des britischen Empire, wenn dieses auch nie etwas für ihn getan und sein Vater öfters berichtet hatte, daß manche seiner politisch bewußten Kumpels es eine Maschinerie kapitalistischer Unterdrückung nannten, Mann du. Er hatte sich immer noch nicht entschlossen, die Staatsbürgerschaft der USA anzunehmen. Er hatte nicht die Idee, es jetzt den Deutschen zu zeigen, weil es den Überfall auf Belgien zu rächen galt – eher dachte er daran (wenn auch nur vage), daß er heil und gar nicht einmal besonders unbequem dem Tod auf der untergehenden *Titanic* entronnen war und eine Art Verpflichtung hatte, dem Tod noch einmal eine Chance zu geben. Außerdem war Amerika doch viel zu selbstgefällig, Mann du, weil es nicht das kriegszerrissene gottverdammte Europa war, und er wußte, ohne daß er es hätte ausdrücken können: Er war Europäer. Seine Frau war auch eine Europäerin, und Brooklyn war zwar voller Europäer, aber es war nicht Europa. Helle Nächte über der Newa. Bergleute, die auf dem Heimweg von der Schicht vierstimmig singen. Mit Messer und Gabel essen.

David Jones hatte mit seinem Vater keinen Kontakt gehalten, wenn er auch einen Brief an eine Tante in Tredegar schrieb und mitteilte, er habe ein russisches Mädchen geheiratet, wirklich wunderschön ist sie, und es ginge ihm gut in den Staaten, und sie solle bitte die Information an Dad weitergeben, dem er nun den Hieb auf den Schädel im Suff verzieh und der ihm hoffentlich seinerseits vergab, daß er weggelaufen und zur See gegangen war – wo immer Dad jetzt sein mochte. Keine Antwort. Auch gut.

Keine Antwort bis Ende April 1915. Das Restaurant florierte inzwischen. David Jones konnte ein wenig Russisch sprechen und unter Mühen auch ein bißchen lesen, Ludmillas Englisch hatte sich verbessert und zeigte einen ausgeprägt walisischen, singenden Tonfall. Trotz der Energie, mit der sie sich nächtlich liebten, kam das entscheidende Spermatozoon nicht ans Ziel. Auch gut. Es blieb noch genügend Zeit, eine Familie zu gründen. Er war erst einundzwanzig und seine Frau, glaubte sie, sie war sich nicht sicher, etwas über neunzehn. Der Brief, der aus Tredegar kam, stammte von seiner Kusine Iris, nicht von Tante Gertie, die hervorragend zu backen verstand, aber mit dem Schreibzeug wenig ausrichten konnte. Es hieß dort, sein Vater sei sehr krank mit einem Gewächs in der Brust, und der Doktor meine, wenn er noch ein Vierteljahr am Leben bliebe, könne man zufrieden sein. Man habe dem Vater sein wahres Leiden verheimlicht, er glaube, er leide an Bronchitis. Er, Dai mein Junge, solle sich mal besser auf den Weg in die Sunnybank Road Nr. 2 in Blackwood machen, russische Frau und alles, sowas hat's ja in der Familie noch nie gegeben.

»Ja«, sagte Ludmilla Jones, »ich komme mit, weil ich vertraue nicht mit Frauen.« Das war nun die Belohnung dafür, daß er so gut im Bett war: ein Mann, der es so leidenschaftlich trieb, würde naturgemäß hinter den Frauen her sein. »Aber wer schaut nach dem *restoran*?« Wenn du glaubst, ich komme wieder nach Amerika zurück, sagte David Jones, dann irrst du dich. Wir kommen nicht wieder, keine Diskussion jetzt, es ist an der Zeit, daß ich hier das Sagen habe, wir verkaufen das Lokal und das Haus auch und legen das Geld auf die hohe Kante. Ich gehe zur Armee, nicht zur Marine, beileibe nicht, von dem verdammten Meer hab ich genug, und über die Zukunft denken wir nach, wenn der Krieg vorbei ist. Es gab eine lange Auseinandersetzung, aber Ludmilla, die einmal nur knapp dem Verbrühen durch einen umstürzenden Topf Borschtsch entgangen war, willigte schließlich ein, das »Newskijprospekt« an einen etwas zwielichtigen

Herrn aus der Bronx namens Keller zu verkaufen. Sie bekam fünfundzwanzigtausend Dollar für Lokal und Vorräte und als Ablösesumme, damals ein schönes Stück Geld. Das Backsteinmietshaus wollte sie nicht verkaufen, sondern vermietete die oberen Stockwerke möbliert; die Mieten ließ sie durch die Anwaltsfirma Peyser, Reich, Koenig und Sharp einziehen und anlegen. Sie wollte St. Petersburg wiedersehen. Es gab zuviele Ausländer in New York.

David Jones ging zu einem Schiffahrtsbüro in Manhattan und buchte Überfahrten zweiter Klasse auf der S.S. *Lusitania*, die Anfang Mai auslaufen sollte. Aber am Abend, bevor sie an Bord gehen wollten, brach Ludmilla mit stechenden Schmerzen im Unterbauch zusammen. Man diagnostizierte eine Blinddarmentzündung. Die Operation war erfolgreich, und Ludmilla, robust wie eine Stute, erholte sich schnell, aber sie konnten nun erst Anfang Juni reisen. Inzwischen kam die Nachricht von der Versenkung der *Lusitania*, mindestens zwölfhundert Menschen waren ums Leben gekommen. David verspürte ehrfürchtiges Staunen. Es war etwas fast Ungutes an seinem Glück. Sie fuhren mit der S.S. *Monroe* von der Zweiundvierzigsten Straße nach Southampton, einem mit reichlich Rettungsbooten versehenen Schiff, das auch keine geheimen Munitionsvorräte mit sich führte und nach den deutlich warnenden Worten von Präsident Wilson vor den Torpedos der Teutonen, der »Hunnen«, sicher war.

»Wir bleiben ein wenig in Anglija, bis dein Vater stirbt. Dann gehen wir nach Petersburg, es ist nirgends wie zuhause.« Wir überlegen uns das mit Rußland nach dem Krieg, Mädel, und wir gehen nicht nach Anglia, East-, West- oder North-, wir gehen nach South Wales. Aber das ging genaugenommen nicht, denn Monmouthshire war verwaltungstechnisch – von Schule und Erziehung abgesehen – ein Teil Englands, und eine englischere Adresse als Sunnybank Road Nr. 2, Blackwood, wird man auch schwerlich irgendwo finden.

Das Zimmer von Elis Wyn Jones war erfüllt von Arzneigerüchen und dem Geräusch seines qualvollen Atemholens. Er war erst zweiundfünfzig, sah jedoch aus wie ein Achtzigjähriger, nichts als Haut und Knochen und weißes Prophetenhaar, wenn auch kein Bart. Die Frau aus Ebbw Vale, mit der er in Sünde gelebt hatte, war schon lange fort, aber eine Pflegeschwester von Cefn Fforest hatte man angestellt, die saß nun im Erdgeschoß und sah sich satt an einer goldenhaarigen Russin, die starken Tee kochte und nach Aprikosengelee fahndete. Der Vater bat den Sohn um eine Zigarette und bekam eine Gold Flake. Nach einem ersten Paroxysmus des Hustens schien das Rauchen ihm das Atmen zu erleichtern. Er sagte:

»Hab mich am Leben gehalten mit dem Warten, daß du kommst, und jetzt, wo du da bist, kann ich in Frieden abtreten. Lunge war schon immer schwach wegen dem Anthrazit. Ich bin fertig. Aber auch gut, hab mein Leben gehabt, ist nur fair. Ne Menge junger Burschen an der Front müssen gehn und haben nicht gelebt, nicht so, daß sich's verlohnt hätte, arme junge Säcke.« Spar dir deinen Atem, sprich nicht so rasch. »Hübsches Mädel hast du da drunten, bißchen streng, auch gut. In Rußland spielt sich einiges ab, das Land der Zukunft, wirst noch sehen. Gib mir noch so eine, Sohn, die helfen ein bißchen, machen die Röhre frei, ist ja nur fair.« David gab ihm noch eine Gold Flake, aber sein Vater gab sie ihm zitternd nach ein paar betterschütternden Hustern wieder zurück. »Doch keine so gute Idee.« Er spie einen rostigen Klumpen in die Backschüssel neben dem Bett. »Besser rauf als runter, wie's so schön heißt, schau dir an, wie groß das Ding ist. Hör zu, Jungchen, geh mal an den Schrank, unten, da siehst du ein Paket in braunem Packpapier, mit Schnur drum. Ist schwer, sei nicht überrascht, wenn du's hochhebst. Bring's her ans Bett, Junge.«

David brachte es herüber, überrascht genug, in beiden Händen. Sein Vater sagte:

»Schon mal was vom berühmten Welcome-Nugget gehört, mein Sohn? In Ballarat im Jahre 1858, glaub' ich, geschürft, und dein Großvater konnte nie aufhören davon zu erzählen. Hat ungelogen an die zweihundert verdammte Pfund gewogen und war damals fast neuntausend wert, stell dir nur vor, was das Teil heute bringen würde. Was du da jetzt hast, das ist deins, und es wiegt achtunddreißig Pfund, hab's mit eigenen Augen gesehen, wie die Waage das angezeigt hat.«

Warum zum Teufel hast du – Wie bist du -

»Nur Ruhe, Junge, kein Grund zur Aufregung. Dein Großpapa hat mir das auf dem Sterbebett gegeben, wie ich's dir auf meinem gebe. In Wellengong, wo er tot und begraben liegt, komischer Name, wirst du sagen, gleich hinter Sydney. Schön hat er's da gehabt, wenn alles auch ganz einfach war. Sehr schuldbewußt war er immer irgendwie wegen dem, aber er hat gesagt, es gehört ihm rechtmäßig, wenn er's auch nicht beweisen könnte, eine ziemlich lange Geschichte wohl.«

David befingerte den zerklüfteten Brocken, der gerade unter den ins Bettzeug gehüllten Füßen des Vaters lag und Metallpartikel auf die Decke streute. Es war unreines Gold, insofern es in Blei, Kupfer, Eisen eingebettet war, doch der authentische Glanz war da, diskret und herrscherlich im Licht des verregneten walisischen Sommernachmittags.

»Das wird dein Problem sein, Dai mein Junge, dieses Teil zu verkaufen. Ich hab mich nicht getraut, zu viele Fragen. Hab's immer wieder hinausgeschoben, kein Wunder. Und ich hab ja immer genug gehabt für meine Bedürfnisse, alles fair, den Banken, denen hab ich nie getraut, du findest nen Beutel mit dreihundertfünfundzwanzig Sovereigns, Blankmänner sagt man hier, schön unter dem Wassertank auf dem Speicher verräumt. Das ist dein legales Erbteil, Jungchen, alles mit den Anwälten sauber geregelt, das Haus hab ich gekauft, ist mit nix belastet, war eine gute Investition, so wie die Zeiten sind. Du bist weggelaufen, in gewisser Hinsicht ungehörig, aber du hast Mut gehabt, und von der *Titanic* bist du heil runtergekommen, als die ganzen anderen armen Schweine abgesoffen sind. Nicht wie deine Tante Gertie und die alle, das einzige Stück Leben, was die kennen, beobachten sie hinter der Spitzengardine vor, und dieser Jack Probert ist, ich will nicht lügen, der dümmste Arsch, den die Welt je gesehen hat. Und im übrigen –« Er begann verzweifelt zu husten und lief brandigrot an, und die Schwester bequemte sich langsam die Treppe herauf, mit offenem Mund kauend.

Am nächsten Tag überkam den Alten – den eigentlich nicht gar so Alten – ein unangemessener Appetit, und er sagte seinem Sohn, vor dem Sterben wolle er gerne eine walisische Hammelkeule, gekocht mit Port und Brandy in der Sauce. Das würde er dann erst am Abend essen, vornehm, dinieren wie die feinen Pinkel, die verdammte Chose richtig aufziehen. Er sagte: »Komisch, wie lange man sowas im Kopf behält. Droben auf dem Speicher, da wirst du die En-zy-klo finden, ich vergeß den Rest von dem blöden Wort, die ich von deinem Großpapa bekommen hab. Der hat sie von einem Schiebkarren am King's Cross in Sydney runter gekauft, ist vielleicht wertvoll. Jedenfalls ist da ein langer Riemen über Wales drin, und da steht, walisisches Lamm und walisischer Hammel sind *superb*. Das Wort hab ich nie vergessen, weiß allerdings nicht, ob ich's richtig ausspreche. Also gönne ich mir das, ehe ich mich in Abrahams Schoß verziehe, was ja auch keine besonders erhebende Aussicht ist, wenn man's genau bedenkt.«

David Jones ließ es nicht zu, daß all sein andauerndes, unwahrscheinliches Glück ihn mit seinen Versprechungen verwirrte; eine einzige Hunnenkugel könnte all dem ein Ende setzen. Er hatte den Entschluß gefaßt, in die Armee einzutreten, es war nur fair, dem Tod noch eine Chance zu geben. Aber eins nach dem anderen, erst galt es, den armen Dad unter die Erde zu bringen, im Familiengrab in Bedwellty. Für seinen armen Dad kochte er eine schöne walisische Hammelkeule mit Rübchen, Lauchstengeln, Möhren und Zwiebeln, ein Glas Portwein war fünf Minuten vor Ende des Kochvorgangs hinzuzuschütten und ein Gläschen Drei-Sterne-Martell im letzten Augenblick. Typisches Bergmannsessen am Wochenende – wenn sechs oder sieben Söhne auch einfuhren, kam viel Geld ins Haus. Armer Alter – Abrahams Schoß, du liebe Zeit, ja. Während die Hammelkeule köchelte, kamen ein paar Verwandte mit dem Bummelzug aus Tredegar – Tante Gertie, ihr Mann Jack Probert, ihre Tochter Iris und Iris' Mann Owen Davis, den die Kollegen in der Stahlfabrik, wo er als Walzer arbeitete, Golly nannten, abgekürzt aus *golygus*, hübsch, weil er so verdammt häßlich aussah. Sie wohnten alle in einem Haus in der Chwefrer Street hinter äußerst sauberen Spitzenvorhängen.

Rechnen sich ihren Anteil aus, sagte sich David Jones, als er mit ihnen im guten vorderen Zimmer saß und die nur unzulänglich unterdrückte Raffgier in ihren dunklen, kleinlichen Augen sah. Sie hatten befriedigt die ausgezehrte, schlafende Gestalt von Elis Wyn betrachtet und warteten nun auf Ludmilla, komischer Name, ausländisch, die ihnen mit Tee und Walisergebäck aufwarten sollte. Der Tee wurde in der barbarischen britischen Version aufgetischt, dazu ein Teller mit den schweren Kuchen, welche die Russen ohne jede Ironie »Zephyre« nennen. Ludmilla sah sie mit ihren ostseegrünen Augen an, diese eigenartigen Ausländer, fasziniert.

»Komisch ist der ihr Englisch schon, eigentlich«, sagte Tante Gertie. »Nie Ausländer in der Familie gewest bis mal abgesehen von deiner Mama, die war ja schon insoweit aus North Wales. Hart sind diese Dingenskuchen hier schon. Jack der muß weiche Sachen muß der essen, wegen dem seinen Zähnen. Gibt jetzt mit Krieg ja alle möglichen Jobs überall, aber Jack eben, arbeitsfähig ist der nicht.«

»Was hat er denn dann?« fragte ihr Neffe.

»Erz.«

»Was meint sie – Erz?« fragte Ludmilla. Ihr Mann erklärte es. »Ach *Gerz*!« sagte Ludmilla. Tante Gertie schniefte überlegen und ging zu einer detaillierten Beschreibung ihrer Leiden über, *sie* sollte eigentlich diejenige sein, die im Bett lag, nicht ihr Bruder, der droben so friedlich schlummerte. »Und dann hat die Mrs. Evans Nummer 3 immer von ihrem Kreuz erzählt und Dr. Cronin, der ist aus Schottland, der sagt, na und die arme kleine Mrs. Probert, die hat ja schon die rosa Pillen hat die schon, Sie haben doch bloß die weißen.« Sie entfernte mit delikater Präzision ein unzerkautes Stückchen Zephyr aus ihrem *ceg* und sagte: »Iris hier, die war am Backen gewest, und Dr. Cronin sagt bevor er geht: Also wer hat diese Kuchen hier gebacken? Meine Tochter, Herr Doktor. Die sehen aber schön aus tun die. Na bleiben Sie doch und essen Sie ein Stück, Herr Doktor. Nein,

nein, nein, ich hab ja keine Zeit jetzt, aber das muß ich schon sagen, solche Kuchen kriegen *wir* bei uns zuhaus nicht.« Und sie schmunzelte eitel, zufrieden wie die Miez im verdammten Sahnetopf. David Jones fühlte sich sehr müde: Scheiß auf die ganze Bande, auf das gottverdammte Wales, auf das engstirnige Pack von gottverdammten Arschgesichtern, keine Ahnung, daß die verdammte Welt um sie rum existiert. Sein Vater rief mit schwacher Stimme. Tante Gertie glänzte stumpf: Jetzt geht's dem Ende zu geht's jetzt, ist ja nur fair.

»Scheuch die ganze Bande aus dem Haus, verdammte Geier, nagen die Knochen der Toten ab, wenn sie noch am Leben sind. Schmeiß sie raus und bring mir mein Abendessen. Ich bin ganz ausgehungert, Jungchen.« Also wurden die Verwandten zur Tür hinausgedrängt, damit sie recht lange am eingeregneten Bahnhof von Blackwood warten konnten, und dann bekam Elis Wyn sein stilvolles Abendessen auf einem Tablett mit einem Sträußchen Bartnelken in einem Marmeladeglas serviert, die Blumen waren Ludmillas Idee. Der Sterbende aß energisch. »Nicht genug Pfeffer, Junge du.« Aber Pfeffer bringt dich wieder ans Husten, Dad. Tat er auch. Und dann schien etwas in dem Mann zu zerreißen. Das Husten hörte auf, und er mußte die ganze Kraft, die er noch besaß, auf das Atmen verwenden. Der Sohn wachte die Nacht über bei ihm und hörte die Bergleute von der Schicht kommen und *Cwm Rhondda* singen:

Brot von Evans,
Tee von Thomas,
Bier aus der Wirtschaft »Glückauf«...

Der alte Mann erwachte aus seinem dyspnoischen Koma, schmatzte durstig und sagte in entschiedenem Ton: »Ein Glas Bier wäre jetzt verdammt angenehm, Junge.« Dann starb er. Die Schwester kam um halb neun von Cefn Fforest, schloß dem Toten die träumenden Augen, zog das Laken über das Gesicht und ging dann Mrs. Cadwallader von der Caerdydd Avenue holen, die Leichenwäscherin der Gemeinde.

David Jones hatte den Tod in großem, öffentlichem Maßstab erlebt, doch noch nie häuslich und ganz aus der Nähe. Dieser häusliche Tod widerte ihn an. Es war ihm nie klar geworden, daß der Tod im Bett eine schmutzige Angelegenheit ist, nicht wie die himmlische Verwandlung der kleinen Eva in der Verfilmung von *Onkel Toms Hütte*, die er in New York gesehen hatte. Darm und Blase gaben auf, Bettzeug und Matratze mußten hinten im Garten verbrannt werden. Der Körper, der sich vulgär seiner Exkremente entledigt hatte, verwandelte sich nun selbst in ein Exkrement. Dies geschah, weil die Seele ihn verlassen hatte. Es gab also doch so etwas wie eine Seele, die Prediger hatten recht. Dieser Klumpen zerfallender Materie, der für den Sarg präpariert wurde, war nicht sein Vater. Sein Dad hatte sich jetzt irgendwohin verpißt, wo es kein Bier und kein walisisches Hammelfleisch mehr gab, er war eine befreite Seele, aber was trieb er jetzt, wer konnte das wissen? Es erhoben sich gegenwärtig eine Menge befreiter Seelen aus verfallenden Leibern auf den schlammigen Schlachtfeldern Frankreichs, und vielleicht gesellte er, der lebende Sohn und komfortabel ausgestattete Erbe, sich auch bald dazu. Es schien ihm wesentlich gesünder, sollte heißen: sauberer, so zu sterben als in einem Bett, das prompt beschmutzt würde, wenn die Seele die Kontrolle über die Muskeln einstellte. Auf See zu sterben war auch eine saubere Sache, aber die eigenen Exkremente an die Erde abzugeben, tat dieser gut, während ein ertrunkener Leichnam nur die Fische nährte, die wahrscheinlich bereits genug zu fressen hatten. Seele/Erde: Das schien eine faire Antithese.

»Also, Weib«, sagte er zu Ludmilla am Morgen nach der Beerdigung, »morgen fahr ich nach Newport und melde mich bei der Armee. Du kommst hier bestimmt zurecht. Bißchen einsam, aber die Nachbarn sind ja da, engstirnige Figuren zwar, wenn man sie sich so angesehen hat, als sie an die Türen kamen, wie der Trauerzug vorbei ist. Du kriegst als Soldatenfrau entsprechend

Sold ausbezahlt, und auf der Bank hier liegen all unsere Dollars, jeder davon soeben in vier Shilling umgewechselt.« Er erwähnte das Rohgold nicht und auch nicht den Beutel mit den Sovereigns, den er in einer alten Reisetasche seines Vaters auf der Bank ins Schließfach gegeben hatte: Er hatte ein Recht auf seinen geheimen Geldschatz, das hatte jeder Mann. »Der Krieg dauert nicht ewig, und hie und da kriegt man auch mal Urlaub.«

»Ich fahre«, sagte sie, »nach Petersburg.«

»O Gott, Mädel«, rief er besorgt, »das kannst du nicht machen. Da ist doch auch der verdammte Krieg, die Deutschen kämpfen gegen jeden Arsch, überall, da hätt ich nur noch mehr Sorgen wegen dir. Ich will dich hier in diesem Haus haben, an der Heimatfront darf das Herdfeuer nicht ausgehen.«

»Das Wetter zu heiß für ein Feuer.«

»Das ist nur eine Redewendung, nennt man sowas. Und hör mal, es gibt da ein bestimmtes Wort im Englischen: *ist*. Ist, ist, ist! Fang besser an, dir das anzugewöhnen, oder die Nachbarn lachen sich kaputt.«

»In Rußland ist kein ist. Hier sagen sie ›gewest‹.«

»Vergiß es«, seufzte er. »Was willst du denn überhaupt in Petersburg?« Und er sah sie an, wie sie auf der anderen Seite des leeren Kamins saß, im Wohn-Eßzimmer, das auf das Stückchen ungepflegten Garten schaute – das gute muffige Vorderzimmer wurde für besondere Gelegenheiten aufgespart, Weihnachten und Todesfälle. Sie war im Grunde noch ein Mädchen, ein Ehemädel, wie man sagte. Liebte er sie? Was war das, Liebe? Liebte sie ihn? Was war das – wie hieß es noch gleich: *ljubow*? Er wußte schon, weshalb sie ihn zuerst in das vorweggenommene Hochzeitsbett gezerrt hatte, aber der einstige Grund, männliche Muskulatur und Autorität in einem Restaurant in Flatbush, war nicht mehr besonders aktuell. Nun, es hatte jetzt keinen Zweck, mit all dem anzufangen, sie waren Mann und Frau, ein Fleisch, wenn auch zwei Seelen (jeder starb allein: das war ihm sehr eindrücklich demonstriert worden), potentielle Kindeseltern, obwohl die Reproduktionsmaschinerie – wie jene Dampflokomotive von Crawshay-Bailey, die eine legendäre Rolle im walisischen Liedgut spielt – nicht so recht anspringen wollte. »Da gibt's jetzt niemanden mehr, den du kennst, Mädel.«

»Meine Tante Anja und mein Onkel Boris in dem Gefängnis. Wir schreiben Briefe zueinander. Du hast gesehen.«

»Herrgott, ihr seid wirklich ein krimineller Verein. Vom Gefängnis hast du nie was gesagt.«

»Er sagt: Tötet den Zaren, sie lachen, aber sie stecken ihn trotzdem in das Gefängnis.«

»Warte«, riet er nach einem sehr tiefen Seufzer. »Eins nach dem anderen. Zeit hat's noch genug. St. Petersburg wird nicht über Nacht einfach verschwinden.« Sie schüttelte den wunderbaren Kopf, der im matten Licht des Sommermorgens leuchtete wie der nicht länger auf dem Speicher befindliche Metallklumpen. Der andere dort versteckte Schatz stand nun ordentlich hinter der Glastür des ansonsten fast leeren Bücherschranks aufgereiht: Die Enzyklopädie, von Kelly, zwölf Bände. Da konnte sie ihr Englisch verbessern, sonst gab's im Hause an Literatur ja nur die alte Familienbibel, vor der er einst onaniert hatte, zu altmodisch, um ihr noch viel zu nützen. Schüttelte den wunderbaren Kopf, als wisse sie es besser, wie die Muse der Geschichte.

Also nahm er den Zug nach Newport und meldete sich für das Royal Gwent Regiment. Es stellte sich als wesentlich schwieriger heraus, in den Krieg zu ziehen, als er sich das gedacht hatte – er wollte nur König und Vaterland einen Gefallen tun, aber langsam sah es aus, als wär's umgekehrt. Beruf? Kein richtiger Beruf eigentlich, nur so hier und dort immer mal wieder was gearbeitet. Aber die blaue Tätowierung am linken Unterarm, ein Anker mit einer Krone drüber, sowie seine nautisch zusammengekniffenen Augen und die salzluftgebräunte Haut hätten seinen Beruf jedem verraten, der genau hingeschaut hätte. Niemand tat's. Nächste Anverwandte? Ludmilla Jones, geborene Petrowna Lichutin. Jawohl, Russin. Da waren sie nicht sehr glücklich drüber, obwohl die zaristische Armee tapfer die Hunnen in Galizien zurückdrängte. Man holte ihn erst im Spätsommer 1915 ins Grundausbildungslager bei Chepstow, wo er – volltauglich, Nr. 73386, ohne Beruf, erstklassiges Marschiermaterial und Kanonenfutter –

sich anderen Jones anschloß sowie jeder Menge Willams, Evans, Morgans und dem einen oder anderen Pritchard. Seinem Namen mußten die letzten Ziffern seiner Nummer hinzugefügt werden: Jones 86. Es gab einen einsamen Cadwallader in diesem Schub, und anstatt sich über diese leicht zu identifizierende Einzigartigkeit zu freuen, raunzte der Spieß der Kompanie, ein Ausländer aus Cadbury: Was soll das denn für ein gottverdammter Name sein? Cadwallader verstand den Dialekt seines Vorgesetzten nicht, also antwortete Jones 86, seiner Unterrichtsstunden in Manhattan eingedenk: »Einer von den Königen von Gwynedd.« Wo isn das, in Mesopotamien? Wer hat dir denn verdammt nochmal gesagt, du sollst dich hier einmischen, und überhaupt heißt das: Sir. Jawoll Sir! Aber der Vizekommandant von Kompanie A sagte: »Cadwallader und seine Geißen, wahs? Ahahaha.« Es gab eine Menge Ausländer im Royal Gwent Regiment, vor allem unter den Offizieren, von denen keiner mit einem richtig ordentlichen walisischen Tonfall sprach. Die Hierarchie erinnerte Jones 86 an die *Titanic*, die Kaserne war wie ein Schiff in der Flaute mit strengen Abgrenzungen von der Ersten Klasse bis zum untersten Schiffsbauch, überall Hinweise: ZUTRITT VERBOTEN. Allerdings keine Frauen, nur in den erhitzten Drüsen der einsamen Männer. Der Käpten des Schiffes war der Colonel, ein fernes Numinosum, das nur die Soldaten näher kennenlernten, die sich schwere Vergehen zuschulden kommen ließen, und »Captain« andererseits war ein relativ niedriger Offiziersrang. Gemeiner Soldat Jones fuhr letzte Klasse, aber der Fraß, den die Kantine auswarf, wäre nicht einmal von den irischen Auswanderern toleriert worden, für die er damals den Kohl zusammengekocht hatte. Doch sagte er nicht, er könne's besser als der Küchenkorporal (der Küchensergeant war ein fluchender Saufkopf und hatte nur theoretisch was zu sagen), der schniefend seinen Rotz in den Porridgekessel träufelte und Zigarettenasche hinterherblies.

So bildete er Karrees und exerzierte, Kopf immer schön hoch, die ganzen Sixpencestücke ham schon andere aufgehoben! Im grauen Morgenlicht schrie man ihn und die anderen aus seinem Zug an, sie sollten aus ihren Wichsmulden raus und auf dem Hof antreten. Auf geht's, auf geht's, Hand vom Schwanz, rein in die Socken, um neun Uhr Schreibstube! Wenn sie sich müde und schmutzig – denn es gab nur einen einsamen Kaltwasserhahn – in ihre Decken rollten und dem Lichtaus-Signal des Zapfenstreichs gehorchten (»Tonika und Dominante nennt man diese beiden Noten, Junge«, erzählte ihm Evans 73, der Chorleiter, jeden Abend), fing der dunkelhäutige Morgan an, von seiner Strohmatratze in der Ecke aus dem Schlafsaal den verblaßten Ruhm der brythonischen Kelten zu schildern.

»Christen schon zweihundert Jahre nach dem Tod des Großen Weißen Jesus, Gott laß seine Knochen in Frieden ruhen, und sie hielten am Glauben fest, als die ganze Britannien genannte Insel, die ihnen von Rechts wegen gehörte, falsche Götter angebetet hat, Odin und Thor und die anderen verdammten stocktauben Holzgötzen.« Jones 86 hatte beim Klang dieser Worte Heimweh nach dem ruhigen Leben und den Fleischtöpfen von New York City. Warum, wandte einer aus dem Dunkel ein, kämpfen wir dann für die verdammten Engländer und nicht auf der Seite von den verdammten Deutschen, die doch immerhin wissen, wo's lang geht und *Gott strafe England* schreien? Eine ernste Laienpredigerstimme in Türnähe kritisierte wie stets die blasphemische Sprache, aber man rief dem Sprecher zu, er solle sich nicht ins Hemd machen. »Also, das ist schon ein legitimer Einwand, würden da viele sagen, aber, Jungs, der Tag wird ohnedies kommen. Was sind denn die Deutschen schon anderes als Vettern von den Engländern?« Der Kaiser jedenfalls ein Neffe, sagte die müde Stimme von Williams 39, dem Anwaltskanzlisten, unbeachtet aus der Dunkelheit. »Sind die erst mal aus dem Weg geräumt, was soll dann noch die bewaffneten Waliser hindern, sich zu erheben und es den Unterdrückern zu besorgen? Schon heißt es, man hat den Geist von Arthur dem König auf seinem Roß über die Berge galoppieren sehen, und das Schwert Caledvwlch schwang er in der Hand. Die ruhmreichen Tage werden bald kommen, und die Waliser werden bereit sein, von den Engländern im Waffengebrauch ausgebildet, die zu blöd sind, die verdammten Vorzeichen zu sehen.« Es gab ein paar im Zug, die davon wenig verstanden, zuviel schwierige lange Wörter, Mann. »Es wird sein, wie's früher war, als die Fürsten sich wie eine Flamme in Cymru erhoben, Cadwallon mit der langen Hand und sein Sohn Maelgwyn Gwynedd und der andere Cadwallon, der Urenkel des ersten. Und sie fochten gegen die brutalen Bastarde, die das Schwein mit dem unschönen Namen Ethelfrith anführte, der König der Angeln in Northumbrien, bis wir durch Brutalität und Verrat den ganzen Norden Britanniens verloren und in der schändlichen Schlacht von Chester zerschmettert und dahingemetzelt wurden.«

Doch gab es in der anderen Ecke einen Mann, Evans 12, der laut gegen diesen ausgedienten Nationalismus anging und behauptete, der wahre Kampf sei der zwischen den Arbeitern und den Kapitalisten, und aus diesem Krieg hier, der zum Zusammenbruch der Industrien in großem Maßstab führen würde, müsse die Revolution entstehen. Ein weiterer Sozialist aber behauptete aus einer anderen Ecke, daß kein Arbeiter überhaupt in diesem Krieg kämpfen sollte, das ganze hieß doch bloß, daß sich die Arbeiter gegenseitig umbrachten, während die Rüstungsfabrikanten dicke Profite einschoben, er hätte sich selber gar nicht gemeldet, wenn er sich nicht gedacht hätte, in den Reihen der kämpfenden Arbeiterschaft wäre was für die gute Sache auszurichten und man könne so das Evangelium des Proletariats verbreiten. Und dann ging der Dreiecksstreit (mit dem basso ostinato des Predigers, der gegen die blasphemische Sprache protestierte) unter in dem Gesang der Unpolitischen:

Crawshay-Baileys neue Dampflok,
Ja die wollt und wollt nicht gehen,
Und da zog man sie am Schnürchen
Und das konnten alle sehen.

Der Korporal des Zugs, der in seinem eigenen kleinen *cwb* oder Zwinger am Ende des Saals schlief, kam spät und mit Bier abgefüllt aus der Korporalskantine und brüllte im Tonfall des Liverpool-Iren: »Ratzt jetzt endlich, ihr verdammten Taffys!« Es herrschte Stille, unterbrochen nur von aufmüpfigem Geflüster über den arroganten Ausländerarsch, dann erklangen Geschnarch und Gestöhn bis zum Wecken: dann wieder Tonika und Dominante, Junge, so beginnt dein Tag und so hört er auf, das gibt's dann auch an deinem Grab in Flandern.

Gemeiner Soldat Jones sollte nach Beendigung seiner Grundausbildung zum Ersten Bataillon des Royal Gwent Regiment bei Monmouth versetzt werden, aber erst bekam er Urlaub. Seine Frau begrüßte ihn an der Haustür mit »*Bore da. Dewch i mewn.*« Er wußte, daß das kein Russisch war. Er sagte:

»Was um Gottes Willen, Mädel –«

»Mrs. Jones Nummer 7 ist mein *athrawes* ist die.«

»Ach Jessesgott. Allmächtiger.«

»Dicker biste geworden, *nghariad*.«

»Porridge, Brei, Kartoffeln, Bier. ›Biste‹? Schon besser ist das.«

»Ich lese die Bücher. Ich bin jetzt bei dem zweiten Buchstaben. *Bendigo*, Name, unter welchem der britische Boxkämpfer William Thompson bekannt war. Ferner Stadt in Victoria, Australien. Achtzehnhunderteinundfünfzig wurde alluviales Gold dort gefunden, und es kam zu einem großen Goldfieber. Ich war in Cardiff. Dort gibt es eine russische Kirche mit einem Popen. Er heißt Vater Kyrill. Er hat mir ein Wörterbuch verkauft, Englisch-Russisch. Er macht auch mein Russisch besser. Und jetzt gehen wir ins Bett.« Sie gingen ins Bett, und anschließend sang sie etwas Russisches aus ihrer Kindheit und trug einen massiven *high tea* nach britischer Art auf: Spiegeleier mit Schinken, dünngeschnittene Butterbrotscheiben, Pflaumenkuchen und Törtchen, eine volle, dampfende braune Teekanne. Sie benutzte nicht länger den Samowar, den sie aus Brooklyn mitgebracht hatte. Gemeiner Soldat Jones, der mit den aus Zufriedenheit und Schuldbewußtsein gemischten Gefühlen, die erfolgreicher Liebe folgen, auf seinen Tee wartete, fand den ersten Band von *Kelly's Encyclopaedia* auf dem Tischchen neben einem der Sessel am Kamin. Er war beim Stichwort *Benediktiner, Die* aufgeschlagen, wer immer das sein mochte. Er kannte diesen Begriff nur im Singular: ein Likör in der Bar des Offizierskasinos, den er zweimal nach einer Festivität aufwischen zu dürfen die Ehre gehabt hatte, und eine schöne Sauerei war das gewesen. Er las ohne jegliche Neugier:

> ...gegründet in Subiaco vom Hl. Benedikt (480–547), der dort zwölf oder mehr Klöster errichtete. In Monte Cassino, das zum Hauptsitz des Ordens wurde, schrieb Benedikt seine Regel für das mönchische Leben nieder. Er wurde dort kurz vor seinem Tode von dem ostgotischen König Totila besucht, den er zum christlichen Glauben bekehrte. Die gemeinhin herrschende Meinung, daß der Benediktinerorden seine Einführung in England der Mission des Hl. Augustinus verdanke, wurde 1889 durch den Fund eines Manuskripts erschüttert, das dem Mönch Roderigo zugeschrieben wird und sich gegenwärtig in Privatbesitz befindet. Dieses Dokument enthält einen kurzen Bericht über die Evakuierung eines Benediktinerklosters im Westen Englands im Jahre 577, kurz nach der Schlacht von Deorham, als der sächsische Vormarsch von neuem begann. Die fliehenden Mönche, denen verschiedene der Schätze des britischen Königshauses zur Aufbewahrung anvertraut worden waren, gingen nach Italien und nach Monte Cassino, wo diese Schätze Roderigo zufolge niedergelegt wurden. Keine Spur davon hat sich bis jetzt gefunden....

Sein Tee war jetzt bereit, er war bereit für seinen Tee. Am Schluß seines Urlaubs war er, obwohl gut ernährt, etwas schlanker und einigermaßen weich in den Knien. Sie weinte am Bahnhof, als sein Zug abfuhr. Sie war einsam, armes kleines russisches Mädel, trotz ihren gelegentlichen Besuchen in Cardiff und bei dem Popen, der die kleine russisch-orthodoxe Kirche in der Nähe des Hafens unterhielt. Sie las in den russischen Zeitungen, die der Pope mit der Post bekam, von den entsetzlichen Greueltaten, die der Hunne auf russischem Boden beging. Nun wollte sie nicht mehr nach St. Petersburg, der Gefahren wegen. Sie wollte nur ihren Mann. Der Atheismus, den ihr Vater ihr eingeimpft hatte, war nun abgestorben, zusammen mit den lebhaften Erinnerungen an den Vater selbst, der – wenn sie es recht bedachte – eigentlich kein tugendhafter Mensch gewesen war. Nun betete sie zum Gott der Russen um ein Ende dieses Krieges und die Rückkehr ihres Gatten, gesund und bereit fürs Bett. Amen, sagte gemeiner Soldat Jones 86.

In Monmouth erfuhr er unmittelbar vor Weihnachten, daß das Bataillon in einzelne Schübe eingeteilt wurde und daß er einem Schub angehörte, der den Befehl hatte, auf den Kontinent überzusetzen und sich in den aktiven Einsatz zu begeben. Mit voller Marschmontur, Knöppe auf dem Mantel frisch gewienert, aber ohne Gewehr und Pistole, wurde er im Paradeschritt durchs Dunkel geführt und antwortete mit Namen und Nummer, als beim Schein einer Sturmlaterne die Liste verlesen wurde. Dann marschierte man zum Bahnhof; die Kapelle vornedraus spielte: »Wenn erst der Sack mal in der Rattenfalle hängt«. In den Eisenbahnabteilen fielen er und seine Kameraden zusammen, die fluchenden Mäuler stanken nach allzuvielen Zigaretten, sie hingen in der Schwebe elliptischer Bewegung (denn der Zug fuhr nicht die gerade Strecke über Newport nach Paddington, sondern sammelte weitere fluchende und hustende Kontingente in Ross, Northleach, Hungerford ein) bei sehr schwachem Licht. Aufgeknöpft und an Essensresten zwischen den Zähnen saugend, die aufgeschnürten Stiefel in einer Gischt dreckiger Zigarettenpackungen, Butterbrotpapiere und alter Nummern von *John Bull*, zog sich jeder in einen kärglich möblierten Innenraum privaten Nachsinnens zurück.

Warum, überlegte Soldat Jones, hatte er sich freiwillig gemeldet? Wäre ja so oder so bald eingezogen worden, die Verluste an der Westfront, sagte die *Western Mail*, konnten durch die Freiwilligen nicht ausgeglichen werden, Lord Derby arbeitete bereits an einem Plan, die freisetzbaren Arbeitskräfte aus der Wirtschaft rauszukämmen und alle entbehrlichen Einziehbaren präzis von den überbezahlten und gewerkschaftlich komfortabel gewappneten Rüstungsarbeitern zu trennen. Aber der wahre Grund hing doch damit zusammen, daß er dem großen, öffentlichen Tod die Chance geben wollte, sich noch einmal an ihm zu versuchen, sonst trat ihn vielleicht ganz privat ein Brauereigaul tot oder er erstickte an einer Makrelengräte. Eine Art Seemannsaberglaube. Bis jetzt einfach zuviel Glück.

Und worum ging es überhaupt in dem verdammten Krieg? Sie zogen jetzt nach Frankreich, um dort die Hunnen zu bekämpfen, die laut *John Bull* aus belgischen Säuglingen Hackfleisch machten und aufgehalten werden mußten. Warum waren das die Hunnen, wo sie sich doch *Germans* nannten beziehungsweise »Deutsche«, halb wie die Holländer, die *Dutchmen*, irgendwie sowas. Soldat Jones begann, ein diffuses Gefühl zu verspüren, als nehme er ein großes viereckiges Schlachtfeld wahr, grell erleuchtet in der Mitte, an dessen Rändern das Licht in eine Dämmerzone floß und dann ins Dunkel ging, das Ganze in Planquadrate eingeteilt wie eine Karte, europäische Zeit und europäischer Raum. Schnurrbärtige brüllende Helden mit spitzen Helmen tobten über das Doppelfeld und spießten heulende nackte Säuglinge auf, wie bei der Wildschweinjagd oder solch einem Upperclassvergnügen. Die erwachsene Bevölkerung floh in die Dunkelheit, gekleidet in verschiedene exotische Kostüme. Er sah Mönche, die eilig Kisten mit Benediktinerlikör schulterten, mit einer Art asketischer Gemütlichkeit am Tage des Zornes. Immer stand der Tag des Zornes bevor, und war er vergangen, würde er wiederum bevorstehen. Der Zug schleuderte ihn hin und her auf seiner umständlichen Route dem Ziel entgegen: dem Rendezvous mit der Geschichte, von der er gar nichts wußte. Die Geschichte war nichts als grell durchblitzte Dunkelheit, Gebrüll und Schwert- oder Bajonettspitzen ins Gekröse, und das ging schon sehr lange so. Maelgwyn Gwynedd und Cadwallon mit der langen Hand und der König namens Ferkelschiß oder wie der Bastard hieß. Im Grunde alles nur ein einziger brüllender Schlagetot, der alles unterdrückte und alles an sich riß. Alles nur ein Ansichreißen.

Es ging schon lange so. Alles an einem Stück, ein Zug, der so lang war, daß man die Lok nicht sehen konnte, an jeder Station wurden neue Waggons angehängt, und man mußte in ein überfülltes Abteil einsteigen, nur immer rein Jungs, da habt ihr aber Glück, was habt ihr übrigens für nen gottverdammten Glauben, das wird man wissen wollen, wenn man ein Holzkreuz auf euch draufpflanzt im dunklen Feld der europäischen Geschichte, wo dann wieder der Klatschmohn blüht. Warum bedeutete Mohn Schlaf? Das war wegen dem Opium. Auf der *Bluebell* war als Kombüsenhelfer dieser Chineser, der hatte regelmäßig seine drei Pfeifen weggeraucht, wenn er nicht auf Wache war, manchmal schlief er wie ein Baby, manchmal wimmerte er, manchmal kreischte er, der polnische Erste Steuermann wäre ein Drache und wollte ihn fressen. Soldat Jones entrann seiner Verwirrung, indem er sich der Verwirrung eines unbehaglichen Schlafes anheimgab, hielt seinen Tornister wie ein großes eckiges Baby vor sich auf dem Schoß und legte seine Wange auf die gewichsten Riemen und die Metallbeschläge, die nach Putzmittel rochen, Marke *Bluebell*... *Bluebell*? Glockenblumen... Ich pflücke Glockenblumen, das heißt, ich bin dir treu... Das hatte jemand auf der Ziehharmonika gespielt, daß alle mitsingen konnten, drunten im Schiffsbauch. Die Ziehharmonika sank nicht sofort: die Wellen drückten sie sanft zusammen, und sie wimmerte ein leises Klagelied für sich selber, ehe sie unterging. Er und die anderen wurden mitten in der Nacht in der Paddington Station geweckt, Rufe und Dampf und dampfender Atem, und der ganze Bahnhof stank nach faulen Eiern.

Man bildete unter einem unbekannten Feldwebel Viererreihen auf dem eiskalten Bahnhofsvorplatz, Abteilung nach Abteilung marschierte auf glitschigem Kopfsteinpflaster, Scheiße, die Edgware Road hinunter, die Waliser sangen leise aus Rücksicht auf die schlummernden Rüstungsarbeiter:

Crawshay-Bailey spielte Football,
Football spielt er für Llanelly,
Swanseas Stürmer trat ihn kräftig,
Crawshay ging als Farinelli.

Das Gänsezischen des walisischen Doppel-L interpunktierte die Oxford Road, als die Truppe sie kreuzte. Park Lane, Grosvenor Place, Buckingham Palace Road. »Das Haupt, das eine Krone trägt, ruht *sanft*«, sagte der verbitterte Powell. »Ist doch selbst so ein verdammter Teutone, Vetter von Kaiser Billy, alles ein Familienkrach und wir können den Kopf hinhalten für die Arschlöcher.« Victoria Station, die Züge zur Küste standen bereit für den Ausflug auf den Kontinong. An einem Heilsarmeekarren wurde Tee ausgeschenkt, aber es gab nicht genug für alle. Wieder eng zusammengequetscht, dösten sie bis Folkestone. Ein Morgen tiefen Winters über dem Kanal. Ein Truppentransportschiff wartete auf sie, eine von den alten regulären Fähren, Kabinen rausgerissen, alles umgebaut und immer noch erfüllt vom Phantomgeruch nach Passagierskotze, dazu ein Rudel Torpedoboote, die nach U-Booten schnüffelten. Soldat Jones stand mit seinem starken Magen stramm in den Stiefeln auf dem rollenden Deck, während einige seiner Kollegen, wie Wasserspeier an einer Kathedrale vorgeneigt, in das schaumige Grün der See reiherten. Er roch begeistert seine alte Freundin und Feindin und ließ sich von den Fingern des Winds das schwarzdrahtige, kurzgeschorene Haar strählen. Dann erschauerte er und spürte einen Krallengriff in der Kehle. Erkältet, Scheiße. Es zeichnete sich auch das Versprechen eines stechenden Schmerzes in der Seite ab.

Im Auffanglager, das auf das schwindlige Meer von Boulogne sah, wurden sie in große Zelte gedrängt, ein halber Zug in jedes, und Soldat Jones legte sich hustend auf drei dreckigen Kapokpolstern nieder, die auf nackten spreißelreichen Brettern lagen, und stapelte sieben dreckige graue Decken über sich. Das Essenssignal rief sie zu gekochtem Pökelrind, aber er konnte nichts runterbringen. Er stand auf, während die anderen spachtelten, und stolperte zu der Holzhütte, wo Zigaretten und Stiefelwichse verkauft wurden, und dort fand er Owbridges Lungensirup. War schwer gefragt, erzählte man ihm, als er Münzen aus seiner Tasche schüttelte, um zu bezahlen, ist auch kein Wunder, der Himmel sieht sehr nach Schnee aus. Er goß den schwarzen, klebrigen Inhalt einer Flasche auf einmal runter. Dann, laudanumbetäubt, schlief er vierundzwanzig Stunden lang und verpaßte das Antreten, was aber nicht weiter auffiel. Er erwachte, zittrig und hohl, als es galt, Helme und Gewehre, Bajonette und Gasmasken zu fassen. Dann trank er quartweise starkgezuckerten Tee, zitternd und schaudernd. Er wollte sich nicht krankmelden, die würden glauben, er wolle sich vor seinem Aufruf drücken. Heiligabend war ein Tag wie jeder andere, nur hatte der Koch eine wässrige Substanz zubereitet, die den Pudding vorstellen sollte. Der Husten kam wieder, sehr trocken, ihm drehte sich alles im Kopf. Er schlug das Eis im Waschbecken auf und versuchte sich zu rasieren. Er blutete am Kinn, aber das Blut gefror. Er hatte diesen Schmerz in der Seite, Herrgott nochmal.

Am zweiten Weihnachtstag sagte ihnen der diensthabende Sergeant: Jetzt geht's los, ihr seid dran, und der Zug, so ein französisches Teil, klappriges Gerät, steht schon zur Fahrt zum Frontbahnhof bereit, Chrysanthemen in hübschen Silberväschen und schneeweiße Tischtücher im Speisewagen, schade, daß die Fenster alle kaputt sind. Nach dem Essen antreten und den Rest der Tagesration fassen! Und viel Glück, ihr Wichser mit eurem Großen Los!

Beim Abmarschieren fiel in der hinteren Reihe Soldat Jones 86 um und brachte mit seinem Sturz den Mann vor ihm zum Stürzen. Er erwachte im Hospital des Lagers in trauriger Winterdämmerung. Sein innerer Kontrollapparat hatte ihn angewiesen, aufzuwachen, damit er sich erbrechen könne – etwas, was er noch nie im Leben getan hatte. Eine Schwester hörte dringliches Würgen und brachte eine Nierenschale. Sie maß ihm in der Achselhöhle die Temperatur: 39. Als der Arzt kam, teilte er Soldat Jones 86 mit, er habe eine akute Lobärpneumonie. Heiße Wärmflaschen, Eispackungen auf die Seite, wo der Schmerz war, da ist doch ein Schmerz, erzählen Sie mir nichts. Soldat Jones 86 schaute sich unter Schmerzen im ganzen Krankensaal um, sah echte verwundete Soldaten und schämte sich. Der Arzt, Captain Ferguson, Royal Army Medical Corps, musterte ihn und sagte: »Mir ist die Tätowierung auf Ihrem Arm aufgefallen. Bei der Marine, wie? Sie haben was von einem offenen Boot gestöhnt.«

Und Jones kam damit rüber: *»Titanic.«*

»Ah ja.« Das glich es aus, daß ihm nicht das Gesicht weggeschossen worden war wie dem ächzenden Patienten drei Betten weiter. Und: »Überlebender, was? Haben Sie Glück gehabt. Sie haben auch jetzt wieder Glück. Noch ein Tag, und ich hätte keinen Hosenknopf auf Ihre Chancen gesetzt.« Und er ging weiter zum nächsten Bett; ein halber Arm und ein ganzes Bein fehlten ihm. David Jones fühlte sich furchtbar. Es schien unanständig, daß ein Soldat an etwas litt, das sich jeder Idiot im Zivilleben auch holen konnte. Er fühlte sich noch schlimmer, als acht Tage später Evans 23 und Williams 68 aus seinem Schub hereingerollt wurden. Verstärkungen für das Zweite Bataillon der Glamorganshires. Von der Front wieder zurückgespieen, was noch da war von ihnen. Evans 23 hatte das rechte Auge verloren, Williams 68 war die linke Gesichtshälfte vom Wangenknochen bis zur Stirn aufgerissen. Die Hunnen fingen jetzt an, die Basis zu bombardieren. Wer transportfähig war, wurde evakuiert. Das bedeutete für manche: zurück in die Heimat. Soldat 86 war dabei.

Als er auf Genesungsurlaub heimkam, mit zu groß gewordener Uniform, war Ludmilla bei *Breakspear, Nicholas* angelangt. »Der einzige Engländer, der Papst wurde in Rom. *Pope*. Die Katholiken haben nur einen Popen. Siehe Hadrian IV, aber ich hatte schon gesehen«, sagte sie. Sie sah zu, wie ihr Mann seinen Teller mit einem Ranken Brot und seinem schwieligen Daumen abwischte und sagte: *»Ydych chi eisiau rhagor?«*

»Ja, ich hätte gerne noch was, falls dein Mundvoll das bedeuten soll.«

»Du ein verdammter Waliser und sprichst kein verdammtes Walisisch.«

»Du machst Fortschritte, Mädel.«

Ludmilla fütterte ihn gewissenhaft, beanspruchte ihn andererseits im Bett wieder stark, so daß am Ende seines Urlaubs die Uniform immer noch zu groß war. Er meldete sich beim X. Bataillon des Royal Gwent Regiment, einer Kraut-und-Rüben-Einheit, stationiert in Towyn, Holzbaracken für die Männer, Hauptquartier auf einem Landsitz, der dem Earl of Barmouth gehörte. Der Krieg ging hinter seinem Rücken weiter, während er den Heizkessel versorgte. Am 2. März 1916 begann die zweite Phase der Schlacht von Verdun, die Franzosen zogen sich hinter den Gänsekopf zurück, die Hunnen blieben bei Vaux stecken und machten ein paar hundert Meter an der Straße Béthincourt-Cumières gut, mußten aber Mort Homme in französischer Hand lassen. Inzwischen machten die Iren den bereits stark in Schwierigkeiten steckenden Engländern weitere. Doch hielten die Sinn Feiners die Verabredung mit Roger Casements U-Boot nicht ein. Am Karfreitagsmorgen wurde er verhaftet und nach England gebracht. Am Ostermontag schlugen die Rebellen ohne ihn los. Padraic Pearse sprach vor der flappenden Trikolore von 1848: »Irische Männer und Frauen! Im Namen Gottes und der verstorbenen Generationen, von denen es seine alte nationale Tradition empfängt, ruft euch Irland durch uns zu seiner Fahne und führt den Schlag für seine Freiheit.«

Lieutenantcolonel Boyce, kommandierender Offizier des X. Bataillons, litt an einer nervösen Sprachstörung und überließ es seinem Vize, Major Feather, der angetretenen Mannschaft zu verkünden, daß die Männer mit Gesundheitszustand der Kategorien A und B sofort zu einer Kampfeinheit zusammengefaßt würden, um in Dublin Ruhe und Ordnung wiederherzustellen, zusammen mit Truppenteilen aus dem Curragh, wo immer und was immer das sein mochte. Soldat Jones 86, in Kategorie B1 zurückgestuft, erhielt wieder einen Helm und ein Gewehr, doch – da die Iren, soweit bekannt, kaum chemische Kenntnisse besaßen – keine Gasmaske. An diesem Abend sprach Soldat Pritchard 05, ein massiger düsterer Mann mit dem blassen Gespenst einstiger Streifen auf dem Uniformärmel, aufrührerische Worte:

»Macht euch nichts vor, Kameraden, Brüder, Waliser, das ist

nicht der Krieg, zu dem wir uns freien Willens gemeldet haben. Sie nutzen unseren Wunsch aus, der Sache der Befreiung zu dienen, und machen uns zu einer Streitmacht der Tyrannei und Unterdrückung. Weil die Iren nicht mehr wollen, als auch wir wollten, bis die Macht der großen Schwäche unseren Geist ergriffen und unsere Knochen und Muskeln gelähmt hat, die ansonsten den englischen Tyrannen gestürzt hätten. Sie wollen die Befreiung von der ungerechten Herrschaft der Angelsachsen, und jetzt will der Angelsachse in Waffen fürchterlich in seinem blutigen Zorn hingehen und eine gerechte Erhebung niederschlagen. Also, wir sind keine Angelsachsen, wir sind gottverdammte Waliser und keltische Brüder, und wir werden nicht den Weisungen einer unterdrückerischen Macht folgen, was auch die Folgen sein mögen! Schande über die Schotten im Kilt, die jetzt schon auf den Pflastersteinen Dublins irische Kinder niederschießen und das keltische Erbteil entehren! Lieber selbst vor dem Erschießungskommando stehen! Ja, Brüder, ich weiß, das schlimme Wort heißt *Meuterei*, aber ich habe keine Angst vor diesem Wort. Morgen treten wir wie befohlen mit der Waffe an. Auf das vereinbarte Wort hin, das aus meinem Mund kommen wird, lassen wir die Waffen fallen und stehen im kalten Frühlingswind und gehorchen keinen Befehlen mehr. Ich bin zu Ende.«

Ein anderer Soldat, weniger beredt, stand auf und sagte: »Was ich sage ist, zur Hölle mit den Scheißpaddys. Die kommen im Juli rüber, die Ferienbarbiere, und machen die Ernte zum halben Lohn, und bringen Wanzen und Läuse und Trunkenheit und Priester in unser sauberes gottverdammtes Land. Also wenn sie jetzt eine Kugel in den Wanst wollen, dann sage ich, das könnt ihr verdammt nochmal haben.« Es kam dann zu verschiedenen Prügeleien.

Soldat Pritchard 05 war nirgendwo zu sehen, als die Truppe antrat. Er war nicht verfügbar, hieß es, starke Schmerzen in den Eiern, richtig zusammengekrümmt, konnte nicht aufrecht stehen. So zog die Truppe nordwärts, vorbei am majestätischen Cader Idris im Osten, durch Gwynedd, wo Cadwaladr König war (sein armer Namensvetter war jetzt nur noch ein Haufen zerquetschter Gedärme), und weiter zur Isle of Anglesey und zum Hafen Holyhead. Dann viel Stöhnen und Gewürge, wenn auch nicht bei Soldat Jones 86, die ganze Fahrt über die unruhige See hinweg nach Kingstown. In einem Lagerhaus am Hafen, das in ein Militärdepot umgewandelt worden war, mußten viele der zusammengeklappten Männer mit Bier und Riechsalz wiederbelebt werden, ehe sie den Nachtmarsch in die Stadt antreten konnten.

In Boland's Mill wurden Rebellengeschütze unter einem Mathematiklehrer mit einem spanischen Namen, Überrest einer versunkenen Armada, auf die Zufahrtsstraße zum zerrissenen, doch laut schlagenden Herz einer verachteten Nation gerichtet. Die schwindligen britischen Truppen marschierten, während ein Kanonenboot die Sackville Street beschoß. Die Flammenwand dort drüben war das Postamt. Einige der Aufständischen kauerten in den Gebüschen des Stephen's Green. Britische Gewehre ragten aus den zerschmetterten Erkerfenstern des Shelbourne-Hotels. Eine wahnsinnige Alte in Lumpen schrie aus dem glassplitterbesäten Rinnstein den Fluch über Cromwell. Aus dem Weg, Omma. Leichte Infanterie kam aus der Grafton Street gerannt. Gewehrschüsse setzten Echo über Echo in die weiche Luft. Enten flatterten erschrocken vom Teich im Park auf. Ein halber Zug, an der Spitze der pistolenschwenkende Lieutenant Hoskins, betrat den Park und schritt über Leichen, die soeben aufgehört hatten, blasphemisch zum gottverdammten Jesus zu rufen. Soldat Jones 86 spürte, wie mit übermäßigem, trockenem Geräusch sein Schlüsselbein sich fragmentierte, und sah, wie ein Dunkelrot den linken oberen Teil seiner Uniformjacke überflutete. Er setzte sich töricht auf eine Parkbank nieder und sah zu, wie gefangene Paddys, die auch wieder mal zum Friseur müßten, vorbeigeführt, geschleift, getragen wurden.

Ludmilla war bei *Chatham, William Pitt, Erster Earl von –, 1708–1778* angekommen. Soldat Jones versuchte – schwierig mit dem Gips – ihr beim Decken des Teetischs zu helfen. Sie sagte: »*Ewch chi allan i'r ardd i ddarllen neu ewch yn ôl i'r gwely i gysgu. Gadewch y cyfan i fi.*« Weißer gottverdammter Jesus Christus! So ging er in den sommerlichen Garten hinter dem Haus, den sie in eine gewisse Ordnung gebracht hatte (Bartnelken blühten), um den *Star of Gwent* zu lesen, der die Jungs aus der Gegend auflistete, die an der Somme gefallen waren. Die *Daily Mail* gratulierte den Australiern zur Einnahme von Pozières. Na, er war jetzt in seinem eigenen Garten, immer noch am Leben, das zerschmetterte Schlüsselbein war rekonstruiert und heilte ganz nett. Und Ludmilla ging schwanger mit Walisisch und Englisch und unnützen Informationen aus einer gebrauchten Enzyklodingens von einem Trödlerkarren in Sydney, aber mit Nachkommenschaft nicht. Vielleicht war noch Zeit genug, wenn sein Glück anhielt. Er war neugierig, was für Kinder ihrer Paarung entspringen mochten. Aber auf jeden Fall doch vielleicht, Herrgott nochmal, die Frucht der eigenen Lenden! Der Schmetterling dort in seinem schokoladigen Pelzmantel mit den Limonen- und Orangenflecken, der kümmerte sich nicht um Nachkommenschaft und würde am Ende dieses Tages tot sein, ohne daß Hunnengeschütze eingreifen mußten. Was die Hunnen betraf, so hatte er in seinem Marschgepäck ein Buch über die, das ihm im Hospital der Autor geschenkt hatte, ein gebildeter Mann, der nie Offizier hatte werden wollen, weil er glaubte, als gemeiner Soldat habe man größere Überlebenschancen. Ein Gefreiter ohne Besoldung, nun zum gemeinen Soldaten degradiert.

Er sollte jetzt entlassen werden, da er seine linke Hand mitsamt dem Gelenk an der Somme verloren hatte, und sein rechtes Trommelfell war ihm auch über den Jordan gegangen, ein bescheidenes Opfer, wie er sagte, für die Götter des Todes und des Geldes. Er konnte immer noch mit dem linken Ohr Musik hören, und schreiben tat er rechts. Mit seiner popligen Rente entlassen, nun schon ein reifer Mann von sechsunddreißig, würde er der Welt darlegen, wie infam sie war. Er war der erste Mann, dem David Jones begegnet war, welchen er aufrichtig bewunderte. Er würde sein Buch gelegentlich lesen. Sein Name war Reginald Morrow; der Krankensaal nannte ihn Mordsreggie. »Ich bin nicht verheiratet«, sagte er, »und ich glaube nicht, daß ich jetzt noch heirate. Welche Frau will schon einen einhändigen Mühsam? Ich werde keine Kinder haben, aber die Bücher werden meine Kinder sein. Du bist verheiratet, Taffy, und du kriegst noch Kinder, und wenn du irgendeinen Begriff von deiner Pflicht der Menschheit gegenüber hast, dann erziehst du die Kinder so, daß sie aller Autorität ins Gesicht spucken. Und sich nicht von großen Worten einwickeln lassen. Wir wollen nicht, daß sowas noch mal passiert.«

Soldat Jones 86 kehrte ins Lager der Royal Gwents zurück, als sein Urlaub zu Ende war, und wurde ins Militärhospital von Risca geschickt, damit man ihm den Gips abmeißeln konnte. Er wurde gesund geschrieben, galt allerdings als noch nicht in der Lage, den Rückstoß eines Gewehrs mit der Schulter aufzufangen. Nur leichte Tätigkeiten. Verwirrt mußte er feststellen, daß er wieder übers Meer fuhr, doch diesmal nur bis Osborne auf der Isle of Wight. Dort gab es ein Genesungsheim für Offiziere, und in der Küche wurde er als Topfkratzer eingesetzt. Der Küchensergeant verachtete seine eigene Tätigkeit ebenso wie die Offiziere, die er verpflegte. Er spuckte ins Stew. Er rührte die Soße mit Zigarettenasche an. Soldat Jones protestierte weniger um der Esser willen als seines eigenen geheimgehaltenen Berufes wegen. »Streifen oder keine«, sagte er, »ich bin so frei und sag's Ihnen, daß Sie eine Schande für den Beruf des Kochs sind, und wenn das hier ein Restaurant wäre und ich der Besitzer, dann würden Sie achtkantig rausfliegen, *wus.*« Der Hilfskoch, ein Korporal, der zu den Infamien seines Herrn und Meisters wieherte, und der zweite Küchenhelfer, ein stummer, nur manchmal hysterisch schluchzender Fall von Schützengrabenneurose, starrten Soldat Jones mit Ehrfurcht und Ungläubigkeit an. Der Sergeant reagierte nicht wie ein beleidigter Vorgesetzter. Statt dessen sagte er:

»Taffy, mein Junge, ich würd dich melden, wenn's die Sache wert wär. Aber es gibt keinen Arrest hier, und wegen nem Disziplinarverstoß kommst du hier nicht wie in der Kaserne dran.« Er spie zerstreut in den Stewkessel. »Gibt viele wie dich, die reinen

Nervenbündel, schau dir nur den Typ dort an, schreit immer Sachen durch die Gegend, die er nicht sagen sollte. Der Krieg geht schon bißchen zu lang. Also wenn du glaubst, du machst den Job besser, und wenn du dir einbildest, die Korona hier, die den Fraß da einwirft, schert sich um gute oder schlechte Küche, dann kannst du morgen den ganzen Tag hier alles übernehmen, und ich und Korporal Borrowdale schauen zu, wir können die Ruhe gebrauchen.«

Soldat Jones schmiß die Drahtbürste hin, mit der er einen dick verkrusteten Porridgetopf gesäubert hatte, und marschierte siedend vor Zorn nach draußen, den Schrei des Sergeanten ignorierend, er solle sofort zurückkomenn, Bastard! Er verließ das Krankenheimareal und ging den Hang hinunter zum Kloster der Benediktiner – er wußte nicht, weshalb die hier waren, er wußte nicht, daß die antiklerikalen Gesetze des Jahres 1906 sie aus ihrem Kloster in Solesmes vertrieben hatten. Er saß manchmal gerne auf einem Grashügel vor ihrer Kapelle und hörte dem gregorianischen Gesang zu, den er erhebend und beruhigend fand. Hier schien sich die bessere Seite der Geschichte anzudeuten, jene Seite, welche sich die schlimmere (von irgendwelcher Teufelei gezwungen) immer auszulöschen bemühte. Zu dieser Tageszeit gab's jedoch keinen Gesang. Ein Mönch spazierte vorbei und las in einem kleinen Buch und nickte. Soldat Jones nickte zurück und sagte zu seiner eigenen Überraschung:

»Die fliehenden Mönche, denen verschiedene der Schätze des britischen Königshauses zur Aufbewahrung anvertraut worden waren ... Tut mir leid, den Rest weiß ich nicht mehr.«

»Wo haben Sie das gelernt?« fragte der Mönch mit starkem ausländischem Akzent. Er schloß sein Buch; es war ein Brevier.

»Das war was, was meine Frau gelesen hat.«

»Sie sprechen nicht wie ein Engländer.«

»Waliser. Tut mir leid, ich hätte Sie nicht stören sollen. Ihr habt einen großen Sitz irgendwo, in irgendeinem Land. Da sind sie, die Sachen, von denen das Buch da spricht.«

»Monte Cassino? In Italien?«

»Das könnt's sein.« Er fügte hinzu: »Sir.«

»Es ist nicht nötig, mich mit ›Sir‹ anzureden. Ich bin keiner Ihrer Offiziere. Sie sagen, es sind große britische Schätze in Monte Cassino?«

»Wobei ›britisch‹ wohl eher ›walisisch‹ bedeutet. Was man jetzt die Briten nennt, sind die Engländer. Das wäre dann das walisische Königshaus. Tut mir leid, daß ich davon angefangen habe. Es hat eigentlich nichts zu sagen. Kam nur so raus, wie das so geht. Jetzt geh ich mal besser wieder.«

»Ja«, sagte der Mönch und schüttelte den Kopf, da er die Verwirrtheit durch den Krieg erkannte. »Monte Cassino ist sehr groß und sehr alt. Es ist voller Keller mit Steinen statt Türen. Niemand weiß, was alles in Monte Cassino sein könnte.« Und er segnete Soldat Jones 86 mit zwei Fingern.

Ruhiger, als hätte ihm ein rasches Bad in Geschichte gut getan, ging Soldat Jones zurück zum Genesungsheim, während der Mönch nochmals den Kopf schüttelte und sich wieder seinem Brevier zuwandte.

Am nächsten Tag kochte Soldat Jones Haferbrei ohne Klumpen und machte Fischbuletten aus Dosenmakrelen und -sardinen, während der Küchenkorporal grinsend und dann nicht mehr grinsend zuschaute. Dumm wie er war, erkannte er doch den, wie soll man sagen, den, Sie wissen schon, professionellen Touch. Der Sergeant erschien, als Soldat Jones das Mittagessen zubereitete – eine helle Suppe, zu deren Zutaten ungesüßte Dosenmilch und Gartenpetersilie gehörten, Bœuf Stroganoff mit flaumigem Kartoffelbrei, ein federleichtes Dessert. »Das zahl ich dir heim«, schrie der Sergeant. »Beim Leiden Christi, ich schmeiß dich raus aus meiner Küche.« Und er spuckte in die Suppe. Soldat Jones zog ihm zornig eins mit einer eisernen Bratpfanne über. Als der Ordonnanzoffizier zur Inspektion hereinkam, lag der Sergeant, Opfer zahlreicher Fußtritte, durchnäßt im Wrack der Mittagssuppe. Soldat Jones bekam keine Disziplinarstrafe, da die ärztlichen Offiziere selten pedantisch am militärischen Procedere festhielten, aber der Ordonnanzoffizier teilte ihn zum Reinigungsdienst im Krankensaal ein und empfahl seine

Versetzung an einen anderen Standort. So kehrte Soldat Jones 86 ins Auffanglager zurück.

Am Ende des Jahres war er wieder A2. Das Zweite Bataillon des Royal Gwent Regiment war neugebildet worden und hatte wieder seine Kampfstärke, und er wurde der Kompanie A zugeteilt, immer noch Gemeiner, aber mit einem Verwundetenstreifen. Er bekam keinen Urlaub mehr, ehe er wieder zur Front abmarschierte; die Kapelle vornedraus spielte »Wirf die Lampe nicht nach Papa, ist doch schade um das Öl«. Im Lager in Honfleur informierte man sie über die allgemeine Situation. Der Hunne hatte mit einem Überraschungsangriff Verdun genommen. Positionen zwischen Fleury und Fort Douaumont waren zurückgewonnen worden, und die jüngste Neuigkeit war, daß die Froschfresser Vacherauville, die Anhöhe von Poivre, den Wald von Haudromont, den Hof Chambrettes und Bezonvaux erobert hatten. Die Hunnen zogen sich auf ihre sogenannte Siegfriedlinie zurück (die von den Alliierten, die solch mythische Phantasien ablehnten, als Hindenburglinie bezeichnet wurde). Dort mußte man sie jetzt zunächst einmal in einer rein defensiven Position festnageln, ehe man Atem holen konnte für den – hoffentlich – endgültigen alliierten Vorstoß. Alles klar, Leute? Aus dieser Stellung würde der Hunne in seiner Verzweiflung neue und schreckliche Waffen loslassen, darunter giftige Gase von bisher unerhörter Penetranz.

Das Bataillon mußte sich, immer eine Abteilung eines Zuges nach der anderen, in eine versiegelte Baracke einschließen lassen, in der ein Gaskorporal ein in Dosen abgefülltes Effluvium freisetzte, das nach menschlichem Exkrement, faulen Enteneiern, verrottetem Heu und Bonbonfabrik roch. Sie mußten eine Lunge voll davon unverdünnt einatmen, damit sie es in Zukunft als G12 erkannten, ehe sie sich ihre Gasmasken vors Gesicht fummeln durften. Manche von den Masken waren alt und defekt und undicht. Soldat Jones spürte, wie seine einst kranke, nun offiziell ausgeheilte Lunge laut aufheulte, ihrer alten Plage eingedenk. Trotz aufgesetzter Maske das Gas einatmend, kämpfte er sich hustend zur Tür, um der Baracke zu entkommen, und er war nicht der einzige. Der Gaskorporal leistete Widerstand mit monströsen talkumweißen Riesenaugen, einer geriffelten Rüsselschnauze und Flüchen, die vom Ende eines langen Gummikorridors herzudringen schienen, während er mit den Meuterern kämpfte.

Vor der Baracke kotzte Soldat Jones den Frühstückstee, das Porridge und das Röstbrot aus. Dann Blut. Der Anblick des Blutes erschreckte ihn. Er ging trotz der Drohungen des Feldwebels, der ihm befahl, wieder anzutreten, zur Krankenstation. Er ließ sich jetzt keinen gottverdammten Blödsinn von wegen Schlappschwänzigkeit und Krankfeiern mehr gefallen. Da war das gottverdammte Blut, *wus*, es leuchtete wie Lack auf dem weißen Taschentuch. Er kam ins Hospital. So entging er der Eisenbahnfahrt mit dem Bataillon nach Arras. Als er einen Monat später für gesund genug erklärt wurde, um abgeschlachtet zu werden, teilte man ihn einem Schub inadäquater Ersatzkräfte für das Royal Gwent Regiment zu, das nur noch über etwa zweihundertfünfzig kampfbereite Männer verfügte. Beim Antreten im Bataillonshauptquartier, etwa zwei Meilen hinter der Front im zerstörten Dorf Mazentin, erhielt er den Befehl, den Meldegänger zwischen der Kompanie und dem Hauptquartier zu machen. Es handelte sich um Kompanie A, deren Vizekommandeur Lieutenant Griffiths war, ein junger, hagerer und zitternder Bankangestellter aus Swansea: Sein Zahnbürstenschnurrbärtchen war bereits grau. Was die Operation anging, die der Truppe unmittelbar bevorstand – die Hunnen hatten sich auf einem Hügel verschanzt, von dem aus sie die britischen Linien (soweit es die noch gab) vollständig überblicken konnten, und dieser Hügel mußte nun zum drittenmal angegriffen und diesmal auch genommen werden. Lieutenant Griffiths führte die neuen Kräfte, anderthalb Züge mit einem neurasthenischen stellvertretenden Sergeanten und einem großäugigen Gefreiten vom Lande, die vom Geschützfeuer zerwühlte Straße entlang, die von Mazentin zur Front führte. Es war Februar, es hatte stark geregnet, der Schlamm war eine Eisbahn, wenn er nicht in weiten Sumpfflächen die Stiefel genüßlich tief einsog. »Dort.« Lieutenant Griffiths wies hinüber. »Wir wissen den lokalen Namen nicht, aber wir nennen das die Kackschanze.« Es lag etwa eine halbe Meile entfernt, ein buchenbestandener Hügelrücken, den man nur erreichen konnte, wenn man einen steilen, weichen, schlammigen Hang hinaufhastete, voll vom Feind eingesehen, reiner gottverdammter Selbstmord.

Daß das reiner gottverdammter Selbstmord war, so lautete – in militärischem Jargon kostümiert – die Nachricht, die Soldat Jones 86 von Captain (Stellvertretung) Perry, dem Kommandeur der Kompanie, ins Hauptquartier des Bataillons zurückbrachte. Die Antwort lautete, die Reste der Royal Gwents sollten eine unterstützende Rolle übernehmen. Die Midlothians und die Third Caledonian Rifles würden als erste attackieren, und die Gwents sollten sich bereithalten. Es würde leichter sein, diesen Hang hochzustolpern, wenn er mit Leichen bedeckt war. Sie hatten's also komfortabel.

Die Kompanie von Soldat Jones 86 wartete auf einem Friedhof zwischen Gräbern, freigelegten Gebeinen und Trümmern eines zerstörten Kirchturms. Der abgestürzte Wetterhahn war rostig, aber noch ganz, und der stellvertretende Sergeant beanspruchte ihn als Souvenir. Bißchen zu schwer zum Mitnehmen, Sir, das Teil da. Es war elf Uhr an einem nieselnden Februarmorgen. Die Hunnen wußten, daß der Gegner dort angerückt war, und fingen mit dem Artilleriefeuer an. Soldat Jones 86 hörte unermeßlichen Lärm und sah einen apokalyptischen Regen aus berstendem Metall und aus Leibern, die durch die Luft wirbelten, ehe sie sich als Leichen zu Boden fallen ließen. Die noch Lebenden brauchten keinen Befehl, um sich unter dem Kreisen protestierender Krähenschwärme in die Kirchenruine zurückzuziehen. Soldat Jones begann zu rennen. Er hörte eine Acht-Zoll-Granate hinter sich einschlagen und sah vor sich einen Grabstein zerspringen. Sein Hirn implodierte, und er wurde eins mit den fliegenden Steinsplittern.

Ludmilla erfuhr von ihrer Witwenschaft in einem kurzen Schreiben, gezeichnet Major Krakel (RGR). Die offizielle Benachrichtigung durch das Kriegsministerium würde später folgen. Der Brief war in lila Tinte, über Gelatine- und Glyzerinmasse hektographiert, und außer dem mit Bleistift eingetragenen *Jones* nach Mr. / Mrs. vollkommen unpersönlich. Großes Bedauern. Einer unter sehr vielen schweren Verlusten. Kürzlich erfolgtes Vorrücken schlimme Opfer gefordert. Guter Soldat, hervorragender Kamerad.

Sie weinte nicht, zunächst nicht. Schließlich hatte sie seit einiger Zeit in der Erwartung gelebt, bald Witwe zu werden. Es lag ein großes Stück leerer Zukunft vor ihr, aber was sie an Vergangenheit mit ihrem Mann gemeinsam gehabt hatte, das war befriedigend gewesen und manchmal, vor allem, wenn sie zusammen im Bett waren, mehr als bloß befriedigend. Sie war eine treue Gattin gewesen. Daß sie nicht als Jungfrau in die Ehe gegangen war, hatte ihn nicht – wie das vielleicht bei anderen Männern der Fall gewesen wäre – groß irritiert. Ihre Defloration, die sie wegen ihrer Jugend noch nicht als solche erkannt hatte, war am Abend eines Ausflugs nach Coney Island geschehen, einem lärmerfüllten Ort billiger Vergnügungen, wo sie und ein Mädchen namens Sandra (eine Kellnerin auf Probe, zu frech, um schließlich fest angestellt zu werden) Coca-Cola getrunken hatten, mit Schuß aus dem metallenen Flachmann, den einer der beiden jungen Männer handhabte, die sie getroffen hatten. Die Liebe unter dem amerikanischen Mond war zunächst eine recht grobe Sache und wurde dann allmählich zärtlicher. Es hatte wenig genug bedeutet. Etwas mehr mit einem jungen Frankokanadier, der eine Weile Fleisch im Restaurant anlieferte, während ihr Vater, der sich die Leber verkühlt hatte, das Bett hütete. Sie hatten sich auf dem Boden der Küche geküßt und hatten dort miteinander gerungen; Iwan war noch nicht da gewesen. Mit ihrem armen toten Mann hatte es sehr viel bedeutet. Sie fing an zu weinen.

Sie hörte zu weinen auf, um zu Mittag zu essen, ein faseriges Beefsteak. Das Essen wurde jetzt wegen der U-Boot-Angriffe auf die Handelsschiffe langsam zum Problem. Sie trank zwei Tassen starken schwarzen Tee und fing wieder zu weinen an. Aber Weinen hatte keinen Sinn. Sie mußte handeln. Das Haus gehörte ihr. Es verkaufen, heimgehen nach St. Petersburg, das jetzt Petrograd hieß? Aber das war eigentlich nicht »daheim«, nur von den Vorfahren her. Sie sprach jetzt Walisisch und hatte sich beim Einkaufen auf der High Street auf Walisisch mit Frauen unterhalten, die schon vor ihr Witwen geworden waren und es mit ihrer schwarzen Tracht auch unter Beweis stellten. Sie sprach auch Englisch mit denen, die kein Walisisch konnten, und ihr Englisch war nicht schlechter als das der anderen. Am besten fuhr sie nach Petrograd, wenn in diesen furchtbaren Zeiten überhaupt irgendwelche Schiffe verkehrten, und überlegte sich dort, was man mit der Zukunft anstellen sollte. Sonst würde sie diese Gierlappen aus der Verwandtschaft ihres Mannes um die Ohren haben, wenn sie nicht wegging. Die waren schon zweimal dagewesen, alle vier, hatten die Möbel berochen und auf ihre gastliche Einladung *»Ydych chi eisiau te?«* erwidert, daß sie kein Russisch sprächen, Mädel. Das Haus abschließen und alles lassen, wie es war, und eine Zeitlang fortgehen. Vielleicht für immer. Sie wußte es noch nicht.

Sie trocknete tapfer ihre Tränen, kühlte sich die Augen, puderte sich das Gesicht mit Poudre Tokalon, setzte einen schlichtschwarzen schmalkrempigen Hut auf und zog den abgewetzten Zobelmantel an, der ihrer Mutter gehört hatte, um dann aufrecht durch das sanfte walisische Nieselwetter zum Bahnhof zu schreiten, Mrs. Evans' Jüngstem zuzulächeln, sich den Kummer nicht anmerken zu lassen. Eine Rückfahrkarte nach Cardiff, in Newport umsteigen. Es überfiel sie auf ihrem Platz im Zug mit einem Mal das unwürdige Gefühl vollkommener Freiheit: Geld auf der Bank in ihrem Namen und ein Scheckheft in der Handtasche, ebendort auch ein britischer Paß, der versprach, der König von England würde ihr auf jeglichen Reisen seinen Schutz angedeihen lassen. Der Zar aller Reußen sah dem König von England ziemlich ähnlich, aber er würde sie wahrscheinlich nicht so effektiv beschützen. Sie kannte die Russen, so jung sie war. So jung sie war, war sie selbst eine Russin.

Der Pope in Cardiff, Vater Kyrill, kondolierte hinter seinem schwarzen Bart hervor und sagte, sie sei wahrscheinlich gut beraten, wenn sie ihren Kummer auf einer Reise nach Petrograd wegwehen lassen wollte – ob sie ganz dort bleiben solle, da sei er sich nicht so sicher. Es bliesen große Stürme durchs Mutterland, und das Volk tat seine Mäuler weit auf und heulte nach Brot sowohl wie gegen die verfehlte Kriegführung, beides gleichzeitig. Er persönlich sah in South Wales mittlerweile einen sicheren und humanen Aufenthaltsort und fand die Waliser den Russen nicht unähnlich, sollte heißen manisch-depressiv und große Lügner. Er wies sie zu einem norwegischen Schiffahrtsbüro am Hafen, es war besser, mit einer neutralen Linie zu fahren. In einem dunklen, staubigen Büro, wo ausgefranste Plakate mit längst schon außer Dienst gestellten Schiffen an den lederbraunen Wänden über schokoladenfarbenen Konsolen hingen, stöberte ein in South Wales eingeheirateter Norweger unter den Frachtbriefen auf seinem Schreibtisch verschiedene Fahrpläne auf. In seiner linken Wange zuckte ein Muskel mit der Regelmäßigkeit eines Metronoms. Es gab da, erläuterte er, während seine Wange tickte, einen Frachter, S.S. *Hellige Gral*, der in einer Woche mit diverser Ladung für Kopenhagen, Stockholm und Petrograd aus Newcastle auslief. Es gab Passagierkabinen für zwölf Personen, von denen normalerweise nicht viele besetzt waren, und er konnte gleich die Reservierung durchtelegraphieren und ihr das Ticket ausstellen. Sie zahlte mit Scheck und unterzeichnete in sorgfältigem lateinischem Alphabet: L. Jones. Nichts Russisches daran, und der Nachname nun eine Art Grabstein.

Wieder nach Blackwood zurückgekehrt, ging sie aufs Postamt und sorgte dafür, daß ihre Post an die Adresse ihrer Tante nachgesandt würde, Anja Gregorowna Lichutina, Uliza Misintschikowa 32, Petrograd, Rußland. Ist aber komisch, sagte das Postfräulein, auch schwer zu schreiben ist das. Ludmilla schrieb es für sie auf einen großen Umschlag in römischen und in kyrillischen Druckbuchstaben. Was für Post erwartete sie denn da? Einen Abschiedsbrief, in dem es hieß: Beim Aufbruch in die Schlacht wird mir das Herz schwer beim Gedanken an deine

Liebe und deine Schönheit? Den letzten Willen, ins Soldbuch gekritzelt? Eine lakonische Kurzmitteilung der Armee, die Todesnachricht sei ein Irrtum gewesen? Eine Entschädigung von der Regierung, die ihren Mann weggeschickt hatte, damit er abgeschlachtet wurde?

Sie reiste mit einem langsamen, dreckigen Zug nach Newcastle, in einem Abteil zusammengepfercht mit Soldaten, die zu hundemüde waren, um sie noch lasziv anzustarren, obwohl ein an einem hohlen Zahn zuzelnder Matrose mit H.M.S. *Hero* auf der Mütze in ihre Richtung gluckende Geräusche ausstieß, wie jemand, der Geflügel lockt. In Newcastle verstand sie das Englisch nicht, aber sie fand spät am Abend den Pier und wurde von einem Steward mit derart blonden Haaren, daß sie gebleicht wirkten, auf ihre Kabine an Bord der *Hellige Gral* geführt. Es war eine langsame, stampfende Fahrt mit Wildgeschnetzeltem (schien es ihr), Pökelfisch und viel *akvavit*. Zwei traurige russische Männer fuhren mit, einer mit einem weinenden und wahrscheinlich seit kurzem mutterlosen Jungen, doch sprachen die beiden nicht mit ihr. Der Kapitän hatte einen zweizinkigen gelben Bart und aß vorwiegend mit den Fingern. Einmal hörte sie spät in der Nacht Gebrüll vor ihrer Kabine. Sie erreichten den Hafen von Petrograd bei Anbruch einer kalten Morgendämmerung am 6. März 1917.

Sie nahm ein klappriges Taxi zur Uliza Misintschikowa, die in der Nähe des Newskijprospekts vom Fontanka-Kanal abging. In ihrer Erinnerung war die Stadt ihrer Jungmädchenjahre entweder tief verschneit oder lag in endlosem Tageslicht da. Dünner Schnee war jetzt unter einer Spätwintersonne ausgestreut, und in deren Schein stapften gegen die Kälte vermummte Menschen herum und flochten kurze Codas von qualmendem Atem in die Lüfte. Auch standen Leute nach Brot an, doch schien es kein Brot zu geben. Nur wenig Rauch drang aus den Schornsteinen. Heizmittelknappheit, erläuterte ihr Fahrer, der einen dichten Schnurrbart trug. In South Wales hatte es immer reichlich Kohlen gegeben. »Es wird großen Stunk geben, Gnädigste«, sagte der Fahrer. »Das konnten wir gerade noch aushalten und mehr nicht, sagte der Esel. Jetzt ist das ganze Peters ein Militärbezirk unter diesem General Chabalow, und der hat ein Gesicht wie ein Entenarsch, wenn Sie entschuldigen wollen, und sagt, er hängt alle auf wie Weihnachtsgänse, die Schwierigkeiten machen. Meine Frau wartet den lieben langen Tag in der Brotschlange, sitzt auf einem Seifenkarton und strickt. Wenn das ein Militärbezirk ist, dann sollte es von rechtswegen auch Rationen geben, und Rationen gibt's keine. Sie sind zur unrechten Zeit nach Hause gekommen, kleine Dame.«

Ihre Tante Anja, die im obersten Stockwerk des Mietshauses Nummer 32 wohnte, überflutete sie mit russischer Liebe und mitfühlenden Tränen. Die Wohnung war kalt, und sie fütterte den Ofen mit alten Nummern des *Den* und der *Russkaja Wolja*. Nie was wegwerfen, hat der arme Boris immer gesagt, man weiß nie, wann man's brauchen kann. Der arme Boris saß immer noch im Kresti. Ludmilla ließ die Rubel in ihrer Börse sehen und holte Corned-Beef-Konserven aus einem ihrer Koffer. Ach Mütterchen des gesegneten Jesuskindleins, küß dir die heiligen Füßchen, o du süßer Engel – feuchte Dankbarkeit über Ludmillas ganzes Gesicht. Wir haben nicht gewußt, wie es weitergehen soll. Wir? Ja, sie hatte Boris' Schwestersohn Jurotschka in der Wohnung, das arme verwitwete Mädchen war verwundet worden, als es als barmherzige Schwester oder *sestra miloserdija* beim Sanitar gedient hatte. Tante Anja setzte den Samowar mit Lyon's Tea drin auf. Der Tee, den wir hier bekommen, ist dieser Tage nur noch Staub, die Himmel sollen dich mit ihrem Glanz bekrönen, du liebes Mädelchen du.

Am Donnerstag, den achten März, gingen Ludmilla und ihre Tante den Newskijprospekt hinunter, auf der Suche nach Brot. Sie sahen eine Kompanie Kosaken aufziehen und waren überrascht, als die Reiter mit großer Geschwindigkeit, den Schnee unter ihren Hufen aufwirbelnd, Richtung Admiralitätskai galoppierten. Ein Mann mit massiver Brust und breiten Schultern unter einem zerlumpten Mantel redete sie an: »Nix Gutes da drüben, meine Damen, sagte der Fuchs, als er die Hunde roch. Stekken sicher Arbeiter dahinter, und ist auch ganz recht, ich bin selber Arbeiter. Was hat die Duma diese letzte Woche gemacht? Dieser Rittich, der Landwirtschaftsminister da, der sagt, das sei schon ganz in Ordnung, das Volk verhungern zu lassen. Verhungern wie mutterlose Junghasen, und fünfzig Millionen Rubel für das Ding da von Lermontow im Alexandertheater, da hab ich früher gearbeitet als Kulissenschieber, bis der Inspizient und Ihr ergebener Diener nicht mehr miteinander konnten. Ich sag's Ihnen, so kann's nicht weitergehen! Stürmisches Gewölk, meine Damen, anschließend Blitz und Donner.« Und er verbeugte sich mit derber Höflichkeit, ehe er gen Osten davonschritt. Als Ludmilla und ihre Tante nach Hause kamen, erzählte ihnen Klein-Jurotschka, er habe gesehen, wie ein Bäckerladen gleich neben der Nonnenschule geplündert worden sei, und da hab ich dieses Schwarzbrot, schaut mal, aus dem Korb von einer dicken keifenden Dame gezogen. Guter kleiner Jurka, Gott segne das Kind! Sie rissen Stücke Brot vom Laib und schmierten dünn Swift's Corned Beef drauf, schwachen Tee hinterher.

Am nächsten Tag gab es keine Zeitungen, aber man erzählte sich davon, wie sie in der Duma mit den Fäusten aufeinander losgegangen waren, als die Regierung die Verantwortung für die Lebensmittelversorgung von Petrograd ablehnte und sagte, die sei an die Stadtverwaltung abgegeben worden. Kosaken patrouillierten in den Straßen, unter Hurrarufen der Bevölkerung. Es war ein herrlicher Spätwintertag, die Luft wie Champagner, einen anderen würde das Volk auch nie zu kosten bekommen. »Hört mir zu, meine lieben Freunde«, sagte ein Kosak, während sein Pferd einen gezügelten Steptanz aufführte, »glaubt doch bloß nicht, wir würden auf euch schießen. Wir stecken hier alle gemeinsam drin, sagten die Eier im Korb. Wir haben schon früher mal den Befehl verweigert, und wir machen's wieder. Die Polizei, das ist wiederum ein ganz anderer Teller Suppe.« Mit einem prallharten weißen Kohlkopf, verdammt kostspielig, im Einkaufskorb der Tante kam Ludmilla an der Kasaner Kathedrale vorbei und sah, wie man mit Steinen, Flaschen und lose eingewickelten Ballen Küchenabfall nach der Polizei warf. Ein berittener Polizeibeamter richtete den Revolver in die liebe schwache Wintersonne und ließ vier Warnschüsse krachen. Die Polizei verhaftete zwei protestierende Arbeiter im Blaumann und trieb sie mit Tritten davon in Richtung der Arrestzellen auf der Kasanskaja. Die Menge, nicht alles Männer, knurrte auf und rannte los. Eine Abteilung Soldaten hielt sie vom Vorhof des Polizeigebäudes fern, die Gewehre vorgestreckt, doch mit der Mündung nach unten; der Offizier hielt eine unstete Hand, bereit, »Feuer!« zu signalisieren, warnend emporgereckt. Als die Kosaken angestampft kamen, löste sich die Linie der Infanteristen auf, und sie rannten fluchtartig davon. Die Kosaken griffen sich die beiden verhafteten Arbeiter und lieferten sie höflich bei der Menschenmenge ab. Die Menge riß ihnen vor Begeisterung fast die blauen Arbeitskittel ab. Ludmilla sah das alles.

»Was das ist«, sagte die Tante später an diesem Tage, »das ist die *leworuzia.*« Sie nickte, befriedigt, das schwierige Wort zu beherrschen, alle drei Kinne in den hohen Kragen ihres abgeschabten schwarzen Kleides gepreßt. Der kleine Jurotschka, armes Kind, der Vater bei Tarnopol gefallen und die Mutter auf der orthopädischen Abteilung, ein dünner, zerlumpter Junge, der den Fortsetzungsroman in einer alten Nummer des *Den* las, ehe er sie in den Ofen schob, schaute auf und sagte:

»*Rewoluzia* heißt das.«

»Und was soll das denn für ein Wort sein? Der Zar steht auf der Rechten und die Arbeiter sind links, und das heißt immer noch *lewo*, also muß es *leworuzia* lauten, das soll bedeuten, Rußland geht nach links, widersprich den Erwachsenen nicht.«

»Jureschtsche«, sagte Ludmilla, »du brauchst eine neue Jacke. Ich glaube, ich hab in dem Schaufenster um die Ecke vom Astoria eine gesehen. Komm, wir gehen da vorbei, du und ich, solange es noch hell ist.«

Aber die Jacke war zu klein für Jurotschka und zu teuer, und so oder so wollte der Ladenbesitzer voll Besorgnis rasch schließen, Straßenkämpfe in der Nähe und die Menge gaffte, als wär's Tscharli Tschaplin. In der Mitte des Prospekts sahen Ludmilla und Jurotschka einen Arbeiter auf einem umgestülpten Zuber stehen und auf die Menge einschreien: »Weg mit den Sturmers und Golitzins und Protopopows, Gott verfluch sie! Wir brauchen Brot, und ich sage: Ohne Brot keine Arbeit!« Die Menge brüllte gegen den Krieg: Schluß damit, das saugt uns das Blut aus, ist die Sache vom Zaren und nicht die unsere. »O ja!« rief der Arbeiter, offensichtlich etwas Besseres, eine Fachkraft mit feingezwirbelten Schnurrbartenden, »vergeßt aber nicht, daß das Blut unserer Söhne und Brüder nicht umsonst vergossen worden sein darf. Schafft diese Regierung hier ab und schließt einen ehrenvollen Frieden, daß die Russen das Haupt hoch tragen können. Und wir hier, wir wollen keinen Aufruhr. Es gibt da sogenannte Provokateure, Agenten von oben, die wollen, daß das Volk einen Aufstand macht, damit die Regierung den großen Knüppel rausholen und losprügeln kann. Ruhe ist es, was wir wollen. Geht jetzt heim, ich gehe auch, und wir werden alle singend weggehen.« Etwa hundert Kosaken standen am Rand der Menschenmenge, ihre Pferde waren ein wenig unruhig. Sie griffen nicht ein. Sie sahen mit gutmütiger Billigung zu, wie die Menge sich auflöste, wobei ein Teil sang: »In einem Wäldchen stand eine Tanne«, andere eine verzerrte slawische Variante von »Tipperary«.

Der nächste Tag war ein Samstag, Zahltag. Arbeiter mit Geld in der Tasche, aber mit wenig Möglichkeiten, etwas dafür zu kaufen, wogten als geordnetes Menschenmeer am Newaufer entlang. Keine Schlitten, keine Trambahnen. Automobile versuchten sich dampfend einen Weg zu bahnen, aber die Menge drängte sie sanft zurück. Bei Einbruch der Dunkelheit fielen ein paar Schüsse, abgefeuert von – so sah es jedenfalls aus – Soldaten, aber die Menge war überzeugt davon, daß das Polizisten in Militäruniformen waren. Es wurde viel von einem Streiktag geredet, anders gesagt, man wollte mal den dicken Kopf vom Wochenende einen Montag lang pflegen. »Die Duma«, sagte ein grober dicker Schweißer, »beschmutzt sich vor Angst die Hosen. Morgen ist vielleicht der große Tag.« Und er reichte an der Kasse seine zehn Kopeken hin, um in einen *amerikanskij* Film über die französische *leworuzia* eingelassen zu werden.

Glocken klangen durch einen eisigkalten, blendend hellen Sonntag. Vor Tagesanbruch waren Plakate geklebt worden, die

die Unterschrift des Militärgouverneurs Chabalow trugen: Jeder Arbeiter, der montags nicht zur Arbeit erschien, würde sofort an die Front geschickt; es war verboten, sich in Gruppen zu sammeln; Polizei und Militär hatten Befehl erhalten, jedwede ungesetzliche Versammlung mit aller Härte aufzulösen. Trotzdem zogen sich Menschenmengen zusammen, größer noch als zuvor, Kinder in abgetragenem Sonntagsstaat hingen mit klebrigen Händchen an gut eingepackten Müttern, die wie bei einem Osterjahrmarkt von einem Ort möglichen Aufruhrs zur nächsten Attraktion eilten. »Alles, was wir wollen«, rief ein Arbeiter vom wackligen Gipfel dreier aufeinandergetürmter Bierkästen, »ist etwas zu essen! Die Regierung hat Lebensmittel, und die Regierung läßt sie verderben, sie hockt einfach drauf rum!« Dann feuerte die Instruktionsabteilung des Regiments Pawlowsk über die Köpfe der Menge, und diese zerstreute sich hastig. Eine Kompanie des Regiments Pawlowsk meuterte und wurde sofort vom Regiment Preobraschenskij entwaffnet. Sagten die Gerüchte. Bei Sonnenuntergang hörte man Schüsse aus der Nähe des Hotel Europa und vor dem Anitschkow-Palais. Der Newskijprospekt wurde geräumt, Wachen wurden aufpostiert. Ludmilla, die von all dem hörte und auch vom Massaker an den Zweitausend, die sich dann als Zweihundert herausstellten, wünschte, sie sei wieder in Monmouthshire.

Es hieß, Rozianko, der Präsident der Duma, habe ein Telegramm an den Zaren geschickt. Anarchie in der Hauptstadt, hieß es dort, Verkehr und Versorgung mit Nahrung und Heizmaterial nicht gesichert, allgemeine Unzufriedenheit, desorganisierte Schußwechsel auf öffentlichen Plätzen, Truppenteile feuern aufeinander, unbedingt notwendig jemanden der Vertrauen Volk genießt mit Vollmacht Bildung neuer Regierung ausstatten, keine Zeit zu verlieren, gebe Gott daß in dieser gefahrvollen Stunde die Verantwortung nicht über das Haupt des Monarchen komme, gezeichnet Rozianko. Gerüchte von der Auflösung der Duma zirkulierten, einige Mitglieder hätten sich geweigert und eine provisorische Regierung bzw. ein Rumpfparlament gebildet.

Am Montag aber, dem 12. März, weigerten sich Truppen des

Regiments Preobraschenskij, auf streikende Arbeiter zu feuern; sie kehrten sich statt dessen um und erschossen ihre Offiziere. Kompanien des Regiments Wolynskij wurden hastig herbeibeordert, um der Meuterei Einhalt zu gebieten, schlossen sich dieser aber an. Arbeiter, revolutionäre Schullehrer und verkrachte Journalisten schienen der militärischen Ziellosigkeit eine gewisse zivile Ordnung zu verleihen, mit dem Ruf »Stürmt das Arsenal!« Bald hatten Arbeiter Gewehre und Handgranaten in den unbeholfenen Pfoten und ließen unsicher Abzüge klicken. Weitere Regimenter wurden gegen die Meuterer in Marsch gesetzt, schlossen sich aber sämtlich dem Aufstand an – das Litowskij, das Kekscholmskij, die Pioniere, insgesamt etwa fünfundzwanzigtausend Mann.

Doch davon sahen Ludmilla und ihre Tante und der kleine Jurotschka nichts. Aus ihrem Fenster schauten sie hinab zu den Eisläufern auf dem Fontanka-Kanal. Die Tante hatte auf dem Fischmarkt eine alte Freundin, und die kam nun mit einem stinkenden Stück Makrele und einer stark mitgenommenen Rote-Bete-Knolle die Treppen heraufgekeucht; von ihr erfuhren sie, daß der Justizpalast angezündet worden war und daß man eine Barrikade errichtet hatte. Doch wichtiger noch: Soldaten, Arbeiter und Studenten öffneten die Gefängnisse. Sie hatte gehört, daß eine große Menschenmenge nach Wiborg zog, um dort das Kresti anzustecken. Die Gefangenen anzünden? kreischte die Tante. Nein, erst die Gefangenen rausholen und dann das Gebäude anstecken. »Komm, Ludmilla«, schrie die Tante, »wir gehen hin! Ach mein lieber Boris!«

Es war nicht einfach, sich durch die Menschenmassen einen Weg zu bahnen. Ein Kosak, der sich in den Steigbügeln wiegte, ein rotes Taschentuch um die Mütze gebunden, schwenkte seinen Säbel in den kristallenen Himmel und rief: »Bürger, überlaßt nicht den Truppen die ganze Arbeit! Das ist genau wie in Frankreich damals. Lang lebe die glorreiche Revolution!« Ein Maschinengewehr spuckte und knatterte. »Lauf, lauf«, keuchte Ludmilla. Dann fiel sie in den schmutzigen Schnee, gestoßen von einer großen lüsternen Metallfaust, die gegen ihre rechte Hinterbacke hämmerte. Sie begriff, daß sie angeschossen worden war. So also war das. Sie hörte ihre Tante zum Himmel heulen. Getroffen, sie war getroffen. Sie lag da und roch das schmutzige Aroma des zertretenen Schnees. Um sie her waren überall Hufe. Sie tastete nach Blut, spürte aber nichts. Nun sog sie auch den scharfen Räucherspeckgeruch von Gewehrfeuer ein. Dann wurde sie von starken Armen aufgehoben und roch Schweiß und Papyrossigestank. Geschrei über Geschrei, schafft die Frauen und Kinder hier weg. Das schrille Klingeln einer von Pferden gezogenen Ambulanz, zwei schnaubende Schecken. Sie wurde zu anderen stöhnenden Verwundeten in den Wagen gehoben. Das Gefährt ruckelte zur Rijewskaja Boliza.

Dort wurde der verletzte Hintern von einem Doktor Karaulow behandelt, mit einer Kokaininjektion und einer scharfen Sonde. Er warf in seiner haarigen Rechten leise ein paar Stückchen hellen Metalls hoch. Kann sie bedauerlicherweise nicht alle rausholen, tut mir sehr leid. Bis ans Ende Ihrer Tage werden Sie Fragmente im Fettgewebe hängen haben, als Andenken an die gescheiterte Revolution. Sie erlauben, aber da der weibliche Hintern dicker ist als der magerere, sehnigere, muskulösere männliche, ist der Schaden minimal, *gosposcha*. Legen Sie sich auf die andere Backe, bis die hier heilt. Dann sagte er: »Bald wird niemand mehr *gosposcha* oder *gospodin* genannt werden. Das große neue Wort wird *towarischtsch* sein.« Dies sollte anzeigen, auf welcher Seite er stand.

Tante Anja und der befreite Onkel Boris kamen sie besuchen. Er war Gewichtsprüfer in der Fabrik, noch nicht an die Arbeit zurückgekehrt, grimmig, klein, energisch, ihrem armen toten Mann nicht unähnlich, wenn auch natürlich viel älter. Er umarmte Ludmilla, bis sie das Gesicht schmerzlich verzog. Er brachte Neuigkeiten. Die Garnison der Peter- und Paulsfestung hatte sich erhoben, man brannte die Polizeiwachen nieder und vernichtete die dort gefundenen Akten. »Aber«, berichtete er triumphierend, »die größte Sache war es, wie man das Gebäude der politischen Polizei aufgebrochen und alle Unterlagen auf den großen Scheiterhaufen geschleppt hat. Das hättest du sehen sollen, Nichte, wie die Erstürmung der Bastille, und die einzigen

Dossiers, die verbrannt worden sind, waren die der sogenannten Staatsfeinde, die anderen hat man aufbewahrt, um den Dreck und die Korruption und die Tyrannei nachweisen zu können, die in der Regierung geherrscht haben.«

»Und was hat der Zar getan, *djadja*?«

»Gedroht hat er, der Dummkopf, der Idiot, keine Ahnung, was hier eigentlich vor sich gegangen ist, hat der dort in der Stawka, sagt, die Truppen hätten ihren Eid auf den Kaiser gebrochen und müßten bestraft werden. Und Kerenski und Tschejeidze haben die Duma jetzt durch Truppen bewachen lassen und die reguläre Garde an der Duma weggeschickt. Und jetzt wird eine Exekutivregierung gebildet, und dieser Bastard, entschuldige bitte, dieser Bastard Scheglowitow, der frühere Justizminister, saubere Justiz das, sitzt hinter Schloß und Riegel und befürchtet das Schlimmste. Ah ja, und der arme kleine Jurek hat einen Daumen verloren.«

»Armer kleiner Jurotschka«, schrie die Tante. »Man hat ihm doch gesagt, er soll nicht mit anderer Leute Gewehren spielen.«

»O nein!« rief Ludmilla. »Armer kleiner Jurschtsche. Ist er auch hier im Krankenhaus?«

»In einem anderen. Dem für Masern bei Peter und Paul, er hat keine Masern, aber sie haben ihn aufgenommen. Er wird schon wieder in Ordnung kommen. Also genauer gesagt, es war nur das oberste Stück vom Daumen, dem linken, vom Nagel bis zum Knöchel. Kriegst du gut zu essen hier?«

»Meistens Suppe. Aber es gibt genug Brot.« Sie hätte jetzt gern ein Stück walisisches Hammelfleisch mit Rübchen- und Kartoffelbrei gehabt. Als Onkel und Tante auf das Klingeln der Handglocke, mit der Besucher hinausgewiesen wurden, gegangen waren, fing der magere hinkende Mann, der immer die Glocke schwang, mit dem Verkauf einer Zehn-Kopeken-Zeitung an. Ludmilla kaufte eine und bezahlte aus ihrer Geldbörse, die unter dem Kopfkissen lag. Es war ein schlecht gedruckter einziger gefalteter Bogen, von den Arbeitern herausgegeben und *Russkaja Pechota* genannt, Rußlands Truppe. Nicht viele in dieser Frauenabteilung konnten lesen, so daß Ludmilla die Nachrichten brüllend vortragen mußte, auf der linken Hälfte ihres Hinterteils liegend und unter den Klagen der Frauen auf der verletzten Seite, sie könnten ja gar nichts verstehen. Protopopow, der Innenminister, hatte sich den Aufständischen ergeben. Truppen waren aus Oranienbaum, Strelna und anderen Orten gekommen und hatten sich den Revolutionären angeschlossen. Rote Fahne über dem Parlamentsgebäude. Widerspruch zwischen dem Exekutivausschuß der Duma und der Sozialdemokratischen Arbeitervereinigung. Gutschkow, Struwe und Fürst Lwow leiteten die Exekutive der Duma. »Gott segne den Fürsten«, rief eine zahnlose Greisin mit gebrochener Schulter, und andere riefen »Amen«. Die Nachrichten sagten ihnen kaum etwas und Ludmilla, die mittlerweile eine Art Ausländerin geworden war, nur wenig. Regimenter strömten nach Petrograd und schwenkten rote Fahnen, die leicht herzustellen waren – ein altes Hemd, ins Blut von jemand eingetaucht. Jede Menge Ausschüsse, darunter der Ausschuß für die Ausarbeitung der Geschäftsordnung in den Ausschüssen. Oberst Engelhart zum Präsidenten des Militärausschusses der Duma ernannt, der bereits begonnen hatte, sich über die Geschäftsordnung zu streiten, die der Ausschuß zur Ausarbeitung der Geschäftsordnung in den Ausschüssen festgelegt hatte. Zar angeblich an der Spitze royalistischer Truppen aus Finnland auf dem Weg hierher. »Gott segne den Zaren!« rief die Alte, »unser Väterchen!« Andere fügten »Amen« hinzu.

Diese letzte Nachricht wurde in der *Russkaja Pechota* vom fünfzehnten März bestritten. Zar erklärt Bereitschaft, abzudanken, gibt die Erklärung auch im Namen des Zarewitsch ab. Die Zarin in Zarskoje Sjelo überantwortet sich revolutionären Truppen und sagt: »Ich bin nicht länger Kaiserin. Ich bin nur noch eine barmherzige Schwester, die sich um ihre kranken Kinder kümmert.« – »Gott segne die Ärmste, unsere heilige Mutter!« betete die Alte; »Amen«, intonierten andere. Worte Kerenskis: Genossen, ich bin zum Justizminister ernannt worden. Niemand ist ein glühenderer Republikaner als ich, aber wir müssen unsere Stunde abwarten. Wir werden unsere Republik haben, aber zuerst müssen wir den Krieg gewinnen. Loyalität Fürst Lwow gegenüber, dem Premier und Innenminister. Demokraten unterstützen die provisorische Regierung bis zum Ende des Krieges. Vorlage tausend zu fünfzehn angenommen.

Ludmilla las all das laut vor. Die Revolution schien vorüber. Es war Abend. Das elektrische Licht ging im Krankensaal an. Dies war ein großer Augenblick für einige unter den Patientinnen, die sich wie bei einem Mirakel bekreuzigten. »*Likritschestwo*«, hauchte die Alte. Ludmilla seufzte, sagte aber nichts. Die alte Frau meinte *elektritschestwo*, doch *lik* war ein Heiligenbild, das der Jungfrau Maria etwa, gerne mit der Zarina verwechselt. Dieselbe Greisin dachte, die Abteilung werde *bublik* und nicht *publik* genannt, und fragte täglich, wo denn der *bublik* oder Kringel zu ihrem Tee bliebe. Eine andere Frau, eine Dicke mit einer Augenklappe, glaubte, *kommunist* hieße eigentlich *kumanist*, und das habe etwas mit *kumanika*, der wilden Himbeere, zu tun. Sie sah die Traumzeit (welche nicht kommen sollte) als ein Füllhorn voller Früchte für die Massen. Die lieben alten Ignoranten. Nie eine Chance bekommen, was zu lernen.

Am 16. März kam Tante Anja allein. Die Straßen waren ruhig, erzählte sie, aber die Trambahnen fuhren noch nicht. Und übrigens, da war ein Brief gekommen. Wenn das der englische Zar war auf der Briefmarke, dann hatte er große Ähnlichkeit mit dem Zar aller Reußen, der dieses nicht mehr war. Ludmillas Herz sprang ihr in den Hals und zurück an seinen richtigen Ort, wo es sich in eine Tenortrommel verwandelte. Es war ihre eigene Handschrift auf dem großen Umschlag. Innendrin fand sich ein kleinerer Umschlag, und sie kannte die Handschrift gar nicht – ein Kriegskamerad des armen alten David schickte sein Beileid. Dann machte sie den Brief auf und las:

Militärkrankenhaus 17
Blackpool, Lancashire

Meine liebste Frau,
ich schreibe das nicht selber aber ein Freund Dan Tetlow schreibt meine Worte auf weil ich einen Verband über den Augen habe. Aber keine Angst ich werde nicht blind. Ich bin

ziemlich hergenommen worden von Steinen und Metallstücken und Totenknochen und man hat mich für tot liegen lassen bis sie gesehen haben ich atme noch. Der Major hats etwas eilig gehabt seine Briefe rauszuschicken, als hätte er wollen daß wir alle tot sind, macht weniger Mühe. Mir haben sie die Splitter zum größten Teil herausgeholt aber ich muß noch etwas bleiben. Es sieht so aus als seien meine Tage als Soldat gezählt. Ich darf Besucher haben also komme bitte und besuche mich kariad wenn man das so schreibt. Alles Liebe von Deinem liebenden Gatten.

Und dann hatte er in seiner privaten Dunkelheit seinen Namen hingekrakelt und Kreuzchen, die für Küsse standen, dazugemalt. »Er lebt«, schluchzte sie. »Sie haben einen Fehler gemacht. Er ist nicht tot.«

»So schreiben sie also in Anglija«, sagte die Tante und schaute den Brief an. »Ein merkwürdiges Alphabet haben die. Nun, das ist eine gute Nachricht für dich. Du wirst nicht mehr lange bei uns bleiben.«

In zwei Tagen hatte Ludmilla ihre Entlassung aus dem Krankenhaus durchgesetzt. Ihr Hintern tat weh, die rechte Backe ein einziger violett-blauer Fleck; sie hinkte, eine verwundete Soldatin. Von der Hauptpost aus schickte sie David ein Telegramm in lateinischen Lettern: ICH IN PETROGRAD ABER JETZT KOMME ICH. Dann besuchte sie den kleinen Jura Petrowitsch Schulgin im Kinderkrankenhaus, der stolz auf sein verlorenes Daumenglied war, küßte ihn zum Abschied und sagte, sie würden sich wieder einmal begegnen – wir zwei verwundeten Soldaten! Bei Tante und Onkel ging ihr plötzlich auf, daß sie nicht genug Rubel für eine Schiffspassage nach Hause, jawohl nach Hause hatte. Ihr Scheckbuch nützte hier nichts. Ihr Onkel Boris sagte:

»Du hast doch diesen *angliskij* Paß, sowas hab ich ja noch nie gesehen, ein kleines Buch, das sagt, wer du bist, was du doch auch so weißt, also nehme ich an, der *angliskij* Staat ist für dich verantwortlich, kleine duftende Rose aller Welt. Sollen ja

Freunde der Russen sein, aber in den großen Tagen haben sie nix getan, haben sich wie Bären in ihren Büros verrammelt. Da gibt es dieses Dings da auf dem Admiralitätskai, heißt das Angliskij-Russkij Büro. Die müssen dich auf ein Schiff bringen. Nicht, daß wir dich gerne von hinten sehen wollten, meine Kleine, obwohl du einen lieben kleinen Rücken hast, gerade klare Linie wie deine arme Mutter. Wenn erst mal mit dem Krieg Schluß ist, würdest du in einem freien und herrlichen republikanischen Rußland leben.« Ludmilla ging zum Admiralitätskai und fuhr in einem Lift nach oben. Das Büro, das sie betrat, war voller klappernder Schreibmaschinen und Bilder vom ländlichen England; auch hing da eine große Karte vom Streckennetz der Londoner U-Bahn. Ein fröhlich rotgesichtiger Beamter in einem Tweedanzug paffte den Rauch einer Zigarette mit Korkmundstück nach ihr und sagte:

»Einen Scheck einlösen? Einen britischen? Tatsache? Wir sind keine Bank, wissen Sie, aber ich will Ihnen was sagen, gehen Sie mal da rein und sprechen Sie mit unserem Mr. Walpole. Sehr netter Mann, die Taschen voller Rubel, streut sie überall auf den Fußboden. Sollte für den wohl keine Schwierigkeit sein, den alten Blödmann.« Ludmilla sog die Luft ein – gar nicht russisch: Gold Flakes und Lavendelbohnerwachs. Mr. Walpole war ein zerstreuter junger Mann mit großem Kopf und Kneifer. Er sagte:

»Russin, ah ja, und mit einem von den Unseren verheiratet? Das ist nett. Hören Sie mal, dieser Brief hier ist von einem Russen, er hat seine sechs Kinder satt und will sie gegen sechs englische tauschen. Jedenfalls *glaube* ich, daß er das schreibt.« Ludmilla bestätigte es. »Herzlichen Dank. Sagen Sie mal, Sie sind ja ein wahnsinnig hübsches Mädel. Sie wollen ins U. K. zurück? Kann ich Ihnen nicht verdenken. Einen Scheck einlösen? Mal sehen, was sich machen läßt.«

Der Rückweg führte nicht aus dem Hafen von Petrograd hinaus, der mit einer Unzahl von Frachtschiffen verstopft war, mit denen es wegen eines Streiks der Hafenpenner oder Schauerleute nicht weiterging. Er mußte von Romanow aus angetreten werden, was eine einwöchige Eisenbahnfahrt am Ladoga- und Onega-See vorbei durch Karelien hinauf zum Onegabusen und zur Onegabai und zum Weißen Meer bedeutete. Ludmilla reiste schmerzerfüllt auf einer Backe in eine Region mit niedrigen Hütten und Knüppeldämmen und Wölfen und Schneehühnern. Dann ging sie an Bord eines Frachters, der seinen Namen noch nicht geändert hatte: S.S. *Zar*. Sie fuhr ins Polarmeer hinaus, umrundete die Halbinsel Kola, an der Küste von Murmansk entlang, sie sah ein Meer wie Glas, in das ein unendlicher zerdrückter Regenbogen eingelegt war. Varangerfjord und Njarg und Varjag. Die gezahnte Oberkante von Norwegen war das. Sie stocherte in den grobschlächtigen Eintopfgerichten, die Offiziere spöttelten und starrten sie begehrlich an, bis sie zischte: »Wo wart ihr bei der Revolution, Genossen?« Die U-Boote waren, hörte sie, im Atlantik und im Ärmelkanal zu beschäftigt, um ihnen hier oben in die Quere zu kommen, am Ende der Welt, und sie schlief gut auf ihrer guten Hinterhälfte, die Kabinentür gegen die Dringlichkeiten der nach Frau hungernden Mannschaft verriegelt. Sie glitten in den Nordatlantik hinab und hielten sich eng an die norwegische Küste. In Stavanger wurden ein paar anonyme Ballen Fracht eingeladen, dann nahm man westlichen Kurs auf die Orkneys. Dann sah man backbord den Westen von Schottland, und die Luft fühlte sich an wie in South Wales. Sie landete mit einem Koffer voll schmutziger Unterwäsche in Liverpool.

Dort entdeckte sie zu ihrer Freude, daß Blackpool nicht weit war – eine Stadt des Proletariervergnügens an der Irischen See. Es war winddurchweht und voller Militär, verspottet von einem hohen Riesenrad, dessen Umdrehungen auf Kriegsdauer ausgesetzt worden waren, bekrönt von einer Art Eiffelturm. Hier nahm sie sich ein Zimmer im Hotel Imperial, gleich an der Strandpromenade, und dann ging sie, ihren Gatten zu besuchen, dessen Hospital landeinwärts lag, aber nicht weit hinter dem South-Shore-Park. Die Luft war körnig von aufgerührtem Sand, und Stranddisteln wuchsen auf den kärglichen Rasenbänken.

Die beiden verwundeten Soldaten fielen sich schmerzlich zusammenzuckend in die Arme. David Jones hatte einen grimmigen Blick in den Augen, aber trug dort keinen Verband mehr. »Passiert ist folgendes, Mädel, dieser Grabstein da ist sozusagen direkt vor mir explodiert, und ich hab überall Granitsplitter im Leib gehabt, und einen Klumpen Schrapnell hat's glatt durch die Rippen gehauen und hinten wieder raus, sauber und anstandslos, und ein Regen von Grus und Zeug in meinen Hintern.«

»In meinen auch. Eine Backe.«

»Hier ist jetzt nicht der Ort, über ihn zu reden, bloß weil er grade was trinken gegangen ist«, sagte David Jones mit gesenkter Stimme, »aber der war's, der gesehen hat, daß ich noch am Leben bin, und mich rasch zur Sanitätsstation hat karren lassen. Dan Tetlow, der den Brief geschrieben hat. Hat seine Männlichkeit gerade einen Tag später verloren, das arme Schwein. Nie Kinder, Schluß, aus, der setzt sich nicht fort. Ich werd's nicht so rasch vergessen. Munter wie ein Zeisig, hat seine Männlichkeit verloren. Sauber und anstandslos waren die weg.« Dann sagte er, mit den wunden Augen grimmig Richtung Zukunft schauend: »Ich bewerb mich für einen Kochkurs, wenn ich rauskomme. Offizierskasino, Cuisine à la feiner Pinkel. Dieser Scheißkrieg sieht aus, als wollt er ewig weitergehen. Ich hab jetzt wohl mein Teil getan, wird Zeit, daß ich in meinen Beruf zurückkomme und an die Zukunft denke. Wie war's denn in St. Petersburg? Bin nicht so recht drausgekommen, was sie mir da aus *John Bull* vorgelesen haben, ist eh ein Scheißblatt.« Er lauschte, als sie ihm das Wichtigste erzählte (Petrograd), und nickte dann. »Ja, das Wrack der Hoffnung, aber die werden's nochmal versuchen, ehe das Jahr vorbei ist. War eine Art Generalprobe, sagen wir mal. Hat doch niemand je gedacht, daß alles so kommt, schießen die da auf uns beide. Mitten in die Geschichte verwickelt, die uns eigentlich gar nicht kümmern sollte. Ich hab hier das Buch von dem Mann, den sie den Mordsreggie genannt haben, bester Mann, den ich je kennengelernt hab, und jetzt hab ich Zeit gehabt, es mir von Dan Tetlow vorlesen zu lassen, der zweitbeste, hat seine Mannheit verloren. Ich kann nicht viel damit anfangen und er auch nicht, aber es ist Geschichte. Ein großes langes Schwert mit einem A drauf. Das A steht für Attila den Hunnenkönig, obwohl der anscheinend gar kein Deutscher war, und auch für Arthur, den König von Wales. Verschieden, aber doch im Grund dasselbe, wie das Schwert dann zeigt, denn was ist Geschichte außer dem Einhauen auf die Unschuldigen mit einem Schwert? Da müssen wir ganz raus, wir müssen uns statt dessen auf die Dinge konzentrieren, die wichtig sind, ich meine vor allem das Essen. Das Essen ist entscheidend, essen werden die Leute immer und haben's immer schon getan, wenn die Geschichte es ihnen liebenswürdigerweise gestattet hat. Man sollte das Schwert einschmelzen und daraus Messer und Gabeln machen. Schwerter zu Bestecken. Geh du jetzt nur nach Haus, Mädel. Ich möchte nicht, daß du dich hier oben lang aufhältst und Geld für Hotels ausgibst. Wir brauchen noch jeden Penny, eh wir soweit sind. Und paß auf deinen Hintern auf.«

Am 3. März 1918, dem Tag der Unterzeichnung des Vertrages von Brest-Litowsk, wurde das erste Kind von Sergeant und Mrs. Jones geboren, ein Mädchen, dem sie den Namen Beatrix gaben, wenn auch ohne christliche Taufe. In keiner der beiden Familien gab es jemand dieses Namens, noch hatte er sich in einem ihrer Köpfe nach der Lektüre eines Buches oder einer Zeitung festgesetzt. Ludmilla hatte, das finster blickende Baby in den schönen weißen Armen, nur gesagt: »Wir nennen sie Beatrix.« Doch gibt es, wie man uns erzählt, so etwas wie subliminale Reizaufnahme. Im Anglo-Russischen Büro wurde damals ein wenig für die englische Literatur geworben, Verherrlichung verschiedener Ruhmestaten heimischer Autoren, jede Woche wechselten die Exponate und an jenem speziellen Tag ihres Besuches wurde gerade der siebzehnjährige Peter Rabbit gefeiert, ein großer flappohriger putziger Spielzeughase mit einer Photographie seiner Schöpferin, die feierlich einen englischen Garten jätete. Sergeant Jones nickte und sagte: »Ganz wie du meinst, Liebling. Hört sich nach einem netten Namen an. Mir gefallen die Tricks hintenraus.«

Als Küchensergeant, verantwortlich für die Offiziersmesse des Regiments, hatte er keine großen Schwierigkeiten, an den

Wochenenden nach Hause zu kommen, da er einen guten Korporal unter sich hatte, dessen Manie es war, zu demonstrieren, daß er so gut war wie sein Vorgesetzter. Er konnte seine Frau häufig sehen und mit anschauen, wie sein Kind größer wurde, im Gegensatz zu den armen schlammverschmierten Schweinen, die an der Somme in den Schützengräben lagen und auf den großen Hunnenangriff warteten. Glück gehabt. Beide. Gold aus dem spinnwebigen Speicher glänzte im Schließfach, ein Zeichen dieses Glücks. Er hatte bereits Angst um dieses liebe gestillte Kind an der schönen blaugeäderten Brust der schönen Mutter. Glück war nichts, was man weitergeben konnte.

Die Fruchtbarkeitsmechanik, so lange unerklärlich inaktiv, arbeitete jetzt stetig, und am 18. Januar 1919, während die Delegierten der Friedenskonferenz in Paris einander bei den Ohren hatten, wurde Reginald Morrow Jones geboren. Sein Vater wartete immer noch auf die Entlassung aus der Armee, aber auf Urlaub am Tresen in der »Alten Zeche« in Blackwood konnte er den aggressiv anglonormannischen Reginald und die Hervorhebung des Morrow, die das ganze wie einen snobistischen Bindestrich-Namen klingen ließ, vor den sozialistischen Trinkern durch die Erläuterung rechtfertigen, er und seine Familie würden bewußt einer neuen Ära entgegengehen. Dai Jones und Ianto Pritchard und Ifan Evans waren inzüchtige Namen der Eingeengten und Unterdrückten. Die Kinder dieses speziellen Dai Jones sollten eine freiere und weitere Welt erben. Dr. A. J. Cronin (von Tredegar, wo seine Praxis war, zu Besuch in Blackwood) erhob sein Glas darauf und sprach von seinem eigenen Ehrgeiz, ein volkstümlicher Romanautor zu werden. Die Zukunft schien damals vor manchen hell dazuliegen. David Jones und seine Frau, sein Sohn und seine Tochter sollten sich in dem Landstrich niederlassen, den die Waliser Lloegr nannten, in der Stadt Manchester, Geburtsort des großen, aber verschlagenen Walisers Lloyd George.

Ein durchreisender Menageoffizier (Regiment Crosse und Blackwell) hatte sich anerkennend über die Luftigkeit des Zitronensoufflés von Sergeant Jones geäußert. Er hieß Captain Zimmermann, aber die verschworene Gemeinschaft der kulinarischen Berufe ließ den Rang nebensächlich erscheinen, als er in der Küche der Offiziersmesse Grand Marnier trank. »Und was haben Sie vor, wenn Sie die Uniform ausziehen?« fragte er im leicht nasalen Tonfall des jüdischen Manchester. Mein Tonfall übrigens, mein Geburtsort. Mein Name, nicht daß es darauf irgendwie ankäme, ist Harry Wolfson.

»Niemals wieder ›Sir‹ sagen, außer im Wege normaler Höflichkeit. Das heißt: mein eigener Herr sein, und das bedeutet: ein kleines Restaurant aufmachen. Sir.«

»Geld dazu, ja?«

»Bißchen auf der Bank. Etwas Miete von einem alten Sandsteinhaus in New York.«

»Hmm, ein weitgereister Mann. Sehr kosmopolitisch. Hören Sie. Mein Bruder und ich führen ein nicht ganz unbekanntes Restaurant am Deansgate in Manchester. Das Trianon, prätentiöser Name, na ja. Mein Bruder ist vom Militärdienst freigestellt wegen seines Asthmas, er betreibt es im Augenblick alleine, aber er sagt, die feuchte Luft bringt ihn um. Wenn ich zurückkomme, will er raus dort und in den Süden. Wissen Sie, wo Geld zu machen ist? Das Restaurant ist nur eine Fassade. Geld ist zu holen, wenn man private Feiern ausrichtet. Kalte Büffets zuhause, Freimaurerbankette. Pappkartons und Thermosflaschen, Diners mit sieben Gängen frei Haus. Hochzeiten, Beerdigungen, Bar Mitzwahs. Natürlich war jetzt eine schlechte Zeit, alles rationiert, die Rationierung wird sich wahrscheinlich noch etwas halten, damit wir die hungernden Deutschen füttern können, aber es wird dann besser werden. Außerdem geht es den guten Kunden nicht um die rationierten Artikel. Hummer, Austern, geräucherte Forelle, Shrimps aus der Morecambe Bay. Die Luxusartikel werden nie anders rationiert als über den Preis.«

»Bieten Sie mir eine Stelle an? Sir?«

»Mehr als eine Stelle eigentlich, wenn Sie ein bißchen was zum Investieren haben. Das Ding hat eine große Zukunft, das ist jetzt nicht bloß mein Verkaufsgespräch. Verheiratet? Gut, sprechen Sie's mit Ihrer Frau durch.«

»Meine Frau«, sagte Sergeant Jones, »ist Russin. Sie war die Tochter von dem Mann, der das ›Newskijprospekt‹ in Brooklyn, New York, geführt hat.«

»Mein Gott, wir haben jede Menge Russen in Manchester, Juden und die andere Sorte, Gojim, Russisch-Orthodoxe. Und es kommen immer noch mehr, jetzt mit dieser Revolution. Ich sehe große Dinge voraus. Sprechen Sie mit der Frau Gemahlin.«

Das dritte und letzte Kind, ein Sohn, wurde am 22. Februar 1920 geboren, in der Dickinson Road Nr. 231, Rusholme, Manchester. Sie nannten ihn Daniel Tetlow Jones. Er war nicht der hellste von den dreien noch der hübscheste. Die Tochter und der älteste Sohn erbten die Warägerzüge der slawischen Seite und wurden groß und blond. Dan war dunkel und klein wie sein Vater. Er schien manchmal nicht ganz richtig im Kopf, was David Jones eine perverse Befriedigung verschaffte – er sah in diesem Sohn eine Milderung des ansonsten fortdauernden Glücks. Was Daniel Tetlow Jones am meisten im Leben zu interessieren schien, war Fisch.

Dau

»Schade, daß du's nie kennengelernt hast«, sagte Reginald Morrow Jones. »Die Juden sollen doch so auf feine Küche stehen.« Wir saßen zum Tee im Kardomah-Teashop am Deansgate, der bis vor recht kurzer Zeit noch das Trianon-Restaurant gewesen war. »Es war gut. Und die Kundschaft war auch gut. Schauspieler und Musiker vor allem. Noel Coward, John Gielgud, Artur Schnabel. Die signierten Photos hingen überall an der Wand. Und jetzt schau dir die Wände an.« Die Wände zeigten ein grob vergrößertes Weidenporzellanmuster. »Das eigentliche Problem war nicht, daß meine Mutter wegen der Luft in Manchester immer gehustet hat. Die Polizei wurde kiebig wegen der Erneuerung der Schanklizenz. Na ja, sie haben ja nicht schlecht verdient hier, und jetzt haben sie ein hübsches kleines Pub bei Abergavenny. Aber es ist doch sehr schade. War das beste Restaurant in Manchester.« Und dann: »Tut mir leid, was ich da gesagt habe. Wegen der Juden, meine ich.«

»Von uns sagt man auch schon mal Schlimmeres. Und es stimmt schon mit dem feinen Essen. Eine erlesene, aber sehr massive Küche.«

Ich kannte das Trianon nicht, weil ich mich in Manchester insgesamt kaum auskenne, obwohl ich aus Cheetham Hill stamme. Den größten Teil meiner Jugend habe ich außerhalb von Manchester und in der Tat außerhalb Englands verbracht. Ich war nicht in England, weil mein Vater als Ingenieur an Überseeaufträgen arbeitete. Der Ingenieurberuf war damals für einen Juden ungewöhnlich. Ein Jude konnte künstlerisch genial sein, aber doch keine Brücken bauen. Zu seinem Studium an der Technischen Hochschule von Manchester war mein Vater von niemand Geringerem als von Dr. Chaim Weizmann ermuntert worden. Dieser, ein Sohn des Hinterlandes von Motol südöstlich von Grodno, Absolvent der Universitäten Berlin und Freiburg, seit 1904 Dozent für Biochemie an der Universität Manchester, war ein Freund meines Großvaters, zu seiner Zeit ein recht bekannter jüdischer Atheist. Weizmann sollte 1949 der erste Präsident des Staates Israel werden, aber er hatte sein ganzes Leben für die Gründung dieses Staates gearbeitet. Er arbeitete während David Jones' Krieg auch für das britische Kriegsministerium, und seine Entdeckung einer Technik zur Synthetisierung von Azeton, das zur Herstellung von Sprengstoffen gebraucht wird, trug ihm als Lohn die Gründung der Kolonie Davids in Palästina ein. Er wurde der hauptsächliche Sprecher des weltweiten Zionismus. Er hielt dafür, daß die Juden der Diaspora sich auf den (wörtlich zu nehmenden) Aufbau des jüdischen Staates vorzubereiten hatten – den Bau von Straßen, Städten und Brücken, Kriegsschiffen und schweren Waffen –, indem sie die angewandten Naturwissenschaften studierten. Da der Atheismus meines Großvaters kein Geld trug, half Weizmann meinem Vater, sein Ingenieurstudium voranzutreiben. Mein Vater wurde ein sehr guter, wenn auch manchmal cholerischer Ingenieur.

Von 1917 bis 1920, dem Jahr meiner Geburt, investierte die britische Militärverwaltung von Palästina britisches Geld in notwendige Strukturverbesserungen im Territorium – dazu gehörte die Errichtung einer Stahlbrücke über den Jordan, und an diesem Projekt war mein Vater beteiligt. Ein gutes Stück zionistisches Geld kam für andere Vorhaben zusammen, hauptsächlich aus Amerika, aber die friedliche Entwicklung eines modernen Palästina wurde wie stets von den Arabern behindert: Meine Kindheit in Jaffa war voll vom Lärm und den Staubwolken der Unruhen und Terroranschläge. Die Firma meines Vaters in Trafford Park holte ihn aus dem gefährlichen Palästina weg und übertrug ihm Bauvorhaben in Argentinien und Peru (Eisenbahnlinien vor allem), aber 1928 waren wir wieder in Palästina, als das – schließlich scheiternde – Schofin-Lezipren-Projekt begonnen wurde: das sollte ein Triumph der Metallkonstruktion unter Spannung werden, das dünnste Gebäude der Welt. Ich weiß noch, wie 1929 der Aufruhr an der Klagemauer losbrach, und wie mir trotz meiner Jugend klar wurde, daß die Zukunft dem Terrorismus gehörte.

Wie Sie wahrscheinlich wissen, wird die Klagemauer – von

Gojim, wenn auch nicht von Juden – so genannt, weil dies der Ort ist, wo das alttestamentarische Klagelied laut rezitiert wird. Die Juden nennen sie Kotel Ma'arabi oder die Westliche Mauer und erklären, sie sei das älteste Heiligtum des Glaubens, errichtet lange vor dem Tag, da Mohammed sein erstes Kamel trieb. Die Moslems bestreiten das und behaupten, die Mauer und die sie umgebenden Pflastersteine seien heilige Monumente ihrer eigenen Spätlingsreligion. Daher die Unruhen. Ich sah Fäuste und heulende Münder, und dann war Weizmanns eigenes Azeton am Werk, und es kam mir eine philosophische Überlegung, die für einen Jungen von neun recht fortgeschritten war: daß die jeweilige religiöse oder politische Sache immer nur ein Vorwand war, um Gegenstände und Menschen zusammenzuschlagen; auf das Zusammenschlagen kam es an. Menschen waren Energiekugeln, Massen fleischliches Azeton, und diese Energie ließ sich am leichtesten für eine destruktive Aktion entzünden, Kreativität ist so schwierig und erfordert Verstand und Phantasie. Aber da der Mensch ein Wesen mit Bewußtsein ist und nicht bloß mit Nerven und Muskeln, bedarf es immerhin irgendeiner fingierten Begründung für die Zerstörung. Zerstörung, die sich in diesem Zeitalter, da ich schreibe, am liebsten terroristisch ausdrückt, ist wesentlich nur für sich selbst da, aber das Alibi des religiösen oder profanen Patriotismus verwandelt die Destruktion in etwas scheinbar Kreatives.

Reg zahlte die Rechnung für den Tee – eine sehr manchestertypische Mahlzeit mit Fritten und Spiegelei als Hauptgang. Dann gingen wir am Deansgate hinunter Richtung Piccadilly. Wir waren, schätze ich, typische gutsituierte junge Engländer dieser Epoche, wenn auch keiner von uns englisch war, was immer das Wort bedeuten mag. Ich meine, es müßte eigentlich bedeuten: Jemand, der Englisch als Muttersprache hat. Reg war Waräger und ich war Jude, was immer ein Jude sein mag. Gut, ich war beschnitten, aber das waren viele Nichtjuden auch. Seit meinem atheistischen Großvater war in unserer Familie niemand mehr religiös. Ich entstammte dem Mittelmeer, Reg dem Ostseeraum. Er hatte eine hohe Stirn, und das dünne blonde Haar ließ erkennen, daß er früh kahl werden würde. Ich hatte einen rabiaten dunklen Haarwuchs und mußte mich zweimal täglich rasieren. Meine üppige Behaartheit ärgerte mich. Tatsächlich hatte ich eine neurotische Abneigung gegen jegliche Überfülle. Wir kamen an einem Grammophonladen am Piccadilly vorbei, der seine Ware mit dem Abspielen einer Aufnahme von »Under the Spreading Chestnut Tree« anpries, einem Lied, das König Georg IV. in seiner Eigenschaft als Pfadfinderführer populär gemacht hatte. Ich dachte an Roquentin und sagte:

»Hast du mal *La Nausée* gelesen?«

»Nie gehört. Was Französisches?«

»Ein Franzose namens Sartre. Noch nicht lange erschienen. Noch nicht ins Englische übersetzt. Colin Smith ist ganz verrückt deswegen. Er hat es aus Paris mitgebracht und diktiert es uns passagenweise. Es geht um einen Mann, der von der Fruchtbarkeit eines Kastanienbaums angewidert und entsetzt ist. All dieser Exzeß, dieses überschäumende fürchterliche Leben, das dem menschlichen Wunsch nach kühler Einfachheit zuwiderläuft. Ich kann's verstehen. Schau dir dieses blühende Vollgefühl der Welt um uns herum an«, ich meinte den Piccadilly mit seinen Einkäufern und roten Bussen. »Ich weiß, was er mit ›Ekel‹ meint.«

»Wer meint?«

»Der Held des Buches, Roquentin. Es ist in uns genauso wie außerhalb. Eine schreckliche Wirrnis von Eingeweiden und Drüsen, die Konfusion der Psyche mit ihren widerstreitenden Identitäten.«

»Liebe Zeit, liebe Zeit«, sagte Reg. »Was willst du denn – eine Bombe soll fallen auf alles?« Er gebrauchte mir gegenüber manchmal die jiddische Syntax, obwohl meine Familie kein Jiddisch konnte. Es war nicht böse gemeint. Wir stiegen in einen Vierundvierziger-Bus. Reg fuhr nach Fallowfield zu Jorge Lewis, seinem Katalanischdozenten. Ich hatte jetzt meinen Tee gehabt, aber ich ging zu einer Teaparty im Philosophischen Seminar. Das war eines von den regelmäßigen Treffen, die Professor Pears organisierte. Es war, nehme ich an, kein Wunder, daß ich

Philosophie studierte, mit Deutsch und Französisch nebenher, obwohl mein Vater mich ermahnt hatte, Gutes in der Welt zu tun und etwas Praktisches anzufangen. In meinem Metaphysikkursus bei Professor Nussbaumer konnte ich mich mit der höheren Wirklichkeit der Monaden trösten und mit der Vision eines finalen Zustandes, der nach der hektischen Unruhe des sich ständig perpetuierenden Lebens die zeitlose Schlichtheit eines wahren Perpetuum zeigen würde, das man dann geradesogut auch als Gott bezeichnen konnte, unschöpferisch und nicht einmal selbstbewußt. Aber ich mußte auch Lehrveranstaltungen in Ethik und Politischer Philosophie besuchen und mir das verstörende Chaos der Versuche des Menschen vorführen lassen, sich selbst eine Ordnung zu setzen. Und bei Professor Pears' Teestunden gab's dann immer eine informelle Diskussion über den idealen Staat oder das Ethos der Polygamie unter Schiffbrüchigen auf einer einsamen Insel, wo es zehn weibliche Überlebende und einen Mann gab. Die Teilnahme an dieser Kekskrümelgeselligkeit war nicht zwingend, aber es machte einen Unterschied bei den Semesternoten. Ich ging im Grunde deshalb hin, weil Regs Schwester meistens da war.

Ich fühlte mich von ihr angezogen wie von nur wenigen Frauen in meinem Leben. Die Frauen, die ich in den heißen Zonen der Welt gesehen hatte, glichen meiner Mutter und meiner Schwester in ihrer Ähnlichkeit mit Roquentins Kastanienbaum, von den Göttern der Biologie erschaffen, um die existierende Fülle zu vermehren – fleischlich üppig, hüftig, tittig, alles ein Übermaß, diese Erdmütterlichkeit, bereit, alles außer dem Fortpflanzungstrieb des Mannes in einem Waldesdickicht von mitternachtsschwarzem Haar zu erdrücken. Sie dufteten leise nach Kuh. Beatrix Jones war blond und ostseeäugig wie ihr Bruder, ihre Haut spannte sich als dünnste Hülle über hervortretenden slawischen Wangenknochen. Ihr Körper war wunderbar, aber sehr schmal geformt. Sie trug einfach geschnittene Kleider in ungemusterten Pastellfarben; sie verschmähte Armbänder und Ohrringe. Sie war keineswegs kalt, aber ihre sexuelle Hitze wurde sozusagen von einem intellektuellen Thermostat geregelt. Ich fand später heraus, daß ihre kühle sexuelle Annäherung an mich die ihrer Mutter an ihren Vater wiederholte, wenn sie auch nicht an eine Heirat dachte. Sie hatte eine Berufslaufbahn vor sich.

Auf dem Oberdeck des Busses riß Reg eine neue Schachtel Players auf, hielt mir aber keine hin. Es fehlte ihm weniger an Großzügigkeit als an Aufmerksamkeit. Ich zündete mir meine letzte Gold Flake an und sagte: »Dieses Treffen mit deinem Mister oder Señor Lewis hat, wie ich annehme, etwas mit dem Spanischen Bürgerkrieg zu tun?«

»Wenn wir für Katalonien kämpfen, bestehen wir automatisch die Katalanischprüfung. Selbst wenn wir fallen.«

»Ein Haufen gottverdammter Waliser kämpft für das republikanische Spanien. Verrückt.« Denn die Abteilung für Hispanistik hatte vorwiegend walisische Studenten, Spanisch war ein Walisisch-Ersatz, dasselbe Vokalsystem und so weiter. Aber dieser Jorge Lewis kam aus Chile, wo es eine Menge walisischer Familiennamen gab. Er hatte sich in Katalonien verliebt und gab einen Nebenfachkursus Katalanisch, anscheinend eine Sprache mit reicher Literatur.

»Verrückt, ja?« sagte Reg. »Das ist jedermanns Krieg. Deiner auch, wenn du's nur einsehen wolltest. Den Juden müßte was dran gelegen sein, die Faschisten zu töten.«

»Das kommt noch«, sagte ich, »trotz dem verdammten Verrat von München.« Es war Oktober 1938, und das Semester hatte gerade begonnen. Am Mittag hatten wir in der Studentenschaft die erste förmliche Debatte geführt. Reg und ich hatten den Antrag befürwortet beziehungsweise abgelehnt: Die hier Versammelten mögen beschließen, daß Groucho Karl vorzuziehen ist. Es war durchgegangen, aber äußerst knapp. Reg hatte wesentlich witziger für Karl gesprochen als ich für Groucho. Ich hatte ihn als Sprachphilosophen gerühmt; Reg hatte Karl als grandiosen Spaßmacher gefeiert, der das große Spiel des dialektischen Materialismus erfunden hatte. Zuletzt hatte er zwei Zeilen aus Audens *Totentanz* zitiert, gesungen auf die Melodie von Mendelssohns Hochzeitsmarsch:

O Mr. Marx, die Fakten füllen Band um Band,
Die Basis unseres Überbaus ist uns bekannt.

Dann hatte er einen falschen Bart von vogelnestartiger Struppigkeit angelegt und war unter Jubelrufen vom Podium gestampft, während Jack Pickford am Klavier Chopins Trauermarsch spielte. Darauf waren wir zusammen zu Steuermanns Laden am Deansgate gegangen, wo er einen möglichst flachen Flachmann kaufen wollte. Der Rest seiner Kriegsausrüstung würde ihm ausgehändigt werden, wenn er und die anderen von Jorge Lewis' Freiwilligentruppe in Barcelona landeten. Ich sagte: »Und was meint Professor Pulga zu dieser zeitweiligen oder endgültigen Fahnenflucht aus seiner Abteilung?« Es war bekannt, daß Pulga ein Faschist war.

»Er glaubt, wir kämpfen für die katholische Kirche. Sogar Lewis. Pulga ist ein Dummkopf. Er muß es sein, bedenkt man, was er ist. Er glaubt, wir kämpfen auf Kastilisch. Legitimer Teil unserer akademischen Erziehung. Verrückt.«

»Wie ich schon sagte.«

»Mutter und Dad, um die mach ich mir Sorgen«, sagte Reg. »Dad hat immer soviel von seinem Glück erzählt. Er hat auch welches gehabt, sehr viel sogar. Er glaubt, eine ausgleichende Lawine von Unglück wird über seine Kinder hereinbrechen. Walisischer Aberglaube. Kompletter Unsinn. Wir sind alle verhätschelt worden. Zu wohlgenährt, zuviel Taschengeld.«

»Wenn«, sagte ich, »du eine von deinen Players erübrigen könntest –«

»Nimm zwei. Drei. Nimm sie alle.« Er überreichte mir das Päckchen, durchaus großzügig, wie ich sagte. Ich würde jetzt seiner Schwester beim Teestündchen meine Zigaretten anbieten können. Der Bus näherte sich Lime Grove, und ich rannte die Stufen hinunter. Er fuhr bis Fallowfield weiter.

Beatrix oder Trixie goß Tee ein, und einer ihrer pickligen Bewunderer reichte runde Kekse herum. Sie war zwanzig, erschien mir aber mit ihrem hochfrisierten Gold und dem schlichten grünen Kleid und den metallfarbenen Seidenstrümpfen und den

Stöckelschuhen sehr erwachsen. So viele Mädchen in ihrem Alter hatten eine schlechte Haltung und unbeholfene Gesten und rochen nach Schweiß und Tinte wie in der Schulklasse. Beatrix besaß eine vollkommene Kontrolle über ihre Bewegungen und konnte den Deckel der großen roten Teekanne nicht anders als anmutig heben. Sie hatte, was ihre erotische Existenz betraf, einen wahrscheinlich einzigartigen Ruf. Man konnte nicht mit ihr flirten, es war unmöglich, sich an sie heranzumachen, trotzdem wußte man, daß sie mit Männern ins Bett ging. Die Medizinstudenten, deren Reaktion auf die überwältigenden Wahrheiten ihres Sezierkurses ein vulgäres Gewieher über alles Sexuelle war, nannten ihren Namen nie mit anzüglichem Grinsen. Wenn sie in die Cafeteria kam, stieß niemand theatralisches Gestöhn oder Hundegejaule aus. Sie war nicht verführbar; sie verführte. Männer, die von ihr verführt worden waren, ließen nie die törichten Redensarten sexuellen Triumphs hören – sie sagten gar nichts, als sei eine Göttin herniedergestiegen und hätte nach einer unaussprechlichen Verzückung Schweigen geboten.

Sie stand vor dem Abschluß ihres Geschichtsstudiums, aber zu ihren Ergänzungsfächern gehörte Politische Philosophie. Ihr Spezialgebiet waren die kurzen Annalen der sowjetischen Diplomatie. Mit dem Russischen als Muttersprache konnte sie die Dokumente, die aus Moskau in den Westen gelangten, mühelos lesen und in ein Englisch übersetzen, das den eleganten knappen Duktus ihres Körpers hatte. Professor L. B. Namier hielt große Stücke auf sie. Er war wahrscheinlich in sie verliebt. Sie hatte – nahm man allgemein an – nicht versucht, ihn zu verführen. Das wäre ungehörig gewesen. Sie verführte niemanden um irgendwelcher Vorteile willen, die eigene erotische Befriedigung ausgenommen.

Professor Pears strahlte in die Runde, seine Pfeife gluckste kräftig, und wir zehn oder zwölf saßen da, während er ein Diskussionsthema vorschlug. Das Thema war die Wirklichkeit des Staates und die Philosophie des Nationalismus. Ich setzte mich neben Beatrix und bot ihr eine von den Zigaretten ihres Bruders an. Ich gab ihr mit einem chemischen Röhrchen Feuer, das beim

Hineinblasen aufglühte. Sie untersuchte dieses Feuerzeug neugierig. Sie sah auch mich neugierig an, als habe sie mich vorher noch nie wahrgenommen. Und ich war doch schon ein ganzes Jahr an der Universität. Das chemische Feuerzeug, das gerade auf den Markt gekommen war, sollte sich nicht halten; es ließ den ersten Zug säuerlich schmecken. Früher oder später kam die Diskussion auf den Rassismus der Nazis, und ein junger Mann mit schmierigen Brillengläsern und einem unsauberen Kragen sprach sich unvorsichtigerweise dafür aus, man müsse die Reinheit der Rasse bewahren. Hitler hatte mit vielem unrecht, doch er hatte recht, erklärte dieser Student, wenn er auf einer homogenen Nation bestand, die durch Rassenmischung nicht befleckt werden durfte. »Sie meinen also«, sagte ich, »›Juden raus‹?« In unserer Ignoranz damals glaubten wir, das wäre alles, was die Nazis wollten.

»Nicht nur die Juden. Nigger und Chineser und Japse. Eine Nation sollte nicht so etwas Dingens sein.«

»Mit ›Dingens‹«, sagte Professor Pears, »meinen Sie vermutlich so etwas wie ›Heterogenes‹. Mit den beleidigenden Bezeichnungen, die sie zuvor gebraucht haben, meinen Sie wohl die Neger, Chinesen und Japaner. Dies ist keine Straßeneckenversammlung der Britischen Faschisten.«

»Ich bin«, sagte Beatrix, »wie viele von Ihnen wissen, ein Produkt der Rassenmischung. Russische Mutter. Walisischer Vater.« Mehr brauchte sie nicht zu sagen. Ihr scharfer Verstand und ihr herrlicher Körper rühmten die Blutsvermischung. Ich sagte:

»Alles Blut ist dasselbe. Was eine Rasse von der anderen unterscheidet, sind Sprache und Kultur. Aber die Geschichte zeigt, daß Sprache und Kultur vermittelt werden. Ich meine, sie sind nichts Chthonisches.« Das Wort trug mir, wie ich spürte, Beatrix' Achtung ein. »Ich meine, sie wachsen nicht einfach so aus der Heimaterde. Wenn Sie mich einen Juden nennen, was meinen Sie dann damit?« Es war das erstemal, daß mein Judentum in eine philosophische Diskussion Eingang gefunden hatte. Ich konnte spüren, wie Beatrix' Blick mich musterte, mich auf Judentum hin untersuchte. »Geht man ganz weit zurück, komme ich aus dem Mittelmeerraum, genau wie Araber, Spanier, Maltesen, Italiener. Ich bekenne mich nicht zum jüdischen Glauben. Meine Eltern auch nicht. In einem Anfall von Inkonsequenz bestand meine Mutter zwar darauf, daß ich beschnitten wurde. Aber was die Speisevorschriften –«

»Was heißt ›beschnitten‹?« fragte eine Studentin im ersten Semester.

Professor Pears senkte die Pfeife und öffnete erstaunt den Mund, so daß frischer brauner Tabaksaft auf seinen Zähnen sichtbar wurde. »Sie haben«, fragte er verwundert, »nie die Bibel gelesen?«

»Dad hat das nicht zugelassen. Er ließ uns auch nicht in die Kirche gehen. Er nennt sich einen Freidenker.«

»Das bedeutet offenbar«, sagte Professor Pears, »jemanden, der nicht bereit ist, seinen Kindern das Recht des freien Denkens zuzugestehen. Sie müssen ihn gelegentlich einmal zu unserer Teestunde mitbringen.«

»Er trinkt keinen Tee.«

»Beschneidung ist«, sagte ich dann, »das chirurgische Entfernen der Vorhaut.« Ich deutete ungefähr an, wo die sich befand. »Eine hygienische Maßnahme, die mythisch zum Zeichen eines Bundes zwischen Jehovah und seinem auserwählten Volk überhöht wurde. Die Muslime, die auch was von Hitlers Rassismus haben und die wie er die Juden verabscheuen, sind auch beschnitten.«

»Ich bin Presbyterianer«, sagte ein Junge, der in zwei Hälften zerteilte Woodbines rauchte, »und mir hat man sie auch abgesäbelt. Unser Hausarzt hielt da viel davon.«

»Na sehen Sie«, sagte ich ohne präzisen Grund. Oder vielleicht meinte ich, daß Beschneidung diesem ignoranten Mädchen so nahe war wie der sich rasch füllende Aschenbecher. Ich gab Beatrix noch eine Zigarette und sagte, sie könne das chemische Feuerzeug behalten, wenn sie wolle. Sie wollte nicht. Am Ende der Sitzung stimmten wir alle mehr oder weniger darin überein, daß es für eine Nation viel besser war, wenn sie multirassisch war, und dann lud Beatrix mich zum Tee in ihrem Zimmer in Rusholme ein. In einer Woche. Ich war einer von den Auserwählten, und mein beschnittener Penis schrumpfte panisch.

Meine Schwester und ich wohnten mit unserer Tante Bérénice in ihrem modernen Einfamilienhaus in der Dickinson Road. Sie war zwar Jüdin, aber nicht mit uns blutsverwandt, da sie die Witwe unseres Onkels Ben war und außerdem Französin. Onkel Ben hatte sein Geld mit dem Export von Escoffier-Saucen *made in Britain* nach Frankreich gemacht und hatte seine spätere Braut in Paris kennengelernt. Tante Bérénice hatte zur Gallisierung der Küche von Manchester durch ihre wöchentliche Gastronomiekolumne in der *Manchester Evening News* beigetragen. Sie hatte das Trianon noch gekannt, sagte aber, es sei für ihren Geschmack zu osteuropäisch gewesen. Sie verbrachte mittlerweile viel Zeit mit ihrem Börsenmakler und ordnete ihren Aktienbesitz im Hinblick auf den – wie alle Juden wußten – stets bevorstehenden Tag des Zorns. Sie war dünn, chic und sparsam und teilte uns knappe Taschengelder zu. Unsere Eltern waren noch im Ausland, wenn auch nicht in Palästina. Mein Vater arbeitete in Venezuela, wo er den Orinoko mit einer Stahlbrücke überspannen sollte. Er schickte genügend Geld für unseren Unterhalt und kleine Annehmlichkeiten nach Hause, aber Tante Bérénice hielt es für eine Sünde, Geld nicht zu investieren, und ein großer Teil unseres Taschengelds rutschte in ihre Aktienkäufe. Sie tischte uns elegante, aber spärliche Mahlzeiten auf, so daß wir ewig die Reste der dunklen französischen Saucen mit Brotstücken von unseren Tellern aufwischten. Halbverhungert hielten wir uns mittags an den Studentenfraß. Meine Schwester war am Royal College of Music in Manchester. Sie war ein Jahr älter als ich, mit gerader Nase und milchweißer Haut. Ich komme noch auf sie zurück. Ich hatte gewisse Schwierigkeiten, der Tante einen Vorschuß auf das Taschengeld des nächsten Monats abzuschmeicheln. Ich mußte Kondome kaufen. Es gab einen Laden in der Oxford Street, der im Schaufenster die Werke des Aristoteles stehen hatte. Die grauhaarige Frau, die mir meine Durex einpackte, sagte, es sähe nach einem feuchten Wochenende aus.

Der Tee, den mir Beatrix Jones vorsetzte, wäre etwas für meine Tante gewesen, hätte diese die Angewohnheit gehabt, *le five o'clock* einzunehmen. Es war eine strenge Mahlzeit – braunes Brot, sehr dünn geschnitten und sehr dünn gebuttert, sehr asketische Kekse und starker Earl Grey ohne Zucker. Anschließend gab sie mir die Anweisung, alle Kleider auszuziehen. Ich war schockiert, doch gehorchte ich, zitternd natürlich. Sie besah meine jüdische Behaartheit und registrierte mit Interesse die Beschneidung als Körpertatsache, nicht nur als Kirchenfest oder semitische Folklore. Sie versicherte sich, daß meine Haut außer einem dattelförmigen Muttermal auf dem linken Schlüsselbein keinen Makel zeigte. Sie nickte und zog sich dann selbst aus: ein einziges Kleidungsstück aus roter Seide. Natürlich war ihr Körper erlesen und ihr Schamhaarbusch üppiges Goldblatt. Wir liebten uns auf einem einfachen herbstroten Teppich vor dem Gasheizer, der wegen der leichten Herbstkühle mit halber Stärke eingeschaltet war. Ich war voll verlegener Unruhe, konnte aber, erfahren trotz meiner Jugend (die ich schließlich in Ländern verbracht hatte, wo der sexuelle Zündpunkt niedrig liegt), befriedigend lieben beziehungsweise mich von ihr befriedigend lieben lassen. Sie lag auf mir, Mars unter Venus, und verschaffte sich ihre eigenen Orgasmen. Ich schwitzte, sie jedoch nicht. Sie reckte sich bei der Klimax auf und sang kurz die Decke an. »Ich liebe dich«, sagte ich, wie ein Mann das als bequeme Bezahlung für große Lust sagt, aber sie entgegnete: »Unsinn.« Aber ich liebte, während ich ihn liebkoste, diesen schmalen seidigen Leib, diese kecken Brüste, diesen Goldbusch. Ich sagte: »Ich hab nicht. Ich hätte eigentlich. Es war so –«, log ich. Denn ich hatte keine Gelegenheit erhalten, ein Durex aufzurollen und anzulegen. Sie jedoch: »Schon gut. Ich habe.« Sie war immer Herrin der Lage, und es gab dabei keine gefährliche Impulsivität. Wieviele andere Männer? Ich stellte die Frage nicht. Sie war zwei Jahre älter als ich, eine reife Frau.

So ruhten wir uns nackt auf dem Teppich aus, während die wenigen Blätter, die der Kastanienbaum im Garten noch hatte, ans Fenster tuschelten. Ich betrachtete ihr kahles Zimmer, mit den englischen und russischen Büchern und der gerahmten Photographie von L. B. Namier, mit Widmung. Er hatte ein Froschgesicht und zog einen Schmollmund. Beatrix sollte Namier ins Außenministerium folgen, offiziell als wissenschaftliche Hilfskraft, tatsächlich als seine rechte Hand. Ich sagte: »Es ist schrecklich, aber ich muß gehen.«

»Warum schrecklich?«

Ein großes Wort, *terrible*, es beschreibt, was Terroristen tun. »Ich meine, ich will ja jetzt nicht gehen, es ist das letzte auf der Welt, was ich möchte, aber dieses Konzert –«

»Welches Konzert?«

»Meine Schwester. Im College of Music. Sie singt in *Flos Campi*.«

»Was ist *Flos Campi*?«

»Das heißt Blume des Feldes. Es ist eine Art –«

»Ich weiß, was das heißt, Dummkopf. Was ist es?«

»Ich wollte es gerade sagen. Es ist von Vaughan Williams, und es soll dieses Hohelied von Salomo behandeln. Es gibt einen Chor, der macht nur Ooooh und Aaaah. Der Hörer soll an den Titeln der Sätze sehen, daß es immer um jüdische Sinnlichkeit geht. Die Solobratsche hat das meiste zu tun. Mir klingt die Musik allzusehr englisch und ländlich-sittlich.«

»Und deine Schwester singt dabei Aah und Ooh?«

»Ja. Und sie spielt auch in einem von den anderen Sachen – Constant Lamberts *Rio Grande*. Sie gehört zur Perkussion. Das sind insgesamt fünf, glaube ich.«

»Sind alle jüdischen Familien musikalisch?«

»Es gibt meist einen, der das Talent hat. Manche Juden tragen Edelsteine um die Welt, andere Geigenkästen. Zip will eine ganze Wagenladung Perkussionsinstrumente mit sich herumschleppen. Sehr unjüdisch.«

»Wie hast du sie gerade genannt?«

»Zip. Abgekürzt aus Zipporah. Die Frau von Moses, weißt du.«

»Ich wußte es nicht. Wir sind keine Bibelleser. Obwohl mir die Beschneidung bekannt war. Theoretisch.« Die humorvolle Zärtlichkeit einer kühlen Hand an meinem Schritt hätte mir gutgetan, aber sie brachte lediglich zum Ausdruck, daß ich eine Art Buch war. Ich sagte:

»Ihr Name und mein Termin beim Moyl oder Mohel sind eigentlich nicht typisch für unsere Familie. Meine Mutter hatte immer wieder so Rezidivphasen.«

»Du hast ein großes Vokabular, wie? Und dann noch Hebräisch dazu. Und so alt kannst du ja noch nicht sein.«

»Achtzehn.«

»O mein Gott, ich Kindsräuberin.«

»Ich bin älter als meine Kalenderjahre. Diese Jugend in den barbarischen Zonen der Welt. Und Zip auch.«

»Die Verheißung jüdischer Sinnlichkeit«, sagte sie. »Dein Begriff, wohlgemerkt. Ich habe nichts bemerkt, was vom normalen Manchestermaß abgewichen wäre, wenn ich das sagen darf.«

»Vielleicht das nächste Mal«, sagte ich mit einer gewissen männlichen Dreistigkeit.

»Da sei dir nicht so sicher.« Ein französischer Sexualforscher hat geschrieben, daß Männer in allen Stadien des Sich-An- oder Ausziehens lächerlich wirken, Frauen immer charmant. Männer trugen damals zuviel. Ich mußte eine Krawatte binden, hatte mit Hosenträgern zu tun, Sockenhaltern. Sie aber war schon angekleidet und sah mir zu. »Ich glaube, ich gehe mit«, sagte sie. »Ich würde gerne deine Zip beim Ooh und Aah und dieser anderen Sache sehen.«

»Vielen anderen Sachen«, ich schnürte meine Schuhe. »Xylophon, Marimba, türkisches Becken, Wirbeltrommel. Es ist nur auf Einladung, aber komm als mein Gast mit.«

»Und dann Regs Abschiedsparty?«

»Das hab ich nicht gewußt. Ich dachte, der ist schon weg.« Ich schaute beleidigt drein.

»Du bist eingeladen. Er ist eben erst aus South Wales zurück. Er hat mich gebeten, die Einladung weiterzugeben.«

»Er hat gewußt, daß du mich einlädst?« fragte ich und fügte hinzu: »Zum Tee.«

»Zum Tee, ja.« Und dann sagte sie: »Dad hat gedacht, er studiert etwas Nettes, Friedliches. Handelsbeziehungen mit Argentinien und kaufmännisches Spanisch. Jetzt wird er sich Vorwürfe machen. Reg ist immer der Verwöhnte gewesen. Gut auf ihn aufpassen, dann muß man sich nicht sorgen, ob er Glück hat oder Unglück. Glück ist nichts, was man weitergeben kann.« Sie glossierte, was Reg mir selber vor einer Woche erzählt hatte. »Wann fängt dieses Ding denn an?«

Wir nahmen einen Bus zum Royal College of Music. Zuerst kam Waltons Ouvertüre *Portsmouth Point*, mit rauher Intonation vom (mit Professoren stabilisierten) Studentenorchester gespielt, ohnedies aber ein rauhes Musikstück. Zip saß noch nicht bei den Perkussionisten, es wurden jetzt nicht so viele gebraucht wie bei dem Lambert, es waren nur Männer. Dann kamen Stanfords *Songs of the Sea* mit einer professionellen Sängerin und Männerchor. »Das ist sie«, sagte ich, als die Mädchen in Weiß für *Flos Campi* auftraten. Der Geruch von Beatrix' Haut war zum Verrücktwerden in dem gedrängt vollen, heißen Saal. Ich hatte die Musik als allzu englisch und ländlich-sittlich verspottet, aber etwas von der salomonischen Sinnlichkeit überfiel mich, geschürt von der engen Nähe dieses kühlen walisisch-russischen Mädchens.

»Sie ist hübsch.« Das war Zip wohl auch, nahm ich an, mit ihrem intensiv schwarzen Haar, den schimmernden bloßen Armen, in jungfräulichem Weiß. Als Lamberts Opus mit dem Crescendowirbel der kleinen Trommel begann, durch das Streicherpizzicato hindurch, war ich stolz auf meine Schwester, die all diesen Lärm machte. Der Klavierprofessor, der das Solo spielte, hatte einen schönen Jazzanschlag. Der Chor sang:

By the Rio Grande
They dance no sarabande
On level banks like lawns above the glassy lolling tide...

Das Konzert, das nur britische Musik brachte, endete mit Parrys *Jerusalem*, und wir standen alle auf, um den Choral mitzusingen. Als es vorbei war und Beatrix und ich nach hinten gingen, um Zip abzuholen und ihr zu gratulieren, sagte ich:

»Das Satansdunkel der Fabriken, das sind eigentlich die Kirchen, weißt du? Und Jerusalem bedeutet die ungefesselte Phantasie und den Reichtum freier Sinnlichkeit.«

»Wer hat dir das gesagt?«

»Der Text ist von William Blake. Ich habe Blake gelesen. Ich habe ihn in der heiligen Stadt selbst gelesen, wo es ebensoviel Fesseln gibt wie hier. Ich habe Blake begriffen. Die einzig wahre Welt ist die Welt der Symbole.« Sie hatte meinen Körper gehabt, ich wünschte mir, daß sie ihn noch einmal besäße. Dann sagte ich aus irgendeinem Grunde: *»Guf«*, was das hebräische Wort für den Körper ist.

»Uff! Ganz recht.« Zip war in schwarzem Rock und smaragdgrünem Pullover erschienen, das neue jungfräuliche Kleid in Packpapier unter dem Arm. Ich stellte ein Mädchen dem anderen vor, und sie betrachteten sich, eine Frau die andere. »Natürlich kommen Sie mit zur Party«, sagte Beatrix. »Sie verdienen eine Party nach der ganzen Arbeit mit den Schlegeln und allem. Und Sie haben wunderbar ausgesehen, als Sie Aah und Ooh gemacht haben. Wirklich.« Zip sah mich mit neuen Augen an: Ich hatte mir da schon ein Schätzchen ausgesucht, das mußte man sagen. Es mußte mehr in mir stecken, als sie je vermutet hatte. Sie hing besitzergreifend an meinem Arm, als wir zum Bus gingen. Regs Bude war nicht weit von der Universität; es waren – ich kannte sie schon – zwei große Räume in einem georgianischen Haus in Ducie Grove, ein heruntergekommenes Stadthaus voll bröckelnder Stukkaturen und Verfall, eigentlich eher typisch für Dublin als für Manchester. Aber erst gingen wir zu einer Fish-and-Chips-Bude in einer Seitenstraße. Ich kannte sie nicht, aber Beatrix wußte Bescheid. Sie war voller Menschen und fettigem Dampf und stank nach Malzessig. Zu meiner Überraschung ging sie zu einem der beiden Angestellten hinter der Zinktheke und küßte ihn herzlich. Zip sah verschreckt aus und schien sich zu fragen, was das heute abend noch geben sollte. Wenn eine Göttin einen unscheinbaren dunkelhäutigen häßlichen Chipsschaufler küßte, dann mochte sich alles mögliche ereignen. Aber Beatrix sagte: »Das ist Dan. Mein Bruder.«

Dies war etwas, worüber man nachdenken mußte. Zwei hochgewachsene goldenschöne Intellektuelle hatten einen Troglodyten zum Bruder, der Bratfisch aus einem brodelnden Kessel fischte und Chips in Tüten harkte. Dan, dessen voller Name, wie ich erfahren sollte, Daniel Tetlow Jones war, benannt nach dem kastrierten Retter des väterlichen Lebens, sagte: »Er war hier, Trixie. Wir sind stark beschäftigt heut abend, aber ich komm dann, wenn wir zumachen. Er hat schon was mit.«

»Schon was mit, ja?«

»Zehn Hebel, alles in allem. Im Herd aufgewärmt dann.« Es war ein ehrlicher Manchesterakzent mit leicht walisischer Färbung. Aber dann sagte er »Do swidanija«, und Beatrix sprach dieselbe Formel. Nun fragte sich Zip, was zum Teufel hier eigentlich los war. Aber Beatrix erklärte es. Schließlich und endlich hatten manche Leute eben eine russische Mutter.

Als wir bei Reg ankamen, war der Verzehr von Fisch und Chips und der Konsum von Threlfalls Flaschenbier schon in vollem Gange. Regs Wirtin hatte das Aufwärmen übernommen. Sie, eine grauhaarige einstige Nutte, lamentierte über den Blödsinn des Krieges und die Verschwendung von heißem Blut und strammen Körpern. »Ich weiß auch nicht, was da in die Männer fährt«, sagte sie. »Da sagt dieser Chamberlain, es gibt Frieden in unserer Zeit, aber das paßt euch dann nicht, o nein. Jetzt seid ihr schon irgendwie scharf auf den Krieg, und dann ist euch jeder recht. Nicht daß ich glaube, diese Spanier, die wo da Nonnen nackt ausziehen und Kirchen anzünden, verdienen nicht, was sie jetzt abkriegen. Wenn die auch katholisch waren beide.« Zip und Reg verstanden sich gut, das konnte man sehen. Physische These und Antithese. Reg, der in den Krieg zog, war ganz in der Stimmung, sich schon als Gefallenen zu sehen, den schöne Frauen beweinen. Ich hatte seiner Schwester am Nachmittag beigewohnt – es wäre, dachte ich mühsam bei meiner dritten Flasche, doch ein sich hübsch reimender Vierzeiler, wenn Zip mit ihm die Nacht verbrachte. Und dann schüttelte ich das abscheuliche Bild ab, dunkles und goldenes Haar ineinander vermengt, der Unbeschnittene mit der Tochter Israels. Nein, nein, eine gar nicht brüderliche Phantasie! Aber aus irgendeinem Grund fing ich an, vom Satansdunkel der Fabriken zu singen und zu erklären, was das war.

Es waren keine anderen Frauen da, nur die alte Hure und die zwei jungen Schönheiten. Meine Verzückung am Nachmittag und der Reiz des körperlichen Kontrastes führten nun dazu, daß ich mich in die taktilen Empfindungen eines anderen Mannes hineinträumte, irgendeines, der nicht ich war, und mir die Schönheit Zips in seinen liebkosenden Armen vorstellte. Aber dann sah ich ihn unter diesem mitternachtsdunklen Haar und den Mondbrüsten begraben und verspürte Roquentins Ekel. Und dies ließ in mir den Wunsch aufsteigen, diese fürchterlich kalte Beatrix an mich zu reißen und sie unter den Gauguinreproduktionen auf dem dunklen Treppenabsatz, wo es nach altem Kohl roch, grob zu umarmen. Am besten war es, zuzuhören, was Regs Katalanischdozent, Dr. Jorge Lewis, jetzt sagte. Er sagte – eine indiskrete Äußerung für ein Fakultätsmitglied einem Studenten gegenüber –, Professor Pulga habe ihm törichterweise als Abschiedsgeschenk ein kleines goldenes Kreuz mitgegeben, das schon lange in der Familie Pulga gewesen war, und habe zu ihm gesagt, er sei ein Soldat Christi, der alte Kretin. Einer von Regs Gästen und prospektiven Kriegskameraden sah grün aus, ob von Fisch und Chips und vom Bier oder von in letzter Minute aufgestiegenen Zweifeln am Sinn dieses ganzen Unternehmens, blieb unklar. Er fing mit bebender Stimme an, die walisische Nationalhymne zu singen, und andere – denn fast alle waren aus Wales – stimmten ein:

Gwlad, gwlad, pleidiol wyf i'm gwlad.
Tra môr yn fur i'r bur hoff bau
O bydded i'r hen iaith barhau.

Dr. Lewis verstand trotz seines Namens und seiner Herkunft kein Walisisch. Er versuchte, diesen irrelevanten Patriotismus durch etwas Katalanisches zu verscheuchen. Reg sagte, als die Hymne vorbei war: »Nicht ganz so nebensächlich, wie Sie glauben, *wus.* Wir kämpfen für die Rechte aller unterdrückten Minderheiten.«

»Mit Hilfe der Sowjetunion«, sagte seine Schwester, »die selbst ihr Pensum an Unterdrückung geleistet hat.«

»Du weißt doch, daß man das so nicht sagen kann, Trix«, sagte Reg, wenn auch ohne große Zuversicht.

Fast alle waren Waliser, sage ich, aber nur sechs von den etwa fünfzehn Partygästen gingen in den Krieg. Die anderen waren zumeist Kommilitonen aus der Hispanistik, aber bedachtsamer, weniger idealistisch. Einer – kein Waliser, mit Namen Higgins – war ein sehr bedachtsamer Idealist, insofern er auf das Eintreten der Roten Revolution wartete, ohne viel zu ihrer Herbeiführung beizutragen. Er saß da und trank sein Bier aus der Flasche, unter einem Plakat, das Spanien als von faschistischen Banderillas starrenden, blutenden Stier zeigte, und er sagte:

»Es ist die einzige Hoffnung. Rußland ist unsere einzige Hoffnung.«

»Sie meinen nicht Rußland«, sagte Beatrix. »Sie meinen eine unrealistische und völlig veraltete Ideologie, die einem vielgeplagten Volk oktroyiert worden ist. Und was Spanien angeht, ja glaubst du denn im Ernst« – sie sprach zu Reg – »daß der Towarischtsch Stalin das Bedürfnis hat, den katalanischen Anarchismus und Syndikalismus und liberalen Sozialismus zu retten? Mich würde es nicht überraschen, wenn Franco unter anderem mit Moskauer Gold finanziert würde.« Es erfolgte ein empörtes Geheul, dann sagte ein Junge namens Glendower Owen oder vielleicht auch andersherum:

»Na, jedenfalls hilft ein wenig walisisches Gold der richtigen Seite.« Reg wandte sich in stummem Zorn zu ihm hin und machte eine knebelnde Geste, und Beatrix zischte schnell:

»Wie war das?« Und dann mit (wie ich wußte) scharfen starken Fingernägeln kampfbereit auf den Bruder los: »Du gottverdammter Lügner und Dieb und Verräter, wo ist es?« Dann schritt sie in Regs Schlafzimmer, dessen Tür von dem großen, unordentlichen Arbeitsraum abging, in dem wir saßen. Reg lief ihr nach, die Fäuste unbrüderlich geballt, und ich mußte – ob ich mir die Rechte eines Liebhabers nun bloß anmaßte oder nicht – Reg hinterher. Doch Beatrix konnte, wie ich entdeckte, eine Wildkatze sein. Sie schwang eine schwere Reisetasche nach Reg, und Reg rief *Au!* und zog sich zurück. Er legte eine rasche Rollschuhnummer hin, indem er auf eine leer daliegende Bierflasche trat, und hockte schließlich zerzaust und zornglühend zu Zips Füßen. Beatrix hatte die Reisetasche herübergeschleift und öffnete sie. »Da«, sagte sie. Sie zerrte einen Gegenstand halb aus dem Behältnis, den ich oben bereits beschrieben habe: den klumpigen Brocken von Wellengong. Regs Wirtin, die nicht mehr gut sah und einen vom Rumpf getrennten Kopf oder ein totes Baby vermutete, kam her, um sich die Sache genauer anzuschauen.

»Das ist wie ein Stück alter Stein«, sagte sie enttäuscht.

»Es ist Gold«, sagte sie, »und es wird nicht verscheuert, damit man mit dem Geld Munition für die Republikaner kauft. Du bist ein gottverdammter Dieb, Reg Jones, auch wenn du glaubst, es geschieht für die gute Sache, und ich hab gleich gewußt, daß du sowas probierst, als Dad so naiv war und es aus der Bank geholt und in die Vitrine gestellt hat.«

»Es hat bloß rumgelegen«, sagte Reg zu Zips Füßen. »Es war die reine Vergeudung. Man könnte ein paar Maschinengewehre dafür beschaffen. Man könnte hundert verhungernde spanische Familien damit ernähren. Ich nehm's mit.«

»Nein, das tust du nicht!« rief die feurige Beatrix. »*Ich* nehme sofort morgen früh den Zug nach Abergavenny und bring's dorthin zurück, wo es hingehört. Du begreifst es einfach nicht, was? Dieses Gold bedeutet – absolute Gestimmtheit.« Niemand begriff das außer Zip. »Das ist ein Absolutum, eine Solidität, das ist das Wahre, nicht wie gottverdammtes Papiergeld. Sie haben Dad gegen seinen Willen gezwungen, die Sovereigns in Papierpfund einzuwechseln, aber er war vernünftig genug, das hier zu behalten. Das wird noch Reichtum sein, wenn man für eine Pfundnote gerade mal eine Tageszeitung bekommt. Gold ist Gold ist Gold, und es bleibt Gold, du stupider diebischer Bastard.«

In diesem Moment trat Dan Tetlow Jones ein und brachte ein weiteres Absolutum mit – den ewigen Geruch nach heißem Bratfett. »Ah«, sagte er, als er das Gold sah, »Dads Ding da. Was macht das denn hier?«

»Nimm mal den Kopf von deinem großen Bruder«, sagte Beatrix, »und tunk ihn kräftig in einen von deinen Frittenkesseln, wenn das Öl schön strudelt. Er hat etwas getan, was er nicht tun darf, aber damit kommt er nicht durch.« Dan bewies nun nicht nur Kraft, sondern auch Ressentiment. Er schlug auf den Kopf des Bruders mit seiner großen, über und über mit Messerschnitten bedeckten Faust ein, dann zerrte er ihn auf die Füße. Dan ging Reg bis zur Brust; die Kleinen sind es, nicht die Großen, die in der harten Ausbildung des Schulhofs lernen müssen, ihre Fäuste zu gebrauchen. Er prügelte auf Reg ein, bis Beatrix ihm sagte, er solle aufhören. Regs Wirtin sprach:

»Ich weiß, die Miete wird regelmäßig bezahlt und alles, aber ich mag so Auftritte in meinen legitimen Räumen nicht, also muß ich alle Anwesenden auffordern, jetzt Schluß zu machen, eh noch was Schlimmeres passiert. Aber gebt dem Danny mal ein Bier, der arbeitet härter als irgendeiner von euch, und dann Marsch nach Haus, hier wohnen welche, die müssen früh raus.« Dan, ein schäumendes Glas in der Hand, hielt nun eine Rede:

»Ich sag nicht, daß ich härter arbeite, wie Emmy hier meint. Ich arbeite anders. Wie mein und sein und ihr Dad anders gearbeitet hat. Speisung der Fünftausend, hat Dad immer gesagt. Tut mir leid, daß ich ihn hier so abbürsten mußte, aber er hat's ja darauf angelegt. So lang ich denken kann, hat er's immer darauf angelegt. Führt sich manchmal auf, als ob er nicht alle hat. Zuviel Bücher gelesen.« Reg nahm all das ohne Widerspruch hin, so daß ich auf den Ablauf eines vertrauten Szenarios unter Verwandten schloß. Er konzentrierte sich mehr darauf, nach und nach den Arm um Zips Schultern zu legen. »Fische«, sagte Dan nun, eine Assoziation verfolgend, die vielleicht nicht ganz so unlogisch war, wie es zuerst scheinen mochte, da Fische wohl die letzten sind, die man sich beim Bücherlesen vorstellen kann, nicht einmal bei der Lektüre der imprägnierten Bände, die D'Annunzio im Bad zu studieren pflegte, »Fische sind da, wo ich bin, arg heruntergekommen. Weiße Stückchen in Panade, goldbraun gebraten. Wo ist der Kopf, wo ist der Schwanz? Aber das wird sich ändern. Ich bleibe da nicht ewig, Grimshaws kleines Mädel versucht immer, zu mir ins Bett zu kriechen. Wenn man über dem Laden schläft, das taugt schon gleich gar nichts. Rate ich keinem. Ich will die Fische schön auf der Marmorplatte liegen sehen. Und das passiert schon bald.«

»Schon gut, Dan«, sagte Beatrix beruhigend. »Trink dein Dunkles aus, und dann in die Heia. Du«, befahl sie mir, »nimm die Tasche da und ruf ein Taxi und bring mich nach Hause.«

»Ich habe«, sagte ich spießig, »zunächst einmal Verpflichtungen meiner Schwester gegenüber.«

»Ich bring sie heim«, sagte Reg, »wenn sie mir die Ehre erweist, dieses Angebot anzunehmen. Und du«, sagte er zu seinem Bruder, »du wirst bald persönlich auf dem Marmor liegen. Das hat richtig weh getan, du Penner.«

»Sollt's auch«, sagte Dan, mit vorgeschobener Unterlippe. »Sollte richtig gottverdammt weh tun.«

»Also jetzt«, sagte ich, immer noch ganz Philister. »Meine Schwester ist so einen Umgangston nicht gewöhnt.« Ich ging zum Telephon auf dem Treppenabsatz und bestellte zwei Luxicabs. Ich brachte Beatrix mit dem Gold nach Hause, aber sie bat mich nicht auf eine Tasse Kakao oder eine andere Tröstung herein. Als ich bei unserer Tante anlangte, waren Zip und Reg noch nicht da. Ich schnürte durch die Lorbeerbüsche, bis sie kamen, und lauschte wohlversteckt den Küssen der beiden und seinem Geflüster. Verstanden sich gut, wie ich gleich gesagt habe.

Beatrix lud mich nicht mehr zum Tee ein, aber ich trauerte nicht sehr. Ihr Geruch verfolgte mich eine Woche oder so, und ich empfand Wut, wenn sie mich in der Cafeteria oder auf den Fluren der Universität ignorierte. Aber dann war ich darüber weg, obwohl ich mir in meiner Freizeit keine andere Frau suchte. Ich spielte diesen Herbst und Winter Rugby und boxte und sprang gelegentlich in der Turnhalle übers Pferd. Diese Aktivitäten beruhigten meinen Körper, während mein Geist gelassen in der Kontemplation von Universalien und Monaden und den wirbelnden Zeit-Raum-Punkten von Professor Alexander schwebte. Was Reg betraf, so hatte niemand an der Universität etwas von ihm gehört: es war meine Schwester Zipporah, die gelegentlich einen in Barcelona gestempelten Brief bekam. Die Briefe waren massiv mit schwarzem Kopierstift zensiert, so daß sie nicht wußte, wo er war. Aber er sprach von Liebe und der Seligkeit, ihren Körper in den Armen zu halten, so daß ich mich veranlaßt sah, sie zu fragen: »Wie weit ist denn diese Sache da gegangen?«

»Was du auch mit Sache meinst, deine ist das ganz bestimmt nicht.«

»Ich mag diesen schnippischen Ton nicht. Ich habe als Bruder ein Recht, diese Frage zu stellen.«

»Was du magst oder nicht, steht hier nicht zur Debatte. Wenn du's unbedingt wissen mußt, ich habe zwei Tage mit ihm verbracht, ehe er abgefahren ist, aber es war alles sehr keusch und korrekt bis auf das Übliche.«

»Was meinst du mit dem Üblichen?«

»Küsse. Umarmungen. Liebesgeflüster. Und jetzt halt den Mund und laß mich zufrieden.« Sie probierte einen komplizierten Rhythmus aus einem Musikstück von Béla Bartók mit zwei Trommelstöcken auf der Küchentischkante aus. Unserem Vater wurde langsam klar, daß Zips erwählter Beruf Geld kostete. Sie brauchte Trommeln und ein Glockenspiel und Becken und einen chinesischen Gong. Es sah aus, als würde sie auch einen Kastenwagen brauchen, um ihre Instrumente zu transportieren.

»Liebst du ihn?« fragte ich. »Habt ihr vom Heiraten geredet?«

»Ach laß mich in Ruh und rede keinen Blödsinn. Wir sind zu jung.«

»Es wird bald eine Menge sehr jugendlicher Ehen geben, du wirst sehen. Es kommt ein Krieg, weißt du.«

Zip senkte ihre Trommelstöcke und sagte: »Man hat uns doch gesagt, es gibt keinen Krieg. Diese spanische Geschichte sollte allen eine Lehre sein. Die ganze Sinnlosigkeit und so weiter. Jetzt geh bitte aus der Küche und laß mich arbeiten.« Ich ging auf mein

Zimmer und an meine eigene Arbeit. Ich mußte einen Aufsatz über Spinoza schreiben. »›Gut und Böse sind für ein endliches und besonderes Interesse relativ, doch im Absoluten wird dieser Unterschied transzendiert.‹ – Erläutern Sie diesen Satz.«

Reg kehrte nach Weihnachten aus Spanien zurück. Seine Nase war gebrochen gewesen und war schlecht geheilt; das Septum war schief und krumm, und seine nasalen Konsonanten waren denasalisiert, als hätte er einen starken Schnupfen gehabt. Eine Kugel hatte oben sein rechtes Ohr gestreift. Er hinkte. Jedenfalls war er am Leben, was man von Jorge Lewis und Morgan Philips nicht sagen konnte. Die hatte ein und derselbe Scharfschütze vor Tortosa erwischt. Am Leben, jedoch ein wenig verrückt: Mir gefiel der Blick in seinen rauchblauen Augen nicht. Nach nur zwei Wochen Infanterieausbildung mit weiteren P.O.U.M.-Freiwilligen in Sitges hatte sich das Kontingent von der Universität Manchester einem Zug angeschlossen, der eine Kompanie verstärken sollte, die, sehr schlecht ausgerüstet, einen Abschnitt der Front zwischen Reus und Caspe, gleich südlich des Ebro, zu halten versuchte. Es war meist ruhig dort; es schien eine Pattsituation. Aber Anfang Dezember setzte mit Luftunterstützung durch die Legion Kondor und die italienischen Fluglegionäre massives Artilleriefeuer ein, und die Rebellen begannen auf einem hundert Meilen langen Frontabschnitt anzugreifen. Die Regierung Negrin sprach schon davon, Barcelona seinem Schicksal zu überlassen und in die Berge des nördlichen Katalonien zu gehen. Bei den Regierungstruppen herrschte größte Demoralisation, und Reg und seine Kameraden schlossen sich dem konfusen Rückzug Richtung Gerona an. In Sabadell erlebte er einen traumatischen Schock, doch hatte das nichts mit den italienischen Bomben zu tun, die dort fielen. Er und ein Junge namens Llewelyn Probert wurden verhaftet. Von den Russen verhaftet. Reg konnte es immer noch nicht glauben. Aber es hatte sich sehr wohl ereignet.

»In Sabadell war eine Art Zweigstelle der sowjetischen Militärmission. Die saßen in einem Konvent der Schwestern von der Heiligen Geburt, den die Republikaner gesprengt hatten – aber das ist eine andere Geschichte. Probert und ich hatten in einer Bodega diesen dickflüssigen roten Wein getrunken und schwankten ein wenig, als wir herauskamen. Wir waren die einzigen auf der Straße. Es war ziemlich spät, und wir wußten nicht, daß es nachts ein Ausgehverbot gab, obwohl ich keine Ahnung habe, wer das verhängt haben soll, es schien da keinen Stadtkommandanten zu geben oder auch nur eine Polizei. Uns hielten zwei Männer an, die dieselbe Semiuniform trugen wie wir – Stiefel, versteht ihr, und Gamaschen, aber der Rest irgendwie Räuberzivil. Dann brachte man uns in dieses Gebäude und vor einen Offizier, ein Major war es, glaube ich, mit einer sehr korrekten und sauberen sowjetischen Armeeuniform. Er wollte unsere Pässe sehen, also haben wir sie ihm gegeben. Der Lieutenant oder was, den er bei sich hatte, sprach ein wenig Englisch, aber nicht viel. Ich hatte das Gefühl, es könnte gefährlich sein, Russisch zu reden, also sagte ich auf Englisch, wir seien Studenten, Freiwillige im Kampf gegen den Faschismus und so fort, aber das schien sie nicht groß zu beeindrucken. Der Lieutenant sagte: ›Rechinald Morrof Schonis‹, was eigentlich nicht schlecht war, und ein Mann mit einer Schreibmaschine an einem kleinen Tischchen für sich tippte das, mit kyrillischen Buchstaben, nehme ich an. Offensichtlich wurde ein Bericht über Probert und mich verfaßt, weiß Gott, weshalb. Als sie zu Proberts Vornamen kamen, gerieten sie in Schwierigkeiten. Dem Lieutenant war noch nie ein Doppel-L zu Beginn eines Namens vorgekommen, und er wußte nicht, was das sollte. Also sagte er zu Probert, er solle seinen Namen sagen, und Probert legte los mit ›Llewelyn‹, ganz korrekt, das stimmlose L wie ein Gänsezischen, und die beiden Offiziere fanden das sehr drollig und ließen es Probert immer und immer wieder sagen. Und ich bin wütend geworden und hab ihnen eine Ladung dreckiges Russisch hingeknallt. Da sind sie ziemlich zusammengezuckt, kann ich euch sagen.«

Er erzählte einigen von uns die ganze Geschichte in der Cafeteria. Beatrix war dabei. Sie hatte das Frühlingssemester mit kühler Freundlichkeit mir gegenüber begonnen, und ich fragte mich, ob das wohl heißen mochte, daß ich vielleicht mit dem Auftauchen der Osterglocken und der Schneeglöckchen noch einmal zu einer Tasse Earl Grey eingeladen würde und anschließend aufgefordert, mich auszuziehen. Sie sagte nun: »Du Idiot.«

»Leicht gesagt!« fuhr Reg hitzig fort. »Du warst nicht in meiner beschissenen Lage. Und wenn du mir jetzt mit Ich-hab's-dir-gleich-gesagt kommst, dann schlag ich um mich, ich sag's dir.«

»Erzähl weiter«, sagte ich.

»Also, daß ich Russisch kann, hat sie höchst mißtrauisch gemacht. Probert ließen sie gehen, als sich herausstellte, daß er Mitglied der Britischen Kommunistischen Partei war, wenn sie die auch behohnlächelt haben. Dann ging's mit mir los. Weshalb konnte ich Russisch? Ich hab's ihnen gesagt. Wie lautete der Mädchenname meiner Mutter? Ich erfand einen. Was tat ich hier, für wen arbeitete ich, was waren meine politischen Verbindungen? Ich sagte, ich hätte keine, aber ich sympathisierte mit der Genossenschaftbewegung. Ich kämpfte aus negativen Gründen – ich wollte eher etwas vernichten als etwas fördern. Sie schienen kein Wort von dem zu glauben, was ich sagte. Dann holten sie einen richtigen Schlägertyp in einem dreckigen Unterhemd rein, und der fing an, mich im Viereck rumzuhauen. Die Wahrheit, sagten sie immer wieder, wir wollen die Wahrheit. Ich hab euch die gottverdammte Wahrheit gesagt! sag ich, und krieg wieder eine rein. Dann kam ich über Nacht in eine Zelle. Ich kann's immer noch nicht glauben«, sagte er und schüttelte den Kopf zu schnell. »Am nächsten Morgen fingen sie wieder an. Weiß Gott, was sie mit mir angestellt hätten, wenn sie keinen Marschbefehl bekommen hätten. Sie machten die Zellentür auf, und ich sah, daß sie fertig zum Aufbruch nach Norden waren. Hatte keinen Sinn, zu fragen, ob sie mich mitnehmen würden. Ich ging zurück in das Haus, wo ich wohnte, und holte mein Gepäck und mein Gewehr. Ich wußte nicht, wo Probert war. Ich wußte nicht, wo irgend jemand war. Ich war allein. Armeelaster nahmen mich bis Figueras mit. Dann machte ich mich sozusagen ein wenig präsentabel, indem ich in einer Bar einen Zivilmantel stahl, und kam ohne allzugroße Schwierigkeiten über die Grenze. Allerdings überall tiefer Schnee. Und dann im Zug durch ganz Frankreich bis zum Kanal. Ich hatte fünfzig Pfund in Fünfern in meiner hinteren Hosentasche. Ich war ein gottverdammter Dummkopf.«

»Wie gesagt«, sagte Beatrix.

»Aber«, schrie Reg, »was tun wir denn gegen die Ungerechtigkeit in der Welt! Sitzen wir einfach auf unseren Ärschen und lesen den *Daily Worker* wie die Pfeifen da drüben?« Er meinte einige Mitglieder der Universitätssektion der KP, die konspirativ zusammensaßen, Players aus der Zwanzigerpackung rauchten und Kaffee tranken. »Das Problem mit den verdammten Russen war, daß sie sich nicht so angefühlt haben wie Feinde. Ich meine, sie haben Mutters Sprache gesprochen. Es war bloß ein Haufen mißtrauischer Bastarde, die glaubten, alle wären gegen sie. Ich weiß nicht, wo zum Teufel ich eigentlich dran bin.«

»Du bist«, sagte ich, »jetzt wieder ein Student des Spanischen, wenn auch nicht, wie ich annehme, des Katalanischen.«

»Es wird nach Blut riechen«, sagte Reg düster. »Lope de Vega wird vom Blut der Niedergemachten triefen.«

»Ach hör schon auf.« Das war natürlich Beatrix.

»Ich hab Zip noch gar nicht gesehen«, sagte Reg. »Ich muß Zip sehen. Deine Schwester«, fügte er zu mir gewandt hinzu, als sei diese Erläuterung notwendig.

»Die ist nicht zu verfehlen«, sagte ich. »Schlägt wie eine Wilde auf Trommeln und Glocken ein.« Also – er wollte Zip sehen; er schien in Zip verliebt zu sein. Warum liebte er Zip? Es war wohl sinnlos, hier eine physiologische oder metaphysische Begründung finden zu wollen. Zum Mediterranen hingezogen? Wenn je jemand aussah, als sei er von diesem Meere ganz durchtränkt, war es Zip. Die Antithese seiner Schwester und, wie ich annahm, seiner Mutter. Die Waliser waren einer der verlorenen Stämme Israels, mit biblischen Gesichtern ausgestattet. Es war nichts Biblisches an Reg, mit seiner schief heilenden Nase und seinem ostseegrünen Starrblick. All das war Unsinn – bleiben wir lieber beim (das bietet sich an) Fisch. Dan hatte die Fish-and-Chips-Bude verlassen und arbeitete jetzt mit kalten, nassen Fischen, die Kopf und Schwanz hatten, bei Tussock in der Princess

Road, Moss Side. Er war gut im Aufschneiden von Räucherlachs. Er trug eine blauweißgestreifte Schürze, fleckig von den Fischinnereien. Er trug die traditionelle Kreissäge. Am besten hält man sich an Solides: Fisch und Gold. Niemand hat übrigens je wieder Probert gesehen.

»Das Gold?« fragte ich Beatrix. Ich hatte nicht mehr richtig mit ihr gesprochen, seit ich ihr letzten Herbst aus dem Luxicab geholfen hatte. Sie musterte mich, als ginge mich das nichts an, was auch stimmte. Aber natürlich war sie seitdem auch nicht mehr in Verbindung mit Reg gewesen. Zu ihm sprach sie nun:

»Dad wußte, daß du es warst. Deshalb hat er nicht die Polizei gerufen. Dad sagt, du wüßtest ja, was du verdient hast. Warte, bis Dan dich wieder zu sehen kriegt. Als erstes zieht er dir eins mit einer noch nicht ausgenommenen Flunder über.«

»Laß Dan aus dem Spiel«, klagte Reg. »Ich hab genug mitgemacht.«

»Willkommen daheim«, sagte ich und erhob mich. »Ich hab eine Vorlesung über die Kantischen Kategorien. Ich sag's Zip, daß du wieder daheim bist, und verwundet. Aber paß gut auf.«

»Worauf?«

»Zip ist ein sehr romantisch veranlagtes Mädchen. Sie läßt sich leicht hinreißen. Also paß auf.« Und ich ging.

Vater und Mutter kehrten Anfang des Sommers aus Venezuela zurück. Trotz allem, was die britischen Politiker sagten, war es offensichtlich, daß ein Krieg kam. Meine Eltern wollten rechtzeitig daheim sein, auf der Inselfestung. Sie waren braun und mager, und man sah ihnen ihr Alter Mitte fünfzig an. Der Versuch, den Orinoko zu überbrücken, war, wie mein Vater vorausgesagt hatte, ein teurer Fehlschlag gewesen. Die Regierung in Caracas hatte sich dafür entschieden, ihren Vertragsverpflichtungen nicht nachzukommen. Daß die Nazis ganz Europa erobern würden, wurde überall in Lateinamerika ganz allgemein geglaubt. Die Nazipropaganda war sehr einflußreich, in Venezuela wie anderswo. Man hatte wenig Respekt vor den Briten, und Juden wurden mit Steinen beworfen. Meine Eltern waren froh, zuhause zu sein, hatten aber nicht die Absicht, sich auf

Dauer häuslich niederzulassen. Sie blieben mit uns Kindern bei Tante Bérénice, bis sie eine Wohnung nicht weit vom Trafford Park fanden. Für Zipporah und mich war dort kein Platz. Die gewohnte Trennung dauerte an; sie hätten ebensogut noch im Ausland sein können, obwohl sie uns häufiger anriefen und gelegentlich sonntags zum Tee kamen. Zip sagte zu niemandem etwas über den Schrecken, den sie erlebt hatte, obwohl ich an ihrer Blässe und dem Ginaroma ihres Atems ahnen konnte, was das für ein Schreck gewesen war. Eines Morgens kam sie mit erleichtertem, wenn auch immer noch blassem Gesicht zum Frühstück herunter. Die Liebe ging zu weit.

Es war meine Idee, sie für die – wie wir es alle im Gefühl hatten – letzten Sommerferien mit nach Eastbourne zu nehmen. Es war nicht meine Idee, daß Reg ihr dorthin folgen sollte. Er tauchte im Ormond-Hotel an der Esplanade auf, als Zip und ich in der Hotelhalle saßen und das Frühstück verdauten – Eier, Schweinswürstchen und Speck und starker englischer Tee. Kein koscheres Frühstück, aber wir spürten nicht einmal einen Anflug alten Schuldgefühls. Ich las die *Daily Mail*, die sagte, es würde keinen Krieg geben: Amerika war unser wahrer Feind. Reg war für den Aufenthalt in einem Badeort gekleidet, weiße Flanellhose und Collegeblazer. Sein Tonfall war nicht länger denasalisiert, und seine schiefe Nase betonte sein gutes Aussehen eher als daß sie ihm schadete. Er war ganz braungebrannt. »Dachte, ich schau mal vorbei«, sagte er. »Zuhause ist es ziemlich schwierig. Dad hat sein Gold weggeschlossen.« Er setzte sich in einen der klobigen keksfarbenen Sessel. »Hübscher als bei mir«, sagte er und sah sich um. »Ein schäbiges kleines Etablissement ein Stückchen von der Promenade weg. Ich glaube, ich ziehe hierher, wenn die noch Zimmer haben.« Zip wurde rot; sie hätte auch so gut sein können, mir mitzuteilen, daß das alles mindestens zur Hälfte ihre Idee war. Ich sagte:

»Mach hier kein Theater. Ein abgekartetes Spiel! Alles schon vorher geplant.« Ich fing an, genauer zu begreifen, weshalb ich diese Liebesgeschichte ablehnte. Wenn Beatrix mir in die Arme gesunken wäre und endlosen Sex mit mir und mir allein verlangt hätte, dann wäre mir wesentlich anders zumute gewesen. Es war die fehlende Symmetrie, die mich so irritierte. »Komm ein Stück mit mir mit«, sagte ich. »Wir machen einen Gang.«

»Die Promenade entlang, ein wenig durchlüften«, nickte Reg. »Alles klar.« Aber er küßte Zip, ehe er aufbrach.

Es war ein nasser britischer Sommermorgen, der Himmel brodelte kalt, und die See war bleiern. Wir gingen nicht weit. Wir gingen in einen Teashop und tranken dünnen Kaffee. »Ich möchte wissen, was du für Absichten hast«, sagte ich.

»Als Erziehungsberechtigter oder wie?« Er nahm einen Schluck und schnitt ein Gesicht: Er hatte sich an stärkeren Kaffee gewöhnt. »Du hast hier nicht zu entscheiden, oder? Es kommt auf ihren Vater an. Ich hab schon einen Brief an ihn formuliert. Noch nicht abgeschickt, aber ich werde es bald machen.«

»Du meinst heiraten? Das ist Unsinn, das weißt du doch auch. Studenten heiraten nicht.«

»Soldaten schon. Dauert jetzt nicht mehr lange.«

»Du hast schon mit ihr geschlafen, ja? Und zwar recht unbekümmert, wenn ich mich so ausdrücken darf.«

»Ach, wir haben immer noch nicht die Nacht miteinander verbracht, wenn du das meinst. Hör zu, du Schafsnase: ich liebe sie.«

»Was zum Teufel weißt du denn von der Liebe?«

»Willst du eine schöne, säuberliche, philosophische Definition? Ich liebe sie, Idiot. Mein Herz schlägt schnell, wenn ich sie sehe. Ich muß an meinen Nägeln kauen, damit ich in der Öffentlichkeit nicht hinrenne und sie umhalse. Ich träume von ihr und wache naß auf.«

»Das ist obszön. Das ist nur Sex.«

»Oh, Sex hat durchaus einiges damit zu tun, aber die Seele ist ebenfalls beteiligt. Unsere beiden Seelen. Ihr geht es wie mir. Sie möchte, daß wir beide unser Leben zusammen verbringen. Ein einiges Leben, für immer und ewig. Oder bis uns der Hunne alle in Stücke schießt. Das ist Liebe. Das bedeutet die Ehe.«

»Und was ist mit ihrer Karriere? Wenn sie Geigerin werden

wollte, das wäre eines, aber was sie macht, das ist noch was ganz anderes. Die ganze Ausrüstung, die Kosten. Xylophone und Pauken verstauben auf dem Speicher.«

»Ihrer Kunst komme ich nicht in die Quere. Wir sind uns beide einig, daß es eine Sünde ist, kleine Kinder in die Art von Welt zu setzen, in der wir leben. Ich erwarte nicht, daß sie sich in eine liebe kleine Hausfrau verwandelt. Ich habe den größten Respekt vor der Kunst, selbst wenn sie nur darin besteht, mit Hämmern auf Objekten rumzudonnern. Jedenfalls«, sagte er, »sind wir verlobt.«

»Ich habe keinen Ring gesehen.«

»Sie hat ihn in der Handtasche. Hübsches kleines Ding mit drei Diamantsplittern. Platin. Bei Remington gekauft. Fünf Mäuse. Vielleicht würdest du gestatten, daß sie ihn herausholt und hier offen trägt. Nicht daß sie deine Einwilligung bräuchte oder die von irgend jemandem sonst. Woher nimmst du denn deine Autorität, verdammt nochmal? Du bist nicht einmal älter als sie. Du bist ihr kleiner Bruder, du Idiot! Zip ist ein gutes Mädchen. Sie wollte nicht, daß du groß Lärm schlägst. Es hängt von ihrem Dad ab, der muß einwilligen, daß sie minderjährig heiratet. Ich werde den Brief abschicken.«

Ich wünschte mir, die Pubs hätten schon aufgemacht. Ich sagte nichts. Dann sagte ich: »Schon mal über die, sagen wir, Nomenklatur nachgedacht? Zipporah Jones ist kein sehr plausibler Name.«

»Ludmilla Petrowna Jones war auch keiner. Zipporah Morrow Jones hört sich an wie ein kleiner Völkerbund. Ich gebe zu, die Abkürzung Zip paßt eher für eine Stripteaseartistin. Zip! Ein weiteres Kleidungsstück weg. Aber jetzt mal im Ernst, ich will von dir keine rabbinischen Knurrlaute und kein Gedonner aus den Kleinen Propheten hören. Eine Tochter Israels, Blume des Feldes, wird einen russischen Waliser heiraten. Das schreit doch wirklich nach einem Gedicht, einem Dingens, einem Epi-Soundso.«

»Kein Epithalamion, noch nicht. Prothalamion heißt das.« Und dann: »Wenn wir uns mal der Zukunft zuwenden, falls wir noch eine haben – was willst du machen? Welchen Beruf, meine ich?«

»Irgendwas mit Spanisch, würde ich sagen«, sagte er vage. »Unterricht oder was. Aber arm werden wir nicht sein«, fügte er eifrig hinzu. »Dad hat mit dem Catering einiges verdient. Wir kommen gut durch.«

»Hast du's bei Teil Eins geschafft?« Teil Eins war die Prüfung, welche die Studenten, die später einen Abschluß mit Auszeichnung anstrebten, nach dem zweiten Studienjahr ablegen mußten. Wenn man nicht bestand, flog man aus diesem speziellen Studiengang und mußte den sogenannten »gewöhnlichen« Grad erwerben. Ich hatte ein Gut.

»Ein Sehr gut. Mußte ich ja wohl, oder? Für die Ehre einer Sprache gekämpft, die jetzt von den Faschisten besudelt wird. Trix hat in der Abschlußprüfung ein Sehr Gut.«

»Ich weiß. Das war ja zu erwarten. Wo ist sie jetzt?«

»Schaut in London nach einem Zimmer. Sie geht ins Außenministerium, Assistentin bei Namier. Jetzt kann's jeden Tag losgehen.«

Er hatte recht. Drei Wochen nach diesem Sonntag, genau gesagt. Wir meldeten uns für die Fortsetzung unserer Studiengänge im Oktober an, wobei wir uns nicht sicher waren, ob wir das Richtige taten. Lope de Vega und Kant schienen irrelevant. Reg und ich gehörten zu den ersten, deren Einberufung anstand. Wir konnten uns allerdings bei irgendeinem Ausschuß melden und die Zurückstellung bis zum Abschluß unserer Studiengänge beantragen. Wenn wir aber – ließ die Universität uns wissen – den Entschluß fassen sollten, patriotisch zu handeln, konnten wir mit unseren Teil-Eins-Noten ein normales Bakkalaureat bekommen. Eine schriftliche Arbeit, von nicht allzugroßer Länge oder Tiefe, war für den Abschluß unseres Studiums ohnehin erforderlich; wir konnten zurückkommen, wenn wir überlebten, und sie zu einer Magisterarbeit ausbauen. Das schien vernünftig. Weder Reg noch ich warteten auf die Einberufung; wir meldeten uns freiwillig. Er ging nach South Wales und schrieb sich beim alten Regiment seines Vaters ein. Ich ging zu einem Rekrutierungsbüro in Manchester und bat darum, beim körperlichen Training von Infanteristen eingeteilt zu werden. Ehe er zu seiner Grundausbildung abreiste, heirateten Reg und Zip standesamtlich. Seine Eltern waren nicht dabei; unsere kamen. Mein Vater murrte, weil er die Ausbildung seiner Tochter noch weiter finanzieren mußte (ihr ein Glockenspiel und Röhrenglocken kaufen, meinte er damit), obwohl das doch gewiß Sache des Ehemanns wäre. Reg kaufte ihr als Kompromiß eine Pritsche und ein Tamburin. Er war nur gemeiner Soldat, sagte er dann zu diesem wohlhabenden Ingenieur; jetzt sei mal vernünftig, es ist doch Krieg, *wus*, Dad meine ich, *av*, soweit ich weiß, auf Hebräisch – M für Mutter sogar in den arischen Sprachen. Und dann, im Trocadero am Piccadilly, verzehrten wir Hors d'œuvres, Hühnersuppe, gedämpften Steinbutt, Bœuf Stroganoff, Salat mit Teufels- oder auch Engelsdressing, Brathuhn mit Brotsauce, Pfirsich Melba und tranken mehrere Flaschen vom Médoc des Hauses. Es war Krieg, aber man hätt's nicht denken sollen. Auch nicht in Scarborough, wo Reg und Zip anstrengende dreitägige Flitterwochen verbrachten.

Warum, fragte ich Reg nach der Zeremonie, waren sein Vater und seine Mutter nicht nach Manchester gekommen? »Na ja, sie haben dieses Pub bei Abergavenny, und das Schankgesetz untersagt es, daß auch nur einen Tag lang zugemacht wird, außer am Sonntag, der im antinomistischen Wales der geschäftigste Tag der Woche ist, wenn auch die ganze Trinkerei im hinteren Wohnzimmer stattfindet.« Und warum hatten sie sich keine Vertretung besorgt? »Nee, Dad traut den Walisern nicht, er ist selbst einer, zu viele Prügeleien, scheiß doch auf die Polizeistunde, und schon ist die Schanklizenz weg.« Wir alle, sogar Beatrix, hatten das Gefühl, das sei keine hinreichende Entschuldigung. In Ludmilla Jones steckte ein gewisser Antisemitismus, typisch für christliche Russen. David Jones andererseits ärgerte sich schwer über seinen älteren Sohn, der nach all der Vorsicht und Verhätschelung nachgerade Symptome selbstzerstörerischer Keckheit zeigte. Er hätte sich der Heirat auf Grund von Regs Minderjährigkeit (der wurde erst im Januar 1940 einundzwanzig) widersetzen können, aber er ließ sie resigniert durchgehen. Es gab kein Hochzeitsgeschenk, das war Mißbilligung genug. Diese Heirat, sagte David Jones, könne nur zu Schwierigkeiten führen. Da war was dran, wie die Zeit zeigen sollte.

Ende 1939 war Reg Obergefreiter in Stellvertretung im Zweiten Bataillon des Royal Gwent Regiment. Warum, fragte ich mich, hatte er sich unbedingt die alte Truppe seines Vaters ausgesucht? Ein Rest von Sohnespietät vielleicht. Möglicherweise sogar eine Art Patriotismus (*Gwlad*, *gwlad*, *pleidiol wyf i'm gwlad* und so weiter). Und warum Infanterie? Reg hatte »gekämpft« (buchstäblich) »und verloren«. Der Faschismus hatte in Spanien gesiegt, und er durfte jetzt bloß nicht in ganz Europa siegen. Deutschland und Sowjetrußland hatten ein vorsichtiges Bündnis geschlossen: Reg sah sich im Kampf wider zwei entgegengesetzte Tyranneien, die theoretisch in Opposition zueinander standen, aber eigentlich ziemlich gleich waren. In der Infanterie wurde wirklich gekämpft – mit Gewehr, Bajonett und automatischen Waffen, die im Zehnfingersystem den Tod schnell und modern niederschrieben. Reg war ein Romantiker.

Ich nicht. Ich wollte nicht kämpfen, aber ich wollte auch nicht auf der Schreibstube sitzen. Meine Aufgabe im Krieg bestand darin, Männer so in Form zu bringen, daß sie losmarschieren und sich vom Feind umlegen lassen konnten. Ich wurde Ausbildungssergeant, mit drei Streifen und gekreuzten Schwertern drüber, von grausamen Zivilisten als Insignien des Regimentsschneiders fehlinterpretiert. Ich gab Rehabilitationskurse in Krankenhäusern und redete schwierigen orthopädischen Fällen zu, mit dem heilenden Fuß konsequent gegen den Fußball zu treten, und ich wurde zum Chefausbildungssergeant in einem Infanterietrainingszentum befördert. Ich kam nach Aldershot zu Kursen im waffenlosen Kampf Mann gegen Mann und später zu strengeren Kursen, bei denen Messer, Stolperdrähte und andere Werkzeuge barbarischer Exekutionstechniken eine Rolle spielten. Metaphysik und Moralphilosophie waren fern. Ich legte die Grundlagen für meine spätere Tätigkeit als Ausbilder von Terroristen.

Der Sommer des Jahres 1940 war herrlich, sogar in Manchester, und spottete der Männer, die völlig aufgelöst von den Stränden Dünkirchens zurückkehrten. Reg war unter ihnen. Er brauchte den Trost in Zips Armen, aber Zips Arme waren am Schlagzeug des Hallé-Orchesters äußerst beschäftigt. Diese Körperschaft war früher eine rein männliche Angelegenheit gewesen, doch die Reorganisation unter Sir John Barbirolli, von den Musikern Bob O'Reilly genannt, ließ Frauen ins Orchester. Eine spielte die erste Posaune. Zip war stellvertretende Paukistin. Man hielt es zwar für angemessen, wenn sie mit Glocken und Triangeln klingelte, doch fiel es dem Publikum in Manchester schwer, die weißen Arme einer attraktiven jungen Frau bei Wagnerschen Höhepunkten donnern zu sehen. So spielte sie die Perkussionsergänzungen in Werken, die das erforderten (kein Beethoven außer der Neunten, kein Brahms außer dem dritten Satz der Vierten, kein Haydn oder Mozart), doch wenn Alfred Repton krank war, was oft und immer häufiger der Fall war, übernahm sie die Kesselpauken. Ihre Arme wurden stark, geeignet, ihren gebrochenen Soldaten vor seinen Alpträumen zu bewahren, aber sie stand nicht immer für eheliche Tröstungen in dem zu diesem Zwecke beigestellten Raum im Hause ihrer Tante zur Verfügung: Das Orchester ging auf Tournee und brachte Schönheit in die Stadthallen des Nordens. *For England, home, and beauty!* Die Schönheit gehörte zu einer patriotischen Trinität.

Ich selbst war gerade auf Urlaub zuhause, als Reg von Dünkirchen zurück ans Land geworfen wurde. Die Verrücktheit, die ich in ihm geahnt hatte – eine Folge des spanischen Schocks, aber vielleicht auch ein ursprünglicher Zug seines Wesens, eine vergröberte Form des Hangs zum Manisch-Depressiven, den die Waliser angeblich mit den Russen gemeinsam haben –, schien gefährlich zu florieren. Vielleicht sogenannte Neurasthenie. Wir saßen eines Morgens beim Frühstück, die Tante, Zip, er, ich, als er tückisch seine Gattin anschielte, eigentlich war sie fast noch seine Braut, und sagte: »Ich weiß, weshalb du lächelst.« Zip sagte:

»Das kannst du nicht. Du hast sie noch nicht gelesen.« Sie

meinte die Tageszeitung, den *Manchester Guardian*, der eine Kritik des Hallé-Konzerts vom Vorabend enthielt. Die las sie und schmunzelte ein wenig über »Ihre wohlgeformten Arme schlugen kraftvoll und präzise«. Er sagte:

»Von Männern umgeben bist du doch da.« Sehr walisisch und ungewohnt. »Hast die Wahl, nicht wahr, hast du doch? Versoffene Trompeter und joviale Fiedler und lüsterne Klarinettisten. Glaub nicht, ich weiß da nicht Bescheid, ich tu's nämlich. Die Hälfte von den Männern in meiner Einheit haben sich wegen ihrer Frauen genausoviel Sorgen gemacht wie wegen der gottverdammten Luftwaffe, die auf sie eingedroschen hat. Semper infidelis. Der Krieg bringt's zum Vorschein. Auf den Bezugsmarken gleich ein Abschnitt für die Ehegattenhörnchen mit drauf.«

»Hör mal, Kretin«, sagte ich, »wenn du meine Schwester der Untreue bezichtigst, geh ich raus mit dir und prügel dich kreuz und quer durch den Garten.«

»Komm mir nicht mit deinen drei Streifen und deinen Muskeln und deinen gottverdammten Bruderpflichten!« sagte Reg. »Was Gott zusammengefügt hat, das soll kein Bastard trennen.«

»Das ist ungeheuerlich«, sagte Tante Bérénice mit ihrem parisischen »r«. »Ich werde eine solche Ausdrucksweise und solche Bezichtigungen in meinem Haus nicht dulden.«

Reg grinste albern und sagte: »Man könnte ein ganzes Buch über das R schreiben. Wahrscheinlich schon geschehen. Das rhotische und das arhotische R. *Perro* und *pero*. Völlig verschieden. Unterschied zwischen einem Doppeltriller und einem einfachen. Kommt nur einmal in der gesamten Sprache vor.« Er lächelte Zip an. »Entschuldige, was ich da gesagt habe. Ich weiß nicht so ganz, wo ich eigentlich bin. Eifersucht, ist ja ganz natürlich. Ist es euch schon einmal aufgegangen, daß der ganze Krieg auf Eifersucht beruht? Eifersucht der Empirelosen auf die Empirebesitzer. Eifersucht genug in der Militärhierarchie – Rang, Privilegien, Sold. Das ist das Thema von *Othello*. Militärische Eifersucht provoziert eheliche Eifersucht. Ich muß mich mal rasieren gehen.« Er stand auf, ließ seinen soeben gebutterten Toast liegen und umarmte seine Frau offen auf eine Art und Weise, die dem

Schlafzimmer hätte vorbehalten bleiben sollen. Zip schaute beunruhigt drein und hatte auch ganz recht. Betroffen. Mitleidig. Sowie liebevoll. Er ging nach oben zum Rasieren. Wir sahen einander an. Unsere Tante begann zu weinen und holte aus dem Ärmel ihres Morgenmantels ein spitzenbesetztes, unzulängliches, kölnischwasserduftendes Taschentuch, um hineinzuschniefen. Sie schluchzte:

»Armes Frankreich. Armes armes Frankreich.«

Dann ertönte an der Tür das Doppelklopfsignal des Paketboten. Zip ging hin. Sie kam verblüfft zurück, vom Gewicht einer großen Paketsendung in braunem Packpapier zusammengekrümmt, obwohl sie mit beiden starken Händen zugriff. Der Poststempel lautete Abergavenny, und adressiert war das Ganze an Herrn Obgfr. (inkorrekt, da es sich um einen zeitweiligen Rang gehandelt hatte, der nach Dünkirchen revoziert wurde) und Mrs. Jones. Zip öffnete das Paket und fand die Jones'sche Familienbibel. Es gab keinen erläuternden Brief, keine Widmung auf dem Vorsatz. Unsere Tante war von den Illustrationen schockiert. »Pornographie im Stil von Alma-Tadema«, sagte sie. »Schaut her – das Gastmahl Belsazars. Die Gojim vulgarisieren das Heilige, sie beflecken es auch – seht hier, da ist eine Art Schneckenspur auf diesem Stahlstich. Warum schicken sie das? Ein eigenartiges Geschenk. Vielleicht um die Vereinigung von Jüdischem und Christlichem in einem Band zu versinnbildlichen. Vielleicht, damit – seht mal hier vorn – die christliche Taufe der Nachkommen ordnungsgemäß eingetragen wird. All diese Jones, und alle mit guten hebräischen Vornamen. Es hat etwas Beleidigendes, aber gewiß kann man sich nicht sein. Zipporah, leg es in diese Kommode dort und verschließe sie mit diesem Schlüssel hier.« Wie eine Schloßherrin trug sie einen Schlüsselbund am Gürtel. »Wir werden es kaum benötigen.« Ich vermutete nachgerade, daß die ganze verdammte Familie verrückt war. Beatrix' sexueller Eklektizismus war kaum normal, oder? Dan, der irgendwie ins Erste Bataillon des Royal Lancaster Regiment geschaufelt worden war, war ein – um einen neuen Begriff zu prägen – Ichthyomane und hatte ganz offensichtlich einen

Sprung in der Schüssel. Reg rasierte sich soeben oben und hatte dabei ganz vergessen, daß er sich bereits vor dem Frühstück rasiert hatte. Aber durfte ich hier ein Urteil abgeben, ich, dem es soeben bei dem Übermaß nackter biblischer Gliedmaßen ganz anders geworden war? Vielleicht war jeder verrückt, und der Krieg war die große Therapie.

Im Juli 1940 entschied sich das Kriegsministerium verspätet zur Bildung eines Nachrichtendienstes, und Reg brachte es fertig, aufgenommen zu werden. Er wich seiner Pflicht, den Feind zu töten, damit nicht aus. Er hatte auf zwei Feldern verlorener Schlachten seine Waffen zurückgelassen und entdeckt, daß sich Kriege mit dem Hirn ausfechten lassen. Rasierklingen in der Schweinemast. Bombardierung der Unschuldigen. Geheimdienstliches. Scheiße, und ich kämpfte meinen Krieg mit »Kniee beugt!« und »Arme streckt!« auf zugigen Kasernenhöfen. Zip war die einzige von uns, die wirklich auf etwas einschlug. Sie drosch auf Beethoven und Wagner los, obwohl das wahrscheinlich gute Deutsche gewesen waren. Bis zu einem gewissen Punkt.

Meine Leser werden es zu schätzen wissen, wenn ich jetzt auf VORWÄRTS drücke und rasch weiterspule. Sie kennen sich ja aus mit diesem fernliegenden Krieg, Sie haben ihn von friedliebenden Schauspielern im Fernsehen nachgestellt gesehen. Ich muß jetzt rasch auf die Artussöhne kommen beziehungsweise die – wenn mein Walisisch stimmt – Meibion Arthur sowie auf die marginale Rolle, welche die Familie Jones dabei gespielt hat, dieser nationalistischen Körperschaft ein Kampfessymbol zu verschaffen. Es war eine Gruppe, die sich auf dem Felsen von Gibraltar gebildet hatte.

Reg wurde 1943 dorthin versetzt, wobei es nicht speziell auf seine Spanischkenntnisse anzukommen schien: die anderen Gefreiten, die sich mit ihm einschifften (der niedrigste Rang beim Dienst ebenso wie in der Militärpolizei), waren Französisch-, Deutsch- und sogar Litauischprofessoren, obwohl auch der Sohn eines Opernimpresarios dabei war, der die meisten europäischen Sprachen beherrschte und sogar ein wenig Arabisch konnte. Sie waren alle für die Dauer der Reise zu Sergeanten befördert worden (der Grund war unklar), und bei der Ankunft wurden sogleich zwei ihrer drei Streifen kassiert, aber Reg schaffte diesen Rang dann doch noch im Jahre 1944.

Die Pflichten des Nachrichtendienstes in Gibraltar waren zum größten Teil eine pure Absurdität. Die Angehörigen des Dienstes hätten von rechtswegen in Zivil durch Südspanien wandern und nach Indizien für einen Neutralitätsbruch Francos Ausschau halten sollen, doch zumeist mußten sie am Grenzübergang Four Corners hocken und die Lebensmittelsäckchen der spanischen Tagesarbeiter durchsuchen, um festzustellen, was sie auf den Felsen mitbrachten oder hinaustrugen. Niemandem wurde gesagt, wonach sie eigentlich suchen sollten. Sie mußten außerdem in La Línea Inspektionstouren machen, gekleidet und agierend wie gewöhnliche Soldaten mit Ausgang, die eine Nutte suchten – um zu kontrollieren, ob englisches Geld für zuviele Pesetas getauscht wurde. Truppenteile, die nach Hause geschickt wurden (auf Urlaub, zu Lehrgängen, entlassen), wurden meist mit Banknoten des United Kingdom bezahlt, nicht mit der Gibraltarvariante, und ließen sich bei einem Besuch in La Línea auf ein letztes fleischliches Vergnügen vor der Heimfahrt zur Gattin oft überreden, ihre Banknoten zum doppelten Kurs gegen Peseten einzutauschen. Man nahm an, daß Nazispione diese Scheine aufkauften. Der Nachrichtendienst hatte Anweisung, die Soldaten, die an solchen Transaktionen beteiligt waren, lediglich zu ermahnen und sie bei ihren Einheiten zu melden. Dies war neutrales Territorium, und es war nicht gestattet, deutsche Agenten auf der Herrentoilette zusammenzuschlagen, um sie dann als angetrunkene Kameraden über die Grenze zu schleifen und bei den zuständigen britischen Stellen abzuliefern. Reg wurde schließlich, wie Sie sehen werden, die Harmlosigkeit seiner Pflichten lästig, und er überschritt seine Kompetenzen.

In Gibraltar, in zwei Zimmern über einem Obstladen in der Main Street, traf sich jeden Abend ein walisischer Klub. Die

Mitglieder konnten dort die *Western Mail* lesen oder das *Merthyr Tydfil Chronicle* oder den *Star of Gwent*, wenn auch nur zwei Monate alte Nummern. Sie konnten Schnaps trinken, wenn auch kein Bier. Der Import von britischem Bier wurde von der Armee kontrolliert, und die Ausgabe war begrenzt auf die Einrichtungen der Truppenbetreuung und die Kantinen und Kasinos von Armee und Marine. Die Waliser sind im Gegensatz zu Iren und Schotten den Destillaten nicht sehr zugetan, und ein einziges Glas reichte aus, sie aggressiv zu machen. Die eine Provinz machte die andere runter, die andere Stadt die eine, und dem Hohn folgten Schläge. Manchmal kam es zu regionalen Zusammenschlüssen, damit Nord und Süd aufeinander losgehen konnten. Die Klubräume waren klein und für solche Kämpfe ungeeignet. Aled Rhys, der Präsident des Klubs, bedauerte all dies. Er hatte im Army Educational Corps den Rang eines Offiziersdiensttuenden, war im Zivilleben Mathematiklehrer in Glamorgan gewesen, sprach fließend Walisisch und war trotz Brille, Schmerbauch und fast kompletter Glatze ein Mann mit großer Autorität. »Waliser sind Waliser«, rief er häufig, »und diese Bruderkämpfe sind gottverdammt ungehörig. Die Waliser müssen vereint zusammenstehen und sich auf die Zukunft vorbereiten, die schon so gut wie gottverdammt da ist!« Die milde Blasphemie diente wie stets im walisischen Englisch als Ersatz für die der gleichförmigen Intonation fehlenden Betonungsakzente.

Die Waliser lieben die Rhetorik, und die Gibraltarwaliser lauschten mit Vergnügen und wachsender Leidenschaft Aled Rhys' fast allabendlichen Reden. Er sprach Englisch, weil seine Form des Walisischen außerhalb von Glamorgan nicht sehr beliebt war und einige der Klubmitglieder nie ihre Muttersprache erlernt hatten. »Worum kämpfen wir in diesem gottverdammten Krieg?« fragte er. »Für die Freiheit unterdrückter Völker. Die Waliser sind ein unterdrücktes Volk. Von den gottverdammten angelsächsischen Invasoren in die Berge getrieben, schauen sie von ihren Rückzugsgebieten auf ein reiches Land hinunter, das früher einmal gottverdammt ihr gottverdammtes Eigentum war! Die Angelsachsen und die Wikinger und die Normannen haben das Recht des Eroberers für sich in Anspruch genommen, und die Waliser haben sich in ihrer gottverdammten Schwäche diesen Ansprüchen gebeugt. Es gibt dieser Tage viel Gerede von walisischem Nationalismus, und der Herzenswunsch eines jeden gottverdammten Walisers ist es, sein Land von der Herrschaft der gottverdammten Lloegr befreit zu sehen. Aber ich gehe noch weiter. Ich spreche für die Wiedergewinnung der gesamten Insel Britannien und die erneute Regierung der gottverdammten Waliser dort! Als Arthur regiert hat, schaute er auf reiche Felder und schöne Städte hinaus, die in Sprache und Glauben verbunden waren. Im Süden Schottlands war es, daß die Barden Taliesin und Aneirin in unsterblichen gottverdammten Versen von den Ungerechtigkeiten der sächsischen Invasoren und der Tapferkeit der Briten sangen, die gegen sie fochten. Das war im sechsten Jahrhundert, als die germanischen Horden noch völlig unzivilisiert dahergrunzten und ihre gottverdammten Häupter vor Holz und Stein neigten. Wir haben den ganzen Umfang unseres gottverdammten Erbes vergessen, und die Zeit ist gekommen, uns zu erinnern und es wieder in Besitz zu nehmen.«

Reginald Morrow Jones, im Jahre 1943 noch Gefreiter, schaltete sich protestierend ein. »Mein Vater hat genau dasselbe Gerede im Ersten Weltkrieg gehört, und da wurde überhaupt nichts draus. Man kann die menschliche Geschichte nicht zurückspulen wie einen Film. Das Wales, von dem du sprichst, war nicht frei. Es stand unter römischer Herrschaft. Was war denn Arthur anderes als ein *dux Romanus*, der seine Befehle aus Ravenna bekam? Ein rewalisifiziertes Britannien werden wir nie mehr sehen, nicht einmal ein unabhängiges Wales. Die Waliser und Engländer haben sich vermengt, und die Waliser sind Funktionäre des Vereinigten Königreichs geworden, ganz Paddington ist voller walisischer Milchmänner. Walisische Könige saßen auf dem britischen Thron, wir haben sogar einen walisischen Diktator gehabt, Oliver Cromwell. Dann war die Zeit der Waliser vorbei. Die Tudors sind längst dahin. Lloyd George war ein Mann aus Manchester mit viel *hwyl*. Was du daherredest, macht sich gut in Versen bei einem Bardentag, aber mit der politischen Realität hat es nichts zu tun.«

Ein dunkler Korporal mit grimmigen schwarzen Augen, Regs Vater nicht unähnlich, stand auf, um zu sprechen. »Du hast genügend von deinem Kampf für ein freies Katalonien erzählt, wenn du uns die gottverdammte Gefälligkeit erwiesen hast, mal anstatt zu den Spanierinnen hierher in den Klub zu kommen. Jetzt beugst du dich vor Francos schurkischer Auslöschung der katalanischen Freiheit und nennst das den Geschichtsprozeß oder irgend so einen gottverdammten Schwachsinn. Aber Wales ist nicht Katalonien, und unser einziger Feind ist ein schwach gewordener Sais, der uns freundlicherweise gezeigt hat, wie man mit den gottverdammten Waffen umgeht. Was Aled Rhys hier gesagt hat, ist vielleicht zu visionär, wenn das das gottverdammte Wort ist, das ich meine, aber wenn dieser Krieg vorbei ist, dann kommt der einzig richtige Moment, um loszuschlagen, wir werden nicht wie bei einem Streik die Brocken hinschmeißen, wir werden die Werkzeuge in die Hand nehmen, mit denen wir Wales von der Tyrannei Englands befreien können. So sieht's aus, mein Junge.« Der Korporal, der im Army Service Corps war und Ben Griffiths hieß, setzte sich. Reg sagte:

»Was du da von mir und den spanischen Frauen gesagt hast, paßt mir nicht. Wenn ich nach Spanien rübergehe, dann in Erfüllung meiner gottverdammten Pflicht und Schuldigkeit, wie die Yanks gerne sagen, und deine unsauberen Anspielungen verbitte ich mir. Und jetzt stelle ich eine Frage: Wo bekommt ihr das Geld her? Wollt ihr in Moskau betteln, damit ihr euch von den Engländern befreien könnt? Wenn ihr das nämlich macht, seht ihr keine Kopeke. Die Russen werden genug zu tun haben, selbst wieder auf die schuhlosen Füße zu kommen, auch ohne daß sie Wales helfen, die englischen Kapitalisten abzusägen. Für Katalonien haben die keinen Finger gerührt. Ihr werdet allein dastehen, *wus.*«

Ein gebildeter Gemeiner stand auf und sagte: »Es gibt immer Mittel und Wege, Brüder. Man muß mit der Subvertierung der konventionellen Moralvorstellungen anfangen. Für ein Volk, das sich von der Tyrannei zu befreien sucht, ist es keine Schande, zu erpressen, zu entführen und die Banken auszurauben. Es wäre eine große und tugendhafte Tat, Hitler zu entführen oder Görings Bankkonto zu annektieren. Was in diesem Krieg gilt, wird ebenso in jenem Kriege Gültigkeit haben, der für ein freies Wales geführt wird. Nun gibt es einige, die wollen ein republikanisches Wales und sogar ein kommunistisches Wales, doch Kommunist sein, heißt sich vor der Sowjetunion verneigen, die gottlos und materialistisch ist und sich einen Dreck um das walisische Volk schert, wenn sie überhaupt weiß, wer das ist. Wales war ruhmreich unter den walisischen Königen und Häuptlingen. Wales ist unter den Engländern eine Herrschaft, eine Provinz. Ich würde vorschlagen, Wales zu einem Königreich zu erhöhen. Wir sind die Söhne von König Arthur und lehnen es mit Verachtung ab, uns den billigen kleinen Republiken der Welt anzureihen. Meibion Arthur. Das klingt nobler als Plaid Cymru oder sonst so eine neureiche Bezeichnung.«

Es folgte die zu erwartende Streiterei. Walisische Gewerkschaftler und kommunistische Parteimitglieder aus Klein-Moskau (in diesem Falle unter anderem Tonypandy, Pontypridd und Ebbw Vale) hielten ebenso unrealistische Reden wie die nationalistischen Träumer, und der Abend kam nur an ein Ende, als der einstige Chorleiter Owen Pritchard sich an das verstimmte spanische Klavier setzte (ein Geschenk des Gibraltarers Chris Hogado, der einmal mit einer Waliserin geschlafen hatte) und *Mae hen wlad fy nhadau yn annwyl i mi* in die Tasten haute.

Um diese Zeit geschah es, daß eine Staffel Luftwaffenbomber losgeschickt wurde, um Ebbw Vale zu zerstören, zum größten Teil jedoch von britischen Abwehrjägern daran gehindert wurde. Dies war einer der sogenannten Rasch-mal-Klingeln-Angriffe, die wegen der Konzentration der deutschen Luftstreitkräfte an der Ostfront selten waren und meist mit relativ wenig Maschinen marginale Ziele anflogen. Zu der Entscheidung, die walisischen Kohlefelder zu bombardieren, mag es aus astrologischen Gründen gekommen sein. Oder vielleicht lenkte der Geist der Geschichte die deutsche Luftwaffenführung, denn das Resultat des Angriffs war historisch von höchstem Interesse. Eine der Nazimaschinen wurde von den Verteidigern schwer beschädigt und entledigte sich auf dem langsamen Weg Richtung Bristol Channel ihrer Ladung. Bombe auf Bombe wurde über dem Weideland zwischen den Flüssen Usk und Gavenny ausgeklinkt. Das Pub von David und Ludmilla Jones, der Schwarze Löwe, der im Dorf Gilwern stand, war eine Meile oder so von der nächstgelegenen Explosion entfernt, aber die ganzen Vorderfenster gingen zu Bruch. Zwei Bomben trafen die Stadt Abergavenny. Eine ging nicht los und wurde vorsichtig von einem Räumkommando entschärft, die andere ruinierte die Ruine einer alten Benediktinerpriorei noch gründlicher. Schafe waren hoch über die Felder gesegelt und in Form einzelner Körperteile gelandet. Farmer beklagten sich in der Bar des Schwarzen Löwen. Einer brachte eine Tonscherbe und ein gezacktes Stück Stein mit einem eingeritzten Auge mit. Dr. Lewis betrachtete dies mit Interesse. Er sagte:

»Also, wie wir alle wissen sollten, falls wir's nicht tun, der alte Name von Abergavenny war Gobanium. Das war eine berühmte römische Ansiedlung.«

»Tatsache, Herr Doktor?«

»Ja. Vielleicht haben wir hier die Überreste eines dem Mithras oder sogar dem großen Jupiter selbst geweihten Tempels.«

»Interessant ist das«, sagte ein nicht besonders interessierter Handelsvertreter.

»Ja. Es ist seltsam, daß die Deutschen gelegentlich bei dem Versuch, diese Insel zu zerstören, die Fundstücke seiner alten Kultur vermehrt haben. Sie graben das Land ohne Spaten um. Die Städte auch. Denn alte Tempel sind selbst in London ans Licht gekommen und ein Teil der Steinmauer, die Londinium umgeben hat.«

»Gottverdammt faszinierend ist das.«

»Na«, und Dr. Lewis leerte sein Halfpint Rhymney-Ale, »wir überlassen das alles den Archäologen aus Cardiff. Mein unmittelbares Problem ist der Keuchhusten von Mrs. Pritchards Jüngstem. Also werde ich mich für heute verabschieden.«

»*Bore da, meddyg*«, sagte Ludmilla Jones hinter der Bar.

»Weiß einfach alles, was?«

»Muß er, ist ja ein Doktor.«

Etwa drei Monate nach diesen Zerstörungsversuchen, die zumeist nur Schafe und Fensterscheiben betrafen, saß ich auf Urlaub beim Frühstück in der Wohnung meiner Schwester in der Wilmslow Road. Es war ein elendes Frühstück mit Kunsteipulver. Ich las einen Brief meines Vaters an Zip durch: »Portsmouth ist schlimm dran, aber die Luftwaffe wird es jetzt in Ruhe lassen, weil sie anderswo zu tun hat. Weiß Gott, wann der Mark III Duweißt-schon vom Reißbrett runterkommt. Deiner Mutter und mir geht es recht gut. Liebe Grüße an Harry, wenn Du ihn siehst.« Zip las den *Manchester Guardian*. »Anscheinend«, sagte sie, »war er doch kein Mythos.« Sie war bei unserer Tante ausgezogen, weil diese das Haus an einen Gewerkschafter vermietet hatte, der mit der Filiale des Wirtschaftsamtes in Manchester zusammenarbeitete. Es nannte sich Zusammenarbeit, lief aber im Grunde auf Obstruktion hinaus. Unsere Tante kümmerte sich um die *haute cuisine* des Freien Frankreich in London. Sie hatte nicht die Absicht, nach Manchester zurückzukehren. Ich sagte:

»Wer?«

»Ein Team von Archäologen arbeitet an dem Ort da, wo die Bomben gefallen sind. Ich hätte eigentlich nicht gedacht, daß Archäologie kriegswichtig ist.... Ah ja, es handelt sich um einen alten Professor aus Cardiff mit einer Horde von Schuljungs und -mädels. Sie sind auf behauene Steine und lateinische Inschriften gestoßen. GLAD ART REG ist eine davon. Sie findet sich auf einer sogenannten Plinthe mit einem Schlitz drin. Eine Art unverrückbare Schwertscheide. GLAD bedeutet GLADIUM, das Schwert, Akkusativ. ART REG ist Arthur der König. Der Mann hier meint, Professor Rhys Jones soll lieber keine voreiligen Schlüsse ziehen. Das ist nicht Camelot, was sie da entdeckt haben. Camelot, meint er, war bei Cadbury. Und irgendein Professor für walisische Literatur schwärmt vom Schwert im Stein. Das *Mabinogion*. Hast du davon schon einmal gehört?«

»Ich glaube nicht.«

»Das hier ist der Stein, sagt er. Wenn man den Schlitz mit heißem Wachs oder dergleichen füllt und das Zeug dann hart werden läßt, dann kann man erkennen, wie das Schwert ausgesehen hat. Das heißt doch wirklich die Zeit verplempern, würde ich sagen. Schließlich ist jetzt Krieg.«

»Das Leben geht weiter. Und das gilt auch für die Archäologie. Und die Musik wohl ebenso.« Ich schnitt ein Gesicht wegen der Kunsteimixtur, des Margarinetoasts und des schwachen Tees.

Sie schaute mich mit ihren schönen schwarzen Augen mißtrauisch an. Sie trug einen löchrigen regenbogenbunten Morgenmantel von der Tante, der ihren schönen weißen Hals und einen Teil ihrer linken Brust sehen ließ. Als ihren Bruder hatte mich das nicht weiter zu berühren. »Was meinst du mit ›wohl ebenso‹?«

»Das Konzert gestern abend war peinlich. Kein Wunder gab's kaum Publikum. Wer möchte denn um Gotteswillen Bruckner hören?«

»Es kommt immer, wie es kommt«, sagte sie kryptisch. »Die Kunst ist heiter, düster ist die Kunst. Und dann noch Reg. Sehr merkwürdig. Reg hat mir einen höchst eigenartigen Brief geschrieben. Ich hab ihn hier«, gemeint war die Seitentasche des Morgenmantels. »Lies ihn.«

Ich nahm mir unschlüssig den blauen Luftpostbrief. »Ich mische mich nicht gern in eine Ehe ein.«

»Lies ihn.«

Ich las ihn. O Gott. »Ich glaube an vollkommene Aufrichtigkeit, liebste Zip«, stand dort. »Du kannst vielleicht Deine Sexualität durch das Herumknüppeln auf Trommeln und Gongs und so weiter sublimieren. Ich nicht. Ich war drüben in La Línea, und ich bin schwach geworden. Du kannst es Untreue nennen, aber ich mußte es tun. Verstehst du – sie war Dir so ähnlich. Nicht Deine Intelligenz, nicht Deine Begabung, nicht Deine Schönheit, aber sie war ein halbherziger Versuch, zu sein wie Du, in einer Mantilla, und ich bin schwach geworden. Dann habe ich mich ganz entsetzlich gefühlt. Mach Dir keine Sorgen wegen Du-weißt-schon, weil ich jede nur mögliche Vorsichtsmaßregel getroffen habe. Jetzt winde ich mich hier auf meinem Bett und sehne mich nach Dir in Wirklichkeit, nicht nach einer knoblauchdunstigen Imitation.« O mein Gott. »Dann kommt ein säuberliches viereckiges Loch, als hätte er was mit einer Rasierklinge herausgeschnitten«, sagte ich errötend.

»Das war der Zensor. Schreibt ein Mann bei klarem Verstand seiner Ehefrau so einen Brief?«

»Zumindest ist der Brief originell. Die meisten Ehemänner würden gar nichts davon erzählen.«

»Und er hätte auch nichts erzählen sollen. Was man nicht weiß.... Ein flagranter Mangel an Diskretion. Abstoßend.«

»Der Krieg macht uns alle ein wenig abnorm. Wir werden vieles schlicht vergessen müssen, wenn dann alles vorbei ist. Für Leute wie Churchill ist das jetzt das wahre Leben, die Kulmination ihrer gottverdammten Karriere. Für uns andere ist es nur eine Parenthese. Ein verrückter Einschub in Klammern. Man will dann neu anfangen und betet um die Rückkehr der Vernunft.«

»Wir werden alle nie wieder dieselben sein. Wer immer dieselben auch waren. Ich meine, die Jugend ist der Teil unseres Lebens, wo sich die Persönlichkeit formt. Und wir bekommen falsche Formen.« Und dann: »Ich hab zu jung geheiratet. Er wohl auch. Nicht sehr viel Zeit, um sich umzusehen.«

»Und jetzt«, fragte ich mit vorsichtiger Präzision, »siehst du dich um?«

»Wenn du's wirklich wissen willst«, sagte sie, »auch wenn du kein Recht dazu hast, er hat mich dazu getrieben. Es war das erste Mal, und es war an dem Tag, als sein Urlaub vor dem Einrücken vorbei war. Nach dem Konzert im Gaumont. Und es ist dumm, eine solche Frage einer Frau zu stellen – das mit dem Sich-Umsehen. Es sind die Männer, die das tun. Es war mit Geoff Thurston – du kennst ihn nicht, er spielt zweite Oboe. An dem Abend hat er das Englischhorn-Solo in *Der Schwan von Tuonela* gespielt. Er hat mich zu ein, zwei Gins eingeladen, und ich bin mit ihm in seine Wohnung gegangen.«

»Jetzt kannst du Reg schreiben und seine rückhaltlose Offenheit erwidern.«

»Bist du verrückt? Ich hätt's dir auch nicht sagen sollen. Aber er hat mich dazu getrieben.«

»Wie denn das?«

»Das glaubst du mir nicht.«

»Beim Militär hat sich meine Bereitschaft, etwas Unwahrscheinliches zu glauben, stark erhöht.«

»Diese verdammte Bibel. Die ist irgendwie in meine Sachen geraten und mit dem Gepäck hier gelandet. Ich war in der Küche und hab ihm ein Sandwich und eine Tasse Tee gemacht. Als ich hier hereinkomme, sehe ich, wie er seinen Samen über eins von den Bildern ergießt. Er hat ganz unbekümmert aufgeschaut und gesagt, er müsse jetzt – seine Worte – Möglichkeiten irregulärer Erfüllung lernen. Und seine Frau sei seine rechte Hand, aber jetzt müßte seine rechte Hand seine Frau sein. Ich habe ihm gesagt, er solle sofort verschwinden, aber er hat nur gesagt, das müßte er sowieso, weil er sonst seinen Zug verpaßt. Und er hat versucht, mich zu küssen, liebevoll, verstehst du.«

»Ich verstehe. Wie wollen wir das bezeichnen – Verrücktheit, Aufrichtigkeit, Mangel an Diskretion?«

»Ich weiß auch nicht, Herrgott nochmal. Ich meine, er sollte zum Arzt gehen.«

»Das macht er ständig. Regelmäßige medizinische Untersuchungen und so. In die Bibel, was? Genau wie sein Vater. Den hat sein Großvater damals erwischt, wie er auf Belsazars Gastmahl abgedrückt hat. Deshalb ist er fort und zur See. Für gottloses Benehmen verprügelt. Reg hat mir's erzählt.«

»Es *war* Belsazars Gastmahl. Ich hab's mit einem Spültuch abwischen müssen. Männer können schon Ferkel sein.«

»Wo wir von Zügen reden, die man nicht verpassen darf –«, sagte ich und stand vom Tisch auf. »Nimm dir's nicht so zu Herzen. Reg ist exzentrisch, das ist alles. Sicher halten dich auch manche Leute für exzentrisch, weil du trommelst und die Becken schlägst, anstatt Panzer für die Russen zu montieren, damit die dann sagen können, das haben sie alles selber gebaut. Vergiß es einfach. Wo ist meine Mütze?« Ich fand sie unter einem Kissen in einer Ecke des abgewetzten Sofas von Zips Hauswirtin, wo ich geschlafen hatte, und dann küßte ich sie zum Abschied auf die Wange. Ich schleppte mein Gepäck zum Vierundvierziger-Bus, der mich zum Bahnhof an der London Road brachte. Ich nahm einen Zug zur Euston Station. Er war mit Tornistern und Taschen vollgepackt. Das Infanterieausbildungslager, wo ich gearbeitet hatte, war gleichzeitig mit dem Beginn meines Sonderurlaubs aufgelöst worden, und ich sollte, falls nichts anderes dazwischenkam, in der Kaserne in Aldershot antreten.

In London meldete ich mich in einem Büro in der Baker Street, Nummer 62 bis 64, wo die SOE, die Special Operations Executive unter Leitung des berühmten Brigadiers Colin Gubbins (Träger des Military Cross) residierte. Ein Captain Soames mit langem magerem Gesicht sprach dort mit mir und redete mich familiär mit dem Kürzel meines Rangs an. Er sagte: »Wir brauchen Ausbilder, aber zunächst einmal müssen wir die Ausbilder ausbilden, wenn Sie verstehen, was ich meine? Körperliche Fitness und gute Reflexe sind ideale Voraussetzungen, und ebenso der Intelligenzquotient, den Ihr akademischer Grad erkennen läßt.« Er sah stirnrunzelnd in meine Akte. »Aber weshalb Philosophie, um Gottes willen? Wenn Kant und Hegel nicht gewesen wären, wären wir vielleicht nicht so in der Bredouille, aber das führt jetzt zu weit. Ihre Ausbilder werden Zivilisten sein, nur wenige davon übrigens Briten. Der Lehrgang umfaßt wirksame Verhörtechniken, Terrorismus, schlichten einfachen Mord und so weiter. Das ganze hat, wie Sie sich bereits gedacht haben werden, mit der Invasion des Festlands zu tun.«

»Terrorismus, Sir?«

»Wir sind nicht hart genug gewesen. Wir haben versucht, diesen gottverdammten Krieg als Gentlemen zu führen, im Gegensatz zu den Krauts und den Roten. Sie werden als Ausbilder keine Gentlemen haben, das kann ich Ihnen jetzt schon sagen. Darf ich fragen, ob Ihre Bewerbung ernsthaft gemeint ist?«

»Ernsthaft, Sir?«

»Ich meine, Sie können sie auch zurückziehen und wieder mit dem Arme streckt, Kniee beugt weitermachen, niemand wird Sie krumm anschauen. Ansonsten melden Sie sich unverzüglich im Transitstützpunkt Nummer sechs und warten weitere Anweisungen ab. Also? Es ist Ihnen ernst?«

»O ja, Sir. Verdammt ernst.«

»Na prima.«

Transitstützpunkt Nummer sechs war eine Art militärische Zwischenwelt, wo die ganze Nacht lang trübes Licht brannte, um rätselhaften Ankömmlingen und Abreisenden zu leuchten. Der Gebäudekomplex hatte etwas Exterritoriales an sich, weswegen ich mich viel später auf internationalen Flughäfen wieder daran erinnern sollte, allerdings gab es hier nichts, was einer VIP-Lounge entsprochen hätte. Tatsächlich wurde die militärische Hierarchie unnachsichtigem Hohn ausgesetzt. Ein Gefreiter in Hausschuhen schob einen Feldwebelleutnant und mich in die Schlange vor den Zuteilungsschaltern der Kantine, wo eine Art zeitloses Mahl – wiederum in der Art des internationalen Flugverkehrs – ausgegeben wurde. Als ich rasch hinauslief, um in Soho zu Abend zu essen, brüllte der Sergeantmajor mir hinterher, um 23.59 hätte ich da zu sein.

Ich dinierte – Pferdesteak mit Fritten – in einem Restaurant unweit der Fitzroy Tavern, die von der maltesischen Mafia kontrolliert wurde. Dort sah ich anschließend ohne Überraschung Beatrix Jones, die Bier mit einem idealtypischen Gemeinen trank – untersetzt, stiernackig, mit ausgebeultem Kampfanzug und grobschlächtigen Zügen, ewig unbeförderbar. Sie sprachen fließend Russisch miteinander. Erstaunlicherweise erkannte sie mich. Ihr Bruder Dan nicht. Ich sagte:

»Ich hatte damals das Vergnügen, zuzusehen, wie er deinen Bruder Reg bei dieser Abschiedsparty vertobakt hat. Und später das Vergnügen, daß er mir ein halbes Pfund Räucherlachs für meine Tante aufgeschnitten hat.« Dan sah mich finster an, schaute auf die Uhr des Pub und sagte:

»Jetzt.«

»Weißt du auch bestimmt, wie's zur U-Bahn-Station Tottenham Court Road geht?« fragte sie fürsorglich. Er meinte, das wisse er. Er hatte einen achtundvierzigstündigen Urlaub mit seiner Schwester verbracht und nahm jetzt den Nachtzug nach Glasgow. Seine Schwester küßte ihn sehr innig auf den Mund. »Ein guter, lieber Junge«, sagte sie zu mir. Sie trug Londoner Kriegs-Chic, das blonde Haar mit Innenrolle, ein zimtfarbenes Kostüm mit breiten Schultern, praktisch-schlichte Schuhe. Voll Zuneigung sah sie hinterher, wie Dan sich durch die Schwingtüren in die Verdunkelung hinausschob. »Lieb« wäre kaum meine Bezeichnung für ihn gewesen, wenn er jetzt auch weder nach Bratfett noch nach frischem Fisch roch. Statt dessen roch er nach billigen Zigaretten und muffigen Decken.

»Du magst ihn sehr, was?«

»Er ist mein kleiner Bruder. Man muß sich um ihn kümmern. Ich glaube, die Armee macht das nicht sehr gut. Aber er wird überleben. Er ist zäh. Er läßt sich nichts bieten.« Von Fischen gewiß nicht; er griff Dorsch und Flunder an, als schwänge er eine Harpune für Kapitän Ahab.

»Ich habe mich das schon oft gefragt«, sagte ich, nachdem ich mich zur Theke und mit zwei weiteren Bieren wieder zurück gekämpft hatte. »Mit ihm und andererseits dir und meinem geschätzten Schwager. Nicht gerade intellektuell, meine ich. Um es milde zu formulieren – ich meine, ich will ja niemandem zu nahe treten.«

»Ach, es fehlt da etwas, aber wichtig ist das nicht. Vielleicht ist ihm was von all dem Alkohol von seinem russischen Großvater ins Hirn geraten. Er hatte Schwierigkeiten, sprechen zu lernen, aber nur beim Englischen. Unsere Mutter hat es dann mit Walisisch versucht, aber Dad hat gemeint, das hat in Manchester nicht viel Sinn. Also haben wir alle davon nicht viel mitbekommen. Mutter hat Dan mit Russisch gefüttert, und das schien dann zu funktionieren. Uns hat sie es auch gleich eingetrichtert, da sie schon dabei war. Dan hat sich sein Englisch auf den Straßen von Manchester geholt. Russisch ist seine wahre Muttersprache. Aber er hat sich nicht bemuttern oder von seinem Vater verhätscheln lassen wie Reg. Dan war immer zäh und ist immer seinen eigenen Weg gegangen. Deshalb muß man nach ihm schauen.«

»Weshalb Fische?«

»Ach«, sagte sie wie zerstreut, »wir brauchen alle irgendein Spezialgebiet.« Und dann: »Was machst du überhaupt in London?« Ich sagte es ihr. »Ja«, erwiderte sie, »langsam sind wir soweit. Onkel Josef Wissarionowitsch glaubt natürlich nicht daran. Irgendwie will er im Grund auch nicht, daß es passiert. Die Rote Armee soll selber bis zum Kanal durchmarschieren.« Sie schaute mich helläugig an und sagte: »Es ist schon etwas spät, um dich noch zum Tee einzuladen. Aber ich habe eine Kiste echten russischen Wodka. Ein Geschenk der sowjetischen Botschaft. Ich habe anscheinend dort eine Art Vetter.« Also. Mir stand wieder die Order bevor, mich auszuziehen. Sie würde jetzt einen muskulöseren, brauneren Körper vorfinden. Doch mußte ich um 23.59 zurück sein. Zum Teufel mit dem Befehl; ich konnte immer noch (unglaubwürdigerweise) versichern, ich hätte das nicht richtig verstanden. Es war so oder so schon Viertel zwölf, und bei einer Verspätung ging es um den Verstoß an sich, nicht um das Ausmaß. Wenn man bereits vor dem Wecken aufstand, konnte man sich des Disziplinarverstoßes schuldig machen, daß man nach dem Zapfenstreich noch auf war. Das Pub war gedrängt voll mit Freien Franzosen, Quebecois und ein paar Yankees neben all den Drückebergern in Zivil, und es war verraucht und stank nach schalem Bier mit einer fernen Spur Urin und Kotze: Die totale Verdunkelung ließ sich nur schwer mit der elementarsten Lüftung vereinbaren. Ich brachte sie zu ihrer Wohnung in West Kensington zurück. Es war eine langsame U-Bahnfahrt in drangvoller Enge; besoffene GIs starrten Beatrix amourös an, und einer sagte: »Wie wär's, wenn du zu der richtigen Armee kämst, Süße?« Beatrix herrschte ihn auf Russisch an. In den Innenstadtstationen schickten sich die bombengeplagten Londoner an, in ihren Behelfskojen auf den Bahnsteigen schlafenzugehen – man wußte nie, wann die Luftwaffe wiederkommen würde. Beatrix' Wohnung, im Grunde nur ein Wohnschlafzimmer, lag im dritten Stock des herrschaftlichen Hauses eines viktorianischen Handelsherrn. Ihr Bett war so schmal wie das auf ihrem Studentinnenzimmer in Manchester; daneben lagen konfus Decken und Laken auf dem Boden, wo ihr Bruder geschlafen hatte. Sie hatte einen Gaskocher, ein Wandbrett mit Kakaoschachtel und Teedose, und eine wacklige kastanienbraune Kommode. Sie gab mir guten, starken Wodka in einer Teetasse. Sie befahl mir nicht, mich auszuziehen. Ich nahm sie in die Arme, gab ihr gute starke Küsse und umarmte sie im Zustand vollständiger Bekleidung. Sie erwiderte Kuß und Umarmung, doch ohne Enthusiasmus. Dann sagte ich zu meiner Überraschung:

»Ich liebe dich, weißt du.«

»Ich weiß es nicht. Das hört sich an wie die Stimme der Erektion.«

»Ich glaube, wir sollten heiraten.« Das überraschte mich noch mehr. »Ich weiß schon, es hört sich an wie das schlichte Jucken nach erotischer Symmetrie. Aber warum nicht? Viele tun's. Die Bezüge für eine Soldatenfrau könnten ganz nützlich sein. Ach, das meine ich nicht. Ich meine, es ist eine Art Stabilität. In einer entsetzlich instabilen Welt.« Meine Sätze waren kurz, mein Atem ging schwer.

»Absolute Gestimmtheit. Nur deine Schwester hat mich verstanden, als ich das gesagt habe. Damals, als ich vom Gold gesprochen habe. Ich glaube nicht, daß die Ehe so sehr absolut ist. Ich will nicht heiraten. Nicht, solange man sich um Dan kümmern muß.«

Ich war bestürzt. Ich verstand es nicht. Ich verstehe es heute noch nicht. Fast hätte ich gesagt: Aber Menschenskind, das ist ja geradezu ungesund. »Das ist in –«

»Inzestuös? Sei nicht albern. Dan ist ein Absolutum.« Ich verstand es nicht, tu's immer noch nicht. »Jedenfalls kommt er zuerst. Jetzt zumindest. Wenn Dan irgendwas zustoßen würde, könnte ich keinem Ehemann Beachtung schenken. Und bloß so ein Ehemann würde auch nichts begreifen, ebensowenig wie du. Vergiß es! Vielen Dank für den Antrag. Jetzt zieh dich aus.«

Ich tat es, aber wie für eine medizinische Untersuchung. Ich betrachtete mich selbst, schlaff wie ein Salatblatt in Öl. Ich sagte voll Scham: »Bedank dich bei der Armee. Ich müßte schon zurück sein. Das Schuldgefühl ist etwas furchtbar De-Erigierendes, falls es so ein Wort gibt. Aber ich liebe dich«, dies mit kühnerer Stimme, da ich den Beweis nicht anzutreten brauchte. Man würde mich nicht bestrafen. Der Stützpunkt war zu exterritorial für großen Papierkrieg.

Der Lehrgang, zu dem ich geschickt wurde, fand in Ty Morgannwg an der Grenze zwischen Glamorgan und Monmouthshire statt. Das Militär hatte ein Herrenhaus von einer der reicheren Rhys-Familien gepachtet, derjenigen, welcher der größte Teil der Glamorgan Tea Company gehörte, und zu dem Anwesen gehörten ein großer Park und eine Buchenpflanzung, beide gut geeignet für unsere gewalttätigen Übungen. Die etwa zwanzig Schüler waren alles Unteroffiziere oder Offiziersdiensttuende. Das militärische Personal war nicht zahlreich, aber die Zivilausbilder schienen unzählbar, vor allem, weil sie einander alle sehr ähnlich sahen – dunkelhaarig, mager, in sich gekehrt, bitter, hart. Sie gaben weder ihre Namen noch ihre Herkunft preis, doch schienen sie alle aus Mitteleuropa zu kommen, und ich schätzte, daß – was immer auch ein Jude sein mag – ein gutes Viertel davon Juden waren. Sie wurden nur mit Buchstaben bezeichnet, die deshalb, weil man sie sich nicht als Abkürzungen eines Namens wie Silbermann oder Virag merken konnte, nicht sehr einprägsam waren und oft verwechselt wurden. Sie lehrten uns, den Feind so zu behandeln, wie sie selbst – nahm ich an – behandelt worden waren. Sie kannten die Punkte, wo man den optimalen Druck auf den menschlichen Körper ausübt, den Fleck am Schädel, wo die Finger die ganze Hirnschale wie eine hinuntergefallene Vase zersplittern lassen können, das exakte Verhältnis zwischen der Anzahl von ausgerissenen Zähnen oder Fingernägeln und dem Informationsvolumen, welches das Opfer knirschend preisgab, ehe es ohnmächtig wurde. Man zeigte uns eine rostige Gartenschere, die tatsächlich zur Kastration verwendet worden war. Das Ausdrücken von Augen wurde an einem sehr lebensechten Modell demonstriert. Wir hörten Schreie vom Tonband und lernten, sie auf einer Skala von *kiws* einzuordnen (ich fragte mich, weshalb man ein hebräisches Wort und kein griechisches gewählt hatte, und stellte mir die Frage dann irgendwann nicht mehr). Es war wichtig, daß man uns alles menschliche Mitgefühl bei der Konfrontation mit dem Feind entzog, und wir wurden Nazifilmen von entsetzlichen Verhören ausgesetzt, bis wir protestierend gähnten. Nach der ersten Woche sah man klüglich ein, daß wir dringend Wochenendurlaub benötigten, um uns von der Übelkeit zu erholen, die uns befallen hatte. Ich ging nicht nach Manchester, sondern bestellte mir ein Zimmer im Engel in Abergavenny. Ich mietete ein Fahrrad und fuhr los, um mir anzusehen, wie die archäologischen Ausgrabungen vorankamen.

Sie gingen gut voran. Die Nordmauer einer spätrömischen Siedlung war freigelegt worden, und dazu Reste eines Gebäudes, das – verschiedenen wieder zusammengefügten Puzzleteilchen von Ikonen nach zu urteilen – eine christliche Kapelle gewesen sein dürfte. Es gab ein Bild, von dem man mir sagte, es stelle die Jungfrau Maria in byzantinischem Mosaik dar, und den Überrest einer Statue: einen in der Sandale steckenden Fuß auf seinem Sockel, an dem noch CTVS als Rest der Aufschrift SANCTVS Soundso zu lesen war. Ein kahlköpfiger braungebrannter walisischer Professor organisierte die Verlegung der transportablen Objekte nach Cardiff: Man belud einen gesäuberten Kohlenlaster. Der geschlitzte Stein mit den tief eingeritzten Lettern GLAD ART REG stützte tatsächlich einen Teil der Mauer und war unmöglich zu entfernen. Die grabenden Schuljungen und Schulmädchen horchten auf, als der Professor seine Trillerpfeife betätigte, und setzten sich mit ihren Spam- und Marmeladebroten zur Mittagspause hin. Ich bestieg mein Fahrrad, wackelte über die Wiese und pedalte dann eilig die Straße entlang zum Schwarzen Löwen. Das war natürlich der eigentliche Zweck meiner Exkursion gewesen – die Schwiegereltern meiner Schwester aufzusuchen. Neugier, Unruhe (wer waren die denn, daß sie es sich erlaubten, Zip abzulehnen?) und das Bedürfnis, etwas über den Hintergrund zu erfahren, aus dem Beatrix herausgetreten war.

Der *Black Lion* war ein kleines altes Pub mit einem Gemüsegarten hinter dem Haus und zwei Ulmen, die ein paar abgewetzte Bänke vorne am Eingang beschatteten. Ich betrat den einzigen Schankraum und traf dort ein paar Landarbeiter an, die einen intellektuell aussehenden jungen Mann (der wohl als Wehrdienstverweigerer in die Landwirtschaft geschickt worden war) im Dartspiel unterrichteten. Zwei greise Bauernmichel saßen stumm über ihren Bierkrügen. Ein Mann mit einem Anglerhut, aus dessen Manteltasche ein Stethoskop lugte, sprach an der Theke mit dem Wirt. »Ich bin kein großer Leser«, sagte dieser gerade, »aber was ich weiß, das weiß ich.« Das war David Jones, der den Untergang der *Titanic* überlebt hatte und den Ersten Weltkrieg, ein Mann mit Gold und einem gesunden Bankkonto, der sein Pub eher als Hobby eines von den Geschäften zurückgezogenen Mannes betrieb als zum Lebensunterhalt. Er war dunkelhäutig, klein, in robusten mittleren Jahren, mit reichlichem teerschwarzem Haar, noch unrasiert beim Bedienen der Morgengäste, in einem kragenlosen schmutzigen Hemd unter der offenen Weste. Als ich mein Glas Bier bestellte, erfaßte David Jones' scharfer Blick die Kronen an meinen Uniformärmeln, und er sagte: »Jawohl, Sergeantmajor.«

»Ich bin eigentlich Quartermaster-Sergeant«, sagte ich. Und als das Glas eingeschenkt und vor mich hingestellt worden war: »Danke, Mr. Jones.«

»Sie kennen also meinen Namen?«

»Er glaubt, wenn man einen Waliser Jones nennt, kann man nicht viel falsch machen«, sagte der Doktor. »Also, ich muß mal nach dem Krupp von Mrs. Pritchards Jüngstem schauen.« Er leerte sein Bierglas und ging, sich mit einem Winken von allen verabschiedend.

»Ja«, sagte ich, »ich kenne Ihren Namen. Ihr Sohn hat meine Schwester geheiratet.« Mir wurde der Tribut eines langen, erstaunten Blicks mit herabgefallenem Unterkiefer zuteil. »Ich komme ohne besondere Absicht. Ich bin zufällig in der Nähe von Newport stationiert. Ich hoffe, Sie haben nichts dagegen, daß ich hereinschaue.«

Jones rief: »Millie!« Das also hatte er aus »Ludmilla« gemacht. Er rief zweimal. Seine Frau kam aus den dunklen Tiefen hinter der Theke hervor. Eine Beatrix in mittlerem Alter. Mit geblümter Schürze, ergrauendem Blondhaar mit Lockenwicklern, füllig, unbestreitbar hübsch schickte sie sich an, in ländlicher Unauffälligkeit aufzugehen. Ihre Tochter würde nie unauffällig werden. »Das«, sagte Jones, »ist der Bruder von der, die unser Reg geheiratet hat.« Und sie starrten mich beide an, als wäre es alles meine Schuld. In Ludmilla Jones' Englisch war der walisische Tonfall deutlicher zu hören als der russische. Sie sagte:

»Er war kein guter Junge.«

»Weil er«, fragte ich, »meine Schwester geheiratet hat? Ich habe abgesehen von meiner brüderlichen Liebe großen Respekt vor meiner Schwester. Sie ist von Beruf Musikerin, sehr begabt, sie arbeitet hart. Ihr Sohn hat sich in sie verliebt. Ich habe die beiden gewarnt, sie seien für eine Heirat noch zu jung, aber es stand nicht in meiner Macht, die Ehe zu verhindern. Für meine Schwester ist es schlimm, daß sie von Ihnen anscheinend nicht akzeptiert wird.« Ich ging die Jones ohne Umschweife an. »Sie glaubt, es hat etwas damit zu tun, daß sie Jüdin ist.« David Jones antwortete allzu rasch:

»Nein, das ist es nicht. Ich habe mit Juden zusammengearbeitet. Ich hatte ein Restaurant mit vielen jüdischen Gästen. Ich habe nichts gegen die Juden.« Seine Frau sagte nichts, doch ihre ostseegrünen Augen wurden schmaler, und sie schürzte die vollen Lippen. Der Landwirtschaftsintellektuelle schaute von seinem Dartsspiel auf und sagte:

»Niemand hat was gegen sie, abgesehen davon, daß sie uns in diesen Krieg reingerissen haben.«

»Das ist gottverdammter Blödsinn«, sagte ich scharf.

»Lesen Sie den *Jüdischen Krieg* von R. C. Crampton«, sagte dieser junge Mann. »Lesen Sie *Die Semitische Schlange* von J. Clark.«

»Gehen Sie und machen Sie ihre gottverdammten Rüben aus«, sagte ich.

»Wir schließen«, sagte David Jones. »Die Gläser bitte. Sie«, sagte er zu mir, »essen am besten bißchen was mit uns. Erzählen Sie meiner Frau alles hinten in der Küche, solange ich hier zumache.« Er schlug die Klappe in der Theke hoch und winkte mich nach hinten. Ich folgte Ludmilla Jones in Richtung eines anregenden Pastetengeruchs. Die Küche war die eines großen Bauernhauses, mit Zwiebelzöpfen. Ein Feuer glühte, und daneben stand eine volle Kohlenschütte. Eine Katze mit getigertem Fell schlummerte auf einem Pappkarton, der voll alter Zeitungen schien. Zwei Schaukelstühle wandten sich der Feuerstelle zu, doch es gab keine anderen bequemen Kaminsitze. Ludmilla Jones setzte sich in den einen Schaukelstuhl, und der andere war offensichtlich durch ihren Mann geheiligt, denn sie wies mich mit einer Geste zu einem von den Windsorstühlen am Tisch. Eine Kuckucksuhr verkündete die Sperrstunde. Sie sah mich volle dreißig schaukelnde Sekunden finster an, dann stand sie auf, ging zu einem Eckschrank und holte eine Flasche Molnija-Wodka hervor.

»Auch ein Geschenk«, sagte ich, während sie drei Gläschen füllte, »des Verwandten in der russischen Botschaft.« Da musterte sie mich scharf.

»Und also?«

»Ihre Tochter Beatrix hat dieselbe Marke aus derselben Quelle.«

»*Dwajurni brat.*« Sie nickte, ein wenig besänftigt. »Sie würden sagen: ein Vetter.« Sie gab mir ein Glas und hob das ihre. Ich brachte meinen Trinkspruch aus.

»*Mir miru!*«

»Sind Sie ein russischer Jude?«

»Manchester.« David Jones kam nun herein, nahm das dritte Glas und hob es düster in die Höhe. Er sagte:

»Schauen wir zu, daß wir's hinter uns bringen.« Und er kippte den Wodka weg, als habe er den gemeint. Seine Frau sagte:

»Er sagt, er ist ein Jude aus Manchester.«

»Nicht Ihre Schuld. Niemand kann etwas dafür, wer er ist oder wo er herkommt.«

»Ich habe keinen besonderen Grund, mich meiner Herkunft zu schämen«, sagte ich einigermaßen aufgebracht. »Die Juden von Manchester haben Manchester mit zu dem gemacht, was es ist. Und mehr als Manchester. Mein Vater hat eine Brücke über den Jordan gebaut. Mein Großvater war ein Atheist von europäischem Ruf.«

»Das ist schon recht«, sagte David Jones. »Solang ihr nicht im Geschäft wart. Juden in Manchester haben mich vorn und hinten bestohlen. Das heißt offen geredet, und jetzt wissen Sie, wie ich empfinde.«

»Wegen Regs Heirat, meinen Sie?«

»Ich hab mein Bestes getan für alle drei«, sagte David Jones zu seinem Wodka. »Und es war nicht leicht. Es war nie soviel Geld da, wie sie gedacht haben, dank diesen Manchesterjuden. Sie haben alle eine gute Ausbildung bekommen, außer dem Jüngsten, den hat das nicht interessiert. Eines wollte ich von ihrer Ausbildung haben, und das habe ich nicht bekommen.« Er wartete, daß ich fragen sollte, was dies Eine wohl war. Ich stellte die Frage. »Was ich wollte, war eine Er-klä-rung« – er betonte alle Silben gleichmäßig, wie es die Waliser tun – »dieser Welt, in der wir leben.« Das Aroma der Pastete in dem feuerbeheizten Herd war zum Verrücktwerden: Ich war jung, gesund, mit gutem Appetit, und zum Frühstück hatte ich getrocknete Eier gehabt. Mein Magen muß geknurrt haben, denn David Jones sagte zu seiner Frau: »Wir essen jetzt, Mädel.«

»Parod«, sagte sie, und daß hieß: alles war bereit.

Es war eine Pastete mit walisischem Lamm, Zwiebeln, Möhren und Kartoffeln, mit lockerer Kruste, und serviert wurde sie mit eingelegten Roten Beten und Walnüssen, mit Rübenpüree und im Ofen gebräunten Kartöffelchen. David Jones stellte sich und mir je ein Pint Bitter vom Faß hin. Ludmilla Jones trank Wasser, das bei den Russen Wodka ohne K heißt. Ich war die ersten fünf Minuten lang ganz mit dem Essen beschäftigt, so daß ich auf das exzentrische Bedürfnis, das David Jones angemeldet hatte, nichts erwidern konnte. Es war schon eine merkwürdige Familie. Beide betrachteten meine Arbeit am Teller mit zögernder Billigung. »Sie sind ganz ausgehungert sind Sie«, sagte David Jones. »Das ist das Rumgerenne, und das Militär stellt einem nichts Richtiges zum Essen hin, ich weiß es aus persönlicher Erfahrung. Es gibt noch Apfelkuchen und Eiercreme zum Nachtisch.« Seine Frau sagte mit neu erwachtem Mißtrauen:

»Woher wissen Sie, daß Beatrix den gleichen hat?«

»Den Wodka meinen Sie? Ich habe sie in London getroffen. Alte Freunde. Zusammen studiert.«

»Mit diesem Mädchen steht es schlimm«, sagte David Jones.

»Wieso? Die intelligenteste Frau, der ich je begegnet bin, nicht nur die hübscheste. Leistet gute Arbeit im Außenministerium. Sie hat nach dem Krieg eine große Karriere vor sich. Wieso schlimm?«

»Es war ihr Leben der Liebe«, sagte Ludmilla Jones.

»Schon gut, Mädel«, und David Jones stach in die Pastete wie in einen persönlichen Feind. Zu mir sagte er: »Neue Ideen. Flatterhaft. Eine Freudentochter könnte man sagen. So bin ich nicht erzogen worden. Und redet auch ganz offen darüber. Oft hab ich ihr eine gelangt. Sie war gut in ihrer Prüfung, aber sie kann die große Frage nicht beantworten. Und Reg hat sich davon abgewandt und angefangen, Spanisch zu studieren. Man sieht, wohin es ihn gebracht hat. Von den Landsleuten seiner eigenen Mutter zusammengeschlagen. Und das hat ihn zu dem Tunichtgut gemacht, der er nun ist. Und zum Dieb auch, aber da ist er aufgehalten worden.«

»Hören Sie«, sagte ich, während mir die zweite Portion auf den Teller gelegt wurde, »ich habe Philosophie studiert, und die soll ja angeblich die Antworten auf all die großen Fragen geben, aber sie tut's nicht. Nicht im entferntesten. Was man da lernt, ist: Daß es keine Antwort gibt.« David Jones warf mir den Blick eines Menschen zu, der sich weigert, zu glauben, daß er nun in wenigen Augenblicken einsehen muß: Er ist ganz und gar betrogen worden. Er sagte:

»Wozu ist die dann gut?«

»Es heißt, daß der Wert in diesem Herausfinden liegt.« Das schien er nicht zu begreifen; er sagte:

»Wir haben schwer bezahlen müssen. Vier Jahre lang die Hölle, und ich war in den großen Schlachten dabei oder ganz in der Nähe, und die Mutter von ihnen in dieser verdammten Revolution in Leningrad, wie's jetzt heißt. Wir haben Glück gehabt, überhaupt noch mit dem Leben davonzukommen, wir beide, aber andere haben dieses Glück nicht gehabt. An die müssen wir denken. Ich habe Geld verdient und gespart und, jawohl, ich will ganz ehrlich sein, auch geerbt. Und wozu ist Geld denn gut? Es ist nicht zum Vergnügen da, sondern zum Erkaufen von Wissen. Und das Wissen ist nicht erkauft worden.«

»Noch kann es jemals erkauft werden«, sagte ich. »Es steht nicht zum Verkauf, nicht das wahre Wissen. Ich meine: ob es einen Gott gibt, und warum wir hier sind, und warum die Menschen einander immer bekämpfen. Die Bildung ist nur dazu da, einem zu zeigen, daß das wahre Wissen, das man sucht, unerreichbar ist.« Mein Pastetenteller wurde von der fast grimmig schweigenden Ludmilla Jones abgetragen und durch einen tiefen Nachtischteller mit Blumenmuster ersetzt. Der Apfelkuchen war aus dem eigenen Fallobst, gesüßt mit Honig von einem Nachbarn (das Ernährungsministerium sah eine spezielle Zukkerzuteilung für Bienenvölker vor) und mit einer dicken Creme bedeckt, die nach Maismehl, aber nicht nach Eiern schmeckte. Ich aß hungrig weiter. David Jones sagte: »Auf Urlaub also, ja?«

»Nur fürs Wochenende. Ich muß Montag früh zu einem Lehrgang zurück sein.«

»Und was für ein Lehrgang ist denn das?«

»Neue Techniken für Folter und Mord.«

»Es ist ein furchtbar blutiges Geschäft.« Er erschauerte. Dann, zu seiner Frau: »Es gibt keinen Grund, weshalb er nicht bis Montag bleiben soll, wenn er mag. Es ist immer ein Bett bereit für die Ledigen.« Er sagte das verbittert. »Schließlich gehört er irgendwie zur Familie.«

»Er kann bleiben«, sagte Ludmilla Jones. »*Glán* ist er«, sollte heißen: sauber. »Er ißt, was auf den Tisch kommt.«

»Es war sehr gut«, sagte ich. »Danke. Ich bleibe gerne. Anscheinend«, fügte ich hinzu, »gibt es welche, die nicht alles essen, was auf den Tisch kommt.«

»Unsere Tochter stochert im Essen herum«, sagte David Jones, »und Dan will immer Fisch, und Reg ißt das Fett vom Fleisch nicht.« (Das letzte hörte sich ganz schaurig an, weil es wie ein direktes Zitat aus *Nicholas Nickleby* war.) Dann stellte Ludmilla Jones mir eine schreckliche Frage. Sie sagte:

»Sie waren im Bett mit meiner Tochter?«

Ich verschluckte mich fast an einer der Gewürznelken im Apfelkuchen. Ich sagte: »Ich habe sie gebeten, meine Frau zu werden. Ist noch keine zwei Wochen her.«

»Das ist es nicht, was ich wissen will.« Ludmillas Ostseeblick ruhte unnachsichtig auf mir, während sie kochendes Wasser in die große braune Teekanne goß. Ihr Mann sagte:

»Ach, das ist doch eine peinliche Frage das. Sie müssen nicht antworten.«

»Wenn ich nicht antworte, bedeutet das Ja. Ich würde sagen – es ist sehr wahrscheinlich, daß ich sie liebe. Und Sie wissen, wie das auf einen Mann wirkt. Sie ist ein wunderschönes Mädchen.«

»Das ist es nicht, was ich wissen will.«

»Wir kennen unsere eigene Tochter.« David Jones seufzte schwer. »Was sie tut und was sie nicht tut. Mehr Männer als warme Mahlzeiten, wie man so schön sagt. Aber heiraten wird sie Sie nicht.«

»Ich weiß.«

»Sie würde ihren verdammten schwachsinnigen Bruder Dan heiraten, wenn das erlaubt wäre. Das ist im Grunde der einzige Mann in ihrem gottverdammten Leben.« Der Tonfall war qualvoll.

»Ich habe das auch bemerkt«, sagte ich. »Und ich verstehe es nicht.«

»Blut«, sagte Ludmilla Jones; es klang wie *blott*.

»Wie meinen Sie?«

»Sie will sagen, daß Dan ihr mit seinem Blut das Leben gerettet hat«, erklärte David Jones. »Damals gab's das noch nicht in

Flaschen. Jedenfalls nicht da, wo wir waren. Es war in den Ferien in der Nähe von Tenby. Dan hatte die richtige Blutgruppe. Meins hat gottverdammt nichts getaugt«, sagte er überflüssigerweise. »Es war eine Verrückte mit einem Messer, hat den Katzen die Köpfe abgeschnitten. Dann ist sie mitten auf der Hauptstraße auf Beatrix los. Sie hat viel Blut verloren, ehe sie dann im Krankenhaus war. Ströme davon. Im Bauch war das.«

»Ich habe keine Narbe gesehen.«

»Aaaaah!« rief Ludmilla Jones triumphierend. »Sie geben mir meine Antwort.«

»Sie haben die Fäden gezogen, dann war eine Narbe da, und schließlich war keine mehr da«, sagte David Jones. »Sie war erst elf. Junges Fleisch heilt noch gut. Dann hat sie sich die Idee in den Kopf gesetzt, daß Dan ihr das Leben gerettet hat, was er auf eine Art ja auch getan hat, aber es war sein Blut und nicht er. Seltsame Ideen haben die«, verkündete er. »Die Kinder.«

»Sie geben mir meine Antwort«, sagte Ludmilla Jones noch einmal und stellte einen osterglockengelben Henkelbecher mit sehr starkem Tee vor mich hin.

»Es gibt doch das Schwimmbad«, sagte ich wohlerzogen. »Da sieht man viele Bäuche. *Spasibo*, oder sollte ich *diolch* sagen?« – als sie Milch und groben Rübenzucker herüberschob. Und dann: »Was ist aus der Verrückten geworden?«

»Dan hat sie erwürgt«, sagte David – sang es fast. Ich verschluckte mich an heißem Tee. »Also nicht genau. Man hat sie im Wald vor Tenby gefunden, und Dan war ganz vornedran bei dem Suchtrupp. Man mußte ihn von ihr runterreißen. Er war schon immer wild. Sie war noch lebendig genug, daß man sie irgendwo in ein Heim stecken konnte.« Der Kuckuck hüpfte viermal aus seinem kleinen Chalet, und David Jones kontrollierte seine Meldung mit einem ernsthaften Blick auf die Taschenuhr. »Haben Sie dann auch die Graberei gesehen auf Bowens Wiese?«

»Auf dem Weg hierher, ja.«

»Dachte ich mir. Haben viele gesehen. Mir gefällt's nicht, ich muß es Ihnen ehrlich sagen. Da kommt plötzlich wieder etwas hoch. Das Schwert von Attila dem Hunnenkönig, Sie brauchen mich gar nicht so groß anzuschauen. Ich bin nicht gerade ein großer Leser, aber was ich weiß, das weiß ich.« Und dann, sehr erregt: »Wer hätte gedacht, daß es uns durch die Jahrhunderte verfolgt? Ich hab in einem Krieg gekämpft, und Millie hier war in eine Revolution verwickelt, und wir haben gedacht, wir hätten wie alle anderen auch uns etwas Frieden verdient, aber jetzt kämpfen zwei Söhne im nächsten Krieg, und die Tochter entblößt vor jedem ihren Körper, während die Hunnen ihre Bomben auf London werfen.«

»Jetzt nicht«, sagte ich nervös. »Die Luftwaffe ist anderswo beschäftigt.«

»Es ist am besten, wir vergessen«, sagte er kummervoll, »daß wir Kinder haben. Wenn sie dann nicht wiederkommen, ist der Schmerz nicht so groß.«

»Sie kommen bestimmt wieder.«

»Manche sind bereits nicht wiedergekommen. Es gibt Männer, die kommen zum Trinken her, und wenn sie ein Pint zuviel haben, weinen sie über Söhne, die tot in Afrika liegen. Es gibt keine Erklärung.« Wieder die drei gleichmäßig betonten Silben. Ludmilla machte bereits den Abwasch an der Spüle unter dem Fenster, uns sozusagen beiden streng den Rücken zukehrend. Die Katze maunzte ihr um die Knöchel, und sie sprach streng auf Walisisch mit ihr. »Nur die Katze versteht Walisisch«, sagte David Jones. »Die Vergangenheit ist tot und mit ihr die Kinder der Vergangenheit« – fügte er rätselhaft hinzu. »Kommen Sie nach vorne, dann trinken wir noch ein Bier.«

Wir tranken mehr als noch ein Bier. Ludmilla Jones ging zu ihrem Nachmittagsschläfchen ins Bett, und David Jones erzählte mir von seinem langen Glück – die *Titanic*, die Ehe, das Geld und nach dem Krieg, aus dem er als Sieger hervorgegangen war, ein guter Frieden, trotz der Hinterhältigkeit gewisser Juden in Manchester. »Wir haben nur das Beste serviert, Junge«, sagte er. »Zwei Burschen in der Küche, die ich mir selbst gezogen habe, und meine Frau schon eine Attraktion für sich, könnte man sagen. Wir waren berühmt bei Musikern und Theaterleuten, weil wir spät auf hatten und eine Schanklizenz gehabt haben, die ging uns dann verloren, wegen gottverdammter Hinterlist bei der Polizei, nicht genügend Bestechungsgeld, verstehst du. Der große Sänger Tschaljapin, der hat zehn Portionen Borschtsch eingeworfen, so gibt's keinen mehr außerhalb von Moskau, hat er immer gesagt, und der Pianist Paderewski, der hat gegessen wie ein Vögelchen, aber er wußte, was gut war. Ach, es waren ja nicht nur die osteuropäischen Sachen, unsere französischen Gerichte, es waren nicht viele, aber vom Feinsten, mein Lieber. Charles B. Cochran kam immer mit Evelyn Laye und Jessie Matthews, und Noel Coward war da, sehr witzig. Komm ins hintere Zimmer, dann zeig ich dir mein Album.«

»Das war doch sicher Liebe, ich meine, als Ihre Tochter das Ding in den Zug geschleppt und Ihnen zurückgebracht hat.«

»Liebe, meinst du? Gefühle einer Tochter, glaubst du? Ach, sie hat schon immer diese Idee gehabt, daß Gold etwas ganz Besonderes ist und sicher verwahrt sein will. Nicht, weil es meines war und davor das von meinem Vater, sondern weil es, wie sie immer sagt, ein echter Wert ist, nicht wie Geld. Geld nimmt zu und nimmt ab und fällt plötzlich zusammen, aber Gold ist Gold. Ich werde Reginald nie vergeben, was er da vorgehabt hat, wollte es verkaufen, um stinkenden Spaghettis Gewehre zu schenken. Schau mal hier. Signierte Photos und kleine Gedichte und Grüße und alles Gute in allen Sprachen.« Das Album war in der Tat eine schöne Chronik wohlgesättigter und dankbarer Talente. Mark Hambourg, der nur ein Hähnchen vor seinem Konzert in der Free Trade Hall gegessen hatte, »um ganz leicht zu bleiben«, und drei weitere hinterher; Artur Schnabel mit einem Tribut – nahm ich doch an – an Ludmilla Jones, mit einer Anspielung auf *»das Ewig-Weibliche«*; Lorenz Hart und Richard Rogers mit einer Zeile aus »Mountain Greenery«; ein von Pachmann hingekritzelter Takt Chopin; eine dreikinnige Tetrazzini, ganz Diamanten und breites Lächeln; Evelyn Lane mit »I'll See You Again«; A. P. Herbert in einer Selbstkarikatur mit den Zeilen »Mich kränzt der Duft des schönsten Lohns / Im Restaurant von David Jones«; der besoffene Krakel »Bewundernswert!« von Winston S. Churchill. Ich sagte:

»Ist das hier für Sie jetzt ein wenig enttäuschend?«

»Ach, das mußte so kommen. Die Luft in Manchester hat sie langsam umgebracht. Und dann hat das Kardomah die Immobilie gekauft, die gehörte, verstehen Sie, diesen beiden Judenbengels, Verzeihung. Und dann diese Affäre mit der Lizenz. Es war alles nicht mehr so das. Wie's eben immer geht. Harte Arbeit ist nie genug, mein Lieber, und das Glück, das man braucht, kann nicht ewig dauern. Also so war es. Ich beklag mich nicht.«

Ich hatte jetzt genug. Ich sagte: »Ich muß nach Abergavenny zurückradeln und dort meine Sachen im Hotel holen.« Aber ich hatte nicht die Absicht, zurückzukommen. Ich dachte, dann würde ich in einem Spukzimmer schlafen müssen, voll vom Geruch verrottender Fische oder dem Gegurgel einer gewürgten Frau. Bestenfalls würde ich mich über Bettlaken ergießen, die einmal Beatrix Jones gewärmt hatten, und mich nicht als so *glán* erweisen, wie ich aussah. Mir war in der Küche auf der typisch walisischen Anrichte ein Telephon aufgefallen. Ich würde vom Engel aus anrufen und von einem dringenden Rückruf zu dem Lehrgang erzählen, wo man Schmerz und Mord unterrichtete.

Tri

Gemeiner Soldat Daniel Jones vom Dritten Zug der Kompanie C, Erstes Bataillon des Royal Lancaster Regiment, Dritte Infanteriebrigade der Ersten Infanteriedivision, Sechste Armee, erhielt im Morgengrauen die Erlaubnis, in dem Albano genannten See nach dem lokalen Fisch zu angeln, der *coregone* genannt wurde. Er fischte mit einer geborgten Krücke und zwei geborgten, zusammengeknoteten Geschützabzugsleinen, der Haken war eine gebogene Nadel und der Köder ein Stück Rindskonserve. Er hatte drei Fische gefangen, als die Sonne ganz über den Horizont war. Sein Kumpel Wally Squire hatte ein Feuer zum Braten gemacht, und sie konnten verkohlten *coregone* frühstükken, ehe der Befehl kam, sich zum Marsch Richtung Rom einzureihen. Der Fisch machte einen großen Unterschied für Dan Jones: er schien seine Gedärme zu besänftigen, und zum erstenmal seit einer Woche hatte er Stuhlgang, hinter einem Baum. Er hatte den Fisch vermißt. Seit der Landung hatte er von Rindfleisch gelebt, entweder direkt aus der Konserve oder gekocht, zur Abwechslung gelegentlich einen Bissen von der Eisernen Ration (die aus einem Klumpen harter Schokolade mit Fleischextraktgeschmack bestand). Er war in der Nähe von Campoleone in Gefangenschaft geraten, das gar nicht so weit entfernt vom Brükkenkopf ihres Landeunternehmens an der Straße nach Rom lag.

Es war eine Erleichterung gewesen, das Gewehr fallen zu lassen und die Handgranaten vom Gürtel zu haken. Er hatte genug von diesem Befreiungsfeldzug. Die Stimmung bei der ganzen Operation war von Anfang an defätistisch gewesen, jedenfalls bei der Truppe, schon vor der Einschiffung in Neapel. Mr. Hotchkiss, der Kommandant des Zuges, hatte eine kurze Ansprache über den Küstenstreifen gehalten und ihnen auf der Karte gezeigt, wo das war. Er war ein anständiger junger Mann, im Zivilleben Häusermakler, der irrtümlicherweise annahm, der Zug lache über ihn, weil er in einem Hurenhaus in Pozzuoli verprügelt, ausgezogen und beraubt worden war. »Gestrüpp und Sand und

Pinien, Leute. Dann kommen wir über einen Fluß, das ist die Moletta, wenn's euch interessiert, aber die ist auch bloß naß wie alle Flüsse. Es wird noch naß genug werden, auch ohne Fluß. Der Wetterbericht ist so übel, wie's nur sein kann, üblich für diese Art Operation. Wir werden's schlimm haben, aber die Yankee-Rangers noch schlimmer am Strand von Anzio. Niemand wird die Chose besonders einfach finden.«

Der Konvoi war so groß, daß er weit ins Tyrrhenische Meer hinausfahren mußte, um sich selbst einmal richtig anzuschauen. Alle sahen nach Capri hinüber, und manche sangen:

Und leise flüstert sie: Wir müssen scheiden,
Und da sah ich den Ring an ihrer Hand,
Ich wußte, bleiben heißt für uns nur leiden,
Und stumm ging ich davon an Caaaapris Strand.

»Richtig«, sagte Obergefreiter Bates, »schaut euch das Teil nochmal genau an, weil ihr werdet's nie wieder sehen.« Als die Sonne sank, knarrte der riesige Konvoi aufs Festland zu. Sterne, aber kein Mond. Und auch keine Flugzeuge von den Jerries, wie kommt das, Sir? »Na«, sagte Mr. Hotchkiss, »die werden alle am Monte Cassino gebraucht, wo unsere Jungs und die Amerikaner gegen die Gustavlinie hämmern.« Alle froren, die meisten waren seekrank. Dan Jones fühlte sich schmutzig, nutzlos, belastet mit Sturmgepäck und Gasmaske, er wünschte sich, für immer nur zu schlafen. »Zeit zum Ratzen«, sagte Sergeant Reckett. »Haut euch hin, wo ihr Platz findet. Vier Stunden bis zur Landung.«

Das Gähnen der Erwachenden erstarrte in ungläubig offenstehenden Mündern, als der Lärm begann. Jesus Christus gottverdammt am Arsch nochmal. Noch nie hatten sie irgend etwas Vergleichbares gehört, als die Raketenboote anfingen, die Landungsstrände umzupflügen. Achthundert Raketen, jede mit dreißig Pfund TNT, stopften weniger als siebenhundert Sekunden Zeit voll mit dem Donner des Jüngsten Tages und erfüllten den ganzen Raum, als sie blindlings auf Minen, Stacheldraht und auf die möglicherweise dort in Erwartung der Landung eingebunkerte deutsche Besatzung eindroschen. Und dann hörte der Lärm auf, mit Ausnahme der *wawawawa*-Echos, die von den Albanerbergen (den Namen sollten sie etwas später erfahren) zurückhallten. Dan Jones wußte: Er war für immer taub. Er schaute Gesichter mit stumm gestikulierenden Mündern an, die ganz schwach im Sternenlicht zu sehen waren.

Als die Royal Lancasters an Land gingen, merkte er, daß er ein wenig hören konnte, aber nur mit dem linken Ohr. Das Landeboot fuhr auf eine Sandbank auf, und er stand mit anderen bis zum Hals im Meer des kalten Januars. Er konnte Heilandshurenscheißdrecksjesus um sich hören, und dann Explosionen. Die Raketen hatten nicht alle Minen an Land ausgeschaltet. Bert Redway, so eine Art Kumpel von Dan, ein dünnhalsiger Junge mit Gasmaskenbrille, wurde ein Fuß weggefetzt, und Jack Unwin zerriß es vollkommen, Blut und Gedärm sprühten über Bill Ross, der seinerseits in Fetzen zerplatzte und seine Glieder in alle vier Himmelsrichtungen verstreute. Dan Jones stolperte über viel glitschiges Gefallenenfleisch, um Sergeant Recketts winkendem Arm zu folgen, der, wie das erste Morgenlicht zeigte, zu Sanddünen hinüberwies. Sie standen mit den Füßen stampfend und würgend da, während die Pioniere die Pontons von der Sandbank zum Strand legten und die Techniker kleine mit Blechhauben geschützte Lampen verteilten, um einen Weg durch die Minen zu markieren. Es gab keine Jerries, nicht einen, nicht einmal in den Ausgucks aus Beton. Aus Lautsprechern begannen Befehle zu tönen, ein *wawawawa*, das so sinnlos klang wie die unverständlichen Durchsagen in einer Bahnhofshalle. Der Zug blieb für sich, wie das Züge so an sich haben, die Männer kauerten sich frierend und gottverdammt durchgeweicht zusammen und sahen zu, wie die Fahrzeuge der Angriffsbrigade über Behelfsstege aus Drahtnetzen an Land schaukelten.

Das Gebrüll von Flugzeugen erschreckte sie zuerst und beruhigte sie dann: Spitfires und Kittyhawks, ein Schutzschirm über den Schirmen der Pinien. Mr. Hotchkiss war nicht zu sehen: Man nahm an, daß alle Offiziere jetzt bei einer Stabsbesprechung irgendwo im kalten feuchten Morgendämmer waren und Befehle von Feldmarschall Alexander bekamen (in seinem Mantel mit dem Scheißpelzkragen), oder von einem von den Yank-Generälen, dem mit der Maiskolbenpfeife, der immer dieses »Jetzt will ich euch mawassagen« brachte. Der Strand stand dicht an dicht gedrängt voll mit Truppen, Lastern, Panzern, MGs. Die großen viereckigen Mäuler der Landungsschiffe rissen sich auf und spieen Sherwood Foresters aus, Schottische Kavallerie, KSLI, West Kents, London Irish, London Scottish, alle stampften vor Kälte mit den Füßen auf den kalten Sand und saugten an ihren Zigaretten, daß das Dunkel voller Glühwürmchen hing. Eine unglaubliche Explosion dröhnte drei Meilen draußen auf See, als ein Minensucher auf eine Mine lief und in drei Minuten versunken war. Alle fühlten sich kalt, naß und beschissen und hätten alles für ein Feuer und einen Schluck heißen Tee gegeben. Der Befehl kam von irgendwo, daß sie Schützengräben anzulegen hatten. Scheiße, in diesem gottverdammten Sand? Scheiße, die sollen doch bloß mal nen gottverdammten Augenblick lang nachdenken!

So war es immer. Sie wurden nie trocken, sie husteten, und sie hatten Verstopfung, und sie wollten sich übergeben, aber es gab nichts in ihnen, was sie hätten erbrechen können. Sie waren naß, als sie in langer Reihe durch den südlichen Abschnitt des Padiglione-Waldes marschierten – der Regen trommelte ihnen auf die Helme und die unter den Zeltbahnen durchnäßten Knie; nasse Pinienzapfen knirschten unter ihren Stiefeln, in die auch Nässe eingedrungen war. Dan Jones war bei dem Spähtrupp, der herausfinden sollte, wo die Jerries saßen; sie trotteten die Bahnlinie entlang, die vom Hafen in Anzio direkt nach Norden führte, als das große Geschütz, das man Anzio-Annie nannte, zu donnern begann. Sie hielten an einem Ort namens Campo di Carne an. »Das heißt Fleischfeld, Jungs«, sagte Mr. Hotchkiss, »das ist es, was der italienische Name da bedeutet, also schieben wir besser mal etwas Fleisch ein.« Sie aßen Rind und Zwieback und tranken Wasser, das sie aus den schiefererdigen Löchern an den eisernen Geleisen schöpften. Dann marschierte man in Richtung der kleinen Bahnstation von Carroceto weiter. Dan Jones hustete und hustete und wußte, wie sich das Elend anfühlt. Die Straße, die sie gingen, führte zwischen Baumreihen hindurch, wenn auch die Bäume alle Blätter verloren hatten. Soldat »Spag« Pirelli, dessen Vater vor seiner Internierung einen kleinen Fressalienladen in Stepney gehabt hatte, rief: *»Ci sono tedeschi?«* und die Landarbeiter hielten mit dem Hacken auf den Feldern inne und riefen zurück: *»Niente tedeschi.«* Pirelli sagte Mr. Hotchkiss, das bedeute, es seien keine Jerries um die Wege, aber Aprilia, gleich hinter Carroceto, hatte drei hohe Türme wie Fabrikschornsteine, und Mr. Hotchkiss meinte, da *müßten* einfach Jerries sein. Das Landeunternehmen mußte ja schließlich irgendwo aufgefangen werden, und das schaute nach einer guten deutschen Verteidigungsposition aus. Als sie vorsichtig aus dem kleinen Bahnhof auf die Hauptstraße von Carroceto hinaustapsten, ließen die Jerries sie ihre Anwesenheit in Aprilia wissen, indem sie Granaten abfeuerten, die nicht gut gezielt, aber ohrenbetäubend waren. Man machte kehrt, kreuzte die Landstraße und marschierte auf einen Höhenkamm zu, der auf der Karte Buonriposo hieß. Voll Glück entdeckten sie dort Kalksteinhöhlen, den ersten trockenen Fleck seit der Landung. Sergeant Reckett sagte, sie könnten Zweige sammeln und ein Feuer machen und sich sogar Tee kochen. Mr. Hotchkiss ließ den Bataillonsfunker, der mit seinem Gerät bei ihnen war, Verbindung mit dem Hauptquartier des Bataillons aufnehmen. Die Männer husteten und husteten. »Ich zieh mir jetzt diese Scheißklamotten aus«, sagte Bob Solomon und fing damit an. »Ich zieh mir jetzt trockenes Zeug an und scheiß drauf, was da irgendeiner sagt deswegen.« Es gelang ihnen, ein Feuer in Gang zu bringen, und sie machten in fünf Kochgeschirren Tee mit Teepulver und Kondensmilch. Dankbar tranken sie. Mr. Hotchkiss hatte Rum in seiner Wasserflasche. Dankbar tranken sie. Der Regen ging in Graupeln über. Die meisten poften. »Also, auf geht's, Gevatter Tod«, sagte Joe Smedley durch den Zigarettenrauch, »zeigen wir's mal den himmlischen Heerscharen.«

Der Rest des Bataillons fand sie bei Einbruch der Nacht. Der Kommandant von Kompanie C, Major Titterton, sagte zu

Mr. Hotchkiss, die Höhle würde ein brauchbares Hauptquartier für Lieutenantcolonel Mackintosh abgeben, das ganze Bataillon müsse in Campo di Carne biwakieren. Die Aufgabe der Einheit war es, die Twentyfourth Guards Brigade zu unterstützen, die Aprilia nehmen sollte: Biwakieren hieß, sich mit den Spaten einzubuddeln und sich mit den Zeltbahnen und Gasschutzmänteln den Graupelregen vom Leib zu halten. Ein Zuteilungslaster war mit den Fahrzeugen des Bataillons mitgekommen, und Konserven mit Fleisch und Gemüse konnten kalt verzehrt werden. Rum wurde ausgegeben, und alle hauchten einander wohlriechend an. In der Höhle, die dem ersten Trupp des Dritten Zuges gehört hatte, wurde eine Offiziersmesse eingerichtet, und es hieß, dort würde schwer gebechert und Mac habe gewagte Lieder gesungen, alles zur Feier der triumphalen Landung in Italien.

Sie konnten alle den Gefechtslärm in Carroceto und Aprilia hören, aber manches andere war nicht zu vernehmen – der Nahkampf mit Bajonett und Handgranaten. Die Grenadiere wurden abgeschlachtet. Dan Jones, der sich am Nordrand des Padiglione-Waldes hinter einem Baum in Verstopfungsschmerzen krümmte, hörte trauriges Schlurfen an der Bahnlinie, deutsche Gefangene, an die hundert, erfuhr er später, aber ein Unteroffizier sagte dann, alles sei total in die Hose gegangen, Tee zwischen Scheiße und Leichen gekocht, und dann der beschissene Schlamm überall! Er hatte drei deutsche Tiger-Panzer die Grenadiere zusammenschießen sehen. Aprilia war zwar genommen worden, aber es würde sicher wieder verlorengehen: es war noch ein Wahnsinnshaufen deutsches Zeug hinter den drei Türmen stationiert, die man »die Fabrik« nannte.

Major Titterton sagte der Kompanie C, was Lieutenantcolonel Mackintosh den Kompaniekommandeuren gesagt hatte, nämlich: daß es nach der Säuberung Carrocetos und Aprilias vom Feind die Aufgabe der Briten war, weiter die Straße da drüben entlang vorzustoßen, die Via Anziate, vier Meilen rauf vom Bahnhof Carroceto nach Campoleone an der Hauptstrecke Neapel-Rom, und die Yanks würden auf Cisterna marschieren, wo immer das war. Southey, ein Bibelschnüffler aus dem Zweiten

Zug, sagte ihm, das sei der Ort in der Apostelgeschichte, wohin dem Heiligen Paulus die Christen aus Rom entgegengegangen seien, *bis gen Appifor und Tretabern*. Sehr interessant, sagte der Major ohne großes Interesse. Das Erste Bataillon der Royal Lancasters sollte in Reserve bleiben, die Speerspitze des Hauptangriffs schwangen die Irish Guards und die Scots Guards. Dan Jones hörte unter bewölktem Himmel ihre Stiefel die Bahnlinie entlangknirschen: Frösche quakten und Füchse unterhielten sich über größere Entfernungen hinweg. Dann kam der Mond groß und voll heraus, und die Jerries fingen an.

Eine Sanitätsstation war gleich südlich von den Linien der Lancasters im Padiglione-Wald eingerichtet worden. Von einem Sherwood Forester, dem ein Bein weggesprengt worden war, erfuhren einige von ihnen von der Rue de Kack, in der man bei Campoleone saß. Die hatten schwere Mörser auf den Güterwagen und Panzer, und unsere Jungs hatten wegen des Schlamms keine Panzerunterstützung, und dann fing der beschissene Regen wieder an und dann die MGs rechts und links, paar von uns sind weggerannt und man kann's ihnen nicht verdenken, Scheiße nochmal. Aber die Lancasters erhielten den Befehl, bei Einbruch der Nacht zur Unterstützung des Herzog-von-Wellington-Regiments und der Königlichen Shropshire Light Infantry loszumarschieren, Rum und Gemüsefleisch im Bauch, aber immer noch saukalt. Die Hölle brach los aus Himmel und Erde und aus den stockdunklen Flanken, wo es auf der einen Seite zur Vallelata-Höhe und auf der anderen zum Bach von Spaccomassi ging. Eulen und Frösche und das dröhnende Summen der Telegraphendrähte – und dann die Hölle, die Hölle, die Hölle! Die Jerries waren in voller Stärke da, Panzer, Granaten und MGs, und Dan Jones hörte mit seinem einen guten Ohr vor sich das Aufklatschen, wie Gewehre, klatsch! und Handgranaten die ganze Marschlinie entlang weggeworfen wurden. Er war froh, seine Waffen auch fallen zu lassen. Die Lichtkegel großer Scheinwerfer streiften suchend umher, sie kamen von Lastwagen dort links, wo es geheißen hatte, daß der Schlamm alle Fahrzeuge einsinken lassen würde, und aus einem Lautsprecher drang eine Feiner-

Pinkel-Stimme, die ihnen befahl, das zu tun, was sie ohnehin schon taten. Dan Jones' durchnäßte Stiefel folgten den durchnäßten Stiefeln von Eddie Cassell vor ihm den Weg entlang hinaus auf die Straße, die »Der Pariser« genannt wurde, weil sie so dünn und gerade war. Dann sahen sie ihre eigenen Lastwagen, deren Divisionsemblem hell beleuchtet war, die aber von Jerries bewacht wurden, und eine große Zahl eigener Toter, vorwiegend aus Kompanie A. Die Lichter gingen aus, und es gab nur noch laute Stimmen, die Befehle erteilten, aber nicht viele Meter entfernt brannten ein paar Heuschober, und bald kam der Mond taghell heraus, um sich umzusehen, ehe neue Wolken ihn umgarnten. Man ließ sie im Dunkeln nach rechts marschieren, und sie standen schließlich, wie es schien, auf einem Bauernhof – Schweine grunzten und Kühe muhten, allerdings sicher nicht, weil sie niemand gemolken hatte, waren doch die Jerries da. Ein neuer großer Scheinwerfer zeigte jedem von ihnen die ängstlichen Gesichter der anderen und die Steinmauern eines Hofes. Eine Stimme sprach Englisch und wies sie an, dort stehenzubleiben, wo sie waren, und nichts Törichtes anzustellen, für sie war der Krieg vorbei. Es war nicht die Stimme von irgend jemand, den irgend jemand gekannt hätte. Es war alles eine große Scheiße, und war schon von Anfang an eine einzige Scheiße gewesen, trotz Alexanders Lob »Ihr vollbringt Wunder, Leute« und der Ankündigung von Charlie »Maiskolben« Lucas: »Jetzt will ich euch mawassagen, zum Soldtag sind wir in Rom.« Eddie Cassell sagte: »Es passiert uns nix, die Jerries machen immer das, was sich gehört, das ist vorgeschrieben, die werden uns nicht erschießen oder was.«

Dan Jones spürte, daß etwas mit seinem linken Hosenbein nicht in Ordnung war; die Riemen der Gamasche hatten sich gelöst, und das ganze Ding war abgefallen. Er machte die andere auch auf und ließ sie im Dreck des Bauernhofs liegen. Bald lag die ganze Truppe hier im Schmutz auf ihren Zeltbahnen und Gasschutzmänteln. Der Mond kam wieder hell und lieblich hervor, und ferne Hunde heulten ihn an. Hinten in der Ecke des Hofes konnte man kurz Major Cobbett, den stellvertretenden Kommandeur, mit einer eng zusammengedrängten Gruppe von Offizieren sehen. Den Colonel hatte es also erwischt. Bald rief Mr. Hotchkiss durch erneute Dunkelheit: »Zug Nummer 3 vollständig anwesend? Fehlt jemand?« Niemand sagte etwas, nicht einmal: »Uns geht das alles nix mehr an, jetzt geben die Jerries die Befehle«, also rief Mr. Hotchkiss nach Sergeant Reckett. Jemand sagte, Sergeant Reckett sei abgehauen, aber Corporal Spencer kam im Dunkel irgendwoher angeschlurft und sagte, Sergeant Reckett hätte massive Diarrhöe und sei gerade nicht abkömmlich. Andere Zugführer waren zu hören, wie sie nach ihren Schäflein riefen. Kompanie A, die als erste vorgerückt war, hatte den Kampf noch aufgenommen und hatte merkliche Verluste; das Fallenlassen der Gewehre und Hochheben der Hände hatte auf das Beispiel Captain Streets von Kompanie B hin begonnen. Es hatte kaum eine andere Wahl gegeben. Eigentlich gar keine. Völlig beschissen gelaufen, wie alle sagten.

Nicht viele konnten sich lange hinlegen, es war so elend kalt. Sie standen wieder auf und stampften und schlugen mit den Armen, aber sie waren so eng zusammengepfercht, fast ein ganzes Bataillon im Innenhof dieses Bauernhauses, daß sie dabei einander Hiebe versetzten. Es war eine Erleichterung, die blasse Morgendämmerung zu begrüßen, und eine noch größere, zwei Jerries eine Art Waschkessel auf Rädern hereinzerren zu sehen, während zwei weitere Jerries die Gewehre im Anschlag hielten. Man füllte sich die Kochgeschirre mit heißer Suppe – Wasser mit Kartoffelstücken und Kohlblättern – und kaute das Schwarzbrot der Jerries. Der Sergeantmajor, Mush Knott (*mush* war das arabische Wort für das englische *not*), ging umher und sagte: »Rasiert euch und macht euch bißchen sauber, kratzt den Dreck ab, macht uns keine Schande, wir haben einen langen Marsch vor uns.« Wohin, Sir? »In die Ewige Stadt, Jungs, ewig und drei Tage, und der Papst steht schon bereit, um uns zu segnen. Singt was, laßt euch nicht unterkriegen, zeigt den Arschlöchern, wer wir sind.«

Es war Major Cobbett, der sie als Bataillon auf der Straße antreten ließ. Vorne standen die Überreste der Guards und der KSLI. Major Cobbett gab bekannt, daß der kommandierende Offizier der Einheit ebenso wie der Adjutant und verschiedene andere Offiziere den Löffel abgegeben hatten, aber das war kein Grund für irgend jemanden, sich beschämt zu fühlen, weil er nun in den Reihen der Besiegten stand, Krieg war eben Krieg. Er grüßte ungeheuer stramm den Jerry-Offizier, der das Ganze überwachte, und alle machten Rechtsum und marschierten los. Sie sangen »Yours till the stars lose their glory« und »Es quieken Ratzen so groß wie die Katzen in der Küche von unsrem Regiment«, aber ohne Überzeugung. Die Jerries waren am Gewinnen, und das fand eine Art Bestätigung darin, daß nun – wenn auch mit dem Text der Achten Armee – das Lied aufstieg: »Over the ether came that strain, that sweet refrain came back again: With you, Lilli Marleen, with you, Lilli Marleen.« Es war ein trockener kalter Tag. Dan Jones fand sich neben Soldat Shawcross, der in Zivil Schullehrer war und unverständliche Dinge sagte, vom Marsch durch die Geschichte, und daß dies die Straße der Legionen gewesen sei, wenn sie nach der Landung im damaligen Neapolis im Triumph zurückkehrten. Ein oder zwei alte Bauern gafften die lange Marschreihe der Besiegten vom Straßenrand aus an, und ein paar von den Soldaten riefen: »Kopf hoch, Opa« und »Dauert nicht mehr lang!« Sie bekamen jede Stunde eine peinlich genau bemessene Pause von fünf Minuten, wo sie in den Graben pinkeln konnten, aber sie blieben ohne Nahrung, bis sie in Castel Gandolfo ankamen. Dies, sagte der kenntnisreiche Shawcross, war die Sommerresidenz des Papstes. Ein großer See und eine Straße zwischen den Hügeln und Gebäude hinter einem eisernen Tor, doch was Dan Jones staunend betrachtete, war eine Menge gefangener Yanks, die traurig am See saßen, bewacht von deutschen Gewehrläufen und sogar ein paar Maschinengewehren, die von Lastwagen herunterzielten. Bei Cisterna und Velletri gefangen. Ein oder zwei Amerikaner hatten versucht, über den Lago di Albano davonzuschwimmen, waren aber erschossen worden und versunken. Die Jerries luden erbeutete Eiserne Rationen ab, Konserven mit Gemüsefleisch und gekochtem Rind und sogar Lucky-Strike- und Chesterfield-Kartons, und sie warfen sie den Gefangenen zu. Alle versuchten, zusammengedrängt zu schlafen, aber es war zu scheißkalt. Es gab eine kleine Prügelei zwischen den Alliierten. Ihr Arschgesichter habt alles vermasselt. Hört euch den an, halt bloß das Maul, Spatzenhirn von einem Yankeebastard. Die Wachen der Jerries waren leicht amüsiert von dieser Bestätigung deutscher Propaganda über den angloamerikanischen Dissens. Das spielte sich im Morgengrauen ab, als der Marsch wieder begann.

Ein kleines Stück südlich von Rom schlossen sich ihnen vierhundert weitere Gefangene an, Briten, Yanks, sogar dunkelhäutige mürrische Kerle aus Algerien, die alle bei dem Versuch geschnappt worden waren, die unüberwindliche Gustavlinie zu überwinden. Es war schon Nacht und lange nach der Ausgangssperre, als sie alle an der Porta San Sebastiano und den Caracalla-Thermen vorbeigeführt wurden, unter einem unruhigen römischen Mond. »Jesus«, rief ein Witzbold, »die werfen uns den Löwen vor.« Denn vor dem Kolosseum ließ man halten und trieb sie dann mit Bajonettspitzen durch die Eingangstore. Der intellektuelle Shawcross murmelte etwas von viktorianischen Heldinnen und vom Tod am römischen Fieber. Wer konnte, schiß zwischen die mittelalterlichen Ruinen, die das Amphitheater füllten, aber viele litten an schwerer Verstopfung. Ein junger Ami rief nach seiner Mom und wurde getröstet: Schnauze, Grünschnabel, werd rasch mal trocken hinter den Ohren. Am Morgen stieß man sie steif und zerzaust auf die Straße und ließ sie nach Norden zur Via Nazionale marschieren. Die ganze Straße entlang betrachteten römische Bürger sie traurig und stumm. Hurra- wie Protestrufe hätte man falsch interpretieren können. Aber ein paar junge Männer mit Priesterkragen deuteten eine segnende Handbewegung an. Ein kleiner wulstwangiger Mann, der aussah wie ein Straßenkehrer, wollte Fred Slade eine Zigarette zustekken. Die Wache, die in der Nähe mitlief, fing an, mit dem Gewehrkolben auf ihn einzuschlagen. Dan Jones, Fred Slade und Jack Prothero brachen aus der Marschordnung aus, um's dem Bastard zu zeigen, wurden aber mit Geknurr und Kolbenhieben zurückgedrängt. »Singt was, Jungs«, schrie jemand, aber sie wußten nicht, was sie singen sollten. Niemand hatte ihnen irgendwelche Songs vom Sieg über die Jerries und einem großen Triumph über die Mächte des Bösen und der Unterdrückung beigebracht. Aber eine Gruppe fing an mit »Scheiße! sprach der Großherzog, als das Heer vorüberzog.«

Sie mußten (unter stetigem Scheiße!-Gesang) zur Stazione Termini marschieren, einem großen Bahnhof. Eine Reihe Schulkinder in blauen Mäntelchen, von einer Nonne geführt, lachte sie aus. Prothero trat in Pferdeäpfel und sagte: »Kacke von unten, von oben kommt bloß Dreck, und immer läßt man mich im Dunkeln, ich könnt gradesogut ein Pilz sein.« Es ging in die große dämmrige Vorhalle, wo tatsächlich Leute Fahrkarten kauften. Ein Kiosk bot sogar die neueste Nummer irgendeiner verlogenen Postille an. Es gab Plakate für *Acqua Sacra* und eine Zigarettenmarke namens *Nazionale*, und irgend jemand hatte *Mussolini ha sempre ragione* durchgestrichen. »Fahren wir jetzt in die Ferien, was?« scherzte der Witzbold vom Kolosseum. »Mama, ich hab mein Schäufelchen für den Strand vergessen.« Sie mußten nach rechts durch eine Art ornamentalen schmiedeeisernen Bogen schwenken und befanden sich auf einem breiten dreckigen endlosen Bahnsteig. Den ganzen Bahnsteig entlang fegten ein paar blaugekleidete arme Schweine von Römern Abfall weg.

Auf diesem langen dreckigen Bahnsteig stand eine große Anzahl Kisten mit schablonierten Nummern. Zwei junge Jerries mit Gewehren bewachten sie. Trotzdem kam ein Yank-Offizier mit zwei silbernen Streifen auf der Schulter und rechteckigen Brillengläsern nahe heran und betrachtete die Kisten interessiert. »Beutegut«, bemerkte er. Er ging noch weiter. Er zog mit seinen behandschuhten Fingern an einem lockeren Brett und fühlte nach innen. Einer von den Wachtposten stieß ihn mit dem Gewehrkolben, worauf der Offizier ihn auf deutsch (hörte sich ganz fließend an) mit harter Offiziersstimme anfuhr. Ein deutscher Offizier mit erlesen polierten Stiefeln und feldgrauem Mantel trat nun heran und fügte dem seinen eigenen Tadel über diese Behandlung eines gefangenen Offiziers hinzu. Dann sagte er in ebenso erlesenem Englisch:

»Gestatten Sie, daß ich Ihre Neugier befriedige. Diese Kisten enthalten Schätze aus dem Benediktinerkloster von Monte Cassino. Sie werden auf Drängen des Abtes zur sicheren Aufbewahrung ins Reich befördert. Ihnen wird das Privileg zuteil, sie zu begleiten. Es ist ein durchaus ironisches Privileg, da die barbarische Absicht des internationalen bolschewistischen Judentums in seiner angloamerikanischen Maske, jenes jahrhundertealte Zentrum des christlichen Glaubens zu zerstören, nur allzu bekannt ist. Sie werden also auf Ihrer Fahrt nach Osten in guter Gesellschaft sein. Ich wünschen Ihnen eine gute Reise.« Dann stelzte er davon, gefolgt von einem Feldwebel. Der Amioffizier sagte etwas von Adolf Hitlers *Arsch* zu seinem feldgrauen Rükken. Dann fuhr der Zug ein. Es war ein langer Güterzug, viele italienische Waggons. Sobald er zum Stehen gekommen war und seinen Dampf ausseufzte, rief ein Yank-Korporal: »Okay, Leute!« Er und vier oder fünf andere sprangen mit einem Satz auf die Schienen zwischen die Kupplungen hinunter. Sie waren auf der anderen Seite, ehe die Wachen anlegen konnten. Aber auf der anderen Seite erwischten andere Gewehre sie. »Wir ziehen friedlich ab«, sagte der amerikanische Offizier. »Rein in den Chattanooga Choochoo.« Vielleicht war er aus Tennessee. »Alle Mann rein. Vorsicht am Zug.«

Mit der Nachricht von der Landung in der Normandie stieg das politische Interesse der Garnison in Gibraltar. Der Krieg war fast vorbei, meinte man, und nun hieß es an die Zukunft denken. In der Engineers' Hall fand fast jeden Abend eine politische Debatte statt, die vom Gibraltar-Klub für Literatur und Diskussion organisiert wurde, und die kymrischen Separatisten oder Artussöhne hatten ebenso das Recht, ihre Meinung zu vertreten, wie die Kommunisten oder die Liberalen oder die altjüngferlichen Eiferer von der Commonwealth Party. Konservative gab es außerhalb des höheren Offizierskorps keine.

Offiziersdiensttuender Erster Klasse Aled Rhys schwenkte etwas, das wie ein Holzschwert aussah, über den Köpfen der

Versammlung, die bei weitem nicht nur aus Walisern bestand. »Schaut euch das an«, rief er, »und lacht nicht darüber, auch wenn es so nichtig aussieht wie ein gottverdammtes Theaterrequisit. Denn nach den Ausgrabungen in Breconshire wissen wir endlich, daß das Schwert Arthurs existiert hat und daß es diese Form und Größe hatte. Also nehmt es als ein Symbol eines alten Königreiches, das seine Rechte verloren hat und nun drauf und dran ist, sie wiederzugewinnen.« Es regnete gutmütig-spöttische Zwischenrufe. Was wollt ihr Taffys eigentlich? Wer hat das Holzschwert gebastelt, John Player? (John Player war der Übername – abgeleitet vom Bild des Seemanns auf der einschlägigen Zigarettenpackung –, den man scherzhaft dem Pioniersergeant der First Hertfordshires angehängt hatte, nachdem der Colonel ihm befohlen hatte, sich zur Fortsetzung einer alten, eigentlich lange schon verschollenen Regimentstradition einen Bart stehen zu lasssen.) »Was wir Taffys, wie ihr uns nennt, eigentlich wollen, das ist die Freiheit von der arroganten Herrschaft der Angelsachsen, und das heißt unser eigenes Parlament und unseren eigenen Herrscher, frei gewählt und daher zunächst ein Präsident, sein Amt vererbend und daher ein konstitutioneller Monarch, wir wollen die Kontrolle über unsere eigenen gottverdammten Bodenschätze, walisisches Gesetz und walisische Erziehung, eine walisische Armee und eine walisische Marine und eine walisische Außenpolitik, walisische Selbstbestimmung und einen walisischen Paß, walisische Grenzschutztruppen – und zum Teufel damit, daß der Sais einfach reinspaziert kommt, als sei Wales sein gottverdammtes Eigentum.« Es folgten ironische Lacher und lautes theatralisches Gestöhn wie nach dem Auftritt eines schwachen Komikers, aber Ben Griffiths, mager, dunkel, glühend, stand auf, um alle wieder still werden zu lassen. Er sagte:

»Lacht, aber das Lachen wird euch Sais allen noch vergehen, euch Zweiflern und Spöttern, wenn der große Tag kommt. Alle haben über Hitler und seine kleine Schlägerbande gelacht, aber jetzt lacht niemand mehr. Man hat sich über Lenin und Stalin amüsiert, auch über die wird niemand mehr lachen. Überlegt, wofür wir diese langen letzten Jahre gekämpft haben, falls man Orangenauslutschen Kämpfen nennen kann, und ihr werdet sehen: Es ist immer darum gegangen, Nationen vom Joch des Tyrannen zu befreien. Bei keiner von all den Parteien, die bei den Wahlen nach dem Sieg in Europa die Macht gewinnen wollen, brauchen wir uns Hoffnungen machen, daß sie sich auch nur im geringsten um die walisische Unabhängigkeit scheren, denn was hätten sie davon? Wenn es die Freiheit für Wales geben soll, muß sie von den Walisern selbst kommen, aber wir fordern die Engländer und Schotten und Iren unter euch auf, daran zu denken, daß wir nichts als unsere Rechte wollen, und wir wollen, daß alle Ausländer diese Rechte klar begreifen. Weil es sich um Grundrechte des Menschen handelt, die alle denkenden Männer und Frauen unterstützen müssen. Eine freie walisische Nation wird der Nation an ihrer Grenze die Hand reichen, ebenso wie der Nation jenseits der Irischen See und dem Kaledonien, an dessen eigenem Begehren nach Selbstbestimmung wir in brüderlichem Enthusiasmus teilhaben! Denn jetzt zieht das Zeitalter der kleinen freien Nationen herauf! Die Welt hat diese langen Jahre hindurch für die Freiheit gekämpft, aber der Kampf gehört auch der Zukunft an. Das hölzerne Schwert, das wir jetzt erheben, ist ein blasses Symbol der glänzenden Waffe, die den angelsächsischen Tumor aus dem lebenden Leib von Wales herausschneiden wird. Das Land unserer Väter wird unseren Söhnen und Töchtern wiedergegeben werden.«

Sergeant Reginald Morrow Jones hätte eigentlich bei dieser Versammlung anwesend sein sollen, doch er hatte Dienst in La Línea, in Sportjacke und Flanellhose. Am Morgen danach meldete er sich in tropischem Khaki bei Captain Woodruff. Woodruff kam von einer kleinen Public School, und seine einzige Fremdsprache war Public-School-Französisch. Er konnte trotz seines Postens beim Intelligence Corps nicht ganz die Überzeugung loswerden, daß Fremdsprachenkenntnisse im Grunde etwas für Oberkellner und Fremdenführer in Port Said waren. Er erwiderte den Gruß des salutierenden Reg säuerlich und fragte, was es zu melden gebe. Reg sagte:

»Sir, letzte Nacht habe ich einen Deutschen getötet.«

»Wenn Sie nichts zu melden haben, Sergeant, dann seien Sie so freundlich und sagen Sie mir das. Eines Tages gehen Sie mit Ihren Witzeleien noch zu weit. Haben Sie also etwas zu melden oder nicht?«

»Sir, letzte Nacht habe ich einen Deutschen getötet.« Captain Woodruff hatte einen kleinen schottischen Drahthaarterrier auf seinem Schreibtisch liegen, den er Pu nannte. Er streichelte das Kinn des Tieres; das Tier hob das Kinn, damit er es besser streicheln konnte. Woodruff sagte:

»Aha. Letzte Nacht haben Sie also einen Deutschen getötet. Sie sind nach La Línea gegangen, dort haben Sie einen Deutschen getroffen, den haben Sie getötet. Vielleicht möchten Sie die ganze Geschichte aufschreiben und der Redaktion der Lokalzeitschrift einschicken. ›Letzte Nacht habe ich einen Deutschen getötet‹, von Sergeant R. A. Jones.«

»R. M. Jones, Sir. Sir, Sie werfen mir Witzeleien vor, aber Sie selbst sind es, der mit Witzen auf meine Meldung reagiert. Wenn Sie einen schriftlichen Bericht haben wollen, bitte. Ich dachte, es sei meine Pflicht, Sie zuerst einmal mündlich zu informieren.«

Der kleine Hund schaute Reg ernst an. »Wollen Sie mir erzählen«, sagte der Captain, »daß Sie einen Deutschen getötet haben? Einen deutschen Zivilisten? In La Línea?«

»Jawohl, Sir. Er trug Zivil, wie Sie erraten haben, aber das bedeutet nicht, daß er ein deutscher Zivilist war. Ich trug ebenfalls Zivil. Ich bin kein Zivilist.«

»Sie haben einen gottverdammten Deutschen getötet?«

»Jawoll Sir. Ich habe ihn mit einem Nahkampfmesser in einer Gasse hinter einer Bar niedergestochen, die man die Baraja nennt. Das Wort bedeutet Kartenspiel. Die Bar ist mit großen, unbeholfenen Malereien dekoriert, die Spielkarten darstellen. Also eigentlich Tarotkarten. Der Gehängte und der Einstürzende Turm und so weiter. Das Messer war übrigens nicht Teil der offiziellen Ausrüstung. Ich habe es von einem Spanier gekauft. Ich traf diesen Deutschen in der Bar. Er gab zu, daß er ein Deutscher war. Ich hatte es schon am Tonfall seines Spanisch geahnt und wegen des ›r‹, das er gebrauchte. Als ich ihn fragte, sagte er, ja, er sei Deutscher, und da wären wir also, beide auf neutralem Gebiet, beide hätten wir den verdammten Krieg satt, wir sollten zusammen einen trinken.«

»Sie haben also mit dem Feind getrunken?«

»Wie haben Sie das erraten, Sir?«

»Sergeant Jones, Sie sind ein verdammter Lügner.«

»Captain Woodruff, Sir, Sie sind ein verdammter Narr.«

Woodruffs sich zusammenkrampfende Hand ließ seinen Hund knurren. Dann knurrte Woodruff, und der Hund entschlüpfte seinem Griff. Er sprang vom Schreibtisch und dackelte zu einem Korb in der Ecke des Zimmers. Dort legte er sich hin und gähnte, wobei er eine saubere Zunge und einen rosafarbenen, zartgerippten Schlund sehen ließ. »Wollen Sie ein Verfahren wegen 252?« knurrte Woodruff.

»Wie Sie wünschen, Sir. Meine Verteidigung wäre, daß ich völlig pflichtgemäß versucht habe, eine wichtige Meldung über einen Vorfall von Feindberührung mit Todesfolge zu machen, und daß Sie als mein Vorgesetzter in abschätzigen Formulierungen Ihrer Ungläubigkeit Ausdruck gaben. Sir.«

»Und woher«, fragte Woodruff mit zugeschnürter Kehle, »soll ich überhaupt wissen, daß Sie die Wahrheit sagen?«

»Obergefreiter Whitcombe war mit mir zusammen, Sir. Er wurde Zeuge des Vorfalls und hat sich dann übergeben. Er hatte mir abgeraten. Er fügte auch hinzu, es sei keine Art, Leute von hinten zu erstechen. Als der Deutsche, dessen Personalpapiere ich an mich genommen habe, hier sind sie« – er tippte auf die Brust seines Khakihemds – »als der Deutsche also sterbend zwischen den benutzten Präservativen und den Orangenschalen lag, kam eine kichernde Prostituierte mit einem englischen Soldaten in die Gasse und sah entsetzt einen blonden Mann in legerer Kleidung gurgelnd seinen letzten Atem holen.«

»Hat einer von diesen beiden Sie erkannt?«

»Sie glauben mir mittlerweile, nicht wahr, Sir? Gut, dann werden Sie mich nicht mehr einen verdammten Lügner nennen. Die Prostituierte wohl schon, glaube ich. Sie heißt Conchita.«

»Wo ist Whitcombe jetzt?«

»Er ist bei der Instruktion auf der Insel drüben und hält gerade einen Vortrag über den Aufbau der japanischen Armee. Whitcombe wird Ihnen bestätigen, daß es wahr ist, was ich Ihnen erzählt habe. Whitcombe sollten Sie nicht einen Lügner nennen, Sir. Er war Dozent für Slawistik an der University of Durham.«

Woodruff stöhnte bitter. »Ich nehme an, von der Polizei war nichts zu sehen.«

»Nein, Sir. Die Guardia Civil war nicht in der Nähe. Ich glaube, die haben gerade mit ihren Stahlruten Kinder gejagt. Kinder, die umherziehen und nach *peniques* winseln. Das macht einen schlechten Eindruck. Sie verstehen, das stellt die spanische Armut zur Schau. Nein, Sir, keine Polizei. Ich bin rasch zu Fuß zur Grenze, und Whitcombe ist mir gefolgt, keuchend und sich beklagend. Wir kamen ohne Schwierigkeiten herüber.«

»Und dann sind Sie sofort in Ihr Quartier und haben zu niemandem etwas gesagt?«

»Nun, nicht ganz, Sir. Ich habe im Sergeantenkasino bei der Zahlmeisterei ein paar Glas Bier getrunken. Natürlich erwähnte ich, was ich getan habe. Der Sergeantmajor dort war zunächst ebenso ungläubig wie Sie, Sir, aber ich habe ihm das Messer gezeigt. Es war getrocknetes Blut an der Klinge. Dann hat er mir beigepflichtet, daß es die Pflicht eines britischen Soldaten ist, alle Feinde zu töten, die er finden kann. Das Messer ist in meinem Quartier, Sir, immer noch von deutschem Blut gerötet. Sie können es jederzeit sehen, wenn Sie wünschen, Sir.«

Der Captain erhob sich wie unter großen Schmerzen von seinem Schreibtisch und ging zum Hundekorb hinüber. Er nahm das kleine Tier in die Arme und drückte es an sich, als verkörpere es die Vernunft. Er erzeugte verschiedene *grasseyé*-Geräusche weit hinten im Hals. Es waren nicht die Laute, die er bei den seltenen Gelegenheiten, da er Französisch sprach, hervorbrachte. Er sagte: »Mord. Das ist einfach ein gottverdammter Mord.«

»Mord, jawohl. Aber man kennt das auch als totalen Krieg.«

»Sie haben was von Papieren gesagt.«

»O ja, die Papiere.« Reg zog Papiere aus seinem Hemd. »Es steht im Grunde nichts drin, Sir. Ein paar fast nackte Photos, aus einer deutschen Illustrierten ausgeschnitten, wahrscheinlich um seine Einsamkeit zu trösten. Ein Brief von einem Mädchen, das seine Verlobte sein dürfte. Sie heißt Trudi. Sie sagt, sie sei einsam, er müsse wohl auch einsam sein, und die Bomben fielen. Adressiert an Wolfgang Trautwein. Sie nennt ihn Wolferl. So haben die Familie und die Freunde immer zu Mozart gesagt. Das war auch ein Wolfgang. Die Adresse auf diesem Umschlag, sehen Sie, das ist das deutsche Konsulat in Sevilla. Der arme Wolferl scheint im konsularischen Dienst gewesen zu sein. Ich weiß wirklich nicht, ob man ihn als Zivilisten bezeichnen sollte. Kein Rang zwar, das stimmt, außer ›Doktor‹. Die sind alle Doktoren, wenn sie an einer Universität waren. Wie Doktor Goebbels. Ich wäre ein Doktor, wenn ich Deutscher wäre. Sie natürlich nicht.«

Captain Woodruff setzte sich wieder mit großer Sorgfalt an seinen Schreibtisch und legte vorsichtig seinen kleinen Hund darauf. »Geben Sie mir die Papiere«, sagte er.

»Sie lesen doch kein Deutsch, Sir.«

»Ich weiß, daß ich kein gottverdammtes Deutsch lese, aber ich halte mir schließlich keinen Hund, um dann selber zu bellen.« Das stimmte nicht ganz. »Ich will auch dieses Messer haben. Sie sagen, Sie hätten es von einem Spanier gekauft. Haben Sie es mit der Absicht erworben, diesen Trautwein da umzubringen?«

»O nein, Sir. Ich habe es vorher gekauft, als ich Spiegelei und Pommes gegessen hab. In Olivenöl gebraten. Eine glückliche Fügung sozusagen.«

»Sie haben mit diesem Trautwein, äußerst alberner Name, geredet. Worüber?«

»Im Grunde kein alberner Name. Auf ganz zufällige Weise auch appetitanregend, *trout* und *wine*. Aber Traut bedeutet nicht *trout*, das wäre auf deutsch ›Forelle‹. Auf russisch auch.«

»Ich habe den Eindruck, Sergeant Jones, daß Sie unter einer gewissen nervösen Erregung stehen.«

»Nun ja, Sir. Der Stolz eines Killers. Eines legitimen natürlich. Unser glorreicher Oberbefehlshaber würde diesen Stolz sicher billigen.«

»Herrgott«, knirschte Woodruff. »Beantworten Sie meine Frage, verdammt noch mal.«

»Könnte ich mich bitte setzen, Sir? Ich weiß, es ist gegen die Vorschrift, aber ich bin etwas müde. Das Töten, verstehen Sie.«

»Sie bleiben stehen! Wir führen hier keine nette, freundschaftliche Unterhaltung, bei der man vom militärischen Rang einmal absieht! Ich bin Ihr Vorgesetzter, und Sie sind mein Untergebener, und das ginge alles seinen ordentlichen Gang, wenn Sie nicht so krampfhaft witzig und so nervös wären. Worüber haben Sie beide geredet?«

»Ach, nichts Besonderes. Sein Spanisch war übrigens besser als sein Englisch. Er sagte, der Krieg ginge schon viel zu lange, und es sei sehr schade, daß zwei Brudernationen ihn gegeneinander führen müßten, daß Hitler vieles, wenn auch nicht alles, richtig sähe, und jetzt würden die Bolschewiken Europa überrennen, und eigentlich wäre es die Pflicht von Deutschen und Briten gewesen, gemeinsam gegen die Russen zu kämpfen. Er sagte auch, eine von den wirklich guten Ideen Hitlers sei es gewesen, die Juden umzubringen. Ich sagte ihm, meine Frau sei Jüdin. Da lachte er höhnisch und sagte, er nehme an, im Bett seien sie schon in Ordnung. Dann sprach er gewisse englische Wörter aus. Er sagte: Fickt sie und schneidet ihnen dann die Gurgel durch. Da habe ich beschlossen, ihm seine durchzuschneiden. Statt dessen habe ich ihm jedoch, wie schon gemeldet, das Messer von hinten in den Rücken gestoßen. Bis zum Heft. In einer dunklen Gasse. Hinter der Bar, die ›Baraja‹ heißt.«

»Es steht nichts davon in Ihrem, ähhh, Dossier«, sagte Woodruff, »daß Ihre Frau Jüdin ist.«

»Das geht niemanden etwas an als mich, Sir. Noch ist die britische Armee keine deutsche Armee.«

»Geht niemand was an, hm? Sie haben diesen Mann also aus einem sehr persönlichen Grund getötet. Ihre beste Verteidigung.«

»Verteidigung? Ver*tei*digung? Was brauche ich mich zu verteidigen? Sie reden, als stünde mir ein Verfahren bevor, weil ich meiner schlichten Aufgabe als Soldat nachgegangen bin. Ich habe einen Deutschen erledigt, fertig, aus. Ich habe meine Meldung gemacht, das wär's. Und jetzt sollte ich eigentlich Rechtsumkehrt machen, und ab. Nachdem ich salutiert habe. Sir!« Reg salutierte, blieb aber stehen, wo er war. Dann klingelte das Telephon. Der kleine Hund fuhr zusammen und sprang wieder vom Tisch, um sich in den sicheren Korb zurückzuziehen. Captain Woodruff nahm den Hörer ab.

»Ja?« Dann stand seine Stimme stramm. »Jawohl. Zehn Uhr. In Ordnung.« Er legte den Hörer wieder auf die Gabel. »Das«, sagte er finster, »war der Konvent.«

»Der Gouverneur, Sir? Wegen dieser Geschichte, Sir? Das ist rasch gegangen.«

»Der Adjutant des Gouverneurs. Er hat nicht gesagt, worum es geht. Aber wir wissen beide verdammt gut, worum. Reißen Sie sich zusammen. Mütze gerade aufsetzen! Nehmen Sie den gottverdammten Füllhalter aus der Hemdentasche. Wenn Sie schon glauben, Sie hätten sich wie ein Soldat verhalten, dann versuchen Sie auch, wie ein Soldat auszusehen.«

»Sir.«

Captain Woodruff gab seinem kleinen Hund ein wenig zerbröselten Zwieback und Kondensmilch aus der Dose; er sagte seinem kleinen Hund, er solle während seiner Abwesenheit ein braver kleiner Hund sein. Dann marschierte er mit dem Sergeant zum Konvent an der Governor's Parade. Es war nicht weit. Die Sommerhitze war tödlich. Der große Felsen schien zu dröhnen. Captain Woodruff wischte sich den Schweiß vom Gesicht, als er mit dem Sergeant im Vorraum wartete, wo Porträts von Rooke und Heathfield hingen und das dilettantisch gemalte Panorama, das zeigte, wie die Engländer 1704 Gibraltar von den Spaniern eroberten. Reg zündete sich eine Zigarette an, ohne daß man ihn tadelte. Und noch eine. Es war zehn Uhr fünfundvierzig, als der Adjutant, ein rundgesichtiger Captain mit unordentlich gestutztem Schnurrbart, hereinkam und sagte, der Gouverneur wolle nun Captain Woodruff sehen. Was der Sergeant da zu suchen hatte, begreife er nicht ganz, aber vielleicht hatte Captain Woodruff seine eigenen guten Gründe, ihn mitzubringen. »Ich habe in der Tat meine guten Gründe«, sagte Woodruff grimmig und marschierte hinein.

Im Arbeitszimmer von Mason-Macfarlane, dem Lieutenant-Gouverneur von Gibraltar, salutierte Captain Woodruff stramm und wurde aufgefordert, sich zu setzen. Das Zimmer war für einen so winzigen Machtbereich sehr groß; seine Größe machte es kühl, doch die Läden waren zugezogen, damit man es noch kühler hatte. Es gab Überbleibsel des alten Gibraltar zu sehen – einen Sarazenen in Bronze (vielleicht war es Tarik ibn Ziad); den Grundriß der anglikanischen Kathedrale in ihrem maurischen Stil; Kampfesszenen, hinter denen der große gleichgültig-gelbliche Löwe aus Marmor und Kalkstein lag; Schiffsglocken havarierter Fregatten. Ein ausgestopfter Berberaffe und ausgestopfte Rebhühner, Schnepfen und Tauben: die Fauna des Felsens von Gibraltar. Spargelkakteen in großen Töpfen. Ebenfalls anwesend Major Willard-Gibbons; er saß bereits. Die Stühle waren von der unbequemen Eleganz des achtzehnten Jahrhunderts. Der Gouverneur sagte:

»Haben Sie vielen Dank, daß Sie so prompt gekommen sind. Sie beide kennen einander, glaube ich.« Das stimmte; sie nickten sich vorsichtig zu. »Wir brauchen den Rat von Willard-Gibbons mit Bezug auf eine Frage, die das zivile Recht betrifft. Ob es auch eine Frage für den militärischen Nachrichtendienst ist, da bin ich mir nicht so sicher. Ich habe auf ziemlich verschlungenen Wegen einen Bericht von der anderen Seite der Grenze bekommen. Wie Sie wissen, tun wir ganz allgemein so, als sei der Gouverneur von Algeciras auch der Gouverneur von Gibraltar. Er kommt nächsten Monat zu seinem triumphalen Besuch, schadet nichts, hält die Spanier ruhig. Ich habe nun aus Algeciras die Mitteilung bekommen, daß man einen Deutschen gefunden hat, der anscheinend ermordet wurde. Der Polizeichef von La Línea hat versucht, sich mit der Zivilpolizei hier in Verbindung zu setzen, aber das ist natürlich ganz außer der Reihe, dies ist eine militärische Garnison. Die Mitteilung kam aus Algeciras, aber der (wie es scheint) Mord ist in La Línea begangen worden. Polizeiliche Nachforschungen in der Stadt haben ergeben, daß der Deutsche, namentlich dort bekannt, ich habe den Namen hier irgendwo, ist ja gleichgültig, zuletzt in Gesellschaft von einem von unseren Leuten gesehen worden ist. Sehr peinlich das: ein britischer Soldat, natürlich in Zivil, mit ihm in einer von den Bars gesehen. Die Polizei schenkt den Aussagen der ääh Damen vom Gewerbe keine besondere Beachtung, aber eine davon behauptet, sie hätte einen von uns ein Messer oder sowas aus der Leiche ziehen sehen. Kennt seinen Namen nicht, könnte ihn aber identifizieren, wenn sie ihn sieht. Springender Punkt ist, daß die spanischen Behörden behaupten, ein britischer Soldat, abends auf Ausgang in La Línea, habe einen Mord auf spanischem Territorium begangen. Haben Sie als Nachrichtendienstoffizier da irgendwelche öh Hinweise auf einen solchen oder ähnlichen Vorfall bekommen?«

»O ja, Sir«, erwiderte Woodruff düster. »Der Name des Deutschen war Trautwein, vom Konsulat in Sevilla, hier also außerhalb seines Wirkungskreises, offensichtlich als Spion. Er ist in der Tat von einem von den Unsrigen erstochen worden. Einem von meinen, genauer gesagt. Sergeant Jones. Ich hab ihn draußen.«

»O nein«, sagte der Gouverneur. »Sehr peinlich. Hat's zugegeben, ja?«

»Ja, Sir. Er ist heute morgen angetreten, um mir die gute Nachricht zu bringen. Er ist stolz darauf. Die Aufgabe eines Soldaten ist es, sagt er, den Feind zu töten. Auf eine Art hat er wohl recht.«

»Hat er's irgend jemandem sonst erzählt?«

»Dem ganzen Zahlmeistereikasino. Wenn Sie ihm Gelegenheit geben, läßt er's morgen im *Gibraltar Chronicle* drucken. Wie ich schon sagte, er ist stolz darauf.«

Major Willard-Gibbons ergriff das Wort. Er war ein fülliger Offizier auf Zeit in mittlerem Alter, im Zivilleben Rechtsanwalt, augenblicklich meist ohne viel Beschäftigung; manchmal wurde er aufgerufen, eine juristische Expertise zu Punkten abzugeben, wo sich Militärrecht und ziviles Recht mißtrauisch berührten. »Ja«, sagte er. »Wenn er auf einem offiziellen Schlachtfeld getötet hätte, wäre er ein Held – nun ja, das wohl kaum, aber eben ein gewöhnlicher Soldat, der seine fatale Pflicht tut. Das Problem ist, daß er hier auf neutralem Territorium war. Die Spanier haben durchaus recht, das als Mord zu betrachten. Nach internationalem Recht könnten sie seine Auslieferung verlangen.«

»Sehr peinlich«, sagte der Gouverneur. »Die Frage ist jetzt aber, wer ist im Augenblick sozusagen der, ich meine: der Herr des internationalen Rechts? Ich meine, es gibt niemanden, der die Erfüllung einer solchen Forderung erzwingen könnte, oder?«

»Nun«, sagte Major Willard-Gibbons, »so sollte man eigentlich ja nicht an die Sache herangehen. Sie müssen sich hier einmal auf den spanischen Standpunkt stellen. Ein Deutscher ist auf spanischem Boden getötet worden, und die Deutschen verhalten sich, aus spanischer Perspektive, eigentlich sehr entgegenkommend und verzichten darauf, spanisches Hoheitsgebiet zu besetzen, um den Felsen zu erobern. Jetzt werden die Deutschen sehr unangenehm werden, und Franco wird in großer Verlegenheit sein.«

»Aber diese Sache«, sagte der Gouverneur, »geht doch bestimmt nicht bis nach Madrid? Werden die das nicht unter den Teppich kehren und es lieber bei einer Lokalangelegenheit belassen?«

»So wird das nicht laufen, fürchte ich, Sir. Wenn dieser Deutsche, wie uns Woodruff hier erzählt, im konsularischen Dienst war – wo? Richtig, Sevilla – dann werden die wissen, wo er war, und werden auch wissen wollen, weshalb er nicht wiedergekommen ist. Und denken Sie daran, die Deutschen haben einen gewissen Einfluß in Spanien, haben der Falange siegen helfen und so weiter, in dem Bürgerkrieg da. Ein Mord ist keine Kleinigkeit, vor allem der Mord an einem deutschen Staatsangehörigen durch einen englischen Staatsangehörigen auf spanischem Hoheitsgebiet, und das wird man nicht mit Schweigen übergehen.«

»Was machen wir also?« fragte der Gouverneur. »Reichen denen unseren Mann rüber und lassen ihn dort wegen Mordes vor Gericht kommen?«

»Das sollte natürlich eigentlich geschehen, aber wir machen's nicht. Es ist im Grunde ein interessanter Fall. Erinnern Sie sich an diese Geschichte in London im September 1939? Nein, ist ja nie öffentlich gemacht worden, zu gefährlich. Dieser Mann da, der hatte einen deutschen Schwager, den er haßte. Der Schwager hat seine deutsche Staatsbürgerschaft behalten, deutscher Paß und so weiter, offenbar ein echter Nazi, hat für die Lufthansa in London gearbeitet und dort eben dieses englische Mädchen geheiratet. Also, der Bruder des Mädchens ersticht ihn kurz nach der Kriegserklärung. Das war natürlich nicht ganz in der Ordnung, man mußte ja der deutschen Botschaft und den Konsulaten und dem ganzen Rest Zeit lassen, aus dem Land zu gehen, aber der Mann hat behauptet, er habe einen Schlag gegen den Feind geführt.«

»Hab ich nichts davon gehört«, sagte der Gouverneur. »Ist er damit durchgekommen?«

»Man hat auf Totschlag erkannt, *in camera*, es gab natürlich keinen Geschworenenprozeß, hinter verschlossenen Türen das Ganze, aber über seine Berufung ist noch nicht entschieden.« Dieser Fall war vollkommen erlogen, aber Major Willard-Gibbons sah sich mit einer gewissen Eitelkeit als einen Erfinder verblüffender Geschichten. Er hatte einen höchst unwahrscheinlichen Roman über einen Mann geschrieben, der in Detroit wegen Mordes angeklagt ist und als Alibi angibt, er habe zur Tatzeit einen Mord in Chicago begangen. Es gab reichlich Beweise, daß er beide begangen hatte, aber das war zeitlich unmöglich, und er spielte einen Mord gegen den anderen aus. »Es gibt da noch«, sagte der Major nun, »die Frage nach dem Fairplay, verstehen Sie. Es gibt Dinge, die tut man einfach nicht. Ich glaube nicht, daß die Regierung Seiner Majestät besonders glücklich darüber wäre, wenn ein Mann in Zivil einen anderen in Zivil auf neutralem Boden tötet, vor allem, wenn der Getötete unbewaffnet war und keine Chance hatte, sich zu verteidigen. Es riecht irgendwie nicht nach richtigem Krieg.«

»Was machen wir dann?«

»Also, wenn das stimmt, was Woodruff uns erzählt, dann

bringt er sich selbst in große Gefahr, der Mann da meine ich, indem er herumerzählt, was er getan hat. Im Augenblick sagt die spanische Polizei bloß: Ein britischer Soldat hat, als Zivilist gekleidet, einen Mann ermordet, der das Recht hatte, sich ungehindert auf spanischem Gebiet zu bewegen. Ich meine, sie wissen nicht, wer er ist, aber bald werden sie's heraushaben, wenn er damit prahlt. Vor heute abend ist es dann in der lokalen spanischen Zeitung, und die lesen da drüben auch *El Calpense*. Worauf die spanische Polizei ein Recht hat, würde ich sagen, das wäre es, zu erfahren, welche britischen Soldaten letzte Nacht da drüben waren, Spiegeleier und Chips gegessen haben und mit den Nutten mitgegangen sind. Sie haben ein Recht, diese Männer dort drüben zur Identifizierung durch Zeugen antreten zu lassen.« Zu Captain Woodruff sagte er: »Haben wir Unterlagen, wer rübergeht?«

»Nun, ja, in gewisser Weise. Die müssen sich die Erlaubnis holen. Ich meine, es gibt eine Art Quote. Wir können nicht die gesamte Garnison auf einmal nach Spanien rüberspazieren lassen, wenn es gerade allen mal einfällt.«

»Also gibt es Aufzeichnungen? Ich meine, wir könnten alle, die gestern abend drüben waren, antreten lassen und sie dann zur Polizei hinter der Grenze bringen, damit die sie sich anschauen können?«

»Könnten wir schon. Minus Sergeant Jones natürlich.«

»So heißt der, ja?« sagte der Gouverneur. »Verstehe. Alles sehr irregulär natürlich. Was Sie vorschlagen, Captain Woodruff, wäre also, daß wir mit einer gewissen Bereitwilligkeit auf das Ansinnen eingehen, das wir äääh wohl zu Recht vom Polizeichef von La Línea erwarten, und trotzdem den Mann beschützen, der's tatsächlich gewesen ist? Irgendwie nicht ganz fair, oder?«

»Das sehe ich schon auch so, Sir«, sagte Woodruff. »Aber unsere Aufgabe ist es ja eigentlich, Deutsche zu töten – also im Prinzip, meine ich, wir haben hier nicht viel Gelegenheit, ich meine jedenfalls, wir befinden uns jedenfalls im Krieg mit denen, darauf läuft am Ende doch alles hinaus. Ich meine, Sergeant Jones hat einen von den Feinden getötet, und es erscheint mir nicht richtig, ihn dafür zu bestrafen. Übrigens, auch wenn wir nur die anderen rüberschicken, die gestern abend dort waren, die spanische Polizei wird sich nur allzugern irgendeinen von denen heraussuchen und ihn festhalten, bloß um den Deutschen den Gefallen zu tun.«

»Vom rein juristischen Standpunkt aus«, sagte Major Willard-Gibbons, »sollten wir den Krieg aus dem Spiel lassen. Spanien ist neutrales Gebiet. Ein Mann ersticht einen anderen. Glatter Mord, schlicht und einfach. Er hätt's nicht tun sollen. Ich meine, so führt man schließlich keinen Krieg. Der Feind ist etwas Gesichtsloses und Unpersönliches, wenn Sie verstehen, was ich meine. Und selbst wenn Adolf Hitler persönlich in La Línea aufkreuzen würde, und einer von unseren Männern schnappt ihn sich, dann wäre die Regierung Seiner Majestät in einer äußerst delikaten Lage. Es geht da um die Frage des neutralen Gebiets, verstehen Sie.«

»Ich glaube nicht, daß er es getan hätte«, sagte Captain Woodruff, »wenn der nicht etwas Häßliches über die Juden gesagt hätte.«

»Wer?« fragte der Gouverneur. »Wer hat etwas Häßliches über die Juden gesagt?«

»Dieser Deutsche, Sir. Trautwein. Er hat etwas sehr Unangenehmes gesagt, und dann etwas noch Häßlicheres, als Sergeant Jones ihm erwidert hat, er sei mit einer Jüdin verheiratet.«

»Dieser Sergeant Jones«, sagte der Gouverneur, »hat eine jüdische Frau?«

»Ja, Sir. Meinem Empfinden nach würde er nicht das Messer gezogen haben, wenn der nicht etwas Häßliches über die Juden gesagt hätte.«

»Also hier«, sagte Major Willard-Gibbons, »kommen wir doch auf ein etwas anderes Gebiet, es geht jetzt nicht mehr so sehr um das Töten eines Feindes, weil er eben gerade der Feind ist. Ihr Mann hat diesen Deutschen aus einem sehr persönlichen Grund getötet.«

»Ja«, sagte Woodruff, »aber der sehr persönliche Grund hängt ja im Grunde mit dem zusammen, weswegen wir eigentlich gegen die Deutschen kämpfen.«

»Im Grunde nicht«, sagte der Gouverneur. »Wir haben wegen Polen den Krieg erklärt. Nicht, weil die Deutschen die Juden getötet haben, ich meine, das wußten wir ja gar nicht, oder? Natürlich muß man verhindern, daß sie die Juden umbringen und alle anderen auch, was das betrifft. Ich will damit sagen, wenn jemand etwas Häßliches über die Juden sagt, ist das keine Entschuldigung dafür, daß man das Messer zieht.«

»Die Deutschen müssen getötet werden«, sagte Captain Woodruff. »Wir töten sie rechts und links und überall. Frauen und Kinder. Das ist ja eigentlich in dem Sinne auch nicht fair.«

»Meinen Sie, wir sollten uns mal ein wenig mit Ihrem Sergeanten da unterhalten?« fragte der Gouverneur. »Ihm sagen, daß er wenigstens still sein soll?«

»Ich hab ihn draußen«, sagte Woodruff.

»Einen Moment noch«, sagte Major Willard-Gibbons. »Es gibt ein unmittelbares dringliches Problem. Jeglicher Ausgang nach Spanien ab sofort gestrichen. Kann man das ohne Verzögerung machen?«

»Die Tagesorder geht mittags raus«, sagte der Gouverneur. Er klingelte nach seinem Adjutanten. »Das läßt sich machen. Und an den Four Corners stellen wir zur Sicherheit einen Wachtposten auf.«

»Als nächstes«, sagte Major Willard-Gibbons, »sollte der Bursche so rasch wie möglich vom Felsen runter. Mit sofortiger Wirkung versetzen.«

»O mein Gott«, stöhnte Woodruff. »Es ist gar nicht so einfach, so eine Versetzung durchzukriegen. Wohin denn? Wenn wir ihn ins U. K. zurückschicken, ist die Situation ja noch blöder als hier. Ich meine, da wird die spanische Botschaft Churchill die Bude einrennen, und es gibt dann Untersuchungen über die Art und Weise, wie die Beziehungen zwischen – Verzeihung, Sir«, sagte er zum Gouverneur. »Das ist ja Ihr Bier. Ich bitte um Entschuldigung für diesen Ausdruck. Aber es wird ziemlich peinlich für uns alle werden.«

»Das eigentlich Peinliche«, sagte Major Willard-Gibbons, »liegt darin, daß wir in eine verlogene Position hineingezwungen werden. Ich meine, daß wir nicht die Wahrheit sagen können. Man lügt den Feind an, das ist nur normal bei der Kriegführung, aber man lügt keine befreundete Nation an.«

»Ist Spanien«, fragte Woodruff, »mit uns befreundet?«

»Die haben verhindert, daß die Deutschen von der französischen Grenze einfach bis Gibraltar runter marschieren. Das ist Freundschaft genug«, sagte der Gouverneur.

»Ich glaube«, sagte Major Willard-Gibbons, »hier ist gegenüber der spanischen Polizei eine Politik souveräner Tatenlosigkeit gefragt. Dagegen können sie eigentlich nichts machen. Nicht, solange Ihr Mann nicht selber seine Schuld zum Himmel schreit.«

»Schuld eigentlich nicht«, murmelte Woodruff, »nicht von unserem Standpunkt aus. Aber er hat sich wie ein verdammter Idiot aufgeführt. Verzeihung, Sir.«

»Ich stimme zu«, sagte der Gouverneur, »was diese sofortige Versetzung angeht. Es ist ja schrecklich, so etwas zu sagen, aber die einzige öööh saubere Lösung für diese Sache wäre es doch wohl, wenn Ihr Sergeant in eine Kampfzone geschickt würde und dort fiele. Dann könnte niemand mehr was sagen. Das würde die Spanier zufriedenstellen.«

»Uns auch«, sagte Major Willard-Gibbons.

»Ziemlich mies, wenn man's recht überlegt«, sagte Woodruff.

»Na ja, der Krieg *ist* ziemlich mies, wissen Sie«, sagte der Gouverneur gemütlich. Sein Adjutant trat ein. »Ah, da sind Sie ja, Tony. Es muß noch was in die Tagesorder.« Captain Woodruff sagte:

»Ich hol dieses Individuum eben mal rein.«

Er ging in das Vorzimmer, fand den Raum aber leer. Rooke und Heathfield sahen ihn von den Wänden traurig an. O du mein Gott! Er ging in den Lärm und die Sonnenglut hinaus und sprach mit einem der zwei schwitzenden Wachtposten. Er erfuhr, daß der fragliche Sergeant in Richtung Main Street davongegangen war. Seine nachrichtendienstliche Ausbildung ließ Woodruff erraten, wo speziell in oder an der Main Street Sergeant Reginald Morrow Jones hingegangen sein könnte. Von der Wachstube des Konvents aus rief er im Büro der *Gibraltar Chronicle* an. Er sprach mit Sergeant Shorter, der mit einigen Korporalen zusammen die Zeitung leitete. Ist Sergeant Jones da? Ist er, Sir. Drucken Sie nichts von dem, was er Ihnen erzählt. Das ist ein Befehl! Hier spricht Captain Woodruff vom Intelligence Corps. Lassen Sie Sergeant Jones sofort ans Telephon kommen! Captain Woodruff stöhnte in sich hinein. Sein kleiner Hund würde jetzt langsam das ganze Zimmer vollpissen.

Reg flog schon am selben Abend mit einer Maschine der RAF-Transportsektion in die sinkende Sonne – zusammen mit einem Gemeinen, der eine in Gibraltar nicht zu diagnostizierende Hautkrankheit hatte, einem Feldwebelleutnant, der zu einer Familienbeerdigung nach Hause durfte, einem Stabsoffizier Zweiter Klasse, der zu einem Stabsoffizierslehrgang flog, und großen Bündeln Post. Reg war sehr wütend. Er hatte doch Anspruch auf Heimaturlaub nach der Landung, und trotzdem verweigerte man ihm diesen. Ein Privileg, sagte man ihm, keineswegs ein Anspruch. Man wollte nicht, daß er frei herumlief und alles dem *Daily Mirror* steckte, einem Schmierblatt, das seine Geschichte mit der Schlagzeile TÖTET EINEN HUNNEN – WIRD BESTRAFT auf der ersten Seite bringen würde. Er befand sich in einer Art Gewahrsam. Der Stabsoffizier (vom Army Educational Corps) hatte Befehl vom Gouverneur, Reg der Einheit zu übergeben, die für solche und ähnliche Fälle von der RAF auf dem Flugplatz bei Northolt geduldet wurde, dem Ziel ihres Fluges. Reg war sehr zornig. Er wollte seine Frau sehen. Er hatte ihr liebevoll jede Woche geschrieben, und sie ihm, weniger liebevoll, wenn sie gerade Lust hatte. Er hatte in gewissem Sinne diesen Deutschen aus Liebe zu seiner Frau getötet. Größere Liebe für sein Weib hat niemand denn jener, der einen Hunnen beziehungsweise Boche mit einem Messer tötet um des Eheweibes willen, da das Blut dieses Weibes geschmäht ward und nur als Nährstoff deutscher Spargel gutgeheißen. Reg war immer noch stark benommen.

Nicht so sehr wie am Anfang. Ihm war gesagt worden – und zwar vom Gouverneur von Gibraltar persönlich –, daß es so nicht ginge, daß man nicht mit Fremden in ausländischen Bars trinken und sie dann von hinten erstechen konnte. Selbst im totalen Krieg gab es gewisse Regeln. Ja war denn ein Unterschied zwischen Krieg und Mord? Aber immer. Dem modernen Krieg war es wesentlich, daß man auf Distanz tötete, anonym und ohne unmittelbare Antipathie. Man tötete (oder gab den Befehl zum Töten) ohne Rankûne, und man erhielt sich diese großzügige Stimmung, indem man Agonie und Vernichtung des Opfers nicht unmittelbar wahrnahm. Die Geschichte der Kriegführung beziehungsweise die Geschichte der Zivilisation insgesamt, von der die Kriegführung ein Aspekt war – sie war eine Geschichte zunehmend wirksamer Distanzierung und Anonymisierung. Glaubte er, Sergeant Jones, denn, daß die tapferen Bomberbesatzungen, die Nacht für Nacht Altenheime und Gebärkliniken in Schutt und Asche legten, ihre heroischen Flüge durchstehen könnten, wenn sie tatsächlich die menschlichen im Gegensatz zu den bloß strategischen Folgen ihrer Einsätze sehen würden? Der springende Punkt war jedenfalls, daß aus der Sicht der nicht im Krieg liegenden Welt, zugegebenermaßen im Augenblick eine Minderheit, er, Sergeant Jones, einen Mord begangen hatte und die neutrale Gerechtigkeit nach einem Opfer verlangte. Aus derselben Großzügigkeit heraus, die soeben angedeutet worden war, hatte man ihm nun gestattet, sich außer Reichweite von irgendwelchen spanischen Entführern zu begeben, denen es ein Anliegen sein mochte, an ihm das Exempel spanischer Justiz statuiert zu sehen. Und er durfte, soweit es seine wesentlich unkriegerische Spezialisierung erlaubte, an der Führung eines großzügigen Krieges in einer wichtigen Kampfzone teilnehmen. Er hatte die Autoritäten hier auf dem Felsen ihren neutralen Nachbarn gegenüber in eine äußerst peinliche Situation gebracht und die völlige Verwirrung des normalen und zivilisierten bürokratischen

Prozesses verschuldet, indem er besagte Autoritäten zu einer hastigen und irregulären Versetzung gezwungen hatte. Man hoffte, daß er diese Versetzung zu schätzen wußte und sich im übrigen entschuldigen würde. Jetzt war er also hier und flog nach Norden. Seine Knie waren sehr kalt. Die Metallbank war hart unter seinem knochigen Hintern.

Und dann war sein Körper plötzlich über und über heiß, von einer Empfindung eisiger Kälte abgesehen, die er am Punkt seines heraldischen Herzens (im Gegensatz zum anatomischen) empfand, an der Stelle hinter seiner linken Brustwarze nämlich. Er hatte einen Mann getötet! Der Mann hatte ihm einen Cocktail gezahlt, den der Barkeeper Juanito »Spitfire« nannte (spanischer Gin und saurer Pomeranzensaft), und hatte liebenswürdig über die Torheit von Kriegen und weniger liebenswürdig vom Krebsgeschwür des Judentums geredet. In der dreckigen Seitengasse, in der andalusischen Dunkelheit, da hatte er seine Hose aufgeknöpft, um an die Wand zu pinkeln, und Obergefreiter Whitcombe hatte – der Begriff paßte eher zu seinem gelehrten Wesen – an die gegenüberliegende Wand uriniert, wenn auch mit einer scherzhaften Anspielung auf Hemingway: er wolle separat pissen. Dann hatte er, Reg, den Stoß gegen den mittleren Saum des blauen Blazerrückens des Mannes geführt. Der Mann war erstaunt, doch die Hände hielten immer noch den fröhlich sprudelnden Penis fest. Noch einmal zustoßen, tief. Der Mann war umgeknickt, den Penis immer noch entblößt, hustend und gurgelnd. Reg hatte ihm den Gnadenstoß ins heraldische Herz gegeben. Dann war Conchita am Ende der Gasse aufgetaucht, mit einem stupiden Soldaten in Zivil, der gerade sagte: »Starker Esser, starker Mann.« Reg war weggelaufen, der würgende Whitcombe hinterher.

Es hatte einmal einen Film gegeben, einen frühen Tonfilm, *The Man I Killed*, da war ein Franzose, der damals in dem anderen Krieg einem Deutschen die Kehle durchgeschnitten hatte, von Reue zerwühlt später in das Dorf des Opfers gegangen, um seine Tat der trauernden Familie zu gestehen. Am Ende des Films hatte ihn die Familie bei sich aufgenommen, an Sohnes Statt. Es gab also für alles eine Vergebung, obwohl er, Reg, kein besonderes Bedürfnis empfand, sich von der Familie Trautwein an Kindes Statt annehmen zu lassen, wo immer die war und falls sie noch existierte. Es ging ihm dann auf, daß er nun, wenn auch verspätet, das eingelöst hatte, weshalb er der internationalen Brigade beigetreten war, nämlich auf spanischem Boden zu töten. Neutral! Es gab keine Neutralität. Die Engländer waren ein Haufen von Heuchlern. Seine walisischen und russischen Korpuskel sangen einen Augenblick lang in der Luft. Seine Kinder – wenn seine liebe Frau je die Trommelstöcke weglegte, um zu empfangen und zu gebären – wären dann jüdisch und russisch und walisisch. Das war schön, das war gut, und zum Teufel mit den verdammten Engländern. Für die hatte er einen Deutschen getötet, und das war nun der Dank.

Als sie in einer regnerisch englischen Morgendämmerung landeten, fuhr man ihn zusammen mit seinem Gepäck und dem Stabsoffizier (der sagte: »Das ist eigentlich nicht mein Job, müssen Sie wissen«) in einem Jeep zu einem kleinen Dorf aus Wellblechbaracken am Rand des Flugplatzes. Der Offizier übergab ihn an einen schläfrigen Lieutenant des Service Corps, zusammen mit einem vom Kommandanten der Gibraltargarnison versiegelten Briefumschlag. Der Lieutenant wachte abrupt zur Gänze auf, als er vor einem Sergeant des Intelligence Corps stand, in zerknittertem Tropenkhaki, mit bloßen Knien und allem. Als ob sich im feuchten englischen Frühmorgen eine Figur aus einem Errol-Flynn-Film über den Burmafeldzug materialisiert hätte. Reg erklärte, er habe nur noch eine tragbare Uniform, da die andere voll Öl und Meeresdreck sei, seitdem er von Bord eines Schnellbootes zwischen dem Festland und der vorgelagerten Insel ins Mittelmeer gefallen sei. Diese eine tragbare Uniform sei zum Schneider gegangen, damit der lockere Kragen nachgenäht würde, und sei noch nicht zurück, nicht, daß man im langen Sommer von Gibraltar irgendeinen Grund zur Eile gesehen hätte. Der Lieutenant war verkatert und dringend eines Bechers Tee bedürftig, aber das Küchenpersonal war noch nicht auf; er sagte, Reg sei nicht dienstgemäß gekleidet und könne sich damit eine 252 fangen – sagte es allerdings abwesend, da er dabei den offiziellen Brief las. Er sah mit zusammengekniffenen Augen zu Reg hoch und sagte:

»Sie haben da anscheinend Mist gebaut.«

»Ich habe nur einen Deutschen getötet, Sir.«

»Tatsache, ja? Also, es hat den Anschein, als hätten Sie damit eine Art Test bestanden und hätten sich dafür qualifiziert, weitere Deutsche zu töten. Dem hier zufolge fahren Sie jetzt nach Portsmouth und warten dann auf den Transport in die Normandie. Sie melden sich bei der Truppe in Arromanches. Wissen Sie, wo das ist?«

»In der Normandie vermutlich, Sir.«

»Sehr komisch. Das ist da, wo man Mulberry Harbour gebaut hat, ein Triumph britischer Ingenieurkunst. Also gut, klopfen Sie bei Baracke Zwei und wecken Sie meinen Sergeantmajor. Sagen Sie ihm, daß Sie nicht wie ein verdammter Burmaneger abreisen können. Er muß irgendwo eine Uniform für Sie auftreiben. Weiß der Himmel, wo.«

»Nicht meine Schuld, Sir.«

»Ich habe den Eindruck, Sergeant, Sie glauben, daß Sie das alles hier einen Scheißdreck angeht.«

»Sir.«

Reg wurde tatsächlich erst wieder eingekleidet, nachdem er, von Militärpolizei bewacht, mit einem Dreitonnenlaster – dem einzigen zur Verfügung stehenden Fahrzeug – in das Transitlager nach Portsmouth gebracht worden war. Der Quartiermeister dort, ein Lieutenant aus dem Mannschaftsstand mit einem Bermondsey-Dialekt, hatte eine Anzahl gereinigter Uniformen zur Verfügung, die man den sauberen Toten abgenommen hatte, die an nichtkriegerischen Ursachen in Militärhospitälern der Umgebung gestorben waren. Als er die Uniform eines Sergeantmajors vom Hertfordshire-Regiment fand, die ihm wie angegossen saß, entschloß Reg sich plötzlich, als Belohnung für die Tötung eines Deutschen sich selbst zum Offiziersdiensttuenden Erster Klasse zu befördern. Er faßte noch einen weiteren Entschluß: Er würde den beiden Obergefreiten von der Militärpolizei, die vor dem

Kleiderlager warteten, durchgehen. In Verkleidung würde er den ihm vorenthaltenen Urlaub nehmen, und zur Hölle mit den Folgen. Die populistische britische Presse würde ihm schlimmstenfalls zur Seite stehen. Die Vorgesetzten in Gibraltar hätten nicht erwähnen dürfen, er solle bloß nichts irgendeinem Schmierblatt erzählen, denn von selbst wäre er auf diese Idee gar nicht gekommen. Er hatte die Sache als Lokalangelegenheit behandeln wollen, und die *Gibraltar Chronicle*, die älteste Zeitung Europas, war bekanntlich kein Schmierblatt.

Reg beschloß, sein Marschgepäck zurückzulassen, und schmiß es in eine Ecke der Kleiderkammer, wo schon einiges dieser Art herumlag, wahrscheinlich einst Besitz der nunmehr entlassenen Toten. Doch ganz unten aus seinem schmutzigblauen Tornister, vollgepfropft mit schmutziger Wäsche, zog er noch einen Ring mit zwei Schlüsseln heraus: Einer war für die Haustür von Zipporahs Mietwohnung, der andere für die Wohnungstür selbst. Diese Schlüssel küßte er und schob sie dann in die linke Hemdentasche seiner neuen Uniform. Aus dem Khakirucksack nahm er ein kleines Notizbuch, in dem die Telephonnummer seiner Schwester stand. Er schätzte, daß er bis zum Abend dieses Tages nicht mehr nach Manchester kommen würde, da es nun schon Mittag war; er beabsichtigte, seine Schwester in London anzurufen, um zu sehen, ob sie zuhause war, und sie vorzuwarnen, damit sie nicht bei seiner Ankunft gerade mit irgend jemandem im Bett lag. Zip würde er nicht anrufen – er würde sie überwältigen mit der Überraschung einer unerwarteten Rückkehr ihres Soldatengatten. Hier zeigte er seinen gewohnten Mangel an Diskretion und Voraussicht.

Er tauschte seine eigene Uniformmütze gegen eine spitzere mit dem mattgewordenen Abzeichen des Army Veterinary Corps. Unter dem Strandgut von Kleinigkeiten, das auf einem Tablett lag, fand er eine Gasmaskenbrille mit Stahlfassung. Es überraschte ihn, daß sich mit ihr seine Sehkraft schärfte, auf vielleicht sogar übertriebene Weise. Er hätte nicht gedacht, an irgendeiner Sehschwäche zu leiden, aber der Militärarzt hatte bei seiner letzten Generaluntersuchung ja gesagt, dieser Tage würde man die

Augen zählen, nicht prüfen. Der Quartiermeister kam aus dem Büro zurück, wo er als eine Art Cocktail vor dem Mittagessen seinen Tee zu schlürfen begonnen hatte, und fand sich einem verwandelten Reg gegenüber. Reg erklärte, seine Beförderung sei am Tag der Abreise vom Felsen noch durchgegeben worden, unterschrieb, daß er seine neue Ausstattung in Empfang genommen hatte, und verschwand hastig. Er sah seine Eskorte auf einer Bank sitzen, hier auf dem Treppenabsatz im zweiten Stock, wo die Kleiderkammer lag – der eine las *Blighty*, der andere stocherte mit einem Streichholz in einem Backenzahn. Beide sahen ohne Neugier einen spitzbemützten Sergeantmajor mit Brille herauskommen. Reg schlenderte die Treppe hinunter. Im wäßrigen Sonnenlicht draußen bewegte er sich eiliger. Es gab zwei Gründe, nicht den Zug nach London zu nehmen: Zum einen hatte er nur Gibraltar-Banknoten, zum anderen würden die Endbahnhöfe voller Militärpolizei sein, die nach ihm suchte. Nach ihm! Der einen Deutschen getötet hatte! Er würde die Landstraße nehmen.

Es traf sich, daß ich selbst an diesem Tag in Portsmouth war. Ich hatte eine Woche Sonderurlaub von Aldershot, wo ich zum Ausbilderstab gekommen war, und verbrachte die Zeit bei meinen Eltern in dem von ihnen gemieteten Haus – Hanway Villa in der Brunel Avenue. Ich mußte an diesem Abend wieder in Aldershot sein. Portsmouth war ein Scherbenhaufen. Es hatte siebenundsechzig Luftangriffe durchgestanden, wenn auch der im Mai dieses Jahres dann der letzte sein sollte. Mein Vater erzählte mir von seiner Arbeit am Mulberry Harbour, Regs Landungsziel. Sechs Meilen Wellenbrecher, und es war eine Wahnsinnsschinderei für die Trockendocks an der britischen Küste gewesen, die notwendigen Caissons zu bauen, zweihundert Fuß lang und in sechs Höhen von sechzig Fuß bis fünfundzwanzig. Ich verstand nicht viel von dem allem. »Auf welcher Seite steht Gott?« wollte mein Vater wissen. So einen Sturm, wie er vierzehn Tage nach der Landung in der Normandie losgebrochen war, hatte man im Juni noch nie erlebt. »Die Yanks haben das meiste abgekriegt, Boote, die ihnen die Ankerplätze zusammengeschlagen und die Caissons zertrümmert haben. Gottseidank war auf unserer Seite der Wellenbrecher fast schon fertig, und der Meeresboden ist fester. Gottseidank, sage ich, aber wir brauchen Gott für nichts zu danken. Obwohl ich sagen möchte: Gottseidank bin ich jetzt bald soweit, daß ich mit dem Geschäft aufhöre.« Mein Vater, der über seiner Arbeit braungebrannt und agil geblieben war, füllte sich die Dunhillpfeife mit St. Bruno und sagte zu mir: »Der Krieg wird so in einem Jahr vorbei sein, würde ich sagen. Wie war das, was wolltest du dann treiben?«

»Ich wollte gar nichts. Zurückgehen und meinen Magister machen vielleicht. Aber ich habe das Gefühl, über die Philosophie bin ich hinaus.« Ich meinte damit, daß es mich tief in die phänomenale Welt hineingezogen hatte, als ich die Fallschirmjäger trainiert hatte, die vor der Normandielandung hinter den feindlichen Linien abgesprungen waren; als ich ihnen beigebracht hatte, wie man Kehlen durchschneidet. Nicht Ockhams Rasiermesser der scholastischen Logik, sondern die scharfe Klinge des Phänomenalen. Meine Mutter arbeitete am Eßzimmertisch an ihrem erlesenen Hobby: der kalligraphischen Niederschrift ihrer eigenen Gelegenheitsepigramme auf Pergament in venezianischer Minuskel. Sie verschenkte diese Produktionen, wenn auch nicht an ihre Kinder. Soeben war sie dabei, folgendes zu tuschen:

Sein oder nicht Sein, das ist nicht die Frage.
Der glatte Weltmann wähnt sich Herr der Lage.
Doch stellt sich diese Frage im Gerichtssaal,
Dann wird demselben Spötter das Gesicht fahl.

Sie war grauhaarig, dicklich, krampfadrig, aber immer noch hübsch.

»Hilf zeitig bei der Gründung des jüdischen Staats mit. Da liegt deine Zukunft. Lern richtiges Hebräisch, da sind dein Vater und ich gerade dabei. Nicht bloß die Fetzen, die wir damals in Jaffa und Jerusalem den Dienstboten hingeworfen haben.« Ich war erstaunt. Ich sagte:

»Habt ihr beide vor, nach Palästina auszuwandern?«

»Israel heißt es oder wird es heißen«, paffte mein Vater und sah mit seinem Tweedanzug in der aromatischen Wolke von St. Bruno-Tabaksrauch sehr britisch aus. »Es ist unsererseits keine Geste des jüdischen Patriotismus, höchstens vielleicht historisch gesehen. Wir möchten dorthin, wo es warm ist und wo wir hinten im Hof Orangen pflücken können. Wir haben beide genug von der englischen Kälte. Hör dir an, wie es in der Brust deiner armen Mutter zugeht.« Meine Mutter zog kurz an der Schnur eines rasselnden Schleimhustens. »Und mit England ist es vorbei, weißt du das? Dieser Krieg hat England fertiggemacht. Deine Mutter und ich, wir wollen rüber auf die richtige Seite des Mittelmeers. Die Zivilisation hat in Palästina begonnen, und da wird sie auch wieder neu aufgebaut. Aber deine Generation ist es, der deine Mutter und ich beim Aufbau zusehen möchten.«

»Was soll das heißen, da hat sie angefangen? Und Ägypten? Und Athen?«

»Der Monotheismus«, sagte mein Vater. »Nicht daß ich daran glauben würde, auch nicht an den Polytheismus, davon abgesehen. Die Semiten haben die Technik der phonetischen Schrift entwickelt. Sie haben den Gesellschaftsvertrag erfunden. Täusch dich nur nicht, das neue Israel wird von den Gehirnen der ganzen jüdischen Welt genährt werden, nach der langen Diaspora vereint. Ja, das hört sich wohl schon nach Patriotismus an, aber schließlich sind wir eben Juden.«

»Atheistische Juden.«

»Der jüdische Atheismus ist verschieden von dem aller anderen. Und selbst jüdische Atheisten haben spirituelle Anlagen, die sie mit priesterlichem Eifer pflegen. Musik zum Beispiel.«

»Es hat eine Zeit gegeben, wo dir Musik nicht viel bedeutet hat.«

»Ach, ich sehe jetzt nachgerade gewisse strukturelle Grundzüge. Wie beim Hoch- und Tiefbau. Ich habe das Hallé-Orchester im Radio gehört. Ein Werk mit dem Titel *Belsazars Gastmahl*, Bariton und Chor, sehr jüdisch.«

»Von einem Christen aus Lancashire verfaßt.«

»Ach, der muß Jude sein. Ich habe Zipporah donnern und

zimbeln hören. Sie könnte zu den Gründungsmitgliedern eines großen israelischen Symphonieorchesters gehören.«

»Und ich?«

»Du könntest an der Universität Jerusalem Philosophie unterrichten. Oder du könntest dich den israelischen Streitkräften anschließen und uns als Ausbilder helfen. Sie lehren, wie man die verdammten Araber aufs Haupt schlägt.«

»Was für Ausdrücke«, tadelte meine Mutter und führte mit Sorgfalt die Tuschfeder.

»Unter einer gütigen Sonne«, mein Vater blühte auf, »und einem Himmel von tiefstem Blau.«

»An einer Orange lutschend.«

»Warum nicht? Ist schon lange her, daß einer von uns eine Orange gesehen hat.«

Der aus dem südlichen Eden vertriebene Orangenlutscher Reg saß bereits im Führerhaus eines Zivillastwagens, der Abflußrohre nach Hounslow brachte, und erzählte dem Fahrer, er hätte einen Hunnen allegemacht und sei deshalb auf der Flucht. Ich nahm einen Zug, der dreckig von überlaufenden Klosetts und muffig von schnarchenden Soldaten war. Ein zugesoffener Unteroffizier mir gegenüber röchelte im Schlaf und zeigte sich plötzlich inkontinent. Das kleine Mädchen neben ihm sagte zur Mutter: »Mammi, der hat sich ganz voll Pipi gemacht.« Still, mein Schatz, pssst. Als wir am Endbahnhof ankamen, überraschte es mich, viel mehr Militärpolizei zu sehen als gewöhnlich. Ich mußte meinen Urlaubsausweis zeigen. Ich begriff nicht, weshalb sie mir, kürzlich zum Offiziersdiensttuenden Erster Klasse befördert, viel mehr Zeit widmeten als den miefigen Soldaten. Zwei von denen, die ohne Urlaubserlaubnis reisten, wurden fortgeschleift. Mich ließ man nach einem langen Studium meines AB 64/I schließlich gehen. Ganz offensichtlich waren sie hinter jemandem her.

Der fragliche Jemand hatte nur Gibraltar-Pfundnoten in der Tasche, aber er besaß Münzen, die Mutterland und Kolonie gemeinsam hatten, und er benutzte zwei Pennys davon, um seine Schwester Beatrix aus einer Zelle in Hounslow anzurufen. Eine Männerstimme antwortete: »Was ist?«

»Miss Beatrix Jones bitte.«

»Verroll dich.«

»Hier ist ihr Bruder. Es ist dringend. Wer sind Sie überhaupt?«

»Verpiß dich.«

»Verpiß dich selber! Ich bin ihr Bruder, Menschenskind. Hol sie ans Telephon.«

»Rufst aus der Gefangenschaft an, was? Stalag Soundsoviel. Sehr schlau. Hau ab, Freundchen, ist nicht deine Nacht heut.« Und der Hörer knallte auf die Gabel. Reg versuchte es noch einmal. Diesmal wurde der Hörer abgenommen und beiseitegelegt, und er konnte schwache Geräusche von mehr oder weniger rhythmischen Körperbewegungen hören. Er legte auf. Also nach Manchester. Er war neben einem Lastwagenfahrerlokal an der Landstraße abgesetzt worden, wo sein Fahrer aus Portsmouth Tee und aufgebratenes Spam zu konsumieren beabsichtigte, um anschließend eine Frau zu besuchen, deren Mann sich gerade zum Rhein oder auch zur Rhône vorkämpfte. Reg betrat diese verqualmte Hölle, um mit dem Lied »Gutnachtküßchen, Sergeantmajor« begrüßt zu werden. Fuhr irgend jemand nach Norden, wollte er wissen. Ein Mann würde, sobald er mit seinem eingeweichten Trockenei auf Toast fertig wäre, den Transport von Dachziegeln nach Newcastle in Staffordshire fortsetzen. Das paßte doch. Reg versuchte, ein paar von seinen Gibraltarscheinen einzuwechseln. Man untersuchte sie neugierig, aber niemand biß an. Er gab seinen letzten Sixpence für eine Art Schweinefleischpastete aus, deren größten Teil er dann an den Hund des Hauses verfütterte, eine übergewichtige gefleckte Promenadenmischung, und er bereitete sich auf die Weiterfahrt vor, indem er auf einem stinkenden Klo pinkelte und gleichzeitig in Augenhöhe die Inschrift las: *Winnie in Warwick wird flach geleegt / die gehört mal gründlich durchgefegt / oh wie gerrn hätte ich ihn bei ihr reingestekt.* Dann stieg er in das neue Führerhaus und erzählte seinem neuen Fahrer, er sei auf der Flucht, weil er einen deutschen Spion getötet habe. Es hatte nicht den Anschein, als schenke man ihm Glauben.

Vor Stoke, wo der Fahrer gesagt hatte, hier seien seine Chancen Richtung Norden besser, nahm ihn ein amerikanisches Stabsautomobil mit. Er saß neben einem Mann, der aussah wie ein erschöpfter US-General und dann und wann sagte: »Sicherlich, sicherlich«, während sein Chauffeur summte »Don't fence me in.« In Matlock hielt auf sein Winken ein Dreitonner mit der Aufschrift »Kommando West«, leer bis auf den Fahrer und einen verschlafenen Transportsoldaten, der auf das Wappen an Regs Uniformärmel zeigte und zu ihm sagte: »Haste die Kätzchen fürs Streicheln gekriegt?« Im Morgengrauen schlug sein Herz gewaltig hämmernd (Oh wie gerrn hätt ich ihn –), als er von einem Armeetransportdepot in Moss Side in Richtung der Wohnung seiner Frau in der Wilmslow Road marschierte.

Es gab einmal eine umfangreiche Witzmythologie über den ohne Vorwarnung zu seiner Frau heimkehrenden Soldaten. Der Soldat, der triefnaß ins Pub tritt und sagt: »Sie war grade im Bad, versteht ihr.« Der Soldat, der mit dem Cricketschläger dreimal gegen die Haustür donnert und dann zur Hintertür rennt: »Ich hab noch keinen von den Pennern verfehlt.« Der Soldat, der vorwurfsvoll sagt: »Du und ich, wir waren doch Kumpel. Dieselbe Schicht sind wir gefahren. Und schau dich an, wo ich dich finde. Hör jetzt auf damit, wenn ich mit dir rede!« Aber meistens und nicht ohne Grund hatte der heimwehkranke Soldat die Vision, wie sie in einer hellen Küchenschürze auf ihn wartete, eine Tasse Tee in der Hand. Als Reg die Haustür aufgeschlossen hatte und im schwachen Treppenlicht auf Zehenspitzen nach oben geschlichen war, um ganz leise die Wohnungstür zu öffnen (und den Schlaf des Hauses nicht unnötig zu stören), betrat er die Komödienwelt des gehörnten Kriegers. Denn da lag meine Schwester, nackt, ihr schöner praller Hintern arbeitete über einem ebenso nackten Fremden, und sie erzielte einen sehr befriedigenden Orgasmus, während Reg unbemerkt unter der Tür die Szene offenen Mundes anstarrte. Der Fremde stieß dann drei-, viermal nach oben und erschauerte, den Mund wie Reg geöffnet, wenn auch mit wesentlich anderen Gefühlen. Die beiden küßten sich dann schmatzend, und Zip brach neben ihm zusammen. Man hörte viel schweres Atmen, wie von Athleten, die ihr Ziel erreicht haben; dann wurde es langsam ruhiger, wenn der Atem auch noch in tiefen Zügen ging. Dann sahen sie Reg. Reg mußte sich nun etwas einfallen lassen, was er sagen konnte, etwas anderes als »Ach du Scheiße.« Er sagte: »Womit hat er's dir besorgt? Mit seiner gottverdammten Pikkoloflöte?« Dann sah er auf dem Boden unter Kleidungsstücken beider Geschlechter den schwarzen Kunstlederkasten eines wesentlich gewichtigeren Musikinstruments. Er rannte hinaus. Es gab im Grunde nichts zu sagen. Zip rief ihm nichts nach – was hätte es zu rufen gegeben? Auf halber Höhe der Treppe drehte Reg sich um und schrie: »Ich hab einen gottverdammten Deutschen für dich getötet, und das ist jetzt der Dank dafür, Nutte! Bastard! Für euch!« Reg ging auf die Straße hinaus, wo – Krieg oder nicht – ein Milchwagen vorbeiklapperte, im Zickzack gesteuert, des Verkehrs nicht achtend, aber es gab ja gar keinen Verkehr außer dem Milchwagen, weiß und unschuldig wie seine Fracht. Er sagte viele Male laut: O Gott! O Gott! O Gott! Beunruhigt und überrascht stellte er fest, daß Literatur schließlich doch für gewisse Lebenssituationen relevant war. *La casada infiel.* Aber das war Ehebruch aus der Perspektive des Ehebrechers. *Othello.* Tu aus das Licht. Die französischen Boulevardkomödien stellten die ganze Angelegenheit als großen Witz hin, trotz oder wegen des *crime passionel.* »O Gott, es würd ein Tier, das nicht Vernunft hat....« Aber das war wieder eher so etwas wie Inzest und Unterlassung der Witwentrauer. O Gott o Gott o Gott – diese Wendung mußte eine lange Zeit herhalten.

Und natürlich war das Gefühl, das ihn durchrüttelte, kein eindeutiges. Schock, Empörung, auch obszöne Erregtheit. Seine Frau als Hure zu sehen, jene Züge der gestillten Lust, die Blake an einem Eheweib schauen wollte. Dieser erregt sich bewegende schöne Körper, diese Santa-Teresa-Ekstase, als ihr schwarzes Haar zur Ruhe kam. Sein eigenes Gesicht auf dem Körper dieses Fremden, dieses Tuba- oder Trompetenbläsers. Ein falscher Sergeantmajor mit einer echten Erektion. Wieder zurück, alles vergeben, laß uns das tun, du und ich, was er und du getan haben. Ich weiß schon, der Krieg, Abwesenheit des legitimen Liebsten, ist ja begreiflich. Aber sie würde nichts von Verzeihung hören wollen. Frauen wollten das nie, sie waren immer bereit, sich selbst zu rechtfertigen. Auf der Sahne von nem anderen reinrutschen, wie ein geiler Techniksergeant es ihm mal grinsend erklärt hatte, Drecksau die. Reg schwankte und lehnte sich dann an das Schaufenster eines Tabakladens, der mit dem Plakat KEINE ZIGARETTEN warb, um trocken zu schluchzen. Ein Polizist, der auf irgend etwas kaute und seine morgendliche Streife anfing, betrachtete einen Sergeantmajor, der wie ein Kind greinte, und sagte freundlich:

»Stimmt was nich, Meister?«

Reg zeigte ihm trockene schmerzerfüllte Augen und sagte: »Meine Frau.«

Der Polizist nickte und setzte den Zeitumständen entsprechend die Entdeckung eines Auswärtsspiels voraus und nicht Tod, Verstümmelung oder einsetzende Wehen. Und er sagte:

»Da spielt sich jetzt jede Menge ab. Kamman nix machen. Das is der Krieg, nich wahr. Der Krieg issas, Meister.« Und da entschloß sich Reg, als er seine ganze Ödnis von Verlassenheit und Täuschung vor sich sah, alles hinzuschmeißen und sich der nächstliegenden Gerechtigkeit zu überantworten. Er sagte:

»Ist es weit bis zur Station?«

»Didbury ist da lang, aber Züge fahren da keine mehr. Die andere Station is Stadtmitte.«

»Nein, nein, *Ihre* Station. Ihre Wache.«

»Ah so, jetzt versteh ich. Ich nehm Sie mit.« Das hieß schließlich eine Gelegenheit, noch einen Tee zu trinken und sich dabei von jemand seine Sorgen erzählen zu lassen, weniger langweilig als die verdammte Streife zu latschen. Er nahm ihn mit. Die blaue Lampe an der Tür brannte noch, Stromverschwendung. Reg wandte sich an den diensthabenden Sergeant. Er sagte:

»Ehe ich Ihnen alles mitteile, könnte ich ein Telephongespräch führen? Mit London.«

»Das hier ist kein öffentliches Haus«, sagte der Sergeant

mehrdeutig. Er trug seine Brille vorn auf der langen Nase und musterte Reg über die Gläser hinweg.

»Ich bezahle für den Anruf, wenn Sie mir ein Pfund aus Gibraltar wechseln können.« Und Reg dachte: Frauen! Seine Schwester und seine Ehefrau, beide mittendrin erwischt. Zu dieser Stunde würde seine Schwester, dachte er, sich bald zum Aufstehen anschicken. Wenn dieser vulgäre Penner, der anscheinend ihren gegenwärtigen Liebhaber abgab, noch in der Wohnung war, dann lag er wahrscheinlich schnarchend herum. Oder sie hatte ihn am frühen Morgen weggeschickt, wie sie es ja gerne tat, am liebsten, wenn einer noch weit zu gehen hatte. Der Sergeant und der Wachtmeister warfen beide einen langen interessierten Blick auf den Geldschein aus Gibraltar mit seinem Bild des Felsens. Der Sergeant sagte:

»Ich will Ihnen was sagen, geben Sie mir den, ich geb ihn meinem Jüngsten, der sammelt sowas, und Sie können Ihren Anruf machen.«

»Verdammt teuer«, sagte Reg.

»Na, ist doch nur ausländisches Geld, was? Nichts wie Papier. Also, machen Sie ruhig zu. Was Persönliches? Ich und der hier lassen Ihnen mal bißchen Platz.« Irgendwo summte ein Wasserkessel. Reg ließ sich Beatrix' Anschluß geben, und nachdem er eine fremde Stimme in der Leitung *Nein, nein, das gibt's doch gar nicht* hatte rufen hören, kam ihr »Hallo?«, stachlig von Nebengeräuschen. Reg sprach viel, rasch und nicht sehr zusammenhängend. Als Angestellte des Außenministeriums war sie an dem diplomatischen Problem interessiert, das sich aus der Tatsache ergab, daß ihr Bruder einen Feind auf neutralem Boden erstochen hatte. Als Schwester war sie hinreichend empört über die Art und Weise, wie man ihn behandelt hatte, und auch beunruhigt über seine augenblickliche Situation in bezug auf die Armee. Als ledige Frau, die es mit der freien Liebe hielt, fand sie Regs Entdeckung seines Hahnreitums in nackter Eindeutigkeit irgendwie amüsant, aber das behielt sie für sich. In einer weiteren Eigenschaft, deren Wesen sie für den Augenblick nicht enthüllte, war sie überraschend zuversichtlich. Mach jetzt einfach, was du machen mußt, riet sie, und dann warte ab. Lange wirst du nicht warten müssen. Reg legte auf. Der Sergeant und der Wachtmeister kamen mit Teebechern in den Fäusten zurück. Aus einer entfernt liegenden Zelle hörte man unaufrichtiges Gelächter. Reg sagte:

»Also gut, meine Herren. Ich bin Deserteur.«

Der Sergeant nahm drei nachdenkliche kleine Schlucke und sagte: »Geht uns nichts an, was? Das ist was zwischen Ihnen und der Armee.«

»Es geht hier schließlich um das Gesetz, oder?«

»Es gibt Gesetz und Gesetz.« Der Sergeant trank. »Militärgesetze sind eins, und die andere Sorte Gesetz ist was völlig anderes. Was im einen Zusammenhang ungesetzlich ist, spielt im anderen überhaupt keine Rolle, wenn Sie verstehen, was ich meine. Wenn Sie eine Bank ausgeraubt hätten oder eine Oma wegen der Rente umgebracht, also, das wäre dann unsere Sache gewesen. Aber wenn Sie im Schlaf einen Kameraden umbringen wie Danny Deever« (Reg war überrascht über das Kiplingzitat, aber die Welt war ja voller Überraschungen), »das wäre dann eine andere Art Verbrechen. Mord, ja, aber nicht unsere Art Mord.«

»Das soll also heißen«, sagte Reg nicht ohne Schärfe, »daß es kein absolutes Verbrechen und keine absolute Gerechtigkeit gibt.«

»Absolut nicht«, sagte der Sergeant, obwohl er das nicht genau verstand. »Wir«, fügte der Wachtmeister hinzu, »lernen aus *Moriartys Recht für Polizisten*. Steht alles im Buch.«

»Was wir tun könnten«, sagte der Sergeant, als handle es sich um einen Gnadenerweis, »das wäre beim Militär anrufen. Wir tun einer schon mal was für den anderen, sozusagen. *Wir* greifen hie und da einen betrunkenen Soldaten auf und reichen ihn weiter. Man muß allerdings sagen, daß sie für uns nicht viel tun. Keine richtige Polizei, nur auf Kriegsdauer dabei. Bleiben Sie jetzt jedenfalls hier, und ich ruf mal an. Tut mir leid, daß wir Ihnen keinen Tee anbieten können, der ist rationiert.«

»Er kann einen Schluck von mir haben«, sagte der Wachtmeister.

Reg hatte wie andere Soldaten mehr als genug Militärpolizisten auf Straßen und in Bahnhöfen patrouillieren sehen, aber es war ihm nie in den Sinn gekommen, daß die Drecksäcke, wie sie allgemein hießen, auch ihre eigenen Schlupflöcher hatten beziehungsweise so eine Art blankgewienerte und weißgekalkte Kaserne wie die hier, wo ihn kurz darauf ein Korporal und ein Obergefreiter vorführten. Er wurde vor einen überaus geschniegelten Captain gebracht, der einen schneeweißen Gürtel trug und glänzende Halbstiefel; der Captain saß in einem Büro, wo wie auf einer richtigen Polizeiwache Photographien gesuchter Männer hingen, meist Bilder, die Gemeine von blödsinniger Hilflosigkeit zeigten. Jedenfalls war niemand von Regs Rang – dem realen wie dem angemaßten – darunter. Reg erzählte seine Geschichte, und der Captain sagte:

»Ja, ich glaube, es kam da wegen Ihnen was durch letzte Nacht. Stellen sich jetzt selbst, das spricht immerhin für Sie. Ich muß mich mit Ihrer Einheit in Verbindung setzen.« Freundlich fügte er hinzu: »Wenn Sie in der Sergeantenkantine frühstücken wollen, will ich Sie nicht aufhalten. Das ist ein ganz merkwürdiger Fall mit Ihnen, so etwas ist mir eigentlich noch gar nie untergekommen. Also gut, wir lassen Sie wieder vorreiten, wenn Sie gebraucht werden.« Reg entdeckte, daß die Kantine unerwartet warm und muffig-behaglich war, ein Refugium vor der Pedanterie makellos sauberer Gesetzestreue. Im Vorraum sah Reg einen Offiziersdiensttuenden Zweiter Klasse konzentriert rauchen und dem Kantinenradio lauschen. Es war ernste Musik, und Reg hörte einen Bariton rufen: »Preiset die Götter!« Herrgott (im Singular), es war *Belsazars Gastmahl!* Dieses Flittchen! Er war spät dran mit seinem Frühstück, und nur eine Ordonnanz sah ihn über dem Speck und gebratenen Brot zittern. Nicht einmal die Ordonnanz konnte die bittere Erektion unter dem Tisch sehen. Er wurde bei seiner zweiten Tasse Tee wieder schlaff. Als er in den Vorraum hinausging, stöhnte der Chor, daß das Licht einer Kerze nicht mehr scheinen würde.

Reg las den *Daily Mirror* – hier war die einzige wirkliche Neuigkeit des Tages die letzte Folge des Comicstrips (wahrhaftig die passende Bezeichnung) über ein tugendhaftes Mädchen namens Jane, der ständig die Kleider abhanden kamen. Der Krieg lief gut, und ein Korporal in Huddersfield hatte seine Frau erschossen, die offenbar nicht tugendhaft gewesen war. Es war Zeit für die morgendliche Teepause, mit einem Tablett teigiger Teilchen und einer großen tropfenden Kanne, als Reg von einem bürokratisch wirkenden Mann seines eigenen – wahren – Ranges ins Büro geholt wurde. Der Captain schaute wegen irgend etwas ungläubig drein.

»Sie sollen sich im Kriegsministerium melden, im *Kriegsministerium*, und zwar um neunzehn Uhr heute abend. Fragen Sie mich nicht, weshalb, das ist der Befehl, der von Ihrer Einheit durchgekommen ist. Was ist denn da eigentlich los?«

»Ich weiß es auch nicht, Sir. Steht da, bei wem im Kriegsministerium?«

»Nein, es heißt nur: Haupteingang. Hier geht etwas ganz Komisches vor. Diesen ganzen Scheiß, Sie entschuldigen schon, verstehe ich einfach nicht. Sie werden besser wissen als ich, was es ist, Sie sind ja beim Nachrichtendienst, aber es schaut sehr unüblich aus. Jedenfalls muß ich Ihnen einen Eisenbahnpaß geben, und Sie sollten zackzack zur London Road rüber, damit Sie noch den 11.58 nach Euston erwischen. Wie Sie sind, ohne Eskorte.«

»Wie ich bin?«

»Ja, Sie waren da etwas voreilig, aber der Rang, den Sie da tragen, das ist der, den Sie nunmehr bekleiden. Von morgen Mittag an jedenfalls.« Der Captain starrte Reg fassungslos an und wandte dann den Kopf, um ihn in fortdauernder Fassungslosigkeit vor der Galerie hilfloser durchgebrannter Soldaten zu schütteln. »Also gut, Mr. Jones, warten Sie noch kurz auf Ihren Paß, er wird gerade ausgestellt.« *Mister* Jones. Nur Unteroffiziere und Offiziersdiensttuende bekamen diese Anrede zu hören; gemeine Soldaten sahen sie als Gipfelpunkt der Karriere, die Offiziere als Nadir. Mr. Jones bekam seinen Eisenbahnpaß und ging auf den Bus. Im Zug sah er sich dann auf den gegenüberliegenden Sitzen mit einer Genreszene konfrontiert, die er vielleicht eines Tages – dachte er sich – auch entschlüsseln können würde: Ein Pfarrer las

Monsignore Ronald Knox' *Gute Stimmung bei der Messe*; ein Feldwebelleutnant der Artillerie musterte mit brütend in sich gekehrtem Blick eine innere Vision; ein blondes Exemplar vom Weiblichen Hilfskorps (Typ der sogenannten Adjutante) lächelte süß, und eine verächtlich dreinschauende Matrosin vom Woman's Royal Naval Service rauchte mit steinernem Gesicht. Niemand hatte einen Blick für Mr. Jones übrig. Doch neben ihm saß ein kleiner Junge, der an dem aufgenähten Stoffwappen an Regs Ärmel nestelte, bis seine schwarzgekleidete Mutter ihm einen schwächlichen Klaps gab. Und so lief Reg an diesem frühen Spätaugustabend in Euston ein und nahm die U-Bahn nach Westminster. Von dort ging er nach Whitehall und fand nicht ohne Schwierigkeiten die Kriegskiste, wie das Gebäude genannt wurde. Davor wartete seine Schwester Beatrix, chic in einem beigen Kostüm mit eckigen Schultern, aber mit müden Ringen unter den Augen. Reg sagte:

»Wieso? Wieso du?«

»Ich erklär's dir bei mir zuhause. Außen- und Kriegsministerium arbeiten bei etwas zusammen, wobei genau, wirst du dann sehen.«

»Du siehst müde aus, Trix.«

»Das sind diese Flugbomben, Hitlers letzte Geheimwaffe. Man liegt wach und lauscht, ob sie kommen. Weiß Gott, weshalb. Wenn sie einen erwischen, erwischen sie einen. Komm, ich hab einen Wagen vom Ministerium für uns.«

»O Gott.«

Der Wagen wartete auf dem Parkplatz, und ein Obergefreiter erhob sich rasch vom Chauffeurssitz, machte seine Zigarette aus und öffnete mit Grandezza die hintere Tür. »Colonel Waggetts Wagen«, erklärte Beatrix. »Armer Kerl, hat ein Bein verloren. Leidet an Neurasthenie.« Der Wagen fuhr an gelegentlichen Schutthaufen vorüber, dem Werk der V-1. Der Fahrer schien den Weg zu Beatrix' Wohnung gut zu kennen. Gegenüber dem Haus lag Schutt. Beatrix' Bett war ungemacht, und es zeichnete sich der Abdruck eines zweiten Körpers darin ab. Außerdem lag dort eine Männerunterhose.

»Ich hab angerufen, aber irgendein Bastard hat mir immerzu gesagt, ich soll mich verpissen.«

»Ja, ein Dichter, wird sehr geschätzt. Egal. Wir haben wichtige Dinge zu besprechen.«

»Haben wir auch was zu essen? Ich bin völlig ausgehungert. Das ganze Hin und Her, und nur Gibraltarscheine in der Tasche.«

»Es ist ein wenig Käse da und eine Menge Wodka.«

»Eine Menge? Wo kommt die her?«

»Wir haben einen russischen Cousin in London. In der Botschaft. Ein Neffe von Mutter namens Jura Petrowitsch Schulgin. Du hast sie doch von ihm erzählen hören. Hat 1917 ein Stück vom Daumen verloren, ganz der kleine Held. Sie hat ihm sogar Geburtstagsgeschenke geschickt, aber es ist anscheinend nie eins durchgekommen.«

Reg aß das ganze Stück banalen Mausefallenkäse mit ältlichem Brot zusammen und goß sich dann unverdünnten Wodka in den Hals – die Schärfe ließ ihn mit ächzendem *aaah* nach Luft schnappen. Beatrix musterte ihn aufmerksam mit ihren wunderschönen Augen – ein dünner Mann, braungebrannt, die Kätzchen am Ärmel. Sie sagte: »Gegen das Kriegsministerium hat Gibraltar keine Chance. Alles hat gespurt, als Dick Waggett sich ans Telephon gehängt hat. Du wirst davon nichts gehört haben, aber England wimmelt von Russen. Sind in der Normandie aufgesammelt worden, viele davon in deutscher Uniform, viele andere Sklaven der O. T.«

»Und das wäre?«

»Die Organisation Todt. Es ist jetzt alles sehr kompliziert. Das sind keine richtigen Kriegsgefangenen. Sie sind überhaupt nichts Richtiges, nur verschleppte Russen. Ukrainer auch, sogar ein paar tibetanische Hirten, hab ich mir sagen lassen, die ihren Schafen auf sowjetisches Gebiet gefolgt sind und von den Deutschen geschnappt wurden. Das Kriegsministerium hat entschieden, daß es das beste wäre, sie hier herüberzubringen und sie in Militärcamps unterzubringen, die seit der Invasion leer stehen. Aber sie haben im Grunde nichts mit dem Militär zu tun, nicht viele davon. Ich meine, es sind Frauen und Kinder dabei. Jeden Tag wird eine neue Ladung rübergebracht. Eine verrückte Situation.«

»Und was ist mit mir?«

»Diese Lager suchen verzweifelt Dolmetscher. Das ist mit dir.«

»Und du hast meine Beförderung und meine Versetzung in so ein Lager veranlaßt?«

»Waggett war das. Er war sehr fix, trotz seinem Holzbein.«

»Aber du bist ja nicht mal im Kriegsministerium.«

»Nein, nur im Außenamt, aber das ist alles in erster Linie eine Angelegenheit von uns. Muß es sein, verstehst du. Das Problem der verschleppten Russen, und was man mit ihnen anstellen soll. Mit uns verhandelt die russische Botschaft.«

»Verhandelt?«

»Die sind in ziemlicher Verlegenheit wegen der Enthüllung, daß manche ihrer Staatsbürger sich freiwillig den deutschen Streitkräften angeschlossen haben, als sie gefangengenommen wurden. Zum Kampf gegen ein Regime, das noch schlimmer ist als die Nazis, in dieser Art. Sie wollen sie alle wieder auf russischem Boden haben, schuldig oder unschuldig, die Freiwilligen, die Eingezogenen, die Sklaven der O. T.«

»Der was?«

»Hörst du mir eigentlich zu? Viele wollen nicht wieder zurück. Sie haben Angst, daß Stalin sie gleich erschießen läßt, weil sie durch den Kontakt mit der Außenwelt verdorben sind und vielleicht anfangen könnten, das Evangelium zu verbreiten, daß das Paradies außerhalb der Sowjetunion liegt. Ich sage auch, laßt die hierbleiben, die hierbleiben wollen, aber der Alte ist anderer Ansicht. Er hat da natürlich ein starkes Argument auf seiner Seite.«

»Wer ist der Alte?«

»Ach nun hör schon auf. Winnie. Pu der Bär, unser glorreicher Kriegschef. Der springende Punkt ist der, daß eine Menge von unseren Leuten und auch von den Amerikanern im östlichen Teil des deutschen Reichs gefangen sind, und dort werden am Ende die Russen einmarschieren. Winnie glaubt, die Russen halten unsere Leute als Geiseln fest, wenn sie sie erst einmal haben, um sie dann gegen ihre eigenen Leute hier zu tauschen. Natürlich haben wir an dieser Politik auch irgendwie ein persönliches Interesse.«

»Wir? Wer? Welche Politik? Hör mal, ich bin immer noch hungrig.«

»Bleib hungrig. Wir heißt du, Mutter und Dad. Dan ist in einem Lager in der Nähe von Roggen an der Oder. Diese Information haben wir vom Schweizer Roten Kreuz bekommen, wenn auch sehr spät. Willst du, daß Dan eine sowjetische Geisel wird?«

»Er spricht doch gut Russisch. Ich seh das gar nicht, daß es für ihn irgendeinen Unterschied machen würde. Solange sie dem gelegentlich ein Stück Fisch geben, ist es ihm doch weitgehend egal, wo er gerade ist. Jede Menge Fische in der Oder.«

»Du verdammter unbrüderlicher Bastard. Dan ist zehnmal soviel wert wie du! Er hat in Italien gekämpft, als du Orangen gelutscht hast.«

»Die Leute meinen irgendwie, daß wir auf dem Felsen nichts anderes machen als das. Geht mir langsam auf die Nerven.«

»Na gut, ihr kaut sicher auch noch Bananen. Ich weiß gar nicht, weshalb ich irgendwas für dich tue, du pietätloser Ungut. Aber Blut ist wohl doch dicker als Wasser. Hör zu, das Lager, das uns die größten Schwierigkeiten macht, ist das bei Ickton in Suffolk. Etwa zwölf Meilen nördlich von Ipswich. Du schlägst dich am besten sofort dorthin durch.«

»Woher weißt du denn das alles?«

»Abteilung Nord, speziell verantwortlich für sowjetische Staatsangehörige auf britischem Boden. Große Probleme in Ickton, aber es ist uns gelungen, die ganze Sache herunterzuspielen. Der Pfarrer dort ist so eine Art Dostojewskijexperte, er liest ihn im Original. Und er weiß, daß der NKGB um die Wege ist und anständige sowjetische Staatsbürger verprügelt, wenn sie im Pub mal eins über den Durst getrunken haben. Er wollte die Sache öffentlich machen, mit einer Protestkampagne, bis wir ein paar starke Männer rübergeschickt haben.«

»Ihr habt ihn ebenfalls verprügelt? Und was soll das denn wieder sein, der NKGB?«

»Also deine Ignoranz ist.... Das Narodnij Komissariat Gosudarstwennoj Besopasnosti. Muß ich ja wohl nicht übersetzen. Nein, er ist nicht verprügelt, nur in brutaler Manier über die Geheimhaltungsbestimmungen belehrt worden. Du hast eine schwierige Aufgabe vor dir in Ickton. Stalin bei Laune halten, für unsere Kriegsgefangenen im Osten. Das heißt für deinen lieben Bruder Dan.«

»Also gut. Ich brauche eine schwierige Aufgabe, so wie sich diese Nutte benommen hat.«

»Du bist ein Idiot, Reg. Man kehrt den Leuten nicht einfach den Rücken, nicht einmal der eigenen Ehefrau.«

»Frauen haben treu zu sein. Bei Ehemännern ist es etwas anderes.«

»Ja, natürlich, die haben dringende sexuelle Bedürfnisse, die bloßen Frauen versagt bleiben, und wenn sie sich wegen ihrer Untreue schuldig fühlen, dann können sie ja immer noch sagen, sie hätten sich dabei die ganze Zeit vorgestellt, daß sie's mit ihren Frauen machen. Ich finde Männer zum Kotzen.«

»Zum Kotzen, ja? Auch solche mit Neurasthenie und Holzbein? Scheint dir zu gefallen, wenn man dich ans Kotzen bringt. Aber eines Tages bekommst du noch den Schock deines Lebens.«

»Was soll das denn heißen?«

»Wirst schon sehen. Du wirst einem begegnen, den du nicht einfach *benutzen* kannst, das meine ich. Du wirst dich verknallen. Und lang hinschlagen dabei. Wie ich. Dann wirst du anfangen zu leiden. Ich werde mich scheiden lassen.«

»Das wird lange dauern. Es gibt da eine große Warteliste. Mach deine Arbeit. Warte – schreib ihr einen Brief und sag, es tut dir leid, daß du einfach so reingeschneit bist. Das nächste Mal machst du das bestimmt nicht mehr. Und schreib keinen Unsinn vom Verzeihen. Sei aber nicht erstaunt, wenn sie es ist, die eine Scheidung haben will.«

»Ach, was für ein Unsinn! Was für ein entsetzlicher gottverdammter debiler Nonsens!«

»O doch, sie könnte ja in diesen Tubaspieler oder was verliebt sein. Es ist leichter, jemanden zu lieben, den man die ganze Zeit sieht. Der Gatte ist weg und lutscht für England an seinen Orangen oder was auch immer, da wird er zur reinen Abstraktion.«

»Was weißt du denn von der Liebe? Du hast in deinem ganzen gottverdammten Leben noch niemanden geliebt.«

»Ich liebe dich in gewisser Weise. Ich liebe Dan. Es fällt mir schwer, Liebe und Sex irgendwie zusammenzubringen. Sex ist Sex, die Nerven sind erregt und dann befriedigt. Hör mal, jetzt ist keine Zeit für ein gemütliches Schwätzchen über Banalitäten. Es wartet ein Transportoffizier am St. Pancras-Bahnhof mit deinem Eisenbahnpaß auf dich. Das Dokument, das deine Versetzung bestätigt –«

»Und du wagst es, mir Banalitäten vorzuwerfen! O mein Gott. Du bist viel zu kalt für das richtige Leben, ich weiß gar nicht, wie du das machst. Was ist das für ein Geräusch?«

»Hitlers Geheimwaffe. Keine Angst, sie kommt nicht hierher. Zu kalt, ach ja? Die Kälte hält mich am Leben, mein Junge.«

»Warte nur, ich sag's dir, wart nur ab.«

Ich hatte einen sehr lebhaften Traum von Beatrix, während ich in meinem Bett in Aldershot lag. Wenn Träume überhaupt irgendeine Bedeutung haben, dann sind sie nicht nur uneingelöste Wünsche, sondern zeigen Handlungen, die im wahren Leben noch zur Ausführung kommen werden, alle zu ihrer Zeit, wenn auch nicht unbedingt durch den Träumenden. Ich habe nie irgendeinen Zweifel daran gehabt, daß Träume sich aus der Zukunft nähren, darin bin ich ein typisches Kind der dreißiger Jahre. Der Traum fing damit an, daß ich mit Banknoten, die wie Theatergeld aussahen, mehrere Bogen Bekleidungscoupons von einem zwielichtigen Hermaphroditen mit einem Zahnbürstenschnurrbärtchen in einem Pub in Aldershot kaufte. Mein Motiv für den Erwerb der Marken wurde später im Traum klarer, der nun zu einem großen Hotelschlafzimmer schnitt, wie ich es erst später kennenlernen sollte, als ich Rio de Janeiro besuchte. Es war Januar, gab der große Wandkalender an, das hatte offensichtlich etwas mit der Stadt zu tun, die zu sehen mir bestimmt war, und es lag Schnee auf den Fenstersimsen. Ich war völlig nackt und ganz braungebrannt. Beatrix war anwesend, vollständig bekleidet, und schien höhnisch meinen beschnittenen Phallus zu begrinsen. Es gab kein Bett in dem Schlafzimmer, nur einen großen dichten Teppich aus zusammengenähten Tierfellen, gestreiften, gefleckten, eisbärweißen. Ich fing an, Beatrix die Kleider herunterzureißen. Sie kämpfte gegen mich an, aber die Stärke eines Offiziersdiensttuenden Erster Klasse und Kampfausbilders obsiegte. Ich riß ihr das flotte Kostümjäckchen ab, dessen Schnitt nicht der Mode von 1944 angehörte, und zerfetzte die Bluse darunter. Ich biß das Tal zwischen den Hügeln ihres BHs durch – mein Traum nannte ihn tatsächlich in einer Anrufung jiddischer oder deutscher Brutalität *Büstenhalter* und bediente sich nicht des zarten, aus dem Französischen ins Englische eingewanderten *brassière* – und sah ihn von ihren prachtvollen Brüsten fallen. Meine Zähne waren jetzt Scheren, die nach ihrem Seidenschlüpfer schnappten. Sie war nun fast nackt, und ich nahm sie stehend und stieß in eine Trockenheit hinein, die sich bald benetzte. Ich nahm sie viele Male, oral, anal, in den goldenen Achselhöhlen, um endlich mit ihr zu einer langsamen, beinahe liebevollen Umarmung auf den aufgehäuften Fellen zusammenzusinken. Dann gab ich ihr die Bekleidungscoupons.

Sie reagierte verwundert auf das Geschenk. »Der Krieg ist vorbei«, sagte sie, »es ist nichts mehr rationiert.« Dann forderte sie mich auf, ich solle ihr wehtun, sie beißen, peitschen, reiten wie ein Tier. »Ich bin eine Sklavin«, sagte sie, »eine Worfel« (ich kannte das Wort nicht und kenne es heute noch nicht), »und es ist sehr wichtig, daß wir uns immer daran erinnern, daß nichts mehr rationiert ist. Also kannst du mich ganz aufessen, wenn du willst.« Dann erwachte ich schweißgebadet.

Reg träumte um diese Zeit – wie er mir später jedenfalls erzählte –, daß Zip in *Le Sacre du Printemps* spielte und eine lange

Reihe Pauken vom tiefen Baß zur Pikkolo schlug. Er erschien selbst hinten im Orchester und entwand auf ein Nicken des Dirigenten hin – es schien Strawinsky selbst zu sein – seinem ungetreuen Weib die beiden Filzschlegel und begann, sie damit zu prügeln. Doch sie war stärker als er, entriß sie ihm wieder und verwandelte ihn in eine neue Art von Schlaginstrument, dem sie eine ganze metallische Tonleiter entlockte. Das Publikum lachte, und der Traum endete. Regs Traum hatte offensichtlich nichts mit der Zukunft zu tun.

Pedwar

»Es ist Zeit, aufzustehen«, sagte Marja Iwanowna Sokolowa. Es war ein feuchtdämmernder Morgen in Suffolk im Januar 1945. Sie schaute auf die billige Armbanduhr, die Reg ihr zu Weihnachten – zum englischen, nicht zum russischen Festesdatum – geschenkt hatte, schüttelte sie, um zu überprüfen, ob sie noch ging, und schüttelte dann den nackten Reg noch kräftiger. Er erwiderte dies, indem er sie schläfrig in die Arme zu ziehen versuchte und *mmmmm* machte. Aber sie war hier im Lager einer von den beiden *wratschi* beziehungsweise Ärzten und mußte nun im Morgengrauen die Parade der Kranken abnehmen, das hieß: die Parade der unheilbaren Syphilitiker, der an Gonorrhöe Erkrankten, die ein Schmerzmittel für die Folgen des Urinierens brauchten, der tatsächlich an Katarrh Leidenden, Verstopften, bei Schlägereien Verletzten und schließlich jener, die glaubten, ihre besoffene Migräne sei ernsthafter medizinischer Aufmerksamkeit würdig. Reg entließ ihren schlanken Körper mit dem zarten schwarzen Flaum nicht aus seinem Griff. Er war nun erwacht und sagte ihr, daß er sie liebe. Sie sagte, sie liebe ihn auch, allerdings mit gewissen Einschränkungen, die zu erläutern jetzt keine Zeit war. Sie versetzte ihm einen schallenden Schlag, nannte ihn Faularsch und zog sich Militärhosen und ein Militärhemd und eine Chauffeurslederjacke an. Ihre Schuhe waren ebenfalls vom Army Transport Service, aber sie waren ihr zu groß, und sie mußte sie mit dem *Daily Mirror* vom Vortag polstern. Russische Soldaten legten sich ohnehin immer die Schuhe mit Papier aus, und ihre britischen Armeesocken (von denen sie rasch einen pro Paar verloren) benutzten sie meist als Rotzfahnen, Halstücher, Schmutzlappen. Marjas kohlschwarzes Haar, das sie nun nach hinten geschüttelt und mit einem Gummiband gezähmt hatte, verschwand unter einer Uniformmütze, wie sie die SS-Aufseherinnen in Vernichtungslagern für Frauen getragen hatten. Diese Trophäe war das Geschenk eines Toten.

Sie ging nach einer hastigen liebevollen Scheltrede hinaus, um sich einen raschen Becher Schwarztee mit einem Löffel Apfelgelee drin in der Kantinenhütte für verschleppte sowjetische Staatsbürger ihres Ranges abzuholen – nicht daß es hier im Ernst noch Ränge gegeben hätte, vom britischen Lagerpersonal abgesehen. Reg blieb in seinem schmalen Bett in der Privatbaracke liegen, die das Privileg seines Ranges war, rauchte eine Zigarette und streichelte den Abdruck ihres Leibes in den Laken. Sie hatten vor dem Morgengrauen, nachdem sie sich geliebt hatten, dasselbe Streitgespräch wie immer geführt: Sie sei eine freie Frau, hatte er gesagt, sie könnte in England bleiben, wenn sie wollte. Er würde ihr die Sprache beibringen, er brachte sie ihr ja bereits ein wenig bei, nicht, daß sie mit dem hinreichenden Ernst zuhören würde. Und eines Tages würden sie heiraten. Unsinn, sagte sie, sie war mit Pjotr Lawretjewitsch Sokolow, Kraftwerksingenieur in Swerdlowsk, verheiratet, und zu ihm wollte sie zurück. Der wird nicht mehr leben, sagte Reg brutal, aber sie wußte es besser, sechster Sinn einer Frau. Und was die Liebe anging, so gab es die Liebe der schmalen Zeit und die Liebe der breiten Zeit, und letztere bedeutete die der Ehe angemessene Liebe. Die schmale Zeit war jetzt. Als sie mit Leutnantsrang eingezogen worden war, weil die Rote Armee notorisch knapp an Militärärzten war, da war es ihr und Pjotr Lawretjewitsch klargeworden, daß nun die schmale Zeit da war, die Ehe war ohnehin eine bürgerliche Institution, und die Schwüre ewiger körperlicher Treue mußten sich in einer solchen Zeit in abstrakte Puschkinlyrik verwandeln. Er, Reg, war ein netter Junge, nüchterner als Pjotr Lawretjewitsch und mit einem netteren Geruch, aber ihm fehlte das russische Herz, trotz seiner Mutter. Aber ich liebe dich, ich liebe dich, hatte Reg beteuert, in genau dem Tonfall seiner Mutter, wenn sie ihn als Jungen grob gepackt und mit russischen Küssen erstickt hatte.

Ja was ljublu, die energischen Konsonanten weich abgefedert, das hörte sich echt an, nicht wie das Englische, dieser Refrain törichter Schlager. Er meinte es wirklich, dachte er, wenn er das sagte. Zum Teufel mit Zipporah, soll sich's mit den eigenen Xylophonklöppeln besorgen. Er hatte ihr nicht geschrieben, und sie wußte nicht, wo er war. Das war, so dachte er, alles vorbei.

Er las, als der Morgen heller wurde, noch einmal den Luftpostbrief, den er von Whitcombe (nunmehr zum Korporal befördert) bekommen hatte. Die spanische Affäre war jetzt auch beigelegt. Eine der Aufgaben des Nachrichtendienstes war es gewesen, im Aufenthaltsraum eine Ausstellung mit Photographien aus den Konzentrationslagern einzurichten – stolzen SS-Dokumenten, die man kürzlich erbeutet hatte, vor denen den Besuchern übel wurde und deren Vorführung einen der Pfarrer auf dem Felsen zu einem förmlichen Protest veranlaßt hatte. Reden wir nicht so viel vom Fairplay, der einzige gute Deutsche ist ein toter Deutscher. Was Reg getan und Whitcombe gesehen hatte, das konnte man nachgerade nur billigen. Und in La Línea war ein Mann verhaftet worden, weil er seinen Schwiegervater erstochen hatte; der hatte bereitwillig gestanden, auch bei einem Deutschen zugestoßen zu haben, und der Fall war gelöst. Der Messerstecher hatte anscheinend eine mäßige Gefängnisstrafe bekommen, die Verteidigung hatte sich bei dem realen wie bei dem fiktiven Todesfall des Begriffes *provocación* bedient, und man hatte die beiden Messerstiche ingeniös in ein und dieselbe Geschichte von einem betrunkenen Streifzug verwoben. Das wär's gewesen.

Reg, rasiert und in seiner von einem Russen namens Postojew (einem früheren Schneider) frisch gebügelten Uniform, ging hinüber zur sogenannten Sergeantenkantine, die ihren Namen führte, obwohl außer dem Sergeantmajor Reg nur ein Trio weiterer Sergeanten vorhanden war, einer davon erst Lancesergeant, und dazu ein Quartiermeister (Offiziersdiensttuender Zweiter Klasse). Letzterer rief »Hahaa!«, als Reg eintrat, um zu demonstrieren, daß er wußte, was in den Privaträumen des Sergeantmajors vorging, und daß er es nicht billigte. Ein Sergeantmajor hatte seine Privilegien, aber mit einer von den drei Russkifrauen zusammenzuziehen, das ging nun wirklich nicht, das brachte bloß Probleme. Es würden sicher von seiten der Verschleppten Klagen (unbegründete Klagen) wegen Bevorzugung kommen, was heißen sollte: Die kriegt mehr Fleisch; das britische Lagerpersonal nannte das Fleisch übrigens bereits *mjaso*, Gebildetere machten den Witz »Miasma«. Und außerdem waren die Russkis tückische Figuren, und vielleicht wachte Reg eines Morgens mit einem Messer im Rücken auf. Rache war eine merkwürdige Sache und funktionierte auf merkwürdige Weise, sagte der Quartiermeister geheimnisvoll, da er wußte, was Reg in diesem Gäßchen in La Línea getan hatte. Was er einem Ausländer getan hatte, konnte ein Ausländer genausogut ihm tun. Alle nennen die Russkis unsere glorreichen Alliierten, aber ich trau nicht einem von den Bastarden, sagte der Q., und er sagte es nicht nur einmal.

Bei Tee, Porridge und fettiger Corned-Beef-Pastete hörte Reg von Lancesergeant Scammell, dem Provost des Lagers, daß eine Bande von fünf unrasierten Russkis ins Haus einer gewissen Mrs. Levinson, einer greisen Witwe in der kleinen Stadt nahebei, eingebrochen war und fünf Pfund zehn sowie eine goldbronzierte Kaminuhr entwendet hatte. Das sollte ja eigentlich nur die Zivilpolizei etwas angehen, aber diese Polizei hatte Anweisung, sich um die Kleinkriminalität der Verschleppten gar nicht zu kümmern, die weder richtige Zivilisten noch properes Militär waren. *Was* zum Teufel waren die denn überhaupt, diese lästigen Einquartierten, die hier auf Schiffe warteten, welche sie zurück zu Mütterchen Rußland bringen sollten? Fast vierhundert von dem starken Tausend im Camp bei Norwich waren letzte Woche durchgegangen und lebten in verschiedenen Gegenden von Norfolk und Suffolk von Raub und Zwang. Wer hatte denn nun die Aufgabe, diese Penner wieder einzufangen und ihnen wieder ein Gefühl für Disziplin und Anstand einzubleuen? Der Q. sagte:

»Sieht so aus, als hätten die jetzt ihre eigenen Leute hier eingesetzt, um nach dem Rechten zu sehen. Ist ja kaum sehr legal, aber wer sind denn sonst diese Säcke mit den Hüten und Regenmänteln, die sich hier immer mit finsteren Mienen rumdrücken? Drei davon hab ich in der Krone gesehen, wollten Wodka haben, soviel versteh ich von dem Kauderwelsch, und haben mächtig auf den Putz gehauen, weil's keinen Wodka gab, und dann gutes britisches Bier ins Sägemehl gespuckt. Gefällt mir nicht.«

»Machen sich Sorgen«, sagte Reg, der hier seine Schwester zitierte. »Zuviele von den Leuten hier haben den britischen Kapitalismus gesehen, und was sie sehen, gefällt ihnen. Was wir

Knappheit nennen, das ist für die Überfluß. Das sowjetische Paradies scheint nicht besonders gut zu funktionieren.« Sergeant Cross, ein magerer Bursche, dem es an Energie mangelte, schüttelte traurig den Kopf und sagte traurig:

»Da sind wir daheim mit anderen Ansichten erzogen worden. Mein Dad ist mit ner Gewerkschaftsreise nach Moskau und hat gesagt, das haut hin. Es war von allem nicht besonders viel da, abgesehen von Strömen von billigem Stoff, aber was da war, das wurde gerecht geteilt. Das ist das große Ideal, hat er immer gesagt, und ehe er dann bei dem Unfall mit dem Laster abgetreten ist, hat er immer gesagt, das isses, wofür wir alle kämpfen.«

»Mach dir nichts vor«, sagte Reg. »Das war ein negativer Krieg, wir haben das Schlechte gegen's Schlimmere verteidigt, wie der Dichter das gesagt hat.« Sie schauten verlegen auf ihre leeren Teller; Gerede von Dichtern mochten sie nicht hören, besonders nicht von einem Sergeantmajor. »Mal mit dem Job weitermachen«, sagte Reg und stand auf. Aber, murmelte der Lancesergeant, worin bestand eigentlich hier der gottverdammte Job?

Es war ein düsterer Morgen, und die meisten der Lagerinsassen waren wieder in ihren Baracken, nachdem sie nur halbherzig versucht hatten, aus ihren Kochgeschirren die Porridgekrusten herauszuspülen. Eine unsaubere Korona. Es gab ein, zwei echte heilige Russen dabei, bemerkenswert wegen ihrer spektakulären Verdrecktheit. Nachdem Reg, den Kragen seines offiziersmäßigen Regenmantels hochgeklappt, in ein paar der öden Wellblechhütten hineingeschaut hatte, wo Männer in den Qualen des Katers seufzten und andere bereits wieder unter heiseren Rufen beim Kartenspiel saßen, schritt er durch den Schlamm zu der Holzbaracke, in der früher Munition gelagert worden war, um zu sehen, wie es bei den Frauen ging. Es waren nur zwei, wenn auch mit insgesamt fünf Kindern, und sie waren von den fünfhundert Männern durch Stacheldraht und einen bewaffneten Posten getrennt. Dieser Wachtposten war im Augenblick Soldat Dawes, ein unglücklicher junger Mann, eingemummt mit Schal, Wollmütze und einem geklauten Paar Lederhandschuhe von einem

Motorradkurier. Verdammt kalt, Sir, teilte er seinem Sergeantmajor mit. Er hatte mit dem Bajonett einen früh aufgestandenen Russki zurückdrängen müssen, der unbedingt hier rein wollte. Reg fand Wera und Jewgenija (die Nachnamen oder Vatersnamen kannte er nicht), wie sie Fragmente eines alten Stuhls in den Ofen schoben. Die Kinder, denen man beigebracht hatte, ihn *djadja* zu nennen, kamen unter Geschrei angerannt und wollten *schokolat*. Er gab ihnen ein Päckchen Wrigley's Spearmint, ein Amigeschenk aus der Marketenderei in Bury St. Edmunds. Wera und Jewgenija waren ungesund robuste Frauen, die übergroße Army-Röcke und aus einem Ladengeschäft gestohlene Pullover trugen, und die Kinder – nicht alles ihre – waren die Früchte der Verbindung mit polnischen Zwangsarbeitern in der Organisation Todt. Wie war das alles elend ausweglos. Sie wollten gerne in Anglija bleiben, sagten sie ihm wieder einmal, und wann bekamen sie denn ihre Aufenthaltserlaubnis? Bald, sagte er ohne Hoffnung. Dann stiefelte er über den Exerzierplatz, wo niemand mehr exerzierte, zum Lagerhauptquartier mit seinem einen qualmenden Schornstein. Etwa vierzig struppige und chronisch unrasierte, wenn auch noch nicht bärtige Insassen warteten draußen, wo Lancesergeant Scammell und Obergefreiter Crankshaw sie resigniert in eine Art Ordnung zu schubsen versuchten. Doch sie schienen nicht zu wissen, was Ordnung war. Was die brauchten, war eine stramme Dosis Kommunismus.

Lieutenantcolonel Secker versuchte, aus einer umfänglichen Beschwerde eines einäugigen, strengriechenden Strauchritters klug zu werden, der schwor, er sei Major einer Panzergrenadiereinheit, Major Chmelkow, und gewisse seinem Rang entsprechende Privilegien für sich forderte, deren Natur im Augenblick noch unklar blieb. Captain Murray, der Adjutant, dessen Russischkenntnisse sogar noch geringer waren als die seines Vorgesetzten, sah erleichtert den salutierenden Reg eintreten, sagte aber:

»Wieder verspätet, Sergeantmajor.«

»Lagerinspektion, Sir. Ich bin von dem weiblichen Kontingent aufgehalten worden.«

»Ah ja, das weibliche Kontingent«, sagte Lieutenant Secker. »Das ist uns nicht unbekannt, was, Murray?« Er hatte einen blauäugig starrenden Blick von großer Unschuld, dem seine Karriere bei der Artillerie widersprach, wo es zu gewissen nie ganz aufgeklärten Unregelmäßigkeiten mit einem Auslagenkonto gekommen war. Sein Russisch entstammte einem vierzehntägigen Intensivkurs. »Sie hören sich besser mal an, was der äh Towarischtsch hier will.« Reg hörte zu und sprach nach einiger Zeit einige Zeit. Dann sagte er auf Englisch:

»Es gibt keinen Beweis für seinen angeblichen Rang, aber ich würde vorschlagen, daß er zuerst einmal Verantwortlichkeit beweist, ehe er Privilegien beansprucht. Machen Sie ihn doch zum Führer eines Reinigungstrupps. Und lassen Sie besagten Trupp aus den Burschen, die da draußen warten, bestehen.«

»Also gut, sagen Sie ihm das, ja?«

»Ich hab's ihm schon gesagt.« Der angebliche Major Chmelkow ging hinaus, deklamierend und mit schmutzigen Fäusten in die Luft hämmernd. »Leck mich«, sagte Reg. Und dann: »Ich würde gerne wissen, Sir, was genau Sie gemeint haben, als Sie in diesem anzüglichen Tonfall vom weiblichen Kontingent gesprochen haben, Sir.«

»Passen Sie auf, was Sie sagen, Sergeantmajor. Sie sind nicht unersetzlich, wenn Sie sich auch vielleicht dafür halten. Sie haben die üblichen ausdrücklichen Instruktionen erhalten, welche Grenzen es für die Fraternisierung gibt. Sie scheinen mir nun diese Grenzen äh zu überschreiten. Mehr sage ich im Augenblick nicht, was, Murray?«

Der Adjutant, der hinter dem Stuhl seines Vorgesetzten stand, Mütze auf, Stöckchen unterm Arm, hatte ein Augenzukken, das aus der Schlacht stammte. Er war von den Scots Guards herversetzt worden. Er sah Reg augenzuckend an und sagte: »Nein, Colonel.« Dann zuckte der Blick zu dem trüben Fenster hinüber, das auf den Exerzierplatz ging, und er sagte: »Jesus, die sind früh da.« Er ging sofort zur Tür, und Reg folgte ihm. Drei russische Offiziere und ein Zivilist stiegen aus einem Humber Snipe, an dessen Steuer ein Fahrer vom Service Corps saß. Der

Zivilist kam Reg irgendwie bekannt vor. Nein, das richtige Wort war: verwandt! Die Augen von Regs Mutter, und ein Daumenglied fehlte. Beatrix hatte gesagt, mit dem könne er gelegentlich rechnen. Jura Petrowitsch Schulgin. Reg gab für den Augenblick Namen und Verwandtschaft nicht preis; sie schienen angesichts des grimmigen Gebarens der drei Offiziere irrelevant. Ein Lagerinsasse, den man beim Reinigungstrupp nicht genommen hatte (von dem der angebliche Major nun freundschaftlich hin- und hergestoßen wurde), starrte mit aufgerissenen Augen hinüber und schrie: »Mutter Jesu, der Zar ist wieder da.« Er hatte noch nie zuvor Schulterstücke als leuchtende Rangabzeichen gesehen, eine erst kürzlich von Stalin wiedereingeführte Regelung. Im Büro grüßte Lieutenantcolonel Secker, der aufgestanden war, mit einem *dobrij djen* und einer ausgestreckten Hand, die ignoriert wurde. Oberst Bogolejew, Major Limonow und Lieutenant Schargorodskij von der sowjetischen Militärmission in London. Schulgin von der Botschaft, der würde dolmetschen. Oberst Bogolejew wollte, daß das ganze Lager zur Inspektion antrat. Er war Russe genug, um zu wissen, daß das seine Zeit brauchen würde. Zunächst würde er die Stammrolle durchgehen und dann die Quartiere, die Küche, die Latrinen und den Aufenthaltsraum besichtigen. Lieutenantcolonel Secker sprach. Reg sagte:

»Sie haben nicht die Autorität, eine Inspektion durchzuführen. Man wird es Ihnen möglicherweise aus Höflichkeit gestatten, aber mein Colonel wünscht, daß Klarheit darüber besteht: Dies ist britisches Militärgebiet, Rationen, Kleidung und Sold werden vom britischen Militär ausgegeben, und da der Vorschlag der Bildung einer militärischen – und dann notwendigerweise bewaffneten – Organisation aus sowjetischen Truppenteilen auf britischem Territorium (analog zu den Freien Franzosen, den Freien Polen und den Freien Tschechen) von den zuständigen sowjetischen Stellen abgelehnt worden ist, beginnt die sowjetische Verantwortung für diese Truppen erst, wenn die Repatriierung abgeschlossen sein wird.« Oberst Bogolejew war kleiner als Reg, aber wesentlich breiter. Er sah ihn stirnrunzelnd an und befingerte die Insignien auf Regs rechtem Uniformärmel; er wollte wissen, was diese imperialistischen Symbole bedeuteten. Reg sagte: »Man sollte eigentlich denken, daß der Offizier einer alliierten Armee mit den Rangabzeichen von Kriegskameraden im Kampf gegen die deutsche faschistische Bedrohung vertraut wäre.« Lieutenantcolonel Secker sagte zu Reg:

»Ich weiß nicht, was Sie da gesagt haben, aber ich habe den Eindruck, Sie gehen zu weit.« Reg sagte:

»Er will die Stammrolle sehen.«

Sergeant Schreiber, der sinnvollerweise auf der Schreibstube arbeitete, brachte, den Bleistift hinterm Ohr, von dort eine vier Seiten lange Liste, in römischer und kyrillischer Schrift getippt. Lieutenant Schargorodskij, der in Kleidung und Manier die penible Eleganz eines zaristischen Offiziers zeigte und auch den dazu passenden Schnurrbart hatte, verbrachte einige Zeit damit, die Namen zu zählen. Reg sagte:

»Das schließt Frauen und Kinder ein. Es ist die originale Stammrolle, aber etwa hundertfünfzig der sowjetischen Truppen, die hier stationiert waren, sind nicht mehr bei uns. Der Begriff des Deserteurs läßt sich hier nicht anwenden, da die fraglichen Kräfte weder Kriegsgefangene noch Angehörige einer regulären militärischen Einheit waren. Dies hier gilt als freies Land, und die fraglichen Truppen haben die Freiheit, zu kommen und zu gehen, im Rahmen der Regeln natürlich, die unser Innenministerium aufgestellt hat, das wir das Home Office nennen.« Oberst Bogolejew tobte hierauf eine Weile vor sich hin, und Jura Petrowitsch Schulgin, der Englisch sehr präzise, aber mit starkem Akzent sprach, sagte Lieutenantcolonel Secker, daß Oberst Bogolejew durchaus nicht zufrieden sei. Eine redundante Bemerkung. Oberst Bogolejew erklärte, mit massivem Speichelsprühen bei den Konsonantengruppen, daß diejenigen, die trotz der Abwiegelung dieses Funktionärs mit den imperialistischen Insignien nichts anderes als Deserteure waren, gefangen und zur Verantwortung gezogen würden. Reg sagte: »Das wissen wir. SMERSCH ist bereits im Lande tätig.«

Oberst Bogolejew wurde sehr zornig auf Reg und stieß ihm wiederholt seinen kurzen Zeigefinger in den Bauch. Reg sagte ihm, er solle damit aufhören, sonst würde er ohne Ansehen seines hohen Ranges eins auf die Nase kriegen. Lieutenantcolonel Sekker schlug vor, daß man Soldat Watts, eine Kraft aus der Schreibstube, die sich auch als eine Art Hornist nützlich machte, anweisen solle, mit einem Trompetensignal die Lagerinsassen antreten zu lassen. Sie reagierten stets bereitwillig genug auf sein Zeichen »Essen fassen!« und verwechselten gerne auch andere Signale mit diesem. Also, soll er doch mal mit *Es gibt jetzt was, es gibt jetzt was, es gibt jetzt was Warmes zu essen!* loslegen, und die Unteroffiziere sollen versuchen, die Leute auf dem Exerzierplatz in einer gewissen Ordnung aufzustellen, und ihnen auch klarmachen, daß die Becher und Geschirre, die sie zweifellos mitbringen werden, noch etwas verfrüht sind. Hohe russische Offiziere hätten ein Wort an sie zu richten.

Zuerst aber wollten die Repräsentanten der sowjetischen Militärmission den Aufenthalts- und Vortragsraum des Lagers sehen. Eine Reihe von Politkommissaren, kurz Polkoms genannt, war in deutsche Gefangenschaft geraten, und diese hatten sich, gegen alle Nazi-Ideologie immun geblieben, ihren Befreiern zu erkennen gegeben, so daß die sowjetischen Stellen in London sie jetzt in den Verschlepptenlagern als Quellen marxistischer Erfrischung und Auskunftsstellen bezüglich des Kriegsfortganges einsetzen konnten (des Fortganges des Kriegs an der Ostfront nämlich – die Gefechte im Westen und im Pazifik galten als verweichlichte, kapitalistische und weitgehend irrelevante Nebenübungen). Reg mußte mit Bedauern melden, daß der hier stationierte Polkom, Pawel Andrejewitsch Wiktorow, sich frühzeitig die demokratische Freiheit zunutze gemacht hatte und nun anscheinend mit einer Irin in Bungay zusammenlebte. Nun war es Major Limonow, der (innerhalb der durch seine fast ausgezehrte Magerkeit gezogenen Grenzen) kochend tobte. Er blieb auch im Aufenthaltsraum auf dem Siedepunkt. Dieser lag hinter dem Hauptquartier, und zwei Lagerinsassen kümmerten sich um ihn, die – ihrem tiefsitzenden Schmutz nach zu urteilen – sehr heilige Russen sein mußten. Der Raum war teilweise in eine Kirche umgewandelt worden, mit einem deckenverhängten Tisch als Altar, der voll Papierblumen und hölzernen Ikonen stand, alle lokal angefertigt, und mit einem farbstiftbunten Porträt auf Packpapier an der Wand, das die Jungfrau und das Jesuskind zeigte. Reg sprach mit stellvertretendem Stolz von der Gläubigkeit einer großen Zahl der Insassen. Ein russisch-orthodoxer Pope kam regelmäßig aus Lowestoft, um sehr gut besuchte Gottesdienste in der anglikanischen Kirche am Ort zu halten. Der anglikanische Pfarrer war sehr hilfreich gewesen. Er hatte eine kleine russische Bibliothek für die des Lesens Kundigen zur Verfügung gestellt. Hier war sie. Major Limonow betrachtete mürrisch Tolstoi und Dostojewskij, Gogol und Tschechow in alten zaristischen Ausgaben und warf Werke von Exilautoren wie Dubjonkow und Badin wütend auf den Boden. Diese Bücher müssen verbrannt werden! »Dort, wo man Bücher verbrennt«, zitierte Reg, »verbrennt man bald auch Menschen. Und die hier sind, bedenken Sie das bitte, Eigentum des anglikanischen Pfarrers.« Major Limonow riß blindlings an den Plakaten des Informationsministeriums, die an den Wänden die Schönheiten englischer Landschaft demonstrierten.

Seufzend kontrollierten die Repräsentanten der sowjetischen Militärmission die Küche, wo ein Korporal mit Hilfe einiger russischer Handlanger gerade eine britische Borschtschversion herstellte. Dies, teilte Reg ihnen mit, war der so beliebte wie unabänderliche Speiseplan: Borschtsch zweimal täglich, es gab jede Menge Rote-Bete-Felder in Suffolk. Das Trompetensignal ließ ein schwankendes: Alles Antreten! ertönen, und bald sahen die vier Russen ihre unreinlichen Landsleute um Zutritt zur Kantine rangeln, wobei sie ihre Kochgeschirre – *klonk! bongg!* – als Waffe verwendeten. Es war ein langsamer, umtriebiger Prozeß, sie auf den Exerzierplatz zu bringen. Ein paar, die der drei grimmig starren oder puterrot schnaubenden Offiziere ansichtig wurden, schlurften unauffällig davon. Auch hatte es zu regnen begonnen. Unter einem plärrenden Suffolk-Himmel röhrte Oberst Bogolejew ein unordentliches Karree hungriger Skeptiker an, daß Marschall Stalin seine Waffenbrüder nicht vergessen habe und daß alle Anstrengungen unternommen würden, sie so rasch wie möglich zu repatriieren. Das Problem war die Zögerlichkeit des kapitalistischen England, das, zerrissen von Arbeiterstreiks und entkräftet von endemischer Trägheit, die notwendigen Schiffe nicht beizustellen vermochte. Reg machte – ungesehen von dem Oberst, nicht aber von seinem eigenen Colonel – an dieser Stelle eine traditionell obszöne Geste mit zwei Fingern, um anzudeuten, daß dies eine Propagandalüge sei. Das unruhige Publikum wußte dies Zeichen zu schätzen und lachte und murrte. Es gab viele laute Rufe der Unzufriedenheit. Da kannste was von halten, daß Marschall Stalin uns nicht vergessen hat. Unsere Köpfe will er für den Block! Am Arsch, und du kannst uns auch mal, Genosse Feldmarschall oder was du bist. Aber Anglija, das Land der Freien, wird für uns sorgen.

»Das wird es nicht«, sagte Jura Petrowitsch Schulgin später zu Reg. »Euer Mr. Churchill und euer Anthony Eden sind sehr darauf bedacht, Marschall Stalin einen Gefallen zu tun und eine peinliche Last loszuwerden. Die Welt wird umorganisiert.« Er sprach Russisch. Er hatte kurzgeschorenes blondes Haar, vorzeitig ergraut, und sah mit seinem kompakten, muskulösen Körper, dem fleischigen Kinn, den weit auseinander stehenden Augen (mit dem Meerblau von Regs Mutter), dem ein wenig kurzen Hals gar nicht schlecht aus. Sie standen im nachlassenden Regen neben dem Humber, während die Repräsentanten der sowjetischen Militärmission die Soldparade in der Kantine inspizierten: Zwei Halfcrowns für jeden Mann, der Wochensold, wobei manche zum offiziell abgeschafften Himmel schrieen, wenn sie statt dessen Shillings oder Florins bekamen, da das Zweieinhalb-Shilling-Stück einen magischen Sonderwert hatte, der mit dem durch die revolutionäre Dezimalisierung entstandenen Tabu zusammenhing. Jura Petrowitsch Schulgin hatte Reg zwei Flaschen Wodka geschenkt – Wodkalieferant für die gesamte Familie Jones mit Ausnahme des armen Dan. Er sagte: »Ich habe deine Mutter gern gehabt. Sie war in der kurzen Zeit, da sie bei uns war, gut zu mir. Sie war während der abgebrochenen Revolution tapfer. Deine Schwester ist sehr schön und klug. Sie wird es weit bringen. Was dich angeht – du mußt dich mehr zurückhalten. Du machst dir Feinde. Was willst du machen, wenn der Krieg vorbei ist?«

»Vielleicht Spanisch unterrichten. Ich hab eigentlich noch gar nicht richtig Zeit gehabt, mir das zu überlegen.«

»Unterrichte lieber Russisch. Das ist ganz offensichtlich die Sprache der Zukunft. Und du magst diese Sprache, die Sprache deiner Mutter.«

»Du glaubst an die russische Zukunft?« fragte Reg und wußte schon, während er fragte, daß es eine törichte Frage war.

»Natürlich. Aber ich akzeptiere das Prinzip des Duoversums. Ich meine damit die Unmöglichkeit des trotzkistischen Traums vom Weltsozialismus – die Notwendigkeit für das Sowjetsystem, sich zwar positiv, aber doch auch im Hinblick darauf zu definieren, was es *nicht* ist. Der Westen existiert, und ich bin dort. Aber nicht lange.«

»Zurück nach Moskau?«

»Ja, ins Ministerium für Kultur. Nicht nur zur Förderung der russischen Kultur, sondern auch zum dialektischen Austausch kultureller Verschiedenheiten. Ballett, Musik, Fußball.«

»Keine Literatur?«

»Literatur ist etwas anderes. Literatur spiegelt Ideologie. Ah, da kommen die Genossen Militärs.« Er küßte Reg herzlich auf beide Wangen und ignorierte dabei Oberst Bogolejews Mißbilligung. Er schien von der Militärmission nichts zu befürchten. Dann stieg er als erster ins Auto. Reg salutierte. Lieutenantcolonel Secker und Captain Murray salutierten, so daß Regs Positur überflüssig wurde. Die Repräsentanten der sowjetischen Militärmission machten mit mürrischen Gesichtern salutähnliche Gesten. Sie waren mit ihrem Besuch unzufrieden und würden nach dem Besuch von Camp 44 bei Ipswich kaum zufriedener sein. Einige Lagerinsassen riefen dem davonrollenden Wagen in verschiedenen Varianten die Aufforderung nach, die Insassen sollten sich bloß verpissen.

An diesem Abend war Marja Iwanowna in Regs Baracke entzückt, zwei Flaschen Wodka vorzufinden, eine davon mit Pfeffer. Sie hatte einen harten Tag hinter sich, ebenso ihr Kollege

Dr. Nosdrin. Dr. Nosdrins Krankenordonnanz hatte eine Flasche medizinischen Alkohol ausgetrunken und immer wieder den Schlauch der Magenpumpe herausgehustet. Einer von Marja Iwanownas bettlägrigen Patienten, der vor kurzem im Militärkrankenhaus in Ipswich wegen eines Blinddarmdurchbruchs operiert worden war, hatte sich in einem Anfall extremer Depression die Operationsnaht aufgerissen. Jewgenija war im fünften Monat schwanger – man kann eine läufige Katze im Holzschuppen einsperren, sie wird trotzdem werfen. Marja Iwanowna konnte ihren Wodka brauchen. Bald gab sie nackt Reg äußerst pfeffrige Küsse. »Ich liebe dich, ich liebe dich«, sagte Reg. Sie liebte ihn auch, meinte sie, mit einer Liebe, die der schmalen Zeit zukam. Sie hatte ein entzückendes herzförmiges Gesicht, und ihr kohlschwarzes Haar hätte eigentlich nach tiefen Wäldern duften sollen.

Soldat Daniel Tetlow Jones war Gefangener im Stalag B339 in der Nähe von Roggen – auf polnisch: Żyto – im Reichskommissariat Ostland, ein gutes Stück östlich der Oder. Trotz des deutschen und polnischen Namens gab es ringsum keine Roggenfelder. Alles, was die Gefangenen im Januar 1945 jenseits des Stacheldrahts und der Wachttürme sehen konnten, war Schnee, Schnee und wieder Schnee. *Snow*. Śnieg. Sehr weiß und sehr flach und sehr weit ausgedehnt. Man konnte eben noch die Kirchturmspitze von Roggen beziehungsweise Żyto am östlichen Horizont erkennen. Es gab zwölfhundert Gefangene – Amerikaner, Briten und ein paar Irrläufer aus den französischen Kolonien. Der rangälteste Offizier war Colonel Hebblethwaite von den Royal Lancashires, Dans eigenem Regiment, wenn auch von einem anderen Bataillon. Der deutsche Kommandant war Oberst Fresser, ein recht anständiger alter Bastard, der immer noch an den Einwirkungen des Gases litt, das seine eigene Seite in der Ersten Runde an der Somme verströmt hatte, weil damals der Wind sich plötzlich entschieden hatte, das Zeug in die falsche

Richtung zu wehen. Trotz seines Namens war er kein großer Esser. Wie Dan schätzte er Fisch. Er hatte Dan einige Male gestattet, unter Bedeckung mehrerer bewaffneter Unteroffiziere das Lager zu verlassen und im Stadtteich von Roggen nach Karpfen zu angeln. Es hatte ohnehin nicht viel Sinn, daß irgend jemand zu fliehen versuchte. Würden nicht weit kommen. Das übliche Fluchtkomitee unter Major Soames hatte verschiedene durchgeknallte Vorschläge gemacht – einen Tunnel unter dem Stacheldrahtzaun hindurch; Vortäuschung schwerer Krankheiten, um ins Hospital nach Roggen zu kommen und dann durchzugehen; einem Feldwebel die Pistole entreißen und die Mündung dem Lagerkommandanten in den Rücken drücken: alles Träume, Spiele, Ideen, mit denen man sich die Zeit ein wenig vertrieb. Sie wußten, daß es ohnehin nicht mehr lange dauern würde. Oberst Fresser wußte es ebenfalls. Er bekam seine Informationen über den Fortgang des Krieges von alten Kameraden am Telephon und über den BBC, den abzuhören ein todeswürdiges Verbrechen war. Die Gefangenen spazierten im Schnee auf und ab, spielten ohne großen Einsatz Fußball auf einem von der Schneedecke geräumten Feld, verbesserten ihr Schachspiel oder ihr Bridge, lernten Russisch. Dan gab Russischunterricht, aber schlechten. Er konnte die Verbformen nicht erklären. Russisch war seine Muttermilch, und Laktoanalyse war nicht seine Stärke.

Dan stand am 22. Januar zeitig auf. Seine Kameraden in Baracke 11 schliefen, schnarchten, seufzten, riefen im Traum den Namen ihrer Frau oder ihrer Schwägerin. Er drehte das Licht nicht an, was zu dieser Stunde verboten gewesen wäre, entzündete aber mit einem Streichholz eine Kerze, eine der freundlichen Gaben des Roten Kreuzes. Er machte den Ofen mit Latten von alten Rotkreuzkisten an. Dann aß er den Rest einer Dose Sardinen, die er am Abend zuvor geöffnet hatte. Nicht die wahre Sache, aber besser als das ewige gekochte Rindfleisch. Dann sog er die muffige Luft der Baracke ein und spürte, daß etwas Ungewöhnliches geschehen war. Er hörte Soldat Shawcross hinter seinem Rücken gähnen und stöhnen. Dan zündete zwei Zigaretten an und brachte eine zu ihm rüber, zur Koje über seiner eigenen. Dan sagte:

»Da ist was, das fühlt sich irgendwie komisch an.«

»Tatsächlich? Kommt mir vor wie immer. Dunkel, dunkel, dunkel. Und eine gleißende Schneehelle wartet darauf, uns zu begrüßen, wenn wir die Läden abnehmen.«

»Da ist was, das fühlt sich irgendwie komisch an. Hör mal. Hast du diesen Schlag gehört? So eine Art Schlag sehr weit weg. Dann noch einen. Hörst du es?«

»Nichts außer Geschnarch.«

»Da tut's gottverdammte Schläge, sehr weit weg. Ich kann sie hören.«

Als er in seinem Mantel hinausging, konnte er sie besser hören. Die Schläge schienen vom Schnee abzuprallen, und sie schienen sehr weit herzukommen, von der Sonne, die eben erst schwach aus ihren grauen Laken stieg. Corporal Chester von der nächsten Baracke schaute aus der Tür. »Da spielt sich irgendwas Komisches ab«, sagte Dan. Er ging schwankend über Eis, wo am Lagerrand vor dem Drahtzaun der Schnee geräumt worden war. In dem Wachtturm droben war niemand. Es war ein weiter Weg zum Lagertor, und er fiel viermal hin, Scheiße nochmal, und als er dort ankam, sah er, daß das weite fünfflüglige Tor offen und unbewacht war. Der wachstubenähnliche Raum dort war nicht besetzt. Die Penner waren in der Nacht abgezogen, die Jerries waren auf und davon. Sie hatten mitgekriegt, daß die Russen anrückten, und hatten sich verdünnisiert. Der Lastwagen, den Dan gegen drei Uhr hatte anspringen hören, war ihm als nichts Ungewöhnliches erschienen. Die Nazis waren immer groß drin gewesen, nachts zu kommen und zu gehen. Eine Lieferung von polnischen Prostituierten oder von Schweinehälften aus der Armeeschlächterei in wie hieß es noch gleich, Biegunka oder wo. Er hatte auch das Pfeifen eines Zuges vom Bahnhof in Roggen gehört, drei Meilen entfernt, doch auch das war nichts weiter Auffälliges. Dan sah es als seine Pflicht, zum Offiziersquartier rüberzugehen und zu melden, daß die Jerries ihre Schützlinge allein zurückgelassen hatten. Als er an die Tür der Hütte klopfte, wo der nach Hebblethwaite Ranghöchste schlief, der Ami-Major Pilpel, kam als Antwort nur ein schläfriges Brummen. Er klopfte lauter. Was Dan zu sagen hatte, weckte den Major dann abrupt auf.

Es gab an diesem Morgen keinen »Appell«, aber Colonel Hebblethwaite ließ das Lager im Schnee antreten, um allen zu sagen, was sie bereits wußten. Dan staunte wie immer darüber, wieviele Leute zwölfhundert Mann am Ende doch waren. Vier Bataillone eigentlich, im geschlossenen Karree, und Colonel Hebblethwaite auf einer Kiste in der Mitte – er drehte sich immer wieder neunzig Grad weiter, damit seine Stimme nach allen Seiten drang. Überall stieg dampfender Atem auf, aber seiner dampfte am meisten, weil er sprach. Die Schläge im Osten und die schwach erkennbaren Feuerblitze dürften die vorrückende Rote Armee sein. Oberst Fresser war still ohne Lebewohl losgezogen, kein militärischer Abschied und auch kein anderer, sein Büro war sauber und leer, die Akten fort, das Führerbild gegen die Wand gedreht, Wenn die Deutschen was machten, machten sie es gründlich. Die Vorräte waren abgeräumt, die Schweine grunzend weggeführt, die Lagerkühe ohne ein Muh aus dem Stall gelenkt. Die Fahrräder und Motorräder standen nicht länger auf den durch weiße Streifen bezeichneten Parkplätzen. Nicht einmal ein Zettel mit einem Gruß.

Alle schauten ängstlich auf, als zwei Flugzeuge aus der Sonne heransummten und tief herabstießen. Rote Sterne auf dem Rumpf und den Flügeln. Spähflug. Sie kreisten präzise und stießen über Roggen noch tiefer, dann verschwanden sie Richtung eigene Linien.

Also, meine Herren, Leute, es sieht so aus, als wäre dies das Ende unserer Gefangenschaft, aber was wir mit unserer Freiheit anfangen können, weiß der Himmel. Wir können hierbleiben und auf die Russen warten, aber die Russen verstehen sich nicht besonders auf Kriegsgefangenenlager, sie ziehen es vor, die Deutschen schlicht zu töten anstatt sie noch groß zu verwöhnen, sie haben keine von den internationalen Vereinbarungen unterzeichnet, sie haben noch niemand von ihren westlichen Alliierten gesehen und werden nicht wissen, wer zum Teufel wir eigentlich sind. Glücklicherweise haben wir einen Union Jack und einmal die Stars and Stripes, unsere Franzmänner und quasifranzösischen braunen Freunde, die keine Silbe von meinen Ausführungen hier verstehen, werden sich deren dubiosem Schutz unterstellen müssen, es war sehr aufmerksam vom Roten Kreuz, uns mit den Symbolen unserer Nationen aufzumuntern. Wenn wir jetzt weiter hier bleiben, wird es seltsam sein, daß wir frei sind und trotzdem noch in unserem Gefängnis. Natürlich, das Tor steht jetzt offen, und wir können die Bahnlinie entlang nach Westen gehen, aber es besteht kein Zweifel, daß die Rote Armee verdammt viel schneller als wir dort sein wird, wo wir hinmarschieren könnten. Ich schlage vor, einen Erkundungstrupp nach Roggen zu schicken, um zu schauen, was sich dort abspielt.

Die Krauts sind vielleicht noch um die Wege, Colonel, sagte Major Pilpel.

Also, unser guter dahingegangener Lagerchef war so liebenswürdig, mich über die Lage an dieser Front auf dem laufenden zu halten. Die deutsche Verteidigungslinie verläuft offenbar gut hundert Meilen von hier im Osten und kann nötigenfalls zur Oder zurückgenommen werden. Sie wird nur mit recht geringen Kräften gehalten, der Hunne ist dieser Tage an der Westfront ziemlich beschäftigt. Ich denke, Roggen dürfte ohne Garnison sein, und die Zivilbevölkerung ist sicher bereits mit Eisenbahn oder Lastwagen evakuiert worden, von privaten Transportmitteln abgesehen. Vielleicht liegen dort Nahrungsvorräte. Unser Rote-Kreuz-Proviant reicht nicht mehr lang, und weitere Lieferungen werden keine kommen. Darf ich jetzt um freiwillige Meldungen bitten?

Dan kannte Roggen, er hatte dort im Teich gefischt. Er könnte jetzt eigentlich wieder dort fischen, man mußte nur das Eis aufhacken, und er würde seine selbstgebastelte Angel mitnehmen. Er meldete sich, ebenso Soldat Shawcross, Soldat Massinger, Lancecorporal Moxley (der seinen einen Streifen unbedingt hatte beibehalten wollen, obwohl sein Rang nur zeitweilig und ohne höheren Sold gewesen war und nicht mehr galt), Gefreiter Leonardino, ein Yankeekorporal namens Schwarz, der Jiddisch konnte, das angeblich dem hierzulande gesprochenen deutschen Dialekt nicht unähnlich war, Sergeant Cobb von den Royal Engineers und als anführender Offizier Lieutenant Svenson von der US-Infanterie, die Amis übernahmen die Führung, hier wie überall.

Die einfachen Soldaten und Unteroffiziere tranken vor dem Aufbruch starken heißen Pulverkaffee, und Gefreiter Forkner aus South Carolina stiftete einen Schuß tödlichen Schnaps aus seiner Privatdestille, hauptsächlich fermentierte Kartoffelschalen. Sie gingen schwervermummt los; hinter ihnen flatterten Kaskaden von Flüchen, wenn sie auf vereisten Karrengeleisen ausrutschten. Die Schneefelder erstreckten sich bis zum Rund des Horizonts, die Landschaft war baumlos. Es war nun ein wolkenloser Tag, der böse Wind aus Sibirien, der ihnen in die freigebliebenen Partien ihrer Gesichter biß, hatte den Himmel blankgefegt. Die Sonne war wie das dekorative rote Lämpchen eines Heizgeräts, dessen Glühstäbe defekt sind. Eine Viertelmeile vor Roggen kam eine Kreuzung mit einem umgefallenen Wegweiser, der nicht mehr helfen konnte, wenn man nach Gorzów oder Skwierzyna wollte. Auf einem toten weißen Feld rief ihnen eine freilaufende Ziege einen ironischen Willkommensgruß zu. Am Rand von Roggen oder Żyto stand eine Autowerkstatt, die einem abgezogenen Schmidt gehörte, der einen zu reparierenden Traktor unrepariert stehenlassen hatte. Dann kamen Häuser – brauner Backstein und vereiste rote Dächer – mit geschlossenen Türen, hinter denen niemand mehr war. Ein gefleckter Hund wackelte mit verzweifelter Vergnügtheit zu dem Erkundungstrupp hin. Wir haben nichts für dich, Kumpel, verschwinde. Die kleine Stadt war in der Tat verlassen. An der freigeschaufelten Hauptstraße, wo die vereisten Stellen mit Sand bestreut waren, lagen Läden. Bürgers Laden offerierte *Schlachterei*, aber im Augenblick nicht. Salböls *Bäckerei* war brotlos. Ein *Spielzeug*-Laden hatte immer noch flachshaarige Püppchen und kleine metallene heilhitlernde SS-Männer im Fenster, die Jerries verwöhnten gern ihre Kinder, die von anderen allerdings nicht. »Bringt alles nix hier«, sagte Sergeant Cobb. Es gab den Stadtteich, wo unter dem Eis die Karpfen über das nachdachten, dem sie schon im Dreißigjährigen Krieg nachgesonnen hatten. Dan erzählte Cobb, wenn er auch höflichkeitshalber seinen Blick auf die runden erstaunten Augen von Lieutenant Svenson heftete, daß ihm die Wachen bei seinen Angelausflügen erzählt hätten, das Gebäude hinter dem Teich sei ein kleines *Mönchskloster*, was Dan sich dann auch nach einer Pantomime von betenden Kapuzenträgern zusammenreimen konnte – wenn auch die Mönche, Polen meistens, schon längst auf und davon waren und jetzt dort *Kriegsvorräte* lagen: Es war ein Vorratslager der Armee. Die kleine Kirche da, die dazugehörte, war St. Benedikt, und die Mönche waren ebenfalls Mönche des heiligen Benedikt gewesen, Benediktiner genannt wie dieses Zeug, süß und stark und etwas kräuterig, das man trinken konnte, wenn man das Geld und die Lust dazu hatte. »Armeevorräte«, sagte Sergeant Cobb nachdenklich, »wahrscheinlich nix zum Spachteln.« Die scharfen Ohren von Korporal Schwarz hörten etwas, zum Teufel, das war ganz bestimmt ein Gackern. Ein Hühnerhof, versteht ihr? Es kam aus einem schmalen Gäßchen zwischen einer *Kurzwarenhandlung*, was immer das auch war, und einem Haus mit dem Schild *Zahntechniker*. Das ist wohl das, was wir *zohn* nennen, sagte Korporal Schwarz und entblößte zur Illustration seine Beißer. Unten in der Gasse fanden sie einen kleinen Hühnerhof, mit Maschendraht umzäunt, hinter einem kleinen Haus mit einer leeren Wäscheleine. Es gab fünf Hennen, ein rubinroter Hahn war gerade dabei, eine zu besteigen. »Die Jungs da werden wir essen«, sagte Sergeant Cobb, »wenn Sie nichts dagegen haben, Sir.« Wußte jemand, wie man dem Viehzeug den Hals umdrehte? Korporal Schwarz sagte, er könne sie nach der koscheren Methode töten, ein Messer in den Hals, das ganze Blut raus. Lieutenant Svenson schlug vor, jemand solle mal nachsehen, was in den Kriegsvorräten war. »Also«, sagte Sergeant Cobb zu Dan und Soldat Shawcross, »geht mal rüber und schaut euch die heilige Hütte an.«

Soldat Shawcross bestand darauf, erst in die Kirche hineinzugehen. Dan war überrascht, zu sehen, wie er mit seinen Fingern in das trockene Taufbecken gleich hinter der Eingangstür fuhr, irgendwie so die Schultern zuckte und dann mit der Hand so As, König, Dame machte. Ein Kathole. Er folgte Shawcross ins Kircheninnere, und der fing an, ins Knie zu gehen und überlegte sich's dann anders – er sagte, es gebe nichts mehr, vor dem man knien könnte, sie hatten's mitgenommen. Der Altar war kahl wie ein Hackklotz beim Metzger. An den weißen Wänden waren dunkle Stellen, wo die heiligen Bilder gehangen hatten. Ein halbkreisförmiges Fenster hoch über dem Altar zeigte in buntem Glas einen kahlköpfigen Mönch, der zwei segnende Finger erhob, was Dan an eine unanständige Geste erinnerte. Es war eine nette kleine Kirche, alles säuberlich weiß bis auf die sechs, acht, zehn Säulen, die golden gestrichen waren. Soldat Shawcross ging voran in die, wie er's nannte, Sakristei. »Vielleicht ein paar Kisten Kommunionsrotspon. Oder vielleicht das originale benediktinische Feuerwasser.« Aber es fand sich nur eine Mäusefamilie, die an runden weißen Brotstücken knabberte. »Hübsche Dinger«, sagte Soldat Shawcross. »Die Natur macht weiter, trotz Krieg und Konsekration.«

Er schaute sich mit seinem scharfen Schullehrerblick in der Kirche um. Hinten, links vom Altar, war unter einem Mauerbogen eine ebenfalls bogenförmige Tür, gerade unter der Empore, die für den Chor gedacht war, obwohl es keine Orgel gab, reine unsentimentale Gregorianik wahrscheinlich. Er sagte: »Da kommen wir in den Glockenturm. Verschaffen wir uns mal einen Überblick über die Gegend ringsum, und sehen wir, ob unsere ruhmreichen Alliierten, ignorant und impulsiv wie sie sind, schon auf der Landstraße stehen. Und wenn es eine Glocke gibt, die man unerklärlicherweise noch nicht abgeholt und zu Rüstungszwecken eingeschmolzen hat, dann muß ich diese Glocke läuten. Ich muß. Mir juckt es in den Fingern nach einem Glokkenstrang. Ich war bei der Sankt-Botolphs-Jugend, weißt du. Sequenzen läuten und so. Aber das hier ist ja eine bescheidene kleine Kirche.« Er ging voran, stieß die von keinem Riegel gesicherte Tür auf und stieg als erster eine steinerne Wendeltreppe empor, ausgetreten von etwa einem Jahrhundert mönchischer

Schritte. Oben sahen sie eine einzige stämmige Glocke aus solidem deutschem Guß, die in winziger Bewegung schwang, von den Winden des Himmels geregt. Soldat Shawcross ergriff eifrig das lederbezogene Glockenseil, strengte sich an und läutete. Die Freude beschlug ihm die Gasmaskenbrille. Die elementare Konzentrik der Bronze ließ einen ganzen Schwarm Harmonien aufsteigen. Die fortgezogene Bevölkerung der Stadt wurde herbeigerufen, zu nichts. Aber Dan sah beim Hinunterschauen, wie Sergeant Cobb und der Rest des Trupps aus der Gasse herausrannten, an einigen Händen schwangen tote Hühner. Und dann waren die Russen da.

»Jetzt schau, was du angerichtet hast«, sagte Dan.

Eine Art Jeep kam zum Teich gefahren und hielt. Dahinter folgte ein Dreitonnenlaster. Auf beiden sah man den roten Stern.

»Gehen wir lieber mal runter«, sagte Dan. »Schaut aus, als würd ich bißchen Russisch sprechen müssen.«

Dan konnte den Rang des Offiziers nicht erkennen, der eine sehr praktische Pelzmütze mit einem Stern dran trug. Er hatte bei sich im Jeep jemanden, der Dan als ein russischer Riese erschien, der eigentlich einen Bart tragen müßte. Er betrachtete mit wildem Blick die angloamerikanische Truppe mit ihren Hühnern. Der Offizier hatte die Pistole gezogen. Korporal Schwarz sprach Jiddisch, dies machte den Offizier nicht geneigter, die Pistole wieder wegzustecken. Eine Menge Soldaten mit Gewehren und warmen grauen Mänteln sowie hohen Stiefeln stiegen hinten vom Lastwagen. Dan sprach. Der Offizier lauschte ungläubig. Er sagte: »Du solltest nicht Russisch sprechen.«

»Wer sagt das?«

»Du bist ein englischer Soldat, und du sprichst Russisch. Das ist irgendwie nicht richtig.«

»Meine Mutter ist Russin. Mein Dad ist Waliser. Ist das nicht erlaubt?«

»So etwas habe ich noch nie gehört.«

»Jetzt hören Sie's.«

»Was macht ihr hier?«

»Ich dachte, das ist unser Krieg genau wie eurer«, sagte Dan.

»Wir sind jedenfalls schon länger dabei. Hier sind wir gerade erst angekommen. Wir sind in dem Gefangenenlager die Straße runter, aber die Deutschen sind auf und davon und haben uns hiergelassen, Briten und Amerikaner, eine ganze Menge von uns. Was machen wir jetzt?«

Der Offizier war mehr daran interessiert, möglicherweise noch vorhandene Deutsche und deutsche Vorräte aufzustöbern. Er befahl einem Trupp, zu dem gedrungenen Gebäude da hinter der *zerkow* rüberzulaufen und nachzusehen, wer oder was da drin war, aber sich vor Selbstschüssen zu hüten. Die anderen durften Fenster mit den Gewehrkolben einschlagen und Türen aufbrechen, während er wohlwollend zusah. Zu dem Riesen in seiner Begleitung sagte er: *»Agon. Bolschijij agon.«* Und dann schien er ein Gedicht zu rezitieren:

»Schest' desjat isch b wetroschge
Smuglisch, spo-weselisch liz.
Po maschinam! Po doroge!
Na Ewropu! – nawalis'!«

»Was soll das geben, wenn's fertig ist?« fragte Sergeant Cobb Dan.

»Er sagt, er hat etwa sechzig Mann mit dunkler Haut, vom Wind umhergeweht, und sie sind sehr fröhlich, aber eigentlich schlimme Burschen, und sie müssen jetzt in die Lastwagen steigen und nach Europa rein und alles aufmischen.«

»Aber die sind doch gerade erst aus ihrem Laster raus, so ein Blödmann, und die waren ja auch die ganze Zeit in Europa, wenn Rußland ein Teil von Europa ist, was ja auch der Fall ist, blöder Hund.«

»Ist ein Gedicht, Sergeant.«

»Ach, ein Gedicht, ja?« Sergeant Cobb spuckte aufs Eis. Der Riese heulte nach zerschlagenen Türen und ganzen Ladentheken und einem Kanister *benzin*. Dann sahen sie alle, was mit einem gottverdammten bolschewistischen *agon* gemeint war. Das Feuer schoß auf dem gefrorenen Gras neben dem Teich in die Höhe, und Dan erkannte, was der Offizier mit seinem *spo-weselisch liz* gemeint hatte: allen wurden die Gesichter jetzt schwarz von Rußflocken. Dann sagte der Offizier zu Dan:

»Geht ihr zurück in euer Lager.«

»Aber was sollen wir essen? Einander?«

»Eine Zeitlang hungern wird euch nicht schaden. Leningrad hat lange gehungert.«

»Wir sind nicht das gottverdammte Leningrad«, sagte Dan auf Englisch. Wie um zu demonstrieren, daß das korrekt war, fingen Sergeant Cobb, Lancecorporal Moxley und Gefreiter Leonardino an, ihre Hühner über dem Feuer zu rösten, auf Splittern zerhauener Türen und Fensterrahmen. Dann fingen einige von den russischen Soldaten, fröhlich und kichernd und die bloßen, aufgesprungenen Hände an den lodernden Flammen wärmend, ein Lied zu singen an, das man ihnen anscheinend zur Begrüßung ihrer Westalliierten beigebracht hatte:

Okeeh, Britanija ent Rossia ent da Ju Ess Eeh.

Das Lied bestand aus fortwährenden Wiederholungen dieser einen Zeile. Soldat Shawcross fiel auf, daß es in Moll war. Das schien ominös. Eigenartig war es, daß diese Russen ein Feuer draußen im Freien einem in, sagen wir, dem Kindergarten vorzogen, an dem sie vorbeigekommen waren, oder in dem Gebäude, das wohl das Rathaus war und von dem eine Hakenkreuzfahne flatterte, bis sechs stramme Russen hochkletterten und sie runterholten. Große Pfadfinderjungs im Grunde, wenn auch ganz offensichtlich mit Reserven von Brutalität. Dan kehrte allen den Rücken und fing an, in dem klaren schwarzen Loch zu fischen, das er mit dem Absatz in die Eisdecke des Teichs gehackt hatte. Er hatte sich den Köder mitgebracht, ein Stückchen zerquetschte Sardine, in eine Seite der Barackenbibel gewickelt. Ein paar von den Russen hatten mit lauten Triumphschreien gewichtigere Nahrung gefunden: ein Schwein aus einem Hinterhof, das sie taktvollerweise außer Sichtweite mit den Kolben totgeschlagen hatten. Dieses hievten sie nun mit lauten Rufen aufs Feuer. Der

Riese zerrte eine Kiste Wodka hinten aus dem Jeep. Alles war für eine Art Party bereit. Die Westalliierten waren sich nicht ganz sicher, ob sie eingeladen waren oder nicht. Aber, verdammt noch mal, sie waren schließlich zuerst hier gewesen. Dan brachte vom Teich zwei Karpfen und einen Hecht. Die griff sich ohne Umstände der Riese und kaute sie roh, wobei er eine Vielzahl kleiner Gräten ausspie. Die Klosterdurchsucher kehrten zurück und meldeten, wie Dan berichtete, daß die Jerries nichts Brauchbares zurückgelassen hatten, nur ein paar große hölzerne Kisten mit Ikonen, Papieren, Kinkerlitzchen. Sie hatten als Beleg ein paar von den Kisten mitgebracht. Dünne Bretter und Stroh flogen aufs Feuer, von den Flammen sogleich verzehrt, und zum Vorschein kamen ein, zwei Kruzifixe, ein Kelch und ein rostiges Schwert, das der Mann, der es hochhielt, mit einer grinsend obszönen Geste in der bröckelnden hölzernen Scheide hin und her bewegte. Der Offizier betrachtete desinteressiert einen Stapel vergilbter Papiere. Soldat Shawcross zeigte mehr Interesse. »Noten«, sagte er. »Recht alte Musik. Um Gotteswillen, *Der Hausfreund – Singspiel* – Wolfgang Amadeus Mozart. Geben Sie mir das!« Aber der Offizier behielt es. Der Zeitpunkt war da, Flagge zu zeigen. Lieutenant Svenson sagte zu Dan:

»Sagen Sie diesem Offizier, daß alles deutsche Eigentum in dieser Stadt hiermit von dem von mir angeführten Spähtrupp beschlagnahmt ist. Wir waren zuerst hier. Laut Befehl des kommandierenden Offiziers unseres Lagers sollen wir die Stadt durchsuchen und konfiszieren, was der Feind zurückgelassen hat.« Dan übersetzte das auf seine Art. Der russische Offizier antwortete ausführlich. Dan sagte:

»Ich soll Ihnen sagen, daß das hier ihre Front ist und nicht unsere, und daß wir Kriegsgefangene sind und keine reguläre militärische Dingens. Er sagt, wir seien raus aus dem Krieg und sollten uns auch besser raushalten. Er sagt, er schnappt sich alles, was die Deutschen hiergelassen haben, und schickt es zum Stützpunkt oder wie die das nennen. Und er sagt, wir sollen jetzt mal besser zurück in unser Lager und mit dem Hungern anfangen.«

»Sagen Sie ihm: Verbindlichen Dank.« Dan sagte das. Der

russische Offizier nickte urban. Soldat Shawcross schien er kein besonders vertrauenswürdiger Offizier. Er hatte etwas Zwielichtiges. Shawcross gefiel es nicht, wie er mit dem Stapel Notenmanuskripte umging. Es hatte ganz den Anschein, als sei das für ihn nur ein Haufen Nazikram, den man am besten ins Feuer warf. Wie der Offizier achtlos die vergilbten Seiten durchblätterte, hätte Shawcross schwören können, daß er den Namen Ludwig van Beethoven in großzügig fließender Schrift sah, und die Worte *Skizze eines Klavierkonzerts*. Er sagte zu Lieutenant Svenson:

»Wissen Sie noch, die Kisten, die mit uns gereist sind? Ich hab das Gefühl, als seien sie hier. Sie sind mit uns ausgeladen worden, erinnern Sie sich? Nazibeute, und jetzt Sowjetbeute.«

»Wir können nicht viel machen«, sagte Lieutenant Svenson. »Müssen die ganz oben regeln.«

»Aber, Herrgott, schauen Sie doch, was der macht!«

Der russische Offizier schickte sich an, eine Papirossa anzuzünden, Marke Weißmeerkanal, und zwar an einer Ecke eines Notenblatts. Soldat Shawcross sprang auf ihn zu. Gewehrläufe zielten. »Herrgott nochmal, verfluchte Scheiße.«

»Ich glaube, wir gehen jetzt besser mal weiter«, sagte Sergeant Cobb. »Wir sind hier wohl nicht mehr erwünscht.«

»Ja«, sagte Colonel Hebblethwaite später zu dem zurückgekehrten Spähtrupp, »ich hab mir schon gedacht, daß sowas passieren würde. Es sieht aus, als seien wir für den Augenblick Gefangene unserer tapferen Alliierten. Es hält uns niemand ab, fortzugehen, aber wohin sollen wir denn? Was Vorräte angeht, da sehen Sie, was man hier abgeladen hat.« Ein kleiner Berg Fleischkonserven lag vor der Offiziersbaracke auf dem Eis. »Ich konnte aus den Offizieren und Soldaten, die uns freundlicherweise besuchen gekommen sind, nicht viel herauskriegen. Gilt umgekehrt natürlich auch.« Dan untersuchte eine der Konservendosen, ganz offensichtlich amerikanischen Ursprungs mit einem ungeschickt drübergeklebten russischen Etikett. Dan sagte:

»Schweinefleisch steht hier, Sir. Meine Mutter hat immer gesagt, daß kein guter Russe je Schweinefleisch ohne ein Lorbeerblatt essen würde. Die Yanks haben sich nicht die Mühe gemacht, eins reinzutun, würde ich sagen, also schmeißen die Russen es bei uns weg. Sir.«

»Verstehe. Also doch nicht so besonders hilfsbereit. Na, wir gehen mal besser ins Warme zurück, soweit man von Wärme reden kann. Morgen ist, wie einmal jemand gesagt hat, auch noch ein Tag.«

Am nächsten Morgen kochte Dan Schweinefleischpastetchen für die zwölf Mann in seiner Baracke. Keine Veränderung der gottverdammten Wetterlage. Die Schläge und Blitze von Osten kamen näher. Colonel Hebblethwaite ließ nicht antreten. Gegen Mittag aber kamen alle aus den Baracken, um zuzusehen, wie ein Jeep mit ein paar russischen Offizieren drin über das Eis herangehoppelt kam. Colonel Hebblethwaite sagte: »Ziemlich dreist, würde ich sagen, amerikanische Jeeps zu benutzen und einfach die Herkunft zu verschweigen. Überall rote Sterne auf dem verdammten Ding, Made in Stalingrad oder wie. Schauen wir mal, was die wollen.« Der russische Offizier, der den verständnislosen Colonel anredete (mit einem gelegentlichen Seitenblick auf Dan, der als Dolmetscher vorgestellt worden war), war ein großgewachsener Mann mit Augen, die sich über einer massiven Nase zu begegnen versuchten, und violettroter Haut; wahrscheinlich ein Alkoholiker in russischer Tradition. Dan ließ ihn zu Ende reden und sagte:

»Sir. Sie haben zweitausend deutsche Gefangene, die auf der Landstraße anmarschieren, und sie wollen sie hier unterbringen. Sie sagen, wir müssen hier raus, Sir.«

»Unsinn. Wir haben dieses Teutonenlager im Namen unserer beiden Nationen in Besitz genommen. Soll sich die beiden Fahnen ansehen.« Der Union Jack und die Stars and Stripes waren wie zum Trocknen an einem Abschnitt des Stacheldrahtzauns ausgebreitet. Dan sagte es dem russischen Offizier, der amüsiert schien. Zu Dan sagte er:

»Da Sie vermutlich ein ausgebildeter Infanterist sind und offensichtlich von russischer Herkunft, verdienen Sie einen Platz im glorreichen Vorstoß der Roten Armee nach Westen. Ich nehme an, Sie sprechen Amerikanisch und nicht nur Britisch.«

»Ach nee«, sagte Dan, »ich bleibe hier bei meinem Haufen. Aber danke für die Einladung.«

Colonel Hebblethwaite sagte: »Was genau erwartet er eigentlich von uns? Sollen wir bei dieser bitteren Kälte einfach nach Norden oder nach Süden socken, und ein Haufen gefangene Hunnen kuschelt sich in unsere Decken?« Dan übersetzte das und bekam eine lange Antwort. Er sagte seinem Colonel:

»Sir, nach Süden sollen wir gehen, hat er gemeint. Wenn wir nach Norden gehen, werden wir in die Kämpfe verwickelt.«

»Wie weit denn nach Süden, Menschenskind?« Der Russe beantwortete das ohne Übersetzung. Dan sagte:

»Bis zum Schwarzen Meer, Sir, wo immer das ist.«

Der Colonel explodierte. »Herrgott im Himmel, ist der Bursche denn wahnsinnig! Das Schwarze Meer, das liegt ja am Ende der Welt.«

Dan sagte: »Sir, er sagt, er würde hier keine Diskussion führen. Befehl der Roten Armee. Wir müssen morgen früh hier draußen sein.«

»Herrgott im Himmel, der Mann ist verrückt. Haben Sie das gehört, Pilpel?«

»Ich schätze, wir schauen uns besser mal die Karte an, Colonel. Scheint mir ein verdammt langer Weg zu sein.«

In Dans Baracke drängten sich alle um eine Karte in *Pears's Cyclopaedia*, eines von einem Dutzend Bücher (darunter die Bibel, eine Sammlung von Gebeten und Chorälen für den speziellen Gebrauch von Kriegsgefangenen, eine elementare Kochanleitung und ein Handbuch – dies eine sehr suggestive Bezeichnung – mit dem Titel *Der einsame Mann und die Liebe*), das eine private Wohltätigkeitsorganisation geschickt hatte. Soldat Shawcross fuhr mit dem Finger eine mögliche Marschroute entlang. »Wir sind etwa hier, wie? Weiter südlich, als man meinen sollte, obwohl man sich hier noch alles mögliche abfriert. Ich meine, schaut euch mal Lettland und Estland an, da zieht's einem erst den Sack richtig zusammen.« Die drängelnden Männer nörgelten: Nimm mal deine Rübe weg, laß mich doch auch mal gottverdammt nen Blick tun, kann nix sehen mit deinem großen dicken Kürbis im Weg. »Also nach Südosten. Częstochowa, Lwów, Tarnopol, Podolsk. Wenn wir am Schwarzen Meer ankommen, wird es grün und warm und wunderbar sein.« Ne Menge Schnee, ehe wir dort sind, Scheiße, das sind doch Meilen über Meilen und noch mal Meilen. »Stellt euch das doch mal so vor, ihr marschiert von Penzance bis in den äußersten Norden von Schottland. Das ist alles, bloß noch ein paar hundert Meilen dazu.« Die ignoranten Männer bekamen die erste Geographielektion ihres Lebens. Die armen Kerle debattierten wie mit dem Mann im Reisebüro. Gehen die Eisenbahnen? Die sind sicher alle in Klump gehauen. Mit welchem Geld sollen wir denn bezahlen?

Colonel Hebblethwaite tauchte zu einem unerwarteten Besuch in der Baracke auf, von Major Pilpel begleitet. Alles nahm Haltung an.

»Steht bequem, Männer. Jones, wo ist Jones, ah ja, da sind Sie ja, Jones. Das ist ja wirklich kurios, Sie mit Ihrem Russisch. Der einzige im Camp, der Russisch kann, soweit ich sehe. Also, das liegt ja auf der Hand, daß Sie zur ersten Gruppe müssen, was?«

»Wie ist das mit den Gruppen, Sir?« fragte Shawcross kühn.

»Wir müssen uns natürlich als Militärformation vorwärtsbewegen, einzelne Züge unter rangniederen Offizieren, assistiert von Unteroffizieren. Stabssektion geht zuerst, unter meiner Führung. Wir werden die guten Dienste von Jones als Dolmetscher brauchen.«

»Ich würd gerne mit meinem eigenen Haufen gehen«, sagte Dan, noch ohne mürrischen Ton.

»Ah, nein, das wird nicht gehen, leider nicht gehen. Ihre Dienste sind zu wertvoll, um sie öh zu zersplittern.«

»Wir bleiben lieber alle zusammen«, sagte Dan, diesmal eindeutig mürrisch.

»Es ist mir klar«, sagte Colonel Hebblethwaite, »daß die Bedingungen hier im Lager dazu geführt haben, daß die normale militärische Disziplin etwas gelockert ist. Von jetzt an wird aber die Aufrechterhaltung dieser Disziplin für unser Überleben entscheidend sein. Sie haben einen Befehl erhalten, Jones, und ich erwarte, daß er befolgt wird. Sie wissen alle Bescheid, morgen früh beim ersten Morgengrauen antreten, komplettes Marschgepäck, aber alles Unwichtige zurücklassen! Wir haben einen langen Marsch vor uns.« Er schritt hinaus, und Major Pilpel folgte ihm, nachdem er ironisch salutiert hatte.

Die Männer in der Baracke entspannten sich: Alter Arsch von einem Kommißkopp, dem seine militärische Disziplin, die kann er sich in die Harnröhre jubeln, und so weiter. Soldat Shawcross sagte:

»Also, da gibt's nur eines, wie? Denen zuvorkommen sozusagen. Schon bei Sonnenuntergang auf Zehenspitzen raus. Letzte Nacht war fast Vollmond, bei dem Licht können wir ziemlich Strecke machen. Einen Vorsprung herausholen. Was geht uns die militärische Disziplin noch an? Wollen die uns mit Arreststrafen kommen? Der Krieg ist so gut wie vorbei. Das Schwarze Meer wird voller Schiffe sein, die darauf warten, uns heim nach England zu bringen, zu Weib und Kind und sonst noch was. Wir würden gerne Ihre Meinung zu der Sache hören, Korporal.«

Er meinte den unbesoldeten Lancecorporal Moxley, den einzigen Unteroffizier in der Gruppe, allerdings nur im sehr theoretischen Sinne. Er war ein junger Mann mit langem Gesicht, nicht sehr helle, konnte aber gut mit Verbrennungsmotoren. Er war vom Fahrer im RASC befördert worden, dem untersten Rang in der Armee. Er sagte: »Die kriegen euch früher oder später, die Brüder kriegen einen immer.«

»Sie wollen also mit dem umfangreicheren Truppenteil ziehen?«

»Ich komm mit euch mit. Aber ich will nicht die Verantwortung. Keine Ahnung, weshalb ich diesen Scheißstreifen am Ärmel behalten hab.«

»Das war schon immer ein schlappes Teil«, sagte Soldat Shawcross. »Sollen wir mal packen?« So, wie er es sagte, klang es, als stehe eine Urlaubswanderung bevor. Soldat Buckley sagte:

»Sieht aus, als ob das ein höllisch langer Weg wird.« Er sah innerlich so etwas wie ein langes Latschen von Manchester nach Liverpool vor sich. Wenige von ihnen konnten über den Dreißigmeilenmarsch hinausdenken, schönen Becher heißen Tee und Fußinspektion anschließend. Keiner hatte gelernt, eine Karte als Bild menschlichen Schmerzes zu sehen.

Lieutenantcolonel Secker rief die ganze Lagerbesatzung zusammen, außer Soldat Dawes, der hilflos die Frauen bewachte. Er sagte: »Die Situation ist jetzt vollkommen klar. Sie, Sergeantmajor, würden ja vielleicht sagen: fürchterlich klar. Keiner von unseren Lagerinsassen darf eine Aufenthaltserlaubnis beantragen. Alle müssen sich auf die Repatriierung vorbereiten. Dies sind Anweisungen von höchster Ebene, und es dürfen keinerlei Ausnahmen gemacht werden.«

Die Besprechung wurde im Büro des Lagerleiters selbst abgehalten. Soldaten und Unteroffiziere standen, mit Ausnahme des offiziersdiensttuenden Quartiermeisters Brophy, der wegen seines verletzten linken Beins sitzen durfte. Der Adjutant stand ebenfalls wie stets hinter dem Stuhl seines Vorgesetzten, das Stöckchen unter dem Arm. Das Fenster war halb geöffnet, um den Zigarettenrauch hinaus- und die vorzeitige Frühlingsluft hereinzulassen. Reg, der Sergeantmajor, sagte: »Wenn ich das sagen darf, Sir, diese Situation widerspricht allen Gesetzesregeln. Jeder ausländische Staatsangehörige, der sich auf britischem Boden befindet, ist berechtigt, die Aufenthaltserlaubnis und sogar die Einbürgerung zu beantragen. Es gibt kein Gesetz, das die Russen hiervon ausschließt.« Der Adjutant, der sich über die ganze Chose mit wachsender Verwunderung informiert hatte, sagte:

»Es scheint alles etwas mit dieser Konferenz von Jalta zu tun zu haben. Irgendwie wird Europa in zwei Lager geteilt. Was Stalin will, das kriegt er, solange er auf der richtigen Seite der großen Trennungslinie bleibt, könnte man wohl sagen. Verzeihung, Colonel, Sie wollten etwas sagen.«

»Danke, Murray. Ich wollte nur sagen, daß wir als Soldaten nicht in einer Position sind, von der aus wir Beschlüsse kritisieren können, die auf ministerieller Ebene, ich sollte wohl sagen premierministerieller Ebene beschlossen worden sind. Winston Churchill, um es rundheraus zu sagen, hat bestimmt, daß die Repatriierung zu erfolgen hat, sobald britische Schiffe für die ääh Repatriierung zur Verfügung stehen. Einige haben bereits verschiedene zu repatriierende Individuen nach Murmansk verbracht. Unsere eigenen Leute hier sind für die *Duchess of Bedford* gebucht, ab Liverpool am – ja, hier haben wir das Datum: vierzehnter März. Bestimmungsort anscheinend Odessa.«

»Odessa?« sagte Reg ungläubig. »Aber das ist ein Wahnsinnsumweg, die längstmögliche Route. Warum Odessa?«

»Keine Ahnung, Sergeantmajor. Es ist ein russischer Hafen, und die Russen scheinen sich keine großen Gedanken darüber zu machen, ob sie ihre Leute rasch zurückbekommen, solange sie nicht auf britischem Boden warten müssen. Ich glaube, der springende Punkt ist, daß eine große Zahl britischer und amerikanischer Kriegsgefangener von den Russen aus ostdeutschen Lagern befreit und in Odessa konzentriert worden ist. Die bekommen ihre Leute und wir unsere. Und eins hängt ab vom andren. Quartiermeister, ich nehme an, die Lieferung von Armeekleidung, die wir beantragt haben, ist schon da?«

»Teilweise eingetroffen, Sir. Kommt mir verrückt viel vor, wenn ich das sagen darf, Sir. Mehr als unsere eigenen Leute kriegen – ich meine, vier Paar Stiefel, zwei Mäntel, vier Paar Unterhosen (lang), Socken sechs Paar –«

»Das ist die von den sowjetischen Autoritäten erbetene Quantität, Quartiermeister. Sie wollen, daß ihre Leute gut ausgerüstet ankommen und proper aussehen, der Sowjetunion Ehre machen sozusagen.«

»Indem sie wie britische Soldaten aussehen, Sir?«

»Es war die Rede davon, daß man das Khaki grau färbt oder

blau oder irgendwas, aber da hat es Winston Churchill dann gereicht. Sie können froh sein, das zu kriegen, was sie kriegen.«

»Verdammt froh, Sir.«

»Sir«, sagte Lancesergeant Scammell, »ich sehe das nicht, wie wir all die einsammeln sollen, die ausgebüchst sind, fortgelaufen meine ich, Sir. Ich meine, die ganze Gegend wimmelt von Busskis, und es ist nicht unsere Aufgabe, die zusammenzutreiben, und auch nicht die von der Zivilpolizei.«

»Ich weiß, Sergeant, aber die Russen kümmern sich da selber drum. Sie haben schon recht effektive Schritte unternommen, um sie ääh zusammenzutreiben.«

»Die Sache ist nach britischen Gesetzen völlig unhaltbar«, sagte Reg. »Eine ausländische Polizeitruppe hat kein Recht, auf unserem Gebiet vorzugehen.«

»Jalta«, sagte der Adjutant.

»Ich meine, der NKGB ist hier und SMERSCH und –«

»Was ist dieses Smersch, von dem Sie da immer reden?« fragte Lieutenantcolonel Secker.

»*Smert schpionam*, Tod den Spionen heißt das. Anscheinend wird jeder als Spion betrachtet, sobald er einmal in einer Lage war, wo er möglicherweise durch kapitalistischen Luxus korrumpiert worden ist. Er wird ohne Prozeß beseitigt. Weiß Gott, wie sie das aus den Zeitungen raushalten – ich denke an die vier Leichen am Bahnübergang bei Bungay, von denen wir gehört haben –«

»Sicherheitsvorschriften«, sagte Lieutenantcolonel Secker. »Es gibt ein paar Sachen, die die breite britische Öffentlichkeit nicht erfahren darf. Schließlich und endlich sind wir immer noch im Krieg.«

»Und der Krieg dient als Vorwand dafür, daß die britische Regierung die Augen bei gottverdammtem Mord zudrückt«, sagte Reg erbittert.

»Müssen unsere Privatgefühle für uns behalten«, murmelte der Adjutant.

»Also jetzt«, fuhr Lieutenantcolonel Secker fort, »das Entscheidende bei dieser Sache ist es – und das kommt jetzt von ganz, ganz oben –, daß unsere Schützlinge nicht über ihre Bestimmung äh unterrichtet werden dürfen. Nicht, bis sie tatsächlich an Bord gehen. Es darf kein einziges Wort über ihre Zwangsrepatriierung fallen, nicht einmal, wenn wir sie in den Zug nach Liverpool setzen. Man muß ihnen sagen, daß sie in ein anderes Camp kommen, weil wir das hier für eine große Menge von neuen deutschen Kriegsgefangenen brauchen. Die Wahrheit werden sie herausfinden, wenn sie am Hafen sind.« Er schaute seine kleine Truppe an und sagte: »Das ist alles eine sehr eigenartige Kiste. Aber wir müssen mitspielen. Also gut, zunächst mal weggetreten. Sergeantmajor, bleiben Sie noch.«

Reg blieb. Sein Vorgesetzter sah ihn sehr streng an und sagte: »Ich wollte das nicht vor Ihren niedererrangigen öh Kollegen sagen, Sergeantmajor, aber Ihre Russischkenntnisse und Ihre allzu bekannten Gefühle mit Bezug auf die ganze Sache machen Sie zu einem Sicherheitsrisiko.«

Reg wurde äußerst rot. »Sie meinen, ich könnte meine Befehle mißachten und die Wahrheit sagen.«

»Ganz genau. Die sowjetische Militärmission hat das Kriegsministerium wegen seiner Auswahl von Lagerdolmetschern angegriffen. Sie sagen, die stehen dem sowjetischen Ziel und Zweck nicht mit hinreichender Sympathie gegenüber. Ganz im Gegenteil in vielen Fällen, den Ihren eingeschlossen. Wir haben da sehr schlechte Zensuren bekommen. Die werden ein paar echte Russen hier reinsetzen. Keine zaristischen Emigranten oder deren Nachkommen, sondern Leute von der Militärmission ohne ein Wort Englisch, aber mit sehr viel Russisch. Sie, Sergeantmajor, werden versetzt. Mit sofortiger Wirkung.«

»Einfach so.«

»Wir leben in seltsamen Zeiten, Sergeantmajor. Ihr Status als Sicherheitsrisiko ist von diesem Augenblick an offiziell. Murray, vielleicht sind Sie so gut und rufen diese beiden herein.«

»Keine Möglichkeit, mich noch von irgend jemandem zu verabschieden?« fragte Reg mit bebender Stimme.

»Das am allerwenigsten. Ah, kommen Sie herein.« Der Sergeant von der Militärpolizei und ein Kollege im Rang eines Lancecorporal, tipptopp mit blankgewienertem Koppel und poliertem Mützenabzeichen, salutierten mit pedantischer Zackigkeit. »Sergeant Clarke hat wohl Ihre Reiseunterlagen ausgefüllt. Gut. Ich werde sie unterzeichnen, während Sie Sergeantmajor Jones dabei helfen, seine Sachen zu packen.«

»Wohin komme ich?«

»Transitstützpunkt Nummer Sechs, Marylebone, London. Es tut mir leid, daß eine Eskorte vonnöten ist, Jones, aber wir leben in seltsamen Zeiten.«

»Das sagten Sie bereits, Sir.«

»Ja, und ich werde es auch weiterhin sagen, mit Ihrer gütigen Erlaubnis. Danke Ihnen für all Ihre Hilfe auf gewissen Gebieten – ich glaube doch, Sie würden sich dem anschließen, Murray, wie? –, und das hier tut mir leid. Der Unterschied zwischen uns, Jones, Rang und Erfahrung einmal beiseite, liegt darin, daß ich meine Gefühle für mich behalte. Alles Gute.«

»Alles Gute«, kam das Echo des Adjutanten. Reg salutierte, machte in korrekter Haltung kehrt und marschierte davon. Er ignorierte die Eskorte, die ihm in sein Quartier folgte. Erst als die drei zusammen in dem Zug saßen, der auf seinem langsamen Weg von Ipswich nach London in Ickton gehalten hatte, fing Reg zu schreien und zu fluchen an. Der Sergeant war nicht ohne Mitgefühl. Sonst war das Abteil leer.

»Worum geht's denn da eigentlich, Sergeantmajor?« Er sprach im brüderlichen Tonfall der Sergeantenkantine. Reg sagte:

»Was wissen Sie über die Angelegenheit?«

»Nichts. Er und ich sind eilig angefordert worden, und es hieß, wir hätten jetzt diesen Job zu erledigen. Sie zum Transitstützpunkt Nummer Sechs bringen und dort abgeben.«

»Und sichergehen, daß ich nicht weglaufe?«

»Nun, das ist auch erwähnt worden. Das werden Sie ja kaum tun, oder, Sergeantmajor?«

»Man würde mich fassen. Zum zweiten Mal Pech.«

»Schon mal Probleme gehabt, was, Sir?«

»Das erste Mal, weil ich einen Deutschen getötet habe. Jetzt, weil ich versucht hab, zu verhindern, daß eine ganze Menge Russen sich umbringen lassen.«

Der Sergeant sah, daß es hier um Angelegenheiten ging, in die weiter einzudringen unklug gewesen wäre. Er bot Reg eine Navy-Woodbine an. Er und sein Lancecorporal hielten sich dicht bei Reg, als man im Endbahnhof ausstieg. Noch dichter blieben sie in der U-Bahn nach Marylebone an ihm. Der Sergeantmajor von Nummer Sechs, derselbe, der mich, Ihren Erzähler, ermahnt hatte, um 23.59 wieder da zu sein, informierte Reg in dem diskreten Tonfall, der einem Manne seines eigenen Ranges gegenüber angemessen war, daß Reg am folgenden Tag einen Trupp nach Avonmouth führen würde, wo sie sich dann nach Gibraltar einzuschiffen hätten. Ein Provostsergeant musterte Regs Gesicht und allgemeine Erscheinung mit großer Gründlichkeit, ehe ihm erlaubt wurde, sein Gepäck nach oben in den ihm zugeteilten kahlen Raum zu schleppen, ein Einzelzimmer, seinem Rang entsprechend. Reg nahm die Uniformmütze ab, kämmte sich das Haar walisisch mit den Fingern, setzte sich auf die schmutzig-rehbraunen Bettpolster, stützte den Ellbogen auf den Stapel aus vier gefalteten Decken und rauchte die von dem Militärpolizeisergeanten beim erleichterten Abschied gestifteten Woodbines auf. Er versuchte, einen Plan zu entwerfen. Auf keinen Fall ging er nach dem gottverdammten Gibraltar zurück. Er würde in einer Woche zur Abfahrt der *Duchess of Bedford* in Liverpool sein. Er würde verhindern, daß Marja Iwanowna Sokolowa dieses Schiff bestieg. Sie hielt an ihrer naiven Überzeugung fest, ihr Heimatland werde sie willkommen heißen und Pjotr Lawretjewitsch Sokolow würde sie wohlauf und liebevoll in Swerdlowsk erwarten. Sie war nicht bereit, Regs Versicherungen Glauben zu schenken, daß für Marschall Stalin, den großen Spanferkelbankettgenossen von Winston Churchill, kein Sowjetbürger, der von der Berührung mit dem Westen befleckt war, des Verrates in irgendeiner Form unschuldig sein konnte. Die Sowjetperspektive wurde durch ein zeitweiliges Exil, mochte es auch unfreiwillig gewesen sein, beschädigt, und jene, die tatsächlich schuldig geworden und zu den Nazis übergelaufen waren, befanden sich in keiner wesentlich anderen Situation als die nur Gefangenen und Versklavten. Für alle standen die Tore der

Arbeits- oder Todeslager weit offen. Marja sah das nicht ein. Sie hatte die Verwundeten erst auf der einen, später erzwungenermaßen auf der anderen Seite versorgt. Sie war dem Hippokratischen Eid treu gewesen, der keine Parteien und Ideologien, nicht einmal Nationen kannte. Sie war der bescheidenen Ansicht, daß man ihr in einem Rußland, welches beinahe ebenso rasch bereit war, Helden zu schaffen wie Verräter zu bestrafen, vielleicht einen gewissen bescheidenen Heldinnenstatus zuerkennen würde. Sie küßte ihn gern, aber sie hörte ihm nicht zu.

Reg ging hinunter. Er wollte ein Telephonat mit dem Außenministerium führen. Mit Bedauern teilte ihm der Sergeantmajor des Stützpunkts mit, daß dies nicht gestattet werden konnte. Reg fluchte und stieß Verwünschungen aus, aber leise. Er war in derselben Lage wie bei seiner Ankunft aus Gibraltar, wenn auch wärmer gekleidet und mit einem höheren Rang – aus dem ihm allerdings wenig Privilegien erwuchsen. Er hatte damals keinen Urlaub nach der Landung bekommen, jetzt sollte er keinen vor der Einschiffung erhalten. Die Armee Seiner Majestät hatte ihn nicht gut behandelt. Und wenn wir schon dabei sind, zur Hölle mit Seiner Majestät; zu einer noch tieferen Hölle mit den Myrmidonen und Funktionären Seiner Majestät, die Lügenhaftigkeit und Heuchelei von den Russen gelernt hatten, brutale Effizienz von den Deutschen. Effizienz und Brutalität der Vorgänge dieses Tages erstaunten ihn. Das sah dem anständigen konfusen England gar nicht ähnlich. Er empfand keine Loyalität mehr für König und Vaterland. Seine Treue galt etwas anderem, aber er würde eine gewisse Zeit benötigen, um sich einigermaßen klar zu werden darüber, was das denn war.

Den warmen Matsch der Kantine wies er zurück; er wollte irgendwo draußen essen gehen. Aber der eingeteilte Provost lächelte traurig. Reg erhob sich von seinem schlaflosen Lager um vier Uhr morgens, nur um Zeuge des Wachwechsels zu werden. Er versuchte, nach dem Frühstück durch die Küche hinauszuschlüpfen, aber der Provostsergeant vom Vortag billigte das nicht. Für den Augenblick resignierte er und meldete sich mit Gepäck um 8.00 beim Sergeantmajor, der ihn mit dem ihm zugeteilten Trupp bekannt machte. Er bestand aus fünf Sergeanten vom Army Educational Corps, alles gute Ehemänner, denn die Frauen standen draußen vor dem Haupteingang und winkten, und zehn Personen hatten nasse Augen, obwohl drei kleine Kinder trockenen Blicks gleichgültig blieben. Die hatten's gemütlich gehabt, diese Daheimgebliebenen. Reg hatte kein Mitleid. Die Versetzung von einem der fünf schien Reg eine sehr exzentrische Angelegenheit. Dieser Sergeant Burges wurde über Gibraltar, Suez, Aden und Kapstadt auf die Falklandinseln geschickt. Er hatte Kleidung für drei Klimazonen bei sich – gemäßigt, tropisch, polar. Von Regs Gruppe abgesehen gab's noch einen Pionierhaufen unter zwei Subalternoffizieren und ein Quartett Militärpolizei, einer davon Offiziersdiensttuender Zweiter Klasse. Die behielten Reg scharf im Auge.

Die Gibraltarfahrer reisten zuerst per Militärlastwagen zur Paddington Station. Reg hatte die Reisedokumente für sechs. Er sah hoffnungsvoll, daß der Zug nach Avonmouth nicht nur für Militär bestimmt war: Werftarbeiter (Gibraltarmischlinge) reisten heim, nachdem sie ihre evakuierten Frauen besucht hatten; ganz normale zeitungsraschelnde Zivilisten mit Zivilgeschäften in Bristol und anderen Orten im Westen fuhren mit. Er ging vor Reading auf die Toilette, und der ranghöchste Militärpolizist begleitete ihn bis zur Tür. Durchs Fenster zu verschwinden war ein Ding der Unmöglichkeit. Die Seeluft von Avonmouth war ihm der bedrückende Mief eines Gefängnisses. Schiffsoffiziere sorgten dafür, daß die Gruppe, die auf Einschiffung wartete, beieinander blieb. Ein ganzes Infanteriebataillon war nach Westen gefahren und ging nun zuerst an Bord. Als er die Gangway betrat, exerzierte Reg innerlich seine Schwimmstöße durch. Das Wasser würde sehr kalt sein.

Ich kam am Tag von Regs Abreise mit achtundvierzig Stunden Urlaub in London an. Mein Urlaubsschein wurde am Bahnhof von der Militärpolizei genau geprüft; es schien, daß wieder ein

Offiziersdiensttuender Erster Klasse – oder vielleicht derselbe – trotz aller Vorsichtsmaßnahmen abgehauen war. Der Hauptzweck meines Londonbesuchs war ein Vorstellungsgespräch. Ich hatte einen Brief von einem Mann bekommen, der nur mit »Aleph« unterschrieb, dem ersten Buchstaben des hebräischen Alphabets, sich aber als einer meiner Instruktoren bei dem Lehrgang in South Wales zu erkennen gab, welcher dem Mord und der Folter gewidmet gewesen war. Er wollte mich sprechen. Ebenso zwei andere Männer, ebenfalls damals meine Lehrer, die sich Beth beziehungsweise Gimel nannten. Das Gespräch fand in einem Haus in der Goodge Street statt, das nach Bombenschäden notdürftig repariert worden war. Die düstere Magerkeit dieser Männer, die bis zu reiner politischer Verbitterung ausgezehrt waren, war in sich bereits eine Art Identität, aber sie waren nun von der Anonymität zur Pseudonymität vorangestolpert und würden mir, so drohten oder versprachen sie, eines baldigen Tages mit eigenem Namen bekannt sein. Aleph hielt mir einen langen Vortrag über die Balfour-Deklaration, über die Heimtücke von Briten wie Arabern und über die heraufziehende Morgendämmerung des zionistischen Staates. Ich war bei der Bildung einer Art Polizeitruppe gefordert, die sich Mossad nennen würde. Darüber werde ich nichts weiter sagen.

Es lag vielleicht eine gewisse Ironie in der Tatsache, daß ich von diesem Gespräch direkt auf mein Zimmer in einem Hospiz des Christlichen Vereins Junger Männer ging. Aber wie jüdisch war ich, und was bedeutete der Begriff eigentlich? Ich aß ein auf keinen Fall koscheres Pferdesteak in Soho und ging dann eins in der Fitzroy Tavern trinken. Dort sah ich Beatrix Jones, ganz zuhause im Qualm, der Homosexualität, dem pseudoliterarischen Geschwätz, so chic, wie es die Warenknappheit des Kriegs erlaubte (wie immer, wie immer), ein Halfpint Bitter mit einem Mann zusammen trinken, den ich zuerst für ihren Bruder Dan im Kostüm einer GI-Uniform hielt. Aber er war zu dunkelhäutig und großnasig für Dan, und auch zu gebildet und wortgewandt. Es war ein New Yorker Jude, der mir als Irwin Roth vorgestellt wurde. Er hatte einen Studienabschluß von der Columbia University, aber er hatte alle Beförderungen abgelehnt, um den definitiven Roman dieses Krieges zu schreiben, dessen Perspektive die des leidenden gewöhnlichen Soldaten sein mußte. So blieb er Gemeiner. Es fehlte ihm aber nicht an Geld, da sein Vater Partner in einer bedeutenden Börsenmaklerfirma in New York war. Dies sollte mir Beatrix bei anderer Gelegenheit erzählen. Ich begriff nicht ganz, wie er den definitiven Roman dieses Kriegs schreiben konnte, wenn sich seine militärische Erfahrung bis jetzt auf Camps in den Vereinigten Staaten und in England beschränkt hatte, mit einer Überfahrt auf der *Queen Mary* dazwischen. Aber, sagte er, sein Haufen war in ein, zwei Wochen fällig für die Versetzung auf den Kontinent, zur letzten Phase der Befreiung Europas. »Trinken Sie einen mit«, sagte er.

Was mir auffiel – und was mich schockierte –, war, daß Beatrix' Haltung diesem jüdischen Soldaten gegenüber eine epochale Revolution in ihrem Sexualverhalten darstellte. Sie, die Kühle, die die Männer benutzte, schien nun am Ende wirklich körperlich verliebt. Ich konnte die Anzeichen entziffern. Es war die Art, wie sie ihn ansah, wie sie ein Versprechen aus seinem Blick las, wie sie sich glücklich gegen ihn drücken ließ, wenn grobe Trinker, die die Sperrstunde nahen sahen, sich hastig an die Bar drängten. Ihre Uhr war stehengeblieben, und das nahm sie zur Entschuldigung, nach seinem Handgelenk zu greifen – als messe sie ihm den Puls seiner Leidenschaft –, um an seiner Uhr die Zeit abzulesen (nicht, daß sie die Uhrzeit überhaupt gebraucht hätte). Wie kann man sich all dies erklären? Er war körperlich akzeptabel, nehme ich an: geschmeidig, wenn auch nicht muskulös, reichlich behaart. Nicht eigentlich gutaussehend, weit entfernt davon. Sein Körper, sein Geruch, seine Bewegungen mußten sexuelle Signale aussenden, die in ihr eine begeisterte Dechiffriererin gefunden hatten. Und dann dachte ich an Reg und meine Schwester Zip, von deren offenbar gewordener Untreue ich bis jetzt nichts wußte. Gab es etwas in dieser russowalisischen Familie, das die Erfüllung bei den Semiten suchte? Falls ja, weshalb dann nicht bei mir? War ich nicht dunkel und jüdisch genug, und körperlich sehr viel besser ausgestattet als der gemeine Soldat Roth aus New York? Vielleicht war ich nicht exotisch genug. Vielleicht genügte es den Frauen wirklich, einfach zu sagen (was sie ja oft genug taten): »Der ist nicht mein Typ«, was heißen sollte: »Er gehört nicht zu der großen Gruppe, von der sich schließlich einmal – wenn ich es auch bezweifele – herausstellen könnte, daß sie den einen, einzigen Mann enthält, bei dem die Chemie voll und ganz und unüberbietbar stimmt.«

Ich habe einmal in einem Kommentar zur Apostelgeschichte (weiß der Himmel, weshalb ich das studierte – vielleicht war es eine flüchtige Neugier, wie aus einem Juden ein Christ wird) gelesen, daß Gott den Saulus beziehungsweise Paulus erwählte, weil er dessen destruktive Energie brauchte. Der Mann wurde nicht eigentlich bekehrt: er hatte sich einfach auf dem Absatz umgedreht und einen neuen Satz theologischer Überzeugungen fixiert, um ansonsten ganz derselbe zu bleiben. Vielleicht war Beatrix' Bekehrung ähnlicher Natur. Die sexuelle Energie blieb dieselbe, doch die Art ihrer Erregung hatte sich geändert. Wahrscheinlich über Nacht, quasi in einem Damaskuserlebnis. Sie hatte bis dahin selbst die erotischen Befehle gegeben, doch da alle ihr willig gehorchten, hätte sie sich die Mühe auch sparen können. Frauen wollen die eigene Nachgiebigkeit genießen, und einem Sexualpartner zu befehlen, er solle sie zum Nachgeben zwingen, war eine anomal umständliche Willensanstrengung. Das Wichtige war die sexuelle Befriedigung. Und sie erklärte nun der Welt beziehungsweise jenen Trinkern an der Bar, die es interessieren mochte, daß sie die auch fand. Sie hatte sie vorher nicht gekannt: Dies war es natürlich, was mich so schockierte.

Ich erinnerte mich an meinen Traum in Aldershot – das Januarschlafzimmer ohne Bett, und wie ich dieses kühle Mädchen zu einer bebenden Sklavin gemacht hatte. Hatte ich außerhalb der Zeit die Rolle dieses Mannes gespielt, dem sie erst begegnen sollte? Ich fragte, und beide begriffen sie die Frage nicht: »Wie lange kennt ihr beide euch schon?« Roth sagte:

»Ach, seit ein paar Wochen, stimmt's, Beatie?« Sie war für uns andere immer Trix gewesen. »Kommt mir schon länger vor. Komisch, daß Sie das jetzt fragen. Ich war in dieser Wirtschaft in, wo war's noch, Gloucester, ausgesprochen Gloster, und ein Typ kommt rein, und ich war mir ganz sicher, daß wir uns schon irgendwann begegnet waren. Er auch. Wir haben versucht, der Sache auf den Grund zu gehen. Er war Engländer und war nie in den USA gewesen, und ich war zum erstenmal in Europa, seit ich ganz klein war. Ich hab mich gefragt, ob ich ihn nicht vielleicht mit irgendeinem britischen Filmstar durcheinanderbringe, aber das war's nicht. Ich möchte ja eigentlich nicht an Seelenwanderung glauben, aber so was gibt es wohl. Vielleicht sind wir Amerikaner tiefer in Europa eingebettet, als wir glauben wollen. ›Der Ozean, wo jede Art erfährt, daß dort ihr eigenes Abbild wiederkehrt‹, Andrew Marvell, Sie wissen schon. Oder wenn nicht Abbild, dann die andere Hälfte der platonischen Wesenheit.« Gebildet war er wirklich. Beatrix hing an seinen Worten, an jeder exotischen – aber dank der Herkunft aus New York nicht allzu exotischen – Silbe.

Und dann war Polizeistunde, und er mußte sich ein Taxi suchen, das ihn zurück nach Hounslow brachte. Das gelang ihm ohne Schwierigkeiten als Amerikaner, der bereit war, den vierfachen Tarif zu bezahlen, was zum Teufel soll's. Er wollte Beatrix bei ihrer Wohnung absetzen, aber als Gemeiner hatte er wahrscheinlich keine Genehmigung, die Nacht über wegzubleiben. Das war ein schwacher Trost, doch so flüchtig wie der säuerliche Rülpser nach meinem Pint Bitter. Tief in Europa eingebettet! Die würden sicher bald tief genug gebettet sein, waren es zweifellos schon gewesen. Beatrix dauerte mich, die einstige Königin, die so souverän ihre Aufforderungen ergehen hatte lassen. Sie stand unter einem Bann. Liebte ich Beatrix, hatte ich sie geliebt? Wohl schon, obwohl sie als Frau zwangsläufig etwas vom Kastanienbaum hatte. Jetzt konnte ich ohne Schwierigkeiten sagen: Zum Teufel mit der Liebe! Auch wenn die Welt nach wie vor voller Überraschungen war. Ich marschierte zu den Christlichen Jungen Männern.

Falls Soldat Roth vorgehabt haben sollte, die Nacht mit Beatrix zu verbringen, und tatsächlich Ausgang bis zum Wecken hatte, wurde er nun enttäuscht. Denn in ihrem Zimmer stand

Beatrix – noch gewärmt, nehme ich an, von einem langen Gutenachtkuß bei tickendem Taxameter und wartend ruckelndem Motor – zu ihrer schockierten Verblüffung vor ihrem Bruder Reg, der, nackt in eine Decke gehüllt, Wodka gegen eine Erkältung schluckte. Er kauerte über dem kleinen Gasheizkörper und schaute düster auf, als sie eintrat. Die Wirtin hatschi hatte ihm den Schlüssel gegeben, er hatte ihr leid getan tschii Scheiße nochmal. Regs Uniform, Stiefel und Unterwäsche trockneten, aber nicht besonders rasch. »Herrgott«, sagte Beatrix. »Du nun wieder.«

Reg sagte zwischen Niesern und Hustern, daß man ihn mit unheimlicher Geschwindigkeit und Effizienz aus dem Lager mit seinen traurig-wütenden Russen nach Gibraltar versetzt hatte, weil er ein Sicherheitsrisiko war. Die repatriierten sowjetischen Staatsbürger würden inhaftiert oder erschossen werden oder beides, das wußte er, und man meinte, er würde vielleicht einen Aufstand anstiften. Beatrix setzte sich vorsichtig auf die verknäulten Laken ihres Bettes und sagte:

»Wie hast du das erfahren?« Er wollte ihr ungeduldig seine Abenteuer ab Avonmouth berichten, sagte aber:

»Herrgott, das konnte man doch mit Händen greifen. Die gottverdammten Smersch-Figuren überall, legen alle um, die entkommen konnten. So ein Mord hier und da in Wald und Flur oder vor dem Lokus im Hof von einem Pub, kein Problem, aber es ist schon schwieriger, ein ganzes Lager auszurotten, britisches Armeepersonal eingeschlossen. Die Intelligenteren von meinen Russen waren sehr beredt und sehr gut informiert. Die wußten Bescheid, weil man's ihnen ausdrücklich gesagt hatte. Wenn man gefangengenommen wird, ist man der Feind. Sofort ab nach Sibirien, wenn man Glück hat. Wenn nicht, dann eine Zeitlang Gefängnis und schließlich eine Kugel in den Rücken. Ich nehme an, das verdammte Außenamt weiß ja auch Bescheid.«

»Wir wissen etwas darüber. Nicht alles. Wir bekommen Berichte. Die gehen uns im Grund nichts an. Wir haben keine Verantwortung für russische Staatsbürger.«

»Nicht einmal auf britischem Boden? Scheiße nochmal.«

»Das ist eben Jalta.«

»Schon wieder dieses verdammte Nest. Ständig Jalta, wo immer das überhaupt liegt. O Gott, ich fühl mich furchtbar. Ich war im Wasser, verstehst du, in dem verdammten Bristolkanal. Seit Jahren nicht mehr geschwommen, und jetzt Freistil durch Öl und Kacke und Fisch.«

»Erzähl.«

»Ich bin an Bord gegangen, es gab keine andere Möglichkeit. Sie haben mich mit einem Feldwebelleutnant in eine Kabine gesteckt. Ständig läuft mir dieser verdammte Feldwebelleutnant über den Weg. Sagt niemals ein Wort, vielleicht ist es Gott in Verkleidung. Das Schiff legt erst um Mitternacht ab. Alle einfachen Soldaten müssen sich für die Nacht schon mal in die Hängematte verziehen, arme Schweine, aber die höheren Ränge, das bin ich, dürfen sich frei auf dem Schiff bewegen. Und deshalb war ich dabei, als der Lotse von Bord ist. Ich konnte nicht an dem seine Leiter ran, weil die haben sie zu rasch wieder hochgezogen, also bin ich von Deck A gesprungen, als sein Boot gerade abgedreht hat. Die haben mich aufgefischt, und dann gab's eine Diskussion, ob sie dem Schiff ein Signal geben sollen, daß es mich wieder an Bord nimmt. Aber es schien ihnen das beste, das alles an Land zu klären. War am Ende ja meine Sache. Sie hatten bloß einen Ertrinkenden rausgeholt, und das stimmte fast wörtlich, ich hatte wegen der Kälte einen Krampf. Es gab so eine Art Lotsenbüro mit einem Feuer, da ließen sie mich mal ein bißchen trocknen. Schau dir an, in welchem Zustand die Kleider sind, nix wie Öl und Schmand und Dreck. Atschii. Herrgott. Ich hab mich von einem Lastwagen mitnehmen lassen, der fuhr von Bristol nach Ealing, aber als ich dem Fahrer erzählt habe, was da lief, da wurde er ganz kiebig, wollte keinen Deserteur unterstützen, also hat er mich vor Swindon rausgesetzt. Niemand wollte mich mitnehmen, so wie ich aussah, also mußte ich ein Stück zu Fuß gehen. Nach Hammersmith bin ich dann mit einem Lastwagen gekommen, den hat ein sehr anständiges ATS-Mädel gefahren. Und hier bin ich. Hhaatschhh. Verdammt. Tschii.«

»Und was jetzt?«

»Ich muß nach Liverpool.«

»Sofort?«

»Nein. Nicht sofort. Rechtzeitig für das Schiff am 14. März.«

»Verstehe. Du wirst allein und eigenhändig den Vollzug einer Vereinbarung verhindern, auf die sich die britischen und sowjetischen Regierungen feierlich geeinigt haben. Du bist natürlich verrückt.«

»Es gibt eine Person, die nicht an Bord gehen darf. Für den Rest kann ich nichts tun.«

»Eine Frau selbstverständlich.«

»Eine Ärztin. Viel zu unschuldig für dieses Leben. O Gott, so hört sich das ganz schrecklich an. Aber es stimmt. Ich brauche Zivilklamotten.«

»Verstehe. Ein Sergeantmajor könnte zumindest britische Soldaten daran hindern, auf widerspenstige Russen zu feuern. Ein anonymer Zivilist mit einer schweren Erkältung kommt nicht mal bis zum Kai.«

»Du weißt ja gut Bescheid, wie's scheint. Ist so was schon vorgekommen?«

»Es hat Zwischenfälle gegeben. Auch ein paar Selbstmorde. Es ist eine schmutzige Geschichte, aber wir müssen unsere Kriegsgefangenen sicher nach Hause holen. Es sind immer dieselben Schiffe.«

»Du denkst an den verflixten Dan.«

»Natürlich. Die östlichen Lager sind befreit worden. Soviel wissen wir. Wir können unsere Leute in den Häfen, die sie dann erreichen, abholen, ohne Hilfe von den Russen natürlich, mit eigenen Schiffen, solange wir diese vorher mit verschleppten Russen gefüllt haben. Leere Schiffe können nicht anlegen.«

»Also gehorchen wir Joe Stalin.«

»Es sieht so aus. Ich laß dir morgen die Uniform säubern. Um die Ecke ist eine polnische Reinigung. Und ich schau mal, daß ich dir abgelegtes Zivil besorge.«

»Du bist also da auf meiner Seite?«

»Nein, im Grunde nicht. Ich sehe nur, daß du im allgemeinen Chaos eine verrückte Rolle zu spielen hast, und ich sehe im

Grunde keine Möglichkeit, dich aufzuhalten. Mach's dann besser richtig. Fahr in Zivil nach Norden. und schließ dich wieder der Armee an. Gnade dir Gott, wenn du erwischt wirst.«

Reg trug am folgenden Nachmittag eine graue Flanellhose, ein blaues Hemd mit einer Eton-Krawatte, einen Kaschmirpullover und ein rehbraunes Sportjackett. Sie paßten ihm gut genug. Beatrix hatte einem Kollegen im Außenministerium erzählt, wie ihr Bruder unerwartet auf Urlaub gekommen und in einen Bombentrichter voll mit schmutzigem Regenwasser gefallen sei, der brauchte jetzt etwas zum Anziehen, bis seine Uniform gereinigt war. Die Geschichte kam der Wahrheit ja ziemlich nahe. Der Kollege war über Mittag in seine Wohnung in Bayswater gefahren und hatte die Sachen geholt. Beatrix hatte sie durch Boten zu sich nach Hause bringen lassen. Ganz einfach. Männer taten eben alles für Beatrix. Reg ging und kaufte sich einen Rasierapparat, wobei er Schwierigkeiten hatte, Klingen zu bekommen. Zum zweiten Mal hatte er sein ganzes Gepäck verloren. Er marschierte dreist in einen Teashop, trank dort schwachen Tee und aß einen Obstkuchen aus pürierten Rüben. Am Abend ging er allein ins Kino, um sich einen Film mit Tyrone Power als Deserteur aus der britischen Armee anzusehen; die Uniformmütze hatte nicht ganz die korrekte Form. Power geriet in einen überinszenierten Bombenangriff in London und wurde von phantasievoll kostümierter Militärpolizei auf Bahnsteig Vier eines nicht identifizierbaren Bahnhofs verhaftet. Beatrix hatte an diesem Abend selbst etwas vor. Er hustete die ganze Nacht auf dem Fußboden und kaufte sich am nächsten Morgen eine große Flasche von Owbridges Lungensirup, die er ganz austrank. Er schlief zwei Tage lang tief auf Beatrix' Bett und stellte sich als unbeweglich heraus, so daß sie seinen Platz auf dem Fußboden einnehmen mußte. Mehr oder weniger von seiner Erkältung genesen, aber dünn, düster und mit stierem Blick reiste er (die saubere Uniform in Packpapier gewickelt im Gepäcknetz) von Euston nach Liverpool.

Die *Duchess of Bedford* würde vom Nord- oder Prinzenkai auslaufen. Reg, der sich auf einer öffentlichen Toilette zum Preis von einem Penny wieder in einen Offiziersdiensttuenden verwandelt hatte (die geborgten Zivilkleider hatte er jetzt als Paket unter dem Arm), nahm an, daß der Zug, der die zu ihrem Schicksal Verurteilten brachte, direkt bis zum Halt am Hafen fahren würde. Sicher konnte man sich allerdings nicht sein bei der Schläue, welche die Regierung und ihre Behörden neuerdings bei der Behandlung hilfloser Alliierter bewiesen. Lieber die Illusion bis ganz zum Schluß aufrechterhalten, daß die mißtrauischen Verschleppten nur in ein neues Lager kamen, und sie in einem Bahnhof in der Innenstadt aussteigen lassen, sie in planenbedeckte Lastwagen oder in Busse mit geschwärzten Fenstern setzen und bis zur Gangway kutschieren. Reg kam ohne Zwischenfälle zu den Kais, wo er auf nassen Pflastersteinen ausrutschte und sich im schwachen Regen zwischen langen Reihen geparkter Güterlastwagen hindurchschlich. Er fand einen Passagierbahnsteig, den ein bewaffneter Trupp von Liverpool Scottish im Kampfanzug bewachte. Er stellte sich keck dem verantwortlichen Subalternoffizier als Dolmetscher vor – die Insignien seiner Uniform bestätigten diese Möglichkeit – und fragte, wann man den Zug erwarte. Es war schon dämmrig. Meerwind und Möwen, die einst vom Abenteuer erzählt hatten, bliesen und schrien nun eine andere Botschaft. Die *Duchess of Bedford* lag da, die schwache Arbeitsbeleuchtung ging an. Einen Zug erwartete man in der Tat, aber weiß der Himmel, wann denn nun genau. Reg war von niemandem erwartet worden, aber der Offizier sagte, offenbar habe da endlich doch noch jemand den Arsch hochgekriegt – hier verstand niemand auch nur ein Wort von der verdammten Sprache. Und so rauchten sie und warteten. Der Offizier war unruhig. Er versuchte sich bei Reg zu informieren. Es wurde doch wohl nicht erwartet, daß sie auf die Kerle schossen? Waren die nicht alle froh, wieder zu Mütterchen Rußland zurück zu dürfen? Er war ein naiver junger Lieutenant mit schwacher Brust. So einen Auftrag hatte er noch nie gehabt. Er hatte noch niemals einen Schuß im Zorn abgegeben, oder in irgendeiner anderen Gefühlslage. Unsere Alliierten schließlich, was? Haben uns jede Menge Jerries weggeputzt.

Ein Heilsarmeekarren wurde herangerollt und brachte Tee und Brote für den Trupp. Sie kauten alle noch, als das Signal die Ankunft des Zuges meldete. Lok und Kohlenwagen, ersterbende Bewegung der Pleuelstangen, viel Dampf. Also, Jungs, wir müssen sie rausholen, antreten lassen, dann Marsch an Bord. Reg war als erster im Zug, mit *»Gdje Doktor Sokolowa?«* Er schritt durch menschenleere Gänge. Die Männer blieben alle zusammengedrängt in den Abteilen hocken, alle in neuen Mänteln, deren Knöpfe sie nicht poliert hatten, mit ungeputzten Stiefeln, an Tornister geklammert, die von Armeekleidungsstücken überquollen. Sie würden nicht aussteigen. Sie hatten die Seeluft schon lange gerochen, man hatte sie betrogen, aber sie hatten gewußt, daß man sie betrügen würde. Der Offizier, der hinter Reg kam, rief: »Herrgott nochmal!« und gab dem ihm folgenden Korporal keine Antwort, der wissen wollte, ob sie denn die Penner mit dem Bajonett raustreiben müßten. Der Offizier hatte noch nie Russen gesehen. Es war blanker Hohn, sie in britische Soldaten zu verwandeln, nicht, daß auch nur einer von ihnen in hunderttausend Jahren britisch aussehen würde. »Los jetzt, auf geht's«, sagte er immer wieder, doch in einem Ton ohne Autorität. Sie würden nicht aussteigen. Doktor Sokolowa war nirgendwo. Hatte sie denn nun auch ohne Regs weiteres Zureden begriffen, was lief? Ein britischer Sergeant und zwei unbewaffnete Männer marschierten Reg vom Ende des Zugs her entgegen. Ja, sie waren mit dieser Ladung hier aus Ipswich gekommen, weiß der Geier, was sie mit denen anstellen sollten außer aufpassen, daß keiner absprang und sich was tat. Eine Ärztin? Gehen Sie mal in den Gepäckwagen, da finden Sie ein ganzes gottverdammtes Krankenhaus. Das Licht im Zug war ausgeschaltet worden, wie um die chaotische Unübersichtlichkeit zu erhöhen. Reg hörte einen Gewehrschuß hinter sich. War keine Absicht, Sir, das Scheißding ist bloß losgegangen. Ein paar von den Russen stiegen jetzt aus, in hohen Tönen wimmernd, in tiefem Baß fluchend. Reg konnte sehen, wie sie mit Fäusten auf britische Soldaten losgingen, die zu verwirrt waren, um mit der Drohung der Bajonettklinge oder mit einem Kolbenstoß zu antworten.

Im Gepäckwagen stolperte Reg über hingestreckte und zusammengesackte Leiber. Dann ging ein schwaches Licht wieder an, und er sah Marja Iwanowna in Hemd und Uniformhose, voll Hoffnungslosigkeit, weil sie sich um die Verletzten nicht wirklich kümmern konnte. Ein Mann hatte sich mit einer zerschlagenen Flasche zerschnitten, ein anderer hatte einen blutigen Schädel, nachdem er sich immer wieder gegen eine Waggonwand geworfen hatte. Marja Iwanowna war für ihren Beruf nicht gerüstet. Ein Mann hatte sich die Kehle durchgeschnitten und schied sehr friedsam aus dem Leben. Andere stöhnten und riefen nach ihren Müttern, ihre Verletzungen mußten in dem Gedränge ungeklärt bleiben. Sie erkannte Reg. Wo warst du, warum bist du fortgegangen? Du kommst jetzt mit mir, sagte Reg zu ihr. Der Subalternoffizier und sein Sergeant kamen an. Um Gotteswillen, verfluchte Scheiße. Was machen wir denn mit denen hier, Sir, wollte der Sergeant wissen. Bald fanden sie es heraus. Angehörige der sowjetischen Militärmission erschienen, um bei der Einschiffung behilflich zu sein: Ein Major, ein Hauptmann und eine Anzahl von Männern ohne Rang, alle in Uniform. Es kamen auch ein paar Zivilisten, gottverdammte sowjetische Geheimpolizei auf britischem Boden. Reg fing an, auf sie einzuschlagen, als kreischende Verwundete auf die Füße gezogen wurden. Sie hörten sein obszönes Russisch und schlugen ohne Umstände zurück. Er klammerte sich schützend an Marja Iwanowna, aber sie wurde weggezerrt.

Er atmete freie Meerluft und sah kleine Lichter. Man schaffte sie alle an Bord, außer einem, der ein Bajonett an sich gerissen und sich hineingestürzt hatte, anderen, die in Zuckungen schäumten, die aussahen wie selbstinduzierte Epilepsie, und drei, die zum Rand der Kaimauer rannten und mit dreifach hörbarem Klatschen hinuntersprangen. Die stöhnenden Verletzten und sogar ein Mann, der bereits tot zu sein schien, wurden aufrecht in die zusammengedrängte Masse der Unverletzten geschoben und vom Druck der Menge die Gangway hinaufgezwängt. Reg rief etwas in der Sprache seiner Mutter und wurde mit dem Rest vorangepreßt, durch seine Sprache und seine Uniform als repatriierter Russe identifiziert, die Kätzchen auf dem Ärmelemblem blieben unbeachtet oder wurden als dekoratives kapitalistisches Detail angesehen. Er fand sich an Deck und immer noch wurde er weitergedrängt. Die Dampfpfeife des Schiffs dominierte nun alles Geräusch und schien sogar die Szene am Kai in klassischen Eisenstein zu verwandeln, lauter in stummem Geheul aufgerissene Münder und Fäuste. Ein verblüffter britischer Offizier mit spitzer Uniformmütze schien sich darüber klar zu werden, daß er im falschen Film war, wurde jedoch fest von finsterblickenden Herren von der sowjetischen Militärmission flankiert. Reg sah mit einem kleinen, aber scharfsichtigen Teil seines Hirns eine Wiederholungsszene seiner Flucht in Avonmouth in einem späteren Drehbuchteil nahen, allerdings mit zwei Sprüngen über die Reling. Dies ließ ihn die Zwangseinschiffung hinnehmen, wenn er auch zuschlug und auf Englisch fluchte, als ein anscheinend dem NGKB angehörender Mann ihn fragte, wo sein Tornister war, und ihm einen Hieb versetzte, weil er ihn verloren hatte, nicht ohne ihm das Etonpaket unter dem Arm hervorzureißen, das wundersamerweise immer noch da war. Er wurde eine steile Treppe hinuntergestoßen und dann noch eine und sah einen verängstigten Steward in weißem Jackett. Ein intensiver *Drei Mann in einem Boot*-Gestank nach Öl und altem Erbrochenen und gestrigem Bratfisch stieg auf. Dann war er unter Deck in einem geschlossenen Raum, den er wiedererkannte: Dies war ein Schlafsaal für die Truppe, allerdings ohne die Hängematten, die an den Haken droben an der Wand zu befestigen waren, und mörderisch überfüllt. Nach russischer Art gingen seine Gefährten von der manischen Phase zu stoischer Akzeptanz des menschlichen Schicksals über, zu Tränen, dem Beten von unsichtbaren Rosenkränzen, dem schwachen Trost des gegenseitigen Wiedererkennens. Viele sahen nun, wer Reg war, wenn auch nicht alle. Diese Männer waren nicht alle aus seinem Lager, die aber, die dort gewesen waren, zeigten nun eine verworrene Vielzahl von Reaktionen: britischer Verräter, britischer Verratener, Freund, Väterchen, Spion, Spitzel, Sowjetlakai oder kapitalistische Hyäne. Krallen streckten sich ebenso nach ihm aus wie flehende schwarzhalbmondene Fingernägel alter Hoffnungslosigkeit. Er rief töricht, er säße doch im selben Boot wie sie. Er rüttelte an der Luke, aber sie waren eingesperrt, und es gab keinen Weg hinaus.

Es gab dann einen, als ein tutendes Gespräch von Schiffen und Schleppern droben das Stöhnen, Heulen und Beten zu einem lange verbotenen *bog* übertönt hatte. Drei Meilen auf See wurden sie herausgelassen und durften auf Deck zum Luftschnappen. Dahinten lagen unter einem wolkigen Mond der Hafen, das Liver Building, die schwer mitgenommene Freie Stadt. Reg kämpfte sich eine Treppe hoch und stand oben einem Offizier der Handelsmarine gegenüber. Hier geht's nicht weiter, Genosse. Reg fluchte. Tschuldige, Meister, hab gedacht, gehörst zu denen. Reg fragte nach der Kabine des kommandierenden Offiziers. Keine Ahnung, Meister. Der da wird's wissen. Reg fand sich Aug in Aug mit einem Mann seines eigenen Ranges. Sie betrachteten einander überrascht wie vor einem Spiegel, der das Bild leicht verzerrt. Reg erzählte alles. Der Sergeantmajor des Schiffes, einer vom Queen's Regiment mit tief eingekerbten Falten im Gesicht, kurz vor der Pensionierung, sagte mit rauhem, tabakteerigem Krächzen:

»Geht uns nix an. Ich hab die Fahrt jetzt schon zweimal gemacht, und wir haben strikten Befehl, uns rauszuhalten. Die Russkis kümmern sich um ihre eigenen Leute, wenn man's kümmern nennen kann. In einundzwanzig Dienstjahren hätt ich nie gedacht, daß ich mal so enden würde. Unsereins existiert auf der Hinfahrt überhaupt nicht, wir machen unseren Job erst, wenn wir auf der Heimfahrt die Eigenen an Bord haben. Für unsere Kriegsgefangenen und die Yanks ziehen wir das durch. Ich würde sagen, Sie haben da schon ne echte Beschwerde gegen Joe Stalin, Offiziersdiensttuender Erster Klasse in der Armee Seiner Majestät wird von Russkischlägern zugerichtet. Lassen Sie mal das Blut im Gesicht, waschen Sie's nicht ab, zeigen Sie's dem Alten.« Gemeint war der kommandierende Offizier, zu dessen Kabine sie nun marschierten. Reg fragte, ob das Schiff in Gibraltar anlege. Zu seiner Erleichterung erfuhr er, daß dem nicht so war. Erster Hafen Genua.

Der kommandierende Offizier, ein müder alter Mann mit der Blässe dessen, der den Krieg bei der Heimattruppe verbracht hatte, hatte die Jacke ausgezogen und saß in eleganten Hosenträgern vor einer Flasche Navyrum und einem bereits rumklebrigen Glas. Er hörte sich an, was Reg zu sagen hatte. »So sind die«, sagte er. »Wir müssen einfach den Mund dazu halten. Wir wachen erst auf der Rückfahrt auf. Dann wird das Schiff wieder britisch. Nicht in meinen schlimmsten Träumen – Wir füttern sie, kleiden sie, versorgen ihre Wunden und ihre Gonorrhöe, die Russen machen nichts, behaupten nur, daß sie das Sagen haben und benehmen sich entsprechend. Unsere Strafe, daß wir nicht rasch genug die zweite Front aufgemacht haben. Hat keinen Sinn, sich groß zu beklagen. Also, Sie sind hier überzählig, aber wir finden schon eine Verwendung für Sie. Brüllen Sie mal die Genossen in ihrer eigenen Sprache an, wenn die mich anbrüllen.«

»Was machen Sie mit all den Verwundeten, die an Bord geschleift worden sind?« fragte Reg, als sich der Kommandant zittrig Rum einschenkte. »Sir.«

»Schiffsarzt kümmert sich um die. Da lassen wir keine russische Brutalität zu, er jedenfalls nicht. Aber wie ich höre, ist ein russischer Doktor an Bord. Eine Ärztin, eine Frau, können Sie sich das vorstellen? Nicht die einzige Frau. Wir haben sechs heute morgen an Bord genommen. Kinder auch. Und ein weiteres kommt bald an. Nie im Leben hab ich sowas gesehen. Gehen Sie nicht zu nah an die Frauen. Da kriegen Sie ein Bajonett in den Bauch. Gehen Sie überhaupt nicht zu nahe an irgendwelche von unseren sowjetischen Gästen ran. Suchen Sie sich eine Kabine und bleiben Sie möglichst dort. Ich laß Sie rufen, wenn Major Totalbesoff oder wie der auch heißt zu mir kommt. Nicht in meinen schlimmsten Träumen.«

Lancecorporal Moxley, nomineller Führer der Truppe, und die Gemeinen Addle, Buckley, Cresse, Crossbow, Evans, Gough, Handley, Jones, Knighton, Shawcross und Timpson hatten

Polen noch nicht verlassen, als die *Duchess of Bedford* den Anker lichtete. Sie hatten nicht gewußt, daß Polen ein so elend großes Land war. Was sie durchaus erwartet hatten, war: nichts als Schnee und tote Kühe und Menschenleichen zu sehen, aber sie fanden einen ziemlichen Betrieb vor: russische Truppen, die auf diesem Kriegsschauplatz die Reste aufräumten, und magere Marschreihen gefangener Jerries, verzweifelt unrasiert. Es war Shawcross' Idee gewesen, den großen Union Jack, diese tragisch am Stacheldrahtzaun hängende Dreifachkreuzigung, mitzunehmen und ihn vorzuzeigen, wenn Einheiten der Roten Armee auftauchten, die sich im Schnee glänzend auskannten und bereit waren, auf alles zu feuern, was nicht zur Roten Armee gehörte und deshalb wahrscheinlich feindlich war, Fragen kann man ja nachher immer noch stellen. Nicht viele von denen hatten schon einmal den Union Jack gesehen, und sie bewunderten die Fahne auch dann, als sie auf sie geschossen hatten (wenn auch ohne die erkennbare Absicht, die Fahnenträger zu töten – Buckley und Gough, die sie wie ein getrocknetes Bettlaken vor dem Zusammenfalten zwischen sich gespannt hielten). Schon ein Ding von einer Fahne! In einem sowjetischen Lastwagen wurden die Briten von Ziemniak nach Kapusta, wenn die Namen stimmten, verfrachtet. Es war wichtig, einen guten Vorsprung vor der Marschkolonne herauszuholen, mit deren Anrücken Colonel Hebblethwaite gedroht hatte, wenn auch Gott allein wissen mochte, wie die durch die tiefen vereisten Karrenspuren und die jungfräulichen Schneewehen marschieren wollten, aus denen das spätwinterliche Polen bestand. Die Russen gaben sogar Konserven mit amerikanischem Schweinefleisch aus, von delikaten proletarischen Gaumen wegen des Lorbeerblattmangels verschmäht, und ließen höchstprozentigen Wodka in ihre protestierenden Münder glucken. Was die britische Truppe gebraucht hätte, wäre eine schöne heiße Tasse Tee gewesen.

Wenn die Russen hier im Schnee zuhause waren – Lancecorporal Moxleys Einheit war es nicht. Als sie in jener ersten Nacht unter einem stupid starrenden Mond eine verschneite Straße entlanggezogen waren, rutschten und stolperten sie und wiederholten des öfteren »Scheiße!«, aber es war ihnen klar, daß sie sich ranhalten und einen anständigen Vorsprung vor Colonel Hebblethwaite gewinnen mußten. Im Morgengrauen hatten sie gerade drei Meilen geschafft und kamen in einem verlassenen Dorf namens Cetkica oder so an. Sie pennten etwa eine Stunde in einem Stall, der nach Kuhscheiße stank, und dann führte Lancecorporal Moxleys scharfe Nase für Automobilmotoren ihn zu einem Lastwagen, einigermaßen in Ordnung, aber ohne Treibstoff, offensichtlich von den Jerries auf dem Rückzug stehengelassen. Die Straße war abschüssig, und sie konnten sich eine Meile oder so im Leerlauf dahinrollen lassen, um dann auf eine eingleisige Bahnlinie zu stoßen, wo eine Bahnwärterdraisine herumstand. Sie drückten und hoben die schweren Griffe ohne sehr viel Energie und kamen zu einem abgebrannten Landbahnhof mit einem Namen wie Smutny oder so was; hier endeten die Bahngeleise in einer Art gequältem Metallknoten. In Ustep stießen sie auf Menschen, echte Polen, die vom Joch der Naziherrschaft befreit worden waren. Sie konnten Dan Jones' Russisch nicht verstehen. Doch auf den Union Jack reagierten sie freundlich, gruben ein paar im Schnee eingefrorene Hühner aus und bereiteten eine Suppe mit einigen Strähnen Unkraut und ein, zwei gefrorenen Kartoffeln als Gemüseeinlage zu. Es waren ein alter Mann, seine Frau, die das Zittern hatte, und zwei Söhne, die aussahen wie Zwillinge und sehnsüchtig die britischen Mäntel betrachteten. Es war eine Erleichterung, sich in einer Bauernküche, die den größten Teil der Außenmauer verloren hatte, um ein Holzfeuer zu hocken und zähes Huhn in heißem Wasser zu kauen. Soldat Shawcross schätzte, daß sie etwa fünfzig Meilen zurückgelegt hatten und daß es noch etwa fünfhundert zur ukrainischen Grenze waren. Er hatte alle Karten aus *Pear's Cyclopaedia* herausgerissen. Sie mußten sich in südöstlicher Richtung halten und nach Orten wie Glogow und Legnica Ausschau halten, obwohl die nach seiner Schätzung noch ein ganz schön dickes Stück weit weg lagen. Sie trockneten ihre Stiefel und Socken am Feuer, und Lancecorporal Moxleys Füße waren keine Rosen. Dieser Gestank, den Shawcross gelehrt als *foetor* übersetzte, lag in der Familie, erklärte er. Sie hatten Extrasocken und ein zweites Paar Stiefel im Rucksack, und bei Gott, sie würden sie brauchen. Ihre Bärte wucherten bereits.

Als sie Ustep, wenn's so hieß, verließen, fing es zu schneien an, und es lag eine weiche, tückische Schneeschicht über dem Eis. Wir schaffen's nicht, das packen wir nie, klagte Soldat Cresse, wie sie dahinschlurrten und -stapften. Aber Shawcross drohte ihm mit Colonel Hebblethwaite und der verrückten Militärdisziplin. Sie mußten mindestens zwanzig Meilen schaffen, und dann konnten sie sich eine Runde ausruhen. Nicht daß die Straße irgendwohin zu führen schien, man sah nur Schnee und leblose Bäume und eine verhangene Sonne. Sie erkannten, daß es etwas für sich hatte, wenn man versuchte, Gleichschritt zu halten und sogar zu singen: »Es quieken Ratzen so groß wie die Katzen in der Küche von unsrem Regiment«, aber zu häufig stolperte man und rutschte aus. Als sie zu einem zerstörten Hof in der Nähe von Poziomka kamen, waren sie fast zu erschöpft, um mit den Resten der zerschlagenen Möbel, die feuermachende Jerries oder Genossen übriggelassen hatten, in einem Wirtschaftsgebäude, das noch sein Dach besaß und vielleicht als Molkerei gedient hatte, ihrerseits ein Feuer anzuzünden. Als Crossbow sagte, sein linker Fuß sei ganz gefühllos, wachte Shawcross auf und sah zu, daß die Flammen richtig hochloderten – Streichhölzer hatten sie genug (und auch ein paar Päckchen Zigaretten, die nicht lange reichen würden). Was zu essen, das würde das Problem sein. Sie fanden eine unbeschädigte Dose mit dem Etikett *olej*, Öl also, verschieden vom russischen *maslo*, sagte Dan, aber vielleicht trinkbar oder zum Braten in der rostigen Pfanne da zu gebrauchen. Nachdem es erhitzt worden war, daß es schmolz, nahmen alle einen behutsamen Schluck; die meisten hätten sich am liebsten gleich wieder übergeben. Evans' Mammi hatte ihn früher gegen seinen Winterhusten Olivenöl trinken lassen, das hatte irgendwie auch sehr komisch, aber doch fruchtig geschmeckt, nicht wie das hier. Sie aßen den Rest der Schweinefleischkonserve aus Chicago mit dem russischen Etikett, dankbar für die in Illinois bewiesene Voraussicht, als sie den kleinen Schlüssel drehten, den die Yankees in den Dosenboden eingearbeitet hatten. Dann legten sie wieder Holz aufs Feuer und merkten, daß das dicke Bein eines Eichentisches die Flamme nicht durch den schwarzen Lack lassen wollte. Sie schliefen. Dan träumte von einer anderen Reise, der holprig-durstigen, die sie von Rom aus über Florenz und Bologna und Trient nach Österreich und dann nach Deutschland zurückgelegt hatten. In Gefangenschaft zu kommen war weniger anstrengend gewesen als sich wieder aus der Gefangenschaft zu entfernen.

Am Morgen sammelte Dan Fischköder – eine Spinne mit ihrem Netz voll aufgesparter Fliegen, Fetzchen Dosenschweinefleisch. Seine selbstgebastelte Angel ragte wie eine Funkantenne aus seinem Rucksack. Sie latschten eine vereiste Straße entlang, die einem vereisten Fluß parallel lief, vielleicht ein Nebenfluß von dem mit dem Furznamen – Wartha. Das Eis war zu dick, als daß man es mit Stiefelstampfen hätte aufbrechen können. Aber sie kamen an einen Teich inmitten irgendeines Dorfs, war's jetzt Kauczuck oder Hauruck oder so ein verdammter Name, und während die anderen schauten, ob die Jerries oder Russen oder Polen vielleicht irgend etwas zurückgelassen hatten, brach Dan ohne allzugroße Anstrengungen das Eis auf und fischte, doch in dem Teich schien es ausschließlich Stichlinge zu geben. Die anderen fanden nichts zu essen, doch Lancecorporal Moxley mit seiner subtilen Nase stieß bei einem Bauern auf einen offenen Laster, in schlechtem Zustand, aber das war kein Problem, wenn sich nur irgendwo Benzin fand. Er hatte schon gehört, daß die Leute in Zeiten großer Treibstoffknappheit das Zeug unter den Betten versteckten. Zu seiner – sich in Grenzen haltenden – Freude fand er einen kleinen eckigen Kanister übelriechendes Zeug, nicht wie unseres, aber doch eindeutig Benzin, unter einem Haufen Schutt und Abfall, der vielleicht einmal ein Schuppen gewesen sein mochte. Er goß es rein und brachte die Maschine ohne allzuviel Gekurbel – er brüllte, bei dem Ding hole man sich nen Leistenbruch – zum Starten. Sie schafften etwa zwölf Meilen, dann lief die Straße eine Steigung hinauf, und der Laster hustete sich zum Stillstand.

Sie hatten während der letzten ein, zwei Tage des schlurfenden Marsches nach Süden den Krieg ganz vergessen, außer als fernen Grund ihres Elends, der mit unmittelbarer Gefährdung nichts mehr zu tun hatte. Jetzt aber hörten sie laute Explosionen und sahen gelbe Lichtblitze am östlichen Horizont und entnahmen dem, daß die Chose immer noch weiterging. Die Jerries wurden aus Skrzypce und Przekroczenie und anderen unaussprechlichen Scheißhaufen rausgejagt. Dann entdeckten sie, daß sie dem Krieg ein wenig zu nahe gekommen waren, insofern sie plötzlich deutsche Truppen unter einem hustenden Offizier eine hüglige Straße entlangtrotten sahen. Sie selbst standen da gerade in einer Bodensenke oder Mulde und suchten ein wenig Schutz vor dem aufgekommenen Wind. Müssen wir aufpassen, Jungs, sagte Lancecorporal Moxley überflüssigerweise. Besser unseren Union Jack mal wegpacken. Soldat Crossbow sagte, sein linker Fuß sei steifgefroren, er konnte das Teil kaum mehr fühlen. Aufstampfen, aufstampfen, Fred! Crossbow stampfte in den Schnee, konnte aber das Teil nicht dazu kriegen, aufzuwachen. Addle und Buckley mußten ihn halb tragen, bis hin zu etwas, das sah aus wie eine Bushaltestelle, konnte aber doch eigentlich unmöglich eine sein, und da zogen sie ihm Stiefel und Socke aus, und die Farbe seiner Zehen gefiel ihnen gar nicht, ganz blau und rot und lila. Shawcross rieb die Zehen, bis er schwitzte, und schien das Blut auch wieder zum Fließen gebracht zu haben, aber die Farbe änderte sich nicht zurück zu einem vernünftigen Rosa. Sie waren alle völlig fertig und hatten noch gar keine so nennenswerte Strecke zurückgelegt. Elf von ihnen befürchteten, daß sie sich irgendwo was suchen müßten, was man als Tragbahre gebrauchen konnte, eine alte Tür oder was, weil Crossbow nun sagte, sein anderer Fuß würde sich anfühlen, als sei er auch ganz tot. Er sagte, und der Dampf seines Atems druckte die Worte sozusagen in die Luft: »Ich kann sehen, wie ihr Penner mich anschaut, ihr glaubt, ich pack's nicht. Das ist die Durchblutung eben, das liegt bei uns in der Familie. Wenn ich sie in ne Schüssel heißes Wasser hängen könnte, wär alles in Ordnung mit mir.« Vor ihnen allen stieg das verwischte Bild einer gemütlichen Küche mit Türe zum Hof auf, wo ein großer schwarzer Kessel über dem Feuer hing.

»Du kommst wieder in Ordnung, Fred. Denk an meine Worte.«

»Korporal Moxley«, verkündete Soldat Shawcross, »Sie erweisen sich als Ihres Streifens würdig. Sie haben mittlerweile beträchtliche Führungsqualitäten auf diesem Abschnitt einer anscheinend endlosen Reise bewiesen.« Sie verstanden ihn nicht. Lancecorporal Moxley am wenigsten. »Ich habe das Gefühl, wenn wir nur mit hinreichendem Eifer einem Hauch von Frühling in der Luft folgen, kommen wir schneller, als wir denken, in einen Süden ohne Schnee. *Thalatta, thalatta.* Dies hier ist etwas, was die Griechen eine Anabasis nannten.« Sie schauten ihn an, als sei er durchgedreht. Lancecorporal Moxley sagte Na gut, dann mal weiter.

Bei Einbruch der Dunkelheit kamen sie an ein nicht völlig verlassenes Dorf. Es bestand aus einer einzigen Straße mit bescheidenen kleinen Häuschen, die immer noch in recht gutem Zustand waren. Mitten auf der Straße rief Lancecorporal Moxley, mit dem Selbstgefühl, das ihm das von Shawcross ausgedrückte Vertrauen geschenkt hatte: »Jemand zuhaus?« Sofort traten drei Männer in Uniformen, die sie als deutsche erkannten, mit erhobenen Händen aus einem Haus. Sie starrten töricht den Union Jack und die zwölf unbewaffneten Männer in britischen Armeemänteln an und senkten die Hände. Sie senkten sie bis zur Höhe des Mundes und machten mit ihren unrasierten Kiefern kauende Bewegungen. »Wir sind in derselben Lage wie ihr«, sagte Lancecorporal Moxley. »Kein Essen, kein garnix.« Soldat Shawcross sagte: »*Wir auch haben nichts zu essen*, sorry, meine Herren.« Soldat Crossbow sagte: »Kochen wir mal Wasser.« Sie gesellten sich in dem kleinen Haus, das nur aus einer großen Küche zu bestehen schien, zu den Jerries. Im Kamin brannte ein Feuer, und ein Jerry, der zu krank war, um sich zu regen, lag davor auf dem Erdboden. Ein geräumiger schwarzer Topf stand in der Nähe, und Soldat Shawcross spähte hinein. »Jesus«, sagte er, »schaut euch die kleinen Skelettchen an. Diese Herrschaften haben gegessen, was nicht eßbar ist.« Aber er nahm den Topf und leerte ihn draußen in den Schnee aus. Als er zurückkam, hatte er ihn wiederum mit Schnee gefüllt und setzte ihn aufs Feuer. Sie schlürften alle heißes Wasser aus ihren Kochgeschirren, ehe sie Crossbow erlaubten, seine bloßen Füße in den Topf zu stellen. Shawcross' scharfe Augen sahen, daß die Jerries etwas hatten, was seiner eigenen Truppe fehlte: Messer. Ein Messer war eine Waffe, und Kriegsgefangene waren definitionsgemäß waffenlos. Es brauchte so etwas wie einen Kampf, um die Messer ihren Besitzern zu entwinden, die erste Nahkampfberührung mit dem Feind, die die Briten erlebt hatten. Die Jerries hatten ihre Gewehre irgendwo beim Rückzug aus Klopot oder Spodnie oder so einem gottverdammten Ort weggeworfen. Sie weinten, ihre Messer zu verlieren. Soldat Shawcross hatte nicht speziell das Abhacken der brandigen Zehen von Crossbow im Sinn; er dachte voraus an Eßbares, an ein totes Pferd im Schnee, an einen lebendigen, aber naiven Rehbock auf einer grünen Waldeslichtung.

Major Maschuk sprach über die Lautsprecheranlage des Schiffes beruhigende Worte zu seinen Landsleuten. Dies geschah im Ligurischen Meer, als sie sich Genua näherten. »Genossen!« sagte er, »Kampfgefährten in der Schlacht gegen den Faschismus, jene höchste Steigerungsform des Kapitalismus, unter der unser Land gelitten hat und gegen die wir viele Jahre lang allein gestanden sind, mehr als sich zählen lassen! Ihr seid von einem unvernünftigen Argwohn erfüllt, den ich nun zu liquidieren bezwecke. Manche von euch befürchten, für Verbrechen bestraft zu werden, die sie nicht begangen haben. Es war kein Verbrechen, in der Schlacht gefangen zu werden. Es war kein Verbrechen, unwillentlich in die faschistische Kriegsmaschinerie hineingezogen zu werden. Vielleicht mögen jene unter euch, die in einem Anfall von Wahn oder zeitweiliger Verwirrtheit des Geistes sich freiwillig der faschistischen Sache angeschlossen haben, berechtigten

Grund zur Furcht haben? Verrat ist Verrat, das wiegt nicht leicht. Aber wir haben die Versicherung unseres glorreichen Feldherrn, daß ihr alle, schuldig oder unschuldig, von der Vergangenheit losgesprochen seid und nun ermutigt werdet, in die Zukunft zu schauen. Die Arbeit des Wiederaufbaus braucht alle Hände. Der Aufbau einer neuen Sowjetunion, deren Leistungen die kapitalistische Welt in Erstaunen setzen werden, benötigt die uneingeschränkte Arbeitskraft aller. Wir halten im italienischen Hafen Genua an, um dort fünf Sowjetbürger aufzunehmen, die sich aus der Befürchtung, die ich eben geschildert habe, auf einer früheren Fahrt über Bord geworfen haben. Man hat sie gerettet, und das sowjetische Konsulat in Genua hat sich um sie gekümmert wie eine Glucke um ihre Küken. Im türkischen Hafen von Istanbul werden wir weitere sieben irregeleitete sowjetische Staatsbürger abholen, die einen ebensolchen vorzeitigen Landgang unternommen haben. Auch sie haben von den sowjetischen Autoritäten Trost empfangen und Zusicherungen erhalten. Ihr habt bereits gesehen, wie trotz der neurotischen Befürchtungen, die manche von euch hegen, euer Land sich um euch gekümmert hat. Man hat euch warme Kleidung gegeben, und ihr habt bequeme Kojen. Wenn euer Essen nicht ganz nach eurem Geschmack ist, müßt ihr euch bei der britischen Handelsmarine beklagen. Bald werdet ihr auf dem Boden eurer Heimat Borschtsch essen und Kwass trinken. Denkt an eure kämpfenden Kameraden, die auf Berlin vorstoßen, denkt an ihr Heldentum und ihre Leiden! Sie würden viel drum geben, in euren Schuhen stehen zu dürfen, mögen diese auch aus kapitalistischer Herstellung stammen. Es ist ein harter Kampf gewesen. Nun nähern wir uns dem Ende des Tunnels. *Nje sabudem! Nje prostim! Krow sa krow!*«

Reg hörte dies über den Schiffslautsprecher und fand die Schlußrhetorik nicht besonders beruhigend. Vergeßt nicht, vergebt nicht. Blut um Blut. Er durfte seine Kabine nicht verlassen; Sergeantmajor Noakes belegte einen großen Teil der Zeit die obere Koje und litt Schmerzen eines Zwölffingerdarmgeschwüres wegen, war aber bereit, Reg zum Lokus und zurück zu eskortieren. Handelsmarine, Armee und Sowjetmacht hatten sich darauf geeinigt, ihn zu isolieren. Seinetwegen waren drei Mann in der Biskaya über Bord gesprungen und unter vielen Mühen von tüchtigen, aber schimpfenden Seeleuten wieder aufgefischt worden, und ein weiterer Russe hatte versucht, sich die Luftröhre mit einem Besteckmesser durchzuschneiden. Alle aßen nun mit Löffeln und mit den Fingern. Major Maschuks Ansinnen, daß Reg in Genua vom Schiff weg versetzt werden sollte, war in den Augen des kommandierenden Offiziers durchaus vernünftig, aber er mußte sich ihm aus Prinzip widersetzen: Die britische Armee tat schon genug für die Russen und wollte sich von ihnen nicht auch noch in der Frage hineinreden lassen, wo sie ihre eigenen Leute einzusetzen hatte.

Reg hatte Marja Iwanowna vor seiner Isolation nur einmal gesehen. Das war auf der Krankenstation gewesen – er hatte geholfen, die sowjetische Frau Jewgenija dorthin zu bringen, der er begegnet war, wie sie unter Bedeckung eines jungen schmächtigen Sowjetsoldaten an Deck einen Gang machte. Sie erblickte Reg und kreischte ihn an mit dem Schrei, ihre Stunde sei da, als sei er der Vater. Das stellte sich als falsch heraus, aber im Marmarameer mochte dann tatsächlich ein Kind zur Welt kommen. Dann redeten Reg und Marja Iwanowna zusammen, wenn auch nur kurz. Sie sagte zu ihm:

»Was du getan hast, war sehr russisch. Dich in Gefahr bei deinem eigenen Volk zu begeben, wegen deiner Liebe zu mir, das war wie etwas bei Puschkin oder Lermontow. Es war heroisch. Wir werden einander Briefe als gute Freunde schreiben, doch wir werden uns nicht mehr sehen. Es war ein Idyll in schlimmer Zeit, doch jetzt ist es vorbei.«

»Du verstehst nicht ganz, was los ist«, sagte Reg. »Es ging nicht nur darum, daß ich dich wieder in die Arme nehmen wollte, obwohl das selbstverständlich eine Rolle spielte. Es ging um die Gefahr, die dir droht. Die Gefahr für mich ist daneben gar nichts. Mich wird man nicht erschießen oder auch nur in ein Militärgefängnis stecken. Der Krieg ist ohnehin fast vorbei. Aber die Männer im Lager und auf diesem Schiff hatten schon den richtigen Instinkt. Die befürchten das Schlimmste. Sie scheinen Grund dazu zu haben. Ich kann den Gedanken nicht ertragen, daß du dann in der Lubjanka oder sonstwo sitzt, wegen irgendeiner wahnsinnigen Laune von Josef Stalin. Ich wollte dich sicher in England wissen.«

»Ohne Pjotr Lawretjewitsch? Du mußt noch viel über die Liebe lernen. Nun geh bitte, ich muß mich um den Mann kümmern, der versucht hat, sich das Auge auszustechen.«

»O Unschuld, Unschuld!« rief Reg die weißen Wände und das Mittelmeer hinter dem Bullauge an.

»Außerdem werde ich in Sicherheit sein, was immer auch kommt. Ich bin die Geliebte von Major Maschuk geworden.«

»O mein Gott! Nur für die Reise?«

»Für die Reise und den Zeitraum anschließend, der sich als notwendig herausstellen wird.«

»O mein Gott. Untreue!«

»In der Sowjetunion gibt es für uns nur eine Art Treue. Du bist ein englischer Kapitalist und wirst das nie begreifen.«

»O mein Gott!«

In den langen Nächten ohne Schlaf, während der ulcusgeplagte Noakes in seinen Träumen in der oberen Koje stöhnte, onanierte Reg vor einem inneren Bild der nackten Marja Iwanowna, das sich dann nur allzuleicht – wie er sich eigentlich hätte denken können – zu einem Bild meiner Schwester, seiner Frau, wandelte. Manchmal drängten sich beide Frauen in den alten Stahlstich von Belsazars Gastmahl, aber der verlor seine erotische Extravaganz und wurde zu einer Seite in der Familienbibel, heilig, heimatlich. Reg war jetzt ziellos, heimatlos, er trieb auf dem Meer dahin. Er sah eine leere Zukunft vor sich, doch er tröstete sich mit dem Gedanken, daß die meisten Männer nach sechs Jahren Krieg keine größere Fülle wahrnahmen. In einem seiner präorgasmischen Delirien sah er den Ehrenwerten Winston Churchill mit Fliege und edwardianischer Melone, das Grinsen von einer fetten Havanna zweigeteilt, wie er die dicken Finger zu jener Geste hob, die von den Soldaten als das schon aus dem alten Rom bekannte »Ich besorg's dir« interpretiert wurde, von der herrschenden Klasse aber als *V* wie *Victory* und von Dr. Goebbels als *verloren* oder andere, Niederlagen bezeichnende, Partizipien des Perfekts. Reg hätte gerne diese Zigarre, Glut und alles, dem alten Sack in den Hals geschoben. Churchill und Stalin hatten sich die fetten Finger beim Spanferkelbratenfressen geleckt und über die blutige Teilung Europas gewiehert. Reg hatte die Empfindung, es sei seine Pflicht, einen Brief an die Boulevardpresse über die britische Komplizenschaft an russischen Morden zu schreiben, aber er wußte, der würde nie veröffentlicht werden. Er hatte ohnedies für englische Prosa nie eine besonders gute Hand gehabt, wenn er auch ein paar Dichtungen von Lorca übersetzt hatte. Er versuchte, ein paar Gedichte auf dem dünnen linierten Briefpapier von Sergeantmajor Noakes zu schreiben, um die schmerzhafte Bitterkeit aus seiner Seele hinauszubefördern. Er schrieb von einem verheerenden Schwert, das Amor hieß, und knüllte dann die entsetzlichen Zeilen zusammen. Noakes wußte, daß sein voller Name Reginald Morrow Jones lautete, und hatte angefangen, ihn den Mordsjones zu nennen. So, wie Sergeantmajor Noakes übrigens auch Mordskerle von Kürbissen in dem kleinen Garten hinter seiner Reihenhaushälfte zog, wo er bald als Pensionär zu wohnen hoffte.

»Es ist doch absoluter Blödsinn, Sie hier die ganze gottverdammte Zeit eingesperrt zu halten. Sie und ich, wir machen jetzt mal einen Gang auf Deck.«

»Wie geht's dem Ulcus?«

»Der knurrt so vor sich hin, und dann sticht er plötzlich zu wie ein verdammtes Messer. Ich muß ihn mir rausschneiden lassen, wenn ich dann zurück bin. Sollte eigentlich das Verwundetenabzeichen dafür bekommen. Der Krieg war's, dem verdank ich das.«

Sie gingen hoch auf Deck B. Das Schiff durchfuhr die Meerenge zwischen Kalabrien und Sizilien. Ein Frühlingswind blies munter. »Skylla und Charybdis«, sagte Reg.

»Wer?«

»Die Skylla war ein Ungeheuer mit sechs Köpfen und zwölf Füßen und einem Gebell wie ein Hund, und aus dem Körper entsprangen Wolfsköpfe. Die Charybdis lebte auf der anderen Seite, unter einem Feigenbaum, und schluckte dreimal am Tage wie eine Medizin das Meer ein, um es dann wieder auszuspeien. Hier sollen die beiden gehaust haben.«

»Wo haben Sie denn den Blödsinn her?«

»Homer. Ovid. Was man eine klassische Erziehung nennt. Ist diese saure Miene nun der Ulcus oder Ihre Reaktion auf die Bildung?«

»Ich habe Bildung. Im Frieden mußte man Armeeprüfungen mit Bildungsnachweis machen, ehe man befördert worden ist. Aber diesen Blödsinn hat man mir nie beigebracht.«

»Nur dieser Blödsinn gibt uns die richtigen Bilder für die Zeit, in der wir leben. Sechsköpfige Monster, denen Wolfsköpfe entwuchern wie überzählige Zitzen.«

»Sowas sieht man im Traum, wenn man spät noch Käse gegessen hat.«

»Wir leiden alle an den Folgen eines allzuspäten Käseessens.«

»Sie haben schon ein paar durchgeknallte Ideen, Jones.«

Als sie aber nach Südosten durchs Ionische Meer dampften, wachte Sergeantmajor Noakes schreiend aus einem Alptraum auf. Reg war noch wach. »Schmerzen?« fragte er und ließ seinen Penis los.

»Gottverdammte sechsköpfige Monster, und ein Wolf hat mich direkt in den Bauch gebissen. Hätten mir nicht diese Sachen erzählen sollen. Geben Sie mal ein Streichholz für meine Zigarette hoch.«

Sie segelten zwischen Kithira und Kap Maleas hindurch und suchten sich dann in der Ägäis ihren Weg zwischen den Kykladen. Die Griechen hatten die besten Ungeheuer erschaffen und ihre Verwirklichung der späteren Geschichte überlassen. Sie hatten auch die Logik erfunden. Die beiden Sachen hingen irgendwie zusammen. Reg lehnte an der Heckreling und sah dem Brodeln des Kielwassers zu. Noakes beziehungsweise Charlie sagte erstaunt, daß sich seine Eingeweide viel besser anfühlten, seit der Wolf hineingebissen habe. Dann erschien Major Maschuk und befahl Reg, zurück in seine Kabine zu gehen. Reg sagte, er nehme keine Befehle von mörderischen Bolschewiken entgegen. Major Maschuk grinste – keine gute Werbung für die sowjetische Zahnmedizin –, daß man ihm Bolschewismus unterstellte, und wiederholte dann seinen Befehl, wobei er Reg einen leichten Stoß versetzte. Reg sagte: »Dies, Genosse, sind die griechischen Inseln, wo Sappho glühte einst und sang. Alles, was ihr von Griechenland habt, ist ein deformiertes Alphabet, eine Perversion sokratischer Dialektik und eine Logik, die der Erzeugung von Ungeheuern dient. Sie sind ein Schandfleck in hellenischer Landschaft. Gehen Sie mir aus den Augen, eh ich kotzen muß.« Major Maschuk war sehr zornig und versuchte, Reg zu schlagen, aber Sergeantmajor Noakes war schon zu lange bei der britischen Armee, um hinzunehmen, daß ein britischer Offiziersdiensttuender von einem Ausländer geschlagen würde, dessen Offizierspatent im übrigen eine zweifelhafte Angelegenheit war. Noakes war alt genug, noch den Zaren auf Staatsbesuch in England gesehen zu haben. Er sagte:

»Hören Sie verdammt nochmal damit auf!« Major Maschuk wich zurück, wie vor der Gegenwart des Zaren selbst; nun grinste und hohnlachte er im Bewußtsein von Regs sexueller Eifersucht, fast hätte er *rewniwi! rewniwi!* gerufen, er erinnerte sich an Bettgeflüster über britische Unzulänglichkeiten beim Akt beziehungsweise den Akten – doch dann schwenkte er stirnrunzelnd wieder die Fäuste und stieß Drohungen aus. Er würde, so versprach er, Reg ins Bordgefängnis werfen lassen, wenn dieses degenerierte britische Handelsschiff über so etwas verfügte.

»Sechsköpfiger Bastard«, sagte Charlie Noakes. Reg sagte:

»Den kauf ich mir. Der wird sich noch wundern, den nutz ich aus.«

»Was für eine durchgeknallte Idee hast du jetzt wieder?«

»Ich geh in Odessa an Land. Ich werde herausfinden, was da vor sich geht.«

»Was da vor sich geht, ist, daß die Militärkapelle für die armen Schweine spielt, und dann nimmt man ihnen unsere britischen Armeeklamotten weg, und sie marschieren in Lumpen und Fußlappen auf und davon. Dann kommen unsere Jungs an Bord, das hoffen wir wenigstens. Könnte ein netter Ort sein, Odessa. Die haben da diese große Treppe mit den vielen Stufen runter zum Hafen.«

»Ich geh an Land.«

»Du wirst nicht an Land kommen. Russkibefehl.«

»Ich spreche Russisch, oder? Die Welt hat ein Recht, zu erfahren, was sich hier abspielt.«

»Was sich hier abspielt, ist denen ihre eigene gottverdammte Angelegenheit. Halt dich da raus, mein Alter. Fang dir nichts an, was du bereust. Wir leben in einer höchst merkwürdigen Zeit.«

»Einer monströsen.«

»Da würde ich dir beipflichten.«

Es war Frühling, als Regs Bruder Dan mit seiner dezimiert durch Polen oder vielleicht auch Ostpreußen – die Tschechoslowakei berührend – dahinschlurfenden Truppe schließlich an der ukrainischen Grenze anlangte. Sie waren lange in Wcozraj oder Jutro oder irgend so einem Ort aufgehalten worden, wegen Soldat Crossbows Blutvergiftung. Soldat Shawcross war qualvoll unentschlossen gewesen, ob er die toten Zehen amputieren sollte, aber seine Courage brach mit seinem Magen zusammen, welcher versucht hatte, gekochte Buchenzweige zu vertilgen. Soldat Crossbow stöhnte auf einem dreckigen alten Sofa in einem alten Bauernhaus, wo die ganze schwarze Nacht hindurch die Pfoten rennender Ratten kratzten. In der Küche stand eine Rattenfalle, aber es gab keinen Köder außer – potentiell – die toten Zehen von Soldat Crossbow, sonst hätten sie eine Art Stew aus Rattenfleisch kochen können. Ein verrottender Rattenleichnam aber, den sie unter einer Anrichte aufspürten, diente als Fischköder, als Dan zu einem Bach hinwanderte, in dessen Eis eine vom Wind entwurzelte Fichte ein Loch geschlagen hatte. Er fischte starr vor Kälte eine lange Stunde lang und kehrte zurück mit, so wie's aussah, einem Häsling und zwei Döbeln. Die ließen sie – Innereien, Flosse, Schuppen, Kopf und alles – zu einer Suppe köcheln, von der Soldat Crossbow jedoch nichts essen wollte. Er stöhnte im Delirium von einem Schaukelpferd, das ihm sein Vater, der Schreiner, einmal gemacht hatte, als er klein war, aber das Vorderbein war ab, und sein Dad war nicht mehr am Leben, um es zu reparieren. Es sah nicht so aus, als würde er noch lange durchhalten. Soldat Evans hatte Probleme mit etwas, was wie Ruhr aussah, und Soldat Timpson hatte das ganze Gesicht voll Pusteln und war schon vorher keine Schönheit gewesen.

Sie fürchteten eine Zeitlang, daß die regulären Marschtruppen vom Stalag sie einholen würden, und dann hofften sie es. Sie brauchten Anweisungen eines Offiziers wegen Soldat Crossbow; sie brauchten Captain Motley, den Arzt, der sicher vorne mitmarschieren würde. Aber die Straße nach Südosten gehörte nach wie vor ihnen allein, von gelegentlich dahinhinkenden Trüppchen geschlagener Jerries und, ganz gelegentlich, einem russischen Laster in falscher Richtung abgesehen. Vielleicht befand sich die überwältigende Mehrzahl der Campinsassen immer noch behaglich im Lager, weil man andere Vorkehrungen für die deutschen Gefangenen getroffen hatte, und holte sich an ausgesondertem Schweinefleisch gemütlich die Verstopfung. Vielleicht waren sie mit einem sowjetischen Konvoi nach Westen gefahren, um sich den vorrückenden Angloamerikanern anzuschließen und zu Schiff oder im Flugzeug nach Hause verfrachtet zu werden. Vielleicht waren sie alle in Moskau unter dem Schutz der Botschaften, löffelten Kaviar, hörten Nachrichten vom Kriegsende. Vielleicht waren sie alle tot.

Als sie eines Morgens aufwachten, sahen sie, daß Soldat Crossbow tot war, verkrampft in großem Schmerz. Ihn zu begraben, wäre keine kleine Arbeit gewesen – man hätte einen Preßlufthammer gebraucht, um durch das Eis zu kommen; so ließen sie ihn unter einem Haufen alten Sackleinens im Hinterhof liegen, nachdem sie ihm zuerst seine rote Erkennungsmarke abgenommen hatten. Die wäre dann für die Schreibstube oder so, damit man wußte, daß er tot war. Man hätte eigentlich die traditionellen Worte am Grabe über ihm sprechen sollen, aber so besonders gläubig war keiner von ihnen. Soldat Shawcross improvisierte eine Art Gebet, das hieß: »O Allmächtiger Herrgott, wenn Du existierst, laß ihn in Frieden ruhen. Vom anderen hat er genug erfahren. Und wenn Du lebst und uns hörst, dann laß die von uns, die überlebt haben, bis zum Ende kommen.« Er fügte zitierend hinzu:

»Er, ob der Himmel niederkrache,
Die Erde zu versinken droht,
Besorgt soldatisch seine Sache,
Nimmt seinen Sold und ist nun tot.«

Die anderen sagten verlegen: »Amen.« Dann zogen sie weiter.

Zelazo, Rdza, Stal, Miedz – die Namen spielten keine große Rolle, wenn solche Namen überhaupt existierten. Sie mußten doch gewiß, dachte Soldat Shawcross unsicher, die kleine zerknitterte Karte von Zentraleuropa in den rissigen Fingern, unweit eines großen Zentrums städtischer Zivilisation wie Brzeg oder vielleicht sogar Krakau sein. Sie waren nun, er hatte es in seinem Taschenkalender notiert, sechs Wochen unterwegs. Sie waren schon bei ihrem zweiten Paar Stiefel. Ihre Flüssigkeitszufuhr war mehr als adäquat gewesen – über den reichlich herumliegenden Holzteilen der Ruinen gekochte Schneebrühe –, aber feste Nahrung entzog sich ihnen. Dan Jones hatte geangelt, aber Teiche und Bäche hatten nur wenig preisgegeben. Mit erschöpfter Freude bemerkten sie in der Nähe von Nysa (oder?) einen Höcker in einem schneeverwehten Feld und gruben ein tiefgefrorenes Pferd aus. Sie hackten schwächlich mit den Jerry-Messern auf sein Hinterteil ein und nahmen das harte Fleisch und Fett mit in die verloren am Horizont stehende Scheune, ein langes Stolpern durch blendende Weiße. Dort machten sie ihr Feuer und sengten ihr Fleisch. Soldat Gough war der Salzträger: Er hatte einen Brocken, eine Salzlecke für Kühe wahrscheinlich, in einem Stall hinter Kciuk oder so wo gefunden, dreißig Meilen zurück. Sie kauten das süßliche Fleisch salzgewürzt und tranken warmen Schnee. Sie fühlten sich voller, doch war ihnen halb schlecht. Ehe sie neben der starkriechenden Holzglut einschlummerten, versuchte Shawcross, ihnen Märchen der Brüder Grimm zu erzählen, aber sie waren schockiert von dem undisneymäßigen Ende von »Schneewittchen«, als die böse Königin so lange in rotglühenden Schuhen tanzen mußte, bis sie tot zur Erde fiel, unter dem Beifall der Hochzeitsgesellschaft. Dann begann zur Überraschung aller Soldat Jones ihnen vom Hunnenkönig Attila zu erzählen.

»Das hätte in dieser Gegend sein können«, sagte er, »wo er das Schwert gefunden hat, von dem die Spitze aus dem Boden geschaut hat, und wer immer dieses Schwert fand, der mußte alle Schlachten gewinnen. Und auf dieses Schwert hat er ein A schreiben oder irgendwie so mit einem Nagel hineinhämmern lassen, damit man wußte, das gehört Attila. Und er ist mit seinen Reitern durch diese Gegend gezogen, genau wie die Russen jetzt. Aber nach England ist er nie gekommen, das in dieser Zeit Britannien hieß. Das Schwert, das er hatte, kam dann an König Arthur, der war Waliser, und dann stand das A nicht mehr für Attila. Und das ist das Schwert, das wir damals gesehen haben, was der Russe bei diesem Holzding immer raus- und reingeschoben hat, wo das Schwert sozusagen gesichert hat. Die Russen haben's jetzt, aber das A steht für nichts mehr.«

Soldat Shawcross sah Dan mit großer Neugier an. »Wo hast du von Attila dem Hunnenkönig gehört?«

»Mein Dad hat dieses Buch gehabt. Das war von jemand, dem er im Hospital begegnet ist, damals in der Ersten Runde. Mein Bruder Reg, der Bastard, der ist nach dem benannt. Dem Mann, der das Buch geschrieben hat. Mein Dad hat ihn nie vergessen. Er hat uns aus dem Buch vorgelesen, als wir klein waren.«

»Und du sagst« – Shawcross grinste – »du hast das Schwert gesehen?«

»Du hast es auch gesehn. Ich hab das A dort erkannt, aber es ist mir irgendwie erst nachher richtig klar geworden.«

»Schwerter«, sagte Soldat Shawcross, »rosten. Sie fallen in Stücke. Schwerter überleben nicht so lange.«

»Ich hab's gesehen, und du hast's gesehen.«

Soldat Evans ging nun in den Schnee hinaus, um zu kotzen,

und dies ermutigte Soldat Handley, ihm zu demselben Zweck zu folgen. Sie hatten zu rasch von dem eher gesengten als gebratenen Fleisch gegessen, und das Salz hatte den süßlichen Geschmack nicht ganz überdeckt. Als Evans sich übergeben hatte, riß es ihn wieder im Gedärm, und er mußte sich erschauernd und nacktärschig in die dunkle kalte Ecke der Scheune kauern. »O Gott, verdammter Gott.« Soldat Shawcross sprach wilde Worte, so daß die anderen um den Verstand des Mannes fürchteten, der stets nur allzu verständig schien.

»Ja, verdammter Gott, das ist richtig. Ich hab die Glocke für dich unzählige Male geläutet, ich habe von deiner Substanz in Gestalt des Brotes gegessen. Ich habe über deine Existenz nachgedacht, ob wir dich geschaffen haben oder du uns, aber jetzt bin ich sicher genug, daß es dich gibt. Nur ein göttlicher Herrscher könnte das ganze Leiden auf der Welt veranstalten. Wir kennen dich an deinen Werken, doch nun verlangen wir eine Theophanie. Zeige dich, verdammter Gott, und töte oder tröste. Du hast uns aus dem Lande Italien ins Land der Hunnen gebracht. Nun gehen wir nach Süden und suchen nach Sonne und Frühling und grünen Wiesen, aber der Hunne ist noch überall. Attila bedeutet das kleine Väterchen, wie uns der gehörnte Gatte bei seinem zärtlichen Geschwätz über die Romantik der Wörter erinnert, und Atta ist der große Vater. Atta oder Abba oder alter Nobodaddy, komm aus den Wolken hervor, zeig dich in der Glorie des Sauerteigs, weshalb willst du dich in ungesäuertem Brot herumdrücken? Wenn wir leben werden, gib uns ein Zeichen.« Soldat Knighton, ein Jung aus Shropshire, sagte:

»Paß auf, Shawky. Forder ihn da droben nicht heraus, ich bin kein großer Kirchgänger, weiß Gott, aber es gibt Grenzen.«

»Wenn wir sterben werden, gib uns ein anderes Zeichen, und möge dies Zeichen sein, daß mit dem Schwert deines verdammten Zorns sogleich dein verdammter unergebener Undiener niedergeschlagen werden möge.« Aber es war kein Gott im metallfarbenen Himmel. Er hatte sich in dem gefrorenen Pferd verborgen und verdrehte und stach und entleerte ihnen die ganze lange Nacht hindurch ihre zerquälten Gedärme.

Ein neuer Sowjetbürger grüßte die Welt mit winzigen kämpferischen Fäustchen im Marmarameer, wie Marja es vorhergesagt hatte. In der Straße von Istanbul lag das Schiff eine Nacht lang, und ältere, leichter einzuschüchternde Sowjetbürger wurden von einem Motorboot an Bord gebracht. Eine Versammlung von hundert oder so seekranken sowjetischen Staatsbürgern wurde an Deck aufgeboten, um sie zu begrüßen, was sie halbherzig taten, manche mit dem Hitlergruß. Das Marmarameer war unruhig gewesen, doch nun sollten sie heimische Gewässer erreichen, die immer ruhig und warm waren, mit einem Klima von marxistischer Milde und stalinistischer Sonnenwärme; backbord zogen, wenn auch schwach, die windverwehten Düfte von Zitrusfrüchten vorbei. Midye, Igneada, Ahtopol. Einige tschechische Zivilisten, die während der Fahrt getrennt von den anderen untergebracht gewesen waren, landeten in Burgas, nachdem sie ein Gläschen Wodka ums andere mit Major Maschuk und Hauptmann Tschepyzin geleert hatten, und luden diese im Namen der Regierung, der sie als kleinere Funktionäre dienen würden, herzlich ein, die Tschechoslowakei zu besuchen. »Wir kommen auch ohne eure Einladung«, grinsten Major Maschuks schlechte Zähne, als die Tschechen vom Kai aus winkten. Reg hörte es. Major Maschuk sah Reg nicht, da der von einem Deck höher gen Land blickte,

Reg hatte Major Maschuks Kabine auf Deck A während einer der jetzt regelmäßig stattfindenden leutseligen Ansprachen des Majors aufgesucht – Ansprachen, die voll von Blut und Rache und dem Aufbau einer glorreichen Zukunft über das Lautsprechersystem donnerten. Der weißjackettierte Steward, auf dessen Diensten Major Maschuk in einem autokratischen Geiste, der offiziell bereits abgestorben war, bestand, und der ihn bedienen, sein Bett machen und seine Uniform bügeln mußte, öffnete Reg gerne, konnte den arroganten Bastard nicht ausstehen. Maschuks Pelzmütze und Wintermantel, wegen des Frühlingswetters in den Wandschrank gehängt, probierte Reg an; sie paßten nicht schlecht. Die würde er später holen. Mit Interesse untersuchte er andere Besitztümer des Majors, zumeist in London erworben: eine Schachtel Durex-Kondome, einige davon entrollt und schlaff, doch noch nicht weggeworfen – bereit, sich mit geiziger Sorgfalt wiederverwenden zu lassen; eine Flasche Whisky, Black and White, für britische Bürger eine Rarität; ein Fair-Isle-Pullover; ein großer Teekuchen; ein Keramiktopf Keiller's Marmelade. Es gab auch in zweifacher Ausfertigung Listen der armen Schweine, die jetzt bald von Bord und ins Paradies gehen würden, sie waren in Zwanzigergruppen eingeteilt, wahrscheinlich, damit man so alles weitere leichter bearbeiten konnte. Reg hörte die Schlußformel von Major Maschuks Rede: *»Krow sa krow!«* Er ging jetzt besser zurück in seine eigene Kabine, wo bald die sogenannte Teemahlzeit ankommen würde: Schwarztee und ein kleines Küchlein.

Varna (bald sollte es in Stalin umbenannt werden); Mangalia; Konstanza. In Konstanza ging eine weitere Gruppe Tschechen an Land, wahrscheinlich potentielle Mitglieder einer Gegenregierung oder Opposition. Dann kamen sie nach Sulina und zu den Mündungen der Donau, des alten Attila-Flusses. In einer üppigen Morgendämmerung nahmen sie einen Lotsen an Bord und dampften mit altjüngferlicher Vorsicht in die Bucht, wo sich der Dnjestr entleerte. Hier, an der Krümmung des Magneten, lag Odessa. Charlie Noakes, in dem die Ulcusschmerzen sich erneuert hatten, stöhnte, doch er bewunderte mit Reg den großen Hafen, den die Griechen gegründet, die russischen Revolutionäre ruiniert, Stalins ökonomischer Weitblick wieder zum Leben erweckt hatten. »Verdammt schön sieht's aus hier, da kann man nichts sagen. Komisch, daß das zu Rußland gehört, es sieht eher aus wie Neapel. Vino und Puffs. Schau, wie die Treppen runter zum Meer gehen. Sieh dir die Frau da an, wie sie mit dem Kinderwagen runterkommt.« Es lag ein Schlachtschiff im Hafen, und ein Frachter wurde mit etwas beladen, was aussah wie Alteisen. Die *Duchess of Bedford* schien sich nur ungern die Röcke an einem proletarischen Hafen zu beschmutzen; nervös zitternd wurde sie an die Kaimauer gezwungen. Poller und Trossen und dunkle Männer mit Schnurrbärten, Ukrainer, Tataren, irgendwas. Eine lange Reihe Lagerhäuser hinter einem Straßenbahngeleise. Ein Geruch wie von verrottetem Brot wehte aus dem Hinterland. »Also gut«, sagte Reg. Noch warteten keine nervös bebenden Passagiere auf das Verlassen des Schiffes. Die Gangway war für untersetzte Zivilbeamte und für zwei Offiziere da, die nun heraufkamen, als gehöre ihnen das ganze verdammte Schiff. »Also gut«, wiederholte Reg, und er ging in Maschuks Kabine und zog dort dessen Mantel und Pelzmütze an. Es war ein warmer Morgen. Das Schwein war mit dem Packen noch nicht fertig, aber bald würde es sein Eigentum vermissen. Reg verbarg sich in seiner wenig überzeugenden Verkleidung als russischer Major – der engagierte keltische Ernst seines Gesichts zeigte sich zwischen Mantelkragen und besternter Pelzmütze, außerdem trug er Khakihosen und geweißte Stiefel – auf einer Treppe zu dem Deck, wo die Gangway eine schwankende Ligatur zwischen Rußland und Großbritannien bildete. Er sah, daß eine Militärkapelle von der Kaserne in Odessa sich unter einem schwindsüchtig aussehenden Kapellmeister mit einem gewichtigen Taktstock versammelt hatte – Pikkolo, Klarinetten, Kornetts, Posaunen, Bombardon, sogar ein Schellenbaum und insbesondere zwei Pauken. Er sah etwas, was ihn zuerst verblüffte – ein Trio kreisender Kampfflugzeuge. Ihr Krach würde den Lärm der Kapelle übertönen. Recht nahe hörte er etwas, das wie das Geräusch einer Sägemühle klang. Eine sehr gemischte Empfangssymphonie. Die Kapelle begann mit etwas, was sich anhörte wie die neue sowjetische Nationalhymne, kein Komintern-Blödsinn mehr von Internationale, und die Pauken konnte man durch das Flugzeugdröhnen hindurch gerade noch ausmachen. Dann wurden die ersten zwanzig Heimkehrer, schwere Bündel britischer Kleider unter dem Arm, die Gangway hinuntergedrängt. Major Maschuk, *slawa bogu*, war nirgendwo zu sehen: Er und Hauptmann Tschepyzin würden unter Deck sein und die anderen zu Repatriierenden zusammensortieren. Die Männer, die die Ankömmlinge weiterdrängelten, schienen alle zu den neu aus dem Hafen Hinzugekommenen zu gehören. Reg holte mehrfach tief Atem.

Er holte mehrfach tief Atem und marschierte zur Gangway und dann den ersten zwanzig nach die Gangway hinunter – jene wurden von einem jungen Offizier mit Brille geleitet. Die nächsten zwanzig, so sah er, als er sich umwandte, standen schon zum Abstieg bereit. Er sah bärtige Hoffnungslosigkeit, hager, resigniert. Er marschierte hinunter. Die erste Gruppe wurde zur Türöffnung von Lagerhaus A gewinkt. Er folgte und hörte Schreie oben auf Deck. Der bebrillte Soldat schien sich im Zweifel, aber Reg rief ihm zu: »Mach deine Arbeit, Junge« und wußte gar nicht, was er eigentlich meinte. Das authentische Offiziersrussisch beruhigte den jungen Mann, der jetzt bereit war, die nächsten zwanzig zu holen und zum zweiten Lagerhaus zu dirigieren. Die schwere Doppeltür, der sich Reg nun näherte, wurde ihm vor der Nase zugeschlagen. Die Flugzeuge kreisten, die Sägemühle surrte, man sah, daß die Kapelle blies und wummerte. Der Schellenbaum klingelte festlich, ein kleines Geheimnis von Obertönen. Nun wußte er, was sich abspielte. Er rannte die Längsseite des großen Gebäudes entlang und bemerkte abwesend mit Kreide aufgemalte Obszönitäten – eine grobschlächtige Zeichnung eines Analverkehrs, das Wort *KAL* – und stieß an der Rückwand auf das, was er erwartet hatte: einen Lastwagen, der mit britischen Uniformen und Stiefeln beladen wurde, grauen Bündeln Unterwäsche, sogar klappernden Messern, Gabeln und Löffeln; ein Trupp Männer in Arbeitsuniform unter einem brüllenden Unteroffizier war an der Arbeit. Die hinteren Tore des Lagerhauses ließen Rauch in faulen Wolken davonschweben. Zwanzig nackte Körper waren zu sehen, nicht alle tot; manche stolperten noch ein paar Schritte. Das Töten lag in den Händen von Jungen, die nicht älter als vierzehn aussahen; die Uniformen waren ihnen zu groß. Sie wurden von einem Subalternoffizier angeleitet, der beim Anblick Regs zusammenzuckte. Er gab den Befehl, die heißgewordenen Gewehre neu zu laden, und begann mit einer Entschuldigung: Nicht das Richtige für die Jungen, er wußte es ja auch, aber irgendwann mußten sie es eben einmal lernen, noch keine sauberen Schützen. Eine unbewaffnete Gruppe von Milchgesichtern fing an, die Leichen wegzuzerren.

Eine Leiche belebte sich wieder, und sie ließen sie fallen. Sie wurde schließlich mit einigen Schüssen aus nächster Nähe erledigt. Reg, der sich anschickte, in den ukrainischen Himmel zu schreien, fand sich rücklings von Major Maschuk gepackt, der wegen des Diebstahls seiner Klamotten tobte und einige unbekannte Soldaten bei sich hatte, die auf einen knappen Befehl hin Reg mit ein, zwei Gewehrkolben auf den nunmehr bloßen Kopf hieben. Er verließ die Szene und fand Zutritt zu wohltuender allgemeiner Dunkelheit.

Es wurde ihm klar, als er mit einem blendenden Kopfweh und sehr empfindlichen, seinem Schädel entsprießenden Knollen erwachte, daß dieses Handelsschiff mehr als ein Bordgefängnis besaß: Es hatte eine Gummizelle. Kluge Voraussicht von irgend jemand: Ahnung, daß er nun schreien und hämmern würde. Ein winziges vernünftiges Teilchen seines Hirns, nicht größer als eine Streichholzglut im Wind, sagte ihm, daß er nun verrückt wurde.

Wäre dies ein Roman und nicht eine Chronik historischer Tatsachen, so wäre es nun angenehm, Regs Bruder Dan an Bord zu haben, der lange auf der Treppe in Odessa gewartet hätte (durchgelaufene Sohlen, Patriarchenbart), und nun, wenn auch ohne sowjetische Kapelle, an Bord willkommen geheißen worden wäre, bereit zur langen Fahrt nach Hause. Doch zu diesem Zeitpunkt waren Dan und seine dezimierte Truppe gerade erst in die Ukraine vorgedrungen, wo ein zeitiger Frühling blühte und Männer und Frauen eine Sprache sprachen, die Dan mit großer Mühe eben noch verstand. Es würde lange dauern, bis Dan und seine Gefährten und die etwa tausend Mann, denen sie sich angeschlossen hatten (Colonel Hebblethwaite war nicht darunter), sich über tieffliegende Flugzeuge und einen fernen Schellenbaum wunderten und ein zweifellos britisches Schiff sahen, das sich merkwürdig lange Zeit ließ, sie an Bord zu nehmen.

Captain Eisenaug vom psychiatrischen Zweig des Royal Army Medical Corps nahm Reg in seinem blauen Krankenhauskittel auf einen kleinen Spaziergang zwischen den blassen Narzissen des Parks von Cranford Lodge bei Salisbury in Wiltshire mit. »Sie werden sehen«, sagte er, »daß es in der äußeren Welt nicht nur Horror und Mord gibt. Hören Sie, wie schön die Vögel singen.« Seine Augen widerlegten seinen Namen; sie waren nicht eisenhart, sondern von verträumtem Violett. Seine Stimme hatte einen sanften teutonischen Schwung, die lateralen Konsonanten besaßen eine Klarheit, die für hohe Töne eines Heldentenors geeignet gewesen wären. Er hatte Wien etwa zur selben Zeit verlassen wie Sigmund Freud. Er war kein Jude, doch ein Gegner der arischen Psychiatrie von Feldmarschall Görings Bruder; dies machte ihn auch zum Gegner von Jung. Er war nicht der Ansicht, daß Freud mit allem recht hatte, aber Freud selbst war es, der sich für seine professionelle Integrität und seinen unpolitischen Charakter verbürgte, als Eisenaug um Einbürgerung in England nachsuchte. Er war dem RAMC als Arzt für Allgemeinmedizin im Rang eines Lieutenant beigetreten, doch schließlich hatten die Militärärzte zögernd eingeräumt, daß es vielleicht doch eine Seele in einem Sinne gab, der mit dem Zuständigkeitsbereich der Militärgeistlichkeit nichts zu tun hatte, und Eisenaug hatte sich auf eine eklektisch angelegte Psychiatrie konzentrieren können. Regs Leiden zum Beispiel hatte keinen Ursprung in irgendeiner ödipalen Urszene. Reg mochte den Wunsch haben, Winston Churchill und Anthony Eden zu töten, doch waren diese keine Vatersurrogate. Er redete ihn nicht mit seinem zurückgestuften Rang als Sergeant an und bat, daß man ihn selbst wiederum statt Sir »Herr Doktor« nennen möge. Er sagte jetzt: »Also war es derselbe Traum, nur schärfer und klarer?«

»Weniger ein Traum als eine dramatisierte Darstellung einer Absicht.«

»Damit würden Sie nie durchkommen, Reginald.«

»Ich stelle mich an der Tür als jemand von der Firma Winsor und Newton vor. Ich habe Aquarellfarben zu liefern. Ich treffe das alte Schwein in seinem Garten an, wo er Eideidei zu seinen

Goldfischen sagt. Ich steche ihm ein Messer durch die Fettschicht.«

»Das ist Rache.«

»Das ist Rache.«

»Rache sollte immer ein Traum sein. Sie ist nicht gut für das wirkliche Leben. Das Christentum hat hier recht, wenn Sie auch anderer Ansicht sein mögen. Die Rache ist mein, spricht der Herr. Das bedeutet eine Hölle, in der man die Ewigkeit damit verbringt, über die schlimmen Taten zu brüten, die man begangen hat, und zu erkennen, daß sie schlimm waren. Es gibt natürlich keinen solchen Ort wie die Hölle, aber das ist ein gutes Bild für die Vergeltung. Der Missetäter muß wissen, daß er etwas Schlimmes getan hat. Wenn er nicht zu dieser Einsicht kommt, kann man gar nichts mit ihm anfangen. Ihn auszulöschen, das nützt gar nichts. Der Staat nimmt seine Rache. Die Rache fährt fort und fort und verliert ihre Bedeutung. Sie hassen, Reginald.«

»Ich hasse, und ich fahre fort zu hassen.«

»Ich möchte Sie bitten, zu bedenken, ob es möglich ist, etwas, das der Vergangenheit angehört, wirklich zu hassen – oder auch, was das betrifft, zu lieben. Ist Liebe zu einer Toten beispielsweise möglich? Können Sie berechtigterweise Attila den Hunnen hassen?«

»Berechtigterweise in einer seiner lebenden Nachahmungsformen. Stalin beispielsweise. Ich hasse Stalin.«

»Und deshalb würden Sie sich wünschen, ihn zu töten?«

»Natürlich. Aber ich würde ihn nie erwischen. Winston Churchill oder Anthony Eden könnte ich erreichen.«

»Es würde nichts nützen. Sie könnten das öffentlich machen, was Sie als deren Verbrechen sehen, aber man könnte diese Verbrechen mit Geschick auch anders darstellen und zu Handlungen reiner Fürsorglichkeit uminterpretieren. Wie sich herausstellt, war man höherenorts im Irrtum, als man glaubte, die Rücksendung russischer Verschleppter, die dann daheim wahrscheinlich ermordet würden, sei eine notwendige Vorbedingung für die Repatriierung der alliierten Kriegsgefangenen.

Aber man könnte sagen, daß es kein Verbrechen war, deren Wohlergehen und Sicherheit als legitimen Grund für die Auslieferung von Russen an ihre eigene Regierung zu sehen. Diese Regierung befindet sich in einem Bündnis mit der unseren. Stalin ist ein Freund.«

»Der Gerechte hat keine Freunde.«

»Glauben Sie wahrhaftig, daß das wahr ist? Sie halten sich für die einsame Stimme der Gerechtigkeit? Können Sie nicht sehen, daß das eine Form von Paranoia ist?«

»Ich weiß. Ich bin hier, weil ich verrückt bin.«

»Verwirrt, ohne Ihre eigene Schuld. Eine heilbare Verwirrung. Sie müssen nicht mehr gefesselt oder zwangsernährt werden. Es geht Ihnen immer besser. Sie essen nun, und Sie schlafen gut.«

»Lange, nicht gut. Zuviele Alpträume.«

»Ein Alptraum ist ein Sicherheitsventil. Wir alle haben Alpträume. Der Krieg in Europa ist vorbei, aber uns stehen noch viele Alpträume bevor. Im Deutschen reden wir auch vom *Alpdrücken*, es hört sich an, als ob ein Gebirge einem auf der Brust lastet. Ich wache schwitzend auf und bewundere die Ingeniosität des Traumsystems, das uns so quält, wenn wir wehrlos schlafen. Aber das ist die Natur, und die Natur läßt sich nicht bekämpfen. Hunde und Katzen winden sich und zappeln in ihren Alpträumen. Alpträume müssen wir hinnehmen.«

»Sie raten dazu, die böse Welt hinzunehmen, wie sie ist? Die Normalität besteht darin, sich deshalb keine Sorgen zu machen?«

»O doch, wir müssen uns Sorgen machen, und wir müssen die Welt verändern. Aber nicht durch Akte der Rache. Eine vernünftigere Art und Weise, den Racheimpuls zu überwinden, bestünde darin, ihn zu etwas anderem umzuformen. Wir haben im Deutschen das Wort *erniedrigen*, was bedeutet: jemanden klein machen, nach unten stoßen. Wenn Sie sich Marschall Stalin ohne Uniform vorstellen, wie er wider Willen auf dem Roten Platz allen Anwesenden einen Schmerbauch und einen Schrumpfpenis zeigt, dann haben Sie eine Phantasie der Demütigung. Wenn

Sie ihm etwas nehmen, was ihm viel bedeutet, dann erniedrigen Sie ihn. Die Alliierten hatten schon recht, als sie aus Adolf Hitler so eine Witzfigur machten.«

»Um desto besser ihre Augen vor seiner Infamie verschließen zu können.«

»Haben sie denn wirklich ihre Augen verschlossen? Wird nicht jetzt die Infamie der ganzen Welt gezeigt?«

»Verspätet. Nachdem sie schon begangen worden ist.« Reg stöhnte. »Wann lassen Sie mich hier raus?«

»Wenn wir Sie hinauslassen, wo gehen Sie dann hin?« Darauf hatte Reg keine Antwort. »Gehen Sie zu Ihrer Frau zurück? Verüben Sie Ihren ersten Racheakt an ihr?«

»Sie hat nichts getan, außer mich vor mir selber zu demütigen. Ich hätte es nicht sehen sollen, das ist alles. Es ist besser, wenn man es nicht sieht.«

»Das ist die einzige Antwort auf das Leben. Nicht zuviel zu sehen. Ihr Edmund Burke hat gesagt, daß man versuchen muß, angenehm zu leben.«

»Nicht mein Edmund Burke. Der war Anglo-Ire.«

»Ist es für Sie wichtig, was Sie rassisch gesehen sind? Hat nicht das Rassische uns allen ungeheuere Schwierigkeiten gebracht?«

»Ich danke Gott, daß ich kein Engländer bin.«

»Ach, kommen Sie, wir reden doch beide Englisch miteinander. Es ist eine gute Sprache, fast so ausdrucksvoll wie das Deutsche. Ich werde immer englischer. Ich will jetzt zur Jause unbedingt meinen Tee haben. Es gibt schlimmere Länder und schlimmere Völker. Es ist ein Land, das sich nun weltpolitisch in eine bescheidenere Rolle zurückziehen muß, aber es hat uns allen gute Angewohnheiten beigebracht. Toleranz zum Beispiel.«

»Toleranz für die falschen gottverdammten Sachen.«

»Das ist ein Riskio, das man eingehen muß, wenn man tolerant sein will. Sie haben diese Fähigkeit zur Toleranz in sich. Sie sind, glaube ich, bereit, sich mit Ihrer Frau auszusöhnen. Das ist gut.«

Reg sah einen weiblichen Lieutenant des RAMC mit großen Schritten über den Rasen herankommen. Die Frau trug einen weißen Mantel über Khakihose und -hemd, und ihr langes schwarzes Haar wehte wie eine Fahne in einem Luftzug des Frühsommerwinds. Das Haar war in der Tat die Flagge der Weiblichkeit. Sie war sich dessen bewußt, daß ihr gelöstes Haar ein Symbol des Kriegsendes war; sie wußte auch um seinen wahrscheinlichen therapeutischen Wert in Krankensälen voller depressiver Männer. »Setzen wir uns«, sagte Captain Eisenaug. Er trug Uniform und Mütze und sogar ein Stöckchen. Soldatenspiel. Er nahm die Mütze ab. Klein, dicklich, vorzeitig kahl, violette Augen hinter der Gasmaskenbrille. Sie saßen auf einer Holzbank neben einer Wassertonne. »Ihre Frau hat mir geschrieben«, sagte Captain Eisenaug. Reg sagte:

»Ich meine, das ganze wird noch schlimmer, weil man keine Informationen hat. Sind denn alle erschossen worden? Und sie auch? Die Frauen und Kinder, das Neugeborene eingeschlossen? Ich habe Angst, ihr zu schreiben. Wenn ich keine Antwort bekomme, wie soll ich das Schweigen deuten?«

»Vergessen Sie es. Sie müssen das alles als Teil des Krieges abschreiben. Es ist ihr wie den anderen ergangen – daran nicht mehr zu zweifeln, wäre das beste. Und sie war lediglich ein Surrogat für Ihre Frau. Ihre Frau«, wiederholte er, »hat mir geschrieben.«

»Das heißt, Sie haben zuerst ihr geschrieben.«

»Selbstverständlich. Sie ist Ihre nächste Verwandte. Sie hat ein Recht, zu erfahren, was mit Ihnen geschehen ist und wo Sie sich befinden. Sie schlägt einen Besuch hier vor. Was meinen Sie dazu?«

»Ich muß mich als erstes entschuldigen. *Sie* wird es nicht tun.«

»Warum sollte sie sich denn dafür entschuldigen, was Sie sich selbst haben sehen lassen? Daß Sie es sahen, das war es, was nicht in der Ordnung war.«

»Wir beginnen also das neue Zeitalter blind.«

»So kann man es formulieren. Sollten wir nicht lieber sagen: Entschlossen zur Kurzsichtigkeit? Wir müssen alle leben, oder es versuchen. *Il faut tenter de vivre*, wie der französische Dichter sagt. Vielleicht sollten Sie ihr einen Brief schreiben.«

»Ich hab es schon versucht. Ich habe ihn zerrissen. Es ist, als hätte ich Schwierigkeiten mit meinem Englisch. Ich habe auch einen russischen Brief geschrieben. In der Kurrentschrift, die mich meine Mutter gelehrt hat. Und dann habe ich Angst gehabt, ihn abzuschicken. Die Adresse ist nicht unbedingt ein eindeutiger Punkt auf der Landkarte Rußlands – c/o Ehemann in Swerdlowsk. Den hab ich auch zerrissen. Nein, ich schreibe nicht. Sagen Sie ihr, sie soll kommen.«

»Ich habe das bereits getan.«

Es verging noch eine Woche, ehe Zipporah, meine Schwester, in Cranford Lodge ankam. Es war ein nasser Tag, und die Gebüsche lispelten im feuchten Wind. Frauen sind so absolut gestimmt, daß sie sich gelegentlich äußerlich verändern müssen. Zip war dünner, ihr mediterran rundlicher Körper schien jetzt in ihrer Reife eher englisch eckig strukturiert. Sie hatte ihr rauchschwarzes Haar lang wachsen lassen, wie Reg sah, als sie den Regenhut abnahm, der zu ihrem knallroten Regenmantel paßte. Da mußte er schlucken. Die Hände, welche die Handtasche umfaßten, die Reg ihr vor zwei Jahren geschenkt hatte, waren die starken Instrumente einer Frau, die auf Schallkörper eintrommelt, aber die Finger krochen mit einer Art Schüchternheit über das nasse Plastik. »Hier bin ich«, sagte sie. Die Stimme war nicht länger mädchenhaft. Reg stand auf und küßte sie in seinem blauen Krankenhauskittel (darüber einen mausgrauen Bademantel) auf die feuchte Wange. Es war ein Kuß, wie ich ihn ihr gegeben hätte.

»Hier bin ich auch«, sagte er töricht. »Wenn wir in den Tagesraum gehen, können wir Tee bekommen.«

Es war keine gute Idee. Vier Mitpatienten saßen dort am Fenstertisch und sahen düster in den Regen. Das Radio spielte »There I go, leading with my heart again.« Einer der vier litt an einem schweren Zittern; ein Genosse hielt ihm den Becher, während er seinen Tee trank. Sie litten alle unter dem, was eine ungleichzeitige Orthodoxie noch als »Schützengrabenneurose« bezeichnete; Captain Eisenaug wußte, daß die Wurzeln des Leidens infantiler und sexueller Natur waren. Zip sagte: »Ach nein. Ich will auch gar keinen Tee.« So gingen sie zurück in das leere Vierbettzimmer, und dort umarmte Reg sie. »Das ist besser«, sagte sie.

»Hier erzählen sie uns, daß jetzt soeben eine Zukunft beginnt. Japan wird noch vor Jahresende endgültig aus dem Krieg geworfen. Hör mal, ich liebe dich doch.«

Sie grinste und sagte: »Ich sehe den Zusammenhang nicht ganz.«

»Ach, du und ich, eine richtige Ehe. Die Welt soll jetzt doch aus ihrer Pubertät raus. Es gibt niemand sonst, oder?« Sie sah sein Zittern.

»Es hat einige gegeben, wenn du die Wahrheit wissen möchtest. Alles sozusagen in der Familie. Alle im Orchester. Ich hab dran gedacht, auszuscheiden. Meinen Handgelenken mal etwas Ruhe gönnen.«

»Es war der Krieg, oder?«

»Das könnte man wohl schon sagen.«

»Ich komme mit einer ziemlich frühen Gruppe raus. Ich werde im November aus der Armee entlassen.«

»Und wann hier?«

»Es dauert nicht mehr lang. Ich bin geheilt, glaube ich.« Dann weinte er bitterlich. »Tut mir leid, tut mir leid.« Er wischte sich die Nase an seinem Bademantelärmel.

»Es war eine schlimme Zeit.«

»O ja, ja, das war es. Und jetzt ist alles vorbei.« Er heulte die Zimmerdecke an. Sie tätschelte ihn. Dann nahm sie ihn in die Arme. Ihr Regenmantel raschelte. »Warum ziehst du das verdammte Ding nicht aus?« schluchzte er.

»Ich wollte mich hier nicht allzu häuslich niederlassen. Wollte nicht zuviel voraussetzen.«

»Setz voraus, was du nur willst. Ich war der mit den großen Voraussetzungen. Hör mal, ich liebe dich doch.«

»Hast du schon gesagt. Du mußt dir dann mal eine Arbeit suchen, was? Aber ich nehme an, die geben dir bezahlten Urlaub, daß du dich umsehen kannst.«

»Ja, tun sie. Ich könnte irgendwo Spanisch unterrichten. Du

gibst das Gedresche und Getrommle doch nicht wirklich auf, oder?«

»Nicht auf Dauer. Die Investitionen waren zu groß. Aber es ist eine sehr aggressive Tätigkeit. Ich dachte, wir könnten ein Baby haben oder sowas.«

Er grinste durch seine Tränen. »Oder sowas?«

»Ein bißchen seßhaft werden. Das heißt ›sowas‹. Und ein Baby.«

»Russo-judäo-walisisch. Eine interessante Kombination. Vereinte Nationen.« Und dann: »Hör mal, ich liebe dich doch.«

»Das ist dann ja in Ordnung. Die Liebe, meine ich. Das ist in Ordnung. Ich glaube, ich könnte jetzt eine Tasse Tee vertragen.«

»Der wird jetzt kalt sein.«

»Sorg dafür, daß du wieder einen heißen bekommst. Setz es einfach voraus. Setz dich durch. Es war eine schlimme Zeit.«

»O das war es, das war es.« Dann schüttelte sie ihren knallroten Regenmantel ab.

Pump

»Vielleicht ist es das, wozu alles gut war«, sagte Reg zu seinem Bruder. Sie saßen zusammen in dem selten verkehrenden Bus von Gilwern nach Abergavenny, die Reisetasche mit den Wocheneinnahmen lag auf Dans Knien. Sie würden das Geld bei der District Bank in der Hugh Street einzahlen. Es war ein Samstagmorgen mitten im Juni. »Ich meine, was kann man damit anfangen, außer alles in Alpträume verwandeln?«

»Ich hab keine«, sagte Dan. »Nie welche gehabt. Außer als ganz kleines Kind. Und das waren dann kreischende Frauen mit vielen Zähnen, und gelegentlich ne sprechende Schlange.«

»Ich meine damit, daß er das ganze zu einer Art Unterhaltung macht.« Dan begriff nicht. »Ein Buch draus zu machen, ist gar nicht schlecht. Weder du noch ich könnten das.«

»Würd ich gar nicht wollen, wenn ich's könnte. Der schreibt sich alles auf, und dann sagt er, jetzt ändert er das alles auf Yanks um. Weil er einer ist. Und sie geht ihm ständig um den Bart. Glaubt, er ist der Allergrößte.« Er blickte finster drein.

»Wird Zeit, daß sie mal zur Ruhe kommt.« Aber Beatrix arbeitete immer noch im Außenministerium, und ihr New Yorker Jude, Irwin Roth, saß in Cambridge zu Füßen von F. R. Leavis und schrieb in seiner reichlichen Freizeit den großen amerikanischen Roman vom Krieg. GIs, für die ihre Gefangenschaft in einem polnischen Camp plötzlich endet. Soldat Stein, hart wie ein solcher, marschiert von Lwów nach Tarnopol nach Podolsk nach Kischinew nach Odessa und läßt seine Gefährten nach und nach unterwegs zurück wie der Wandersmann die ausgelatschten Schuhe. Macaulay stirbt delirierend nach der Messeramputation von vier erfrorenen Fingern; Bergman und Hanks, auf der Suche nach Eßbarem in einem Bauernhof, werden von wütenden Ukrainern totgeschlagen, die alle Ausländer hassen; alle kommen sie in Podolsk ins Gefängnis, doch einzig und allein Stein entkommt. Phantasien voller Erinnerungen an vergangene Ficks, im Stil von John Dos Passos angelegt. Irwin Roth hatte England keinen Tag lang verlassen: Eine kleine Lungenentzündung hatte ihn vor der Normandie bewahrt, und dann hatte ihm ein Lieutenantgeneral Hoffmann, ein Freund seines Vaters, einen Propagandaposten besorgt, wo er eine Reihe von bizarren Photographien aus Theresienstadt mit eigenem Kommentar zu einem Buch zusammengestückt hatte. Der Krieg hatte Dan nichts gebracht, aber Dans Kriegserlebnisse waren Roth sehr nützlich. Selbst Dans Russisch konnte er gut gebrauchen.

»Er wird's nicht schaffen«, sagte Dan. Er meinte damit seinen und Regs Vater, der sich in einem Bett über dem Schankraum des Pub die Seele aus dem Leib hustete. Die Kunden hörten das Gehuste und nickten über ihrem rationierten Bier. Armer Sack, hustet nicht schlecht. Das Erz isses, das Erz hält's nich aus. Schwaches Erz nach zwanzig Tagen im offenen Boot. Das war das mit der *Titanic* war das. Wir haben schon schlimme Zeiten hinter uns. Dies wenigstens stimmte. »Was wird mit Mutter?«

»Ich könnt mir vorstellen«, sagte Reg, »daß ich eine Weile nach dem Pub sehe. Ist im Grunde das einzige, wozu ich tauge. Mit der Landluft in den Hemdsärmeln, nicht viel denken dabei. Ich will nicht denken.« Er war geheilt, aber er zitterte noch immer, oder vielleicht war es auch das Rütteln des fahrenden Autobusses.

»Das Denken«, sagte Dan, »hat noch niemand gut getan.«

»Die Schweine«, sagte Reg und zitterte, »die verdammten Schweine.«

»Verdammte Schweine waren die schon. Hier müssen wir raus.« Sie waren durch das Grün und den Vogelgesang gefahren, die jenen Zyklus aufrechterhielten, in dem der Krieg bedeutungslos geblieben war, und jetzt standen sie in der Stadt, wo die Metzgerläden nur in Scheiben geschnittenes Cornedbeef im Schaufenster liegen hatten und die Tabakläden verkündeten: Keine Zigaretten. Doch in der Bank wurde Geld eingezahlt und abgehoben, wenn's auch nichts dafür zu kaufen gab. Es hatte auf Reg eine beruhigende Wirkung, überall jene Doppelvokale zu hören, die in Wales den Diphthongen entsprechen. Die walisischen Mädchen hatten entzückende weiße Hälse. Reg und Dan warteten hinter einem Mann im klinischen Weißmantel des Gemüsekrämers, der eine Menge Kupfermünzen einzahlte. Dann sagte eine sehr walisische Stimme:

»Tut mir jetzt wirklich leid das, aber Hände hoch alle Mann.« Ein paar lachten. »Hört mal, mir ist das gottverdammter Ernst, also hoch damit, Sie auch, Missis.« Reg und Dan sahen zwei Männer mit Masken, wie sie die Kinder kaufen, um Räuber zu spielen oder edle Outlaws. Sie hatten beide Lee-Enfield-Gewehre, bei der Entlassung aus der Armee nicht abgegeben. (Sind über Bord gefallen, Sir. Na ja, ist schon gut, der Krieg ist vorbei.) Einer schwenkte seines, der andere fingerte am Abzug. »Wird nicht lang dauern. Sie da, Miss, geben Sie's einfach her.« Dan fing sofort an, die fünfzig Pfund in Banknoten aus der Reisetasche zu grabbeln und in seinen billigen Entlassungsanzug zu transferieren, rechte Jackettasche. »Ah, nee, das läuft nicht, gib's einfach her, wie ich's der da auch gesagt hab.« Die üppige junge Kassiererin, die an Dans und Regs Teil der Schaltertheke bediente, rief *»Duw! Duw!«* und bot mit aufgerissenen grauen Augen Rollen von Krämerkupfer an. »Behalten Sie das, wir wollen die großen Teile.« Der Geschäftsführer erschien in einem durchaus nicht billigen Anzug in der Tür seines Büros und sah streng durch seine Brille. »Haben Sie hier das Sagen? Also, das ist, wie's so schön heißt, ein Überfall. Gebt uns alles, was ihr habt, und es gibt keine Probleme.« Die zwölf Kunden konnten es immer noch nicht glauben; die ihnen bekannten Filme über solche Vorfälle halfen nicht, etwas Derartiges mit der Wirklichkeit eines Sommersamstags in Abergavenny zu verbinden. Auf einem Kalenderblatt zeigte ein Mädchen im Badeanzug den Räubern die weißen Zähne; es bekräftigte die Irrealität der Eindringlinge. Der eine, der bis jetzt nicht gesprochen hatte, tat es nun, den Finger zeitweilig vom Abzug nehmend, mit einer Baßstimme, die jedem Kirchenchor zur Ehre gereicht hätte:

»Ist doch alles nur zu eurem eigenen Guten, wenn man's euch nur klarmachen könnte. Wir wollen niemand was tun, Geld ist alles, was wir wollen.« Der Geschäftsführer sagte:

»Dies ist ein seriöses Unternehmen. Ich habe keine Zeit für Ihre Spielchen.«

»Spielchen, was?« sang der Baß, und er richtete seinen Gewehrlauf auf das Kalendermädchen. Laut verlor sie ihre Zähne, ihre Nase und ihr linkes Auge. »Scharfschütze war ich und bin's immer noch. Also alles her.« Rauch hing in der Luft und der Geruch nach den Bratdüften eines Frühstücks. Ein kleines Mädchen klammerte sich an ihre Mutter und fing an zu weinen. Dans rechtes Ohr klang von der Explosion, und er rief:

»Wir haben gottverdammt nochmal genug davon, sechs Jahre lang, ihr Penner! Haut ab, eh ich gottverdammt ungemütlich werde.«

»Blasphemische Reden«, sagte der erste Räuber, »und auch noch in Gegenwart von Damen und einer kleinen *plentyn*. Du bist jetzt in der Armee, du bist beim Beginn der walisischen Un-abhäng-ig-keit dabei.« Die gleichmäßig betonende Inszenierung dieses Worts ließ Reg sagen:

»Also das ist es. Ich hätte nie gedacht, daß ihr's ernst meint. Nehmt euch, was ihr wollt, und macht schon zu. Ihr werdet geschnappt, die Banknoten werden zu euch zurückverfolgt, er und ich gehen jetzt auf die Straße raus und schreien alle Leute zusammen, und ihr werdet uns bestimmt nicht aufhalten.«

»Schau mal«, intonierte der maskierte Baß, »ich werd niemand töten, das wär nicht recht, aber ich werde schießen und dich verstümmeln. Du willst doch nicht verstümmelt sein, sei doch vernünftig.«

»Ach, Herrgott nochmal, macht schon hin«, sagte Reg und würgte theatralisch.

»Ne Tasche brauchen wir noch«, sagte der andere zu dem Geschäftsführer, während dieser ein paar Hundertpfundnoten auf dem Schaltertisch aufschichtete, bringen wir's hinter uns, die Versicherung zahlt's. »Haben vergessen, eine mitzubringen, ist alles noch neu für uns, nichts für ungut.«

»Nehmt die da«, sagte Dan und schmiß die alte abgewetzte Reisetasche rüber. Sie traf den Baß am linken *clust* oder Ohr, tat aber nicht weh. Der Baß sang laut und drohend:

»Wir werden dich von jetzt an im Auge behalten, täusch dich da nicht. Feind der Freiheit des walisischen Volkes, im Auge werden wir dich haben.« Und dann, als alles, was zu holen war, in der Reisetasche gelandet war – nicht viel eigentlich, in einem von diesen Bankraubfilmen wären's Millionen gewesen: »Jetzt gehen wir mal, und *diolch* allen hier. Es lebe Wales.« Dann gingen sie, und die verblüfften Kunden schauten sich an und blinzelten wie nach dem Kino. Die Frau mit dem Kind sagte: So was gehört ja wohl verboten, und der Geschäftsführer sagte: Das ist es auch, Mrs. Evans. Reg und Dan traten in die Sonne hinaus und sahen die beiden Männer mit umgehängten Gewehren auf einem Motorrad davonfahren, der auf dem Rücksitz schwenkte die Reisetasche in der Luft, als würde ein großes Publikum voll Bewunderung diese Triumphfahrt beobachten. Ein Polizist, der aus der Molkerei eine Flasche rationierte Milch für den Tee der Wache geholt hatte, sah dem blaufurzenden Auspuff leutselig nach. Reg sagte zu Dan:

»Gut, daß ich getan hab, was ich getan hab.« Er zog zwei Pfundnoten aus der Hosentasche. »Und erzähl mir nichts von Diebstahl nach dem, was wir gerade gesehen haben.«

»Hast sie aus der Reisetasche geholt, wie ich nicht hingesehen hab, was?«

»Aus der Kasse, genaugenommen. Bißchen Taschengeld. Wir können ein, zwei Glas Bier im Engel trinken. Noch zwei Stunden, bis der Bus zurückfährt.«

»Du diebischer Hund. Du würdest Dad noch den letzten Atemzug klauen, wenn er dich lassen würde.«

»Red nicht von seinem letzten Atemzug. Das ist ja unanständig.«

Die Neuigkeit von dem Banküberfall hatte bereits die Bar im Engel erreicht. Na ja, kann man auch nicht erwarten, daß alles über Nacht wieder normal wird. Jetzt hat man die jungen Leute das Verbrechen des Tötens gelehrt und die Sünde des Klauens, wie sie heute sagen. Von mir aus, viel Glück, wenn sie damit durchkommen, den Banken kommt doch das Geld zu den Ohren raus, alles so oder so versichert. Als Dan und Reg kamen, war schon der Bodensatz des Fasses Bitter erreicht, keine weiteren Lieferungen (wenn man das überhaupt noch so nennen konnte) bis nächsten Mittwoch. Aber Gwen hinter der Bar sagte: Versucht mal das, Met nennen sie's. Reg bewunderte den reinen langen hohen Vokal. Met beziehungsweise *metheglin*. Ein gelehrt aussehender Mann, hochgewachsen und mit Wickelgamaschen, dessen Gesicht eine Landkarte purpurroter Aderndeltas war, sagte:

»Nun, das ist ja das Nationalgetränk der Waliser oder war es doch. Sollte eigentlich *meddyglyn* heißen, *llyn* heißt Alkohol, und *meddyg* kommt von *medicus*, der Heiler.«

»Tatsache?«

»Was das allerdings heilt, weiß Gott allein. Daß man nicht betrunken davon wird, ist eine schon von altersher anerkannte Wahrheit. Ein trockener Tafelwein, mehr nicht.« Dan sagte plötzlich leidenschaftlich:

»Ein Land, wie es die Helden verdient haben, hat's geheißen. Fische drängen sich an den Stränden, um sich fangen zu lassen, und die Kohle ruft aus dem Boden, daß man sie holt, und jetzt sind die Kaminroste leer und die Fischläden geschlossen!« Reg bewunderte diese neue Eloquenz.

»Bedankt euch doch bei der Labourregierung, die ihr gewählt habt«, sagte ein Mann, der vom Dartboard zurückkam und seine Darts in einem Kunstlederetui und dieses in seiner Brusttasche verstaute.

»Ich und der«, sagte Dan, »haben gar keine gottverdammte Regierung gewählt«, mit einem groben Kopfrucken zu seinem Bruder hinüber. »Waren zu beschäftigt, den gottverdammten Krieg zu führen. Was andere nicht gemacht haben.«

»Soll das vielleicht heißen, ich bin ein gottverdammter Drükkeberger?«

»Keine Politik hier«, sagte der Wirt. »Und kein Gefluche.« Er stand in der Weste da. »Bleiben wir alle anständig, auch wenn die Zeiten schlecht sind.« Dan und Reg tranken noch zwei Gläschen Metheglin. Dann sprachen sie Russisch miteinander. Der Gamaschenmann hörte aufmerksam zu und nickte gelegentlich. Der

Wirt sagte: »Das hört sich nicht an wie irgendein Walisisch, das ich jemals gehört hab. Und ich halte nichts von Leuten, die in fremden Sprachen über andere Leute reden.«

»Wir haben Privatsachen besprochen«, sagte Reg. »Keine Politik, kein Gefluche, natürlich kein Bier und jetzt auch kein Russisch. Hübsche Wirtschaft habt ihr hier.«

»Seid ihr beide also Russen?« fragte ein alter Mann, dem oben die Zahnbrücke fehlte. »Na, von denen gibt's jetzt einige. Eine führt ein Pub nicht weit von hier, und ein schönes Weibsbild war das, bis sie dann dick geworden ist.«

»Vorsicht«, sagte Reg. »Sie reden von der Frau, die wir lieben.«

»Ah, das ist eure Mutter, was? Das erklärt's, nix für ungut. Na, dort liegt ja die Zukunft, sagen sie immer.«

»Eine Zukunft«, sagte Reg hitzig, »von Tyrannei und Mord.«

»Organisation,« sagte der Gamaschenmann, nachdem er mit saurem Gesicht einen Schluck süßer Limonade genommen hatte. »Das Omelett und die notwendigerweise zu Bruch gehenden Eier. Was uns hier fehlt, ist Organisation. Lachen wir nicht alle über das Gesetz?«

»Hitler hatte jede Menge Organisation«, sagte Reg noch hitziger. »Der hat eine ganze Rasse ins Nichts organisieren wollen. Die Vorväter und Mütter des Glaubens von jedem albernen kleinen Bethaus hier.«

»Keine Politik und auch keine Religion.« Der Wirt stocherte mit einem angespitzten Streichholz in einem Backenzahn und machte ein überraschtes Schmerzgesicht. »Scheiße«, sagte er wider die eigenen Regeln.

»Bißchen überschlau, die Juden«, sagte der Mann mit den Darts in der Brusttasche. »Wir haben den Krieg für sie geführt, und jetzt kann man in ihren Häusern kistenweise Gin und Whisky finden. Nicht, daß ich was gegen die Juden hätte.«

»Ist auch besser für Sie«, sagte Reg.

»Was soll denn das heißen? Jeder hat das Recht auf seine eigene Meinung.«

»Ich könnte jemand umbringen. Töten könnte ich«, sagte Reg

und zeigte alle Zähne. Dan nahm ihm das Metglas aus der Hand, ehe er es zerdrücken konnte. Er sagte:

»*Balnoy*. Bist du immer noch. Gehen wir langsam rüber.«

»Ist der Krieg«, sagte der alte Mann. »Wird lange dauern, bis wir drüber weg sind.«

»Wird lange dauern, bis er zu Ende ist!« rief Reg.

»Schaffen Sie ihn mal raus«, sagte der Wirt zu Dan. »Das Zeug ist stärker, als man denkt. Bestellen Sie ihm ne Tasse Kaffee in Tante Megan's Tearoom, wenn man das Kaffee nennen kann.«

Dan verstand nicht viel von dem, was sein Bruder sagte, als sie Richtung Gilwern gingen. »Leicht gesagt, was dieser Krautpsychiater da meint! Die Vögel singen, die Osterglocken sprießen, das Leben ist gottverdammt wunderbar. Die Vergangenheit ist vergangen, jetzt soll man sich besser mal auf eine liebe nette Zukunft konzentrieren, alles vergeben und vergessen. Und was du durchgemacht hast, mein Lieber, das war für den großen amerikanischen Kriegsroman, den dieser Bastard schreibt, der die ganze Zeit bloß auf seinem Arsch gehockt hat. Was ich andere hab durchmachen sehen, das ist bloß Politik, und die verdammte Regierung, die wir jetzt haben, hat ›Die rote Fahne‹ gesungen, lang lebe Joe Stalin. Was sollen wir denn machen, sollen wir denn bloß gottverdammt um Gotteswillen machen, machen?« heulte Reg den Bus an, dem Dan gewinkt hatte und der nun hielt. Dies war Wales; eine Bushaltestelle war da, wo jemand dem Fahrer winkte.

»Was ich mache«, sagte Dan, als sie hinter einer Frau mit einem Papageienkäfig saßen, dessen Bewohner kreischte und mit einem boshaften Blick um sich sah, »das ist, mir nen eigenen Fischladen besorgen. Wenn's wieder Fisch gibt. Hat keinen Sinn, sich was vorzumachen, Dad wird sterben. Dann ist Geld da, wenn er tot ist. Und was du machen mußt, das ist: zurück zu deinen Büchern und ein Lehrer werden.«

»Hahahaha«, sagte der Papagei, und »Psst, Polly« seine Herrin.

»Ich übernehm das Pub«, sagte Reg düster, »und Zip und ich

bekommen ein Kind, das wird in der Luft von Breconshire geboren. Wenn wir können. Entweder bin ich steril oder sie. Wir sollten wohl mal zum Arzt gehen.«

»Versteh nicht«, sagte Dan, »weshalb die Leute Kinder wollen. Ich will keine. Ich seh den Grund nicht. Mit dem Heiraten genauso.«

»Dir fehlt's an Libido. Sollte eigentlich nicht der Fall sein. Fisch ist doch ein großer Beförderer von Sexualität. Religion ist Fruchtbarkeit, und Jesus Christus war ein Fisch.« Die Frau mit dem Papagei sah sich schockiert um. Dan ließ die Verrücktheiten seines Bruders aus dem halboffenen Fenster fliegen und sich in den Ulmen und Heckensäumen verlieren. Der Papagei warf ihnen einen scharfen Blick zu. »Hier steigen wir aus«, sagte Reg und erhob sich.

»Wir sind noch nicht da.«

»Ich will die arthurischen Überreste sehen. Da«, mit deutendem Finger. Und er rief dem Fahrer zu, er solle halten.

»Aber das ist dann ein verdammt langer Weg zu Fuß. Wir kommen zu spät.«

»Die werden's warmstellen.«

Die Straße war schmal; ihr Sommergezweig hatte die Fenster des Busses gekratzt und gestreichelt. Das Tor, durch das man auf das ungenutzte Feld, mehr eine Pferdeweide, hinaustrat, hatte zwei seiner Bretter verloren und war aus den Angeln gerutscht. Ein altes graues Pferd rupfte an einem grasbewachsenen Erdklumpen. Dan murrte während des stolpernden Ganges durch das Gras. Der Wind von Osten frischte auf, und eine Wolke wie Afrika verdeckte die Sonne. »Begreif nicht, wozu das gut ist«, sagte er. »Wem gehört das?«

»Niemand. Allen. Wie ein Hünengrab. Wie Stonehenge.« Es war jetzt nicht mehr viel zu sehen: Alte Steine, der merkwürdige Schlitz in dem Stützpfeiler einer verfallenen Mauer, Regs eigener Name nach GLAD ART.

»Ein Mädel vom Hilfskorps hat Glad geheißen«, sagte Dan, »und manche Leute heißen Art. Drei Namen, und deiner ist dabei.« Die Ruinen standen in einer tiefen Senke, geeignet für Liebespaare in Sommernächten, und die Lanzenspitzen der Grasbüschel zitterten in einem Wind, der keinem Sommernachmittag anzugehören schien.

»Das ist auch Sex«, sagte Reg. »Diese Vagina, die auf ein Schwert wartet. Was du da erzählt hast, das kannst du nicht gesehen haben«, sagte er. »Das war die Macht der Phantasie. Was mich aber dabei wundert, bei allem schuldigen Respekt für einen lieben Bruder, das ist, daß du davon ja eigentlich nicht viel besitzt.«

»Ich hab dieses Ding mit einem A drauf gesehn, wie in Dads Buch«, sagte Dan hitzig. »Es hat im Feuer geglänzt, das die Roten da in dieser Stadt gemacht haben, wo ich den Namen vergessen hab, und Shawcross, der gebildet war, aber das hat ihn nicht davor gerettet, daß er jemand vors Gewehr gelaufen ist, Shawcross hat gesagt, wir sind fast den ganzen Weg damit gereist, von diesem Ort in Italien, wo wirklich gekämpft worden ist, wir haben ja nur so mitgespielt, haben sie gesagt, bis zu dem Mönchsdings da, wo die Roten es rausgezerrt haben. Und jetzt haben die es, und niemand weiß wo, weil« – er teilte es Reg mit wie eine neue Wahrheit – »Rußland ein ganz verdammt großes Land ist.«

»Monte Cassino hat er gemeint«, sagte Reg nachdenklich, »und das gibt ja auch einen Sinn nach diesem anderen Buch. Die Benediktiner und das britische Königshaus. Es geht aus lauter gottlosen Pfoten in die nächsten über. Ein Werkzeug für barbarisches Gesense, gereinigt von einem christlichen König, der damit gegen neue Barbaren gefochten hat, die mittlerweile die Engländer geworden sind, und dann fällt's wieder an Barbaren. Und vielleicht war es einmal in diesem Stein hier, wenn er echt ist. Nur er, der Einstige und Zukünftige, konnte es herausziehen. Aber der hier ist vielleicht gefälscht.«

»Der leuchtet so«, sagte Dan, »im Dunkeln. Wie eine von diesen Uhren.«

»Was sagst du da?«

»Ich hab das Licht neulich nachts gesehen, als ich im Bus vorbeigekommen bin. Wie bei Fischen.«

»Dir ist noch nicht ganz gut, Dan. Ebensowenig wie mir, aber ich rechne nicht damit, daß ich hier irgendein Licht sehe.«

»Ich bin gesund im Kopf«, sagte Dan kriegerisch. »Nur in der Seite, wo ich den Bajonettstich bekommen habe, tut es weh. Und nur, wenn's regnen wird. Wie jetzt. Ich hab schon gewußt, daß es regnen wird, als ich heute morgen aufgestanden bin. Ich kann den Regen spüren, wie ihn andere riechen können.«

»Ich kann nichts riechen«, sagte Reg. »Das ist etwas, das ich verloren habe. Geruchsnerv beschädigt, im gottverdammten Spanien. Kohl und Rosen, alles dasselbe. Wir haben alle unsere Wunden. Komisch, wie Wunden auf das Wetter reagieren«, sagte er, den Blick auf die unverrückbare Scheide geheftet. »Lebende Dinge, wie kreisende Vögel und Kühe im Gras. Aber diese verdammte Nase spricht auf nichts mehr an. Zip könnte chronischen Mundgeruch haben, ich würd's nicht merken.«

»Du solltest nicht so von deiner Frau reden. Ist ein nettes Mädchen und zehnmal soviel wert wie du, du diebischer Hund.« Aber die Aggressivität war gespielt, eher eine Erinnerung an alte brüderliche Feindseligkeit, und selbst die war eher mythisch als historisch. »Und«, sagte er, »es gibt auch sowas wie ne Kohlrose.«

»Verstopften Abfluß dann von mir aus.« Der Himmel, jetzt ganz grau, fing sachte an zu schluchzen.

»Hab's dir gesagt. Heute morgen hab ich den Schmerz gehabt. Jetzt müssen wir den ganzen Weg durchs Nasse, Bastard.« Das Pferd, Teil der Natur, stand ungerührt im Regen. Nur Menschen, kein Teil der Natur, reagierten dramatisch auf Wetterumschläge. Das Pferd kaute und sah zu, wie Reg und Dan in ihren Entlassungsanzügen zum Tor eilten. Auf der schmalen Straße hatten sie Glück. Dr. Lewis, in seinem kleinen Morris, für den ihm der Staat reichlich Benzin zuteilte, war auf dem Weg zu seinem Patienten, ihrem Vater. Er sagte:

»Rein mit euch. Der Scheibenwischer tut nicht mehr. Dan, wisch das Wasser doch mal mit einem schmutzigen Taschentuch ab, wenn du eins hast.« Dan nahm seine Entlassungskrawatte. »Konnte nicht so früh da sein, wie ich versprochen habe. Wieder

Mrs. Pritchards Jüngster. Dieser Junge ist eine Enzyklopädie von Kinderkrankheiten. Gedeiht trotzdem prächtig, mit monströsem Appetit. Habt beide nicht viel Schlaf gekriegt, so wie eure Augen aussehen, ein Blick wie die toten Fische. Aber dieser Husten tut ihm trotzdem mehr weh als euch. Er sollte verlegt werden, das wißt ihr ja.«

»Sie kennen ihn doch«, sagte Reg vom Rücksitz. »Er mag keine Krankenhäuser. Wie lange geben Sie ihm noch?«

»Nicht viel mehr als eine Woche, zehn Tage. Er tritt wohl gerne ab, denke ich. Immer was raushusten wollen, was sich nicht raushusten läßt. Die Überanstrengung für das Herz, das wird ihn erledigen. Ich geb ihm was, daß er schlafen kann.«

»Auf immer?«

»Das denn doch nicht. Ich glaube rein theoretisch an Euthanasie. In der Praxis steht mir meine wesleyanisch-kalvinistische Herkunft im Wege. Du sollst nicht töten, und so weiter.«

»Euthanasie? Guter Tod wohl. Griechisch.«

»Griechen haben wir keine gesehen«, sagte Dan, »außer einer von diesen Yanks, der hat gesagt, er ist Grieche und heißt Papadoppellos, was man ja kaum einen richtigen Namen nennen kann. Aber die Griechen sind Lügner, wenn sie sagen, daß der Tod gut ist. Er ist nicht gut und wird es auch nie sein.«

»Wie geht's dem Ding da in deiner Seite?« fragte Dr. Lewis.

»Die Stiche sind jetzt so irgendwie weggeschmolzen, und ich glaube, jetzt ist's abgeheilt bis auf das kleine Loch, wo immer noch Wasser herauskommt. Die Bastarde haben gesagt, wir sind Deutsche. Der Bastard hat's richtig reingestochen, mit einem breiten Grinsen in der Fresse. Ich muß ein Deutscher sein, haben sie gesagt, wenn ich so gut Russisch spreche, die Deutschen sind eine listiger Haufen, die lernen Russisch, um die Russen gegen die Russen aufzuhetzen.«

»Nicht schon wieder, Dan«, seufzte Reg. »Wir haben das alle schon oft genug gehört.«

»Und ihr werdet es auch immer wieder hören, du diebischer Hund«, sagte Dan ärgerlich. »Gibt viel zuviele, die gerne vergessen möchten, was da gelaufen ist. Die werden das hören, bis ihnen schlecht wird davon. Hab all die Schiffe dort verpaßt, weil das verdammte Ding nicht heilen wollte, und sogar in dem Krankenhaus haben sie immer gesagt, ich bin ein Deutscher. Konnte ihnen keine AB 64 zeigen«, erklärte er Dr. Lewis, »und die Uniform, die könnte ich auch geklaut haben.«

»Ja, ja«, sagte Dr. Lewis beruhigend. »War eine schreckliche Sache. Hier«, fügte er nicht ohne Erleichterung hinzu, »sind wir.« Ein alter Mann mit Mütze und Regenmantel stand mit seinem Glas im nachlassenden Regen vor dem Pub. Ulmenblätter tropften in sein Bier. Er zog gewiß die Nässe draußen dem trocknen Husten drinnen vor. Aber als die drei aus dem Auto stiegen, hörten sie es, wenn auch nur schwach, aus dem offenen Fenster oben. In der Bar legte Zip ein Handtuch über die Zapfhähne. Sie sagte beim Eintritt der drei: »Wir schließen jetzt, meine Herren.« Die einzigen zwei Kunden waren anzüglich schielende Jungs von Höfen in der Umgebung. Zips Schönheit war solche anzüglichen Blicke durchaus wert. Der Husten ertönte jetzt laut von oben. »Ich geb ihm was«, sagte Dr. Lewis. Zip ging kühn zu den Farmjungs hinüber und wartete, bis sie ihre letzten Tropfen ausgetrunken hatten. Sie grinsten Zip dreist an, und einer sagte: »Wie wär's denn mit nem Küßchen auf den Weg?« Reg ging gleich dazwischen und sagte:

»Raus, ihr verdammten Drückeberger. Habt so getan, als bearbeitet ihr den verdammten Boden, und bessere Männer als ihr mußten drunter liegen.«

»Zurückgestellter Beruf, mach dir bloß nicht ins Hemd, Junge.« Aber sie gingen und machten im Hinausgehen das Husten nach.

In der Küche begrüßte Ludmilla Jones, dicker und mit grauerem Haar, aber immer noch schön mit ihren ostseegrünen Augen und dem festen Kinn, den Doktor, schaute aber dabei ihre beiden Söhne mit bohrendem Blick an. »Ihr kommt sehr spät«, sagte sie, »und alles ist ausgetrocknet.«

»Man hat uns überfallen«, erklärte Reg. »Wir sind in der Bank ausgeraubt worden. Mit vorgehaltenem Gewehr.« Dr. Lewis lächelte mechanisch über den unbeholfenen Scherz.

»Es ist wahr«, sagte Dan, »aber dieser diebische Bastard hier hat zwei Pfund aus der Kasse genommen.«

»Ich dulde dieses Wort ›Bastard‹ nicht«, sagte Ludmilla Jones.

»Ein Überfall, wie?« sagte Dr. Lewis. »Ist das wirklich euer Ernst?« Zip kam herein und sagte:

»Mir war nie klar, daß *petruschka* Petersilie ist. Für mich war *Petruschka* immer nur ein starker Part für die Perkussion. Und jetzt weiß ich, daß *petruschka* hier im Garten wächst.«

»Er sagt«, sagte Ludmilla Jones zu Dr. Lewis, »daß er im Garten liegen will. Er wird nicht mehr im Bett bleiben. Er spricht davon, daß sein Vater im Bett gestorben ist und alles schmutzig gemacht hat. Er sagt, er will sich auf eine Zeltbahn, nennt er das, legen im Garten mit alten Mänteln über sich. Er sagt, er will draußen an der Luft sterben.«

»Reden wir jetzt noch nicht vom Sterben«, sagte Dr. Lewis. »Eßt jetzt mal. Ich gehe hinauf und geb ihm eine kleine Spritze. Hat er die Milch bei sich behalten?«

»Er behält nichts bei sich. Er wirft die Decke weg und versucht aufzustehen und will im Garten liegen gehen.«

Ein respirationshemmendes Mittel, wiederholte Dr. Lewis bei sich; ihm gefielen wie immer diese Formulierungen seines Berufs, die die gemeine Realität jener ganzen menschlichen Maschinerien abstrakt machten, die alle dem Stillstand entgegenknirschten. Er gab David Jones, der grau und eingefallen unter der harlekinbunten Bettdecke lag, ein einziges Gran Diazetylmorphin. Er würde am späten Abend noch einmal kommen und die Dosis erneut injizieren. David Jones – dyspnoisch, dysphonisch – nickte. »Sie fühlen sich bald besser«, sagte Dr. Lewis. Aber schon ein einziges Gran, er wußte es, konnte letal sein. David Jones krächzte: *draußen*. Dr. Lewis nickte seinerseits. Warum nicht? Ungewöhnliches Prozedere, aber das Wetter war warm.

So lag David Jones unter der schützenden Gartenmauer, vom Pissoir durch eine alte Gartenwalze und eine Hecke leerer Limonadenkisten getrennt, auf einer Zeltbahn, über sich ein paar Dekken und das Harlekindeckbett. Es würde natürlich regnen, kaum ein Tag verging ohne Regen in South Wales, aber Reg und Dan holten zwei große Sonnenschirme aus dem Keller, die in den dreißiger Jahren eine mittlerweile vom Markt verschwundene Firma gratis abgegeben hatte, als Werbung für eine Limonade – Limorange hatte sie geheißen, hatte sich angehört wie eine Stadt in Frankreich. Die Schäfte dieser Schirme waren aus Metall und liefen unten spitz zu, daß man sie in den Boden stecken konnte. Er wollte keine Gesellschaft, er wünschte allein zu sein, um seine Vergangenheit zu verdauen. Der Überlebende der *Titanic* und des Ersten Weltkriegs, aber überlebend wozu? Um eine seltsame Heirat mit einer russischen Schönheit in Brooklyn einzugehen, drei seltsame Kinder zu zeugen, die er nie begreifen würde, um ein Restaurant in Manchester zu führen, das nie soviel Geld einbrachte, wie es sollte. Er hatte den Leuten gutes Essen hingestellt, das war immerhin etwas, und keinen gewöhnlichen Leuten. Es war mal ein Artikel über das Restaurant in der *Picture Post* gekommen, da war er selbst zu sehen gewesen, wie er einer mondänen Schauspielerin zugetrunken hatte, Tallulah Bankhead, tot jetzt, konnte nicht mehr atmen, und Noel Coward drückte die Zigarette in einem ungegessenen Dessert aus, Charles B. Cochran, den sie Cocky nannten, umarmte Evelyn Laye und Jessie Matthews über einigermaßen geleerten Tellern. Mark Hambourg, ein dicker Pianist, der leidenschaftlich gerne aß, hatte ihm beigebracht, Hummer Pernod flambé mit einer Sauce Cardinale zu kochen. Und es hatte Schinken *en croûte* gegeben, ein Lieblingsgericht des Geigers Szigeti, war das der richtige Name? Man koche einen mittelgroßen weichgeklopften Schinken in Hühnerbrühe und Marsala, schneide ihn bis zum Knochen auf und bestreiche jede Scheibe mit Kastanienpüree und gemahlenen Mandeln, bedecke den Schinken mit Blätterteig. Er hatte die französische Aussprache nie gelernt, hatte für *croûte* Kraut gesagt, bis man darüber lachte. Die russischen Gerichte waren die besten gewesen. Wie hieß das Dessert mit schwarzen Kirschen und Mandarinen und Erdbeeren und geschlagenem Eiweiß auf Vanilleeis? Eine Lieblingssüßigkeit des Zaren oder der Zarina oder von Rasputin. Von irgend jemand.

Das Haus in Brooklyn war verkauft, aber das Geld gehörte alles ihr. Diese goldenen Sovereigns vom Dachboden hatte er auf Befehl der diebischen Regierung in Papier umtauschen müssen. Aber sein australisches Gold hatte er immer noch, und was war das jetzt wohl wert? Es war illegal, daß er es hatte, hieß es, und er fragte sich, warum wohl. Es war schon lange in der Familie gewesen, und er wollte es jetzt unter den Decken gern bei sich haben. Es war ein gedeihliches Ding, aber zu welchem Zweck, wenn man es nicht in Güter oder Land umsetzen konnte? Etwas zum Küssen und Umarmen, weil es ein unschätzbares, aber nutzloses Ding war, ein Symbol des Unveränderlichen, wie Gott, den es nicht gab. Er würde sagen, daß er es bei sich haben wollte hier unter den Bettdecken, wie eine teilnahmslose Gattin, damit er es in dem letzten Zusammenkrampfen umklammern konnte, das er kommen sah. Der Husten kam jetzt wieder, zusammen mit den klaren Gedanken, die ihm die Injektion gedämpft hatte. Er hustete, und die Vögel lauschten mit auf die Seite gelegtem Kopf dem Geräusch eines fremden, vielleicht gefährlichen Tieres.

Nicht allzuweit vom Dorfe Gilwern entfernt saßen Aled Rhys, Ben Griffiths und ein einstiger gemeiner Soldat namens Tom Probert zur Beratung in einem verfallenden Bauernhaus, für das sie eine grotesk winzige Pacht bezahlten. Das war das vorläufige Hauptquartier ihrer Bewegung, die sich ihres Ziels mehr oder weniger gewiß war, doch ihrer Strategie unsicher. Deshalb saßen sie in ihren Entlassungsanzügen um einen Küchentisch und lauschten Terence MacMahon. MacMahon hatte – ungewöhnlich für einen Iren – ein walisisches Mädchen geheiratet, als er in Liverpool in einem Fahrradladen gearbeitet hatte. Er hatte in Carlow ein Verbrechen begangen, von dem er nicht sprechen wollte, und hatte sich per Schiff von Rosslare der Verfolgung entzogen. Das war Anfang der dreißiger Jahre gewesen. Er hatte für die Sache des vereinigten Irland gearbeitet, wohnte jetzt aber ruhig in Llanelly, wo er ein eigenes Fahrradgeschäft hatte. Er war mindestens fünfzig, hatte aber noch einen großen Teil seines roten Haares. Dies und die blasse, von der Sonne nie zu bräunende Haut sprachen lauter von seinem explosiven Temperament als seine Worte. Er erinnerte sich an die irische Sprache, las sie aber nunmehr lediglich, und es ärgerte ihn manchmal, daß das Kymrische und das Irische sich aus dem gemeinsamen Ursprung heraus verzweigt hatten. Walisisch konnte er kaum verstehen. Er sagte jetzt:

»Die Geschichte zeigt und wird es immer zeigen, daß die Befreiung nichts ist, was man auf Knien erbitten kann. Sicherlich, man hört genügend große Worte über die Menschenrechte von denen, die am allerwenigsten bereit sind, sie zu gewähren. Zu einer friedlichen Machtübergabe aufzufordern, ist Blödsinn so blank wie die Glatze von Rhys. Man beginnt mit Gewalt, und man geht auf demselben Wege weiter. Denn die Freiheit ist etwas, das man erkämpft, nicht erbittet, und ihr geht die Frage ganz falsch an. Denn habt ihr nicht schon zur Gewalt gegriffen und seid insofern schon von ihr ergriffen worden?«

»Gewalt?« fragte Tom Probert. Er rauchte Pfeife, einem kontemplativen Denker angemessener als einem Revolutionär. »Ach, du meinst Gewalt gegen Eigentum, falls man Geld in der Bank so bezeichnen kann. Die Bewegung muß irgendwie finanziert werden, und diese Finanzierungsweise schadet niemandem. Das Geld, das wir aus dem Brunnen schöpfen, wird an der Quelle sofort wieder von der Versicherungsgesellschaft ersetzt. Die Leute haben vielleicht Angst, aber niemand muß leiden.«

»Aber du, Rhys«, sagte MacMahon, »hast da etwas erzählt, daß eine alte Dame mit einem Herzinfarkt tot umgefallen ist bei dem Banküberfall in Coleford. Ihr zeigt Gewehre her, das Werkzeug des Todes, und das ist auch Gewalt, und so, ob ihr es wollt oder nicht, klebt eine Art Mord an euren Händen.«

Aled Rhys, dessen Haut immer noch etwas von der Bräune seines Dienstes im Mittelmeer zeigte (wenn auch nicht auf dem kahlen Schädel, den die Uniformmütze bedeckt hatte), sagte: »Unsere Ziele müssen bekannt werden, und das bedeutet, daß wir die irreguläre Finanzierung brauchen, um die Broschüre zu drucken, die Tom verfaßt hat, und um Anzeigen in die Zeitungen zu setzen. Die Irischen Republikaner haben das damals auch getan. Wir sind eine ehrenwerte Bewegung, und wir schätzen die unehrenhaften Taktiken nicht, aber wenn die Ziele einmal bekannt sind, werden wir wieder ehrenhaft genug sein. Denkt daran, wir nennen uns die Artussöhne, das ist ein besserer Name als irgendeiner, den die Iren haben, und wir nehmen die Schlacht wieder auf, in der Arthur nie gesiegt hat. Wir können die Sachsen nicht aus England vertreiben, noch nicht, nicht in unserem Leben, aber wir können verdammt nochmal anfangen, sie aus Cymru davonzujagen.«

»Du bist verrückt, weißt du das?« sagte MacMahon, »mit deinen ganzen schönen Reden von der Ehre und der Unehre, das sind Worte ohne Bedeutung. An eurer Stelle würde ich wieder zu eurer normalen Arbeit zurückgehen und mir ein sanftes Leben machen. Denn nichts wird aus euren Träumen werden. Wer will denn die Engländer aus Wales draußen haben? Es hat so viele Heiraten zwischen beiden gegeben, und die Waliser, die auf dem englischen Thron saßen, die unehrenhaften Tudors, haben sich Sachsen genannt. Vergeßt es, das ist der gute Rat, den euch einer gibt, der alles über den großen Kampf gegen diese schlauen Hurensöhne weiß.«

»Aber was in Gottes Namen«, sagte Ben Griffiths, »war denn der Sinn davon, daß man Millionen an Geld und Millionen von Leben für die Sache da hingegeben hat, die jetzt eben zu Ende gegangen ist, wenn nicht die Selbstbestimmung und die Rechte der kleinen Nationen? Es hat früher schon Revolutionen gegeben, und viele davon waren erfolgreich.« Er war immer noch mager, dunkel, glühend. »Die französische, die russische, *große* Revolutionen. Wir reden ja eher von Devolution. Und wenn das ein Traum ist, dann ist die ganze menschliche Geschichte einer.«

»Es war immer nur Gewalt«, sagte MacMahon kopfschüttelnd. »Man muß die Besatzungsmacht ängstigen oder aber ermüden. Wenn man sie zu sehr ängstigt, wenn man einen König oder eine beliebte Prinzessin tötet, dann bekämpft sie einen erbittert. Aber Bomben in Postämtern und Kinos, einen Politiker der zweiten Garnitur umnieten – das ein paar Jahre lang, und man ist eine Macht, mit der die sich an irgendeinen Verhandlungstisch setzen müssen. Aber was zum Teufel wollt ihr Taffys denn eigentlich? Eine Grenze mit Paßkontrolle von Cardiff bis rauf nach Rhyl oder wohin auch immer, das verdammte Land abriegeln, während ihr eine Verfassung schmiedet und einen Präsidenten wählt? Die Industrien für Wales nationalisieren, die ohnehin alle international sind? Schluß mit dem Englischen, zwangsweises Walisisch?«

»Cymraeg nennen wir's«, sagte Aled Rhys. »Der andere Name heißt ausländisch. Wales, das Land des Ausländers. Die Sachsen sind's, die hier die Ausländer sind.« Seine scharfen kymrischen Konsonanten waren Messer gegen die Dumdumgeschosse des Iren. »Und daß man die Sprache spricht, ist so wichtig auch wieder nicht, ebensowenig wie in Irland. Das Land abzuriegeln bedeutet nicht, die Kommunikation zu unterbrechen. Die große Sprache heutzutage ist das Amerikanische, das man mit kymrischem Akzent gern sprechen kann.«

»Die Republik Cymru spricht Yankeedialekt«, höhnte MacMahon.

»Also das jetzt«, sagte Tom Probert, »da muß man sagen – wie können die Artussöhne an eine Republik denken? Arthur war ein römischer *dux*, aber auch ein *rex*. ART REG – du hast's in den Ruinen gesehen, die die Luftwaffe freundlicherweise keine zehn Meilen von hier freigelegt hat. Wir denken an einen christlichen König, keinen säkularen Präsidenten.«

»Ach gottverdammter Blödsinn!« rief MacMahon. »Meinst du einen nonkonformistischen Kirchenrat, wo eine Kalvinistenfraktion der anderen das Messer in den Rücken stößt? Seid doch nicht albern. Eine Regierung hat nichts mit Religion zu tun. Das haben sie damals in Genf versucht, und ihre ganze Prädestination lief bloß auf lauter Uhren raus. König Arthur, wenn's den überhaupt gegeben hat, der kämpfte für die römische Christenheit gegen heidnische Invasoren. Wollt ihr die Waliser zu Katholiken machen? Da habt ihr zu lange gewartet, das Gift von Harry Tudors Reformation könnt ihr euch nicht mehr aus dem Leib saugen.«

»Christliche Prinzipien, mehr nicht«, sagte Tom Probert. »Soll heißen, daß wir keine gottlosen Kommunisten oder ebenso gottlose Faschisten sind. Und wir wissen schon, daß es ein langer Kampf sein wird. Und wir glauben, nein, wir wissen: das bedeutet vergossenes Blut, wenn auch nicht zu viel.«

»Gar keines«, sagte Aled Rhys. »Oder wenn doch welches, dann nur bei der Verteidigung von guten Rechten. Wir stellen die Sachsen einem, wie die Franzosen sagen, *fait accompli* gegenüber, und dann schauen wir, was geschieht. Wir sagen öffentlich in der Presse und in unserer Broschüre, was wir tun werden. Dann tun wir es.«

»Und was genau tut ihr da?« fragte MacMahon grinsend. Die walisische oder kymrische Stimme war es, die er nicht ganz ernst nehmen konnte, dieser Singsang, wenn sie aggressiv sein wollten, eine Nation von gottverdammten Sangesbrüdern, so sah's doch aus, ein Land der Bardenfeste.

Es war Ben Griffiths, der antwortete und vorher tief Atem holte. »Wir haben einen Fürsten. Einen Prince of Wales, der wartet schon auf uns. Also gut, du kannst lachen, aber es ist wahr.«

»Du meinst«, sagte MacMahon rasch, »daß der König und die Königin von Großbritannien und Nordirland das getan haben, was Anna und Joachim in der gottverdammten Bibel gebracht haben – wider alle Gesetze der gottverdammten genetischen Wahrscheinlichkeit noch einen Sohn gekriegt? Weil das ist der einzige Prince of Wales, der möglich ist, mein Lieber, der älteste Sohn des britischen Monarchen.«

»Hör einen Augenblick zu«, sagte Ben Griffiths, »und hör auf mit dieser irischen Spöttelei, die unanständig ist und überflüssig. Man kann unseren Prince of Wales, nicht daß der andere nicht existieren würde, als den Mann definieren, der willens ist, sich wählen und krönen zu lassen. Von reiner kymrischer Herkunft, also reden wir vom Prince of Cymru, unabhängig und mit eigenem Grund und Boden –«

»Und steckt auch Geld in die Organisation?« MacMahon grinste. »Soso. Wo habt ihr den gefunden?«

»Er hat uns gefunden«, sagte Aled Rhys. »Hast du schon vom Cadwallader-Stahlwerk gehört?«

»Der ganze Stahl ist jetzt nationalisiert«, sagte MacMahon, »oder wenigstens geht da ein Gesetz durch, sobald sie sich auf die Abfindung geeinigt haben. Ich verstehe. Dieser Cadwallader bekommt sein Geld vom sozialistischen Staat und steckt es in den walisischen, Verzeihung, kymrischen Nationalismus. Irgendein vertrottelter alter Bastard, der ein harmloses Hobby sucht.«

»Nicht alt, nicht vertrottelt, kein Bastard«, sagte Ben Griffiths. »Der Alte ist letztes Jahr gestorben. Sein Sohn erbt alles, er ist legitim, er ist erst zwanzig. Den Krieg hat er verpaßt. Er sucht ein Abenteuer. Absolvent der University of Wales, hervorragender Studienabschluß in walisischer Sprache und Literatur. Und sein Vorname ist Arthur.«

»Was für ein Zufall.«

»Eigentlich nicht so sehr. In der Familie hat es immer eine starke Verehrung für die kymrische Vergangenheit gegeben«, sagte Aled Rhys. »Mußte auch so sein, bei einem Namen wie Cadwallader. Ich hab ihn auf Heimaturlaub getroffen, wenn du's wissen willst. In einem Pub, wenn du's wissen willst, in Newport. Wir sind ins Gespräch gekommen, wir haben miteinander geredet.«

»Bezweifle ich nicht«, sagte MacMahon. »Das ist ja alles nichts als Gerede, wie du auch selber sofort zugeben müßtest, wenn du mit der Tagträumerei aufhören würdest. Was macht ihr denn dann – krönt ihn in Carnarvon Castle und sagt, ab jetzt ist Wales ein unabhängiges Fürstentum wie Monaco? Da, wo das Kasino von Monte Carlo steht? Ich dachte, ihr hättet größere Pläne.«

»Ein Fürstentum kann eine Monarchie sein«, sagte Tom Probert. »Der ursprüngliche Arthur war eigentlich ein Herzog. Ein Herzogtum kann eine Monarchie sein. In Lancashire trinken sie auf den Herzog von Lancashire, der gleichzeitig der König ist. Der Königstitel würde anmaßend wirken. Aber er kann den Titel mit Recht beanspruchen, als Einstiger und Zukünftiger, wenn er das Schwert aus dem Stein zieht.«

»Welches Schwert? Welcher gottverdammte Stein? Hört mal,

ich verschwinde jetzt«, sagte MacMahon, machte allerdings noch keine Anstalten, aufzustehen. »Ich hab zu meiner Zeit schon einige durchgedrehte Gestalten gesehen, die IRA nicht ausgenommen, ein Grund dafür, daß ich ausgestiegen bin, war ja dieser ewige Schaum vor dem Mund, und einmal hat so ein junger Bursche einen Brief aufgegeben – aber lassen wir das. Fangt ruhig mal an, den Briten das Leben schwerzumachen, die Bastarde haben's verdient, aber hört mit diesem Nonsens auf, einen gottverdammten Fürsten krönen zu wollen und ihn bei irgendeiner Tafelrunde oder was präsidieren zu lassen. Jesus.«

»Wir«, erklärte Aled Rhys, »*sind* die Briten. Die brythonischen Kelten. Der Feind, das sind die Sachsen. Du kennst die kymrische Sprache nicht, glaube ich, aber die früheste Zeile kymrischer Dichtung, die überdauert hat, lautet *Gwyr a aeth Gatraeth gan wawr* – die Krieger gingen nach Catterick im Morgengrauen, und wo Catterick liegt, weißt du. Wir haben gar nichts Abwegiges vor. Wir haben keine Krieger, um die Angelsachsen anzugreifen, aber wir haben das Recht auf ein freies Königreich, das wir für den Augenblick als Fürstentum bezeichnen werden – selbst die Sachsenschweine reden offiziell von der ›Herrschaft‹ Wales, und die Rückgewinnung der gesamten Insel für die rechtmäßigen Besitzer kann auch in tausend Jahren noch kommen. Der erste kymrische Sang, den wir mit Namen kennen, ist *Unkeynyaet Prydyn* und handelt von der Monarchie Britanniens. Die wird wiederkommen, und vielleicht wird man sich dann dieser verrückten Artussöhne erinnern, die du verspottest, erinnern in einem zukünftigen Lied, das über die kymrischen Berge hallen wird und über die reichen Weiden, die jetzt dem Sachsen gehören.«

»In der Zwischenzeit« – MacMahon grinste wieder – »erschreckt ihr alte Frauen zu Tode, wenn sie ihre armseligen Ersparnisse abheben möchten.«

»Das sind unfaire Verallgemeinerungen«, sagte Aled Rhys.

»Es werden keine speziellen Befehle für das Vorgehen bei der Aneignung erteilt«, sagte Tom Probert pedantisch. »Wir haben einen Exekutivbeamten, an einem ungenannten Ort, und der ist für diese Aktivitäten verantwortlich, die gewiß bedauerlich, aber auf jeden Fall notwendig sind. Die jungen Männer, die er zu diesen Operationen ausschickt, sind nicht immer von höchstem moralischem Kaliber, aber sie befinden sich unter strikter Kontrolle. Sie fürchten die Folgen von Ungehorsam oder Gier. Sie bekommen ihren fairen Anteil. Sie erhalten eher als wir ihr Geld. Wir können noch nicht einmal den Druck von tausend Exemplaren einer Broschüre bezahlen.«

»Die du geschrieben hast?«

»Die ich geschrieben habe.«

»Na«, sagte MacMahon und sah die Indizien minimaler finanzieller Ausstattung an – die alte Küche mit den staubigen zerbrochenen Dielen, die steinerne Spüle mit dem trockenen Wasserhahn, einen Vorkriegskalender von der Autowerkstatt Jones, den wacklig-dreckigen Tisch, die Waliser in ihren Entlassungsanzügen: »Ihr habt euch etwas verschrieben, was der Staat als Verbrechen bezeichnen wird, trotz eurer großen Worte und eurer strengen Entschlossenheit und dem restlichen Unsinn. Und das hier ist Excalibur, was?«

»Der *cleddyf*«, sagte Tom Probert. »Der richtige *cleddyf* wird noch kommen. Wir hören immer wieder Gerüchte, daß er irgendwo auf der Welt ist, aber niemand weiß, wo. Aber er wird wiederkommen wie Arthur selbst, und wird für die gerechte Sache erhoben werden.«

»Ein Haufen Scheißdreck, wenn ich das sagen darf«, meinte MacMahon.

»Das darfst du sagen.«

Man reibe das Steak auf beiden Seiten dick mit Salz und Pfeffer ein. Butter und Öl in eine schwere Eisenpfanne geben und das Fleisch rasch von beiden Seiten scharf anbraten. Das Fett sorgfältig abgießen. Cognac über das Fleisch geben und das Steak anzünden. Ein richtiges Höllenfeuer gab es da, aber eine Hölle gab es gar nicht. Brandy- und Benediktinersoufflé war ein Lieblingsgericht von der Altistin mit dem großen Busen, und der Benediktiner brannte fröhlich, eigentlich nicht fair den Benediktinern gegenüber. Die brannten nichts ab, die verstanden sich darauf, Sachen vor den großen Bränden zu retten. Ja, ein ganzes Filetstück, etwa zweieinhalb Pfund, und es war mit Rinderbrühe und Rotwein und einem Teelöffel *sauce diable*, wie das hieß, im Grunde war's von Lea and Perrins, übergossen. Ein Waldorfsalat bestand aus gehackter Sellerie, Äpfeln und Walnüssen in Mayonnaise. Nichts von solchem Popelkram stand bei Belsazars Gastmahl auf dem Tisch, der war beladen mit gerösteten Hebräern, und bloße babylonische Konkubinen räkelten sich zu Füßen des Königs du o König bist König der Könige o König lebe du ewig. Eben zur selbigen Stunde, da sie nun tranken. Was David Jones in beiden schwachen Händen hielt, war nicht der geschwellte Penis, mit dem er zum Hafenkai von Cardiff weglief, sondern das Familiengold. Viele Menschen waren nun um ihn herum, manche kauerten auf dem Boden, andere standen aufrecht da, daß er ihnen in die Nasenlöcher sehen konnte. Nicht alles Verwandtschaft. Ein paar Kunden standen mit Biergläsern dabei, um zuzuschauen, wie der arme alte Sack das Handtuch warf. Jedenfalls kein Gehuste mehr. Er rief nach Beatrix.

»Hier bin ich, Dad.«

Sie war da mit dem, den sie geheiratet hatte, noch ein Jude, ein dunkler Yankee mit einem New Yorker Akzent. David Jones kannte den Tonfall von New York. Das walisische Blut war mit russischem vermengt worden und würde jetzt weiter vermischt mit jüdischem. Na, es schadete nichts, vielleicht war es sogar gut, denn die ganze Menschheit war ein Fleisch, und alles Fleisch war wie Gras, also, Gras zu Gras, er konnte das Sommergras um sich her riechen. Eine Amsel sang immer und immer wieder: *Dai. Stirbt Dai?* Das war komisch. Es hatte einen Mann in Blackwood gegeben, der hieß David wie er selbst auch, kam aber aus England, und man hatte ihm gesagt, er müsse jetzt einen Spitznamen bekommen, und er meinte: Na gut, dann aber nur nen netten. Und von da ab hieß er Dai Nennetten.

»Was lachst du, Dad?«

»Dai stirbt.«

Doch noch starb er nicht. Er versank in einen friedlichen Schlaf, den der schwere Regenfall am Nachmittag nicht störte. Als Dr. Lewis nach ihm schaute, waren seine Hände fest um das Gold geschlossen, doch es war keine Leichenstarre. Dr. Lewis dachte sich, es könne ebensogut jetzt geschehen wie später, und injizierte zwei Gran Diazetylmorphin in den abgemagerten linken Arm. Das sollte reichen.

Es saßen eine ganze Menge Leute um den Küchentisch, während oben Mrs. Bowen sich um die Leichenwäsche kümmerte. Reg und Dan hatten den Leichnam hochgetragen und auf das Bett gelegt, in dem er nicht verstorben war. Er hatte nichts beschmutzt außer der alten Militärzeltbahn. Er war bei nachlassendem Regen und sich erneuerndem Vogelgezwitscher abgetreten wie ein Soldat. Sie saßen um den Tisch und tranken starken Tee, mit Ausnahme von Irwin Roth, der jüngst Beatrix' Mann geworden war. Er bat um Kaffee, und die Witwe sagte ihm streng, den solle er sich selbst machen – da steht die Flasche mit Campkaffee und Zichorie. Er entschied sich für ein Gläschen lauen Gin. Mitten auf dem Tisch lag das Gold mit seinen ganzen Unreinheiten – in all den langen Jahren noch nicht zu sauberem Barrengold geschmolzen. »Es war nicht ganz einfach«, sagte Reg. »Es war, als ob er's in die nächste Welt mitnehmen wollte.« Dan sagte:

»Du nimmst es jedenfalls in keine gottverdammte Welt mit, du diebischer Hund.«

»Diese Ausdrücke«, sagte Ludmilla Jones, die beiden Hände um den warmen Teebecher gelegt, »sind nicht gut. Sie sind zu keiner Zeit gut, aber jetzt ganz besonders nicht, wenn euer toter Vater droben liegt.« Aber ihre Augen sahen nichts an. Irwin Roth sagte:

»Ihr solltet das mal auf seinen genauen Gehalt untersuchen lassen. Ihr habt eine ganze Menge solides Bares da liegen.«

»Und das wird die ganze Zeit nur solider und solider«, sagte Beatrix, »und wird bestimmt nie flüssig gemacht, wenn es nach mir geht.«

»Eure Mutter«, sagte ihre Mutter, »wird das entscheiden.«

Dann sah sie von ihrem jüdischen Schwiegersohn zu ihrer jüdischen Schwiegertochter und zurück.

»Hängt davon ab, was er in seinem Testament verfügt hat, oder?« sagte Irwin Roth. »Er hat vielleicht genaue Anweisungen hinterlassen.«

»Du bist Jude«, sagte Ludmilla Jones, »und denkst die ganze Zeit an Geld.«

»Das ist eine ganz gemeine Beleidigung, Mutter«, sagte Beatrix. »Du hast einige unglaubliche Vorurteile gegen Juden.«

»Reden wir nicht davon«, sagte Irwin Roth. »Geld ist das letzte, woran ich denke.«

»Von den Einnahmen aus dem großen amerikanischen Kriegsroman einmal abgesehen«, sagte Reg.

»Das ist was anderes. Wenn sich der überhaupt nicht verkaufen würde, müßte ich ihn trotzdem schreiben.«

»Der Bastard hier, mein Bruder, der mußte zuerst leiden dafür.«

»Wen nennst du da Bastard, du Bastard?«

»Jetzt wird Schluß damit sein«, sagte Ludmilla Jones. »Bastard und gottverdammt und Hund. Es waren die letzten Worte eures Vaters – was für eine Familie ist denn das, die wir da herangezogen haben, hat er gesagt.«

»Das waren nicht seine letzten Worte«, sagte Reg.

»Das hat er immer gesagt, am Anfang und am Ende und stets. Wenn es nicht seine letzten Worte waren, dann bloß, weil er zu schwach war, um letzte Worte zu sagen. Armer Mann. Mein armer Gatte.« Ihre Augen waren jedoch trocken, und sie trank den Rest von ihrem starken Tee, als tränke sie auf das fortdauernde Leben. Zip sagte kühn:

»Warum sitzen wir alle hier?« Ludmilla Jones sagte:

»Du bist Jüdin und weißt nicht, warum? Ihr sitzt alle hier, weil ihr wissen wollt, was mein armer Mann hinterlassen hat. Es ist sein Geld, hinter dem ihr alle her seid.« Es gab lauten Protest, dem sich nur Reg nicht anschloß. Der sagte:

»Also, zumindest mein Bruder hier möchte schon mal wissen, ob für ihn was da ist. Er hat genug darüber gesprochen, daß er seinen eigenen Fischladen aufmachen will. Uns anderen ist es eher egal.«

»Bastard«, rief Dan – ertappt – zornig.

»Wir haben schon lang um ihn getrauert«, fuhr Reg fort. »Jetzt ist es Zeit für einen Panegyrikus, der wohl beim Begräbnisgottesdienst nicht angestimmt werden wird. Ein Loblied. Unser Vater hat immer gesagt, daß er ein Mann war, der Glück hatte. Er war ein Überlebender. Er hat uns sein Glück vermacht, was er immer für unmöglich hielt (er hat eher das Gegenteil erwartet), aber wir haben alle auch überlebt. Die Frage ist wohl, ob wir zu einem besonderen Zweck überlebt haben. Er ist recht jung gestorben, doch macht es nicht den Menschen besser, wächst er dem Baum gleich immer weiter fort. Was heißt jung, was heißt alt? Kann man ein Leben quantifizieren? Er war ein guter Mann, der niemand etwas zuleide getan hat, und sein Andenken wird lange in Ehren gehalten werden. Gibt es noch mehr, was ich sagen könnte? Ich glaube nicht. Amen.«

»Das Geld«, sagte Ludmilla Jones. »Ihr werdet es wissen wollen, also sage ich es euch. Alles ist mir hinterlassen, die er in dem Testament, das er schrieb, seine liebe Frau genannt hat. Es wird zu bezahlen sein, was Mr. Owen, der Anwalt, Nachlaßsteuern nennt, und die bekommt die Regierung. Wenn man stirbt, muß man bezahlen. Das ist das Gesetz. Was übrig bleibt, ist für mich. Euer Vater hat gesagt, ihr wärt *da ir ddim* –«

»Was?« fragte Irwin Roth.

»Das heißt: zu nichts nütze«, sagte Beatrix.

»Aber er hat gesagt, man muß sich um Dan kümmern. Also wird Dan seinen Fischladen haben. Beatrix ist mit einem Juden verheiratet, also braucht sie nichts. Reginald ist auch mit einer Jüdin verheiratet, aber er muß arbeiten. Er hat eine gute Ausbildung im Spanischen bekommen, aber er sagt, er wird nicht Spanisch unterrichten. Also gut, er muß dann tun, was sein Vater getan hat, und er sagt, dazu ist er bereit. Es geht dabei darum, daß man die Sache weitergibt, ich habe das Wort vergessen.«

»Die Lizenz«, sagte Reg. »Aber die Lizenz geht an die Witwe.«

»O nein«, sagte seine Mutter, »ich werde nicht bleiben. Ich gehe nach Petersburg. Meine Tante ist tot, und mein Onkel Boris ist sehr alt. Ich habe hier meine Pflicht getan, und hier werde ich nicht gebraucht. In Petersburg ja.«

Es wurden Laute des Erstaunens ausgestoßen. Beatrix' klare Stimme erhob sich über dem konfusen Lärm und sagte: »Aber das ist nicht mehr St. Petersburg, Mutter. Es ist jetzt Leningrad. Es hat eine Revolution gegeben, verdammt nochmal, du warst doch dabei, jedenfalls bei der Generalprobe. Rußland ist jetzt kommunistisch, es ist kein freies Land. Du wirst dich dort nicht wohlfühlen, nichts zu essen, Geheimpolizei und Brutalität und Todeslager.«

»Ich gehe trotzdem hin. Rußland ist Rußland. Aber manchmal werde ich zurückkommen und meine Kinder besuchen.«

»Wenn du einmal dort einreist«, sagte Beatrix mit Nachdruck, »kommst du nie wieder heraus. Sie mögen es nicht, wenn Leute in der freien Welt herumerzählen, in welchem Zustand Rußland ist. Darum ging's doch bei dem Massaker an den Opfern von Jalta. Die Tore sind verschlossen und verriegelt.«

»Ich habe meinen Paß. Ich bin britische Staatsbürgerin.« Reg knirschte währenddessen mit den Zähnen. Dann sagte er:

»Bleib aus dem gottverdammten Land draußen, verstehst du mich? Ich bin jetzt das Familienoberhaupt, und ich verbiete dir das. Ich laß meine Mutter nicht in die Hölle gehen.«

»Rußland ist Rußland. Ich bin britische Bürgerin, aber nur wegen eures Vaters. Jetzt ist euer Vater fort, und ich bin wieder Russin. Aber ich behalte meinen Paß.«

»Den wirst du verlieren.« Beatrix schüttelte wild den Kopf. »Sie werden ihn dir nehmen. Sie werden sagen, daß du eine Sowjetbürgerin bist und kein Recht auf einen ausländischen Paß hast. Verdammt, ich habe in der russischen Abteilung gearbeitet. Ich weiß doch, was los ist.«

»Wir begraben euren armen Vater, und dann gehe ich nach Cardiff zum russischen Konsul.« Sie sah Reg mit ihren scharfen Ostseeaugen an. »Du sagst deiner Mutter nicht, was sie zu tun hat. Ich bin eine freie Frau.«

»Du wirst dort im stalinistischen Utopia keine gottverdammte freie Frau sein.«

»Reginald, ich sage es noch einmal, ich dulde dieses ›gottverdammt‹ nicht, und für dich, Dan, gilt dasselbe mit diesem ›Bastard‹.«

»Was machst du mit dem Edelmetall?« wollte Irwin Roth wissen. »Man wird es konfiszieren, wenn du damit über eine Grenze gehst. Niemand darf heutzutage mehr Gold besitzen außer den Regierungen. Lord Byron ist noch mit einem Kistchen Gold von hier nach dort gereist, echtes internationales Zahlungsmittel, aber diese guten alten Zeiten sind vorbei. Nicht bloß Lord Byron natürlich«, fügte er hinzu.

»Ja, das haben die Juden gemacht. Goldberg und Goldstein, ich erinnere mich an solche Namen, als ich klein war in Petersburg. Und dieselben Namen waren in Brooklyn. Ich weiß nicht, was ich machen soll damit.« Sie begann dann rasches Russisch zu sprechen. Irwin Roth und Zip saßen daneben und verstanden nichts. Sie hörten immer wieder das Wort *soloto*, und ihre Kinder machten immer das Echo: *soloto!*, so daß sie schließlich annahmen, daß das »Gold« bedeutete. Dan sagte schließlich mit ungestümem Zorn:

»Ich sage, verflucht soll das Zeug sein. Gottverdammten Fluch über das Ding, das nichts gebracht hat außer Streit und Dieberei. Schmeißt's in den Usk, sage ich.« Irwin Roth, ein musikalischer Mensch, lauschte interessiert: Alberich verfluchte das Rheingold. Alle Mythen erfüllten sich früher oder später im wirklichen Leben. Irwin Roth sagte:

»Ich hab noch meine Kontakte zur US Air Force. Wir könnten es auf den Kontinent rüberfliegen und zu Geld machen lassen. Obwohl der beste Ort Tanger ist. Man sagt, dort erzielt Gold die höchsten Preise auf der Welt. Oder Bombay noch, aber das ist zu weit weg, schätze ich.«

»Und dann«, sagte Beatrix, »was machst du dann mit den Dirhams oder Rupien oder was auch immer? Du kaufst dir Gold dafür. Ich sage, wir tun das, was schon früher getan worden ist: Sauber und sicher einpacken und in ein Schließfach damit.«

»Du scheinst das mit dem Geld nicht zu begreifen«, sagte ihr Mann. »Was nützt totes Metall? Das Ding hier hat auf seinem Arsch gesessen, Verzeihung, seit es gefunden worden ist, so hast du es mir jedenfalls erzählt, und es hat nichts getan. Gold ist das einzig wirkliche Geld. Gebt's aus.«

»Du meinst, wir sollen es in unwirkliches Geld umtauschen«, sagte Beatrix.

»Entschuldigung«, sagte Zip kreidebleich und stand rasch auf.

»Was ist denn?« fragte Reg besorgt. »Ist es was, was wir gesagt haben?«

»Vorfreuden«, sagte Zip an der Tür, die zur Treppe führte.

»O Gott.« Beatrix wußte, was gemeint war. Sie zog ihrem ebenfalls »O Gott!« sagenden Bruder ein beruhigendes Gesicht.

»Dauert seine Zeit«, sagte sie. »Manchmal lange.«

»Zeit zum Aufmachen«, sagte ihre Mutter mit einem Blick auf die Wanduhr. »Leute sterben, und das Trinken muß trotzdem weitergehen. Es ist ein Gesetz des Lebens.«

»Irwin und ich gehen nach Abergavenny«, sagte Beatrix, »und nehmen den Frühzug morgen. Dann treffen wir uns wieder am Familiengrab. Armer Dad. Macht mit dem Ding, was ich gesagt hab.« Sie küßte ihre Familie. Irwin Roth machte Lebewohl-Gesten. Dan sagte zu seiner Schwester:

»Komm hier in den Garten raus.« Er packte sie am bloßen Arm.

»Liebe Zeit, solch brüderliches Drängen!«

Draußen im Garten sagte Dan neben einem toten Rosenstrauch: »Was hast du denn unbedingt diesen Penner heiraten müssen?«

»Weil ich ihn liebe, Dan. Weil er und ich in der nächsten Welt, ich meine in der neuen Welt zusammen glücklich sein werden. Im Augenblick hat das noch keine Eile. Ich bin noch ein Jahr oder so im Außenministerium, und er ist in Cambridge. Aber dann gehen wir nach New York und lassen uns da häuslich nieder. Wird Zeit, daß ich zur Ruhe komme.«

»Der ist verdammt nochmal nichts für dich.«

»Eifersüchtig, wie? Das ist deiner unwürdig, Dan. Es wird

kein Tag vergehen, an dem ich nicht an dich denke, wie du Fisch verkaufst, und weiß, daß du mein lieber Bruder bist, den ich mehr liebe als alles andere auf der Welt.«

»Aber du hast gesagt, den Penner da liebst du.«

»Also, es gibt Liebe und Liebe, nicht wahr? Geschwisterliche Liebe und eheliche Liebe.«

»Und der ist so ein häßlicher Penner.«

»Im Grunde gar nicht. Die Schönheit liegt im Auge des Betrachters, all so was. Mach dir keine Sorgen, Dan. Ich bin immer da, wenn du mich brauchst. Nicht, daß du mich oft brauchen wirst. Du bist allein gut durch den Krieg gekommen, und jetzt wirst du Fisch verkaufen. Wenn's wieder Fisch zu verkaufen gibt. Und jetzt müssen wir auf den Bus.«

»Es gefällt mir nicht, daß du den Penner da heiratest.«

»Es gibt gewisse Dinge, da muß sich jeder selbst entscheiden, Dan. Wie du mit deinem Fischhändlerberuf. Laß meinen Arm jetzt los.«

Ich ging im Oktober 1946 zurück an die Universität Manchester, um mit meiner Magisterarbeit anzufangen. Ich erhielt von meinem Tutor, F. D. Ashley, die widerwillige Erlaubnis, über eine Frage der Ethik zu arbeiten: Welche Gründe bestehen für die Annahme, daß das menschliche Leben sakrosankt sei, in einer Welt, die sich der Vernichtung dieses Lebens verschrieben hat? Dies wurde als Kritik von Schopenhauers Text *Über die vierfache Wurzel des Satzes vom Zureichenden Grunde* verkleidet, den ich vorgab, in seinem unmöglichen Originaldeutsch gelesen zu haben. Mein Thema war wohl altmodisch, dachte ich. Philosophie war mittlerweile weniger Spekulation über Wirklichkeit als Streit um Bedeutung, und in Cambridge insbesondere wurde die Metaphysik als fruchtloses Ideengespinst abgewertet, ja verspottet. Was Fragen der Moral betraf, so waren wenige Lehrer der Philosophie bereit, existierende Systeme zu diskutieren oder neue anzubieten. Aber an der Universität Manchester ging immer noch der Geist von Samuel Alexander um, und im Gebäude der Geisteswissenschaften sprach seine Porträtbüste von Epstein stumm zu den Liebespaaren, die sich dort trafen, vom altruistischen Exempel und der Logik der Werte. Meine Arbeit hatte – was Ashley nicht einsehen wollte – für das Zeitalter der Atombombe und der Wahrheit über den jüdischen Holocaust größere Relevanz als die Äußerungen, welche die meisten professionellen Philosophen – oder im übrigen auch Theologen – vorzulegen willens oder in der Lage waren. Dies war eine Zeit des Ausweichens vor den Fragen, und der Positivismus war eine meisterliche Ausweichtechnik. Was ich in meinen knapp über hundert Seiten andeutete, war: daß die Heiligung des menschlichen Lebens (im Gegensatz zum Leben überhaupt) von der Verengung des Idealismus zum Solipsismus herrührte. Der lebenserhaltende Mechanismus, der in das Individuum eingesenkt war (im Grunde der »Wille« Schopenhauers), erzeugte eine so machtvolle Vorstellung von der Bedeutsamkeit des eigenen Überlebens, daß das Individuum bereit war, diese zu extrapolieren und auf das menschliche Leben insgesamt zu beziehen. Gleichzeitig aber war er bereit, individuell wie kollektiv, Totschlag oder Krieg zum Zwecke des Überlebens zu rechtfertigen. Der Intellekt arbeitete den Instinkten entgegen, doch er fand sich aufgerufen, sie zu rechtfertigen. Solipsistisch gesprochen wissen wir, daß die einzige Evidenz für die Realität der Außenwelt in unserer Erfahrung von ihr zu finden ist. Überträgt man diese Überzeugung auf eine Welt von Solipsisten, dann ist der Mord in gewissem Sinne ein Auslöschen von Ozeanen und Galaxien. Der Wert des menschlichen Lebens ist der angenommene Wert des Universums an »Vorstellung«, die das Individuum erfährt. Doch das menschliche Leben entsteht nur allzuleicht, die irrelevant erscheinende Entsprießung eines kurzen Zuckens, das von unbewußter Mechanik angetrieben wird. Die Natur ist achtlos im Ausstreuen von Samen wie im Auslöschen von Leben, und wir sind Kinder der Natur. Ich erkannte schon während der Niederschrift, daß in meiner Argumentation viel Marquis de Sade steckte. Die Natur erzeugte Erdbeben und Menschen, die zum Bau von Bomben und Gaskammern fähig sind. Der Wert des Lebens war eine Art Schopenhauerscher Illusion, die vom Überlebensmechanismus gestützt wurde. Wenn wir in einer Welt voll Mord zu leben gezwungen waren, mußten wir unsere auf die Welt bezüglichen Neurosen verändern. Erfahrung war, was sie war, und nicht, was sie sein sollte. Es steckte mehr von Wittgenstein in diesem Schluß, als mir klar war.

Ich las recht amüsiert eines Morgens auf meinem Zimmer in Rusholme (über meinem vierzehntägig zugeteilten Frühstücksei – es gab unübersehbar viele Menschen auf der Welt, alle ohne weiteres zu ermorden, aber noch nicht wieder sehr viel zu essen) von der Krönung des Prince of Wales an der arthurischen Stätte in Gilwern. Die Zeremonie wurde von der *Times* wie von der *Daily Mail* als harmloser Scherz aufgefaßt. In der letztgenannten Zeitung erschien ein Photo des Fürsten Arthur Cadwallader, der recht stupid unter einer Theaterkrone hervorgrinste. Nicht viele Leute waren zu diesem Ereignis erschienen, das im Regen stattgefunden hatte, wie das in South Wales zu erwarten war. Es waren auf Englisch und auf Walisisch Ansprachen gehalten worden, in denen von einem unabhängigen Cymru die Rede war, und jeder gute Cymro und jede gute Cymraes – die bekanntlich insgesamt die Nation der Cymry bildeten – sollte das Wiederaufleben eines alten Patriotismus durch Ungehorsam gegenüber den Gesetzen der Engländer unterstützen. Dies, dachte ich mir, dürfte nicht allzu schwierig sein, da die Waliser noch nie besonders gut im Begreifen und noch weniger im Befolgen von Verordnungen lokaler wie nationaler Autoritäten gewesen waren. Steuern, sagte der Fürst, durften nicht bezahlt werden. Kymrischen Stauseen durfte kein Wasser nach Gloucstershire entfließen. Der *Daily Mirror* hielt es für einen guten Witz, daß ein patriotisches walisisches Gedicht von der russischen Wirtin eines lokalen Pub rezitiert worden war. Ich glaubte, im Hintergrund der Photographie des gekrönten Fürsten Reg Jones zu erkennen, die Schultern fröstelnd im Regenmantel hochgezogen. Die Familie Jones – was meine Schwester Zip einschloß – war also, mochte sie auch den Artussöhnen nicht angehören, doch in Verbindung mit ihnen. Ich beendete mein Frühstück und sah nun der Morgenpost entgegen. Meine Gedanken wandten sich der Unabhängigkeit eines anderen Territoriums zu. Mein Vater schrieb aus Tel Aviv:

> Der Frühlingshügel – das bedeutet, wie Du weißt oder auch nicht weißt, der Name Tel Aviv – hat sich erstaunlich entwickelt, seit ich ihn zuletzt gesehen habe; Du selbst würdest Dich natürlich an früher nicht erinnern. Jaffa sieht immer noch aus wie der Nahe Osten, aber Tel Aviv ist zweifellos ganz modernes Europa. Deine Mutter und ich sind damit beschäftigt, alle Orangen zu verzehren, die nicht exportiert werden, und wohnen hübsch in unserem Apartment, im Anbau vom König-Salomo-Hotel, das über das Kaduregelfeld sieht (für dich ein Fußballplatz), während wir uns nach einem kleinen eigenen Haus in der Gartenvorstadt umsehen. Die Mieten sind unerhört hoch, was wir ja erwartet haben. Es sieht aus, als würde ich mich doch noch nicht von meinem Beruf zurückziehen. Der Hafen von Tel Aviv, der bekanntlich wegen historischer Schwierigkeiten bei der Nutzung der Hafenanlagen in Jaffa angelegt worden ist, soll erweitert werden, und ich werde bei der Kostenberechnung mitwirken, dank einem Mr. Weingartner, an den Du Dich vielleicht noch erinnerst – er war in Trafford Park und kam ein-, zweimal zum Tee. Ich könnte nicht sagen, daß das Leben hier insgesamt besonders friedlich ist – wo die Stern-Gang die Engländer mehr haßt als die Araber und wo natürlich die Araber selbst, die Angst vor dem entstehenden Judenstaat haben, Bomben werfen und Leuten die Kehle durchschneiden als kleine Andeutung davon, was sie machen werden, sobald der Staat Israel offiziell existiert. Deine Mutter und ich gehen nachts nicht oft aus und sind bei Tage vorsichtig. Wir denken mehr an unsere Lieben in England als an uns selbst. Vielleicht magst Du Dir, sobald Du Deinen Magister hast, überlegen, ob Du Dich um irgendeine freie Stelle hier an der Universität bewirbst. Die Israelis werden philosophieren müssen, und ich nehme alles zurück, was ich über die Zwecklosigkeit von reinem Denken gesagt habe. Wir

denken nicht nur viel an Deine Schwester, wir machen uns auch Sorgen um sie. Ich glaube nicht, daß diese Ehe gutgeht, aber ich werde mich nicht töricht verhalten und jetzt sagen, sie hätte keinen Goj heiraten sollen. Ich weiß, daß Reg es im Krieg schlimm gehabt hat, in zwei Kriegen, um genau zu sein, und das entschuldigt sein konfuses Benehmen und seine gelegentliche Bösartigkeit, aber was er der armen Zipporah insgesamt für ein Leben zumutet, das können wir doch nicht billigen. Sie ist eine ausgebildete Musikerin und hat eine sehr teure Sammlung von Musikinstrumenten in einem Lagerhaus in Manchester liegen, wo sie verstauben und verrosten, und das kostet Geld, aber sie muß als eine Art Kellnerin in einem gottverlassenen Winkel von Wales wohnen. Und es scheint Streitigkeiten zu geben über ihre oder seine Unfruchtbarkeit, als wäre die Zeugung eines Kindes ein Test für irgendwas. Israel braucht Babys, aber Großbritannien wird jetzt, da das Empire zusammenbricht und die befreiten Kolonialvölker lieber in die Heimat des alten Unterdrückers auswandern als die Bedrohung durch einheimische Unterdrückung zu riskieren, bestimmt in nächster Zukunft keine demographische Wüste sein. Herzlichste Grüße von Deiner Mutter. Mit ihren Bronchien ist es in dieser warmen trockenen Luft viel besser geworden. Und ich sende Dir meinen Gruß. Schreib bald einmal. Dad

Das war im April 1947. Im Mai mußte ich meine Magisterarbeit vor auswärtigen Prüfern vertreten – Dr. Schwarzkopf, Professor Ridgway, Mr. Stockwell, einem Araber, dessen Namen ich nie mitbekam, und einem unzweifelhaft walisischen Kantianer namens Griffith-Jones. Ihnen gefiel die Arbeit nicht. Es handelte sich dabei weniger um eine Kritik an Schopenhauer denn um einen listigen Versuch, eine subversive und höchst inhumane Doktrin vorzutragen. Dieser Meinung schloß ich mich in der Tat an, doch nützte mir das wenig. Meine schriftlichen Prüfungsarbeiten waren anscheinend befriedigend, obwohl Dr. Griffith-Jones bemerkte, ich hätte einen unzulänglichen Begriff von den kantischen Kategorien. Der Araber war überrascht, daß ich nichts vom islamischen Aristotelismus wußte. Dr. Schwarzkopf, auf dessen mitesserbesetzter Nase plötzlich die Sonne erglänzte, trug monoton etwas über Hegels *Grundlinien der Philosophie des Rechts* vor, und dann fing Dr. Griffith-Jones an, zwischen Hegel und den Hegelianern zu unterscheiden, womit er Kant, Fichte und Schelling zu meinen schien, was mich zum Zuhörer eines hitzigen Streits in deutschem Deutsch und walisischem Deutsch machte. Ich hätte mich ohne weiteres verstohlen davonmachen können. Als Dr. Schwarzkopf, bester Laune nach seinem Sieg über Dr. Griffith-Jones in der Frage der Interpretation irgendeines Details in der *Phänomenologie des Geistes*, mich als eine Art nickenden Verbündeten anlächelte, wußte ich, daß ich wahrscheinlich meinen M. A. gemacht hatte. Es war Zeit, mit dem Studium der hinteren Seiten des *Times Educational Supplement* zu beginnen.

Diese Seiten enthielten Anzeigen freier Stellen an Schulen und Colleges, manche davon in Wales, wo »Freie Ausschreibung« in der Regel das Gegenteil dessen bedeutete, was es hieß. Obwohl ich keine lokalen Beziehungen hatte, bewarb ich mich doch um die Stellung eines Zweiten Philosophiedozenten am Coleg oder College of Saint Asaaf (eigentlich Asaph, wenn es auch im Grunde Assa oder Asa hätte lauten sollen) in Aberdare. Es war ein theologisches College, aber daß ich Jude war, würde mir, dachte ich, in South Wales nicht schaden. Ich bewarb mich noch um andere Posten, aber das einzige Vorstellungsgespräch, das sich ergab, fand in Aberdare statt. Es war mir ziemlich klar, daß die Stelle eigentlich schon besetzt war, und daß Bewerbungen anderer Kandidaten für diese frei ausgeschriebene Stelle lediglich in einer Art Fairplay – das Gegenteil dessen, was der Ausdruck besagte – Berücksichtigung fanden. Ich saß dem Rektor des College gegenüber, einem Gemeinderat, einer Hausfrau mit einer Einkaufstasche und einem Bischof der Diözese von Llanelwy (angemessenerweise, da Sankt Asaph hier der erste Amtsinhaber gewesen war). Der Gemeinderat fragte mich, ob ich meine Immatrikulation hätte, und ich sagte, ich sei sehr viel weiter gekommen. Der Bischof wollte wissen, was ich unter Philosophie verstünde, und war zufrieden, als ich erwiderte: die Liebe zur Weisheit. Der Rektor demonstrierte seine Kenntnis der logischen Kategorien, die, wie er sagte, bei der theologischen Wissenschaft sehr wichtig waren. Dann wurde ich gefragt, was ich von theologischer Wissenschaft verstünde. Nichts, antwortete ich, da ich agnostischer Jude war. Mein Volk hatte viel gelitten, sagte die Hausfrau, und dann durfte ich gehen. Ein Mr. Davies, der nicht anwesend war, bekam die Stelle.

Zumindest hatte das College of Saint Asaaf die Rückfahrkarte von Manchester bezahlt und so einen Besuch in Gilwern bei meiner Schwester subventioniert. Ich kam am Nachmittag eines verregneten Junitages an, als das Pub schon wieder geschlossen hatte, entdeckte, daß die Hintertür offen war, und sah Reg und Zip am Küchentisch sitzen und mürrisch in einer Pastete stochern. Sie sahen mich ohne Erstaunen an. Es war, als sei ich soeben nach einer Vorlesung in die Cafeteria der Universität eingetreten. Zip fragte sogar, ob ich Kaffee wollte. Zu essen bot man mir nichts an. Ich sagte, ich sei aus Aberdare gekommen. »Bleibst etwas hier, ja?« sagte Reg in einem Ton, der mich nicht gerade willkommen hieß. Er war in Hemdsärmeln, ganz der Wirt; Zip, in einer fleckigen geblümten Kittelschürze, hatte bereits das rosige Aussehen einer Frau vom Lande, obwohl die schwachen Runzellinien ihrer Stirn nicht von ländlicher Zufriedenheit erzählten. Regs Blick war eigenartig ziellos.

»Also ihr treibt das hier jetzt alleine um«, sagte ich. »Es tut mir leid wegen deinem Vater, ein guter, von der Welt verwirrter Mann. Und dann die Abreise deiner Mutter, Zip hat davon geschrieben, das erscheint einem schon sehr exzentrisch, um es milde auszudrücken.«

»Nostalgie«, sagte Reg. »*Heimweh*. Aber sie hält ihre kapitalistischen Moneten zusammen. Die Gosbank hat ihre Pfund Sterling huldvoll begrüßt.« Er schaute mich ohne Freude an. »Ein Akademiker«, sagte er. »Herzlichen Glückwunsch.«

»Ein Wirt!« sagte ich. »Dazu meine Beglückwünschung. Ein

nobler Beruf. Hast du mal Fothergill gelesen? Sein Tagebuch eines Wirts war ein Bestseller. – Und eine Wirtsfrau«, sagte ich und probierte das Wort an Zip aus wie eine neue Frisur. Es stand ihr nicht. Sie sagte:

»Eine Musikerin. Ich fang wieder an. Die Natur hat mich nicht zur ...« Ich dachte, sie würde »Ehefrau« sagen, doch sie schloß: »... Mutter geschaffen.«

»Geklapper und Geklirr«, sagte Reg fast knurrend. »Kommt heim, wann es ihr paßt. Ich hätte nie gedacht, daß es so wird.«

»Erzähl«, sagte ich zu Zip.

»Das hat nichts damit zu tun, wann mir das paßt. Wenn ich nicht arbeite. Ich hab das Recht, meine Kunst auszuüben.«

»Gewummer und Gezimbel und – Deine Kunst, ja natürlich. Kunst.«

»Es ist das Südwestorchester«, sagte Zip zu mir. »Viele Flüchtlinge und Kriegsgefangene dabei, die beschlossen haben, hierzubleiben. Mit Unterstützung des Arts Council, wie das jetzt heißt. Kartoffeln und Brot sind rationiert, aber die Nation kann sich immer an reichlich Musik gütlich tun. Etheridge hat mich gefragt, ob ich die Perkussion übernehmen möchte.«

»Etherdige?«

»Jack Etheridge, zweite Oboe vom Hallé. Als er den Unfall hatte mit seiner Lippe, hat er als Dirigent neu angefangen. Aus Bristol, ich dachte, du hast ihn mal kennengelernt.«

»Nun«, sagte ich, »das hört sich ja nach einer guten Neuigkeit an. Obwohl Reg nicht dieser Ansicht scheint.«

»Nichts läuft richtig«, sagte Reg. »Ich dachte, wir könnten hier zur Ruhe kommen. Die Zeiten, wo die Leute das noch konnten, scheinen vorbei zu sein.«

»Wir sind alle Flüchtlinge?«

»So könnte man sagen. Verschleppte.«

»Regs Herz ist im heiligen Rußland«, sagte Zip.

»Sei still mit dem heiligen Rußland«, sagte Reg laut. »Sie ist ohnehin tot.«

»Deine Mutter?« sagte ich entsetzt, stupiderweise.

»Nein«, sagte Zip. »Die Freundin, die er sich zugelegt hat, als ich ihn damals so furchtbar gekränkt habe. Ein Brief von dem trauernden Gatten ist per Adresse Außenministerium angekommen und hat Reg für seine Liebenswürdigkeit gedankt.«

»Ich zeig's dem Bastard noch.« Reg stieß seine Gabel in die nackte Tischplatte.

»Dem Gatten?« fragte ich.

»Denen allen. Den Dreckschweinen, den Mördern.«

»O Gott«, sagte ich. »Es ist doch alles vorbei.«

»O nein, nein, nichts da. Es ist keineswegs vorbei, weit gefehlt.«

»Wenn ihr möchtet, daß ich bedienen helfe oder Fässer ansteche oder irgendwas«, sagte ich, »braucht ihr's nur zu sagen. Ich bin immer noch bei meinen Bewerbungen. Das *Times Educational Supplement* kann ich doch in Abergavenny bekommen? Wie geht's dem Rest der Familie?«

»Dan«, sagte Zip, »hat seinen eigenen kleinen Fischladen in Netherbury.«

»Wo ist das?«

»Irgendwo. Es hört sich nach einem recht nebulösen Ort an. Und die bestrickende Beatrix ist immer noch beim Außenministerium und schläft an Wochenenden mit ihrem literarischen Gatten. Hier handelt es sich nicht um Flüchtlinge, eher um Arrivierte.«

»Beatrix«, sagte ich ein wenig bitter.

»Ich weiß, ich weiß«, sagte Zip rasch. Dann: »Ich gehe morgen nach Cardiff. Das Orchester kommt zusammen. Meine Dresch- und Zimbelinstrumente sollten im Lieferwagen eintreffen. Reg will sich weigern, dafür Geld hinzulegen. Aber zum Teufel mit Reg, sage ich« – nicht unfreundlich.

»Wir leben praktisch von gar nichts«, klagte Reg bedrückt. »Ich dachte, ich hab was von Dads Tod, aber alles, was ich bekommen hab, waren die Lizenz und die Räumlichkeiten eines freien Pub – das heißt«, sagte er zu mir wie zu jemandem, der keine Ahnung von den britischen Wirtschaften hatte, »eines, das keinen festen Vertrag mit einer einzigen Brauerei hat. Und es kommt kaum Bier von den Brauereien, und die Schnapszuteilung ist lächerlich, und der einzige Profit ist noch bei den Sandwiches zu holen.«

»Die ich mache«, sagte Zip, »wenn auch nicht mehr lange. Aber es kommen jetzt viele potentielle Trinker und Sandwichkauer ins Haus, die vorher die arthurische Ruine besichtigt haben. Auch Amerikaner. Vor allem Amerikaner.«

»Und dafür«, sagte Reg, »habe ich Spanisch und Katalanisch studiert.«

»Ganz wie du willst«, sagte ich. »Niemand zwingt dich.«

»Der Wunsch, von allem wegzukommen, hat mich gezwungen. Der Wunsch, zu einer Unschuld zurückzukehren. Und jetzt schreibt mir meine Mutter, sie habe das Schwert gesehen.« Der Zusammenhang war unklar. »In der Eremitage in Leningrad! Ausgestellt mit anderen Beutestücken, die sie aus Ostdeutschland rausgeholt haben. Dan hatte recht, Dads Enzyklopädie hatte recht, und das Buch von meinem Namensvetter hatte recht. Jemand in Leningrad sagt, es sei das Schwert Attilas, mit einem A darauf als Zeichen, auf wunderbare Weise – nein, nicht auf wunderbare Weise, an Wunder glauben sie ja nicht, die gottlosen Bastarde, erstaunlicherweise erhalten jedenfalls. Dekonsekriert. Das Schwert des Hunnen.«

»Das klingt verrückt«, sagte ich.

»Du kannst noch von Verrücktheit reden nach allem, was wir durchgemacht haben? Wenn die Welt morgen endet mit denen ihrer gottlosen Atomzertrümmerei, wirst du dann immer noch von Verrücktheit reden? Es ist alles eine einzige gottverdammte Verrücktheit, die als Vernunft gilt.«

»Wie«, fragte ich, »kommt deine Mutter im gottlosen Rußland zurecht?«

»Sie wagt es nicht, sehr viel darüber zu sagen. Alle Briefe werden zensiert. Hör mal«, sagte er zu Zip, »ich geh nach oben und leg mich hin. Dein teurer Bruder ist da, du kannst dir alles von der schmerzenden Seele reden«, und er schlurfte in seinen Pantoffeln hinaus wie ein alter Mann. Dann küßte ich meine Schwester fast schuldbewußt als verspätete Begrüßung.

»Ist wohl nicht so gut gelaufen.«

»Wir haben versucht, ein Kind zu bekommen«, sagte Zip, »aber es hat nicht geklappt. Ich stoße alles immer irgendwie ab. Dann sagt er, meine Kesselpauken und Glocken sind meine Babys. In gewisser Weise hat er auch recht. Beides auf einmal ist nicht zu haben, es geht nicht. Ich bin nicht glücklich damit, daß ich ihn hier immer allein lasse. Aber ich glaube, er wird nicht mehr lange hier sein. Eine Oberschule in Bridgend sucht einen Spanischlehrer. Anscheinend schätzen die Waliser Spanisch.«

»Also wird er nicht hier sein, und du wirst nicht hier sein. Heißt das, ihr trennt euch?«

»Ich weiß es nicht. Ich weiß es wirklich nicht. Irgendwie glaub ich's nicht. Wir müssen's doch irgendwie packen, oder? Er hat viel gelitten, weißt du, wegen mir. Ich habe kein Leid erlebt. Und jetzt werde ich wieder Stöcke in der Hand haben und zweihundert Takte Pause mitzählen.«

»Ich habe übrigens nie den Statusunterschied zwischen einem Paukisten und einem Perkussionisten begriffen. Ist das jetzt ein großer Abstieg für dich?«

»Nun, der Paukist ist die ganze Zeit da, und Jack Etheridge hat einen sehr guten jüdischen Flüchtling geholt, Apfelbaum, der Dresden verlassen hat, als sie angefangen haben, die deutsche Musik zu arisieren, die Vollidioten, die kriminellen. Perkussion gibt es nur bei den modernen Sachen. Das bedeutet, ich bin wieder viel unterwegs – von den anderen Orchestern dazugeholt, wenn sie sich mal entschließen, *Ein Heldenleben* oder Benjamin Britten zu bringen, aber ich kriege einen Art Vertrag mit diesen Südwestleuten, und ich bin stellvertretende Paukistin, wenn dieser Apfelbaum was anderes vorhat. So geht das heutzutage. Viel Geld ist damit nicht verdient.«

»Ein Zubrot zum Familienetat.«

»So könnte man sagen. Reg wird heute bestimmt noch von dem Gold anfangen, das auf den Namen seiner Mutter in der Bank liegt. Das ist eine Art Obsession von ihm geworden. Jeden Morgen studiert er den Goldpreis in der Zeitung und fängt an zu rechnen. Ein kleines Vermögen, sagt er, und es bringt überhaupt nichts.«

»Armer Reg.«

»Ja, schon, so empfinde ich das auch.«

An diesem Abend zapfte ich Bier und zählte Wechselgeld. Es waren nicht viele Kunden da. Für Reg und Zip war es ein langweiliges Leben, das war mir klar. Alte Männer tranken jeweils ein einziges Glas und dehnten das über den halben Abend aus. Jungs von den Farmen spielten Darts. Wie langweilig doch die Menschen waren! Wenn man sie mit einem MG ins Nichts fetzen würde – niemand vermißte sie. Und doch schien es ein Naturgesetz zu sein, daß die Langweiligen überlebten und die Begabten verhungerten oder umgebracht wurden. Ich dachte an die Begabungen, die in Auschwitz ausgelöscht worden waren. Die Begierde der Langweiligen, weiterhin langweilig zu leben, wurde bestätigt, als ein Paar – dem Wirt und der Wirtin nicht bekannt – eintrat und (in der Erwartung, das ohnehin nicht zu bekommen, was man bestellte, weil niemand wissen würde, was es war) trokkene Martinis wollte. Die beiden, Mann und Frau oder Mann und Geliebte, sahen aus, als hätten sie vom Krieg nicht schlecht profitiert, Städter, die gerade von A nach B fuhren und sich damit amüsierten, in einem Pub in einem Dorf einzukehren, dessen Namen sie nicht kannten und nicht wissen wollten, sie würden nie mehr vorbeikommen – in einem Pub, wo der Wirt wußte, was ein trockener Martini war. Sie hatten einen wohlhabenden Geruch, und der Mann war dicklich und etwas violett um die Nase, die Frau blaß und irgendwie blutleer. Als sie noch zwei Martinis wollten, mußte Reg ihnen sagen, daß kein Gin mehr da war. Der Mann sagte:

»Auch so eine Sache, wo die Herrschaften mit den langen Nasen das Monopol haben.«

»Die Juden meinen Sie?« fragte Reg höflich. »Nun, hier stehen drei Juden, die auf gar nichts ein Monopol haben. Aber wenn Sie jetzt nicht in genau drei Sekunden hier verschwunden sind, Sir, Madam, dann werden Ihre zarten arischen Nasen im Nu platt sein, ich versprech's Ihnen. Los, verpißt euch.« Dies war vielleicht nicht die Art, ein Pub zu führen. Die Stammgäste hörten, wie sich eine Stimme laut gegen den Antisemitismus erhob, und freuten sich der kleinen Aufregung, sahen Reg aber auch vorwurfsvoll an. So führte man kein Pub. Ich sagte nach dem Schließen, als wir Gläser spülten:

»Drei, hm?« Reg sagte:

»Solidarität. Ich kann geradesogut auch Jude sein wie irgendwas anderes. Ich weiß, ich bin nicht qualifiziert, mit Vorhaut und ohne Bar Mitzwah, aber was sind denn überhaupt die Juden? Ein Volk, das in die Diaspora getrieben wurde wie die Waliser in die Berge, einer Heimat beraubt. Leidend und verfolgt.«

»Die Juden werden ihre Heimat bald bekommen«, sagte ich, »nicht, daß ich da mitmachen wollte. Ich definiere mich nicht über Rasse oder Nation.« Dann fiel mir etwas ein. »Warst du das auf dem Bild, das ich in der Zeitung gesehen habe – die Geschichte, wie sie diesen Blödsinn da mit der Krönung eines Fürsten von Wales inszeniert haben?«

»Mutter und ich haben bei diesem Anlaß so eine Art Erfrischungsstand aufgebaut. Flaschenbier, illegalerweise, nicht daß das Gesetz hier eine große Rolle spielen würde, und Fischsandwiches und Waliserkuchen, von Mrs. Evans gebacken. Du nennst es Blödsinn, aber den jüdischen Staat würdest du nicht als Blödsinn bezeichnen. Wenn das die Engländer sind, diese Figuren, die heute abend hier im Pub waren, dann raus mit den verdammten Engländern.«

»Ist das dein Ernst? Bist du der Partei beigetreten?«

»Der Partei?« Reg amüsierte sich, das hieß: Er zeigte ein höhnisches Grinsen. »Schau dir das an.« Ein Exemplar der *Western Mail* von diesem Tage lag stark durchnäßt hinter der Theke, und aufgeschlagen war eine viertelseitige Anzeige, deren Text – unter dem Symbol eines steigenden Drachen – lautete: »CYMRU ist unser Land. Ein schönes Land ist Cymru. Es heißt nicht Wales, denn das bedeutet in der Sprache der Angelsachsen das Land des Ausländers. Kämpft für ein freies Cymru unter seinen eigenen Herrschern! Weigert euch, englische Gesetze zu befolgen oder englische Steuern zu bezahlen! Schlagt los gegen den Usurpator, kämpft für das Recht von Cymru.« Gezeichnet Arthur, Fürst von Cymru. Ich sagte:

»O mein Gott. Das ist nur noch komisch.«

»Also«, sagte Reg mit einer mir bisher unbekannten Nachdenklichkeit, während er blicklos mit seinem Lappen an einem Bierglas rieb, »die Ansprüche kleiner Nationen wie der Waliser oder der Basken oder der Katalonier müssen wohl den Begründern großer Reiche immer komisch erscheinen. Aber es ist hoffnungslos. Sie können sich nicht durchsetzen. Das einzig gute am walisischen, Verzeihung, kymrischen Nationalismus ist es, daß die Engländer gelegentlich einen kräftigen Tritt bekommen. Selbstgefälliger Haufen von Bastarden. Mörder dazu.«

»Wenn du an die Opfer von Jalta denkst –«

»Das tue ich, unter anderem.«

»Die einfachen Leute haben da keine Schuld. Sie haben nie welche. Wenn die walisischen Nationalisten einen englischen Fish-and-Chips-Laden anzünden wollen – ja, ich hab das im *Daily Mirror* gelesen –, dann haben sie überhaupt nichts kapiert. Der große Feind ist immer die Regierung. Und selbst wenn man hier ein Autonomiestatut bekäme, was ihr nicht schaffen werdet, hätte eure eigene Regierung schließlich am Ende wieder dasselbe Gesicht wie diese Westminsterganoven.«

»Sie hätte ein kymrisches Gesicht.«

»Du *bist* also auf deren Seite.«

»Ich bin auf niemandes Seite.« Er wischte das Martiniglas der Frau ab, hatte Schwierigkeiten mit einer Art Hinterglasmalerei aus Lippenstift, spuckte böse hinein, wusch es noch einmal aus. »Ich habe einfach das Gefühl, daß es etwas gibt, was ich tun müßte.« Ich dachte, er meine: töten, also sagte ich:

»Du hast dein Töten hinter dir.«

»Ja, und es ging überraschend leicht.«

»Und es hat nichts gebracht.«

»O doch, es hat sehr viel gebracht. Und du weißt, für wen ich es getan habe.« Er sah in Zips Richtung, die mit dem Abtrocknen geholfen hatte, aber sie war schon, ohne etwas zu sagen, ins Bett gegangen.

Ich blieb nicht viel länger als eine Woche und schlief in dem Bett, das früher Beatrix gehört hatte. Es schien immer noch ein schwacher Duft ihrer unbekleideten Gegenwart wahrnehmbar, und dies verursachte mir ein oder zwei schmerzliche Anschwellungen. Von meiner Schwester sah ich wenig. Sie war nach Cardiff gefahren, um bei den Proben für das erste Konzert mitzumachen, welches das neue Orchester dort in der Stadthalle geben sollte, und kam bei einer zweiten Geige unter, die gleich am Cathays Park eine Wohnung hatte. Das Orchester, so erfuhr ich, hatte bereits Konzerte und sogar einige Radiosendungen in seiner primären oder klassischen Form bestritten – das hieß, es war für Mozart und Beethoven und Brahms gerüstet, aber noch nicht bereit für Werke, die ein Glockenspiel und verstärkte Beckenschläge erforderten. Ein Konzert ohne Chor würde niemals ein walisisches Publikum anziehen, so daß man die Glamorgan Choral Society *Towards the Unknown Region* von Vaughan Williams und Parrys *Blest Pair of Sirens* singen lassen würde. Es war ein hier im Südwesten aufgebautes Orchester, aber es spiegelte den neuen Internationalismus europäischer Flüchtlinge wider. Es fühlte sich ohne weiteres in Kodálys Suite *Háry János* zuhause, aber vor Sir Edward Germans *Walisischer Rhapsodie* war es recht ratlos.

Bei Reg zu wohnen, war nicht einfach. Ich verdiente mir die Unterkunft, indem ich in der Wirtschaft half und dicke Spam- und Fischbrote schnitt und strich; der Fisch war stark mit Petersilie und viel Malzessig gewürzt. Aber außerhalb der Öffnungszeiten wanderte ich draußen über die Wiesen und Landstraßen und staunte die überflüssige belaubte Üppigkeit der Ahornbäume an, angeekelt von der Fruchtbarkeit wie Roquentin. Ich besichtigte die arthurische Ruinenstätte und geriet dort eines Tages unversehens unter eine amerikanische Reisegesellschaft, die ihre touristische Pflicht tat und zahlreiche Photos der steinernen Sockelscheide machte. Man war von Großbritannien nicht sehr angetan (zuviel Regen, und alles rationiert). Man sehnte sich nach der Weiterfahrt nach Paris. Langweiler, Langweiler, überall Langweiler! Und dann tauchte ein kleiner Waliser auf, aus dem Nichts, wie es schien, sprang gelenkig in die Mulde hinab, wo die keltorömischen Ruinen standen, und wandte sich an die Amerikaner mit den Worten:

»Ich spreche für das freie Cymru, das Sie Wales nennen würden, und ich rufe Amerika auf, uns bei unserem Freiheitskampf gegen die Engländer zu unterstützen. Auch ihr habt in eurem Un-ab-häng-ig-keits-krieg gekämpft und gesiegt.« Die sechs Silben jenes Wortes trugen alle die gleiche Betonung, wie das im Walisischen so geht, und hörten sich nach etwas unbeholfen aus dem Wörterbuch Gelerntem an, ohne den Klang einer wirklich gelebten Freiheit. »Ihr Geld ist es, was wir möchten, und ebenso sehr wünschen wir, daß Sie die Nachricht von unserem Kampfe unter den freien Bürgern der Vereinigten Staaten verbreiten. Den Bürgerinnen natürlich auch. Jede kleine Gabe wird Ihnen mit den schönen alten Worten *diolch yn fawr* gelohnt. Und man hat mich aufgefordert, Ihnen zu sagen, daß der Name Ihres Landes selbst ein walisischer Name ist! Denn der Name ›Amerika‹ kommt von dem walisischen ap Meuric, was bedeutet: der Sohn des Mauritius, und Richard Amerik war der größte Geldgeber bei John Cabots zweiter Reise in die Neue Welt 1498.« Dies war mir ebenso neu wie den Amerikanern, von denen einige murmelten: »Was sagt man dazu« – was nicht als Frage gemeint war. Da sich dies nach harten Fakten anhörte, mit Datum und allem, fühlten sich einige veranlaßt, in ihren Hosentaschen nach Pfundnoten (diesem Theatergeld!) zu graben, die der eifrige kleine Waliser gern einsammelte. Ich fragte ihn, als ich meine eigenen zwei Halfcrowns ablieferte, woher er diese historischen Informationen habe, und er sagte: »Wird nicht verraten.« Ich kam keinen Augenblick auf die Idee, der Mann repräsentiere die arthurische Brüderschaft – wahrscheinlich ein Student, der schnelles Geld für höchst materielle Zwecke abstaubte. Wer konnte die Nationalistenbewegung ernst nehmen?

Die Männer, die eben das taten, lernte ich am Abend vor meiner Abreise kennen. Reg hatte schon abgeschlossen, und er und ich waren beim Gläserspülen, als ein großes Gedonner an der Türe losging und ein Geschrei wie von jemand, der sehr betrunken ist. Reg fluchte: »Jesus Christus, die schon wieder«, und machte ein paar Männern auf, die er gut kannte, seinem mürrischen Nicken nach zu schließen. Es waren, wie ich später herausfand, seine alten Militärkameraden aus Gibraltar, und bei ihnen war ein wild blickender junger Mann, der sich unverzüglich vorstellte. Er war vollkommen betrunken. Er rief: »Beugt euch vor eurem mächtigen Fürsten, und zum Teufel mit den Schankgesetzen der Saeson! Was hat das zu bedeuten, ein Fremder unter uns?« Gemeint war ich. »Raus, Freund, denn dies ist eine regelrechte Zusammenkunft oder Synode von Söhnen der Heimaterde, und du bist gewiß kein Cymro.« Dann rief er *»Rhyfel, rhyfel«*, ging ohne Regs Erlaubnis hinter die Bar und zapfte sich schwankend ein Pint schwaches walisisches Bitter. Seine drei Gefährten waren nüchtern genug. *Rhyfel*, stellte ich später fest, ist Walisisch für »Krieg«. Reg sagte:

»Das ist mein Schwager, und dies ist meine Wirtschaft. Wenn hier Befehle zu geben sind, gebe ich sie. Trinken Sie, Eure gottverdammte Hoheit, legen Sie englisches Geld auf den Tisch des Hauses und seien Sie so gut und hauen Sie ab.«

Der Kahlköpfige unter den drei alten Kameraden setzte sich schwerfällig links neben das Dartboard und sagte: »Wir sind auf dem Weg nach Tredegar, und das hier soll ein Besuch in aller Freundschaft sein. Du führst dich wieder frivol auf, aber so war's schon immer mit dir. Es gibt etwas, was nur du tun kannst, und wir fordern dich noch einmal auf, es auch zu tun.«

»Verdammter Unsinn«, sagte Reg, und zu mir: »Gehst besser mal zu Bett. Wie Seine verdammte Hoheit schon sagt, das ist eine walisische Angelegenheit.«

»Ich möchte nicht so viel ›verdammt‹ hören«, sagte der Fürst von Cymru. Er hob das Glas und schrie: »Tod dem Fremden in unserer Mitte! Auf daß die Drachenfahne über unserem Lande wehe!« Dann trank er durstig und verschüttete dabei die Hälfte. Ich verließ den Schankraum und ging hinauf ins Bett, wo ich noch von drunten laute unverständliche Worte und das eindeutige Zerbrechen von Glas hörte. Walisischer Nonsens! Am nächsten Morgen war unser Frühstück – Tee und angebratenes Brot – eine stumme Angelegenheit, bis ich Reg fragte, was denn das gestern nacht gewesen wäre. Er bestätigte, daß es walisischer Nonsens war. Dann sagte er:

»Allein allein allein. Ich werde bei der kleinen Megan vorbeigehen.«

»Wer ist die kleine Megan, abgesehen davon, daß es sich offensichtlich um ein walisisches Mädchen von kleiner Statur handelt?«

»Sie wohnt im Dorf und kümmert sich um ihre *modryb* oder Tante. Ich kann ihr nicht viel zahlen, aber ich werde sie nur an den Abenden brauchen.« Ich sagte:

»Euer Fürst von Cymru hat mich nicht sehr beeindruckt.«

»Ein Teil des Unsinns. Eine Galionsfigur, und zwar eine, auf die man auch leicht wieder verzichten kann. Ich könnte mir vorstellen, daß er bereits zum Märtyrer bestimmt ist, sobald sie sein Geld von ihm bekommen haben. Für den Jungen ist das alles ein tolles gottverdammtes Spiel. An unseren ermordeten *dux* zu denken und die schmutzigen englischen Mörderschweine vor den Gerichtshof der Welt zu bringen, das gehört nicht zu seinem Spielchen. Wenn du den Tee da nicht fix runterkippst, verpaßt du noch den Bus.«

Und so kam ich nach Manchester zurück, um dort das Ergebnis meiner Magisterprüfung offiziell ausgehängt zu sehen und wieder nach Arbeit zu schauen. Ich fand eine Stelle als Sportlehrer an einem der neuen, im Zug eines Dringlichkeitsprogramms eingerichteten Colleges, die (wegen Großbritanniens wachsender Bevölkerung und dem Lehrkräftemangel an den Grundschulen) Männer und Frauen ausbildeten, die aus den Streitkräften entlassen worden waren und meinten, sie seien zu Lehrern berufen. Ich durfte nebenher einen Ergänzungskurs zur Geschichte der westlichen Philosophie halten, nicht, daß das College darin etwas anderes gesehen hätte als kulturellen Firlefanz. Was hatte Aristoteles an einer Grundschule zu suchen? Bei meinem Gespräch mit dem Rektor und zwei Figuren von Seiner Majestät Schulbehörde schlug ich vor, im Staunen der Kinder angesichts der riesigen, sich vor ihnen auftuenden Welt ein philosophisches Staunen zu sehen; im übrigen sollten alle Erzieher gründlich erzogen werden. Daß ich keine zivilen Qualifikationen für den Sportunterricht hatte, sprach zunächst gegen mich, aber auf geheimnisvolle Weise wurde das durch meinen Magister wieder behoben. Ich würde, solange ich nicht im Trainingsanzug herumlief, dekorativ meinen Magistertalar tragen, während die meisten meiner Kollegen ihre akademischen Roben nur der Zugehörigkeit (fünf Pfund im Jahr) zu einer Lehrerorganisation verdankten. Da war ich also.

Ich lebte in einer kleinen Wohnung, die zu einem Studentenwohnheim gehörte, und aß umsonst in der Kantine. Das College – ein einstiges amerikanisches Militärcamp – lag nicht weit von Bolton entfernt, und Bolton war dreißig Meilen von Netherbury. Dort hatte Daniel Tetlow Jones seinen Fischladen. Ich eskortierte eine Rugbymannschaft zum Spiel gegen ein Fabrikteam aus der Umgebung von Preston, und nach unserem Spiel auf dem Platz von Netherbury gingen wir alle verschwitzt in ein Pub, um Bier in uns hineinzuleeren und gemeinsam rauhe Männer zu sein. Dort stand Dan allein an der Theke. Die anderen Kunden hielten Distanz zu ihm, und ich konnte riechen, weshalb. Dan stank nach altem Fisch. Fisch war in seine Haut hineingeätzt wie in seine gestreifte Schürze, die fleckig war von dünnem Blut und Fetzchen von Innereien. Dan erkannte mich nicht, und ich mußte unsere bisherigen Begegnungen und sogar unsere verwandtschaftliche Beziehung mühselig und langsam rekonstruieren. Ich fragte, wie es seiner Schwester ginge. Er sagte:

»Die hat diesen häßlichen Yank geheiratet, und er ist an einem Ort und sie an einem anderen. Arbeitet für die Russen oder gegen die Russen, weil sie Russisch kann. Ich spreche auch Russisch.«

»Das wußte und weiß ich.« Ein dünner grinsender Mann in schmutzigem Regenmantel kam herein und wurde von allen als Hausclown begrüßt; er legte eine kurze Nummer hin: Erstikkungsanfall beim Kontakt mit Dans Geruchswolke. Dan murmelte etwas, der sei ein gottverdammter *schut*. Ich sprach zu meiner Studentenmannschaft und ebenso zu den näher stehenden Gästen: »Der Geruch von Fisch ist gut und heilig. Es war ein stinkender Fisch, den Tobias in den Apokryphen verwendete, um den Dämon Asmodeus zu vertreiben. Jesus Christus ist ein Fisch.« Der Wirt brummte irgend etwas, in *seinem* Pub gäb's kein

Gerede über Religion. Dan trank das Bier aus, das ich ihm gezahlt hatte, und ging ohne Gruß. Nicht ganz dicht, hatte nicht alle beisammen. Ein Frosch, der eine Prinzessin verehrte, eine Vision aus Himmelshöhen. In jeder Hinsicht eine bizarre Familie.

Sechs Jahre lang waren britische Bürger gegen ihren Willen an ferne Orte des Planeten verschickt worden. Nun war wieder die Zeit gekommen, da man bei einer Reise um Erlaubnis nachsuchen mußte – was bedeutete, daß man der Regierung Geld bezahlte, um dann ein Stück ihres Eigentums vorzeigen zu können, nämlich einen Paß. Ein dunkler schnurrbärtiger Jude sah in Boulogne die Zollbeamten aus dem hingestreckten, stabil gebundenen Dokument an, ohne zu lächeln. Ein dunkler schnurrbärtiger Jude, nur allzu lebensgroß und dreidimensional, lächelte bei der Aussicht auf Wein, Gauloises, *coq au vin*, ein zeitweiliger Flüchtling vor britischer Knappheit. Bei der Rückkehr, etwas rundlicher, nachdem ich das magere Währungskontingent ausgegeben hatte, war ich froh an meinem Paß: Ein Telegramm war am Tag nach Beginn meines Urlaubs im College angekommen: MUTTERS ZUSTAND ERNST BITTE KOMMEN VATER. Mit der Währung würde es keine Probleme geben: Ich würde immer noch in der Sterling-Zone sein. Ich mußte dem Schatzmeister des College einen Vorschuß herausleiern, nach London hetzen und herausfinden, wie ich am schnellsten nach Tel Aviv kam.

Eine Möglichkeit war ein BOAC-Flug nach Kairo und von dort eine Eisenbahnfahrt nach Haifa, aber meine Reiseinformanten in London waren sich wegen dieses letzten Streckenabschnitts nicht ganz sicher, da die Bahnlinie nördlich von Rehovoth von Terroristen vermint worden war, was zu schweren Verlusten der abziehenden britischen Garnison geführt hatte. Man riet mir, über Paris-Rom-Athen nach Zypern zu fliegen und zu schauen, was für Schiffe ab Larnaka oder Famagusta gingen. Die Turbo-

Prop-Maschine, ein abgewandeltes Bomberdesign, hatte türkische wie griechische Zyprioten an Bord; die letzteren waren in der Mehrzahl. Beide Gruppen sangen trotzig und ermüdend gegeneinander an, *keravnos* prallte gegen *gök gürlemesi*, und Blitze von Haß und Verachtung brachen hier droben in der klaren Höhe aus schwarzen Augen. Doch legten ein türkischer Romeo und eine griechische Julia, die einander unablässig umarmten (wenn sie nicht rauchten oder aßen), stumm Zeugnis für die Stupidität des Kulturhasses ab. Meine Mutter, meine Mutter. Nun also, wie gut war ich eigentlich bekannt mit, wieviel hatte ich kennengelernt von, wie groß war meine Liebe zu meiner Mutter? Ich trank durstig von dem lauen Tee, der serviert wurde, konnte aber die Späne toten Fleisches am Spieß nicht anrühren. Die Stewardess, ein gutes südenglisches Mädel mit entsprechender Stimme, fühlte sich unwohl unter all diesen schnalzenden und pfeifenden Braunhäuten, aber ihr Hahn und Beschützer, ein stiernackiger Chefsteward mit Marinegebaren, schlug auf schmutzige Finger ein, die sich anschickten, Kontakt mit Rock oder Busen des Mädchens aufzunehmen. Meine Mutter, meine Mutter. Ich hämmerte mit dem onanistischen Rhythmus der Worte Gefühl in mein Herz. Was für ein Zustand denn, und wie ernst? Während die dreimal aufgetankte Maschine über der Bucht von Antalya dahinflog, nach einer Reise, die im Morgendämmer begonnen hatte und nach einem blendenden Sonnenuntergang zu Ende ging, schliefen die meisten Passagiere geräuschvoll, doch erwachten sie zu lautem Leben, als das Flugzeug sich über der einer spitzen Muschel gleichenden Insel hinabzusenken begann. Es gab unverhohlene Püffe und Schläge, als sie ihre Pakete und Pappkoffer aus dem Gepäcknetz holten, und auf dem Asphalt der Landebahn gab es eine echte Prügelei. Es war eine mondlose Nacht, und die Flughafenpolizei richtete Taschenlampen auf die Kämpfenden. Krieg Krieg Krieg! *Harb. Polemos.* Dazu *rhyfel*, von *milchamah* nicht zu reden. Unglückliches hebräisches Wort, das eher an Amme und Säugling denken läßt. Es war Krieg in Palästina.

Ich verbrachte die Nacht in einem schmutzigen Hotel in Nikosia, dessen üble Gerüche allerdings durch die Brise gemildert wurden, die durch die Zitronenbäume in einem Garten voller Katzengekreisch wehte. Ich konnte wegen des die ganze Nacht andauernden Singens, Tanzens und Tellerzerschmetterns drunten nicht schlafen. In der kühlen Morgendämmerung, als der Tag sich bereits bei der Aussicht auf die später von ihm noch zu erzeugende ungeheuerliche Hitze die Hände rieb, nahm ich nach dickem, süßem griechischem/türkischem Kaffee und einem großen Stück ungesäuertem Brot mit Aprikosenmarmelade den Bus nach Famagusta. Der war voller bitterer Frauen mit schwarzen Umschlagtüchern und greiser Männer, die braunen Tabaksaft spien, dazu Geflügel in Käfigen und ein herrischer grauer Gänserich, der im Mittelgang patrouillierte. Ein griechischer Dampfer namens *Avrio* lud Roheisen und Korn für Beirut. Ich konnte gegen ein exorbitantes Fahrgeld in Pfund gerne einen Platz auf Deck zwischen dunklen, schmutzigen Menschen bekommen, die blasses schmutziges *gögüs* oder *stithos* oder möglicherweise *zadye* aus Essensbeuteln holten und aufschnitten, um es mit einer Art Sardellenpaste zu füllen, die selbst im Seewind äußerst kräftig roch. Ich aß schmelzende Schokolade und zwei Orangen. Als ich in Beirut meinen Paß zeigte, spuckte der Zollbeamte aus und deutete vage in eine Richtung, wo der Bahnhof sein mochte. Ich nahm einen ungewaschenen Zug nach Akko und Haifa. Unter diesen schmutzigen braunen Menschen hatte sich die einzige wahre Zivilisation unter all den lokalen Göttern herausgebildet – diese wurden dann vergessen, und die abstrakten Gottheiten regierten fortan zur Beschämung des mittleren Meeres. Der Bus nach Tel Aviv war zivilisiert, wenn auch sehr heiß. Einige der Fahrgäste trugen anständige westliche Anzüge und lasen hebräische Zeitungen. Ein junger Mann las angestrengt in einem kleinen deutschen Buch. Eine Frau sprach mit ihrer Tochter Jiddisch und versprach ihr ein *gefroirenes*, wenn sie dann in Tel Aviv sein würden. Aber das Mädchen weinte, als sie keinen Eisverkäufer an der Bushaltestelle sah.

Die Wohnung meines Vaters war im Geschäftsviertel der Stadt, weit von Zitrushainen entfernt. Sie lag im dritten Stock eines neuen, häßlichen Häuserblocks mit teppichlosen Betontreppen, und sie war unglaublich stickig. Die Möbel waren so, wie ich sie aus England in Erinnerung hatte – dem kühlen Norden angemessen, nicht aber dem östlichen Mittelmeer Ende Juli. Dies war einer der bizarren Züge der neuen Heimat – zu viele Aschkenasim brachten ihr Plüschmobiliar ins Land mit und waren sich nicht darüber klar, daß Israel ein Klima war und nicht nur eine Idee. In diesem Land waren die Beduinen zuhause, während die Juden vor lauter Hitze oi, oi! stöhnten. Mein Vater trug dicke Sergehosen, die ihm in der Taille locker saßen, ansonsten aber nur ein schmutziges gestreiftes Hemd, das ihm hinten heraushing. Dann sah ich zusammenzuckend, daß er auch ein Jarmulke trug, das Käppchen der frommen Juden, das etymologisch den weiten Weg von *yagmurluk*, einem türkischen Regenmantel, über eine areligiöse ukrainische und polnische Mütze zurückgelegt hat. Es schien, als ich die ersten Worte über meine Mutter sagte, all die elenden Irrwanderungen unseres Jahrhunderts zu symbolisieren. »Sie war schon tot«, sagte er, »als ich das Telegramm abgeschickt habe. Ich wollte dich nicht gleich mit allem erschrecken. Hast lange genug gebraucht, um herzukommen.« Ich erklärte es ihm. »Nein«, sagte er, »es war keine Krankheit. Es war eine gottverdammte Bombe. Sie war eine Tochter Israels, und sie hatte ein Recht, die Heilige Stadt zu besuchen. Verletzung des Waffenstillstands, wo waren denn die berühmten Truppen der Vereinten gottverdammten Nationen?«

»Hast du Zipporah ein Telegramm geschickt?«

»Nein, hab ich nicht. Ich wollte nicht, daß sie wieder eine Fehlgeburt hat. Und ich will sie nicht hier haben, kein Platz für eine Frau. Was sie betrifft, ist ihre Mutter immer noch am Leben, und du schwörst mir jetzt aufs Haupt deiner toten Mutter, daß du sie nicht aufklärst. Wenn ich denke, daß es Zeit für ihre Mutter ist, tot zu sein, dann sag ich's ihr. Es ist eine Art, sie am Leben zu erhalten, auch wenn sie's nicht mehr ist. Armes verdammtes Opfer.«

»Alles vorbei?« fragte ich. »Das Begräbnis und alles?«

»Natürlich ist alles vorbei. Den Riten der Orthodoxie entsprechend, die diesen säkularen Staat regiert. Kaddisch und alles. Höre, verdammtes Israel. Willst du ihr Grab sehen? Morgen. Die Hitze hier zersetzt die Leichname unglaublich rasch. Sie war schon stark verwest, als man sie an ihrer Handtasche identifiziert hat, die war von ihrer Hand so fest umklammert, daß sie sie kaum lösen konnten. Und der Präsident war selbst bei der Beerdigung, hat sich einer alten Manchester-Freundschaft mit deinem Großvater erinnert. Also wirst du glauben, die Reise war umsonst. Du wirst noch eines anderen belehrt werden.«

Ich verstand ihn nicht. »Du siehst nicht gut aus, und das ist ja kein Wunder. Hast du denn richtig gegessen?«

»Essen? In einem Land, wo wir selbst gottverdammt aufgefressen werden? Aufgegessen bei lebendigem Leib! Aber ich trinke. Keinen Whisky, kann sich niemand leisten. *Arak*, ein Wort, das du im gottverdammten Koran finden kannst, wo der *arak* verboten wird. Die Hunde werden mich früher oder später erwischen, aber vorher nehm ich noch einen mit. *Araq* bedeutet Schweiß. Die werden schon noch ins Schwitzen kommen, gottverdammtes Blut werden die schwitzen.«

Ich hatte auf dem lächerlich dicken Teppich gestanden. Nun setzte ich mich an den runden blankpolierten Tisch. Meine Mutter hatte an einer von ihren Kalligraphien gearbeitet: die Buchstaben eines ihrer kleinen Scherzgedichte waren leicht mit Bleistift auf das Pergament vorgezeichnet, eine Geisterform für die Reinkarnation in Tusche. Diese mußte, dachte ich, in diesem Klima rasch trocknen, aber dann nahm ich es hin, daß für sie die Tusche ewig ausgetrocknet war. Ich hätte mir meines Vaters wegen gewünscht, daß meine Augen nicht so trocken gewesen wären. Ich las die schwachen Linien:

O leuchtende Orangenpracht,
Lampen aus Gold in grüner Nacht –
Entsetzlich tritt die Bosheit ein
In Adams Apfelsinenhain,
Der Früchte bitteres Negativ
In Jaffa und in Tel Aviv.

»Arme, arme Mutter«, sagte ich. »Die armen verdammten verlorenen Juden.«

»Wir sind nicht verloren, und wir sind nicht verdammt. Dies ist das Land, das verheißen ward.«

»Im Tausch gegen eine neue Methode, Unschuldige in die Luft zu sprengen. Hier gibt es nichts mehr für dich, Dad. Du kommst am besten mit mir nach Hause.«

»Du könntest wenigstens weinen, verdammt nochmal, und wie ich mit dem Kopf gegen die Wand schlagen. Sie war deine Mutter, sie hat dich auf die Welt gebracht, dich genährt und geliebt, und jetzt sitzt du zynisch hier rum.«

»Ja«, sagte ich und zündete mir eine Gold Flake an. »Sie hat mich auf die Welt gebracht und genährt, und dann sind wir wie die Waisen alleingeblieben. Nicht eure Schuld, ich weiß es schon, du bist dorthin gegangen, wo deine Arbeit war. Aber wenn ich weine, dann weine ich für dich. Du kommst am besten mit mir nach Hause.«

»Das hier *ist* mein Zuhause. Und ich will deine gottverdammten Tränen nicht. Ich komm zurecht.«

»Wir gehen besser mal irgendwohin und essen was.«

»Du kommst her und hörst die schlimmste Nachricht auf der ganzen Welt und willst bloß etwas essen!«

»Die homerischen Helden weinten um ihre toten Kameraden, dann aßen sie, dann weinten sie wieder.«

»Komm mir nicht mit diesem verdammten Schuljungenblödsinn!«

»Das kannst du hierzulande sagen? Dies ist ein klassisches Land.«

»Ein modernes Land, das unter Blutvergießen geboren wird. Keine Helden, nur Opfer. Aber es werden noch Helden kommen. So einen möchte ich auch.« Er meinte einen Glimmstengel von meinen Gold Flakes. Er paffte mit tiefen Zügen, seufzte, schaute mich an. »Du hast dich im Krieg gut gehalten, was?«

»Gut in dem Sinne, daß ich ihn unbeschädigt durchgestanden habe. Schlecht in dem Sinn, daß ich kein Held war. Aber ich hab die Helden ausbilden helfen.«

»Hast du das furchtbare Zeug mal versucht?« Er meinte den Arrak, den er aus dem Mahagonischrank hervorholte, an den ich mich gut erinnerte.

»Nein, und ich will's auch nicht tun.«

»Also gut.« Er nahm einen Schluck direkt aus der Flasche. Das Etikett war englisch, hebräisch und arabisch. Er erschauerte. »Wirklich entsetzlich.« Er sah mich jetzt mit mehr Zuneigung an. »Also jedenfalls habe ich dich doch hierhergeholt. Du siehst gut aus, mein Junge. Die strahlende Gesundheit eines Mannes, der noch nie im Zorn zugeschlagen hat, und in anderer Stimmung auch nicht. Es gibt da ein paar Leute, die sich mit dir unterhalten möchten.«

»Unmöglich. Ich kenne hier niemanden.«

»Was für einen Vertrag hast du eigentlich an deinem Arbeitsplatz da?«

»Warum fragst du?«

»Was für eine Art Vertrag?«

»Das ist ein Dringlichkeitsprogramm, das irgendwann mal aufgelöst wird. Nichts auf Dauer. Ein College, wo man im Lehrerzimmer das *Times Educational Supplement* liest und nach etwas Dauerhaftem sucht. Wieso, bietet mir irgendwo jemand eine Philosophieprofessur an?«

»Sowas hab ich mal geschrieben, wie? Daß die Juden Philosophie brauchen, in dieser Art. Nein, an Philosophie hat niemand gedacht. Du hast recht, wir sollten etwas essen. Es hat keinen Sinn, zu verhungern. Ich hoffe, es macht dir nichts, koscher zu essen.«

»Kein Blut in einem Land des Blutes. Dieses Ding, das du da trägst, das Jarmulke oder wie – bedeutet das, was ich vermute?«

»Das ›r‹ mußt du deutlicher aussprechen. Ja, genau das bedeutet es. Wie definiert man denn einen Juden, wenn nicht über seine Religion? Wir waren korrumpiert. Diaspora, der Same überall verstreut.«

»Das hört sich an wie die Sünde Onans.«

»Kann man auch sagen. Komm, um die Ecke ist ein kleines Lokal. Nicht sehr gut, aber es ist koscher.«

Die Fenster der Erdgeschoßwohnungen standen in der Sonnenuntergangshitze offen, und Musik von Kol Israel stritt sich mit dringlich verlesenen hebräischen Nachrichten von Kol Jeruschalayim. Es war eine laute Straße in einer lauten Stadt. Das Restaurant hieß Dworah, und eine riesige lächelnde bunte Biene war auf das weiß überstrichene Schaufenster der Lokalfront aufgemalt. Drinnen tobte der Lärm, und kleine Kinder heulten, während sie unnachsichtig gefüttert wurden. Nun, das war immerhin das Leben, wie es weiterging, und das brauchte mein Vater. Er begrüßte den Besitzer, einen Mann, der aussah wie ein aus dem Orden gewiesener Jesuit, mit einem traurigen *schalom*. Dann aßen wir schwarze Oliven und nichtssagendes, zerkochtes Huhn mit wäßrigem Spinat, um die Mahlzeit mit gezuckerten Orangenscheiben und obligatorisch schwarzem Kaffee zu beschließen. »Ich hab die Speisegesetze nie begriffen«, sagte ich. »Warum kann ich keine Milch in den Kaffee haben?«

»Es hat damit zu tun, daß man das Kalb nicht in der Milch seiner Mutter siedet«, sagte mein Vater.

»Das ist mir noch nie vorgekommen.«

»Es bekommt mit der Zeit einen Sinn. Das wirst du lernen, wenn du ein, zwei Monate hiergewesen bist.«

»Aber ich bleibe nicht hier.«

»Morgen redest du mit diesen Leuten. Die warten auf dich. Sie wissen alles über dich.«

»Wie denn, um Gottes oder Jehovahs willen?«

»*El*, wir sagen *El* hier für Gott. Ich will's dir sagen. Ein Mann, der mit dem Sicherheitsdienst zu tun hat, kam mit Chaim Weizmann zum Begräbnis –« Er hielt inne, um traurigen Tränenschleim zu schlucken. »Wir kamen ins Gespräch, wo die Familie her war, und dein Name ist gefallen. Dieser Mann dachte, er kennt dich, aber er wollte sichergehen und noch einmal in die Akten schauen. Du würdest staunen, was die hier in den Akten haben. Erinnerst du dich noch, wie du im Krieg von ein paar Zivilisten trainiert worden bist?«

»O Gott, die sind das. War die Rede von Aleph, Beth und Gimel?«

»Vom hebräischen Alphabet haben wir nicht gesprochen. Ich soll sie anrufen, jetzt, wo du hier bist. Das mach ich gleich morgen früh. Weißt du, wie sie, wie wir hier zu ›morgen‹ sagen? *Machar* heißt das. Ein gutes starkes Wort, wie? Es hört sich an wie ein Ruf zu den Waffen und in eine harte Zukunft.«

»Werde ich zu den Waffen gerufen? Das ist ein Ruf, dem zu folgen ich kaum Lust habe. Ich hab genug vom Krieg. Macht ihr mit eurem hier allein weiter. Ich werde mich nicht mit denen treffen.«

»Doch, wirst du. Eine Frage der Höflichkeit, von allem anderen einmal abgesehen. Du bist nicht verpflichtet, das stimmt, aber denk an deine arme Mutter. Armes kleines Mädel. Trinken wir noch einen Kaffee.«

»Ich mag ihn nicht schwarz. Gibt es keine koschere Methode, einen Milchkaffee zuzubereiten, ohne mit dem Buch Leviticus in Konflikt zu geraten, oder wo das auch immer stehen mag?«

»Keine Witze bitte. Du kannst morgen früh Milchkaffee haben. Ich mach dir welchen. Ich habe mich daran gewöhnt, selbst für mein *aruchat boker* zu sorgen.« Dann rief er zur Decke oder zu El: »Verflucht sollen die Bastarde sein«, und sagte zu den Orangenschalen auf seinem Teller: »Armes Mädel. Hat nie jemand was getan.« In der Dworah gab es kein Befremden über seinen Fluch oder sein Schluchzen – dies war eine Stadt öffentlicher Klage, es gab ja sogar ein Buch Klagelieder im Alten Testament. Wir gingen wieder an den Ort zurück, den er »Zuhause« nannte. Ich sprang die Betonstufen hinauf, und er hinkte mir traurig hinterher, das Eisengeländer wie eine Krücke gebrauchend. Schwer atmend zeigte er mir ein Zimmer, das so klein und ungelüftet wie ein Besenschrank war. Ein Faltbett mit einer einzigen dünnen Decke stand da, wie eine Ankündigung bevorstehender militärischer Strenge. Ich öffnete das Fenster, so weit es nur ging, und hörte von gegenüber die flammenden, unverständlichen Aufrufe von Kol Jeruschalayim. Ich schlief ruhig, wie von einem kriegerischen Jehovah behütet.

Am nächsten Morgen nahm mich mein Vater nach dem versprochenen Milchkaffee und einem ältlichen Honigkuchen mit zum Grab meiner Mutter. Es lag auf einem sehr kleinen Friedhof im Lärm der Stadt, nicht weit vom Tel Aviver Büro der *Palestine Post*. Es überraschte mich nicht, die hebräische Inschrift zu sehen. Die geliebte Ehefrau des – lag unter geschwungenen Schriftlinien begraben, den Lettern des Lammvlieses. Ein vertrockneter Bartnelkenstrauß lag auf dem Stein, von gestern, sagte mein Vater. Er schluchzte und sagte dann knapp: »Der Termin deiner Verabredung ist jetzt sofort. Ich habe angerufen, solang du noch geschnarcht hast, hast du eigentlich Polypen? Wir fangen hier früh mit der Arbeit an.«

»Wo?«

»Zuhause. Die können dann was von meinem Arrak oder Kaffee oder so kriegen. Ich will dabei sein.«

»Und gelegentlich die moralischen Ermahnungen eines trauernden Witwers einwerfen?«

»Das ist nicht komisch, und nett ist es auch nicht. Ich habe als Vater meine Rechte.«

Die drei Männer, die Schlag zehn hereintraten, waren als Aleph, Beth und Gimel zu erkennen, aber sie waren seit meiner letzten Begegnung mit ihnen mediterran geworden. In England waren es düster kafkaeske Gestalten in schäbigem Schwarz gewesen – hier trugen sie Flanellsporthosen, Sandalen und schneeweiße Hemden, die offenstanden und das gesträubte schwarze Haar des Brustbeins sehen ließen. Aleph, oder vielleicht war es Gimel, begrüßte mich mit einem »*Schalom*, Sergeantmajor.«

»Guten Morgen, meine Herren. Sie sehen vor sich einen Zivilisten und Magister Artis.«

»Meinen Glückwunsch«, sagte Beth. Der Akzent war nicht mehr mitteleuropäisch, sondern irgendwie erstklassig israelisch. Mir war so, als erinnerte ich mich bei Beth an sehr schlechte Zähne, aber jetzt hatte er ein schönes Gebiß. Palästina, das wußte ich, produzierte Gebisse in großen grinsenden Mengen, sowie Tombak und Heischeh, was immer das war. »Sagen Sie uns, was Sie zu wissen glauben.«

»Worüber?«

»Über die kurze Geschichte Ihres Landes.«

»England ist mein Land.« Mein Vater schüttelte traurig den Kopf und holte die Arrakflasche heraus. Alle schüttelten die Köpfe, wenn auch nicht traurig. Mein Vater schlurfte hinaus, um Kaffee zu machen. »Also gut. Von Israel weiß ich wenig. Ich weiß, daß es ein säkularer zionistischer Staat ist, der offiziell an dem Tag geboren wurde, als das britische Mandat 1948 abgelaufen war. Am soundsovielten Mai. Dann sagten die Vereinten Nationen, daß Palästina in acht oder neun Zonen, ja? aufgeteilt werden sollte. Aber die Juden fingen an, alle Gebiete zu infiltrieren, wo sie nicht hinsollten. Ganz Galiläa, die ganze Negev –«

»Nicht die ganze«, sagte Aleph mit dem schleppenden Tonfall eines pedantischen Professors. »Im Osten bis zum Golf von Akaba.«

»Ich weiß jedenfalls«, sagte ich kühn, »daß es weit über eine halbe Million arabische Flüchtlinge gibt. Sie sind in Panik davongelaufen, nachdem es irgendwo ein Massaker gegeben hat, für das so eine Organisation verantwortlich war, die von der Stern-Gang unterstützt worden ist. Und daß arabische Dörfer zwangsgeräumt worden sind, um Raum für zionistische Einwanderer zu schaffen.«

»Nicht schlecht«, sagte Beth. »Sechshunderttausend kommt der korrekten Zahl näher. Das Massaker war in Deir Yasin bei Jerusalem, und die Organisation, die Sie meinen, ist die Irgun Zwi Leumi.«

Das glich allzusehr meiner mündlichen Prüfung in Manchester. »Ich bin nicht hier, um ein Examen zu absolvieren oder eine Stelle zu bekommen«, sagte ich. »Wie alle Leute in England lese ich dies und das in den Zeitungen.«

»Die meistens antizionistisch sind«, sagte Beth. Aleph sagte:

»Ich höre in Ihrer Stimme Mitleid für die Araber mitklingen. Die Araber haben Ihre Mutter getötet, denken Sie daran. Die Araber haben sich nie mit der Balfour-Deklaration einverstanden erklärt, und bis jetzt hat kein einziger arabischer Staat, de jure oder de facto, die Gründung des Staates Israel akzeptiert. Aber dafür gehen die Araber, unlogisch wie immer, davon aus, daß die Juden, die auf ihrem jeweiligen Staatsgebiet wohnen, jetzt Ausländer sind, die man hinauswirft, um ihren Besitz zu konfiszieren, oder die man noch brutaler verfolgt. Geben Sie sich da keinen Illusionen hin, die Araber sind der Feind.«

»Das hat man ihnen ja schon unmißverständlich klargemacht«, sagte ich. »Kleinbauern und ihre Familien sind der Feind. Ein arabisches Kind, das im Staub Israels spielt, ist der Feind. Es ist wohl noch zu früh, als daß man schon mit der Einrichtung von Vernichtungslagern rechnen dürfte.« Mein Vater, der mit der Kaffeekanne und den Tassen hereinkam, heulte leise klagend auf und schüttelte den Kopf, als wollte er ihn von seinem dürren Hals lösen. Beth sagte:

»Gehen Sie nicht zu weit. Israel tut für seine einheimische arabische Bevölkerung, was es kann. In Jaffa werden sie sogar eine von Juden veröffentlichte arabische Tageszeitung finden. *El Yom*. Arabisch soll an unseren Schulen unterrichtet werden. Aber die arabischen Staaten haben sich die Auslöschung des Staates Israel geschworen, und wir haben darauf unsere eigene Antwort. Oder werden sie haben.« Sie sahen mich alle an, als sei ich die Antwort. Aleph sagte:

»Sie haben Philosophie studiert, sagt Ihr Vater.«

»Ich studiere immer noch Philosophie.«

»Es gibt zwei deutsche Philosophen, mit denen ich mich ausführlich befaßt habe. Der eine ist Kant, der zwischen dem Phaenomenon und dem Noumenon unterschieden hat. Das Noumenon oder *Ding an sich* ist die Wirklichkeit, doch können wir uns der Wirklichkeit nur über die Phänomene nähern.«

»Das weiß ich alles. Was hat das mit dem Töten von Arabern zu tun? Ich werde nervös, wenn die Philosophie plötzlich nach Pulverqualm zu riechen anfängt.«

»Gut. Denken Sie jetzt an Hegel, der gelehrt hat, daß die Wirklichkeit, sogar die Göttlichkeit, sich nur im Staat verankert. Aber die Phänomene, die wir herbeizuführen versuchen, wenn wir den Staat affirmieren, können keine Noumena sein. Das Töten eines Kindes, das im Staube spielt, ist ein Phänomen, das sich qualitativ von der Erhaltung des Staates unterscheidet, aber die Staatserhaltung operiert mit solchen Phänomenen.«

»Das ist reinster Hitlerismus«, sagte ich.

»Wir können wohl davon ausgehen, daß Hitler keine Philosophie betrieben hat – noch hätte er den dazu erforderlichen Verstand besessen. Dafür verfügte er über andere Qualitäten.« Dieses leise Grinsen war doch gewiß keines der widerwilligen Bewunderung? »Manche unter seinen intellektuellen Anhängern haben sich aber solcher metaphysischer Rechtfertigungen für die Vernichtung unseres Volkes bedient. Die Hauptsache ist: wenn irgend möglich nicht zu sehen, was getan wird. Ich will damit sagen, daß man philosophisch denken muß und nicht sentimental sein darf.«

Mein Vater nickte, schenkte Kaffee ein und sagte: »Das hab ich ihm auch gesagt. Israel braucht Philosophie.«

»Wahr, sehr wahr«, sang Gimel und sagte dann: »Aber Israel braucht zuerst eine gut ausgebildete Kampftruppe.« Er spie die Labiodentale in die staubige Luft des kleinen Wohnzimmers. Eifrig wandte er sich an mich und sagte: »Sie kennen die militärische Stärke Israels nicht. Männer, Frauen auch dazu, etwa hunderttausend insgesamt, es kommen noch mehr. In Osteuropa ausgebildet, in Ungarn vor allem. Wenn man's Ausbildung nennen kann. Immerhin, gut genug ausgebildet, um die Ägypter zu vertreiben. Ich rede von El Haganah, deren Ausrüstung zum größten Teil aus der Tschechoslowakei stammt. Aber wir verlassen uns nun nicht mehr auf Osteuropa, wie denn auch, da es jetzt von einem gottlosen und antisemitischen Imperium kontrolliert wird? Der Antisemitismus hat eine lange Geschichte. Die Nazis haben ihn nicht erst erfunden.«

»Das habe ich schon immer geahnt«, sagte ich. Sie sahen alle traurig drein, weil ich so sarkastisch war, und tranken *kawa* mit ein wenig *chalaw*. Aleph stellte seine Tasse hin, schönes dünnes englisches Porzellan, und sagte:

»Der Name ist bereits erwähnt worden, ich nenne ihn nun noch einmal: Die Irgun Zwi Leumi. Nimmt man die Stern-Gang dazu, dann hat man eine Art Erstschlagtruppe. Die Stern-Gang wird allerdings bald verboten werden, es handelt sich in der Tat um Gangster, die jeden, ausnahmslos jeden töten würden. Sie haben während Ihrer Ausbildung gelernt, daß große Feldschlachten eine reine Verschwendung sind. Israel kann sich diese Verschwendung nicht leisten. Man muß den Tausendfüßler köpfen und ihm nicht die Beine eins nach dem anderen ausreißen. Hinter den feindlichen Linien zuschlagen. Den Feind in Gestalt seiner Führer terrorisieren. Diese mit Attentaten töten. Lachen Sie nicht über die Tötung der Erstgeburt in Ägypten oder die anderen Plagen, oder über die Unterbrechung der Stromzufuhr.« Mir war nicht nach Lachen zumute. »Die Bibel ist kein schlechtes militärisches Handbuch.«

»Das ist lediglich eine nationalistische Zuspitzung dessen, was Sie während des anderen Krieges schon gesagt haben.«

»Ja, als Sie dafür ausgebildet wurden, wieder andere in Tötungsmethoden auszubilden, die ein Gentleman eigentlich nicht verwendet. Sie haben nun die Möglichkeit, mit dieser Ausbildung fortzufahren, nachdem Sie selbst zusätzlich instruiert worden sind – mit demselben Ziel, dem Überleben unseres Volkes.«

»Damals ging es um mehr als um Ihr – um unser Volk.«

»Sehr wahr«, sagte Beth. »Die Frage stellt sich jetzt viel klarer und sauberer. Das Überleben einer Nation. Wir haben gute Jungs, gute Mädels, ob nun Kakteen oder blasse Einwanderer.«

»Das mit den Kakteen verstehe ich nicht.«

Mein Vater war froh, das erklären zu dürfen. »*Sabra* bedeutet einen hier geborenen Juden. Es kommt von *saber*, korrigieren Sie mich bitte, meine Herren, wenn es nicht stimmt, dem Feigenkaktus.« Untadelige hebräische Etymologie, sagte Beths Nicken. Ich sagte:

»Sie wollen also, daß ich mich dem Terrorismus verschreibe?« Sie lächelten; der Begriff war noch nicht völlig negativ besetzt. »Den Feind mit Entsetzen erfüllen, Molotowcocktails in die Cafés von Kairo werfen, Briefbomben an führende arabische Politiker, in der Art.«

»Ach, so naiv sind wir nicht, wie wir sind«, sagte Aleph leutselig und eigentlich auch rätselhaft. »Bei dem Posten, der Ihnen angeboten wird – ich glaube, das darf ich offiziell sagen –, geht es um eine reguläre Captainstelle mit der Möglichkeit rascher Beförderung zum Major auf der Grundlage eines verlängerbaren Dreijahresvertrags. Sie können heute noch unterschreiben, wenn Sie wollen.«

»Ich unterschreibe überhaupt nichts«, erklärte ich. »Du hast systematisch versucht, mich zur Rache zu verlocken«, sagte ich zu meinem Vater. »Ich will in meinem Leben ein wenig Frieden haben.« Aleph, Beth und Gimel schürzten pikiert die Lippen wie jemand, der ein unanständiges Wort hört. Mein Vater weinte klagend einen kleinen braunen Skorpion an, der soeben hinter dem schweren Mahagonibücherschrank hervorgekommen war.

Chwech

Jetzt, glaube ich, kommen wir endlich zur Sache. Schauplatz ist jedenfalls Leningrad, und Ludmilla Jones war sehr überrascht, die Tür der Wohnung in der Uliza Misintschikowa 32 aufzumachen und vor ihrem Sohn Reginald zu stehen. Sie sagte: *»Ja nje ponimaju.«*

»Aber ich hab geschrieben«, sagte Reg, »von zuhause aus, und aus Moskau hab ich eine Postkarte geschickt.«

»Ich habe nicht bekommen.« Ihr Englisch war fast ganz verschwunden.

»In Sowjetrußland funktionieren nur die Techniken der Liquidierung verläßlich.«

»Sei vorsichtig, was du sagst«, meinte seine Mutter. »Man weiß nie, wer zuhört.« Ein alter, gebeugter Mann in einem kragenlosen Hemd und einer Weste, der fast alle Knöpfe fehlten, stand einen Treppenabsatz tiefer. Er hielt einen weithalsigen Krug in der Hand und stierte zahnlos hoch zu dem gutgekleideten Fremden. Reg kam herein, und seine Mutter schloß die Tür. So war das also. Dies war das häusliche Rußland. Ein kleines quadratisches Wohnzimmer mit einem Fenster, das auf den Fontanka-Kanal ging, der um diese Jahreszeit nicht zugefroren war. Ein Schaukelstuhl aus vorrevolutionären Zeiten. Ein Tisch jüngeren Datums mit wacklig dünnen Beinen und einem grobgewebten Deckchen. Auf dem Boden zwei Läufer von kränklichem Rosa. Eine Tür führte in einen winzigen Flur, von dem eine türlose Küche und zwei geschlossene Räume, Schlafzimmer wohl, abgingen. Reg, ohne Geruchssinn, dachte traurig, daß hier gewiß der unvordenkliche russische Geruch nach altem Kohl, Anis und abgestandenem Papirossyrauch im Raume hängen mußte. Aber nicht für ihn, für ihn nicht mehr. Es war, als lese man Russisch in einer Übersetzung. Das hoffnungslose Gehuste eines alten Mannes hallte laut, und Ludmilla Jones rief nach Djadja Boris. Eine Tür öffnete sich, und der Eigentümer des Hustens trottete in abgetragenem englischem Pyjama und einem als Hausmantel dienenden Überzieher heraus. Dies war also Großonkel Boris, und er sagte:

»Bore da. Ydych chi wedi codi eto? Ydw.«

»Ach du lieber Gott«, sagte Reg.

»Ich bringe Onkel Boris Walisisch bei. Da hat er etwas zu tun.«

»Ach du lieber Gott.« Großonkel Boris war alt wie der Herrgott und sah auch so aus, er trug eine Aureole von schmutzigem grauem Haar und einen dreckigen Patriarchenbart, wenn dieser auch Spuren menschlicher Produkte zeigte – sowjetischen Tabaksteer. Er setzte sich in den Schaukelstuhl und schaukelte, seinen Großneffen jovial betrachtend. Er sagte:

»Rydw i'n edrych yn well, on'd ydw i?«

»Ydych, yn wir«, sagte seine Nichte. »Reginald spricht kein Walisisch. Du mußt mit ihm Russisch sprechen.«

»Er ist wie sein Photo«, sagte der alte Mann. »Wo sind die anderen Kinder?«

»Wie«, fragte Ludmilla, »geht's den anderen Kindern?«

»Dan«, antwortete Reg, »ist damit beschäftigt, Fisch zu verkaufen, und Beatrix ist noch im Außenministerium. Du fragst gar nicht, wie es kommt, daß ich hier bin.« Dann küßte er seine Mutter, deren Überraschung bei seinem Anblick diese Geste vorher unmöglich gemacht hatte.

»Setz dich, setz dich!« sagte Ludmilla. »Was hast du mitgebracht?«

»Twining's English Breakfast Tea«, und Reg zog die würfelförmige Dose aus der Tasche des Regenmantels, den er auf einen der Stühle am Tisch gelegt hatte.

»Guter englischer Tee, Onkel. Wir werden guten englischen Tee trinken.«

»Er trägt«, sagte der alte Mann, »gute englische Kleider.«

»Eher bescheiden«, sagte Reg. »Von der Stange bei Marks und Spencer.«

»Marx? Was ist das mit Marx?« Reg setzte sich und sagte:

»Ich bin im Rahmen des sogenannten Kulturaustausches hier. Wir haben Dynamo Moskau zu Besuch gehabt, die haben uns gezeigt, wie man Fußball spielt, und das Bolschoiballett hat uns gezeigt, wie man tanzt. Jetzt komme ich mit dem Südwestorchester und einem Gesangverein aus Glamorganshire hierher. Die beiden gelten nicht als absolute künstlerische Spitzenklasse, was auch richtig ist, da das sowjetische Gefühl von Überlegenheit dem Westen gegenüber nicht gefährdet werden soll. Ich bin als Ehemann einer der Musikerinnen sowie als Dolmetscher dabei. Es gab eine Aufführung im großen Saal des Moskauer Konservatoriums, bei der Genosse Stalin anwesend war. Hier wird eine Aufführung in der Leningrader Konzerthalle stattfinden.«

»Genosse Stalin«, sagte der alte Mann ehrfürchtig. »Genosse Stalin hat zu dir gesprochen?«

»Zu uns allen. Er hat gesagt: *Musika massam*, und dazu den Daumen der linken Hand nach unten gekehrt. Das sollte heißen, daß er unsere Musik nicht als Musik für die Massen betrachtete. Er meinte jedoch, die Perkussionistin sei sehr hübsch und habe die Glocken in *Kartinki s Wistawki* sehr schön geschlagen. Du weißt natürlich, Mutter, auf wen er sich da bezogen hat.«

»Die Jüdin, deine Frau. Wo ist sie jetzt?«

»Sie schläft in unserem Zimmer im Astoria. Es war eine recht anstrengende Fahrt von Moskau hierher.«

»Und wie geht es Beatrix mit ihrem Juden?«

»Mir paßt dieser Antisemitismus nicht, Mutter. Deine Rückkehr in die Heimat hat ihn anscheinend verschärft. Und wie gefällt es dir in deinem Heimatland?«

Ludmilla war dabei, zum Teemachen in die Küche zu gehen. Sie blieb stehen, füllig wie im gutgenährten Wales, aber von matronenhafter Schönheit, die wohlgeformten Füße in alten Pantoffeln, das graugoldene Haar zu einem unordentlichen Knoten nach hinten gerafft, den Leib in einem weiten Sack aus verblichenem Königs- oder Revolutionsblau mit einem Muster von kleinen Gänseblümchen. Sie hielt die Teedose aus der Mincing Lane halb erhoben. Sie sagte: »Du wirst es nicht verstehen. Es ist mein Zuhause.«

»Genügend zu essen?«

»Es wird besser werden. Es hat nie genug zu essen gegeben.«

»Du vermißt uns nicht?«

»Ich hoffe, daß es Dan gutgeht. Ihr anderen zwei seid *da ir ddim*, wie euer guter Vater immer gesagt hat.«

»Du fehlst uns.«

»Ich muß mich um Onkel Boris kümmern.« Sie ging in die Küche. Der alte Mann sagte:

»Ach, sie ist ein gutes Mädel. Ich mach's jetzt nicht mehr lange.«

»Die Papirossy werden dir nicht gut tun.« Der Alte hatte ein zerknittertes Päckchen Troika aus der Überziehertasche geholt und zündete sich eine mit einem Streichholz an, das er an seinem dickhornigen Daumennagel anriß. Er hustete und sagte:

»Die holen den Schleim rauf. Besser rauf als runter, wie man so schön sagt.«

»Bei uns gibt es Gerüchte, daß unser König an den Zigaretten stirbt.«

»Das ist ein langsamerer Weg als der revolutionäre. Wenn die Zigaretten mich nun auch sterben lassen, tut das nichts zur Sache. Ich hab die ganze Geschichte gesehen. Während der Belagerung haben wir Schaben gegessen. Ich habe überlebt.«

»Zu viele haben nicht überlebt.«

»Sie haben ihr Blut geopfert. Sie wird wieder heiraten.«

»Entschuldige bitte?«

»Deine Mutter wird wieder heiraten. Sie ist nicht alt. Sie trifft diesen Mann Gregor. Er ist Witwer, wie sie Witwe ist. Er ist Chefkoch im Metropol.«

»Wieder ein Koch. Sehr bescheiden. Ganz ohne Ehrgeiz. Und doch habt ihr einen großen Mann in der Familie.«

»Es gibt keine großen Männer mehr. Darum ging es ja bei der Revolution, die großen Männer loszuwerden. Du meinst Juroschka. Von ihm sehen wir nicht viel. Juroschka ist ein sehr beschäftigter Mann in Moskau.« Reg erzählte ihm nicht, daß Jura Petrowitsch Schulgin in diesem Moment in Leningrad war, sich dort aber nicht mehr lange aufhalten würde. Es ging einiges vor, was er auch seiner Mutter nicht anvertrauen würde, die nun mit dem Samowar und einem Teller voll steinhartem Zephyrgebäck ins Zimmer kam. Gläser in angelaufenen *sarfim* standen schon auf dem Tisch. »Gott segne dich, Blümchen«, sagte der alte Mann.

Als Beatrix Jones nach Gilwern kam, um ihren Bruder Reg zu besuchen, trug sie eine dunkle Brille, obwohl die Sonne sich in South Wales nur selten blicken läßt, zumal im Spätwinter. Auch hinkte sie leicht. Ansonsten war sie schön, aufrecht und elegant in einem kobaltblauen Kostüm mit bronzebraunen Seidenstrümpfen und einem weißen Nerzmantel (der mit einem substantiellen Geldgeschenk ihres Schwiegervaters an ihren Mann angeschafft worden war – der Vater glaubte, sein Sohn habe keine Schickse, sondern eine Angehörige des auserwählten Volkes geehelicht). Es war nachmittags halb vier, und sie fand Reg am Küchentisch, wo er den *Don Quijote* im kastilischen Original las. Ein Mädchen spülte das Mittagessensgeschirr und sang: »Jealous heart, o jealous heart, stop beatin'.« Reg sagte zu seiner Schwester: »Hat er wieder Mist gebaut?«

»Er hat genausoviel abgekriegt, mehr sogar. Die Schwellung ist schon fast wieder weg.« Sie nahm die Sonnenbrille ab, um es ihm zu zeigen, dann setzte sie sie wieder auf. »Er ist sehr angespannt, nervös und aggressiv. Er hat den Roman fertig und ist sich nicht sicher, ob er etwas taugt. Ich habe ihm gesagt, er soll ihn trotzdem abschicken.«

»Der Bastard. Und? Taugt das Ding wirklich was?«

»Lang ist es auf jeden Fall. Eintausendzweihundert Schreibmaschinenseiten. Wir haben uns wegen des Titels gestritten. Ich hab versucht, ihn davon zu überzeugen, daß *Es schreit zum Himmel* zu prätentiös ist. Ich habe mich durchgesetzt, nachdem er die Kaffeekanne zerschlagen hat. Kaffee tut ihm gar nicht gut, macht ihn sehr fahrig. Der endgültige Titel, von mir eigentlich, heißt *Taufet die Unschuldigen*.«

»Nicht sehr jüdisch.«

»Nennen wir es den fast endgültigen Titel. Amerikanische Verleger sind sehr pingelig mit den Titeln. Ich habe auf einer Widmung für Daniel Tetlow Jones bestanden.«

»Ist nur recht und billig. Das diebische Schwein.«

Das Mädchen, füllig und streifigblond, schwenkte die Hüften

und summte ihren Schlager. »Wenn ich gewußt hätte, daß Sie kommen, hätt ich nen Kuchen gebacken.« Sie hörte sich alles genau an. Walisisch unbekümmert machte sie sogar eine spitze Bemerkung dazu: »So sind eben manche von den Männern.«

»Dankeschön, Megan«, sagte Reg. »Ich bin sicher, deine Tante ruft schon nach dir. Bis fünf Uhr dann.«

Sie warf Reg einen anzüglichen Blick zu und sagte: »Lieber zu zweit allein. Also gut, bis dann.«

»Das, Megan, ist meine Schwester. Mrs. Roth.«

»Ach ja, Schwester?« Sie betrachtete prüfend Beatrix' Kleider und sagte: »Der ist ja todschick ist der ja. Muß ne schöne Stange Geld gekostet haben das.«

»Danke, Megan.« Und Megan trat hüftschwenkend mit einer Reprise von »Jealous Heart« ab.

»Läuft da irgendwas?« fragte Beatrix.

»Zip ist liebenswürdig oder jedenfalls diskret genug, jedesmal anzurufen, wann sie nach Hause kommt. Eine Art Hinweis darauf, was ich damals hätte tun sollen. Nein, eigentlich läuft da nichts, nein.«

»Ich bin«, sagte Beatrix, »nicht bloß zu einem sagen wir schwesterlichen Besuch hergekommen. Erlaubt es deine Whiskyzuteilung, daß ich mir einen kleinen genehmige? Ohne Soda.«

»Die Rationierung findet nur noch über die Preise statt«, sagte Reg und erhob sich. Er kam mit einer Flasche Johnny Walker und zwei Gläsern von der Theke zurück und sagte: »Ich weiß gar nicht, weshalb du noch weiter mit ihm zusammenlebst, wahrscheinlich bringt der bei dir einen latenten Masochismus zum Vorschein«, während sie sagte: »Zumindest macht Zip, was sie wirklich machen möchte, es muß ziemlich langweilig für eine Frau sein, hier zu wohnen.« Dann sagten beide gleichzeitig: Entschuldigung! Und Reg gestattete Beatrix, darzulegen, weshalb dies nicht nur ein schwesterlicher Besuch war. Reg sagte:

»Willst du damit sagen, daß das Südwestorchester zum britischen Mittelmaß zählt?«

»Ah, du willst es verteidigen, weil du mit der Perkussionistin verheiratet bist. Sagen wir: Es ist neu und ohne Routine und hat einen unbedeutenden Dirigenten. Das ist nicht meine Meinung, ich verstehe nichts von Musik, sondern die von Mallory vom Arts Council. Eine recht komplizierte Entscheidungskette von Regierungsbehörden ist bei diesem Kulturaustausch involviert, aber das Außenministerium muß auf jeden Fall dabei sein. Du gehst als Dolmetscher mit. Die werden dich nicht dolmetschen lassen wollen, aber man muß ihnen zeigen, daß sie nicht die einzigen sind, die Russisch können.«

»Ich?« sagte Reg. »Unmöglich. Mich schmeißen die raus, sobald ich einreisen will. Ich kriege gar nicht erst das Visum. Außerdem muß ich das Pub hier führen.«

»Du hast doch daran gedacht, es aufzugeben.«

»Das hab ich, ja. Aber ein Blick auf die Einstellungskomitees bei diesen Schulen war genug. Na ja, drei Blicke. Und ich konnte mich schon vor Gericht sehen, weil ich den Kindern ständig eins überbrate. Heute sind wir alle gleich, die Kinder eingeschlossen. Da geht's mir hier ja noch besser. Gastwirt ist doch ein nobler Titel, wenn man's recht überlegt. Und was Rußland betrifft, da würde ich vielleicht auf die Russen losgehen. Meine Kunden hier sind meine üble Laune gewöhnt. Sie schätzen das sogar. Spannende Abende.«

»Du mußt einfach gehen«, sagte Beatrix. »Erinnerst du dich noch an Jura Schulgin? Vatersname Petrowitsch.«

»Unser Quasi-Vetter... Ja, jetzt weiß ich's wieder. Ist im sowjetischen Kulturministerium. Ist das seine Idee, dieser kulturelle Schnickschnack?«

»Natürlich. Aber nicht in erster Linie aus kulturellen Gründen.« Sie sagte noch mehr. Reg fragte:

»Woher weißt du, daß er das tut? Und wenn er's tut, weshalb denn?«

»Ich weiß, daß er's tut, weil er den Code benutzt hat. Das fing als Witz an, im Krieg. Ich hab lachend zu ihm gesagt, wenn er je raus will, muß er mir nur einen freundlichen Brief schreiben, in dem dreimal das Wort *petruschka* vorkommt. Als ich seinen ersten Brief bekommen habe, wo er von Petersilie redet, hab ich gedacht, er macht bloß noch einmal den alten Scherz. Dann kam wieder ein Brief, wo viermal von Petersilie die Rede war. So in der Art: ich wüßte die Bedeutung der Petersilie nicht zu würdigen, aber Petersilie sei nicht nur zum Dekorieren von Salatplatten da, sie sei tatsächlich sehr gesund. Sie wächst um Moskau sehr gut, wegen der üppigen, feuchten Lehmerde. Versuch mal Petersilie zum Fisch, darauf schwören wir hier. Versuch mal Petersilie in Wodka. Er hat sogar am Schluß noch *carum petroselinum* erwähnt.«

»Wie war das bei Browning? *What's the Latin name for parsley?*« zitierte Reg. »Na, jetzt weiß ich's.«

»Genau. *What's the Greek name for swine's snout?*«

»Das ist ja alles absurd.«

»Petruschka«, sagte Regs Mutter und goß starken schwarzen Twining's aus dem Samowar. »Das dumme Mädel hat gemeint, das ist ein Stück Musik.«

Reg fuhr zusammen. Er hatte Petersilie nicht erwähnt, nur daran gedacht.

»Seine Vorgesetzte wird nächstes Jahr pensioniert«, hatte Beatrix gesagt. »Eine gewisse Marja Iwanowna Schwernika. Eine formidable Dame offenbar, Schwester von dem Schwernik im Politbüro. Wenn die geht, bleibt er schutzlos zurück. Er hat Angst vor Stalin, und kein Wunder. Er hat den törichten Fehler begangen, in den bösen Westen geschickt worden zu sein. Sollte kein Problem sein, ihn in einen walisischen Chor einzugliedern.«

Regs Mutter trank starken Schwarztee mit einem Löffelchen Stachelbeermarmelade. Ihre russischen Lippen waren kräftig und schön geschwungen. Der alte Mann schlürfte und hustete. Reg sagte: »Soll ich sie auf einen Besuch vorbeibringen?«

»Deine Jüdin? Sie spricht kein Russisch. Ich verstehe kein Englisch mehr. Und kein Hebräisch.«

»Sie spricht kein Hebräisch. Du hast keine dieser beiden Ehen je gebilligt, wie?«

»Ihr werdet immer tun, was ihr tun möchtet. Ich sage nichts, und ich tue nichts. Ich bin jetzt zuhause und schaue nach Onkel Boris.«

»Ihr seid morgen abend ins Konzert eingeladen. Beide.«

»Onkel Boris geht abends nicht mehr aus. Die Nachtluft ist nicht gut für seine Brust. Und wer kümmert sich denn um die Wirtschaft, wenn du hier bist?«

»Was machst du dir da Sorgen? Ein Mädchen namens Megan und eine Dame namens Gwen, die früher im Engel in Abergavenny gearbeitet hat, bis sie den Kampf gegen die Annäherungsversuche des Wirts satt hatte. Alles ist in Ordnung, aber das ist dir doch jetzt ganz gleich.«

»Es ist alles vorbei. Aber dein Vater war ein guter Mann.«

»Hab ich das jemals bestritten? Wann machst du mir das Vergnügen, daß ich von einem russischen Stiefvater hören darf?«

»Ich habe ihm von Gregor erzählt«, sagte der Alte heiser.

»Er kocht nicht so gut wie dein Vater. Aber er kocht für das Volk. Ich habe Onkel Boris, um den muß ich mich kümmern.«

»Nicht mehr lange, kleines Blümchen aller Welt. Du mußt morgen hingehen und die Musik anhören, die den ganzen Weg von Anglija hierhergekommen ist. Und Gregor kann mit dir gehen.«

Reg schaute auf seine Armbanduhr. Halb vier an einem Frühlingsnachmittag in Leningrad. »Ich bin froh, dich so gesund und zufrieden zu sehen, Mutter«, sagte er. »Ich muß noch einige Dinge hier erledigen, das ist kein Urlaub für mich.«

»Danke für den englischen Tee«, sagte seine Mutter.

Reg hatte eine Verabredung mit Jura Petrowitsch Schulgin auf dem Newskijprospekt, unter der dritten von den *jabloki elektritscheskich swetow* von Norden aus gezählt. Lichtäpfel, das Werk von Pawel Nikolajewitsch Jablotschkow, *jablotschko* war ein Äpfelchen. Er sah, wie der auf- und abgehende Jura Petrowitsch gerade in die andere Richtung davonschritt; als er sich in seinem alten, doch gut geschnittenen grauen Anzug dann umdrehte, war Jura sich nicht sicher, ob das vor ihm Reg war, bis dieser ihn mit einer ironisch-zackigen Handbewegung grüßte, die nicht russisch sein konnte. Reg erkannte ihn; er hatte auch sein Photo in der Tasche. Jura Petrowitschs Wangen waren röter und apfelgleicher als im Jahre 1945, es schien, als sei das

Kultusministerium ein nahrhaftes Unternehmen. Er sah nicht besorgt aus. Die Mütze, die er trug, ein russisches Produkt, saß tief und ging ihm fast bis auf die beiden Ohren, ein Zeichen, so lehrten die Spionagefilme, von großer bürokratischer Macht. Seine blauen Augen, die Augen von Regs Mutter, tranken tief die Newa ein. Er schüttelte Reg sehr fest die Hand und sagte: »Es sind viele Leute hier, aber das tut nichts.« In der Tat, die Leningrader – Männer in unansehnlichen Anzügen und schmutzigen Hemden mit offenem Kragen, junge Frauen in kärglichen Kleidchen und mit grob gewelltem Haar – machten ihre Frühlingsnachmittagsspaziergänge am Fluß. »Auch wir werden auf und ab gehen.«

»Jetzt seid also ihr dran«, sagte Reg, als sie ihre Patrouille begannen. »Hast du was von unseren übergelaufenen Diplomaten gesehen?«

»Das hat mit meiner Abteilung nichts zu tun.«

»Als Beatrix mir das alles erzählt hat«, sagte Reg, »hat es mich überrascht, daß du so lange warten konntest. Ich hatte den Eindruck, du seist in unmittelbarer Gefahr.«

»Sprich nicht so laut. Du bist über die ganze Situation unterrichtet?«

»Über die schützende Macht von Madame Schwernika, jawohl. Du wirst mir verzeihen, wenn ich eine gewisse Skepsis an den Tag lege.«

Jura Petrowitsch blieb stehen und sah Reg in die Augen. »Ich glaube, ich verstehe nicht ganz.«

»Mich geht's nichts an, und offen gesagt ist es mir auch völlig egal, aber eigentlich sollte ich meinen, daß selbst das britische Außenministerium die Möglichkeit in Betracht ziehen müßte, daß das ganze nur Theater ist. Du weißt schon, Desinformation und so.«

»Ich bin nicht im Spionagegeschäft, wenn du das meinst.«

»Schon gut. Ich habe hier in meiner Tasche einen britischen Paß, der auf den Namen B. R. Lawrence ausgestellt ist. Das ist ein kleiner Privatscherz zwischen meiner Schwester und mir. Ein Gedicht von Browning mit dem Titel ›Soliloquy of the Spanish

Cloister‹. Ist egal. Es lag bereits ein paßbildgroßes Photo von dir im Außenamt. Noch aus dem Krieg. Du hast dich nicht sehr verändert.«

»Du bist dünner.«

»Eure gottverdammte stalinistische Diktatur hat mich dünner gemacht! Ich hab gesehen, was in Odessa geschehen ist.«

»Es ist schon seit langer Zeit eine schlimme Zeit. Er wird alt. Er wird nicht mehr lange dasein. Er wird mit einem Herzinfarkt zusammenbrechen und bis zum letzten Augenblick mit der Peitsche knallen. Er würde die ganze Welt töten, wenn er könnte.«

»Das doch wohl nicht. Er braucht seine Todesengel.«

»Kannst du mir den Paß jetzt geben?«

»Wäre das nicht gefährlich? Wir werden doch gewiß beobachtet? Siehst du den Mann dort mit dem scharfen Blick und dem dreckigen Regenmantel?«

»Vielleicht hast du recht. Na ja, ein Beweis meiner naiven Unschuld.«

»Entschuldige nochmals, wenn ich skeptisch bin. Du hättest das gar nicht besser arrangieren können. Ein Orchester und ein Chor übernehmen die gesamte *Saltykow*, keine anderen Passagiere. Ein Mitglied des Chores vergißt, daß hier keine britischen Verkehrsregeln herrschen, und wird von einer offiziellen Limousine in Moskau angefahren. Wenn jemand am Hafen in Leningrad zählt, stimmt alles genau. Du kommst ohne Schwierigkeiten nach Tilbury.«

»Ich verlasse das Schiff in Helsinki. Ich werde dort auf der britischen Botschaft um Asyl nachsuchen. Denk dran, es ist ein sowjetisches Schiff.«

»Sprich leiser.«

»Niemand hört zu.«

»Also!« sagte Reg, »ich tu das für dich, jetzt mußt du auch etwas für mich tun. Ich will, daß ein bestimmtes Objekt aus der Eremitage entfernt und mir übergeben wird.«

Jura Petrowitsch starrte mindestens zehn Sekunden lang – mit sehr blauen Augen und weitgeöffnetem, sowjetische Zahntechnik demonstrierenden Mund – Regs offensichtliche Ernsthaftigkeit an. Ein junges Pärchen kicherte im Vorüberschlendern. Ein weltläufig wirkender älterer Mann mit scharfem Hidalgoprofil nickte feierlich, da er ahnte, daß ein inakzeptabler erotischer Vorschlag gemacht worden war. »Das ist nicht dein Ernst.«

»Aber immer. Der sowjetische Staat stellt dort einen Gegenstand von immenser historischer Bedeutung aus, den hat er dem sterbenden Dritten Reich geklaut, welches ihn wiederum der Obhut des Benediktinerordens entrissen hat. Dieser Gegenstand gehört Britannien.«

»Deine Regierung hat dir gesagt, du sollst eine kriminelle Handlung gegen die Sowjetunion begehen?«

»Die wirst du begehen, nicht ich, mein Guter. Das Britannien, von dem ich rede, ist ein Land, das nicht mehr existiert. Dies ist ein möglicherweise romantischer Akt der Wiedergutmachung, den ich ganz privat durchführe.«

»Du bist verrückt. Der Diebstahl staatlichen Eigentums bedeutet den sofortigen Tod.«

»Was schert dich oder mich der Staat? Es gibt so etwas wie eine Gerechtigkeit, die jenseits der trivialen Erwägungen politischen Nutzens liegt. Du und ich, wir verlassen die Sowjetunion mit diesem Gegenstand im Gepäck, wo er sicher zwischen Perkussionsinstrumenten verstaut liegen wird. Naiven Beamten könnte man wahrscheinlich sogar einreden, daß das selbst ein solches Instrument ist. Man hat damit einst auf Feinde eingeschlagen.«

»Ich könnte was zu trinken brauchen«, murmelte Jura Petrowitsch. »Du redest von Attilas Schwert.«

»Einem Schwert mit einem A drauf, gewiß. Mit hölzerner Scheide. Es ist dort immer noch ausgestellt, wie du ebensogut wie ich wissen dürftest. Ich habe es heute morgen ganz zeitig schon angesehen. Sobald ich mit steifen Gliedern aus dem Zug geklettert war. Man muß zu der Ausstellung der Kriegsbeutestücke drei oder vier Werst weit durch die Gegend socken, an den Fabergé-Ostereiern und den Impressionisten vorbei, aber dann kommt's. Du als Funktionär des Kulturministeriums zeigst dreist deinen Ausweis und einen maschinengeschriebenen Brief und verkündest dem Kurator, daß gewisse Gegenstände nach Moskau überstellt werden müssen. Aus einem besonderen Grund, den näher zu erläutern dir leider nicht freisteht, wirst du ein bestimmtes Objekt gleich mitnehmen. Gegen Quittung natürlich.«

»Ich glaube, ich muß mich setzen.«

»Generalissimo Stalin und der große und schurkische Lawrenti Pawlowitsch Beria werden natürlich sehr böse sein. Aber nur mit mir. Denn daheim in England werde ich die ganze Verantwortung übernehmen und dich ganz draußen lassen. Wir wollen nicht, daß hier alles durcheinanderkommt. Du bist kein Dieb, du bist nur ein Verräter. Entschuldige, Überläufer.«

»Ich weigere mich, dir zu helfen.«

»Interessant. Loyalität? Angst? Beides? Das läßt deine angebahnte Flucht sehr verdächtig erscheinen, was? Nicht, daß mir das irgendwie Kopfzerbrechen machen würde. Ich schmeiß einfach diesen gefälschten Paß in die Newa.«

»Also wann?«

»Schon besser. Am Tag unserer Abreise. Die *Saltykow* legt um achtzehn Uhr ab. Nach dem Mittagessen, das ist Zeit genug.«

»Ich hatte nicht erwartet, daß das so kommen würde.«

»Nein, das glaube ich. Aber man muß für alles bezahlen. Der Eintritt zur Freiheit ist niemals frei. Früher ein Paradox, aber die Zeit liefert alle Beweise.«

»Ja nje ponimaju.«

Reg und Zip hatten im Astoria ein großes ungemütliches Zimmer, mit Wandleuchten, die sich nur ausschalten ließen, indem man die Glühbirnen herausdrehte, mit einem Telephon, aus dem beim Abnehmen des Hörers ein manischer Monolog zu dringen schien, das ansonsten aber nicht funktionierte, und einem höckrigen Doppelbett mit dünnen Kissen und abgewetzten Laken. Die hellen Nächte von St. Petersburg begannen, aber die Fenster hatten weder Vorhänge noch Jalousien. Sie schliefen schlecht, und Regs kurzer Schlaf wurde unterbrochen, als seine Frau ihm auf die Rippen klopfte. »Du hast Russisch gesprochen«, sagte sie. »Und du hast einen Namen gerufen. Hat sich angehört wie Maria.«

»Hab ich? Hab ich das? Das wußte ich nicht.«

»Ich kann nicht schlafen. Gib mir eine Zigarette. Ich hab so ein Gefühl, als wäre ich, wie soll ich sagen, umzingelt. Von feindseligen Ausländern.«

»Das stimmt ja nun nicht ganz. Uwwwaaaaallenstein. Warschau. Warzenschwein. Dreihundert Mitglieder eines walisischen Gesangvereins und ein Neunzigpersonenorchester. Lauter gute Freunde decken dich.«

»Ich könnte eher eine richtige Decke gebrauchen. Hier wird es nachts ganz schön kalt. Du hast den Namen dieser Frau gerufen. Wird denn der Krieg je wirklich vorbei sein?«

Reg hatte ihr eine Zigarette gegeben und sich selbst auch eine genommen. Er stieß den Rauch aus; sein Mund schmeckte häßlich. »Ich hab Sodbrennen. Vier Stunden aufs Abendessen warten, und dann ist es ungenießbar.« Dann: »Ich habe in Moskau einen Mann namens Pjotr Lawretjewitsch Sokolow getroffen. Früher in Swerdlowsk. Jetzt im E-Werk der Hauptstadt. Er kam nach dem Konzert zu mir.«

»Ja? Und?«

»Er hat gesagt, Marja Iwanowna sei auf natürliche Weise im harten Winter 1947 gestorben. Deshalb habe ich wahrscheinlich im Schlaf an sie gedacht. Er sagte, man hätte sie als Ärztin in einem Straflager bei Jarensk arbeiten lassen. Sie starb an der Grippe. Er sagte, er habe den medizinischen Bericht und den Totenschein gesehen.«

»Und?«

»Ich glaube ihm nicht. Oder besser gesagt, ich glaube das nicht, was er glaubt. Ein kleiner dünner Mann mit notdürftig geflickter Brille. Ich frage mich, was sie an dem je gefunden hat.«

»Wie hat er gewußt, wer du bist?«

»Mein Name auf dem Programm – aber du kannst natürlich kein Kyrillisch lesen. Und wir bringen den Schweinen Kultur! Sie haben sie einfach umgebracht.«

»Es war nicht das Volk, es ist nie das Volk. Es wird Zeit, daß du sie vergißt.«

»Ich hatte sie schon vergessen, und werde es wieder tun. Es ist nur, daß jemand, den ich gut gekannt habe, den ich gern gehabt habe – es war im Grunde nie Untreue, ich habe sie einfach gern gehabt. Daß sie das tun konnten, es immer noch tun. Sind wir denn gar nichts, kann man uns einfach so wegwischen?«

»Harry sieht keinen Grund, warum dem nicht so sein sollte. Er hat seine Magisterarbeit darüber geschrieben. Und jetzt bringt er den Israelis bei, wie man die Araber wegwischt.«

»Ich habe einmal nachts geträumt, daß du es wärst. Wir können nichts dafür, was wir träumen. Ein anderes Ich ist es, das da träumt. Wir haben zuviel Iche. Kein Wunder, daß wir uns manchmal vor dem Schlaf fürchten. Wenn ein anderes Ich die Macht übernimmt. In der Geschichte sind es immer die anderen Iche. Nicht die, die essen und sich lieben und Musik machen. O Gott, bewahr uns alle vor den anderen Ichen.«

Zip kannte ihn mittlerweile gut. Sie verzieh ihm vieles. »Uwwaaaffel. Warnschuß. Wir haben um zehn Probe. Die Russen haben sehr grelles Blech. Blechkapellen rechts und links vom Orchester. Wir hätten unsere eigenen mitbringen sollen.«

»Wir haben so schon drei BOAC-Britannias belegt. Ich werde ein paar Worte sagen.«

»Ich weiß. Deshalb bist du ja dabei.« Aber dann: »O Gott, du meinst, nicht nur, wer wir sind und was wir spielen? Tu's nicht. Die stecken dich in die Lubjanka oder sonstwohin.«

»Sie sollen wissen, was die Musik wirklich bedeutet. Das Menetekel an der Wand.« Er wurde heiterer, drückte blindlings seine Zigarette auf dem Fußboden aus und zog sie in die Arme. Er hielt kurz inne, um zu zitieren: »Und zur selbigen Stunde, da sie beim Mahle saßen –«

»Laß doch. Ich muß ein wenig schlafen. Morgen früh sehe ich entsetzlich aus.«

»Nein, tust du nicht. Tust du nie. Ich glaube, das ist der Moment.«

»Wie meinst du?«

»Man hat einfach manchmal das Gefühl, das ist der Moment.«

Sie schliefen allzu tief, als es an der Tür klopfte. Reg erwachte und umklammerte, noch im Sinne seines Traumes, schützend seine nackte Frau; sie schlug große dunkle braune Augen auf und sah verwundert den Morgen an – wo war sie? »Sie werden uns nicht kriegen!« sagte er. »Lieg still. Sag nichts. Tu so, als wären wir nicht da.« Aber eine unverkennbare Glamorgan-Stimme, die von einer der Sopranistinnen, rief nach Mr. Jones. Er zickzackstolperte zur Tür, die einzige Bettdecke um sich geschlagen, und streckte den erleichterten Kopf hinaus. Drei junge Frauen standen da, sehr ärgerlich über ein schlechtes Frühstück mit schwachem Tee und ältlicher Blutwurst. Sie wollten, daß Reg sich bei der Direktion beschwerte.

Leningrad hatte schöne Bauten. Sie hatten gehofft, daß sie im Gebäude der Adelsversammlung (wie es immer noch hieß) auftreten würden, das eine Fassade von Rossi hatte, doch die Konzerthalle, die Heimat des Philharmonischen Orchesters, verfügte über mehr Raum und eine bessere Akustik. Reg wartete oben am Eingang über der Vortreppe, als das Publikum, einzeln und in Grüppchen, aus dem Frühlingsnieselregen eintrat. Diese Leningrader waren schauerlich angezogen, doch sie schienen eifrig interessiert, harmlos, sogar liebenswürdig. Es war schon, wie sie gesagt hatte, nie das Volk, aber das Volk war disponibel. Regs Mutter traf ein, flotter gekleidet als die anderen Frauen, da ihre Sachen noch aus dem Westen waren, und begleitet von einem untersetzten Mann mittleren Alters mit einer Schiebermütze. Dieser umarmte Reg bereits jetzt als seinen Stiefsohn, und Reg verspürte keine Reue bei dem Gedanken, was er zu tun beabsichtigte, während das Orchester *Kartinki s Wistawki* beziehungsweise *Bilder einer Ausstellung* spielte, eine Klaviersuite von Mussorgski (in der Orchesterfassung von Ravel). »Er hofft«, sagte seine Mutter, »sie werden schöne Melodien spielen.«

»Musika massam.« Der Chefkoch, Gregor, freute sich, das zu

hören. Er hatte nichts von Regs Vater außer dem Geruch nach ermüdetem Öl, dem unruhigen Blick eines Mannes, der viele Töpfe im Auge behalten muß, und der leicht herrischen Art dessen, der für alles verantwortlich ist. Reg ließ sie allein ihre Sitze suchen und schritt dann mit seinem eigenen leicht herrischen Gebaren den Mittelgang hinunter. Der Chor würde erst nach der Pause auftreten, aber das Orchester saß schon auf seinen Plätzen, quäkte und trötete und wartete auf sein A. Reg ging die Seitentreppe hinauf und winkte fröhlich über die Violinen und Holzbläser hinweg zu Zip hin, die im tief ausgeschnittenen Schwarzen wunderhübsch war; sie antwortete mit einem Wirbel auf der kleinen Trommel. Südwestorchester! Meist vertriebene Aschkenasim, dazwischen gelegentlich leid- und schuldlose Angelsachsen – rosige Bauernjungs unter den tragisch Umdüsterten, Unbeholfenen. Reg setzte sich auf einen Platz in der Nähe des Dirigentenpultes und fühlte sich in seinem nicht gerade neuen Straßenanzug wie ein Abgesandter des Proletariats zwischen all diesen (häufig verschossenen) Fräcken. Die Pauken weit hinter ihm dröhnten G-G-G-Es, ein Siegesversprechen, und die Baßposaune, die ein pommerscher Zwerg spielte, furzte einen Grundton. Um ihn saß Sowjetrußland und füllte die Halle bis in die letzte Ecke. Er wußte, daß seine Sergeantmajorsstimme weit tragen würde. Ein hoch über ihm aufgehängtes Mikrophon würde seine Worte sogar noch weiter tragen, denn das Konzert wurde im Rundfunk gesendet. Meir Gillon, der Konzertmeister, kam ohne Applaus auf die Bühne und sägte zum A der Oboe Quinten, welche die anderen Violinen aufnahmen. Dann marschierte Jack Etheridge mit unsicherem Lächeln zu seinem Podium, und man klatschte mit der Zurückhaltung mißtrauischer Russen, welche die Nuß des Beifalls erst dann wirklich zwischen ihren schwieligen Händen knacken, wenn sie gehört haben, was der da kann. Und nun stand Reg auf und sprach: »Genossen, Bürger einer freien und unfreien Welt, dies ist ein Orchester, das sich in Großbritannien aus den Waisen des hitlerischen Kriegssturms und aus anderen, die in einer Art Freiheit geboren wurden, gebildet hat. Es beginnt sein Programm mit einem Tribut an ein schon lange verschollenes London, das London eines Zeitalters, da diese große Stadt der Mittelpunkt jenes kapitalistischen Imperiums war, das unsere herrschenden Sozialisten vor kurzem aufgelöst haben. Dieses Musikstück ist die *Cockaigne-Ouvertüre* – und Cockaigne ist der Name eines imaginären Schlaraffenlandes voll Luxus und Müßiggang. *Kokenje* ist die mittelniederdeutsche Bezeichnung für einen kleinen Kuchen. Aus solchen Küchlein sollten in jenem Land die Häuser gebaut sein. Der Name ähnelt dem Wort Cockney stark, hat aber nichts mit ihm zu tun. Als Cockneys werden die Angehörigen der Arbeiterklasse von London bezeichnet, doch cockney ist eigentlich *cock's egg*, das Hahnenei, worin sich rätselhafterweise eine gewisse Verachtung für das hauptstädtische Proletariat ausdrückt.« Etheridge sah ein wenig beunruhigt durch seine im Licht der Bühne blinkenden Brillengläser herab: In Moskau hatte Reg nicht so lange gesprochen. »Und nun die *Cockaigne-Ouvertüre* von Sir Edward Elgar.« Dann hob Etheridge den Taktstock, ließ ihn nach oben zucken und lockte das leise G und A des Aufschlags der Violinen hervor. Das Publikum fragte sich mittlerweile hörbar tuschelnd, was denn ein Hahnenei sei. Danach lauschte es geduldig dem königlichen Prunk, dann einer fernen Heilsarmeekapelle, für die das hübsche weißarmige Mädel da droben das Tamburin schlug, und schließlich der tönenden, dröhnenden Pracht der Stadt. Sie applaudierten etwas unsicher und fragten sich vielleicht, weshalb kapitalistische Musik so gut zu einem triumphalen Aufzug auf dem Roten Platz zu passen schien. Dann erhob sich Reg und sagte: »Die ruhige Passage in der Mitte stellt dar, wie Karl Marx im Lesesaal des Britischen Museums über den Mehrwert nachdenkt.« Dann teilte er mit, nun käme Mussorgski, in einer Orchesterfassung von Ravel. Er stieg vom Podium, ehe noch die erste Trompete in B-Dur die »Promenade« begonnen hatte.

Vor der Konzerthalle war ein Taxistand, aber er mußte sich im fortwährenden Nieselregen in der Schlange anstellen. Gut eine Viertelstunde dauerte es, ehe er seinem Fahrer, der in tiefe Depressionen versunken war, sagen konnte, er solle zur Uliza Misintschikowa 32 fahren. Heftig rauchend und von blauer Melancholie umkräuselt erklärte sich der Fahrer bereit, fünf Minuten unten zu warten. Doch es dauerte gut drei Minuten, bis Großonkel Boris an die Tür kam. Er hatte einen Roman von Gorki in der Hand; den hatte er im Bett gelesen. Es handelte sich um etwas Dringendes, erklärte Reg, und um ein Geheimnis – er würde einen Gegenstand von größerem Wert im Schlafzimmer seiner Mutter deponieren, doch sie sollte nichts davon erfahren, ehe er morgen abgereist war. Er würde den Gegenstand in eine Schublade legen, falls es da eine Schublade gab. Der alte Mann hustnickte und sprach von der Größe Gorkis. Das Schlafzimmer von Regs Mutter war jämmerlich eng und kärglich: ihre kleine Kommode war grob aus unlackierten Brettern und Nägeln konstruiert; die oberste Schublade enthielt Erinnerungen an Manchester und South Wales, Photographien und Dokumente, die mit Wollfäden gebündelt waren. Reg fand, was er suchte, umarmte Großonkel Boris, der fürchterlich roch, zum Abschied und fand das Auto unten noch vor; der Fahrer beklagte sich allerdings, daß er keine Papirossy mehr hatte. In der Konzerthalle stand schon der Chor – die Herren in Schwarz, die Damen in Weiß – unter einem Banner, wo Hammer und Sichel golden in Rot erstrahlten, und das Orchester nahm allmählich seine Plätze ein. Die ausgeliehenen Blechmusiker studierten stirnrunzelnd ihre Noten. Bald konnte Reg sagen:

»Der Text des folgenden Werkes entstammt dem Alten Testament, das den ersten und umfangreichsten Teil eines Buches darstellt, welches Ihnen offiziell nicht mehr bekannt ist. Doch Sie können sich an seine säkulare Bedeutung halten und die Bezüge auf Gott und die Götter ignorieren. Die Juden sind Sklaven im alten Babylon, unter einem Tyrannen namens Belsazar. Es gibt noch heute Sklaven in jüngeren Ländern, unter Tyrannen, die glattrasiert oder schnurrbärtig sein mögen. Aber der Zeitpunkt der Abrechnung mit der Tyrannei läßt sich nicht ewig hinauszögern. Das Menetekel an der Wand bedeutet, daß die Tyrannen gewogen und für zu leicht befunden worden sind. Dies ist nicht die Komposition eines Juden, wie ich die eher antisemitisch Orientierten unter Ihnen beruhigen darf, sondern eines Agnostikers aus meiner Heimat. Ihre Botschaft ist universell. Die Botschaft lautet: Freiheit. Möge die Welt sich gegen ihre Unterdrükker erheben und den Schlag für die Freiheit führen!« Er hatte nun eine entsetzliche Stille erwartet, der dann Geknurr und Gemurmel folgen würden. Doch das Publikum begann zu klatschen. Einige jubelten ihm sogar zu. O mein Gott, hier saßen die Unterdrückten, die nichts von ihrer Unterdrückung wußten. Hitler war der schnurrbärtige Tyrann, wenn er auch längst in einem Berliner Bunker gestorben war; der Schlag für die Freiheit war anderswo zu führen als in Sowjetrußland. Reg schickte sich nun an, laut zu rufen: »Verflucht sei Stalin, der die Frau ermordet hat, die ich geliebt habe«, doch es schob sich einiges zwischen ihn und seinen Entschluß – ein Bild des breit grinsenden Churchill und des geschniegelten Anthony Eden, der Gedanke, daß seine hinter ihm in ihrer Klapperküche sitzende Frau plötzlich des Russischen mächtig sein könnte, der melodramatische Charakter seiner Proklamation. Er stieg vom Podium, bejubelt und beklatscht, und ging mit gesenktem Kopf den gelbbraunen Korridor zu den Garderoben entlang. Er schloß sich in einer *ubornaja* ein und versuchte, sich zu übergeben. Er wußte irgendwie, daß er eine sehr wichtige Verabredung hatte. Die erste Posaune spielte in gar nicht allzu großer Entfernung ein B, zu dem die Tenöre und Baritone in raffinierter Dissonanz sangen: »So sprach Jesaja: die Söhne, die du zeugen wirst, sie sollen hinweggenommen werden und Eunuchen sein im Hause des Königs von Babylon. Heulet, heulet deshalb, denn der Tag des Herrn steht bevor.«

Es gab, entschied er, auf dem Toilettensitz hockend und sich die feuchte Stirn wischend, nichts auf der Welt, das nicht uneindeutig war. Die Babylonier, die auch Juden waren, priesen die Götter aus Gold, Holz und Messing (obwohl die Leningrader Musikanten den Gott des Messings zum Blech herunterkommen ließen), und in dieser Blasphemie lag große Freude. Jenes Schlaginstrument, das er morgen nachmittag klauen würde, war mit einem mehrdeutigen A bezeichnet. Das A, das die Oboe beim Stimmen geblasen hatte, war zwar insofern eindeutig, als es nichts außer sich selbst war, aber kompositorisch organisierte Klänge trugen eine These und eine Antithese vor. Er war sich gar nicht sicher, ob er das verdammte Schwert noch wollte.

Er trat nicht aufs Podium, um die englischen und walisischen Volkslieder a cappella anzukündigen, denen dann mit vollem Orchesterfuror in (notwendigerweise etwas indirekt wirkendem) patriotischem Trotz der Gesang des *Anthem Genedlaethol Cymru* folgte. Seine Mutter, dachte er, könnte sich hier mal schön kräftig nostalgisch ausweinen. Er würde, dachte er, seine Mutter nicht wiedersehen.

Der Entschluß Jura Petrowitsch Schulgins, in den Westen zu fliehen, schien aufrichtig genug, obwohl zunächst unklar blieb, was es eigentlich für Schwierigkeiten waren, die ihn zunehmend ängstigten. Was er von den rationierten Fleischtöpfen des dekadenten Westens zu schmecken bekommen hatte, konnte eigentlich kein ausreichender Grund für offizielle Ungnade sein, da er in der sowjetischen Botschaft nur unselbständig gearbeitet hatte. Daß man ihm befohlen hatte, die lesbischen Aktivitäten von Marja Iwanowna Schwernika auszuspionieren, die mit der Frau des chinesischen Botschafters (welche als Chinesin kulturell lesbisch war) allzu intim war und ihr gelegentlich kleine Hinweise zur sowjetischen Fernostpolitik gegeben hatte (die von ihrem Bruder Schwernik stammten, einem Mitglied des Politbüros, das schließlich per Genickschuß enden sollte); daß man ihm bereits aus dem einfachen Grund mißtraute, daß man ihm früher einmal getraut hatte – all das schien als Motiv nicht sehr plausibel. Es stimmte allerdings, daß sein Posten im Kulturministerium als Tarnung für die Überwachung des übergelaufenen britischen Diplomaten Potts diente, der *Soviet News*, eine in der anglophonen Welt verbreitete Publikation, herausgab, und im Verdacht stand, in seine Puschkin-Nachdichtungen chiffrierte Botschaften einzubauen. Möglicherweise hatten seine Vorgesetzten vorgetäuschte Homosexualität für wahre Neigung genommen, möglicherweise hatten seine dienstjüngeren Kollegen ihn in diesem Sinne denunziert. Was auch immer an der Wand geschrieben stand, Schulgin hatte das Menetekel entziffert. Er hatte dem Westen Informationen über die sowjetischen Pläne für die Insel Westberlin anzubieten. Für das im Niedergang begriffene Großbritannien war er viel zu gut; die USA beanspruchten ihn für sich. Ein sehr diskret formulierter Glückwunsch vom Leiter von MI-6 ging über Regs Schwester an Reg: er habe seine Rolle beim Transfer von Schulgin in den Westen vorbildlich gespielt. Tatsächlich war's überhaupt kein Problem gewesen. Nur in Spionagethrillern wurden Überläufer in dem Moment erschossen, da sie die Gangway hinaufgingen. Diese Nachricht von Beatrix war ihre letzte Amtshandlung, ehe sie das Außenministerium verließ und mit ihrem Mann nach New York flog, um sich dort niederzulassen.

Was den Diebstahl aus der Eremitage anging, der völlig mühelos durchgeführt werden konnte (weil man voraussetzte, nur ein suizidaler Idiot würde so etwas wagen) – da schwiegen Reg wie die Sowjetunion erst einmal einige Monate lang. Reg hatte seine eigenen Gründe; die Sowjetunion wünschte anscheinend nicht, das Gesicht zu verlieren. Reg sagte nicht einmal seiner Frau, was er besaß. Zip glaubte, was Reg ihr mitteilte, als sie eine alte Holzscheide mit einer blank herausragenden Metallzunge aus dem braunen Packpapier auftauchen sah: daß dies ein Überbleibsel des zaristischen Rußlands sei, das er in einem der staatlich sowjetischen Antiquitätengeschäfte für dort dringend benötigte Pfund Sterling erworben hatte. So wie, du weißt schon, eine Ikone. Als Zip mit ihrem Orchester auf eine Tournee in den Norden ging, da befühlte er – nach dem Schließen des Pub am ersten Abend, als er allein war – das Schwert Caledvwlch, wenn es das denn war, mit Ehrfurcht und einer gewissen Ängstlichkeit. Es hatte in Zeit und Raum einen weiten Weg zurückgelegt. König Arthur, falls es ihn gegeben hatte, war mit dieser Waffe gegen die sächsischen Eindringlinge gezogen, um im Namen eines christlichen Kaisers gegen die drohende teutonische Barbarei zu kämpfen. Jetzt hatte Reg es, und er allein. Er spürte, als er es liebkoste, eine

Welle lustvoller Erregung, die zu einem Bild von Belsazars Gastmahl in einer Familienbibel gepaßt hätte, aber kaum zu einem Gegenstand, der nicht der figürlichen Kunst angehörte, tatsächlich kaum der Kunst überhaupt.

Das Schwert war beinahe halb so groß wie er. Die Klinge besaß keine Schärfe mehr, aber die Spitze war noch sehr spitz. Die einst blanke Oberfläche war trüb vom Alter und vom Auftrag von Öl, und Reg fragte sich, ob es wohl in der Ordnung wäre, den alten Glanz mit Bluebell und einem feuchten Lappen wiederzuerwekken. Tatsächlich würde es auch, wenn man mit einer Feile zu Werke ginge, nicht mehr wie eine schmale Landzunge mit vielen kleinen Buchten aussehen, aber das Antike an einer Antiquität mußte man respektieren. Das A oder Aleph, mit stilisierten Blättern als Serifen und einem kleinen Laubzweig als Schmuckschnörkel, war klar zu erkennen, wenn das Licht richtig fiel, aber das Schwert insgesamt schien fast wie mit einer Art Photophobie zusammenzuzucken, als er es mit der Taschenlampe anleuchtete. Was er vermeiden mußte, waren abergläubische Ideen in bezug auf das Schwert – es als Lebewesen zu empfinden, sich einzubilden, daß ihm eine Ladung greifbarer Kraft entströmte, wenn man es berührte. Es war schließlich am Ende nur ein altes Stück bearbeitetes Metall. Die Holzscheide schien nichts anderes als ein ausgehöhltes Stück Ulmenholz, unbezeichnet und gewiß nicht die ursprünglich das Schwert beschützende Hülle. Reg schlief mit der nackten Klinge unter seinem Kissen; es kamen keine schlimmen Träume. Es kamen überhaupt keine Träume, nur die Erinnerung an einen alten Hollywoodfilm über die Ritter von der Tafelrunde. Nachdem er den Caledvwlch – die Betonung des Maskulinums schien angemessen – nach seinem langen Exil wieder repatriiert hatte, konnte Reg nichts mit ihm anstellen – außer sich insgeheim des leichten Sieges über zwei Horden barbarischer Diebe freuen. Aber einen Moment... es gab noch die andere Scheide, die Steinöffnung an der Ausgrabungsstätte. Ein Akt der Penetration von großer mythischer Bedeutung stand an. Und dann empfand Reg eine Art religiöse Ehrfurcht. War das, was man den Zufall nannte, tatsächlich Teil eines göttlichen oder diabolischen Planes? Koinzidenz der Örtlichkeiten zweier Objekte. War dies tatsächlich mehr als ein Stück rostzernagten alten Stahls?

Er suchte sich eine Vollmondnacht aus, um sich das Fahrrad von Megans Bruder zu borgen. Caledvwlch fuhr ohne Widerspruch auf der Lenkstange mit, und als er das Fahrrad gegen das zerbrochene Tor lehnte, hatte Reg das Gefühl, daß das Schwert sich nach dem hellen Licht am Himmel sehne, das so viele Jahrhunderte nicht zu sehen gewesen war. Reg durchstach die Mondenscheibe dreimal, um dann mit zu den Sternen erhobener Schwertspitze über die löchrige Wiese zu der Senke zu marschieren beziehungsweise gelegentlich auch zu stolpern, wo die Fundstelle lag. Eine Eule schrie, und die Kirchturmuhr schlug Mitternacht. *Geheuer*, was bedeutete *geheuer* eigentlich? Er sprang in die Mulde hinab und stand vor dem GLAD ART REG auf dem Steinsockel. Es war ihm, als solle er eigentlich ein Gebet sprechen oder einen Zauberspruch murmeln, aber dann befahl er allem Aberglauben, von ihm zu weichen. Er schob die Spitze des Schwertes in den Sockel, und die einzigen in ihm aufsteigenden Gefühle waren sexueller Natur. Es glitt leicht und bis zum Anschlag hinein; das metallene Kreuz, das die Griffbeschläge getragen hatte, lag vor der Öffnung. Die Einpassung war staunenswert genau: Es gab keinen Zweifel, daß die beiden Gegenstände füreinander geschaffen waren. Und dann entdeckte Reg zu seinem angstvollen Erstaunen, daß er das Schwert nicht mehr herausziehen konnte. Nur einem einzigen Mann, *rex quondam et futurus*, war diese Kraft gegeben. Das war ja absurd! Reg zerrte, aber das Schwert blieb ungerührt, unbewegt. Er setzte sich auf den Boden, schwitzte unter dem sinkenden Mond und holte viele tiefe Atemzüge. Dann versuchte er es nochmals. Er entdeckte, daß das Schwert, wenn er den Griff leicht nach rechts verkantete, sich leicht und widerstandslos herausziehen ließ. Es gab immer eine Erklärung, es gab kein wahres Geheimnis, doch als er eine Fledermaus über seinen Kopf hinwegfliegen sah, durchzuckte Reg die Furcht vor einem lebenden Merlin. Merlin war, wenn er je existiert hatte, vielleicht ein großer Techniker. Es mußte tief im Steinsockel einen Mechanismus geben, der den eingeführten Gegenstand umklammerte und nicht mehr losließ. (Ungeheuer – das war ja irgendwie dasselbe wie »nicht geheuer«.) Der Griff ließ sich erst nach einem seitwärts drehenden Ruck lösen. Das schien eigentlich unmöglich; allzu komplexe Technologie für die Frühzeit des finsteren Mittelalters. Reg zitterte, als er Caledvwlch in beiden Händen hielt. Zeigte das Mondlicht ihm eine winzige Perforation fast vorn an der Spitze? Ein Metallzahn von nadelfeiner Schärfe mochte sich dort hineinsenken und die Klinge festhalten. Es war schon möglich, ohne nicht geheure Magie.

Er fuhr ein wenig schwankend mit Caledvwlch nach Hause und stellte das Schwert, nachdem er die Hintertür, durch die er eingetreten war, verschlossen hatte, aufrecht auf einen Küchenstuhl. Das Schwert fiel sogleich mit dumpfem Klirren zu Boden, und Reg, der es vorsichtig aufhob, sprach Worte der Entschuldigung. Wenn dies als Haus- und Schoßtier gehalten werden sollte, dann als erlesen seltenes, wie eine burmesische Katze. Aber das war kein Haustierchen; es war ein Hoheitszeichen alten Königtums. Die Maskulinität stand außer Zweifel; es war, als sei das verschollene System der angelsächsischen Wortgeschlechter untergegangen, um eine einzige Gruppe von leblosen Objekten, die Schiffe, zu sexualisieren, und dann noch dies, das durch Geschichte oder Mythologie über alle Gruppeneinteilungen erhoben worden war. Sprach Siegfried von Nothung als von »ihr«, geschah es wider das grammatische Geschlecht, *Schwert* war ein Neutrum, *Degen* maskulin. Brauchte Caledvwlch wie Nothung etwas, hatte er ein Bedürfnis? Reg las ihm laut aus dem katalanischen Buch vor, das Don Quijote so verehrt hatte – *Tirant Lo Blanc*, das begann: »Zur Ehre, zum Ruhme und zum Preise unseres Herrn Jesus Christus und seiner glorreichen und heiligen Mutter, unserer Herrin, der Jungfrau Maria.« Die Küchenuhr tackte laut, und das gesamte protestantische South Wales schien bei diesem papistischen Exordium zu erschauern. Caledvwlch war eine leblose Antiquität, aber er schien die Worte wie Öl einzutrinken. Reg fand sich an seine eigene Instabilität erinnert, die nur die langweilige Routine des anspruchslosen Berufs bändigte, den er geerbt hatte. Er lehnte es ab, sich als verrückt zu betrachten. Doch als Zip von ihrer Tournee nach Hause kam, stiegen ihr wieder dieselben Zweifel an seinem Geisteszustand auf wie in Kriegszeiten. Denn er erzählte ihr die ganze Geschichte.

»Hör mal«, sagte sie, »du solltest zu jemand gehen, wirklich.«

»Zu wem? Zu einem Archäologen? Existiert nur die Gegenwart? War die Heilige Helena wahnsinnig, weil sie das wahre Kreuz gefunden hat? Dies hier ist, was es ist. Was *er* ist. Du bist doch«, sagte er zu Caledvwlch, »was du bist? Was?«

»Schaff das verdammte Ding aus dem Haus. Schenk's einem Museum.«

»Er war im Museum, in einem gottlosen Land. Er hat zu lange in einem Mönchskeller geschlafen. Jetzt konsekriert er unser Ehebett.«

»Was um Himmelswillen redest du da?«

»Er kommt unter's Kissen.«

»O nein, tut er nicht, tut *es* nicht, meine ich. Hör mal, du hast das gestohlen! Die hätten uns alle wegen Diebstahl ins Gefängnis stecken können!«

»Diebstahl? Die Russen waren die Diebe. Sie haben jede Menge Beute aus Deutschland, und sie können da ja auch von legitimen Reparationen sprechen, aber das hier ist etwas anderes. Die Benediktiner haben das für das britische Volk zu treuen Händen aufbewahrt und dann vergessen. Jetzt bewahre ich es treuhänderisch für dieses Volk auf, im Bewußtsein dessen, was es ist. Er, meine ich.« Er senkte entschuldigend den Kopf vor Caledvwlch.

»Wenn es dem britischen Volk gehört, dann gib's denen. Dem König oder dem Premierminister oder so jemand.«

»Und die würden ihn sofort mit vielen Entschuldigungen den Russen zurückgeben. Außerdem ist nicht dieses britische Volk gemeint. Daß die Anglonormannen sich Briten nennen, ist eine Beleidigung der römischen Kelten.«

»Dann gib's den Walisern.«

»Die Waliser sind von den Anglonormannen absorbiert worden. Die Waliser sind keine Nation mehr.«

»Na, dann hast du doch noch diese Bande von Verrückten, die ständig rumschwadronieren und Banken überfallen und alte Frauen mit schwachem Herz ins Grab bringen. Gib's denen.«

»O nein. O nein. Wie wollen denn die behaupten, sie könnten das Britannien repräsentieren, das der westliche Vorposten der römischen Christenheit war? Eine willkürliche Horde von Hitzköpfen, die sich diesen Kram nur in den sogenannten Kopf gesetzt haben, damit es ihnen in Gibraltar nicht zu langweilig wird. O nein. Caledvwlch bleibt bei mir, Symbol eines Glaubens und einer Ritterlichkeit, die wiedererstehen werden, wenn die Welt zur Vernunft kommt.«

»Herrgott, der gottverdammte Heinrich Himmler hat von Ritterlichkeit geredet. Damit war Judenmord gemeint. Ich hoffe, ihr zwei werdet sehr glücklich miteinander.«

»Glücklich? Was soll das heißen, glücklich? Was für einen Grund gibt's denn zum Glücklichsein?«

»Nimm das verdammte ausgefranste Ding mit ins Bett. Steck's dir rein. Entweder kommt das aus dem Haus, oder ich gehe.«

»Du gehst doch ohnehin. Knallst deine Becken und klingelst auf dem Triangel rum, mit einem Haufen heimatloser Jidelach.«

Zip hatte neben dem Küchentisch gestanden und zur Betonung bestimmter Wörter auf die Platte geschlagen. Nun setzte sie sich und schaute ihn an. »Sag das auf Russisch, und du hörst dich an wie deine Mutter.«

»Ich hab's nicht so gemeint«, sagte Reg, nunmehr zerknirscht. »Ich weiß nicht, was in mich gefahren ist. Ich häng ihn an die Wand. Ich leg ihn in den Schrank zur Familienbibel. Tut mir leid, was ich gesagt habe.«

»Wir haben nächste Woche wieder ein Konzert in Cardiff. Ich bring das Ding zum russischen Konsulat.«

»Tu's, und ich schlitz dich auf damit.« Reg sah ein, daß in seinen Worten ein Widerspruch lag, und sagte: »Nein, das tu ich nicht. Nein, du tust das nicht. Ich bring es in den Keller zu den Fässern und den Spinnweben. Ich tu's weg. Es, hörst du, ich sage: es. Es ist ja so oder so nichts«, log er.

Berechtigterweise sagte sie: »Du bist ein Lügner, und wenn du nicht lügst, dann verheimlichst du mir Sachen. Und du bist ein verdammter Antisemit.«

»Bin ich nicht, bin ich nicht, ich liebe dich so sehr, ich vermisse dich so sehr, wenn du nicht da bist.« Er breitete die Arme aus, doch ohne ein erkennbares Begehren, sie damit zu umschließen. »Ich hoffe, daß es wahr ist, was ich damals im Bett in Leningrad gesagt habe.«

»Was ist wahr? Was hast du gesagt?«

»Man muß vorsichtig sein und darf sich nicht genau äußern, weil die Götter es hören und einem alles verweigern. Als ich gesagt hab, das sei der Moment.« Zip seufzte tief und schlug Caledvwlch, der auf dem Küchentisch lag, mit der Faust. Das flache Metall schlug zurück, wenn auch nicht hart. »Wenn ich Noten lese und Pausen zähle, ist alles klar, und ich weiß, woran ich bin. Manchmal glaube ich, ich weiß, woran ich mit dir bin. Und dann weiß ich, es stimmt nicht.«

»Du mußt von mir nur eines wissen, daß ich dich anbete. Gehen wir zu Bett. Es ist eine Stunde vor dem Öffnen.«

»Das ist auch gemein, das jetzt so zu sagen.«

»Ich bring ihn in den Keller, es, will ich sagen. Du mußt es nicht mehr sehen.«

Als Zip nach Cardiff ging, um dort Benjamin Brittens *Young Person's Guide to the Orchestra* sowie Brahms' Vierte Symphonie (nur im dritten Satz Triangel) zu proben und dann aufzuführen, holte Reg sofort Caledvwlch aus dem Keller, entschuldigte sich für diese Erniedrigung und massierte ihn mit Paraffin. Er las aus Malorys *Morte d'Arthur* vor. Es war seltsam, daß ein Besitztum von solch geschichtlicher Kraft auf einem Stuhl vor ihm ruhte. Wie bei Kaiser Konstantin, der zu Pferde die Evangelien las und einen der Nägel der Kreuzigung in die Trense hatte einschlagen lassen. Ganz unzweifelhaft war ein winziges Loch in der Klinge, etwa einen Zoll von der Spitze entfernt. Er wußte etwas, das Malory nicht wußte! Viel, viel mehr! Er hielt die entmythologisierte Wahrheit in den Händen, zweimal am Tage wartete sie darauf, daß er seine Wirtschaft zumachte. Die hüftschwenkende Megan blieb unbeeindruckt und sagte, nachdem sie »Shrimp

Boats Is Acomin'« gesungen hatte: »Wozu is das denn gut?« Darauf gab es im Grunde keine Antwort.

Zwei Monate nach der Rückkehr von Leningrad wußte Zip, daß sie schwanger war. Ausbleiben der Monatsregel, morgendliche Übelkeit. Sie mußte es sich noch durch eine klinische Untersuchung bestätigen lassen, aber sie war sich sicher. Sie hatte eine Empfindung, als sei ihr Körper zu einem Schiff geworden, dessen Mannschaft auf den Befehl zur Ausfahrt reagierte; in einem bisher ungeöffneten Hinterzimmer ihres Bewußtseins versammelte sich eine Art Bürobelegschaft mit einem Wandkalender. Sie sagte es Reg über dem weichen Frühstücksei, bei dem sie würgen mußte, und Reg tanzte durch die Küche. »Das ist genau das, was ich gemeint habe«, rief er, »als ich gesagt habe, das sei der Moment. Die Vaterschaft hat ihre eigene Schwangerschaft. Es muß die Luft in Leningrad gewesen sein oder der Pfefferwodka. Oder irgendwas.« Etwas, das in stummem Groll neben den Bierfässern lag. »Möchtest du dich hinlegen, Liebes? Ich mach dir frischen Kaffee. Sag alle Verpflichtungen ab, hörst du? Jetzt werden keine Trommeln mehr verprügelt.«

»Sei nicht töricht. Nach dieser Enzyklopädie da braucht es zweihundertvierundsiebzig Tage oder so.«

»Das geht rasch vorbei, das ist gar nichts. Das Kind ist schon da. Das Getrommel wird ihn traumatisieren.«

»Bist du sicher, daß es ein er ist? War das auch ein Moment von Leningrader Hellsicht?«

»Ein gleiches Geschlecht. Der alte Traum von einer reinen Generation, die keine unserer Sünden erbt.«

»Eine Art Israeli.« Sie setzte sich aufrecht hin und sagte: »Ein jüdisches Kind, ist dir das klar? Der Vater zählt nicht. Ich schreibe besser mal meiner Mutter, auch wenn die mir nicht schreibt. Das wird für die beiden eine große Nachricht sein.«

»Gib das Geklirre und Gewummere auf. Jetzt. Schreib denen einen Brief. Tritt aus.«

»Unsinn. Wir spielen in zwei Wochen in der Albert Hall. Große laute Sachen. *Petruschka*. Ravels *Boléro* mit zwanzig Minuten kleiner Trommel, nonstop. Ich pack das schon.«

»Ich verbiete dir das.«

»Unsinn.«

Ich hörte meine Schwester bei diesem Anlaß trommeln und klappern und ihr Glockenspiel in den höchsten Sechzehntelnoten betätigen. Ich war in Sachen Terrorismus in London, ein Captain in Zivil mit britischem Paß, ich überwachte die Vorbereitungen für das Anbringen einer Zeitbombe in der irakischen Botschaft. Ich nahm Zip mit in mein Hotel hinter dem Grosvenor Square – es wurde von El-Al-Besatzungen bevorzugt und war bereits einmal Ziel eines ineffektiven Handgranatenangriffs von Palästinensern gewesen. Sie aß ein Steak *à l'anglaise*, das der Zimmerkellner gebracht hatte. Ich bemerkte, daß das nicht koscher sei. Sie starrte mich an.

»Ich verstehe. Du bist plötzlich orthodox geworden. Ist das Pferd im Leviticus, oder wo immer das alles steht, verboten? Denn das ist ganz bestimmt Pferd.«

»Komm ins sonnige Israel, wo wir nicht die hungernden Deutschen füttern müssen. Aber im Ernst. Dad wird doch seinen Enkel sehen wollen. Dad würde sogar noch glücklicher sein, wenn er als Kaktus zur Welt käme.«

»Ich weiß. Er hat geschrieben. Aber mein Brief war eigentlich an Mutter. Warum hat er mir das mit Mutter nicht gesagt?« Da hatten wir's; Frauen waren nicht zu täuschen. »Sie hat ihn verlassen, nicht wahr?«

»Sie hat uns alle verlassen, fürchte ich.«

»O mein Gott.« Sie schob das Pferdefleisch weg. »Wann? Was ist passiert?«

»Herz«, log ich. »Es war Dads Idee, daß man dich nicht beunruhigen sollte, nicht jetzt. Er wollte nicht, daß du plötzlich angereist kommst wie ich.«

»Also deshalb bist du hingefahren. Es war keine plötzliche Erleuchtung à la Reg.«

Ihre Augen wurden nicht naß. Wie ich selbst hatte auch sie unsere Mutter nicht besonders gut gekannt. Abwesenheit war nicht so sehr ein Tod wie eine Art Nichtexistieren. »Also ist Dad jetzt allein. Schlurft durch die Küche und macht sich seinen eigenen traurigen Kaffee.« Das war sehr präzise. »Wohnst du bei ihm?«

»Ich seh ihn oft genug. Aber ich muß in der Kaserne wohnen.«

»Ich wünschte, ich könnte etwas empfinden. Immerhin ist es ein Schock. Sie waren nie voneinander getrennt. Er muß sehr darunter leiden.«

»Er fühlt sich bei dem Gedanken an ein Enkelkind gleich wohler. Noch wohler würde er sich fühlen, wenn du da wärst. Aber du hast dein eigenes Leben hier zu führen. Und du hast Reg.«

»Reg ist verrückt.«

»Das hast du schon immer gesagt.«

»Nein, wirklich verrückt! Er spricht zu seinem verdammten Schwert, als sei es eine Mischung aus Nachkommenschaft und Heiliger Dreifaltigkeit.«

»Schwert? Erzähl.« Sie erzählte es. »An Mut hat's ihm nie gefehlt«, sagte ich. »Warum zum Teufel hat er das getan?«

»Ich habe *Baby* in der Familienenzyklopädie des Hauses gesucht. Kam natürlich gar nichts. Aber der Band ist mehr oder weniger von selbst an der Stelle *Benediktiner, Die* aufgegangen. Das britische Königshaus und Monte Cassino. Reg hat endlos von einer Mission geschwafelt, die seine Familie hat. Redet von gewissen unvergänglichen Soliditäten, wo er das Unsolideste ist, was mir je begegnet ist. Immer drunten im Keller, wo er nachschaut, daß es dem Ding auch gutgeht.«

»Das hat doch alles mit Spanien angefangen, oder? Der Kampf für eine reine und heilige Sache, nur wußte man nicht so genau, was die eigentlich war. Solidität. Absolute Gestimmtheit. Wenn er verrückt ist, dann nach Art des Don Quijote. Er ist wohl im Grunde ein Jude, nehme ich an.«

»Reg? Ein Jude? Daß ich nicht lache.« Das war sehr unangemessen formuliert: Sie lachte laut dazu. »Christliche Ritterlichkeit, und hinaus mit den Barbaren und den Heiden.«

»Also den Sarazenen und den Befleckern der heiligen Orte. Ein christlicher Dichter hat *Das befreite Jerusalem* geschrieben.«

»Arme Mutter. Armer Vater.« Sie hatte die Verbindung mit Jerusalem mit weiblicher Magie hergestellt. »Man hätte es mir sagen können. Sagst du mir jetzt die Wahrheit, war es wirklich das Herz? Wir haben hier auch Zeitungen, weißt du. Es werden Leute von arabischen Bomben getötet, in Tel Aviv. War es das?«

»Sie ist in Jerusalem gestorben. Aller Tod kommt vom Stillstand des Herzens. Sie wurde sehr erschreckt. Dad hat sich große Vorwürfe gemacht. Ein Kriegsgebiet ist kein Ort für eine Frau. Das war auch ein Grund, weshalb er nicht wollte, daß du wie ich angereist kommst.«

»Und du hast jetzt Urlaub vom Kriegsgeschehen, ja?«

»O nein. Durchaus nicht. Und so oder so, ich kämpfe nicht wirklich mit im Krieg. Ich bringe es nur anderen bei. Sabotagetaktik, Überfälle, selbstgebastelter Sprengstoff, in dieser Art. Wenn ich auch ein oder zwei Einsätze geführt habe, die Landung in Ras Burin kam nicht in die Zeitungen. Hier muß ich mich um eine kleine Operation im Queensgate 21 kümmern. Man nennt das Terrorismus, was bedeutet, dem Feind ungeheuerliche Angst einzujagen. Frag mich nicht weiter.«

»Ich hatte es nicht vor. Hast du schon einmal von Chaim und Deborah Kishon gehört?«

»Keine Araber, so wie es klingt.«

»Richtig. Zwei Pianisten. Es gibt was von Bartók für Klaviere und Schlagzeug. Es gibt auch ein Arrangement des Konzerts für Klavier und Orchester von Ravel, das hat Chaim für sie beide geschrieben, mit Perkussion. Sie haben noch Verschiedenes in Auftrag gegeben, es ist keine uninteressante Besetzung. Britten schreibt was.«

»Für dich auch keine schlechte Idee. Planst du jetzt eine neue Karriere zum falschen Zeitpunkt? Gerade wenn die Natur sich meldet?«

»Ach, es hat noch Zeit. Zeit für eine Israeltournee. Das haben die Kishons jedenfalls vor.«

»Es ist Krieg dort.«

»Es war auch hier Krieg, weißt du noch? Bomben sind gefallen und so weiter.«

»Dad würde sich freuen. Was ist mit Reg?«

»Reg hat damit nichts zu tun. Jetzt geht es nur noch um mich und das da drinnen. Reg hat seinen verwünschten Excalibur, mit dem redet er. Mittlerweile geht er wohl damit ins Bett. Er sagt immer, jetzt hat er auch sein Schlaginstrument. Verrückt, wie ich schon sagte. Ich schmeiß dieses Pferdefleisch jetzt aus dem Fenster. Gibt es Hunde im Grosvenor Square?«

Was geschah, mußte schließlich geschehen, wie Aled Rhys Reg eines Abends nach dem Schließen klarmachte. »Wer hat's dir gesagt? Woher weißt du es?« hatte Reg erregt gefragt. Aled Rhys war nicht mit seinen früheren Genossen gekommen. Ein dunkelhäutiger Mann war dabei, dessen Namen Reg nicht verstanden hatte, ein Mischling aus dem East End von London, und ein junger Mann, der nach seinem Vater Terry MacMahon hieß. Trotz seines Namens sprach er mit walisischem Tonfall. Aled Rhys sagte:

»Du hast Megan Pritchard alles erzählt. Sie hat gedacht, das sei ein Witz, ihr Bruder Tom nicht. Tom ist einer von uns. Wie du.«

»Was für ein Idiot ich war, ich bin. Nein, ich bin keiner von euch.«

»Jeder gute Waliser muß das sein«, sagte das Hafenhalbblut.

»Ich habe gebetet, daß es geschieht«, sagte Aled Rhys. »Es war das, was dir zu tun bestimmt war. Für uns. Dein Bruder wußte, wo es war. Man kann von der Unschuld vieles lernen.«

»Wo sind die anderen?« fragte Reg. Er stand hinter der Bar wie hinter einer Schutzmauer, ein halbgespültes Pintglas in der Hand. »Wo ist der Schwachkopf, den ihr den Fürsten von Cymru genannt habt?«

»Von dem wollen wir jetzt nicht reden«, sagte Aled Rhys. »Die anderen beiden sind ausgestiegen. Groß mit der Klappe, aber nicht zum Handeln bereit. Die Sache geht voran.«

»Das heißt: noch ein paar Banküberfälle und ein in die Luft gesprengter Briefkasten in Llanfynydd.«

»Du liest brav deine Zeitungen. Also, laß es sehen.«

»Warum? Warum sollte euch das irgend etwas bedeuten?«

»Red keinen Blödsinn«, sagte Terry MacMahon.

»Es ist nicht das, was ihr meint. Es ist ein Stück Alteisen, das ich in Leningrad für ein paar Pfund gekauft hab. Und selbst wenn es das wäre, was ihr meint, mit welchem Recht kommt ihr denn hier anmarschiert und wollt es sehen?«

»Wir wollen mehr als es nur sehen«, sagte Aled Rhys. »Wo ist es?« Er stand von dem Sitz unter dem Fenster auf, an dessen Scheibe ein Johannisbeerstrauch im Nachtwind pochte.

Reg hielt das halbgespülte Glas wie eine Waffe vorgereckt. »Ihr kommt nicht hinter diese gottverdammte Theke, falls ihr das glaubt! Ich zeig euch an, Hausfriedensbruch.«

»Wir wollen keinen Streit«, sagte der East Ender, der ebenfalls aufgestanden war. »Es gibt genug Feinde, mit denen man zu kämpfen hat, auch ohne daß man noch auf einen walisischen Landsmann los muß.«

»Du siehst mir nicht sehr nach Waliser aus«, sagte Reg. »Mehr wie ein gottverdammter Araber.«

»Rassismus, was? Meine Mutter hat arabisches Blut von Ostafrika rübergebracht, aber mein Dad war ein reiner Kelte und hat mich gelehrt, was man den reinen Kelten angetan hat.«

»Schau mal«, sagte Terry MacMahon, der immer noch auf dem mit Kreidespuren übersäten Stuhl unter dem Dartboard saß. »Die Öffentlichkeit muß was zu sehen bekommen, oder? Es hat keinen Sinn, immer vom freien Cymru zu reden, wenn die nichts vor Augen haben. Eine Fahne, schön und gut, aber Aled hier sagt, du hast das Schwert von König Arthur. Ich hab gelacht, wie er das gesagt hat, aber es gibt doch Dinge, die überdauern, wie Stonehenge. Wenn man das Schwert bei einer öffentlichen Versammlung erhebt, das kommt in die Zeitungen, zeigt den Sais, daß wir's ernst meinen, was? Das ist ne große Sache, eine von den größten, die's überhaupt je gegeben hat, und du willst hier drauf sitzenbleiben.«

»Wenn man ihn, es öffentlich macht«, sagte Reg, »haben es die Russen sofort wieder. Ich mache mich zum Protektor.«

»Du gibst es also zu«, sagte Aled Rhys. »Das war eine Lüge

mit dem Stück altes Eisen. Du entweihst Caledvwlch und läßt ihn im Bierdunst in deiner Küche liegen oder sonstwo. Das Volk von Cymru hat ein Recht darauf. Was du tust, das ist ungesund, wie Onanie. Übergib es an die rechtmäßigen Repräsentanten eines freien Cymru.«

»Und wer sagt denn, daß ihr das seid?« sagte Reg. Der Klang des wahren Namens traf ihn ins Herz, wie der Kosename eines geliebten Menschen, ausgesprochen in einem öffentlichen Pissoir. »Wer sagt denn, daß ihr für das freie Wales steht? Plaid Cymru behauptet das auch, und die walisischen Abgeordneten, die das Volk nach Westminster wählt, sind die demokratischen Stimmen von Wales. Mir kommt es vor, als seid ihr nur ein Haufen Schlagetots, denen Gewalt um der Gewalt willen gefällt. Ihr steht so sehr für das Volk von Wales wie mein Arsch.«

»Vulgär.« Aled Rhys schüttelte traurig den Kopf. »Zynisch, skeptisch. Die kleinen Nationen der Welt erheben sich gegen ihre Unterdrücker, und alles, was du kannst, ist von deinem Arsch reden. Stell das Glas hin, du wirst hier niemand verletzen, solang ich da bin. Nimm es ihm ab, Terry.« Reg zerschlug den Rand des Glases an der Theke und streckte den dreien den gefährlich gesplitterten Rest entgegen. »Wie unartig. Mach zu, Terry.« Terry erhob sich von seinem Stuhl und hob diesen hoch; vom Sitz rieselte feiner Kreidestaub auf den Boden. Er schwang das Möbelstück nach Reg und ließ dessen rechtes Handgelenk unter einem hinteren Stuhlbein knacken. Einen Kampf gab es nicht. Das zerbrochene Glas fiel, und Reg fluchte. Er griff sich mit der Linken einen metallenen Zapfhahn, der in der Spüle lag. Der fiel von einem Hieb des nächsten Beins. »Hat keinen Sinn, was?« sagte Aled Rhys. »Wir kommen jetzt nach hinten. Wenn du vernünftig gewesen wärst, hätte das alles nicht passieren müssen. Wir mögen Gewalt nicht mehr als du.«

Reg versuchte, ihnen den Weg in die Küche zu verstellen, die im Dunkel lag. Man stieß ihn hinein. »Schalter muß hier irgendwo sein«, sagte Terry MacMahon, an der Wand umhertastend. »Da.« Licht flutete über die Unordnung der Küche. Mitten auf dem Tisch lag in seiner hölzernen Scheide Caledvwlch. Der

Tisch gehörte ganz ihm, bis auf den aufgeschlagenen Band Malory. Reg stolperte hin, um ihn zu ergreifen, zu beschützen, aber der East Ender packte ihn vorher. Aled Rhys näherte sich mit der Vorsicht, die man bei einem schlafenden, aber tollwütigen Hund zeigt, dem Tisch, hob vorsichtig die Scheide hoch und zog das Schwert heraus, das mit mattem Ölglanz böse in die Glühbirne starrte. Reg fluchte, aber die drei holten – das gehörte sich auch so – ehrfürchtig tief Atem. Und Rhys hob die Schwertspitze zur Zimmerdecke. Er sagte:

»Wenn dies echt ist, woran zu zweifeln ich keinen Grund habe, dann haben wir hier den heiligsten aller alten Schätze des Volkes von Cymru. Damit hat er auf die einfallenden Sachsen eingeschlagen, als Verteidiger der römischen Christenheit.«

»Wie seid denn ihr erzogen worden?« höhnte Reg. »Kalvinistisch-methodistisch, oder?«

»Ich gehöre der katholischen Kirche an«, sagte Terry MacMahon. »Meine Mutter hat sich bekehrt, als sie meinen Dad geheiratet hat. Aber darum geht's nicht. Es geht um eine freie Nation.«

»Es geht darum«, zischte Reg, »daß ihr jetzt einen unbezahlbar kostbaren Gegenstand in der Hand habt, und ihr werdet ihn an den Meistbietenden verkaufen! Was habt ihr bei diesem nationalistischen Quatsch denn je anderes gesucht als Geld?«

»Wieder so zynisch«, sagte Aled Rhys und machte spielerisch einen Ausfallstoß in Regs Richtung. »Ja, Geld spielt eine Rolle, und die Bewegung ist noch arm, aber niemals würden wir daran denken, auch nur im Traum daran denken –«

»Wenn das da das ist, was du meinst«, sagte der Mann aus dem East End, »ist es ganz schön was wert, da gibt's nichts.«

»Dies«, sagte Aled Rhys und wies mit dem Caledvwlch zum Fenster und dem aufgehenden Halbmond, »ist zu kostbar, als daß wir so darüber reden sollten. Dies ist ein Wunder. Das Schwert lag fünfzehnhundert Jahre im Dunkeln, von einer Art Zauber bewahrt. Könnt ihr auch so einen Glanz daran leuchten sehen?«

»Nein«, sagte Terry MacMahon prompt. »Ist ein Stück altes

Eisen, aber es ist auch das, was du glaubst. Ein Schwert ist zum Töten, oder? Der Feind wird aufschreien. Jetzt werden die Leute aufmerksam.«

Beatrix saß in ihrem Apartment im zehnten Stock des Hauses in der West 69th Street und las das Nachrichtenmagazin mit dem Titel *Time*. Ihr Mann hatte das Exemplar, das er selbst gekauft hatte, zerrissen; er wollte nicht, daß sie die Kritik seines Romans las, den der Verleger schließlich *Blutspur im Schnee* genannt hatte, so daß es sich anhörte wie der Titel eines müden Thrillers, nicht wie ein Epos vom Krieg. Das Buch war, sagte der ungnädige Rezensent, nach Mailers *Die Nackten und die Toten* schlicht überflüssig. Es war nicht überzeugend. Autor Roth schlug die große Trommel einer bemüht literarischen Prosa, um die Irrealität der Handlung zu übertönen. Daß Roth den Krieg am Schreibtisch verbracht und das Kämpfen literarisch unbegabten Männern überlassen hatte, gehörte vielleicht nicht unbedingt hierher, aber daß die erzählten Erfahrungen aus zweiter Hand waren, war offensichtlich. Roths polnische und litauische Geographie hatte mit keiner realen Landkarte etwas zu tun, seine Nazis und Russen stammten direkt aus dem Comicstrip, seine amerikanischen Charaktere waren Klischees. Das Buch stolperte durch den Schneesturm einer Faulknerschen Weitschweifigkeit. Roths aufgesetzte Zornigkeit als die Qual des einfachen Soldaten auszugeben, war fast peinlich. Bei Mailer dienten die Zitate der Dos-Passos-Technik einem künstlerischen Zweck; bei Roth waren sie nur dazu da, das Gewicht des Buches hochzutreiben. Das Buch war aber schwergewichtig nur in dem Sinne, daß es dem Leser unverdaulich und ohne Nährstoffe im Magen lag. Beim Wettbewerb mit Mailer genügte ein Hieb, und Roth lag in der nächsten Schneewehe. Dieser Schnee bestand aus lauter Papierschnipseln. Autor Roth sollte besser auf den nächsten Krieg warten.

Die Besprechung überraschte Beatrix nicht. Sie hatte sich gewaltsamen Zugang zum Schreibtisch ihres Mannes verschafft, um die Zeitungsausschnitte zu lesen, die ihm der Verlag geschickt hatte. Nur die Rezensionen, die aus direkten Übernahmen des Klappentextes bestanden, fanden Lob für den Autor. Auch konnte sie mitverfolgen, wie es mit seinem neuen Roman voranging. Der handelte von einem Klumpen Gold, der in den Besitz einer Familie geraten war und zu einer Art Familienfluch wurde. Beatrix war sich ganz sicher, daß Irwin seinen Beruf verfehlt hatte. Das wäre nicht unbedingt schlimm gewesen. Sein Vater gab ihm großzügig Geld, damit er ein Jahr lang komfortabel existieren konnte, wenn auch unter einer Bedingung: daß er, falls er's nicht schaffte, eine Stelle im Büro des Vaters annahm. Mit Irwin zusammenzuleben stellte sich jedoch als sehr schwierig heraus. Beatrix hatte nichts weiter zu tun, als die Hausarbeit der *schwarzerin* zu beaufsichtigen, die täglich kam und unmelodisch über der Spüle sang. Das Apartment war schön und geräumig, und jeden Abend hallte es von lauten Streitereien wider. Beatrix war der Punchingball, an dem Irwin seine literarischen Frustrationen abreagierte. Dann biß und malträtierte er sie besänftigt in dem großen Doppelbett mit den blutroten Laken. Dann wollte er seinerseits malträtiert werden. Sie setzte sich vorsichtig (da ihr noch einiges weh tat) in dem ausziehbaren Bach-Bentz-Sessel zurecht und schaute die vorderen Seiten von *Time* durch. Der abgerundete Fernsehschirm zeigte Ray Milland in *The Lost Weekend*. Irwin machte seinen allabendlichen Zug durch die Bars. Sie dachte, daß sie Irwin eigentlich nicht mehr lange ertragen wollte.

Ein Absatz in der Rubrik »Ausland« berichtete vom walisischen Nationalismus und erwähnte einen Auftritt im Stil der komischen Oper, als ein Schwert aus einem Stein herausgezogen worden war. Das Schwert war nur unter größeren Schwierigkeiten zum Vorschein gekommen, da König Arthur nicht anwesend war, um ihm den richtigen Ruck zu versetzen. Der betrunkene Waliser, der sich auf Englisch als rechtmäßiger Nachfolger Arthurs vorgestellt hatte, war dabei voll aufs Gesicht gefallen. Es war eine höchst erheiternde Zeremonie gewesen, wie sie zu der totgeborenen Forderung nach walisischer Unabhängigkeit bestens paßte. Wales war schon lange ein Teil Großbritanniens (eine Fußnote teilte pedantisch mit, wie lange) und hatte dies auch dadurch bestätigt, daß es dem britischen Thron das Geschlecht der Tudors geschenkt hatte. Das ganze war eine schwache, auf typisch walisische Weise romantisch kostümierte Parodie der wahrscheinlich legitimen Forderungen der IRA nach einem vereinten Irland.

Irwin kam spät und betrunken nach Hause. Er murmelte etwas, sagte Hi und stolperte auf die Toilette, wo er sich in einer langen akustischen Performance qualvoll übergab. Er kam mit Erbrochenem an seinem türkisfarbenen Rollkragenpullover ins Wohnzimmer und versuchte, eine Brahms-Platte auf den Plattenspieler zu legen. Er wurde munterer, als die *Variationen über ein Thema von Haydn* mit puddingdumpfen Holzbläsern begannen, die gegen die Kratzer auf der Schallplatte kämpften, und er verlangte sein Abendessen. Im Eisschrank, sagte Beatrix kühl, war kaltes Huhn. Warum konnte sie denn nicht kochen lernen, wollte er wissen. Huhn! Scheiß drauf. Er forderte sie auf (in einem Tonfall und mit einem Wortschatz, die nicht die seinen waren), ihren goijischen Arsch ins Bett zu bewegen und sich drauf gefaßt zu machen, daß sie jetzt durchgefickt würde, aber gründlich. Dann verlor er auf dem Fußboden die Besinnung, während die Nadel, an einem Kratzer festsitzend, immer wieder ad infinitum denselben sinnlosen Jambus von Tönen hervorrieb. Beatrix legte eine leichte Decke über ihn und ging ins Bett.

Warum hatte sie es getan? Vielleicht war die Natur ihrer königinnenhaft hochmütigen Haltung dem Sex gegenüber müde geworden und hatte die Geruchsreize der Unterwerfung ausgesandt. Irwin hatte sie erregt und tat es immer noch, solange er nüchtern war. Aber ihr Ökonomiekurs hatte sie über die Logik abnehmender Erträge belehrt. Die Amerikaner schienen zu glauben, daß ein sexuelles Einverständnis für eine Ehe genügte; eine neue sexuelle Aufgeregtheit rechtfertigte die Scheidung. Sie konnte sich einfach genug scheiden lassen, aber das schien alles irgendwie zu einfach, nicht ganz fair. Bis daß der Tod uns scheide – das war die ererbte und niemals in Frage gestellte Ansicht ihrer Eltern zu dieser Frage gewesen, und jetzt war ihre

Mutter bereit, dasselbe Versprechen in einem Land abzulegen, wo die Scheidung zum Waffenarsenal des marxistischen Zynismus gegen eine bourgeoise Institution gehörte. Beatrix sah aus wie eine englische Rose, doch ihre russische Seite trat in dieser Stadt stärker hervor, wo es russisch-jüdische Zeitungen gab. Sie brauchte eine Beschäftigung, und sie hatte aus Washington Andeutungen erhalten – wahrscheinlich in Gang gesetzt von Jura Petrowitsch Schulgin –, daß man sie brauchen könnte. Aber ein Vorschlag von Professor Namier von der Universität Manchester war attraktiver – eine Dozentur in der Heimat, Spezialgebiet sowjetische Geschichte. Der springende Punkt bei ihrem russischen Wesen war eben, daß es kein jüdisches war – es lag nichts vom Jammerlaut des Exils darin. Ihre Frustration als Frau eines gescheiterten Romanciers war ihr von außen aufgezwungen; in sich selbst trug sie keine Frustration. Sie hatte die Ehe kennengelernt und war nicht sehr beeindruckt. Sie hatte New York kennengelernt und damit fast, wenn auch nicht ganz, Amerika, und fand es provinzieller als Manchester. Sie brauchte ihre Unabhängigkeit, aber es fehlte ihr das Geld. Sie hörte einen stöhnenden Irwin Richtung Bett wanken. Er scharrte an der Wand nach dem Lichtschalter und streute dann seine Kleider über den Fußboden. Nackt und behaart zeigte er ihr stolz seinen geschwellten Phallus. Er versuchte, sich von hinten in sie hineinzuschieben, und sie schlug zu. Viel mehr hiervon ließ sie sich nicht mehr bieten.

Ich las dieselbe Nummer von *Time* viel später im Offizierskasino in Tel Aviv. Ich dachte natürlich an Beatrix. Dann las ich die Luftpostausgabe der Londoner *Times*, wo ein Artikel über die moralischen Fragen stand, die ein Diebstahl aus der Eremitage aufwarf. Dieses ganze Problem des Diebstahls nationaler Kunstschätze war sehr komplex. Ob das gestohlene Schwert und seine Scheide tatsächlich von genuin historischer Bedeutung waren, darum ging es im Grunde nicht, auch wenn Labortests den Nachweis erbracht hatten, daß zumindest letztere tatsächlich sehr alt war. Der Artikel erwähnte *en passant* die moralische Frage, die sich für die Akropolisskulpturen im Britischen Museum stellte. War der Diebstahl an einem souveränen Staat vom selben Kaliber wie ein ganz gewöhnlicher Einbruch? Die walisischen Nationalisten proklamierten voll Stolz öffentlich, daß ein alter Schatz der romanisierten Briten aus einem Rußland zurückgeholt worden war, das ihn nur als Teil seiner Kriegsbeute beansprucht hatte. Die sowjetische Regierung sprach scharf von westlichem Hooliganismus, forderte von der britischen Regierung, den Dieb oder die Diebe umgehend dingfest zu machen, und behielt einstweilen als Geiseln einige Kunstschätze der National Gallery ein, die gerade im Zuge eines freundlichen Kulturaustauschprogramms nach Moskau geschickt worden waren, das ja nun gar nichts bewiesen hatte als die Durchtriebenheit des Westens. Es schien dem Verfasser des *Times*-Artikels, einem gewissen P. J. Trevelyan, daß die britische Regierung eigentlich der russischen Forderung entsprechen sollte, wobei gleichzeitig natürlich die kollektive Verantwortlichkeit abzulehnen war. Die Handlung eines einzelnen unverantwortlichen Individuums ließ sich nicht als politischer Akt bewerten, aber schließlich blieb Diebstahl auf der ganzen Welt immer noch Diebstahl, und die britischen Kräfte des Gesetzes und der Ordnung mußten aufgerufen werden, notfalls mit Gewalt das Eigentum eines befreundeten Staates wiederzubeschaffen, mit dessen Feindschaft keine vernünftige Regierung es je zu tun haben wollen würde.

Die *Daily Mail* sah das anders. Sie und die anderen Boulevardblätter strichen die Wiedergewinnung des Schwertes Excalibur, das sich nun wieder auf britischem Boden befand, kräftig heraus, wenn sie auch alle, insbesondere die *Daily Mail*, zu glauben schienen, daß König Arthur einst die Engländer regiert hatte. Das Schwert sollte in der Westminster Abbey ausgestellt werden, damit das britische Volk ihm die Ehre erweisen konnte! Damit war nicht das walisische Volk gemeint. Die ganze Sache kam mir völlig absurd vor. Und doch, was würde die fortdauernde Existenz der Bundeslade für das Volk von Israel bedeuten? Diese geheiligte Kiste aus Schittim- beziehungsweise Akazienholz, in der die beiden Gesetzestafeln ruhten, war bei der Einnahme von Jericho von den Leviten getragen worden. Die Philister hatten sie erobert und auf den Altar des Dagon zu Asdod gestellt. Sie war zurückgewonnen worden und stand als heiliger Kern inmitten der riesenhaften Schale des salomonischen Tempels. Doch sie war das äußere Zeichen der inneren Begnadetheit eines von Feinden umringten, kämpfenden Volkes von großer religiöser Inbrunst. Konnte man dasselbe von dem Schwerte Caledvwlch behaupten?

Das Schwert Caledvwlch schlug in einem Vorort von Newport zu. Edward Golightly, ein unangezweifelter Engländer und Chef eines Schiffsverschrottungsunternehmens, wurde von vier maskierten Männern, die lokalen Dialekt sprachen, beim Aussteigen aus seinem Wagen in der St. Woolos Avenue entführt. Er dachte zuerst, das sei ein Witz. Er hatte zwar schon in Italien Ferien gemacht, wo die Lösegelderpressung ein altehrwürdiger Beruf war, aber er hatte nicht gedacht, daß es dieses Berufsbild auch im friedlichen South Wales gab. Man legte ihn mit verbundenen Augen hinten in einen Kleinbus, den er ohne Neugier schon in der Nähe seines Hauses hatte parken sehen, und fuhr ihn viele Meilen fort. Blind wurde er hinausgeschoben; dann erlaubte man ihm, in einer schmutzigen Küche wieder ins Licht zu blinzeln, wo eine nackte Glühbirne im Luftzug von der zerbrochenen Fensterscheibe her pendelte. Die vier Männer behielten die Masken auf. »Müssen das machen, verstehen Sie«, sagte einer von ihnen. »Wollen nicht, daß Sie wissen, wer wir sind, nichts für ungut. Fangen sonst vielleicht an, rumzubrüllen, wie wir aussehen, wenn Sie wieder rauskommen.«

»Wann komme ich raus?«

»Dauert nicht lang, hoffen wir. Hängt nur davon ab, daß ihre Gnädigste zahlt. Wales den Walisern ist unser Motto.«

»Wieviel?«

»Der ganz oben sagt zehntausend. Aber er rechnet damit, daß da noch bißchen hin und her gehandelt wird. Jeder Beitrag bringt uns weiter.«

»Die wird nicht zahlen«, sagte Mr. Golightly. Er war ein schwer atmender Mann von etwa fünfzig. »Es gibt ja keine Garantie, wenn sie zahlt. Ich hab von sowas schon gehört, aber nicht hier.«

»Nicht hier, nein. Da sind wir bahnbrechend sozusagen. Die wird schon zahlen. Wie wär's mit ner guten Tasse Tee? Tut uns leid, daß wir Ihnen abends kein richtiges Dinner geben können, wie's Leute Ihres Standes gewöhnt sind. Bißchen Zwieback gibt's.«

»Sie sollten eines wissen«, sagte Mr. Golightly. »Ich bin Diabetiker.«

»Sie meinen, Sie dürfen ihn nicht mit Zucker?«

»Ich meine damit, daß ich Insulin brauche, wenn Sie wissen, was das ist.«

»Schon mal davon gehört, Jack, ja?«

»Der Jüngste von den Roberts, der hat sowas. Die haben was von Spritzen erzählt. Kriegt man in der Apotheke, hm?«

»Nur auf Rezept«, sagte Mr. Golightly.

»Das tut uns leid. Können ja keinen Arzt hierher holen. Fliegt sonst die ganze Sache auf.«

»Dann haben Sie bald eine Leiche hier liegen.«

»Na, das wollen wir ja nicht, wie? Nichts für ungut. Aber wir haben da jetzt nur Ihr Wort dafür.«

»Sie werden bald genug herausfinden, daß das stimmt.«

»Da haben wir Sie ganz falsch ausgesucht. Was meinst du, Jack?«

»Verbinden wir dem Penner wieder die Augen und bringen ihn dahin zurück, wo wir ihn aufgegabelt haben. Blöder Anfang. Na ja, man kann nicht immer gewinnen.«

Dies schien zu beweisen, daß die Waliser im Grunde für Gewalt nicht begabt sind, aber sie lernten rasch. Dr. Lewis, eines Wochentags der einsame Mittagessenstrinker in Regs Pub, kommentierte einen Bericht in der *Western Mail* über die Plünderung einer jüdischen Pfandleihe in Tredegar, in deren Verlauf der Besitzer mit einem ausgestopften Alligator um sich geschlagen hatte, um dann mit einem Infarkt zusammenzubrechen. Dann sagte Dr. Lewis zu Reg:

»Du siehst gar nicht gut aus. Ich sollte wohl ein Stärkungsmittel verschreiben.«

»Ich bin in Ordnung.«

»Nein, bist du nicht. Niemand ist in Ordnung. Wir wissen gar nicht, wie zum Teufel uns geschieht, keiner, nicht einer. Wir können die Zukunft nicht sehen, und wir putzen die Vergangenheit romantisch auf. Wir führen viele kleine Kriege, weil wir zu verdammt viel Angst haben vor einem großen. Zu viele kleine Nationen verlangen ihre Unabhängigkeit zu einer Zeit, da nur zwei große Nationen zählen. Deine Geste war so blödsinnig romantisch, daß man sie nicht ernst nehmen konnte. Wer schert sich denn um König Arthur, wenn's den je gegeben hat? Du hast da so eine Vision von einem Michelangelogiganten, der mit seinem Schwert zum Ruhme eines christlich-römischen Imperiums auf die heidnischen Eindringlinge losdrischt. Das war ein völlig zynisches Christentum, nichts wie zänkische Bischöfe und Kaiser, die glaubten, Christus sei eigentlich der Sonnengott. Und es war ein Imperium, das von innen her zusammenbrach, Inflation und Verweichlichung und Sklavenaufstände. Es mußte ja weg. Die Barbaren mußten die Sache übernehmen, die Logik der Geschichte hat's verlangt. Und sie wurden ja dann auch gleich Christen, also hat König Arthur völlig umsonst sein Schwert geschwungen. Die Kelten hatten in der Geschichte nur eine einzige Aufgabe, und die bestand darin, die Teutonen das Wort zu lehren. Die britischen Kelten konnten sich selber nicht regieren, die Schotten und Iren ebensowenig, alle dazu bestimmt, ein Untertanenvolk zu sein, die ganze Bande, verschwommen, romantisch, zickig, lauter Prediger und Trällerer, die an verstimmten Harfen zupfen. Und König Arthur, den's ja wahrscheinlich überhaupt nie gegeben hat, war zweifellos ein syphilitisches Wrack, den man auf seine alte Mähre hieven mußte, und hat sich in die Schlacht gehustet, von der er wußte, die verliert er doch. Äääh.«

»Die Syphilis gab's damals noch nicht«, sagte Reg.

»Jedenfalls völlig verseucht, und bestimmt ein Hahnrei. Und auf der Suche nach dem Gral und der heiligen Lanze, weil die geglaubt haben, so heilt man Impotenz und macht das Korn wachsen.«

»Ganz schön beredt.«

»Ach, ich kann gelegentlich auch mal rhetorisch ausholen. Was glaubst du denn, wer die Waffe für Attila oder Arthur oder irgendein anderes von diesen schwertschwingenden Schweinen geschmiedet hat? Die Kelten haben das Land gestohlen und ihre Vorgänger dort weggerempelt, daß denen bloß noch übrigblieb, Eisen für ihre ackerbauenden Herren zu schmelzen. Sie sind immer noch da, klein und dunkelhäutig, sie schmieden Fahrräder im Ruß von Staffordshire. Die Hunnen waren schlimmer als die Kelten, lebten von Aas und Hengstblut und Stutenmilch, konnten keinen Handgriff für sich selbst tun, schwenkten bloß das Schwert des Mars und vergewaltigten und plünderten. Und jetzt fuchteln diese sogenannten Artussöhne mit einer rostigen Waffe durch die Gegend, wo der einzige wirkliche Konflikt sich zwischen den Yanks und den Russen abspielt. Weshalb zum Teufel hast du das gemacht?«

»Es muß Romantiker geben.«

»Natürlich, wie's Bronchitiker und Syphilitiker geben muß. Rechtfertigen wir die Tuberkulose, weil wir ihr Keats' letzte Gedichte verdanken, und die Syphilis, weil sie die Neunte Symphonie ausgebrütet hat. Denk an meine Worte, Romantik wird immer frustriert, und dann wendet sie sich der Gewalt zu. *Terrorisme pour le terrorisme*. Die IRA macht ewig so weiter, sie hat schon eine lange Geschichte und kontrolliert alle Taxis in Belfast. Aber Wales – Gott steh uns bei! Was wollen die Waliser denn – die offizielle Einführung einer Sprache, die nur zu Bardenfesten taugt, und den Austritt aus der wichtigsten Auseinandersetzung unserer Zeit? Denn ob's dir gefällt oder nicht, die große Frage heißt jetzt: Individuum oder Kollektiv. Und mit Kollektiv meine ich nicht bloß den allmächtigen Staat, ich meine die internationalen Kartelle und diese mörderischen Säue, die mir immer ihre pharmazeutischen Gratisproben schicken.« Dr. Lewis war bei seinem dritten Whisky. Er schob sein Glas rüber: noch einen.

»Ihnen geht es nicht so gut«, sagte Reg und goß nach Augenmaß ein.

»Mir, nicht gut? Ich heile die Kranken oder versuche es zumindest. Ich kümmere mich um Körper, in denen die Seelen von

Individuen wohnen. Körper sind weitgehend immer dasselbe, aber Seelen nicht. Jetzt sollen die Seelen alle zu Kopien eines einzigen Archetyps zurechtgehämmert werden, den die großen Kollektive vorgeben. Amerika und Rußland, jeweils derselbe Mann mit verschiedenem Hut. Der Wettkampf geht darum, welche Marke von Stereotypseele wir alle verpaßt bekommen sollen, Seelen, die dem einen kollektiven Moloch zum Opfer gebracht werden oder dem anderen.« Dann fragte Dr. Lewis: »Haut Ihre Frau immer noch auf den Trommeln rum und läßt die Becken aneinanderkrachen?«

»Ich sehe den Zusammenhang nicht. Zwischen ihr und dem Moloch und so weiter.«

»Da gibt es keinen Zusammenhang. Gut, es gibt zwischen allem und jedem einen, wenn wir ihn nur finden können. Die Schwangerschaft wird ohne Probleme ablaufen. Sie kann bis zum Schluß arbeiten, solang sie nicht ihren dicken Bauch für eine Pauke hält.«

»Selbst wenn sie nach Israel geht?«

»Warum soll sie nicht nach Israel? Sonnenschein und Orangensaft werden ihr hervorragend bekommen. Es gibt keinen Grund, weshalb sie das Kind nicht in Israel auf die Welt bringen sollte.« Er schaute Reg etwas verschwiemelt an. »Dir würde Sonne auch ganz gut tun. Warum hörst du mit diesem Pub nicht auf und gibst es an jemand ab, dem wirklich was an dem Beruf hier liegt? Es wäre Zeit, daß du wieder in die Welt hinauskommst.«

»Und was dort tue? Spanisch unterrichten?«

»Warum nicht? Oder Ladino oder Judezmo. Die Welt ist größer als ein walisisches Pub. Ich nehme an, du würdest es sehr komisch finden, wenn ich deine Frau unter den Orangenbäumen bei der Geburt betreuen würde.«

»Das verstehe ich nicht. Meinen Sie etwa, Sie überlegen sich, ob Sie dort praktizieren sollen? Das Land ist voll von jüdischen Ärzten. Weshalb sollten die sich noch einen walisischen Doktor holen?«

»Ich, Waliser? Ach, ich hab mir den Dialekt angeeignet und

bin mit meinen Gummistiefeln wie ein Einheimischer durch die feuchte Erde von Wales gestapft. Aber mein Vater hieß Levi. Lewis schien da naheliegend, mit dem walisischen ›w‹, so hat er das alte ›v‹ ohnehin ausgesprochen. Schon gut, du brauchst mir deine Backenzahnplomben nicht zu zeigen, ich bin praktischer Arzt und kein Dentist.«

Das Schwert Caledvwlch wurde öffentlich zum ersten und letzten Mal in der Glendower Hall ausgestellt, in Sussex Gardens, hinter der Edgware Road. Dies war ein geräumiger Versammlungsort der Waliser in London, der etwa zweitausend Menschen faßte und mit einer Bühne ausgerüstet war, die groß genug war für einen Londoner Waliserchor. Vergoldete Orgelpfeifen ragten hinter dieser Bühne empor, und verstaubte Banner der walisischen Regimenter hingen von den Soffitten. Die Widmung des Schwertes Excalibur war auf Plakaten und gelben Handzetteln ausführlich angekündigt worden, und man hatte klargestellt, daß dies durchaus keine rein walisische Veranstaltung sein würde. Eintritt wurde nicht erhoben, insofern war der Besuch schwächer, als er eigentlich hätte sein sollen, weil bei Sachen, die umsonst sind, da ist ja immer irgendein Haken dabei. Als zu der Melodie von *Mae hen wlad fy nhaddu*, bei der niemand mitsang, eine Gruppe von etwa zehn Männern die vorne auf der Bühne aufgereihten Stühle besetzte, sah Reg zu seiner Überraschung, daß er keinen davon kannte. Sie gehörten alle, nahm er doch an, zum inneren Kreis der Artussöhne, dem bisher unsichtbar gebliebenen Kontrollgremium jener Organisation, in der Männer wie Aled Rhys nur eine untergeordnete Funktion hatten. Einer trug arabische Gewänder und eine Sonnenbrille. Das Schwert selbst war noch nicht zu sehen, eine aufregende Attraktion, deren Darbietung kunstvoll hinausgezögert wurde. Die walisischen Zuhörer machten sich zufrieden auf viel Rhetorik gefaßt, als ein alter Mann, dem sein grauer Anzug zu weit geworden war, sich mühsam von seinem Stuhl erhob und zum Rednerpult mit den Mikrophonen ging. Niemand wußte, wer das war, aber die Pressephotographen blitzten ihn pflichtbewußt an. Der alte Herr stellte sich als Professor Griffiths vom University College in Cardiff vor; er sprach ohne walisischen Singsang in der Stimme.

»Was ich hier zu sagen habe, hat keine politische Relevanz. Ich befasse mich nicht mit dem Anspruch, den bestimmte Gruppen des walisischen Volks erheben – daß die Herrschaft Wales oder Cymru zum Status ihrer alten Unabhängigkeit unter ihren eigenen Herrschern zurückkehren sollte. Die Amalgamierung von England und Wales dauert schon so lange an, daß meiner Ansicht nach keine solche Rückkehr je praktikabel sein wird. Ich persönlich halte diesen Aufruf – wie den verwandten Anspruch der schottischen Nationalisten – für einen Schrei aus dem keltischen Herzen, eine Forderung, daß der keltische Beitrag zur westlichen Zivilisation die verdiente Anerkennung findet, daß die keltische Vergangenheit dieser Inseln gebührend geschätzt wird, wie natürlich ebenso die keltische Vergangenheit des Kontinents, zu dem wir zählen. Ich möchte nur hervorheben, daß die Vergangenheit ein lebendiger Strom ist, der ständig die Gegenwart nährt, und daß jegliches materielle Fragment dieser Vergangenheit als ein kostbares Symbol dieses Nährstoffs betrachtet werden muß. Das Schwert Caledvwlch oder Excalibur ist, wie es scheint, endlich aus dem Nebel der Geschichte hervorgetreten, nicht länger ein Mythos, sondern ein konkreter Gegenstand, eine Solidität, die uns die Wirklichkeit des Vergangenen bestätigt als eine Kraft, die unsere Gegenwart beeinflußt wie in der Tat auch unsere Zukunft. Ob das Schwert, das Sie gleich mit eigenen Augen sehen sollen, tatsächlich der Excalibur ist – das können wir natürlich letztlich nicht wissen. Es scheint sich um eine im fünften Jahrhundert nach Christi Geburt geschmiedete Waffe zu handeln. Archäologen aus der Sowjetunion neigen der Hypothese zu, daß dieses Artefakt das Schwert des Mars sei, das im Torf der Donaumoore von Attila dem Hunnenkönig gefunden wurde, doch dies ist eine ebenso romantische Theorie wie die alte Legende, daß dieses Schwert an den römischen General Aetius weitergegeben wurde und von ihm auf Ambrosius Aurelianus kam und schließlich auf den keltorömischen *dux* der Briten. Wir haben, wie ich schon sagte, keine Möglichkeit, in dieser Sache zur Wahrheit zu gelangen, doch jedes Mittel, zu bekräftigen, daß die Vergangenheit mehr ist als eine Reihe von Schriftstücken oder ein bizarrer Traum, muß uns willkommen sein.«

Gemurmel erhob sich im Auditorium; wissenschaftliche Vorsicht gab keine gute Rhetorik ab und war insofern ohne großen Unterhaltungswert. Eine Stimme hinter Reg murmelte: »Zeig uns mal das verdammte Ding, Mann du, und dann können wir selber unsere Schlüsse ziehen.« Professor Griffiths sagte:

»Wir leben in einem Zeitalter, da zwei große Nationen sich der Zerstörung der Vergangenheit verschrieben haben. Sowohl die Vereinigten Staaten wie die Sowjetunion träumen von einer strahlenden Zukunft, die den Fangarmen einer Vergangenheit entzogen sein soll, welche an der Zukunft noch etwas verändern könnte. Die Vergangenheit mag als Material für Museen und Filmunterhaltung noch ein wenig überdauern dürfen, doch nur insofern, als man ihre grellbunte, ignorante, unwissenschaftliche, unhygienische Existenz anstaunen wird, verspotten und lächerlich machen: als etwas, was von der strahlenden Zukunft bald aufgelöst wird. Aber beachten Sie eines: Die Gegenwart ist nur eine niemals fixierbare Linie zwischen Vergangenheit und Zukunft. Die Zukunft, wie strahlend sie auch sein mag, existiert noch nicht, und die Gegenwart ist eine Linie ohne Breite. Was wir uns von der Zukunft erhoffen dürfen, ist – vielleicht paradoxerweise – eine umfassendere Kenntnis der Vergangenheit. Ein großer Krieg, der erst kürzlich endete, hat uns mit ungeheurer Ungeduld und Geschwindigkeit, wie sie Kriegen eigen sind, in die Zukunft gedrängt und Waffen geschaffen, die der Friede lieber müßig einer rein mythischen fernen Spätzeit überließe. Mit diesem Krieg ist auch viel von der bisher unbekannten Vergangenheit buchstäblich zutage getreten – wie die Überreste in Breconshire, die nun mit Sicherheit als die eines keltorömischen befestigten Lagers angesehen werden können, wenn auch die arthurischen Inschriften dort als Anachronismus erscheinen (so wie hier die mithraischen Tempel und römischen Bäder, welche mit der unwillentlichen Hilfe der Luftwaffe in der Stadt, in der wir versammelt sind, zutage kamen). Das Schwert selbst ist aus dem Qualm und Brand dieses Krieges hervorgegangen. Ich will für den Augenblick nicht mehr sagen. Bleiben Sie skeptisch, wenn Sie das sehen, was zu sehen Sie gekommen sind, aber ehren Sie die Vergangenheit, die es symbolisiert. Die Kelten unter Ihnen werden dadurch, wie zu hoffen steht, ermuntert werden, sich eingehender mit ihrem Erbe zu befassen und den großen Beitrag besser zu begreifen, den dieses Erbe zu der zunächst amorph erscheinenden Zivilisation geleistetet hat und zu leisten fortfährt, die Sie umgibt.«

Er setzte sich zu schwachem Applaus des mehrheitlich unruhig auf den Stühlen rutschenden Publikums. Die Sitze waren aus Holz und den drahtigen Beinen walisischer Milchmänner nicht sehr gewogen. Von seinem Platz in der dritten Reihe drehte Reg sich um und musterte die Versammlung – etwa tausend Männer und Frauen in billigen anständigen Kleidern, Menschen, die stets unter der Unfähigkeit ihres Staats gelitten hatten und die der schäbige Prunk des pompösen Festival of Britain nicht überzeugt hatte, Überlebende eines langen Krieges, der eine trügerische Gleichheit geschaffen hatte, als es kaum etwas zu teilen gab. Sie waren begierig nach irgend etwas, das mit absoluter Gestimmtheit klang. Aber was konnte Arthurs Schwert ihnen bedeuten außer der ganz schwachen abergläubischen Hoffnung, daß sich zwar niemand in der Gegenwart um sie bekümmerte, aber vielleicht jemand aus der Vergangenheit ihnen gewogen war? Jetzt aber trat ein dicker Mann mit einer Brille, deren Gläser das Scheinwerferlicht gierig aufsogen, an die Mikrophone, um die Hörer mit Politik zu füttern. Er sagte seinen Namen nicht; der Tonfall war der einer demagogischen Waliserstimme; er stemmte unter seinem offenen Jackett die Hände in die Hüften; eine Westentasche war mit Kugelschreibern vollgesteckt. Er sagte:

»*Diolch yn fawr* an Professor Griffiths für seine Ausführungen, über die wir alle in Zukunft einmal nachdenken müssen, wenn wir uns dazu die Muße leisten können. Aber im Augenblick geht es uns eher um konkrete Pläne, und wir leiten ein Programm entschiedener Aktionen mit einem Festakt der Widmung ein. Täusche sich da keiner, wir Artussöhne, eine Familie, die zuhause wie auch in Übersee rasch wächst, wir wollen die Unabhängigkeit von Cymru wiederherstellen und den kaum erst erforschten Reichtum an Bodenschätzen denen zurückgeben, zu deren Geburtsrecht er gehört, die grünen Weiden in die schwieligen Hände der einheimischen Bauern legen und die Wasser in kymrische Kanäle lenken, daß dieselben nicht länger zum Nutzen des Ausländers abgeleitet werden, mit dem wir unseren gerechten Streit beginnen. Wenn heute abend englische Ohren lauschen, so mögen sie das Versprechen hören, und das ist keine leere Drohung, daß wir sie solange attackieren werden, bis unser Traum wahr geworden ist. Schöne Worte sind nicht genug. Die Farce der parlamentarischen Demokratie bewirkt nichts. Wir schwören dem Schwert des einstigen und zukünftigen Königs, wie er genannt wurde, daß wir den Ausländer vertreiben und zum Abzug zwingen werden, und zwar durch unsere Akte gerechter Aggression auf seinem eigenen Boden. Niemand in England wird sicher sein, das versprechen wir, denn wir erklären einen Krieg. Keinen Krieg mit großen Armeen, mit Schlachtschiffen und Bomberflugzeugen, sondern von Messern zwischen die Rippen im Dunkeln, Sprengstoff in Wohnungen, kurz, der Erzeugung von soviel Angst, bis die einfachen Leute in England ihren gewählten Führern zurufen: ›Genug, genug! Es möge ein freies Wales anerkannt werden!‹«

Eine Stimme hinten aus dem Saal schrie mit irischem Tonfall: »Verdammter Unsinn. Erst mal die Briten raus aus Ulster!«

»Die keltische Sache ist eine gemeinsame Sache«, sagte der Dicke. »Wir haben den Kampf gegen die arroganten Engländer gemeinsam. Wir wissen die irische Hilfe ebenso zu schätzen wie die unserer getrennten Brüder in Amerika, im Norden und Süden. Die Befreiung der kleinen versklavten Nationen ist das Thema unserer Zeit.«

»Was macht denn der verdammte Kameltreiber da droben?« rief eine walisische Stimme.

»Bitte keine derartigen rassistischen Äußerungen mehr. Es ist nur recht und billig, daß unsere gerechte Sache bis in den Nahen Osten vorgedrungen ist. Ich lade Mr. Ibrahim ibn Mohammed Saud ein, einige Worte zu Ihnen zu sprechen.«

Ibrahim ibn Mohammed Saud behielt die Sonnenbrille auf, als er nun in die Mikrophone sprach. Er sagte wenig, in sehr kultiviertem Englisch, doch das Wenige war frei von romantischen Sentimentalitäten. »Der Fluch des Kolonialismus ist weniger der Fluch der Unterdrückung«, sprach er, »als der Fluch der Verschwendung. Walisische Kohle hat britische Züge und britische Schiffe angetrieben, aber Wales besteht aus mehr denn seinen Kohlevorkommen. Die Erforschung neuer Mineralienlager, an denen die Berge von Wales so reich sind, ist in dem nuklearen Zeitalter, in dem wir uns befinden, wesentlich sinnvoller als das Herumkratzen in fast schon erschöpften Kohlenflözen. Wenn Sie mir gestatten, einen Augenblick in die Volkssage abzuschweifen – wir arabischen Nationen haben immer die Waliser als den verschollenen Stamm der Ismaeliten oder Kataniten betrachtet, der nach Norden gezogen und in ein Land gelangt war, in welches das Wort des Propheten nicht gedrungen ist. Dies mag eine unhistorische Legende sein, doch wir wollen solche Legenden nicht verachten. Gewiß findet der Kampf der Palästinenser seine Parallele im Kampf der Waliser. Der Krummsäbel und das Schwert sind aus demselben Metall geschmiedet. Lang lebe ein freies und reiches Wales.«

Dieser kurzen Ansprache applaudierte man mit einer Art herablassendem Nachdruck. Der Mann, der jetzt zum Rednerpult schritt, tat dies klatschend. Er blieb so anonym wie sein walisischer Vorgänger, doch sein gutgeschnittener grauer Anzug, seine elastische Schlankheit, die distinguierten Gesichtszüge seines mittleren Alters und die Üppigkeit des sorgfältig frisierten eisengrauen Haars drückten eine Autorität aus, die Reg metapolitisch erschien. »Seid nicht enttäuscht«, sagte er, »wenn ihr das Schwert Caledvwlch nun seht. Es ist alt, es ist jahrhundertelang der natürlichen Abnutzung ausgesetzt gewesen, es sieht aus wie das, was es ist – eine Waffe, die Hiebe gegen den Feind hat regnen lassen und selbst hackende Schläge empfangen hat. Es wäre einfach gewesen, einen rein ornamentalen Gegenstand zu schaffen wie etwa die Waffe, mit der auf Befehl des englischen Königs die Verteidiger von Stalingrad geehrt worden sind. Aber dies ist ein Schwert, das in die Schlacht gezogen ist. Der Mut, den es symbolisiert, hat sich auch bei seiner kürzlich erfolgten Rückgewinnung bewiesen. Unsere kymrischen Brüder, die es den Russen, welche es erbeutet hatten, unter ihren Augen entrissen haben, die taten das nicht im Geiste der Feindseligkeit. Weder gegen das russische Volk noch gegen seine Regierung flammt das Herz des neuen Cymru in unwürdiger Feindschaft. Die Russen haben einen Fehler gemacht, insofern sie den historischen Wert eines Gegenstandes verkannten, der für sie nur eines unter vielen anderen Beutestücken im Krieg gegen ihren Feind und den unseren war. Der Russe ist störrisch und läßt sich oft nur schwer belehren. Doch im Lauf der Zeit wird er alles begreifen und uns verzeihen. Ich darf wohl folgendes sagen –«

»*Ich* darf wohl *folgendes* sagen«, schrie Reg, der aufgestanden war und mit seiner Sergeantmajor-Stimme kein Mikrophon brauchte: »Dieses Schwert ist den Russen von einem einzigen Waliser allein entrissen worden, und dieser Waliser bin ich. Es wurde aus meiner Obhut brutal von einem alten Armeekameraden entwendet, der sich zu den Gründern der Artussöhne zählte. Ich füge mich dieser Enteignung, die ich jetzt als gerechtfertigt erkenne, da ich klar begreife, wohin Caledvwlch wirklich gehört, aber ich beanspruche ein anderes Recht, ein sehr geringfügiges – die Gerechtigkeit, daß jener Mut nicht irgendwelchen unbestimmten kymrischen Brüdern zugesprochen wird, sondern dem Mann, der die Tat durchgeführt hat. Ich komme jetzt hinauf.«

Während dieser Ansprache hatte Reg in die offenen Münder der ihm nächsten Stuhlreihen gesehen, die Zweifel und Erstaunen ausdrückten. Manche von diesen Mündern öffneten sich nun weiter zu Beifallsrufen, andere verengten sich skeptisch. Einige Hände klatschten. Ohne besondere Einladung ging Reg zu dem vierstufigen Treppchen rechts von der Bühne und ging hoch. »Sie heißen?« fragte der unterbrochene Redner.

»Reginald Morrow Jones. Der Name steht auf dem Paß in meiner Tasche wie auch auf einem jüngst erteilten Visum für die Sowjetunion. Der Überläufer Jura Petrowitsch Schulgin wird, wenn Sie ihn in Washington anrufen, gerne bestätigen, daß ich der Mann bin, der mit ihm zusammen das Schwert Caledvwlch aus der Eremitage in Leningrad entwendet hat. Ich glaube, ich habe ein Recht, an Ihrer Widmungszeremonie teilzunehmen. Laßt uns alle sehen, was zu sehen wir gekommen sind.« Bei diesen Worten applaudierte der größte Teil des Auditoriums laut. Das Licht im Saal wurde nun auf ein achselzuckendes Zeichen des Redners am Pult dramatisch schwächer, und von der Orgel tönten ein paar erhabene, nicht spezifisch kymrische Akkorde. Eine Falltür inmitten der Bühne tat sich auf, und ein junger Mann in einem anständigen braunen Anzug stieg empor, in den Händen ein langes, in schwarzes Tuch gehülltes Objekt. Reg konnte sehen, wie ein hemdsärmliger Mann in der Kulisse die Beleuchtung herunterschaltete. Scheinwerferlicht konzentrierte sich auf den jungen Mann, als er feierlich seine Last an die Mitte der Bühnenrampe trug. Er riß die schwarze Verhüllung weg und hielt Caledvwlch beziehungsweise Excalibur in die Höhe. Trotz der Warnung des durch Reg unterbrochenen Redners waren viele im Publikum hörbar enttäuscht, und manche lachten. Ein langer Prügel mitgenommenes Metall stand nackt im hellen Licht. Die Vergangenheit war immer kleiner, als man dachte. Der unterbrochene Redner rief die Zuhörer auf, sich zu erheben, als folge nun gleich Händels *Hallelujah*, und viele taten es auch. Er rief:

»Das Schwert Arthurs fordert uns mit seinem stummen Stahl auf, uns dem Wiederaufbau eines einstmals großen und freien Landes zu weihen, das nun nur Niedergang und Knechtschaft kennt. Mit unseren Freunden zusammen wird es uns gelingen.« Dann explodierte hinten im Saal eine Bombe, und Frauen schrien. Reg rang ganz kurz mit dem Schwertträger, der stärker war, als er aussah. Er hob den linken Fuß und zielte auf die Hoden. Der junge Mann machte vor Schmerz einen Schmollmund und ließ das Schwert los. Eine weitere Bombe ließ in der Nähe eines der Notausgänge Lärm, Licht und Qualm los. Die Menschen wandten dem davonlaufenden Reg und dem Chaos auf der Bühne die Rücken zu. Eine irische Stimme brüllte: »Briten raus!« Jemand warf sich mit einem Rugbygriff auf Regs Beine, und er fing an, Caledvwlch als Waffe zu gebrauchen. Er umging ein verstaubtes Klavier und einen Stapel Klappstühle und fand eine Tür mit der Aufschrift AUSGANG, die einladend offenstand. Im Korridor dahinter wurden ein paar Polizisten von einem Sergeanten angewiesen, zu bleiben, wo sie waren, und Reg war überzeugt, daß einer der Männer in Zivil (dunkler Anzug, Hut), die dabeistanden, Major Maschuk bitteren Angedenkens war. Der Sergeant forderte Reg mit der Stimme eines Mannes, der über die ihm erteilten Anweisungen nicht besonders glücklich ist, auf, herzugeben, was er da hatte, aber Reg fletschte die Zähne und stieß das Schwert vor. Ein Wachtmeister umklammerte ihn von hinten, aber er schrie, immer noch mit dem Schwert gestikulierend, auf russisch, er habe direkte Befehle von Moskau, und diese Botschaftsdomestiken sollten ihm besser rasch den Weg freimachen! Anscheinend war Caledvwlch dazu bestimmt, ebenfalls ein Opfer von Jalta zu werden. Reg setzte den klammernden Wachtmeister in Verlegenheit, indem er sich in dem ungefegten Korridor auf den Bauch fallen ließ und dann seitwärts rollte. Ein großer schwarzer Zivilschuh fuhr auf seine Rippen nieder, aber wieder stieß er mit dem Schwert vor. Caledvwlch durchbohrte dunkelgrauen Hosenstoff und die Wade darunter. Nun trafen Tritte Regs Fäuste, die den Schwertgriff hielten. Der Sergeant sagte sinngemäß, es gebe Grenzen, was er zu tun bereit sei, um eine unauffällige Eigentumsübergabe zu bewerkstelligen. Gewalt war nicht erwünscht. Reg durfte staubig aufstehen, und man sagte zu ihm, er solle auf Anweisung des Innenministeriums in die Hände dieser Herren übergeben, was sie als Eigentum beanspruchten, und keine Faxen mehr. Eine weitere Bombe dröhnte irgendwo, aber der Sergeant sagte, darum solle man sich nicht kümmern, die Jungs vorne würden sich damit befassen. Reg sagte, er füge sich. Er machte sogar eine Art Verbeugung und schien sich anzuschicken, die Waffe, von deren Spitze gutes russisches Blut tropfte, in die Obhut des Mannes zu übergeben, der wie Major Maschuk ausgesehen hatte (aber vielleicht nur ein Bruder oder Vetter war) – um es sich dann anders zu überlegen, auf eine Weste einzustoßen, die sich zurückzog, mit Bedauern den Sergeanten zu bedrohen und zu sehen, daß sich der Korridor mit Artussöhnen füllte, die die Polizei nicht mehr zurückdrängen konnte. Erregte Wortwechsel fanden statt, denen zu folgen Reg weder Muße noch Neigung hatte. Er sah mit Sicherheit, daß einer der Männer von der Botschaft jetzt eine Pistole zog. Das geht nun keinesfalls, Sir, tut mir leid, nicht hier. Reg stolperte in Richtung der frischen Luft, die er auf seinem glühenden Gesicht spüren konnte und dann in seinem Nakken, als er sich umdrehte, schwankend und Schwertstreiche führend. Eine offene Tür zur Straße lag hinter der Biegung des Korridors, die Stimmen von Passanten waren zu hören. Er rannte der ganzen Konfusion davon und insbesondere einem Wachtmeister, der sich zu einem weiteren Rugbysprung anschickte. Er kickte eine unerhört überfüllte Mülltonne den Verfolgern in den Weg, traf dann auf Nacht, Luft, ein paar schadhafte Treppenstufen, das wartende Auto.

Ein Wagen mit einem Arztaufkleber auf der Windschutzscheibe hatte das Privileg ungebremster Geschwindigkeit und war den Kleinlichkeiten der Verkehrsregeln enthoben. Als sie nach rechts in die Marylebone Road einbogen und Richtung Euston Square sausten, sagte Dr. Lewis oder Levi: »Romantisch bis zum Letzten. Jetzt komm du mal zur Ruhe. Genieß das Leben, wenn du kannst, nicht, daß es viel zu genießen gibt. Ich hoffe, die Russkis genießen den Anblick von van der Weydens des Älteren ›Grablegung Jesu‹ und van der Weydens des Jüngeren ›Magdalena‹ und Dieric Bouts' ›Wiederausgrabung der Leiche des Hl. Hubertus‹. Die können sie jetzt auf Dauer genießen, nehme ich fast an. Na, waren schon immer eine Bande von blöden Antisemiten.« Reg begriff den Zusammenhang nicht.

Chaim Weizmann, erster Präsident von Israel, ging auf die achtzig, mit der Gesundheit stand es nicht zum besten, in einem Jahr oder so würde er wohl sterben. Er hatte der Generalversammlung der Vereinten Nationen, dem Kongreß in Washington und seiner alten Universität in Manchester einiges zu sagen, also sollte er das wohl besser rasch tun. Daß ich gebeten wurde, ihn als Chef einer persönlichen Leibwache zu begleiten, geschah weniger in Anerkennung meiner Ergebenheit und Effizienz denn im Andenken an seine alte Freundschaft mit meinem Großvater. Er wäre auch erster Klasse in einer El-Al-Linienmaschine geflogen, doch hielt man es für der Würde eines neugegründeten Staates angemessen, ihm ein persönliches Flugzeug mit den präsidentiellen Insignien auf dem Rumpf zur Verfügung zu stellen. So flogen ich und meine vier Männer, einer davon ein Einwanderer aus Llanelly, bequem im hinteren Teil der Maschine mit, nickten gelegentlich ein, blätterten in *Time* und *Newsweek*, starrten hinaus auf die schmutzige Schlagsahne der Wolken, nahmen koschere Snacks und Londoner Gin von der *sabra*-Stewardess entgegen. Sie gehörte zu dem neuen schlanken israelischen Frauentypus, kein Gramm Üppigkeit war an ihr, sie war kein Kastanienbaum, der Roquentin hätte melancholisch stimmen können. Ich hatte Mädchen wie sie ausgebildet, sehr ernsthafte junge Frauen, die nicht flirteten, und hatte sie bewundert, ohne sie zu lieben. Mein Liebesleben in Israel war eher spärlich verlaufen. Sex war ein unwesentlicher Luxus wie Kant oder Hegel. Ich sehnte mich manchmal nach dem philosophischen Vorlesungssaal, wie ich mich nach etwas Vorortfrieden sehnte, nach Liebe ohne Hast in einem legitimen Bett, dem morgendlichen Singen einer Ehefrau und dem Geruch von Kaffee, während ich mich rasierte. Ich glaubte trotz meinem Gehalt eines Offiziers im Einsatz und trotz dem hinreichenden Komfort in Kasino und Quartier nicht, daß ich meinen Vertrag verlängern würde.

Weizmann hatte betont, daß dies kein Staatsbesuch sei und daß seine Einreise in die USA so unauffällig wie möglich erfolgen solle. Israel hatte Feinde, welche die langsam vorrückenden Ziele, die sich bei einer förmlichen Empfangsparade auf dem

Rollfeld ergeben würden, vielleicht zu schätzen gewußt hätten, und die Sicherheitskräfte der USA sollten nicht über Gebühr belastet werden. So begrüßten uns in Idlewild nur ein Beamter des State Department und natürlich der israelische Botschafter. Wir wurden rasch durch die offiziellen Formalitäten geschleust, zu Automobilen geführt, deren pompöse Eleganz unserem Rang entsprechend abgestuft war, und von Polizeimotorrädern durch Queens nach Manhattan eskortiert. Untergebracht waren wir im Plaza am Central Park, wo in meinem – zwei, drei Türen von der Präsidentensuite gelegenen – Zimmer der Waffenmeister der israelischen Botschaft (das war jedenfalls mein Eindruck von ihm) mir fünf Baraks, Kaliber fünfundvierzig, sowie Schulterhalfter für mich und mein Team aushändigte. Offiziell sollten wir – da die Amerikaner sensibel waren, was das Waffentragen von Ausländern anging – unseren Dienst unbewaffnet tun.

Tatsächlich war der Besuch in Amerika eine relativ zahme Angelegenheit. Ein arabischer Hitzkopf schrie vor dem UN-Gebäude etwas von einem *dschihad* und versuchte, auf Weizmann zu schießen, aber die amerikanischen Sicherheitsbeamten übernahmen es, ihn kampfunfähig zu schießen. In Washington gab es ein herzliches Willkommen für Weizmann und keine Probleme. Er wollte das Wochenende in Connecticut bei seinem alten Freund Aaron Rapaport, dem Wissenschaftshistoriker, verbringen, und am Montagmorgen sollten wir dann nicht erst nach Heathrow, sondern gleich nach Ringway fliegen. Weizmann mochte Manchester lieber als London, das sich in seinen Erinnerungen mit Antizionismus und falschen Versprechungen verband, und die Rede, die er an der Universität halten wollte, sollte eine nostalgische Geste der Zuneigung sein. Man entschied, daß es umständlich und inopportun wäre, einen israelischen Leibwächter mit nach Connecticut zu nehmen, und daß ein paar stille Amerikaner am Waldrand für ausreichende Sicherheit sorgen würden. Das bedeutete ein freies Wochenende für mein Team und mich. Ich klopfte auf das Bündel Dollarscheine in meiner Hosentasche und ging in den Frühlingsabend in Manhattan hinaus, innerhalb vernünftiger Grenzen zu jedem Abenteuer bereit.

In einer dunklen Bar an der West 57th Street begegnete ich Irwin Roth. Ich hatte ihn erst ein einziges Mal getroffen, während des Krieges in London, doch hatte ich sein Photo (Typ: Brütendes Genie) hinten auf dem Umschlag seines großen blöden Romans gesehen, und im übrigen teilte Irwin Roth gerade trinkenden Fremden an der Bar mit, daß er Irwin Roth sei. Weiterhin erklärte er, Norman Mailer sei Scheiße, und der Barkeeper sagte, er solle jetzt aufhören damit. »Irwin Roth«, sagte ich. »Erlauben Sie, daß ich Sie zu einem Drink einlade. Das ist das mindeste, was ich tun kann, nachdem ich Ihnen ein überwältigendes literarisches Erlebnis verdanke.« Er drehte sich mit der kindlichen Dankbarkeit des gescheiterten Schriftstellers nach mir um und sagte, er würde einen Scotch nehmen, *on the rocks*. »Tatsächlich«, sagte ich nach einem »Cheers«, das sehr britisch klang und in einer dunklen Ecke spöttisch nachgeahmt wurde, »sind wir uns in London schon einmal begegnet. Sie waren mit einer Kommilitonin von mir zusammen. Später haben Sie sie geheiratet.«

»Ein Kommilitone!« höhnte er mit einer unbeholfenen Imitation meines Akzents. »Einer von der Armee, die sie gevögelt hat oder besser von ihr gevögelt wurde. Ich weiß alles über ihr brillantes Studium. Die gute alte Kommilitonin! Kommitinsbett wohl eher!« Man erkennt einen unbegabten Autor immer daran, wie er über eines seiner schlechten Wortspiele lacht. Ich hielt mich zurück und sagte:

»Das ist unwürdig. Sie war eine sehr schöne Frau und ist es zweifellos immer noch. Ich hatte einmal sehr ehrenhafte Absichten, was sie betrifft. Ich beglückwünsche Sie, daß Sie dort Erfolg gehabt haben, wo er mir versagt geblieben ist.«

»Hör zu«, sagte er mit einer Stimme, die drohend klingen sollte, »du brauchst mir hier nicht mit dem literarischen Scheißdreck da kommen. Ehrenhafte Absichten! Am Arsch, mein lieber Freund. Sie ist abgehauen. Ich kenne England. Nette kleine damenhafte Ficks unter den Apfelbäumen und hinter den Chintzgardinen. Das war herrlich, Darling, beim klimpernden Teegeschirr. Aber den dunklen starken haarigen Göttern gilt nur ein Nein, nein, nein! Nicht englisch. Nicht fein. Laß meinen damenhaften Popo, ach, ich bitte um Verzeihung, meinen Arsch bitte in Ruhe, laß ihn in Ruh. Und komm mir nicht mit Blut und Vorfahren und all so was, denn am Ende zählt nur Kultur. Ach ja, eine verdünnte damenhafte Kultur, Miss Mitford und der Herr Pfarrer kommen zum Tee unter den Apfelbäumen. Ach fick mich doch im Küchengarten.«

»Jetzt hört's aber auf, Mister«, sagte der Barkeeper.

»Na ist es nicht so, ist es denn nicht so? Ihr seid doch alle anämisch! Kein Blut, reizend dekadent, und wenn der große dunkle haarige Wind euch anbläst, knickt ihr sofort ein.«

»Ich«, sagte ich moderat, »als Jude und Offizier der israelischen Armee –«

»Ja, da importiert ihr jetzt auch eure Anämie, alles fault, paßt nur auf eure Jaffaorangen auf. Hör mir auf mit der Scheiße. Noch so einen für mich.«

»Den zahlen Sie jetzt selbst. Aus ihren dicken Honoraren. Für das Bestsellerepos von amerikanischem Heroismus und starken Männern.«

Er suchte in meinen Augen, die dieselbe Farbe wie die seinen hatten, nach einem Glitzern von Sarkasmus. »Dich kann ich jederzeit komplett aufkaufen, du Arsch«, sagte er. »Sie ist durchgegangen, wenn ich dir's sage. Hat's nicht ausgehalten. Die Wirklichkeit der Leidenschaften, ach, wie schrecklich, schrecklich, meine Liebe. Hat ihre schnucklige Unterwäsche und den Puschkin im Original mitgenommen. Lesen wir doch zusammen leidenschaftlich Puschkin, Liebster. So byronisch, so kultiviert. Die kommt noch zurück. Und wenn sie zurückkommt, dann wird sie aber so was von gründlich durchgevögelt, dann wird sie bis zum Kragen durchgefickt, ehe sie auch nur ein kleines damenhaftes Zehchen durch die Tür kriegt.«

»Wohin«, fragte ich, »ist sie durchgegangen?«

»Wie zur stinkenden Hölle soll ich das denn wissen? Hat davon gesprochen, daß sie sich ganz damenhaft die Überfahrt selbst verdienen will, der fahr ich drüber, daß ihr Hören und Sehen vergeht, die fick ich.«

»Mr. Roth«, sagte der Barkeeper mit eindringlich leiser

Stimme. »Ich hab's Ihnen mehr als einmal gesagt: hören Sie damit auf. Das ist eine anständige Bar hier, und die Leute, die hier reinkommen, wollen so etwas nicht hören.«

»Also gut, Jack. Ich werd ganz damenhaft sein. Ich dufte jetzt bloß noch nach Apfelblüte und solcher Scheiße.«

»Wo?« fragte ich wieder.

»Willst wohl alte Zeiten auferstehen lassen, mein guter Kommmitinsbette. Sex unter den Maulbeerbäumchen, unter dem rauschenden Ahorn. Das ist eine sehr große Stadt hier, mein Kleiner. Sie hat gesagt, ihr alter walisischer Papa hat's gekonnt, da kann sie es auch. Schiffbruch einer Ehe, sagt sie, ach wie lyrisch, absaufender Schriftstellertitan. Kommt ohne meine beschissene Hilfe durch.«

»Ich will wissen, wo.«

»Ich will noch so einen.«

»Sie haben jetzt genug, Mr. Roth«, sagte der Barkeeper beschwörend. »Wenn ich Sie wär, würde ich jetzt mal was essen. Hat doch keinen Sinn mit leerem Magen.«

»Ab in die Suppenküche, jawohl. In der Kantine anstellen. *Maatschol*. Oder *pischtscha*?«

»Das eine ist hebräisch, das andere russisch«, sagte ich. Dann glaubte ich, ein wenig Licht zu sehen. »Arbeitet als Kellnerin, was?« fragte ich. »In irgendeinem Restaurant?«

»Vögeln im Gestank von heißem Fett«, sagte, murmelte Roth. »Daß die Pötte und Pfannen klirren. Los, verpiß dich«, sagte er dann. »Macht nur weiter mit dem Bau des neuen Jerusalem. Koscherer Sex und die Araber ausnehmen. Hi, Ralph«, sagte er zu einem kahlköpfigen, bärtigen, bebrillten Zwerg, der soeben in schmutzigem Hemd und Samtjackett hereingekommen war. »Kleines Lämmchen, wer schuf dich?« Der Neuankömmling sagte, auf Blake lasse er nichts kommen. Hier handelte es sich offenbar um einen erfolglosen Autor, der sich nicht schämte, seinen Mißerfolg wie eine Medaille zu tragen; Roth dagegen war so gekleidet, daß jeglicher Literaturphotograph, der ein erfolgreiches brütendes Genie suchte, auf seine Kosten kommen würde. Ich zahlte und ging unbeachtet. New York, so fiel mir ein, als ich unentschlossen auf der heißen Straße stand, war eine verdammt große Stadt.

Ich ging ins Plaza zurück, um die Namen russischer Restaurants nachzuschlagen. Ich kannte nur den Russian Tea Room in der Nähe der Carnegie Hall. Dann fiel mir ein, daß mein Unteroffizier Jascha Grossman sich ein einsames, ausgiebiges Mahl im Hotelrestaurant auf Kosten des israelischen Staates hatte gönnen wollen, und daß er geborener New Yorker war. Ich fand ihn beim zweiten Gang: Artischocken *vinaigrette*. Grossman, *gross*, kraß – ein nicht unangemessener Name: Schweiß, Essig und Öl hingen in den Bartstoppeln, die anzeigten, daß er nicht im Dienst war. Aber seine Augen hatten den traurigen Blick des Exilanten, der noch nicht die ruhige Gleichgültigkeit dessen gewonnen hatte, für den das neue Israel seine Heimat war. »Russische Restaurants?« sagte er mit seinem Brooklynakzent. »Gab's früher viele in Brooklyn. In Manhattan werden sie nicht von Russen betrieben, da gibt's nur Kostümverleihklamotten und Balalaikas. Sekunde.« Die zerrupften Artischocken wurden abgetragen. »Am besten mal in die Gelben Seiten schauen. Wenn Sie ne Taxitour vorgehabt hätten, würd ich selber mitgehen, Herr Major, aber ich bin jetzt hier schon engagiert, sozusagen.«

Auf meinem Zimmer schlug ich nach. Früher einmal hatte es ein »Newskijprospekt« gegeben, aber jetzt nicht mehr. Es gab ein Bifschtejka, ein Ptschela, ein Swjokla und eins »Bei Iwan«. Ich rief überall an, auf Kosten des israelischen Staates, und sprach von einem dringenden Notfall – eine Kellnerin namens Beatrix oder Beatie oder Trixie, deren Bruder soeben mit einer hochwichtigen Nachricht gelandet war. Ein hübsches Mädchen, blond. Höfliche Antworten bekam ich keine – meist lief es à la »Hörn Sie mal, Mister, wir haben hier viel zu tun«; »Die eine heißt so, die andere so, ich kann die nicht alle kennen«; »Wenn Sie keinen Tisch reservieren wollen, dann stehlen Sie mir hier nicht die Zeit.« Ich rief im Kuchnja an, und die Stimme sagte, ob ich denn die Köchin meinen würde? Vielleicht. Ich ließ mir ein Taxi rufen und fuhr über die Brücke nach Flatbush.

Die Pointe beim Namen des Lokals bestand darin, daß die Küche oder *kuchnja* hier von den Gästen vollständig eingesehen werden konnte. Sie war eine Art Altar – mit einer Hohepriesterin und einem kleinen Ritualgehilfen. Der Kunde sah, wie sein Borschtsch aus dem Topf kam, und wie die saure Sahne mit einem Holzlöffel auf die *ogurjez* geklatscht wurde. Es war in der Tat Beatrix, in Weiß, das Haar unter eine Mütze gezogen, Gesicht und Arme rosig vom Herdfeuer, schwer beschäftigt. Es war das beste, ihre Arbeit nicht zu unterbrechen, also nahm ich Platz und bestellte. Ich mußte den Tisch mit einem dicken Mann, Typ Versicherungsvertreter, und seinem kleinen Sohn teilen, in den der Vater Rotebetesuppe hineinschaufelte, die der Kleine nicht mochte. Ich konnte es mir leisten, geduldig zu warten: Ich hatte sie gefunden. Ich bestellte Huhn *à la Kiev* und eine Flasche Bier. Als ich es anschnitt, versuchte das Huhn, mir Butter auf meine Universitätskrawatte zu spritzen; es schmeckte authentisch. Das Essen war eine Art Temporalsprache, eine Zeitverbindung zwischen den Generationen, ohne große Lautverschiebung. Sie, die es gekocht hatte, war es, die nun Verbindung aufnahm: Sie stand an meinem Tisch und hatte die Zubereitung irgendeines russischen Desserts ihrem Helfer überlassen. »Das kannst nicht du sein«, sagte sie, »aber du bist's.«

»Das kann sogar sehr gut ich sein. Ich bin es. Setz dich doch.«

»Nein, ich setze mich nicht zu den Kunden. Welch ein Zufall.« Sie roch leicht nach Bratfett.

»Gar kein Zufall. Ich habe nach dir gesucht.«

»Wie hast du es herausbekommen?«

»Man kann den Menschen, den man sucht, immer finden, wenn man seine Phantasie ein wenig benutzt. Dein Mann hat von einem Schiffbruch gesprochen. Das war die Zufälligkeit dabei. Eine Bar.«

»Natürlich eine Bar. Betrunken, wie?«

»Betrunken. Er hat was gesagt, es ginge dir darum, genug Geld für ein Ticket nach Hause zu verdienen. Aber er hat gemeint, du würdest reuig zurückkehren und auf dem Fußabstreifer aber so was von koitiert werden.«

»Ich kehre nicht reuig zurück, und auch anders nicht. Ich hab schon hundert Dollar angespart.« Etwas flammte auf dem Küchenaltar auf. »Wir schließen in einer Stunde. Bis dann.« Und ihre exquisiten Beine trugen sie eilig zu der Flamme. Der kleine Junge bei mir am Tisch ließ dem Borschtsch, den er nicht mochte, *moroschenoje* folgen, das ihm zusagte. Es war lediglich Vanilleeis mit einer unsichtbaren *schljapa*.

Als das Lokal schloß, kam Beatrix in einem einfachen, knappen, orangeroten Kleid heraus. Ich hatte auf dem Gehsteig im Hin- und Hergehen geraucht: Rauch brachte den kleinen Jungen zum Husten. Es hing immer noch eine Spur Fettgeruch an ihr. Sie sagte, sie teile ein Apartment mit einer Unterbibliothekarin von der Long Island University. Die würde heute nacht zuhause sein, weil sie sich mit ihrem Freund gestritten hatte; vielleicht sollten wir lieber in eine Bar gehen und dort reden. Ich sagte:

»Du kommst mit mir ins Plaza. Ohne irgendwie, du weißt schon. Keine ausgehungerten Avancen meinerseits. Du kannst im Bett des Präsidenten schlafen, wenn du willst. Er ist über's Wochenende weg.«

»Des Präsidenten?« Ich erzählte ihr alles. Zum Schluß sagte ich:

»Behalt deine hundert Dollar. Jede Menge Platz in der Präsidentenmaschine. Der alte Chaim mag hübsche Mädchen, die Russisch sprechen.«

»Das ist doch Wahnsinn. Als was flieg ich mit?«

»Als meine Verlobte vielleicht. Wer läßt sich übrigens bei euch von wem scheiden?«

»Ich dachte mir schon, daß die Sache einen Haken hat.«

»Nur eine kleine Notlüge. Immerhin, wenn ich sage: ›Das ist meine Verlobte‹ und du mir nicht widersprichst, dann hilft das vielleicht, den Gedanken langsam in deinen Kopf reinzukriegen. Er ist übrigens wunderschön.«

»Der Gedanke oder der Kopf?«

»Beide.«

Ich winkte einem Taxi. Der Fahrer, dessen im Wagen aushängende Lizenz den Namen des Autors der *Promessi Sposi* trug, war extrem redselig. Als er unseren Akzent gehört hatte, fragte er, ob wir im Showgeschäft seien. Er war früher gut mit Marionetten – er nahm die großen Pfoten vom Lenkrad, um das zu demonstrieren, während wir über die Brücke fuhren –, aber jetzt wollten die Leute keine Marionetten mehr sehen. Beatrix und ich taten, als hörten wir zu; sie wollte mir nicht gestatten, ihre Hand zu halten. Im Foyer des Plaza erregte sie deutlich Bewunderung, und ein heißatmender stiernackiger Armenier schob sich im Fahrstuhl immer näher in ihre Richtung. In meinem Zimmer zog ich die Krawatte aus und klingelte nach großen Gins und Tonicwater. Ich fragte, weshalb sie das eigentlich gemacht hätte.

»Ich dachte, es sei möglich, einen rationalen Vertrag auf die Irrationalität chemischer Reaktionen zu gründen. Das mußte bestraft werden. Sex ist nicht Liebe.«

»Hat niemand je behauptet. Aber Sex kann ein Gedicht der Zuneigung sein. Die eheliche Routine löst sich auf, und man tut einen kurzen Blick ins Absolute.«

»Du redest immer noch wie ein Student.«

»Gott oder El sei Dank für meine unschuldige Einfalt. Aber nicht für deine. Gib's zu – du hast dich in ihn verknallt, weil er Jude war. Es steckt was in den Genen deiner Familie, das nach Rassenmischung hungert. Also, hier sitzt noch ein Jude, der dir schon lang vor deinem Mann einen Antrag gemacht hat.«

»Ich will wieder arbeiten. Darauf habe ich gespart. Nicht einfach um nach Hause zu gehen, wenn es gar kein Zuhause mehr gibt.« Sie hatte müde Augen; ich stellte mir vor, wie schön die beim Erwachen morgens aussehen würden, nachdem ich als erster aufgewacht wäre, um ihr zusehen zu können. Sie sah mir ein wenig abwesend in die Augen, die wahrscheinlich begehrlich, aber doch anständig funkelten. Sie sagte: »Was ist mit denen allen bloß los? Er hat immer gesagt: Zur Hölle mit dem mosaischen Sex, wir wollen schließlich nicht die Wildnis bevölkern.«

»Es gibt noch eine Wildnis, die es zu bevölkern gilt.«

»Kannst du dir mich als jüdische Mutter vorstellen? Überhaupt als Mutter? Mir fehlt einfach der Instinkt. Ich will wieder an meine Arbeit.«

»Ich werde nicht bei denen bleiben, weißt du. Ich möchte irgendwo Philosophie unterrichten, wo keine Bomben explodieren. Ich will ein wenig Ruhe und Frieden haben.«

»Bekommst du aber nicht. Niemand bekommt das, nirgendwo.« Sie gähnte sozusagen intim, das heißt ohne deckenden Handrücken und ohne Entschuldigung. »Es ist eher die Hitze als die Arbeit, die einen schafft.« Dann konzentrierte sie sich und sagte besorgt: »Ich kann da nicht einfach fortbleiben. Ich muß kündigen oder so etwas.«

»Ruf sie jetzt an. Oder morgen früh. Das Präsidentenbett erwartet dich. Ich laß von unten den Schlüssel kommen.«

»Das ist schon in Ordnung hier.« Und sie ließ sich auf mein Bett fallen, immer noch in den Kleidern, wenn sie damit auch nicht viel anhatte, und kickte im Fallen ihre Schuhe von den Füßen. Es war eine Handlung, die intim war wie ihr Gähnen, doch lag darin keine Einladung. Ich war zu einem Bruder befördert oder degradiert worden. Also war ich es, der die Lagerstatt des Präsidenten aufsuchte. In meinem Notizbuch fand ich die Telephonnummer in Connecticut und bekam einen vom Wein animierten Weizmann an den Apparat. Das kommt aber plötzlich, sagte er. Nein, eigentlich nicht. Eine Entfremdung, eine Versöhnung, eine Verlobung. Studienabschluß in Manchester, eine Schickse, ja, aber halb Russin, spricht eine der Sprachen des jüdischen Exils. Glückwünsche vom Präsidenten und keine Einwände.

Beatrix' Gepäck war so sparsam wie ihr Kleid. Wir fuhren zusammen nach Brooklyn, um es zu holen. Ihre Zimmerkameradin Janice, die aus irgendeinem Grunde, wegen eines Streits mit ihrem Freund vielleicht, feuchte Augen hatte, sagte angesichts dieser Plötzlichkeit »o je, o je«, und während Beatrix ihre Bücher packte, drängte Janice mich energisch in eine Ecke des kleinen Wohnzimmers, wo ein Stierkampfplakat an der Wand hing, und sagte, ich müsse gut zu ihr sein. Ich war so etwas wie ein Bruder, sagte ich. Komm mir nicht damit, Bruder (eine unironische amerikanische Anrede), ich weiß Bescheid mit den Männern. Ich wünschte nur, ich könnte das von mir sagen, meinte ich, ich wünschte inständig, ich wüßte über irgend etwas Bescheid.

Ich wünsche heute noch inständig, daß ich auf jener Reise meine dienstlichen Aufgaben mehr im Auge gehabt hätte. Der israelische Staat bezahlte mich dafür, daß ich seinen Präsidenten beschützte, aber was konnte denn sicherer sein als ein Flug nach Hause? Beatrix saß neben Weizmann vorn in der Kabine, während ich und mein gähnendes Team es uns hinten in der Nähe der Toilette oder *beth kawod* bequem gemacht hatten. Weizmann kam viermal während des Fluges, um sie zu benutzen (Altmännerblase, sagte er scherzhaft beim vierten Mal), und jedesmal blieb er stehen, um mir zu gratulieren. Ihr Russisch war besser als seines, ihr ökonomischer Verstand bemerkenswert, was für ein Gewinn, Schickse oder nicht, für die junge Republik.

Wir landeten in Ringway in der bürgerlichen Dämmerung eines Frühlingstages. (Die bürgerliche Dämmerung herrscht, wenn die Sonne mehr als sechs Grad unter dem Horizont steht, und das Licht für Arbeit im Freien nicht mehr ausreicht. Die noch tiefere Dämmerung ist die astronomische.) Weizmann, Beatrix und ich waren zuhause angelangt. Der Präsident hatte auf Informalität bestanden; er brauchte kein offizielles Willkommen in einer Stadt, die er besser als ihre Konsulatsbeamten oder ihr Magistrat kannte. Der Vizekanzler der Universität hatte drei Limousinen geschickt, die seine Gäste ins Midland Hotel bringen sollten, und eine Art Hostess für wichtige Persönlichkeiten führte uns durch den Zoll Richtung Parkplatz. Ihre Stöckelschuhe klickten eindrucksvoll und schienen uns einen Weg durch die Gruppen von Reisenden mit ihrem Handgepäck zu schneiden. Wir gingen hintereinander durch die elegante große Halle, Beatrix und Weizmann kamen hinter unserer Führerin, einer hochtoupierten Blondine, die so etwas wie Witwenchic trug, dann wir anderen ohne besonders gespannte Aufmerksamkeit, wenn auch dank der Botschaft in Washington bewaffnet. Wir sahen den dunklen Mann nicht, der mit der Pistole in zwei vorgereckten Händen wie in der Parodie eines Gebets zielte, nahe am Ausgang, um dann rasch in Tennisschuhen flüchten zu können. Beatrix sah ihn. Sie stieß Weizmann, und Weizmann fiel schwer zu Boden. Sie wurde von drei Kugeln hintereinander getroffen und tanzte graziös in drei raschen sukzessiven Schritten zu diesem Perkussionssolo, zu drei Trommelhieben meiner Schwester, Dreivierteltakt in mäßigem Allegro. Schreie ertönten, wenn auch keiner von ihr. Dann fiel sie auf Weizmann.

»Also soll's jetzt eine Republik sein«, grinste Reg. »Und dann braucht ihr ja das königliche Symbol gar nicht, das ihr offenbar zu holen gekommen seid. Das ist übrigens der neue Wirt. Llewelyn Price, ich darf Ihnen Aled Rhys und zwei seiner Freunde vorstellen. Es sind andere als beim letzten Mal, und ich kenne insofern leider ihre Namen nicht. Artussöhne, wenn sie von diesem Verein schon was gehört haben. Keine guten Kunden. Kommen immer, wenn das Lokal schon geschlossen hat.« Llewelyn Price, der die Flaschen im Regal kontrolliert hatte, drehte sich um und nickte. Er war ein kleiner strenger Mann mit blauschwarzen Wangen und dem Gebaren eines Geistlichen. Er hatte an diesem Abend eine grimmig präzise Runde Darts gegen einen der Stammgäste gespielt, hatte mühelos gewonnen, nur um zu demonstrieren, wer hier das Sagen hatte, und sein Aufschrieb der Punkte an der Tafel hatte die säuberliche Regelmäßigkeit eines Choralaushangs. Aled Rhys sagte:

»Wir gehen besser raus.«

»Willst du mich im Dunkeln zusammenschlagen?«

»Sei nicht albern.« Die zwei Männer in Aled Rhys' Begleitung hätten alles mögliche sein können – Türken vielleicht. Sie machten den Mund eine Zeitlang nicht auf, und keine walisische Kulturdiskussion zeichnete flüchtige Spuren in den feuchten Frühlingsmondschein. Sie standen alle unter dem geschwätzigen Laub des großen Baumes, hell beleuchtet von den grellen Glühbirnen der Bar, und einer der beiden Partner zupfte mürrisch an der Rinde des Baumes. Reg hatte sich seine Pfeife angezündet. »Das ist was Neues«, sagte Aled Rhys. »Warst immer ein Zigarettenraucher.«

»Der König stirbt an den Zigaretten. Einer von den hannoveranischen Usurpatoren. Das hier kann man eine Art ironische Loyalität nennen.«

»Ja, du hast recht mit der Republik. Es wird lange dauern, bis wir die sehen, aber die Arbeit dafür muß weitergehen.«

»Das heißt, alte Frauen berauben und Briefkästen in die Luft sprengen, möglichst gerade dann, wenn irgendein Kind einen Brief einwirft.«

»Sie muß weitergehen.«

»Und in wessen Händen wird Wales schließlich sein? In denen der Leute, die dann die Schürfrechte kriegen? Ich habe einen Artikel von einem Geologen in der *Times* gelesen. Uranvorkommen in Colorado, Belgisch-Kongo, Joachimsthal und, ob du's glaubst oder nicht, in den Brecknock Mountains.«

»Wir wollen das Ding zurück.«

»Ach – das Ding heißt das jetzt, ja? Warum? Wollt ihr's den Russen anvertrauen?«

»Hast du Besuch von den Russen bekommen? Oder von der Polizei?«

»Ein Zivilpolizist war da und hat sehr ernsthaft mit mir geredet. Sein Akzent war merkwürdig. Ulster, glaube ich.«

»Wir wollen es zurück. Das neue Cymru braucht alle Freunde, die es sich machen kann. Wo ist es?«

»Wenn ihr mich zusammenschlagen wollt, du und deine Sportsfreunde, um an diese Information ranzukommen, dann gehen wir besser mal außer Hörweite des neuen Wirts. Die keltorömische Ausgrabungsstätte wäre angemessen.«

»Wir lieben die Gewalt nicht, aber wir können sie einsetzen, wenn es sein muß.«

»Wie ich mir's dachte. Ich sag euch eines, es verläßt nicht mit mir das Land. Es bleibt, wo's hingehört. Im Lloegr, wo Arthur regiert hat.«

»Sollen wir ihn mal abbürsten? Was?« sagte einer von den Türken oder Mazedoniern.

»Nicht nötig, Ianto. Es gibt nur einen Ort, wo es sein könnte.«

»Laß hören«, sagte Reg.

»Du weißt, wo, und ich auch. Wir holen es uns.« Und dann:

»Also. Verläßt das Land. Unzufrieden mit unserem Nachkriegsengland, und auch kein gottverdammtes Wunder. In die Staaten? An einen Ort des schrumpfenden Kolonialreichs?«

»Ich gehe zu meiner Frau. Schon alles gepackt, das meiste schon vorausgeschickt. Insgesamt nicht viel. Erstaunlich, wie wenig sich bei mir angesammelt hat. Alles gepackt bis auf eines. Nicht, was ihr denkt. Eher ein Familienerbstück als ein nationales Erbe. Aber wie konnte das national sein, wenn diese Nation nicht mehr existiert?«

»Du hast noch nie so recht gehabt.«

»Nation«, sagte der andere Türke oder Albanier. »Nationalbewußtsein. Nationale Belange. Nationale Kultur. Gewissen einer Nation.« Der Akzent mochte eurasisch sein. »Eine Aggregation von Menschen oder Völkern, in einem Staat zusammengefaßt. Ich habe diese Dinge studiert.«

»Das merkt man«, sagte Reg beeindruckt. »Nationaler Kampf ist auch ein guter Ausdruck.«

»Ich habe viel von Ihrem Zynismus gehört. Insofern halte ich es für richtig, daß Sie ein wenig verprügelt werden sollten, nur um Ihnen eine Lektion zu erteilen. Wenn Sie keine Einwände haben.« Er schien sich leicht in Richtung von Aled Rhys zu verneigen. Aled Rhys zuckte die Achseln. Dann erschien der neue Wirt unter der Tür und sagte, Reg würde dringend am Telephon verlangt. Ferngespräch. »Wenn Sie von Ihrem Telephonat zurückkommen«, sagte der Student der Nationen, »bringen Sie keinen schweren Gegenstand mit, um sich zu verteidigen. Sie sind ein gebildeter Mann, wenn auch ein Zyniker, und werden die rituelle Gerechtigkeit dessen begreifen, was zu geschehen hat.«

»Bist du verprügelt worden?« fragte ich.

»Sie wollten mir nur Angst einjagen. Als du angerufen hast, hatte ich auch Angst genug.« Wir unterhielten uns vor dem Frühstück in den römischen Ruinen, die den Kibbuz bei Caesarea umgeben. Mich hatte man hingeschickt, damit ich bei den Kibbuzniks die Grundausbildung mit der Waffe beaufsichtigte. Die Küste war nicht weit weg, und Terroristen waren bereits einmal in für das Radar unsichtbaren Schlauchbooten gelandet. »Nationaler Kampf«, sagte Reg und stieß mit dem Fuß eine römische Tonscherbe weg. »Ich will dir etwas zeigen. Dieser Yankschriftsteller, der hier ist, der hat mir's zuerst gezeigt. Sein Vorname ist Saul. Hat nichts mit der Apostelgeschichte zu tun. Der, vor dem David Harfe gespielt hat. Wir müssen einen Namen für unseren kleinen *sabra* finden. Das war schon ein Wunder. Eine gottverdammte Bombe in einem gottverdammten Rundfunkstudio. Sie stand zu dem Zeitpunkt hinter ihren Röhrenglocken.«

»Ich war weg.«

»Ich weiß, daß du weg warst. Hast in Syrien oder irgendwo Bomben gelegt. Heutzutage gibt's bloß noch Bomben, wie? Aber hier ist es tatsächlich Wirklichkeit. Die national gesinnten Kelten treiben bloß Spielchen. Ah, da haben wir's.« Er trat gegen einen zerklüfteten Brocken Sandstein. Eine Art grobe Höhlung war hineingehauen, und man konnte die Meißelschläge einer Inschrift deutlich erkennen: REG ART. »Heißt das, daß er auch hier war? Das scheint doch kaum möglich.«

»Das hieß wahrscheinlich REGULUS ARTIFEX oder so etwas. Ein Sklavenname, der überdauert hat. Es gibt nicht viele. Irgendwie töricht und rührend, dieser Wunsch, von der Nachwelt wahrgenommen zu werden. Ein Name ist vielleicht die einzige Unsterblichkeit, die wir haben.«

»Wie nennen wir ihn? Abgesehen davon, wie soll ich mich denn selber nennen? Gibt es eine hebräische Entsprechung zu Reginald? Ich nehme an, Jones wäre Yokanan oder so was.«

»Du kannst dich nicht zum Juden machen, weißt du. Es reicht, daß Zipporah Jüdin ist.«

»›Zip‹ gibt's nicht mehr, wie ich höre. Zu leichtfertig. Wir stehen auf mosaischem Territorium.«

»Ach nein, nicht doch. Ihm hat Gott nie den Zutritt zum Heiligen Land gewährt.«

»Schon so ein alter Sack, Gott.« Reg schaute in den klaren Himmel, als wollte er sehen, ob eine rächende Faust herabgefahren käme, und dann zu den Orangenhainen hinüber. »Die Wurzeln schlingen sich um römische Ruinen«, sagte er. »Die Tangerinen sind gut. Die Bananen auch. Saul Soundso hat auf die Beziehung der Banane zum Pferd hingewiesen: Fruchtstände wie Hengstpimmel, Blätter wie Mähnen.«

»Wie lange bleibst du?«

»Bis Zip, Verzeihung, Zipporah sich richtig ausgeruht hat. Irgendwie gefällt mir die Idee, Orangenfarmer zu sein, aber die Großstadt ruft. Ich lerne jetzt, Spanisch in hebräischer Schrift zu lesen. Komisch, diese Nostalgie, mit der die Sephardim auf ihr iberisches Exil zurücksehen.«

»Wir brauchen alle die nostalgische Sehnsucht nach irgend etwas. George Herbert spricht von der Müdigkeit, die uns an Gottes Brust wirft. Gott, der unser Zuhause ist, sagt Wordsworth. Ich wünschte, ich glaubte an Gott.« Reg schaute wieder in den unglaublich reinen Himmel hinauf, doch Gott schien es gleichgültig, daß seine Existenz geleugnet wurde; er wußte, daß er existierte, und das war genug. Hoffnung und Liebe waren natürlich etwas anderes. »Aber Philosophen müssen skeptisch sein. Oder zukünftige Lehrer der Philosophie.«

»Wird dein Vater nicht enttäuscht sein? Daß du die Vendetta aufgibst, meine ich.«

»Mein Vater wird eine nette dicke Witwe aus Krakau heiraten. Ihm wird es gutgehen.« Reg sog die duftende Luft ein, aber kein Reiz erreichte ihn. Sein Verlust des Geruchsinns schnitt ihn von einem großen Teil des ästhetischen Vergnügens am Lande Israel ab. Das Gras selbst roch nach Orangen. Doch im Norden hing irgendwo auch der Gestank von Kordit.

»Sie unterrichtet jetzt. Ihr werdet zusammen sein. Die Abteilungen überschneiden sich.«

»Ich hatte da eigentlich nie so recht eine Chance. Wir gehen jetzt besser zum Frühstück.« Wir stolperten durch die Überreste von Caesarea – die zerbrochenen Gliedmaßen von abgesetzten kleinen Göttern, eine große finsterblickende steinerne Tragödienmaske – vorüber an einem abgestürzten korinthischen Giebel, Richtung Speisesaal.

»Wie würdest *du* ihn nennen?«

»Ich weiß nicht. Ich dachte, das sei eine der köstlichen Qualen des Elterndaseins. Gib diesem Kind einen Namen! Aber sei vorsichtig, es muß ihn sein ganzes Leben tragen.« Oder, dachte ich, bis ihn die Kugeln des Feinds niederstrecken. Zum Frühstück gab es starken Tee in Gläsern mit *sarfim*, Spiegeleier, Ziegenkäse, Süßzwiebeln, schwarze Oliven und sehr feste Tomaten, salzige Sardinen. Eine intellektuelle Diskussion fand statt, zwischen Saul – warum ist mir der Name entfallen? und einem schwedischen Nichtjuden mit einer dunklen Ehefrau wie Zipporah. Zipporah war beim gemeinsamen Mahl nicht anwesend. Sie war damit beschäftigt, in den Familienräumen eine junge Mutter zu sein. Irgendwann würde sie am Konservatorium von Jerusalem Perkussion unterrichten. Wir endeten alle als Lehrer. Mit zwei akademischen Gehältern würden Reg und Zipporah sich ein Kindermädchen leisten können. Es gab eine Menge Kindermädchen in Israel: Die jungen Feigenkakteen mußten ebenso sorglich behütet und gepflegt werden wie die Orangen. »Und was ist jetzt damit passiert?« fragte ich Reg. Er erzählte es mir.

Saith

Mitten auf der Straße kauten fauchend drei Katzen, eine davon gefleckt, an den Fischköpfen und Fischeingeweiden, die Dan hingeworfen hatte. Ein Lagerhausfeuer ein paar Blocks weiter verdunkelte den Karfreitagssonnenuntergang. In diesem Lagerhaus, hieß es, lag auch eine nicht explodierte Bombe aus dem Krieg. Die Feuerwehr streikte gerade. Die ganzen Penner überall waren anscheinend in Streik getreten. Der Strom war ausgefallen, und ein halber Heilbutt näherte sich in Dans kleinem Kühlschrank finster der Verwesung. Strom oder nicht, der Handel ging den Bach runter. Die kleinen Läden konnten mit den Ketten nicht mithalten. Die Pubs allerdings waren groß im Geschäft, und heute hatten sie den ganzen Tag aufgehabt, wie für den wöchentlichen Markttag donnerstags, denn Netherbury bewahrte eifersüchtig das alte Privileg, den Tod Christi mit Festivitäten und fröhlichem Gekotze zu begehen. Dan ging mit einer Kerze in den dunklen Lagerraum und holte den aufrührerischen halben Heilbutt. Den konnten genausogut auch die Viecher kriegen. Er hackte ihn auf seinem schleimigen Tresen in drei Stücke und schmiß sie den nach mehr maunzenden Streunern hin. Schnurrlistückchen nannten die großen Ketten den Katzenabfall. Auf Dans Theke leisteten Räucherheringe heldenhaft der Natur und der Verwesung Widerstand. Aber niemand wollte sie mehr haben. Dans Bruder Reg kam an, auf den Pflastersteinen rutschend und stolpernd und mit einer schweren Reisetasche beladen. »Durst!« sagte er. »Ich sterb gleich. Wie der reiche Mann, der nach der kühlenden Berührung des Lazarus heult.«

»Wie hast du's geschafft mit dem Eisenbahnerstreik und allem?«

»Ein sehr merkwürdiger Zufall. In Newport habe ich einen alten Militärkameraden getroffen. Sergeantmajor auf dem verfluchten Todesschiff, das Menschenfleisch nach Odessa gefahren hat. Mein alter Mordsjones! Mein alter Verrückter! Hat den Wagen von seinem Sohn gefahren mit zwei Enkeln drin. In Cheltenham hab ich den letzten Bus Richtung Norden erwischt. In Stoke hat mich ein Laster mitgenommen. Zehn Meilen dann zu Fuß. Daher der Durst. Nimm das mal, das Gewicht war am Schluß echt mörderisch. Mach deine Bude zu. Ich bin ganz ausgedörrt.«

In der Bar in der Krone verlöschten bei ihrem zugigen Eintreten ein paar Kerzen, die in ihrem eigenen Wachs auf die Tische geklebt waren. Die Neuankömmlinge wurden mit Flüchen bedacht. Einige Blinzler, angetütert, aber mit immer noch scharfen Nasen, gestikulierten melodramatisch wegen Dans altehrwürdigem Fischgeruch. Reg zahlte für die beiden Pints, und sie stolperten über einen im Dunkeln kaum wahrzunehmenden Besoffenen auf dem Boden zu einer Sitzbank in einer dunklen Ecke. »Schon besser«, keuchte Reg, als er sein halbes Glas weggeschluckt hatte.

»Was ist da drin?«

»Du weißt verflucht gut, was da drin ist.«

»Du bist ein verdammter Dieb, immer gewesen.«

»Nicht dieses Mal«, log Reg, der verdammte Dieb. »Mutter hat mir den Schlüssel in Leningrad gegeben. Es muß an dich und Trix gehen. Ist jetzt einiges wert.«

»Wie geht's ihr?« Dan meinte nicht ihre Mutter.

»Hast du mein zweites Telegramm gekriegt?«

»Kurz eh die Post gestreikt hat. Wie geht's ihr?«

»Die Schußverletzungen waren alle peripher, das heißt, es ist nichts Lebenswichtiges getroffen worden. Ellbogen, Handgelenk, Schulter. Sie hat Glück gehabt. Und in allen Zeitungen war sie auch. Hast du die Zeitungen gesehen?«

»Ich les keine Zeitungen, Haufen Lügen.«

»Aber der Schock war massiv, und sie steht immer noch unter Beruhigungsmitteln. Sie hat immer nach einem gewissen Dan gefragt, haben die am Telephon durchgegeben. Das war wohl das Delirium. Also bring ich dich hin.«

»Wo ist sie?«

»In einem sehr exklusiven Pflegeheim in Didsbury. Alles auf Kosten des israelischen Staates. Warum schaut dieser fette Arsch da drüben immer zu uns her und hält sich den fetten wulstigen Rüssel zu?«

»Du vergißt immer wieder, daß du nicht riechen kannst.«

»Stimmt ja. Eine Art Kriegsverletzung. Wir sind eine schwerverwundete Familie. Was macht das Loch in der Seite?«

»Tropft immer noch.«

»Schau dir diese nichtsnutzigen Penner an. Vom Kerzenlicht irgendwie geadelt.« Säufer mit rötlichen Hängebacken kippten lachend ihre Biere an der Bar. »Plastikverkäufer.«

»Der Dünne da hat einen Spielzeugladen. Hat das Zittern, schau mal.«

»Herrgott, der sieht so aus, als ob er's wär. Wie zum Teufel –«

»Was? Wer?«

»Nee, er ist's nicht. Ich hab immer das Gefühl gehabt, daß man mir folgt. Sie haben geschworen, daß sie's noch kriegen. Was ist das für ein Lichtschein?«

»Das ist das Feuer um die Ecke. Lassen's runterbrennen. All die Penner sind am Streiken. Wie kommen wir dorthin?«

»Nehmen die Straße. Genügend Licht, wenn Gott es scheinen läßt. Ein Karfreitagsmond. Du bist dran.«

»Die Kasse ist fast leer. Mußt du noch mal rüber.«

Reg ging wieder an die Bar, wo ihn ein verwachsener Mann in einem lächerlich gutgeschnittenen Anzug fragte, wie er denn den gottverdammten Gestank aushalten könne. Für einen Bruder hält man alles aus, in einigermaßen vernünftigen Grenzen. Gibt doch Chlorophyll, warum nimmt er kein Chlorophyll? Sie haben Glück, daß Sie noch riechen können. Reg bezahlte. Dan sagte:

»Warum heißt der Tag so? *Good Friday*?«

»Weil sie da nen Juden ans Kreuz gehängt haben und kichernd zugeschaut haben, wie er starb.«

»Und deshalb ist er gut?«

»Trink mal aus und laß uns zusehen, daß wir weiterkommen. Sollte eigentlich schwarzer Freitag heißen, aber dieser Beiname ist für den Montag reserviert. Für jeden Montag. In einem geordneten Staatswesen wäre am Montag der Sabbat. Aber dann gäb's natürlich den schwarzen Dienstag. Kannst einfach nicht gewinnen.« Dann zitierte Reg: »›Die ganze Erde ist ein Krankenhaus, gestiftet von dem ruinierten Millionär.‹ Das hat Eliot aus einer Bach-Kantate geklaut: *Die ganze Welt ist ein Krankenhaus*.«

»Wer ist Eliot? Und der andere Bastard?«

»Ist schon gut. Laß uns mal gehen.«

Sie verließen das Pub über das Pissoir im Hof. Der Mond, noch zwei Tage von seiner ganzen Fülle entfernt, war aufgegangen. In dem einzigen, unverschließbaren Abort stöhnte und ächzte angestrengt ein Mann. Ein steinernes Waschbecken stand mondenbeschienen da; der Wasserhahn tropfte. Jemand hatte mit Kreide an die Backsteinwand dahinter geschrieben: *Keine Seif bei Tag und Nacht*. Reg und Dan stolperten unter dem Mond zurück zu dem kleinen Laden in der langen Reihe kleiner Läden. Katzen, üppig von angegangenem Heilbutt gesättigt, lagen auf den Pflastersteinen ausgestreckt und putzten sich die pelzigen Schenkel, beschäftigt mit ihrer Verdauung, ehe der Nachtdienst losging. Eine alte Frau polterte gegen die Türe. Ruhe da, Missis, ist jetzt um die Zeit geschlossen. Dan machte auf. Sie wollte zwei Paar Räucherheringe für den Tee vom Schwiegersohn. Dan bediente und strich die Münzen klappernd in seine dreckige schuppige eingeweideblutige Hosentasche.

»So kannst du nicht mit. Zieh dir was Anständiges an.«

»Ich hab ja meinen Entlassungsanzug.« Dan stieg die dunkle Treppe hoch; dort oben, wußte Reg, mußte sich sein ungeheuerliches Schlafzimmer befinden. »Und dein verdammtes Ding soll ich ja auch bringen, hast du gesagt.«

»Das auch. Der geht mit, die Landstraße runter.«

»Bin froh, wenn ich das verdammte Ding loswerde. Leuchtet wie ein fauler Fisch die ganze Nacht. Und dann redet es.«

»Es redet, ja? Tatsächlich?«

»Wenn's an dem Faden hin- und herschwingt, wo es dranhängt. Es sagt *tad bach* oder sowas.«

»Interessant. Komm, beeil dich.« Dan brachte Caledvwlch herunter, eingewickelt in seine blutige schuppige dreckiggestreifte Schürze. »So wird's gehen.« Dan schloß den Laden ab. Die Landstraße runter bedeutete zunächst einmal, einige Meilen lang die sogenannte High Street von Netherbury entlangzuwandern. Dan murrte wegen der schweren Tasche. Regs Last war leicht.

»Und was machst du damit?«

»Er ist mein. Er gehört in meine Obhut. Ich mach mit ihm, was ich will.«

»Dein, ja? Bist du also der gottverdammte Attila oder Arthur oder wie der hieß. Was hast du mit Dads Büchern gemacht?«

»Die Enzyklopädie ist voller Fehlinformationen. Da kommt ein drei Seiten langer Artikel über Kannibalismus mit Rezepten aus Neuguinea. Da steht, daß zwei verschollene Stücke von Shakespeare, *Kennst du mich nicht, so kennst du niemand* und *Wer will, der kann* in einer Bank in Austin, Texas, liegen. Da steht, Beethoven habe eine zehnte Symphonie mit Soloklavier im letzten Satz geschrieben.«

»Und hat er das nicht?«

»Ich hab sie Dr. Lewis, wie er sich nennt, geschenkt. Die Familienbibel ist schon vorausgereist. Kann beim Hebräischlernen als Eselsbrücke nützlich sein. Meinst du, die beiden Männer da folgen uns?«

»Besser mal rasch die Gasse hier runtergerannt.« Die Gasse lag zwischen einem Zeitschriftenladen mit Nacktmagazinen im Fenster und einem Friseur, dessen Wahrzeichen, der rotweißspiralige Pfosten, im Mondlicht wie eine verbandumwickelte blutige Wunde war. Das Mondlicht war dreckig vom Qualm. Rasch rannten sie die Gasse runter. An ihrem Ende lag der Rand des Stanley-Kanals, dahinter ein Panorama von Schornsteinen toter Fabriken. Der dreckige Mond zeigte ihnen einen alten Mann am Steuerruder eines Kahns voll menschlicher Fäkalien. Das Boot näherte sich der Schleuse, und die beiden jungen Männer an Bord begannen, verzerrte Tanzbewegungen zu machen. Dan sagte:

»Da war eine Fähre, wie man sagt, an dem großen Fluß, als wir in die Ukraine kamen. Der alte Sack dort sieht bißchen so aus wie der damals. Der hat gedacht, wir sind Deutsche. Er hat uns reingeritten. Da war's, daß wir versucht haben, wegzurennen.«

»Vergiß es, Dan, um Gottes willen vergiß es. Denk an die alten Tage. Die waren gar nicht so schlecht. Distinguierte Esser, aber das hast du nie mitgekriegt. Jack Troy, der Damenimitator, und Julie Falcon, die Sopranistin, und die griechischen Jongleure und Lavinia Ennis, die mit Brustwarzenhütchen und einem *cache-sexe* getanzt hat. Und der große Zeno, der Jungfrauen entzweigesägt hat, bei dem ist das Publikum vor lauter künstlichem Blut in Ohnmacht gefallen. Und Dad ganz ernst an seinen Töpfen und Pfannen. Und Sir Oliver Ardgour, der Richter, der sie alle unerbittlich an den Galgen gebracht hat. Bei uns waren sie alle zu Gast.«

»Die Zeiten waren manchmal so schlecht nicht«, sagte Dan.

Hinter ihnen röhrte das Heulen und Krachen einer Explosion. Die Pflastersteine unter ihnen zitterten. »Jesus«, sagte Reg.

»Jetzt ist sie hochgegangen. Sie haben immer gesagt, so kommt's. Hör mal, hier ist lauter Dreck und Schlamm. Wir gehen besser auf die Straße zurück.« Am Eingang einer Gasse zwischen einem verfallenen Lagerhaus für Kaldaunen und der Ruine einer Korsettfabrik sahen sie sich vorsichtig um, ob ihnen vielleicht jemand folgte. Niemand. Sie schritten aus, die endlose Straße entlang, wo gescheiterte Ladengeschäfte ihre Lokalitäten an Regierungsbehörden abgetreten hatten – an das Ministerium für Ernährungsmangel, für Desinformation, für Arbeitslosigkeit, für Abschaffung der Überflüssigen. Ein großer sandfarbener Hund sprang aus dem offenen dunklen Eingang eines Wohnhauses und versperrte ihnen mit Zickzackgebell den Weg. Reg zeigte ihm den blanken Caledvwlch, doch der Hund knurrte, als bedrohe man ihn mit einem Metallknochen. Dan schwang die schwere Reisetasche ohne besondere Wirkung. Reg hob einen Klumpen aus zusammengeklebten Zigarettenpackungen und Chipstüten auf und warf ihn nach dem Hund. Dessen Eigentümer kam herausgewatschelt, eine schmutzige Serviette umgeknotet, kauend. Er sagte:

»Rein mit dir, Bruce, dir gehört doch nicht die ganze gottverdammte Straße.« Er richtete scharfe, tief im Fett liegende Augen auf die reisenden Brüder. »Heute die Zeitung gelesen?« fragte er. »Nee, könnt ihr ja nicht, heute kommt keine, ist ja Bad Friday, wie mein Dad immer gesagt hat, liegt jetzt auch sechs Fuß tief. Aber da gibt's doch bloß noch Skandal und Ehebruch, wenn's keine Politik ist. Kleine Mädchen, denen sie in dunklen Wäldern die Kleider vom Leib reißen, Jungens mit Messern, und die Polizei ein krimineller Haufen. Und was die Politik angeht, sind die einen so schlimm wie die anderen, so wie ich das sehe. Ich bleib beim Fußball, ich meine, ich spiel nicht selber, war schon mit fünfzehn zu dick für das Rumgerenne. Bruce! Leg dich! Ihn füttern, das ist das Problem, keine von den Parteien schert sich doch um die verhungernden treuen Tiere. Kommt noch was auf uns zu, ich sag's euch. Die schieben ihre illegalen Profite ein. Na, ich kann jetzt nicht ewig mit euch plaudern. Die verdammte Pastete ist fast nur Teig, aber essen muß der Mensch.« Er zerrte den Hund an seinem abgewetzten Halsband ins Haus, der rückwärts gewandt die Brüder anknurrte. Es fing zu regnen an.

»Herrgott nochmal«, sagte Reg, als sie zusahen, wie das schmutzige Wasser schräg aus dem kochenden, nun mondlosen Himmel schoß. Sie standen in einem Ladeneingang.

»Was sind das für Dinger da im Fenster?« fragte Dan.

»Das, lieber Bruder, sind Kondome. Sie steuern dem menschlichen Samen, damit die Welt nicht übervölkert wird und die kleinen Leute sich Fernsehgeräte und Autos kaufen können. Ah, da kommt schon eins.« Es reagierte nicht auf Dans erhobenen fischigen Daumen, und auch das nächste nicht. Dieses war zu ihrer Verblüffung ein Rolls Silver Ghost. Er glitt geschwind und leis vorüber.

»Irgendwo gibt's Leute mit Geld«, brummte Dan. »Da haben welche Geld gemacht, solang andere gekämpft haben. Hast du das Paar da hinten drin gesehen, beim Knutschen? Die Frau von jemand mit dem Mann von einer anderen. Wenn die Aschenbecher voll sind, wird ein neuer Wagen gekauft. Was zum Teufel haben wir falsch gemacht?«

»Du hast das da.«

»Ja, und das wiegt eine verdammte Tonne. Nicht wie richtiges Geld, das gar nichts wiegt.«

»Es läßt langsam nach.« So war es. Bald spähte der verdreckte Mond schüchtern über einen Wolkenkontinent. Sie gingen weiter durch die schmutzige Stadt und stelzten schwankend über eine riesige Pfütze. Zu ihrer Linken lag ein übergroßer Friedhof, und zu ihrer Überraschung fand dort ein nächtliches Begräbnis statt. »Taschenlampen, mein Gott«, sagte Reg. »Fackeln. Welcher Leib hat so gegen das Licht gesündigt, daß man ihn in der Dunkelheit hinabsenken muß?«

»Weißt du noch, wie wir klein waren«, sagte Dan, »da haben wir auf einem von den Gräbern auf dem Südfriedhof ein Feuer gemacht. Eine Pennyschachtel Streichhölzer, und all dieses Feuer drin. Man könnte die ganze Welt mit einer Pennyschachtel Streichhölzer anstecken. Aber der Wind stand immer falsch.« Leidenschaftlich sagte er: »Warum tun sie's? Was haben sie davon? Die gottverdammten Unschuldigen töten.«

»Die Bosheit? *Malitia* auf lateinisch«, murmelte Reg. »Es kommt auf *malus* raus, das heißt böse. Ich frage mich, ob's einen Zusammenhang mit *malum*, der Apfel, gibt? Das Böse, das gut schmeckt wie ein Apfel.«

»Die zwei da, weiß die Namen nicht mehr, die haben sich selbst umgebracht, weil sie nicht mehr mitkonnten. Die hatten genug, die armen Schweine.«

»Vergiß es, Dan, bitte versuch doch, das zu vergessen. Der Mond sieht sauberer aus jetzt.« Er zog Caledvwlch aus seinen Streifen, daß das Metall Feuer fangen konnte, doch es blieb stumpf. Immerhin zauberte das Schwenken des Schwerts einen alten Ford auf die Straße, und ohne daß einer den Daumen ausgestreckt hätte, hielt das Auto. Dan schaute ernst den mondbeschienenen weißhaarigen Fahrer mit der Nickelbrille und dem fleckigen Regenmantel an, der mit törichtem dünnlippigem Lächeln etwas von einem Werk leiblicher Barmherzigkeit sagte.

»Ich kenn Sie«, sagte Dan. »Das war in der Grundschule in der Flaxfield Street.«

»Hab Sie unterrichtet, was? Muß schon lange her sein. Steigt ein, ihr beiden. Sehr weit kann ich euch nicht mitnehmen. Turton, bringt das was?«

»Danke«, sagte Reg. »Das ist auf dem Weg.«

»Sie haben mich mal mit dem Riemen vorgenommen«, sagte Dan ohne Groll vom Rücksitz. »Hat höllisch weh getan.«

»Sollte es auch. Ihr wart eine ungezogene Bande. Sie hab ich nicht geschlagen, oder?« sagte er zu Reg.

»Ich war nicht dort. Ich bin auf eine gemischte Schule gegangen.«

»Ja, das kenn ich. Kleine Mädchen, die Pipi ins Höschen machen. Einmal für nen halben Penny hinlangen in der letzten Reihe. Mein Metier waren immer kleine Jungs. Zu sehr sogar, wie die Behörde schließlich entschied. Jeder nach seiner Fasson.«

»Unglaublich weh hat das getan«, sagte Dan, immer noch ohne Schärfe.

»Alles im Interesse der Disziplin. Ein Sadist war ich nie. Ich habe mir meine Vergnügungen umsichtig und, jawohl, liebevoll ausgesucht. Sind Sie in der Richtung irgendwie interessiert?« fragte er Reg. Reg schüttelte den Kopf. »Was ist das lange phallische Dings da auf Ihrem Schoß?«

»Eine Waffe.«

»Aha. Also, bei aller Liebe, die einem Karfreitagabend angemessen ist, muß ich Sie jetzt wohl hier mal raussetzen. Ich bin mit dem Magen nicht ganz in Ordnung. Den Geruch, den Ihr Freund von da hinten so kräftig ausstrahlt, halte ich nicht aus.«

»Fisch«, sagte Reg. »Mein Bruder.«

»Hervorragend. Also hier. Tut mir leid, daß es höllisch weh getan hat.«

Sie waren immer noch nicht in freier Landschaft angelangt, obwohl die Läden und Häuserreihen hier langsam endeten. Drei angelaufene Messingkugeln und ein Fenster voll entsetzlichem Schnickschnack warben für eine Pfandleihe. Ein Kinoplakat mit halb abgerissenen Fetzen, die im Regenwind flappten, zeigte einen nackten Riesen mit kesselpaukenartigen Pektoralmuskeln und einem Gorillakopf, der kreischende Halbnackte in eine Schlucht stieß. Schreiende Köpfe hüpften auf einem blutigen Fluß. »Mein Gott, mein Gott, mein Gott«, sagte Reg. Sie kamen zu einem dekonsekrierten wesleyanischen Bethaus, das jetzt ein

Bingosaal war. Eine Ziegelmauer mit Glasscherben obendrauf erstreckte sich lang ins Dunkel – eine grafschaftliche Klapsmühle. Die Mauer war dicht mit Wahlplakaten bekleistert, die Männer mit unglaubwürdigem Lächeln zeigten. Eines warb für Madame Zelda, die einem die Zukunft voraussagte. Reg hob das Schwert gegen ein wahnsinniges Kreischen, das aus einem vergitterten offenen Fenster drang, konnte es aber nicht bannen. Auf der Straße kam nun eine kürzlich geteerte Strecke, die für Dan frisch und gesund roch. Die Dampfwalze stand kalt da, die Spaten lagen schutzlos herum – die Arbeiter hatten am Gründonnerstag die Arbeit niedergelegt. Ein Quarren von Fröschen stieg aus einem unsichtbaren, aber faulig riechenden Abzugsgraben irgendwo auf. Sie kamen langsam ins Land hinaus. Ein Pub stand allein, von kahlen Bäumen umgeben. Der Frühling war hier spät, die Blätter kamen langsam. Der Regen setzte wieder ein. »Ich könnt ein Bier brauchen«, sagte Dan. »Wieviel Geld hast du?«

»Genug. Genug, daß wir uns in den Zug nach Manchester setzen können, wenn der Streik vorbei ist, und ich dann noch weiter nach Süden komme. Genug für zwei Pints und vielleicht noch eine Industriepastete in Zellophan mit wurmigem Hackfleisch drin.« Sie gingen hinein.

»Gläser jetzt bitte«, sagte die magere Wirtin ohne Überzeugung. »Wir haben nen neuen Polizeisergeanten, und der ist ein richtiges Aas. Ich will ja nicht die Lizenz verlieren, oder?« Sie gab Reg und Dan bereitwillig zwei Pints (oder fast) schales Bitter. In einem Deckelglas lagen Sülzaale. Eine Londoner Delikatesse, und sie war nach ihrem Tonfall zu schließen eine Londonerin. Reg und Dan teilten sich eine Schweinspastete, die nach altem Zeitungspapier schmeckte. Ein alter Matrose, nach der Mütze und dem ergrauten Bart zu schließen, saß am fast heruntergebrannten Kaminfeuer und führte das Wort. Dan sagte leise, indem er mit einem Nicken auf einen der Zuhörer wies:

»Siehst du den mit dem schwarzen Pflaster am Maul? Kieferkrebs ist das. Den Bastard kenn ich. Ein Wetterhahn ist das. Der stiehlt Blei von den Kirchendächern. Siehst du den kleinen Arsch da neben ihm? Taschendieb an Markttagen. Betrunkene Bauern, die haben bündelweise Geld im Sack, haben Schweine verkauft, die an den Würmern in ihren Bäuchen schon halb verreckt sind. Eine fürchterliche gottverdammte Welt.« Der Matrose sagte gerade:

»Gib war's. Wir kamen von Gib und sind nach Ceuta gefahren. Gib kennt wohl keiner von euch hier.«

»Ich war da«, sagte Reg.

»Also, dann wissen Sie Bescheid. Wir haben die alle an Bord geholt, besoffen wie die Bürstenbinder und mit ner Portion Tripper aus den Nuttenschuppen.«

»Keine Nuttenschuppen in oder auf Gib.«

»Wer erzählt hier? Der Skipper sagt, also gut, ihr habt's jetzt echt beschissen gehabt mit dem Krieg und der grausamen See, war ein großer Leser, aber bedenkt, wer ihr seid, ihr abgefüllten Penner. Briten seid ihr und solltet stolz drauf sein. Und ihr führt euch auf wie die Tiere und das Vieh auf dem Felde. Gebraucht mal euren Schädel, denkt nach, lernt was, lest die Bibel. War verrückt mit der Bibel, hat lange Riemen draus droben in der Takelage in den Wind geschrien. Also, wie wir dann runter sind, das war eine von den magnetischen Minen, da hat er gerufen, daß das die Strafe des Herrn wär, siehe Matthäus sechs fünfzehn. Das war auf der Nordatlantikroute. Konnt man ihn im Wasser sehen, wie er's noch von der Offenbarung Johannis gehabt hat. Dann ist er weggesackt. Will damit sagen, daß das mit der Bibel gar nichts bringt.«

»Gläser jetzt bitte.«

»Mieft ja nicht schlecht hier«, sagte der Wetterhahn und starrte Dan an. »Dich kenn ich doch, dich hab ich doch schon mal gesehen?«

»Nicht droben auf dem Kirchendach.«

»Dich auch«, sagte er zu Reg.

»Unerwidertes Interesse.«

»Wer bist denn du mit deinen Zungenbrechern?« Die Tür ging auf, und ein Polizist trat herein. Es war ein großer, dünner, recht junger Mann mit einem Gangsterschnurrbart. Er sagte:

»Ein Pint, Missis, wo ich doch im Dienst bin. Schon gut, keine

Angst«, sagte er zu den Gästen, »gibt große Verbrechen und kleine Verbrechen, und nach der Sperrstunde Trinken ist keins davon. Wenigstens nicht, wenn der große Meister mit den drei Streifen nicht um die Wege ist. Mit Grippe im Bett.«

»Ist keins wovon?« fragte Reg.

»Wer sind Sie?« fragte der Wachtmeister. »Was haben Sie denn da? Und was hat der da in der Tasche?«

»Privateigentum«, sagte Reg. »Nächtliche Reisende. Zahnbürste, Pyjama, frische Wäsche. Nett, Sie kennengelernt zu haben. Müssen jetzt weiter.«

»Scheint mir verdammt schwere frische Wäsche. Ein Wahnsinnsgewicht, so wie's aussieht. Los, du Camembert, mach's auf.«

»Nichts da«, sagte Reg und entblößte den Caledvwlch. »Bleiben Sie, wo Sie sind.«

»Bring dich nicht in Schwierigkeiten, mein Junge. Widerstand gegen das Gesetz ist gesetzeswidrig. Ich hab euch hier als Zeugen.«

»Mich nicht«, sagte der Wetterhahn. »Ich hab nix gesehen.«

»Jetzt werden sie hinter uns her sein«, sagte Dan, der auf dem Weg zur Tür voranging. Der Wachtmeister versperrte ihnen den Ausgang mit drei langen blauuniformierten Schritten. Reg stieß drohend mit dem Schwert vor. Dan schwang die Tasche gegen die Polizisteneier. »Hätt ich nicht machen sollen«, gab er zu. »Wir wollen nur raus hier.« Der Wachtmeister muhte vor Pein, die Hände am schmerzenden blauen Schritt. »Also«, Dan öffnete die Tür, »mehr wollten wir ja gar nicht.«

Sie rannten ein Stück im öligen Regen. »Das bedeutet, daß wir jetzt sozusagen auf der Flucht sind«, sagte Reg. »Juristisch, meine ich. Der wird kaum groß was unternehmen.« Er hörte keuchend auf zu laufen und kleidete den nassen Caledvwlch wieder in seine Streifen. Es war kein trillernder, zorniger Wachtmeister unter der Tür des Pub zu sehen. »Ich glaube, wir müssen uns für die Nacht irgendwo hinhauen.« Freies, nasses, elendes Feld machte einem Dorf ohne Gastwirtschaft Platz, an dessen Südrand aber ein großes Herrenhaus stand, in dem sich das Rentenministerium eingemietet hatte. »Ah, da können wir vielleicht mit?« Aber der Bus kam aus der falschen Richtung angeröhrt, und das grelle Scheinwerferlicht blendete Reg und Dan, als er quietschend am Tor des Hauses zum Stehen kam. Aus dem Bus wankten und wackelten Ungeheuer, von zwei Schwestern in blauen Umhängen und mit den exzentrischen Mützen des Hope Hospital freundlich unterstützt. »O mein Gott. Schau dir an, was uns entgangen ist.« Kriegskrüppel, halbgesichtig, verbrannt, blind, armlos, gingen durch das Tor. Reg und Dan verbargen sich hinter einer breiten Ulme. Der Bus dröhnte davon. Der Regen ließ nicht nach. Durchnäßt und stumm trotteten sie mit quatschenden Schritten nach Süden, bis sie an ein Gebäude kamen, das wie eine Scheune aussah, sich aber als Unterstand für zwei Traktoren herausstellte, der Nacht geöffnet. »Das reicht uns«, sagte Reg. Hinter den Traktoren lagen ölige Planen, leere Fünfgallonenkanister, ein rostiger Wagenheber. »Jedenfalls trokken«, sagte Reg. Dan sagte nichts. Sie saßen auf dem grusknirschenden Beton, mit dem Rücken an die Betonmauer gelehnt. Sie konnten nicht schlafen. Schließlich sagte Dan:

»Die Straße haben sie den Pariser genannt. Das Wetter war genau wie jetzt. Der Lärm war die Hölle.«

»Vergiß es, Dan, vergiß es.« Eine ferne Kirchturmuhr schlug melodisch zwölf. »Der Karfreitag ist vorbei. Jetzt ist Samstag vor Ostern.« Sein feuchter Schuh stieß an etwas Leichtes, Bewegliches. Seine Finger sagten ihm, daß es aus Holz war. Später teilten sie ihm mit, daß es sich um ein liegengelassenes Kinderspielzeug handelte, ein kleines Pferd auf Rädern.

»Und dieser große zugefrorene See, und der Mann und seine vier Kinder, alle verhungert. Das war in der Ukraine.«

»Vergiß es, Dan.« Reg zwang sich in einen unruhigen Halbschlaf.

Er erwachte aus einem unklaren Traum von russischen Riesen und sah, wie ein heller Mond, einen halben Zoll vor seiner vollen Rundung, das stumpfe Metall der Trakoren versilberte. Er hörte draußen Wasser platschen. Dan war nicht da, mußte dort sein. Er stand stöhnend auf und fand Dan nackt unter dem Mond, wie er sich in einem leckenden Wasserfaß badete. »Himmelhagel nochmal!«

»Ich mach mir den Fisch runter, ist das nichts? Können sie nicht mehr von Mief reden.«

»Du wirst dir den gottverdammten Tod holen.« Doch es war Reg, der nun nieste.

»Warum machst du nicht dort in der Ecke ein Feuer?« Er meinte eine etwa quadratmetergroße Fläche zwischen Wand und rechtem Rad des Traktors. »Trocknet mich und trocknet dich.«

Es war ein vernünftiger Vorschlag, doch das Problem war, etwas Brennbares zu finden. Zweige und Stroh hatte der Wind in die Ecke geweht. Ein paar alte zerrissene Seiten eines *Daily Mirror* mit öligen Fingerabdrücken fanden sich auch. Reg versuchte mit denen sein Bestes und zündete sie immer wieder mit seinem Sturmfeuerzeug an. Das Kinderpferdchen fiel ihm ein, er holte es, zerlegte es, schob die Holzstücke in die Flammen. Das Feuer brannte davon nur schwach. Ein Stück öliges Sackleinen gloste länger. Reg latschte zu einer Hecke hinaus und fand ein paar größere Sachen – Zweige, die sich vor dem Regen verborgen hatten, und etwas, das aussah wie ein altes Amselnest. Das Feuer reichte, um ihre Schuhe zu trocknen. Dan versuchte, sich mit seinem auf die andere Seite gewendeten Jackett abzutrocknen, dann mit Regs Taschentuch, da er selbst keins hatte. Reg schaute auf seine Armbanduhr – fast vier Uhr früh. Sein Magen knurrte, und der von Dan antwortete. Sie gingen besser mal wieder weiter. Das Feuer erstarb auch ohne die Hilfe von Dans stampfendem Schuh. Festzustellen, ob Dan nun weniger fischig roch, war Reg nicht vergönnt.

Sie kamen schließlich an ein Haus, das von seinen Besitzern verlassen, von anderen in Besitz genommen worden war. Die meisten Ziegel hatte der Wind heruntergerissen, und man sah die Dachlatten. Die Fenster waren zerbrochen, und die Tür fehlte. Das Haus hockte in wucherndem Unkraut zwischen hohen, schwanken Sträuchern. Doch von drinnen kam der Klang einer Gitarre, und aus einem der leeren Fensterrahmen zog blauer Rauch ins Mondlicht. Dan und Reg wateten durch Quecken und

Lolch und traten ein. In einem Kamin mühten sich tapfer Zeitungen und etwas Holz, offenbar die Reste eines Stuhls, ein paar Flammen zu erzeugen. Auf dem Boden neben dem Kamin saßen schmutzige junge Leute, zwei Männer und eine Frau. Einer der beiden Männer griff immer und immer wieder denselben sechssaitigen E-Dur-Akkord. Als die beiden eintraten, sahen der Gitarrenspieler und die anderen abwesend auf, ohne Furcht oder einen Blick des Willkommens. Aber ein bärtiger älterer Mann in Kordhosen, mit bloßer haariger Brust unter einer Uniformjacke, kam im Dämmer durch eine türenlose Tür. Er nickte Reg und Dan zu und sagte ohne Nachdruck: »Bereuet.«

»Bereuet was?« fragte Reg. »Hören Sie, dürften wir uns näher ans Feuer stellen, um uns ein wenig zu trocknen? Es war eine lange nasse Nacht.«

»Aber der Morgen wird kommen, und die Sonne wird den reuigen Sündern scheinen. Wir tragen alle die Sünden der Welt auf dem Rücken.« Das Mädchen, das schmutziges strohgelbes Haar zu haben schien, gähnte ausgiebig. Sie trug alte Armeehosen und eine ihr recht gut stehende Pelzjacke, die sie bis unters Kinn zugeknöpft hatte. Zweifellos irgendwo entwendet. »Steigt aus der Welt aus. Weckt in euch die Demut. Lebt wie die Vögel.«

»Rieche ich?« fragte Dan.

»Es ist da ein gewisser Fischgeruch«; der Mann schnüffelte angestrengt. »Ist etwas zu essen in der Tasche?«

»Ach nein«, sagte Reg.

»Nun denn. Sing uns was, Geoffrey.« Der Gitarrist klirrte seinen E-Dur-Akkord und intonierte mit fast völlig monotoner Stimme:

Was gemacht wir aus Licht
Das Licht wollte es nicht haben
Haben ein Grab wir gegraben
Jetzt so sieht man es nicht

Ertappt wie immer geglaubt
Taub versprochen und blind

Wie uns die Rede verfault
Unversehens im luftigen Wind

Leer wie Hornblende
Wird die Ewigkeit fragen
Unsere toten Schädel am Ende
Wie einst wir das Gewicht der Luft getragen.

»Aber das«, sagte Reg, »ist die Hölle.«

»Dies ist die Hölle, ich nicht außer ihr«, sagte der Sänger. Er war nicht so sehr bärtig und langhaarig als seit langer Zeit unrasiert und ohne Haarschnitt.

»Ihre ganze Bildung hat zu dem hier geführt?« fragte Reg. »Was ist übrigens Hornblende?«

»Das ist $Ca_2Na(Mg,Fe)_4(Al,Fe,Ti)_3Si_6O_{22}(OH)_2$«, sagte der andere junge Mann. »Ein Mineral der Amphibolgruppe. Wie Asbest zum Beispiel, von der Negativform des griechischen *sbennynai*, auslöschen.«

»O nein.« Reg erschauerte. »Ist es mit allem jetzt dazu gekommen?«

»Nicht die Hölle«, sagte der ältere Mann. »Durch die sind wir alle gegangen. Wir suchen den Pfad durch das läuternde Feuer.«

»Kein besonderes Feuer«, sagte Dan.

»Wie lebt ihr?« fragte Reg.

»Wir betteln. Die Benediktiner drunten an der Straße helfen uns ein wenig. Sie geben uns die erste Milch morgens und einen Laib aus der Bäckerei. Wir kochen eßbares Unkraut in einem Topf.«

»Das haben wir auch machen müssen«, sagte Dan, »als wir aus dem Gefangenenlager in Polen weggegangen sind. Wir mußten, und ihr Penner *wollt* es. Gibt nicht viel Sinn.«

»Gefangenenlager? Ah, ich verstehe, ein Soldat. Wir entsagen jeglicher Gewalt.«

»Also«, sagte Reg, »gibt es nichts zu beschützen?«

»Beschützen impliziert die Bereitschaft, anzugreifen. Dilys, es ist Zeit für deine Morgenprophezeiung.«

»Prophezeien Sie das Ende des Eisenbahnerstreiks«, sagte Reg sarkastisch.

»Hören Sie.« Und das Mädchen hielt einen schmutzigen Finger mit abgekautem Nagel hoch. Ein fernes Pfeifen schien einen Frühzug zu signalisieren. »Ich prophezeie, wenn ich gegessen habe, und nicht eher.«

»Ich hau jetzt hier ab«, sagte Dan. »Riecht nicht gut.«

»Er hat's nötig«, höhnte der Mann mit der Gitarre.

»Benediktiner, sagten Sie?« fragte Reg. Er umklammerte den Caledvwlch. »Anglikanische Benediktiner. Drei Meilen die Straße hinunter«, sagte der Ältere. »Bettelt nicht dort. Macht uns keine Scherereien.«

Dan und Reg gingen. »Soweit ich mich an die Landkarte erinnere, die ich mal vor einem Schulausflug angesehen habe, gibt's hier in der Nähe irgendwo einen See.«

»Diese Benny Diktiner«, sagte Dan. »Sind das die aus Dads Buch?«

»Nicht genau. Ich weiß nicht, ob die irgendeine Verbindung mit Monte Cassino haben. Ich glaube, sie haben kein Recht an ihm. Nein. Er geht aus der großen Tiefe in die große Tiefe.«

»Durchgeknallt«, sagte Dan.

Der Samstag vor Ostern dämmerte; der Morgen schien die Möglichkeit anzudeuten, er könne sich aus der großen Tiefe erheben, als sie in ihr letztes Dorf kamen. Der Mond ging unter. Der winzige Bahnhof am Dorfende zeigte Lichter im Büro des Stationsvorstands, und ein gähnender Gepäckträger rollte Milchkannen zu einem Lastwagen. Ein Zug war durchgekommen, jetzt würde es auch noch weitere Züge geben. Dan und Reg war es kalt; Dan zitterte. Hinter dem Dorf lag ein dichtbewaldeter Abhang. Ein Geruch nach feuchter Erde und Pilzgewächsen stieg auf, wenn auch nicht für Reg. Die Vögel rührten sich noch nicht. »Da drunten ist es«, sagte Reg und ging voran; Dan kam murrend nach. Sie stolperten durch verfilztes Gras und über heruntergefallene Äste. Bald kamen sie an den Rand dunkler kalter Wasser, in denen der sinkende Mond schauerte. Dan, der an die Gewässer eines langen Trecks durch Osteuropa dachte, sagte:

»Ist kein besonderer See. Eher ein Teich im Grunde.«

»Laß das Quantifizieren. Du hast gesagt, du könntest die Welt mit einer Pennyschachtel Streichhölzer anstecken. Das reicht schon hier. Jetzt ein paar Worte. ›Dann ging Sir Bedivere davon und ging hin zu dem Schwert und hob es sorgsam auf und ging zum Ufer des Wassers, und da band er die Schärpe um den Knauf, und dann –‹ Arthur hat von seinem herrlichen Schwert gesprochen, aber jetzt schau dir's an«, er nahm es aus der Fischhändlerschürze, »schau dir den armen stumpfen rostigen Bastard an. Rein mit ihm.« Aber er zögerte. Dan nicht. Er sagte:

»Gut, also.« Er klaubte aus der Reisetasche und aus der Umhüllung eines Hemds und des dreckigen Waschzeugbeutels seiner Militärzeit den Klumpen gelbes Metall hervor, der nie von seiner unedlen Matrix befreit worden war. Dann holte er kräftig aus und schleuderte mit einem Schaufelwurf den Brocken hinaus über das Wasser, wo er sieben, acht Meter vom Ufer entfernt aufschlug. Er sank wie Blei, oder Gold.

Reg konnte kaum sprechen. »Warum bei Gott und allen den verdammten Engeln –«, brachte er schließlich heraus.

»Hör zu«, sagte Dan zornig. »Das Ding war immer wie ein Witz und ein gottverdammt schwerer. Wenn das Geld ist, will ich's nicht haben. Weil es ist überhaupt kein Geld, es wird immer nur bald welches sein, aber nie ganz. Warte, bis du tot bist, und sogar dann wird's kein Geld. Es soll immer welches werden, aber es ist nie welches. Schleif ich das Ding immer und ewig durch die Gegend und warte drauf, daß es sich in Geld verwandelt? Das hätte *sie* so haben wollen, und sie soll ja da auch alles wissen drüber. Aber ich sage: Zum Teufel damit.«

Reg dachte darüber nach, während der Vogelgesang begann. »Wir haben dich immer unterschätzt, Dan«, sagte er.

»Hast du das gesehen?« fragte Dan fast aufgeregt. »Ein Fisch war das. Wenn ich meine Angel mitgenommen hätte, könnten wir verdammt gut frühstücken. Also jetzt!« sagte er dann, als gebe er einen Befehl. »Laß es los. Und dann gehen wir auf den Zug.«

Reg ergriff Caledvwlch in der Mitte und warf. Caledvwlch

kreiste dreimal wirbelnd in der feuchten Luft und fuhr dann in senkrechtem Sturz hinab in die Wasser, in die er eindrang, ohne daß sich eine einzige Luftblase zeigte. »Jesus«, keuchte Dan. »Es hat geschrien.«

»O nein, das hat es nicht. O nein, es hat gottverdammt nochmal keineswegs irgendwas dergleichen getan. Ebensowenig hat es wie ein fauler Hering im Dunkeln geleuchtet oder ›Kleines Väterchen‹ auf Walisisch geflüstert. Merlin ist schon lange untergegangen, und es gibt keinen Zauber mehr. Jetzt kümmern wir uns mal um den Zug nach Manchester.«

»Also«, sagte ich, als wir nach dem Frühstück, beide pfeiferauchend, zwischen den Orangen und Tangerinen spazierten, deren Geruch Reg nicht wahrnehmen konnte, »kein Arm in weißer Seide, mystisch, wunderbar.«

»Ein Mädchen in reinweißem Nachthemd ertränkte sich um der Liebe willen, und ihr Arm hob sich zum letzten Mal unter den verlöschenden Sternen, eine Solidität zu greifen, die nicht war. Sturmverwehte Espenzweige hielten einen Augenblick lang inne... Nichts da! Es ist versunken, wie es war. Aus und vorbei. Amen. Fertig. *Consummatum est.*«

»Es war keine besonders gelungene Rache an den Mörderbanden.«

»Der Psychofritz hat recht gehabt. Man kann sich an der Vergangenheit nicht rächen. Das Recht taugt nichts. Die Gerechtigkeit bringt nichts. Die Strafe ist immer qualitativ verschieden von der Untat. Außerdem ist das Verbrechen in der Vergangenheit, die Strafe in der Gegenwart. Zwischen beiden liegt ein zeitloser Fluß. Lethe ist das Wasser der Vergebung.«

»Das verstehe ich nicht.«

»Ich mußte ein Stück der romantischen Vergangenheit ergreifen und entdecken, daß es rostig war. Ich mußte mich in das moderne Zeitalter einpassen.«

»Ja, das ist nun in der Tat das moderne Zeitalter.« Ich fügte nicht hinzu: *Weil es in die Vergangenheit eingebettet ist.* Knatternde Salven drangen aus dem Schießstand im Norden herüber, dann das Dröhnen einer Bazooka. »›So rollt' den ganzen Tag der Schlachtenlärm‹«, zitierte ich töricht. »Immer weiter und weiter. Hast du die kleine Meldung in der *Jerusalem Post* über deine walisischen Nationalisten gesehen?«

»Ja, die Idioten. Mißglückter Versuch, Prinz Charles zu entführen. Überall alles nur Theater, außer hier. Aber du steigst trotzdem aus?«

»Man kann nicht ständig kämpfen. Du solltest jetzt auch ein wenig in Frieden atmen können, Reg. Du hast kalt deinen Feind getötet, du warst Zeuge des Monströsen, du hast die Hand eines Königs berührt, der nie existiert hat, du hast Bier ausgeschenkt, du hast einen jüdischen Sohn gezeugt. Was willst du mehr?«

Er zuckte die Achseln. Er wußte es nicht. Was er wollte, war, glaube ich, negativ definiert: Nicht dem Leben in diesem Jahrhundert aufgespart gewesen zu sein. Oder er wollte, wie wir alle, eine Wirklichkeit, welche die Zeit transzendiert, etwas in der Art, wie ich es nun unterrichten würde, wieder in Zivil im grauen Manchester. Die römischen Ruinen, durch die wir stolperten, erzählten uns alles über niemals zu rächende Ungerechtigkeit. Die Zitrusbäume überdauerten sie, wie sie das Gesetz Moses' überdauern würden. Es war schade, daß Reg den Geruchssinn verloren hatte.

Lugano, Juli 1987

Klett-Cotta
Die Originalausgabe erschien unter dem Titel »Any Old Iron«
bei Hutchinson, London

Printed in Germany
Schutzumschlag: Klett-Cotta-Design
Gesetzt aus der der 10 Punkt Janson von Clausen & Bosse, Leck
Auf säure- und holzfreiem Werkdruckpapier
gedruckt und gebunden von Clausen & Bosse, Leck

Die Deutsche Bibliothek – CIP-Einheitsaufnahme
Burgess, Anthony:
Belsazars Gastmahl: Roman / Anthony Burgess. Aus dem
Engl. übers. von Joachim Kalka. – Stuttgart: Klett-Cotta, 1996
Einheitssacht.: Any old iron ⟨dt.⟩
ISBN 3-608-95817-7

Peter Carey bei Klett-Cotta:

Die Steuerfahnderin

Roman. Aus dem Englischen von Peter Torberg.
375 Seiten, Leinen, ISBN 3-608-95861-4

»Peter Carey ist ein begnadeter Erzähler. Auch sein jüngstes Werk beweist, daß es immer wieder Bücher gibt, die man nicht aus der Hand legen kann, weil sie einen geradezu magisch hineinziehen in eine andere Welt.«
Barbara Dobrick, Radio Bremen

Illywhacker

Roman. Aus dem Englischen von Dirk van Gunsteren.
688 Seiten, gebunden, ISBN 3-608-95634-4

»Normal ist nichts in und an diesem Buch: 700 Seiten und fast nur Verrückte. ›Illywhacker‹ ist eine total irre Hochgeschwindigkeitsreise durch ein knappes Jahrhundert australische Geschichte«
Südwestfunk

Oscar und Lucinda

Roman. Aus dem Englischen von Dirk van Gunsteren.
584 Seiten, Leinen, ISBN 3-608-95682-4

»›Oscar und Lucinda‹ ist eine Komödie, eine Tragödie, ein Gesellschaftsporträt, zuallererst jedoch eine Liebesgeschichte...«
Angelika Ohland / Deutsches Allgemeines Sonntagsblatt

Das seltsame Leben des Tristan Smith

Roman. Aus dem Englischen übersetzt von Peter Torberg
480 Seiten, zwei Landkarten, gebunden ISBN 3-608-93379-4

Klett-Cotta

Hugo Claus bei Klett-Cotta:

Hugo Claus, 1929 in Brügge geboren, ist als Prosaschriftsteller und Lyriker, als Dramatiker, Film- und Theaterregisseur, durch seine Mitgliedschaft in der neoexpressionistischen Malergruppe ›Cobra‹ (von 1950 an) auch als Maler bekannt geworden. Der Autor lebt heute, nach langen Aufenthalten in Frankreich, Italien und den USA, in Gent.

Der Kummer von Flandern
Roman. Aus dem Niederländischen von Johannes Piron.
664 Seiten, gebunden, ISBN 3-608-95364-7

Das Sakrament
Roman. Aus dem Niederländischen von Rosemarie Still
139 Seiten, gebunden, ISBN 3-608-95633-6

Der Schwertfisch
Roman. Aus dem Niederländischen von Rosemarie Still
118 Seiten, Pappband, ISBN 3-608-95791-X
Cotta's Bibliothek der Moderne

Jakobs Verlangen
Roman. Aus dem Niederländischen von Rosemarie Still
205 Seiten, ISBN 3-608-93193-7

Belladonna
Roman. Aus dem Niederländischen von Waltraud Hüsmert
ca. 320 Seiten, gebunden, ISBN 3-608-93373-5

Klett-Cotta